Die Invasion der Orks

Die Rückkehr des Dunkelelf 1

R. A. Salvatore wurde 1959 in Massachusetts geboren, wo er auch heute noch lebt. Bereits sein erster Roman »Der gesprungene Kristall« machte ihn bekannt und legte den Grundstein zu seiner weltweit beliebten Reihe von Romanen um den Dunkelelf DRIZZT DO'URDEN. Die Fans lieben Salvatores Bücher vor allem wegen seiner plastischen Schilderungen von Kampfhandlungen und seiner farbigen Erzählweise.

R. A. SALVATORE

DIE INVASION DER ORKS

DIE RÜCKKEHR DES DUNKELELF I

Aus dem Amerikanischen
von Regina Winter

Weltbild

Die amerikanische Originalausgabe erschien 2002 unter dem Titel
The Hunter's Blades Trilogy, vol. 1: The Thousand Orcs
bei Wizards of the Coast, Inc., Renton, USA

Besuchen Sie uns im Internet:
www.weltbild.de

Genehmigte Lizenzausgabe für Verlagsgruppe Weltbild GmbH,
Steinerne Furt, 86167 Augsburg

Übersetzung: Regina Winter
Umschlaggestaltung: Studio Höpfner-Thoma, München
Umschlagmotive: Agentur Schlück
(© Whelan, © Bauman, © Harman), Garbsen
Gesamtherstellung: Oldenbourg Taschenbuch GmbH,
Hürderstraße 4, 85551 Kirchheim

ISBN 3-8289-8652-8

2009 2008 2007 2006
Die letzte Jahreszahl gibt die aktuelle Lizenzausgabe an.

Vorspiel

»Heh, zieht gefälligst ein bisschen fester!«, rief Tred McKnuckles seinem Gespann aus zwei Pferden und drei Zwergen zu. »Ich will Senkendorf noch erreichen, bevor mir die Sommersonne die Glatze verbrennt!«

Seine Stimme hallte von den Felsen ringsumher wider, ein beeindruckendes Brüllen, das zu Treds Statur passte. Er war stämmig, sogar für einen Zwerg, hatte einen gedrungenen Oberkörper, der einige Schläge wegstecken konnte, und kräftige Arme, um welche zu verteilen. Er trug seinen blonden Bart lang und steckte ihn meistens vorn in seinen breiten Gürtel, und auf den Rücken hatte er zwei von jenen Wurfhämmern geschnallt, die auch als »Zwergenpfeile« bekannt waren.

»Es wäre leichter, wenn du nicht das andere Pferd hinten in den Wagen gesetzt hättest, du Idiot!«, schrie einer der ziehenden Zwerge zurück.

Tred reagierte, indem er ihm einen Peitschenschlag versetzte. Der Zwerg blieb stehen, oder er versuchte es zumindest, aber die Tatsache, dass der Wagen weiterrollte und er im Geschirr festgeschnallt war, überzeugte ihn, dass es vielleicht doch besser wäre, mit seinen kurzen, kräftigen Beinen weiterzustapfen.

»Glaub bloß nicht, dass ich dir das nicht zurückzahlen

werde!«, brummte er Tred zu, aber die anderen Zwerge im Geschirr und die drei, die im Wagen hinter dem Kutscher saßen, lachten nur über ihn.

Vor zwei Tagen hatten sie die Zitadelle Felbarr verlassen und waren am Westrand der Rauvin-Berge entlang nach Norden gezogen, und anfangs waren sie gut vorangekommen. Als sie das Flachland erreichten, hatten sie ein wenig Handel getrieben und eine große Siedlung des Barbarenstamms vom Schwarzen Löwen mit Vorräten beliefert. Diese Siedlung, die Beorunnabrunn hieß, gehörte zusammen mit Sundabar, Silbrigmond und Quaervarr zu den beliebtesten Handelspartnern der siebentausend Zwerge der Zitadelle Felbarr. Für gewöhnlich zogen die Händler bis nach Beorunnabrunn, tauschten ihre Waren und wandten sich dann wieder nach Süden der Heimat und den Bergen zu, aber Treds Gruppe hatte die Bewohner der Barbarensiedlung überrascht, indem sie weiter nach Nordwesten gezogen war.

Tred war entschlossen, Senkendorf und die anderen kleineren Orte im Tal des Surbrin zu erschließen, das sich am Westrand des Grats der Welt entlangzog. Es gab Gerüchte, dass Mithril-Halle aus einem unbekannten Grund nicht mehr so viel Handel mit den Siedlungen flussaufwärts trieb, und Tred, der sich keine Gelegenheit zum Profit entgehen ließ, war der Ansicht, dass Felbarr diese Lücke füllen sollte. Immerhin besagten andere Gerüchte, dass aus den flachen Minen am Westrand des Grats der Welt erstaunliche Steine zu Tage gefördert worden waren, und sogar ein paar sehr seltene uralte Artefakte, die angeblich von zwergischer Hand stammten.

Das Vorfrühlingswetter war bisher recht angenehm gewesen, und der Wagen war ohne größere Probleme am Nordrand des Mondwalds vorbei direkt zu den Ausläufern des Grats der Welt gerollt. Danach waren die Zwerge allerdings ein bisschen zu weit nach Norden geraten und hatten sich daher nun nach Süden gewandt, wobei die Berge stets rechts von ihnen blieben. Es war immer noch relativ warm, aber nicht so sehr, dass der Schnee auf den Berghängen in Bewegung geraten wäre und Lawinen die Wege verschüttet hätten. An diesem Morgen hatte Tred jedoch am Huf eines der Zugpferde einen hässlichen Abszess entdeckt, und der geschickte Zwerg hatte zwar den Stein, den das Tier sich eingetreten hatte, entfernen und den Abszess aufschneiden können, aber das Pferd war noch nicht wieder in der Lage, den beladenen Wagen zu ziehen. Es konnte nicht einmal besonders gut laufen, also hatte Tred es einfach hinten auf den großen Wagen gepackt und dann die anderen sechs Zwerge in zwei Gespanne zu je dreien eingeteilt.

Sie schlugen sich recht gut, und für einige Zeit hatte der Wagen ein flottes Tempo vorgelegt, aber als sich das zweite Gespann dem Ende seiner zweiten Schicht näherte, ging es nur noch schleppend weiter.

»Was meinst du, wann können wir das Pferd wieder einspannen?«, fragte Duggan McKnuckles, Treds jüngerer Bruder, dessen blonder Bart kaum bis zur Mitte seiner Brust reichte.

»Morgen wird es wieder traben können«, antwortete Tred zuversichtlich, und die anderen nickten.

Niemand kannte sich mit Pferden besser aus als Tred. Er war nicht nur einer der besten Grobschmiede in der Zitadelle, sondern auch der bekannteste Hufschmied des Orts. Wann immer Handelskarawanen in die Zwergenfestung rollten, wurde Tred unweigerlich gerufen – für gewöhnlich von König Emerus Kriegerkron persönlich –, um all ihre Pferde zu beschlagen.

»Vielleicht sollten wir dann für heute Schluss machen«, sagte einer der Zwerge, der im Geschirr ging. »Wir könnten ein Lager aufschlagen, einen guten Eintopf kochen und die Ladung um ein Fässchen Bier leichter machen.«

»Hoho!«, johlten mehrere andere zustimmend, wie es Zwerge meistens tun, wenn die Rede aufs Biertrinken kommt.

»Pah, ihr seid alle Schwächlinge!«, grollte Tred.

»Du willst doch nur, dass wir Senkendorf erreichen, bevor Smig es schafft!«, erklärte Duggan.

Tred spuckte aus und fuchtelte abwehrend mit den Händen. Aber alle wussten, dass Duggan Recht hatte. Smig war Treds größter Rivale … nun ja, die beiden waren Freunde, die vorgaben, einander zu hassen, aber in Wirklichkeit nur dafür lebten, einander zu übertreffen. Beide wussten, dass der kleine Ort Senkendorf mit seinem einzelnen Turm und dem berühmten Zauberer direkt vor dem Winter einen großen Zulauf an Menschen erhalten hatte – Grenzbewohner, die gute Waffen, Rüstungen und Hufeisen brauchen könnten –, und beide hatten gehört, wie König Emerus erklärte, dass es ihn sehr freuen würde, wenn weitere Handelsrouten entlang des Grats der Welt erschlossen würden. Seit die Zwerge Felbarr, das drei Jahrhunderte in den Händen der Orks gewesen war, zurückerobert hatten, war es im Westen der Zitadelle erheblich ruhiger geworden, während es im Osten von Ungeheuern nach wie vor nur so wimmelte. Es gab eine Unterreich-Route nach Mithril-Halle, aber bisher war noch keine entdeckt worden, die von der Festung der Heldenhammer-Sippe aus nach Norden führte. Alle, die Tred begleiteten – darunter sein Bruder Duggan, Nikwillig der Schuster und die Brüder Bokkum und Stokkum, die im Auftrag anderer Händler aus Felbarr wichtige Güter (vor allem Bier) transportierten –, hatten der Idee begeistert zugestimmt. Die erste Karawane würde die lohnenswerteste sein; die Händler würden sich unter den Schätzen der Grenzlandbewohner die besten Sachen aussuchen können. Und was noch wichtiger war, die erste

Karawane würde das Recht zum Prahlen und die Gunst von König Emerus gewinnen.

Kurz vor dem Aufbruch aus der Zitadelle hatte Tred seinen Rivalen Smiggly »Smig« Stumpin zu einem gutmütigen Trinkspiel eingeladen, aber erst, nachdem er einem der Moradin-Priester einen teuren Trank abgekauft hatte, der die Wirkung von Alkohol verringerte. Danach nahm Tred an, dass er und die Seinen Felbarr schon mehr als einen Tag verlassen hatten, bevor Smig auch nur aufgewacht war, und dann hätte es den Zwerg noch mindestens einen weiteren Tag gekostet, bis sein Kopf genügend geschrumpft war, um durch das Haupttor der Zitadelle zu passen.

Tred wollte verflucht sein, wenn er zuließ, dass eine Kleinigkeit wie ein Abszess im Huf eines Zugpferds ihn so sehr aufhielt, dass Smig sie vielleicht einholen würde.

»Ihr trabt noch drei Meilen weiter, und dann machen wir Schluss für heute«, schlug er vor.

Alle stöhnten laut, selbst Bokkum, für den bei einem frühen Nachtlager das meiste auf dem Spiel stand, denn je mehr Bier auf dem Weg getrunken wurde, desto weniger würde er verkaufen können. Andererseits war es möglich, dass er es in Senkendorf sowieso nicht loswurde und zum Feiern mit auf die Rückfahrt nehmen würde.

»Also gut, zwei Meilen!«, brüllte Tred. »Oder wollt ihr euer Nachtlager mit Smig und seinen Leuten teilen?«

»Pah, Smig hat die Zitadelle noch nicht mal verlassen«, sagte Stokkum.

»Und wenn doch, dann wird ihn der Steinschlag, den wir hinter uns auf dem Weg ausgelöst haben, genug aufhalten«, fügte Nikwillig hinzu.

»Noch zwei Meilen!«, brüllte Tred.

Wieder ließ er die Peitsche knallen, und der arme Nikwillig richtete sich kerzengerade auf und schaffte es, sich weit genug umzudrehen, um dem Kutscher einen wütenden Blick zuzuwerfen.

»Wenn du mich noch einmal schlägst, mache ich dir ein Paar Schuhe, die du so schnell nicht vergessen wirst!«, prahlte Nikwillig.

Seine schleifenden Füße zogen kleine Gräben, als er von den anderen weitergezerrt wurde, und das bewirkte, dass Tred und seine Freunde nur noch lauter lachten. Bevor Nikwillig wieder anfangen konnte zu meckern, begann Duggan mit einem Lied über ein legendäres Zwergenutopia, eine große Stadt in einer tiefen Mine, die selbst Moradin entzücken würde.

»Tief im Berg!«, krähte Duggan, und die anderen starrten ihn an, weil sie nicht sicher waren, ob er sie auf etwas hinweisen wollte. »Das Tor brecht auf!«, fuhr Duggan fort, und dann rief Stokkum: »Welches Tor?«

Aber Duggan sang einfach weiter. »Den Gang hinab in schnellem Lauf!«

»Ah, Humpfendumpf!«, rief Stokkum, und die ganze Mannschaft – sogar der säuerliche Nikwillig – konnte nicht widerstehen und brach in grölenden Gesang aus.

Tief im Berg
Das Tor brecht auf!
Den Gang hinab
In schnellem Lauf!

Über die Brücke, die wie Feuer glüht
Hinter der uns Bessres blüht.
Wir springen über Stein und Stumpf
Und sind am Ziel in Humpfendumpf!

Humpfendumpf, Humpfendumpf!
Jetzt sind wir endlich in Humpfendumpf!
Humpfendumpf, Humpfendumpf!
Wir springen über Stein und Stumpf!

Hier gibt es für jeden das beste Bier
Und die saftigsten Braten, das sag ich dir!
Die besten Köche mit leckrem Schmaus
Treiben uns schnell den Hunger aus!

Hier fördern wir das beste Erz
Und hoch schlägt jedes Zwergenherz!
Wir graben und schmelzen und der Handel rollt.
Aus Humpfendumpf kommt das beste Gold!

Humpfendumpf, Humpfendumpf!
Jetzt sind wir endlich in Humpfendumpf!
Humpfendumpf, Humpfendumpf!
Wir springen über Stein und Stumpf!

Es ging noch viele Strophen weiter, und als ihnen schließlich der Text des alten Liedes ausging, improvisierten sie, wie sie es immer taten, und jeder zählte auf, was er persönlich an einem so bemerkenswerten Ort vorfinden wollte. Das war das Schöne an diesem Lied und auch eine recht unauffällige Möglichkeit für einen wachen Zwerg, etwas über einen möglichen Freund oder Feind herauszufinden.

Das Lied stellte eine gute Ablenkung dar, vor allem für die drei, die mit gebückten Rücken und angespannten Muskeln den Wagen weiterzogen. Sie kamen in diesen Minuten gut voran, trabten über den steinigen Boden, immer weiter nach Süden, immer die Berge zu ihrer Rechten.

Tred rief vom Kutschbock aus die Namen derer auf, die die

nächste Strophe hinzufügen sollten. Alles ging glatt, bis er seinen kleinen Bruder Duggan aufrief.

Die anderen fünf summten weiter, aber sie gingen durch eine ganze Strophe, und immer noch hatte Duggan keinen Ton von sich gegeben.

»Nun?«, fragte Tred, drehte sich zu seinem kleinen Bruder um und sah, dass der eine sehr verwirrte Miene aufgesetzt hatte.

»Du bist dran. Junge!«

Duggan blickte ihn einen Moment verstört an, dann sagte er leise: »Ich glaube, ich bin verwundet.«

Tred schaute genauer hin, und erst jetzt bemerkte er den Speer, der in der Seite seines Bruders steckte! Er stieß einen Schrei aus, und das Summen hinter ihm hörte auf, als die beiden, die hinten auf dem Wagen saßen, sich umdrehten und den zusammengesackten Duggan sahen. Vorne wurde es ebenfalls still, bis ein riesiger Felsblock vom Hang geflogen kam, direkt neben den drei überraschten Zwergen aufprallte und dann über sie hinweghüpfte, wobei er Nikwillig an der Schulter traf und ihn bewusstlos schlug.

Die entsetzten Pferde fingen an zu galoppieren, und sowohl das verletzte Pferd als auch der arme Stokkum fielen vom Wagen, und Stokkum rollte über den steinigen Boden. Tred riss fest an den Zügeln, um die Tiere zu bremsen, denn seine armen Kameraden, darunter der bewusstlose Nikwillig, wurden mitgeschleift.

Ein weiterer Stein prallte direkt hinter dem hüpfenden Wagen auf, und ein dritter fiel vor das Gespann. Die Pferde bäumten sich wild auf, dann versuchten sie, nach rechts auszuweichen und rissen den Wagen auf zwei Räder.

»Nach rechts!«, befahl Tred, aber noch während er das herausbrüllte, brachen die Räder links, und der Wagen fiel um und überschlug sich.

Die Pferde rissen sich los und nahmen das Geschirr und die drei daran angeschnallten Zwerge mit auf einen mörderischen Galopp über den steinigen Weg.

Die beiden Zwerge hinter Tred stürzten aus dem Wagen – Duggan bemerkte kaum etwas davon –, und auch Tred wäre gefallen, aber sein Bein verhakte sich unter dem Kutschbock. Er spürte das Knirschen von Knochen, als der Wagen auf ihn fiel, dann knallte etwas fest gegen seinen Kopf. Während der Wagen sich noch einmal überschlug, befürchtete er schon, dass er zu einer blutigen Masse zerquetscht worden war, aber dann spürte er, dass dieses Gefühl von Feuchtigkeit von außen kam: Bier floss über ihn.

Glück allein rettete den Zwerg davor, zerdrückt zu werden, denn irgendwie fand er sich in dem Bierfass wieder, dessen Deckel abgerissen war. Er polterte den Abhang hinunter. Dann krachte das Fass gegen einen Felsen und zerbrach, und Tred schlug einen seltsam verrenkten Purzelbaum.

Tred war zäh, wie es sich für einen Zwerg gehört, also versuchte er, wieder auf die Beine zu kommen. Als ein Bein nachgab, fiel er vornüber gegen den Felsen, stützte sich aber störrisch wieder auf die Ellbogen hoch.

Und dann sah er sie: ein Dutzend oder mehr Orks, die mit Speeren, Keulen und Schwertern fuchtelten und um den zerbrochenen Wagen und die am Boden liegenden Zwerge ausschwärmten. Zwei Riesen folgten ihnen den Berg hinab – keine Hügelriesen, wie Tred erwartet hätte, sondern die größeren, blauhäutigen Frostriesen. Da wusste er, dass er es nicht mit gewöhnlichen Banditen zu tun hatte.

Er spürte, dass er nicht mehr lange bei Bewusstsein bleiben würde, hatte aber noch die Geistesgegenwart, sich nach hinten zu werfen und weiter den Abhang hinunterzurollen, bis er gegen einen weiteren Felsen prallte, der von einem Brombeergebüsch umgeben war. Er versuchte noch einmal aufzustehen, aber dann schmeckte er blutigen Dreck im Mund. Danach spürte er überhaupt nichts mehr.

»Bist du noch am Leben?«, erklang eine weit entfernte, raue Stimme.

Tred öffnete mühsam ein von Blut verkrustetes Auge und sah wie durch einen Nebel den arg mitgenommenen Nikwillig, der vor dem Brombeerbusch hockte und ihn anstarrte.

»Du lebst also noch. Gut«, sagte Nikwillig und streckte den Arm ins Gebüsch, um Tred herauszuhelfen. »Zieh den Arsch ein, oder du wirst zerstochen.«

Tred griff nach der Hand und drückte sie fest, aber er versuchte nicht, aus dem Gebüsch herauszukommen.

»Was ist mit den anderen?«, fragte er. »Wo ist mein Bruder?«

»Die Orks haben sie alle umgebracht«, kam die finstere Antwort. »Und die Schweine sind noch ganz in der Nähe. Die verdammten Pferde haben mich eine Meile weit weggeschleppt.«

Tred ließ Nikwilligs Hand nicht los, aber er rührte sich immer noch nicht vom Fleck.

»Komm schon, Dummkopf«, schimpfte der Schuster. »Wir müssen nach Senkendorf und dafür sorgen, dass König Kriegerkron von der Sache erfährt.«

»Geh allein weiter«, erwiderte Tred. »Mein Bein ist gebrochen. Ich werde dich nur aufhalten.«

»Pah, jetzt redest du genau wie der Dummkopf, für den ich dich schon immer gehalten habe!«

Nikwillig zog an der Hand und zerrte Tred unter dem Gebüsch hervor.

»Selber pah!«, knurrte Tred ihn an.

»Heißt das, du würdest mich hier lassen, wenn es umgekehrt wäre?«

Das tat weh. »Gib mir einen Stock, du störrischer alter Narr!«

Kurz darauf machten sich die beiden zähen Zwerge auf in Richtung Senkendorf, Tred auf Nikwillig und einen Stock gestützt, und dabei planten sie bereits ihre Rache an den Orks, die sie überfallen hatten.

Sie wussten nicht, dass noch hundert solcher Banden ihre Berghöhlen verlassen hatten und das Land durchstreiften.

TEIL 1

Länger als erwartet

Als Thibbledorf Pwent und seine kleine Armee von Schlachtenwütern ins Eiswindtal kamen und die Nachricht brachten, dass Gandalug Heldenhammer, der Erste und Neunte König von Mithril-Halle, gestorben war, wusste ich, dass Bruenor nichts anderes übrig bleiben würde, als in die Stadt seiner Ahnen zurückzukehren und selbst den Thron zu besteigen. Das war seine Pflicht gegenüber der Sippe, und für Bruenor stand, wie für die meisten Zwerge, die Pflicht gegenüber König und Sippe an erster Stelle.

Aber ich sah auch, wie betrübt mein alter Freund dreinschaute, als er die Nachricht erhielt, und wusste, dass das nur wenig mit seiner Trauer um den verstorbenen König zu tun hatte. Gandalugs Leben war länger und erstaunlicher gewesen, als jeder Zwerg erwarten konnte. Also war Bruenor zwar traurig, weil er diesen Ahnen verlor, den er kaum gekannt hatte, aber das war nicht der Grund für sein langes Gesicht. Nein, was Bruenor am meisten beunruhigte war, dass sein Pflichtgefühl ihn nun dazu zwingen würde, sich niederzulassen.

Ich wusste sofort, dass ich ihn begleiten würde, aber auch, dass ich nicht lange hinter den sicheren Mauern von Mithril-Halle bleiben würde. Ich bin ein Geschöpf der freien Wildnis, der Abenteuer. Das war mir nach dem Kampf gegen die Drow klar geworden, als Gandalug zur Heldenhammer-Sippe zurückkehrte. Damals hatte es so ausgesehen, als würde es endlich Frieden für unsere kleine Trup-

pe geben, aber ich erkannte schon bald, dass sich das als zweischneidiges Schwert erweisen könnte. Und so fand ich mich also auf hoher See wieder, zusammen mit Kapitän Deudermont und seiner Mannschaft von Piratenjägern, die die Schwertküste entlangsegelten, und Catti-brie stand an meiner Seite.

Es ist seltsam und ein wenig beunruhigend zu begreifen, dass ich nirgendwo lange bleiben kann, dass kein »Zuhause« mir je genügen wird. Ich frage mich, ob ich auf etwas zu- oder vor etwas weglaufe. Werde ich von etwas angetrieben, wie es bei der fehlgeleiteten Ellifain der Fall war oder bei Entreri? Diese Fragen hallen andauernd in meinem Herzen und meiner Seele wider. Warum verspüre ich das Bedürfnis, mich weiterzubewegen? Wonach suche ich? Nach Anerkennung? Nach einer äußerlichen Bestätigung dafür, dass es eine gute Entscheidung war, Menzoberranzan zu verlassen?

Diese Fragen kommen immer wieder hoch und beunruhigen mich mitunter, aber das hält nicht lange an. Denn wenn ich sie vernünftig betrachte, verstehe ich, wie lächerlich sie sind.

Mit Pwents Ankunft im Eiswindtal hatten wir alle wieder die Aussicht, uns in der Sicherheit und Bequemlichkeit von Mithril-Halle niederlassen zu können, aber ich spüre, dass ich ein solches Leben nicht akzeptieren kann. Ich fürchte jedoch um Catti-brie und die Beziehung, die wir geschmiedet haben. Wie werden sich die veränderten Verhältnisse darauf auswirken? Wird Catti-brie sich nach einem eigenen Zuhause und einer Familie sehnen? Wird sie die Rückkehr zur Zwergenfestung als Zeichen betrachten, dass sie das Ende ihres abenteuerlichen Weges erreicht hat?

Und wenn ja, was wird das für mich bedeuten?

So betrachteten wir die Nachricht, die Pwent brachte, alle mit gemischten Gefühlen.

Bruenors innerer Konflikt hielt jedoch nicht lange an. Ein junger, leidenschaftlicher Zwerg namens Dagnabbit, der vor vielen Jahren entscheidend bei der Befreiung von Mithril-Halle von den

Duergar mitgearbeitet hatte, der Sohn des berühmten Generals Dagna, des hoch geachteten Kommandanten der Miliz von Mithril-Halle, hatte Pwent ins Eiswindtal begleitet. Und nachdem Bruenor sich mit Dagnabbit besprochen hatte, war mein alter Freund aufgeregter denn je und konnte kaum mehr still sitzen, so begierig war er darauf, sich auf den Heimweg zu machen. Zur allgemeinen Überraschung machte Bruenor sofort eine Ankündigung: Es war kein direkter Befehl, aber er legte allen Zwergen aus Mithril-Halle, die sich derzeit im Eiswindtal im Schatten von Kelvins Steinhügel niedergelassen hatten, ausdrücklich nahe, die Rückreise zusammen mit ihm anzutreten.

Als ich Bruenor nach dieser offensichtlich veränderten Haltung fragte, zwinkerte er nur und versicherte mir, dass ich bald das »größte Abenteuer« meines Lebens erleben würde – kein geringes Versprechen!

Er weigert sich immer noch, über die Einzelheiten zu reden, und sogar über das allgemeine Ziel, das er im Sinn hat, und Dagnabbit ist ebenso schweigsam wie mein reizbarer Freund. Aber tatsächlich sind die Einzelheiten für mich auch gar nicht so wichtig. Wichtig ist nur, dass es in meinem Leben weiterhin Abenteuer, Sinn und Ziele geben wird. Das ist, glaube ich, das Geheimnis. Ständig nach Höherem zu streben – das ist Leben für mich; sich stets selbst verbessern, die Welt zu einem besseren Ort machen oder das Leben derer, die man liebt, bereichern zu wollen, ist der Schlüssel zu diesem flüchtigsten aller Ziele: dem Gefühl, etwas geleistet zu haben.

Einige erreichen das, indem sie Ordnung und Sicherheit oder ein Zuhause schaffen. Andere, darunter viele Zwerge, erreichen es, indem sie Wohlstand anhäufen oder einen hinreißenden Gegenstand herstellen.

Ich benutze meine Krummsäbel.

Und so waren meine Schritte leicht und schwungvoll, als wir das Eiswindtal verließen, eine stolze Karawane von Hunderten von Zwergen, einem mürrischen (aber nicht wirklich unzufriedenen)

Halbling, einer abenteuerlustigen Frau, einem mächtigen Barbarenkrieger mit Frau und Kind und mir, einem angenehm fehlgeleiteten Dunkelelf, der einen Panther zum Freund hat.

Soll der Schnee doch fallen, soll der Regen niederprasseln und der Wind an meinem Umhang reißen. Mir ist es gleich, wenn der Weg es nur wert ist!

Drizzt Do'Urden

Bündnis

Er trug seine hervorragend gearbeitete Rüstung, als wäre sie eine Fortsetzung seiner rauen Haut. Nicht ein einziger Teil des miteinander verzahnten schwarzen Metalls war flach und ohne Verzierung, überall gab es fließende Muster und einander überschneidende Gravuren. Zwei große gebogene Stachel ragten aus jeder Oberarmplatte, und die Gelenkabdeckungen hatten geschliffene und mit drei Stacheln besetzte Ecken. Die Rüstung selbst konnte als Waffe verwendet werden, obwohl König Obould Todespfeil das Großschwert vorzog, das er stets an seinen Rücken geschnallt hatte, eine wunderbare Klinge, die auf Befehl in Flammen aufging.

Ja, dieser starke und tückische Ork liebte das Feuer, liebte es, wie Flammen unterschiedslos alles fraßen, was sich ihnen in den Weg stellte. Er trug eine schwarze Eisenkrone mit vier glitzernden verzauberten Rubinen, die jeweils eine gewaltige Feuerkugel hervorbringen konnten.

Er war eine wandelnde Waffe, korpulent und stark, die Art von Geschöpf, der man keinen Schlag versetzen würde, weil man annahm, dass das einem selbst mehr schaden würde als dem Angegriffenen. Obould hatte viele Feinde getötet, während diese noch dastanden, zögerten und darüber nachdachten, wie um alles in der Welt sie diesen König unter den Orks verwunden könnten.

Aber von allen Waffen, über die Obould verfügte, war sein Verstand die gefährlichste. Er wusste, wie man eine Schwäche ausnutzte. Er wusste, wie man ein Schlachtfeld absteckte, und vor allem wusste er, wie er jene, die ihm dienten, begeistern konnte.

Und daher stapfte König Obould nun also nach Leuchtendweiß, in die Eis- und Felsenhöhlen der mächtigen Eisriesin Gerti Orelsdottr, mit hoch erhobenem Kopf und geradeaus gerichtetem Blick. Er war als möglicher Verbündeter gekommen, nicht als Bittsteller.

Sein Gefolge, darunter sein viel versprechender Sohn Urlgen Dreifaust (so genannt wegen seines starren Kopfschutzes, der es ihm gestattete, den Kopf wie eine dritte Faust einzusetzen), tat es ihm gleich und bewegte sich mit stolzem, selbstsicherem Schritt, obwohl viele der blauhäutigen Wachen, an denen sie vorbeikamen, mehr als doppelt so groß waren wie die Orks und ein Mehrfaches ihres Gewichts auf die Waage brachten.

Selbst Oboulds unbeugsames Wesen geriet jedoch ein wenig ins Wanken, als die Rieseneskorte ihn und seine Truppe durch eine große Doppeltür mit Eisenbeschlägen in einen eiskalten Saal führte, der mehr aus Eis als aus Stein bestand. An der rechten Wand, vor einem Thron aus schwarzem Stein und blauem Tuch, gekrönt von blauem Eis, stand die Riesin, Erbin des Jarl, Anführerin der Eisriesenstämme des Grats der Welt.

Gerti war nach den Maßstäben beinahe aller Völker schön zu nennen. Sie war mehr als ein Dutzend Fuß groß, und ihr blauhäutiger Körper war wohlgeformt und muskulös. Ihre Augen, von einem dunkleren Blau als ihre Haut, blitzten, als könnten sie Eis schneiden, und ihre schlanken Finger wirkten zierlich und empfindsam und gleichzeitig stark genug, um Stein zu zerdrücken. Sie trug das goldene Haar lang – so lang, wie Obould hoch war. Ihr Umhang aus Silberwolffell wurde von einem mit Edelsteinen besetzten Ring zusammengehalten, der weit genug war, um einem ausgewachsenen Elfen als Gürtel zu dienen, und ein Kragen aus riesigen, spitzen Zähnen schmückte ihren Hals. Sie trug ein Kleid aus braunem Wildleder, das ihren üppigen Busen bedeckte und an den Beinen hoch geschlitzt war, damit sie sich gut bewegen konnte. Ihre hohen Stiefel waren oben mit dem gleichen silbrigen Fell besetzt, und wenn man den Geschichten glauben durfte, verfügten sie über magische Kräfte. Es hieß, diese Stiefel erlaubten der Riesin, sich rascher durch das bergige Land zu bewegen als jedes andere Geschöpf, von Vögeln einmal abgesehen.

»Sei gegrüßt, Gerti«, sagte Obould, der die Eisriesensprache beinahe fehlerlos beherrschte.

Er verbeugte sich tief, und seine Rüstung knarrte.

»Du wirst mich als Madame Orelsdottr ansprechen«, erwiderte die Riesin barsch. Ihre Stimme war kräftig und hallte von den Stein- und Eiswänden wider.

»Madame Orelsdottr«, verbesserte sich Obould mit einer weiteren Verbeugung. »Du hast von unserem erfolgreichen Überfall gehört, nicht wahr?«

»Ihr habt ein paar Zwerge getötet«, sagte Gerti mit einem verächtlichen Lachen, und ihre Wachen lachten mit ihr.

»Ich habe dir ein Geschenk mitgebracht, das unseren bedeutenden Sieg untermauert.«

»Bedeutend?«, fragte die Eisriesin sarkastisch.

»Bedeutend nicht, was die Anzahl der getöteten Feinde angeht, sondern weil es der erste gemeinsame Erfolg unserer vereinten Völker war«, erklärte Obould rasch.

Gertis Stirnrunzeln zeigte, dass sie diese Sache mit den »vereinten Völkern« für ein wenig voreilig hielt, was Obould allerdings kaum überraschte und ihn auch nicht bremsen konnte.

»Unsere Taktik hat sich als erfolgreich erwiesen«, fuhr der Ork-König unerschrocken fort. Er drehte sich um und winkte Urlgen zu sich. Der Ork, höher gewachsen als sein Vater, aber nicht so breit, trat vor, nahm einen großen Sack vom Rücken und schüttete den grausigen Inhalt auf den Boden.

Fünf Zwergenköpfe rollten heraus, darunter die der Brüder Stokkum und Bokkum und der von Duggan McKnuckles.

Gerti verzog das Gesicht und wandte den Blick ab.

»Das würde ich kaum als Geschenk bezeichnen«, sagte sie.

»Ein Zeichen unseres Sieges«, erwiderte Obould, der nun zum ersten Mal etwas aus dem Gleichgewicht gebracht schien.

»Ich habe kein Interesse daran, die Köpfe geringerer Völker als Trophäen an meiner Wand anzubringen«, erklärte Gerti. »Ich ziehe ästhetisch ansprechende Gegenstände vor, und als solche kann man Zwergenköpfe wohl kaum bezeichnen.«

Obould starrte sie einen Augenblick an, denn ihm war vollkommen klar, dass sie im Grunde auch die Orks in ihre letzte Aussage einbezog. Er nahm sich jedoch zusammen und bedeutete seinem Sohn, die Köpfe wieder einzusammeln und sie wegzustecken.

»Bringt mir den Kopf von Emerus Kriegerkron von Felbarr«, sagte Gerti. »Das wäre eine Trophäe, die es wert wäre, sie aufzubewahren.«

Obould kniff die Augen zusammen und verbiss sich eine Antwort. Gerti versuchte, ihn zu reizen. König Obould Todespfeil hatte einmal über die Zitadelle Felbarr geherrscht, bis vor ein paar Jahren, als Emerus Kriegerkron zurückgekehrt war und den Ork und seine Sippe vertrieben hatte. Es war ein bitterer Verlust für Obould gewesen, und er schrieb ihn seinem eigenen Versagen zu, denn er und seine Sippe hatten damals gegen einen anderen Orkstamm gekämpft und Kriegerkron und seinen Zwergen damit die Gelegenheit gegeben, sich Felbarr zurückzuholen.

Obould wollte Felbarr unbedingt wiederhaben, aber die Verteidigungsanlagen der Zitadelle waren in den letzten Jahren erheblich verstärkt worden, und nun lebten in Felbarrs Steinhallen über siebentausend Zwerge.

Der Ork-König kämpfte seinen Zorn mit gewaltiger Disziplin nieder, denn er wollte nicht, dass Gerti sah, wie tief ihn ihre boshaften Worte getroffen hatten.

»Oder bring mir den Kopf des Königs von Mithril-Halle«, fuhr Gerti fort. »Ob das nun Gandalug Heldenhammer ist oder, wie die Gerüchte in der letzten Zeit besagten, wieder dieser Rohling Bruenor. Oder wie wäre es mit dem Markgrafen von Mirabar – ja, sein dicker Kopf mit dem zerzausten roten Bart würde eine gute Trophäe abgeben! Und bring mir auch die Sceptrana von Mirabar. Sie soll angeblich recht hübsch sein.« Die Riesin hielt einen Augenblick inne und wandte sich ihren amüsierten Kriegern zu, und dann breitete sich ein boshaftes Grinsen auf ihren feinen Zügen aus.

»Du suchst nach einer Trophäe, die für Madame Orelsdottr passend ist?«, fragte sie heimtückisch. »Dann bring mir den hübschen Kopf von Lady Alustriel von Silbrigmond. Ja, Obould …«

»*König* Obould«, verbesserte sie der stolze Ork, was die anwesenden Frostriesen zum Schweigen brachte und sein jämmerlich unterlegenes Gefolge entsetzt nach Luft schnappen ließ.

Gerti starrte ihn an, dann nickte sie anerkennend.

Sie beendeten dieses Wortgefecht, denn beide begriffen, wie weit es gegangen war. Lady Alustriel von Silbrigmond war ein Ziel, das für beide, Ork und Riesin, viel zu hoch war. Sie hatten nicht wirklich vor, die Dame und ihre verzauberte

Stadt auf die lange Liste möglicher Feinde zu setzen. Silbrigmond war der Edelstein dieser Region.

Aber sowohl Gerti Orelsdottr als auch Obould Todespfeil hatten viel für Edelsteine übrig …

»Ich plane inzwischen den nächsten Angriff«, sagte Obould schließlich, und wieder zwang er sich, die fremde Sprache so vollendet wie möglich auszusprechen.

»Wie groß?«

Obould zuckte mit den Schultern und schüttelte den Kopf. »Nicht besonders. Eine Karawane oder eine Siedlung. Der Umfang wird von der Artillerie abhängen, die uns zur Verfügung steht«, schloss er mit einem tückischen Grinsen.

»Eine Hand voll Riesen ist so viel wert wie tausend Orks«, erwiderte Gerti, die das Spiel ein wenig weiter trieb, als es Obould lieb war.

Dennoch, der listige Ork gestattete ihr die Prahlerei ohne Zurechtweisung, denn er hatte gewusst, welche Haltung sie an den Tag legen würde, und es störte ihn nicht wirklich. Im Augenblick brauchte er die Eisriesen hinter seinen Soldaten eher aus diplomatischen Gründen als wegen ihres Nutzens.

»Es hat meinen Kriegern gefallen, Steine nach diesen Zwergen zu werfen«, gab Gerti zu, und der Riese, der neben ihrem Thronpodium stand und der bei dem Überfall dabei gewesen war, nickte zustimmend. »Also gut, König Obould. Ich werde dir für deinen nächsten Kampf vier meiner Leute geben. Schick einen Boten, wenn du sie brauchst.«

Obould verbeugte sich und zog dabei den Kopf ein, denn er wollte nicht, dass Gerti sein breites Grinsen sah, weil er nicht zugeben wollte, wie wichtig ihre Leute wirklich für ihn und seine Sache waren.

Er richtete sich wieder auf und stampfte mit dem rechten Fuß auf, das Zeichen für sein Gefolge, sich hinter ihm zu formieren, während er sich umdrehte und ging.

»Sie sind für dich nichts weiter als Spielfiguren«, sagte Donnia Soldou zu Gerti, nachdem Obould und sein Ork-Gefolge den Saal verlassen hatten.

Der weibliche Dunkelelf, von Kopf bis Fuß in Schattierungen von Dunkelgrau und Schwarz gekleidet, bewegte sich unbeschwert unter den Frostriesen und ignorierte die drohenden Mienen, die viele von ihnen aufsetzten, wann immer Donnia in der Nähe war. Sie verfügte über die typische Selbstsicherheit der Dunkelelfen, und sie hatte mehr als nur einmal in subtilen Drohungen gegenüber Gerti durchblicken lassen, dass sie eine Armee aufstellen könnte, die jedes Lebewesen auf dem Grat der Welt auslöschen würde, das sich ihr widersetzte. Dies war nun einmal häufig die Taktik und die größte Freude der Dunkelelfen.

Selbstverständlich hätte Donnia ihre Behauptung mit nichts stützen können. Sie war eine Abtrünnige, Teil einer Bande, die aus nur vier Personen bestand. Wenn sie die Kapuze zurückstreifte und ihr langes, dichtes weißes Haar enthüllte, das seitlich über ihr Gesicht frisiert war, so dass es die Hälfte ihrer Züge, das rechte Auge eingeschlossen, bedeckte, tat sie es mit einer Haltung, die von gewaltiger Arroganz kündete – aber all das war schlicht und ergreifend ein Bluff.

Was Gerti selbstverständlich nicht wissen durfte.

»Es sind Orks«, erwiderte die Frostriesin mit offensichtlicher Verachtung. »Sie sind Spielfiguren für jeden, der sie dazu macht. Es ist nicht einfach, der Versuchung zu widerstehen, Obould gegen die Wand zu werfen, schon weil er so hässlich und so dumm ist … und weil es Spaß machen würde!«

»Oboulds Pläne kommen unseren eigenen entgegen«, sagte Donnia. »Er hat zahlreiche Anhänger – genug, um den Siedlungen von Menschen und Zwergen in dieser Region Schaden zuzufügen, aber nicht genug, um sich gegen die Legionen größerer Städte wie Silbrigmond zu wenden.«

»Er will Felbarr zurückhaben, damit er es in Zitadelle Todespfeil umbenennen kann. Glaubst du, dass er eine solch wohlhabende Festung einnehmen kann, ohne sich den Zorn von Herrin Alustriel zuzuziehen?«

»Hat sich Silbrigmond eingemischt, als Oboulds Verwandte Felbarr zum letzten Mal plünderten?« Donnia lachte leise. »Die Herrin und ihre Berater haben genug damit zu tun, sich um ihre eigenen Grenzen zu kümmern. Am Ende wird Felbarr allein dastehen. Mithril-Halle und die Zitadelle Adbar werden vielleicht Hilfe schicken, aber das wird nicht genügen, wenn wir überall im Gebirge und draußen im Trollmoor Unruhe stiften.«

»Ich habe nicht vor, gegen die Zwerge in ihren winzigen unterirdischen Gängen zu kämpfen«, erklärte die Frostriesin.

»Dafür hast du ja Obould und seine Tausend.«

»Die Zwerge werden sie abschlachten.«

Donnia lächelte und zuckte die Achseln, als störe sie das kaum.

Gerti setzte zu einer Erwiderung an, aber dann nickte sie zustimmend.

Donnia lächelte weiter und dachte, dass alles vollkommen nach Plan verlief. Sie und ihre Begleiter waren genau zur rechten Zeit hier eingetroffen. Jarl Orel Grauhand von den Eisriesen war, nach allem, was man hörte, dem Tod nahe, und seine Tochter brannte darauf, die Nachfolge anzutreten. Gerti war ungemein von sich und von ihrem Volk überzeugt. Sie hielt die Frostriesen für die großartigsten Wesen von Faerûn und glaubte, zum Herrschen geboren zu sein. Ihr Stolz und ihr Rassismus gingen sogar über das hinaus, was Donnia bei den Oberinmüttern ihrer Heimatstadt Ched Nasad erlebt hatte.

Das machte Gerti zu einem leichten Ziel.

»Wie geht es Jarl Grauhand?«, fragte Donnia, denn sie wollte Gertis Appetit weiter nähren.

»Er kann nicht sprechen, und er könnte auch nichts Sinnvolles sagen, wenn er noch zum Reden in der Lage wäre. Die Zeit seiner Herrschaft geht zu Ende; es ist nur noch eine Formalität.«

»Aber du bist bereit«, versicherte Donnia der ohnehin ausgesprochen selbstsicheren Riesin. »Du, Madame Gerti Orelsdottr, wirst all deine Stämme zum Höhepunkt ihres Ruhms führen, und wehe denen, die sich dir dabei entgegenstellen.«

Gerti setzte sich schließlich wieder auf ihren geschnitzten Thron und lehnte sich zurück, aber sie reckte das Kinn vor, eine Pose extremen Stolzes.

Donnia behielt ihr Lächeln für sich.

»Ich hasse die verdammten Riesen ebenso wie die verdammten Zwerge«, erklärte Urlgen, als er und die anderen Gertis Höhlen hinter sich gelassen hatten. »Ich würde ihr am liebsten ins Gesicht spucken – wenn es nicht so hoch oben wäre!«

»Behalte solche Worte schön für dich«, tadelte Obould. »Du hast gesagt, die Riesen wären bei dem Überfall eine große Hilfe gewesen – haben dir die Steine nicht gefallen, die sie geworfen haben? Glaubst du, es wird leichter sein, mit den Zwergen zu kämpfen, ohne dass diese Steine sie ein bisschen aufgeweicht haben?«

»Warum kämpfen wir denn überhaupt gegen die verdammten Zwerge?«, wagte ein anderer aus der Gruppe zu fragen.

Obould drehte sich um und versetzte ihm einen Hieb, der ihn zu Boden warf. So viel zu diesem Diskussionspunkt.

»Sehen wir mal, wie viel uns diese Riesen helfen«, drängte Urlgen. »Nehmen wir sie doch alle mit zu einem Überfall und machen wir die Oberstadt von Mirabar dem Erdboden gleich!«

Ein paar andere nickten begeistert.

»Muss ich dich daran erinnern, für welchen Kurs wir uns entschieden haben?«, erklang eine Stimme von der Seite, die sich stark von dem gutturalen Grunzen der Orks unterschied, viel melodischer und harmonischer war, wenn auch kaum weniger fest. Die Gruppe drehte sich um und sah, wie Ad'non Kareese aus dem Schatten trat, und viele blinzelten erstaunt, denn der Drow war nur einen Augenblick zuvor noch vollkommen verborgen gewesen.

»Sei gegrüßt, Schleicher«, sagte Obould.

Ad'non verbeugte sich und nahm das Kompliment mit einer Verbeugung entgegen.

»Wir waren bei der großen Hexe«, begann Obould.

»Das habe ich gehört«, sagte der Drow, und bevor Obould es weiter erklären konnte, fügte Ad'non hinzu: »Alles.«

Der Ork-König lachte leise. »Selbstverständlich, Schleicher. Du kannst überall hin, wo du willst, wie?«

»Überall und jederzeit«, erwiderte der Drow selbstsicher.

Er war einmal einer der besten Späher von Ched Nasad gewesen, ein Dieb und Meuchelmörder von hervorragendem Ruf. Selbstverständlich hatte das irgendwann zu einem fehlgeschlagenen Mordversuch auf eine ziemlich mächtige Priesterin geführt, und in der Folge hatte sich Ad'non nicht nur auf der Straße wiedergefunden, sondern hatte die Stadt und das Unterreich verlassen müssen.

In den letzten Jahren hatten er und seine Freunde aus Ched Nasad – eine Mörderkollegin namens Donnia Soldou, die Priesterin Kaer'lic Suun Wett und ein Neuling, ein schlauer Bursche namens Tos'un Armgo, der bei dem katastrophalen Überfall von Menzoberranzan auf Mithril-Halle auf Abwege geraten war – an der Oberfläche mehr Spaß gehabt als jemals in ihren Städten und dazu erheblich mehr Freiheit.

In Ched Nasad und Menzoberranzan waren die vier nur Handlanger und Spielfiguren der größeren Mächte gewesen, wenn man von Kaer'lic einmal absah, die sich unter den Priesterinnen der Spinnenkönigin einen mächtigen Ruf erworben hatte, bevor ein Desaster ihr den weiteren Aufstieg verstellte. Gegenüber den geringeren Völkern traten die vier dreist auf, stets mit der Drohung, dass sie ein Voraustrupp größerer Drow-Armeen wären, die bereitstanden, um einzumarschieren und alle Feinde zu vernichten. Selbst der stolze Obould und die noch stolzere Gerti Orelsdottr hatten bei der geringsten Andeutung einer solchen Katastrophe angefangen, unruhig auf ihren Thronen herumzurutschen.

»Also machen wir ein bisschen Tempo«, teilte Urlgen dem Drow kriegerisch mit. »Diese Entscheidung steht ohnehin nicht dir zu, sondern Obould.«

»Und Gerti«, erinnerte ihn der Drow.

»Pah, mit der kommen wir schon zurecht!«, erklärte Urlgen, und die anderen nickten und johlten zustimmend.

»Ja, mit dem Ergebnis, dass all ihre Pläne und die deines Vaters zunichte gemacht werden«, erwiderte der Drow ruhig und beendete damit den Jubel. Ad'non sah Obould an, als er fortfuhr: »Nur kleine Überfälle, und das für längere Zeit. Du hast mich nach meiner Ansicht gefragt, und die hat sich kein bisschen verändert. Kleine Überfälle und zurückhaltendes Vorgehen. Wir locken sie einen nach dem anderen aus ihren Löchern.«

»Das könnte noch Jahre dauern!«, widersprach Urlgen.

Ad'non nickte zustimmend.

»Diese kleineren Scharmützel werden von allen in dieser Region als unvermeidliches Nebenprodukt der Umgebung betrachtet«, erklärte er, wie er es in der Vergangenheit schon so oft getan hatte. »Ein Überfall auf eine Karawane hier, auf ein Dorf dort, und niemand wird sich sonderlich aufregen, denn niemand wird den Umfang dieser Sache erkennen. Ihr könnt die Goldsäcke der Zwerge kitzeln, aber wenn ihr den

Speer zu tief hineinrammt und sie zu einer heftigeren Reaktion treibt, werden sich die Sippen zusammentun.« Er starrte Obould direkt in die Augen und fuhr fort: »Mit solch übereiltem Vorgehen werdet ihr das Ungeheuer wecken. Denkt an drei Zwergenfestungen, die sich zusammentun und einander mit Waren, Waffen und sogar Soldaten unterstützen, indem sie die unterirdischen Verbindungstunnel benutzen. Denkt daran, was für ein Kampf euch bevorstehen wird, wenn ihr eure Zitadelle zurückerobern wollt, wenn Adbar ihnen mehrere tausend Schildzwerge zur Verfügung stellt und Mithril-Halle sie mit dem besten Metall ausrüstet. Mithril-Halle ist noch die kleinste dieser Festungen, und sie hat die Armee von Menzoberranzan abgewehrt!«

Die Erwähnung der Drow-Stadt, deren Name Angst im Herzen eines jeden weckte, der nicht aus Menzoberranzan stammte, ließ ein paar Orks sichtlich schaudern.

»Und auf keinen Fall, weiser Obould, dürfen wir den Zorn von Silbrigmond auf uns ziehen, dessen Herrin eine Freundin von Mithril-Halle ist«, fuhr der Berater fort. »Und wir dürfen nicht erlauben, dass sich Mithril-Halle und Mirabar verbünden.«

»Pah, Mirabar hasst diese Neureichen!«

»Das stimmt, aber sie fürchten sie nur in geschäftlicher Hinsicht«, erklärte Ad'non. »Sie fürchten dich und Gerti, weil ihr ihr Leben bedroht und nicht nur ihre Goldsäcke, und solche Angst führt zu unerwarteten Bündnissen.«

»Wie das zwischen mir und Gerti?«

Ad'non dachte einen Augenblick über diese Äußerung nach, dann schüttelte er den Kopf.

»Nein, du und Gerti, ihr versteht einfach, dass ihr durch ein Bündnis eurem Ziel beide näher kommt. Ihr habt selbstverständlich keine Angst.«

»Selbstverständlich nicht!«

»Und das braucht ihr auch nicht. Macht weiter, wie wir es besprochen haben, mein Freund Obould.« Er trat näher und flüsterte, so dass nur der Ork-König ihn hören konnte. »Zeig den anderen, wieso du besser bist als die meisten Orks, wieso du allein im Stande bist, Verbündete zu finden, um deine Zitadelle wiederzuerobern.«

Obould richtete sich auf und nickte, dann wandte er sich seinen Leuten zu und wiederholte, was Ad'non ihm seit Monaten und Abermonaten eingebläut hatte.

»Geduld …«

»Ich frage lieber gar nicht, wie dein Treffen mit Obould verlaufen ist«, sagte die Priesterin Kaer'lic Suun Wett, als Ad'non schließlich wieder in das bequeme, üppig ausgestattete Zimmer zurückkehrte, das in einem verborgenen Tunnel unterhalb der südlichen Ausläufer des Grats der Welt lag, nicht weit entfernt von den Höhlen von Leuchtendweiß, aber viel, viel tiefer.

Kaer'lic war die verblüffendste der kleinen Gruppe. Sie war korpulent, was für Dunkelelfen sehr ungewöhnlich war, und hatte breite Schultern. Ihr rechtes Auge hatte sie vor beinahe hundert Jahren, als sie noch eine junge Priesterin gewesen war, bei einem Kampf verloren. Statt es auf magische Weise wiederherzustellen, hatte Kaer'lic es durch ein schwarzes, facettenreiches Auge ersetzt, das aus dem Kadaver einer Riesenspinne stammte. Sie behauptete, dieses Auge wäre funktionsfähig und erlaube ihr, Dinge zu sehen, die andere nicht sahen, aber ihre drei Freunde wussten es besser. Ad'non und Donnia hatten sich häufig von rechts an Kaer'lic herangeschlichen und sie geneckt.

Dennoch, die beiden Attentäter hatten, was das Auge anging, gegenüber ihrem neuesten Gefährten noch viele Zehntage Theater gespielt. Immerhin waren Spinnen für die Dunkelelfen von Menzoberranzan ausgesprochen wichtig, und Tos'un Armgo war lange Zeit angemessen beeindruckt gewesen, bis Ad'non schließlich die Katze aus dem Sack gelassen hatte – selbstverständlich erst, nachdem die drei alten Freunde sich einig gewesen waren, dass man sich auf Tos'un verlassen konnte.

Ad'non zuckte nun die Achseln und berichtete den dreien, dass alles genau so verlaufen war, wie man von einem Ork erwarten konnte. Obould war ein wenig tückischer als die meisten seiner Art, aber das hatte nach Drow-Maßstäben nicht viel zu bedeuten.

»Gerti bleibt ebenfalls auf Kurs«, fügte Donnia hinzu. »Sie glaubt, es wäre ihr Schicksal, Herrscherin des Grats der Welt zu werden, und wird alles tun, was dazu führen könnte.«

»Sie hat vielleicht sogar Recht«, warf Tos'un ein. »Gerti Orelsdottr ist nicht dumm, und mit Oboulds Massen und den unruhigen Trollen aus dem Moor lässt sich vielleicht genügend Chaos erzeugen, damit Gerti es ausnutzen kann.«

»Und wir werden davon profitieren, was Reichtum und Spaß angeht – und was immer sonst dabei herauskommen mag«, sagte Donnia mit einem sarkastischen Grinsen, das von ihren drei Freunden erwidert wurde.

»Ich kann mir kaum mehr vorstellen, dass ich jemals in Erwägung gezogen habe, nach Menzoberranzan zurückzukehren«, stellte Tos'un Armgo fest, und die anderen lachten.

Donnia und Ad'non wechselten viel sagende Blicke, als das Lachen verklang. Immerhin waren die Liebenden mehrere Tage getrennt gewesen, und beide fanden dieses Gerede über Eroberungen, Chaos und Profit sehr erregend.

Sie rannten praktisch aus dem Zimmer in ihre eigene Kammer. Kaer'lic sah ihnen lachend und kopfschüttelnd nach. Die Priesterin war pragmatischer, was diese Bedürfnisse anging. »Die beiden werden noch im Bett sterben«, sagte sie zu

Tos'un, »weil sie so damit beschäftigt sind, sich zu vereinigen, dass sie keine Gefahr bemerken.«

»Ich denke, es gibt schlimmere Todesarten«, erwiderte der Sohn des Hauses Barrison Del'Armgo, und wieder lachte Kaer'lic laut.

Auch sie und Tos'un teilten gelegentlich das Bett, aber wirklich nur gelegentlich, und nun schon seit langer Zeit nicht mehr. Kaer'lic war eigentlich nicht an einem Partner interessiert und zog es bei weitem vor, einen Sklaven zu benutzen.

»Wir sollten diese Überfälle zum Mondwald ausdehnen«, sagte sie nun gierig. »Vielleicht könnten wir Obould überreden, uns zwei junge Mond-Elfen zu fangen.«

»Zwei?«, sagte Tos'un skeptisch. »Eine Hand voll würde mehr Spaß machen.«

Wieder lachte Kaer'lic.

Tos'un lehnte sich auf das dicke Fell der Couch zurück und fragte sich noch einmal, wie er je daran gedacht haben konnte, zu den Gefahren, den Unbequemlichkeiten und Erniedrigungen zurückzukehren, denen er als Mann in den dunklen Straßen von Menzoberranzan ausgesetzt gewesen war.

Nicht willkommen

Der Wind fegte heulend von den schneebedeckten Nordgipfeln des Grats der Welt herunter. Ein wenig weiter südlich, auf den Wegen, die aus Luskan herausführten, war es schon Frühling, ja beinahe Sommer, aber in größerer Höhe war der Wind selten warm und der Weg selten einfach.

Aber genau diesen Kurs hatte Bruenor Heldenhammer als Rückweg nach Mithril-Halle gewählt: Er zog im Schatten der Berge nach Osten. Sie hatten das Eiswindtal ohne weitere Probleme verlassen, denn weder die Banditen noch die vereinzelten Ungeheuer, die so oft diese gefährlichen Straßen heimsuchten, wollten sich mit einer Armee von beinahe fünfhundert Zwergen anlegen. Bei der Überquerung der Berge hatte sie ein Sturm überrascht, aber Bruenors zähe Leute waren weitergestapft und hatten sich nach Osten gewandt, als Drizzt und seine Freunde schon erwarteten, bald die Türme von Luskan im Süden vor sich aufragen zu sehen.

Drizzt hatte Bruenor gefragt, wieso er so unerwartet den Kurs geändert hatte, denn dies war zwar die direktere Route, aber sie würde sicherlich nicht schneller und auf keinen Fall ungefährlicher sein.

Zur Antwort auf diese logische Frage hatte Bruenor nur geschnaubt: »Das wirst du schon bald genug erfahren, Elf!«

Die Tage wurden zu Zehntagen, und die Karawane hatte

inzwischen mehr als hundertfünfzig schwierige Meilen zurückgelegt. Am Tag erklangen zwergische Marschlieder, an den Abenden zwergische Sauflieder.

Zur Überraschung von Drizzt, Catti-brie und Wulfgar holte Bruenor Regis zu sich auf den Kutschbock, nachdem sie sich nach Osten gewandt hatten. Der Zwerg beugte sich ununterbrochen zu dem Halbling hinunter und redete auf ihn ein, während Regis zustimmend nickte.

»Was weiß der Kleine, das wir nicht wissen?«, fragte Catti-brie den Drow, als sie eines Tages nördlich von der Karawane standen und einen Blick zurück auf den dritten Wagen, Bruenors Wagen, warfen, wo Bruenor und Regis sich wieder einmal angeregt unterhielten.

Drizzt schüttelte den Kopf, denn er wusste selbst nicht, was er von der ganzen Sache halten sollte.

»Nun, ich denke, wir sollten es herausfinden«, fügte Catti-brie hinzu, da sie sah, dass sie keine Antwort erhalten würde.

»Wenn Bruenor es uns wissen lassen will, wird er es uns schon sagen«, versicherte ihr Drizzt, aber ihr höhnisches Lächeln machte ihm klar, dass sie diese Theorie nicht akzeptierte.

»Wir haben die beiden schon vor mehr als nur einem schlecht beratenen Plan retten müssen«, erinnerte sie ihn. »Willst du nicht lieber noch vor dem schauerlichen Höhepunkt herausfinden, was sie aushecken?«

Das konnte er nicht abstreiten, und wenn er das Paar auf dem Wagen beobachtete und außerdem daran dachte, dass der verwegene und nicht allzu intelligente Thibbledorf Pwent Bruenor ebenfalls als Berater diente, konnte der Drow nur leise lachen.

»Und was sollen wir tun?«

»Na ja, sogar glühende Eisen könnten Bruenor nicht dazu

bringen, etwas zu verraten, selbst wenn es nur um ein Geburtstagsgeschenk geht«, stellte Catti-brie fest, »aber ich denke, dass Regis wesentlich weniger verkraften kann.«

»Schmerzen?«, fragte Drizzt ungläubig.

»Nein, Hinterlist oder Alkohol, je nachdem, was besser funktioniert«, erklärte sie. »Ich denke, ich werde Wulfgar bitten, die kleine Ratte vorbeizubringen, wenn Bruenor heute Abend anderweitig beschäftigt ist.«

Wie an den meisten Abenden schlugen Drizzt und Catti-brie ihr Lager am Rand des Zwergenlagers auf, zum einen, um Wache zu schieben, zum anderen, um sich von Thibbledorf Pwents Mätzchen und dem Exerzieren der Knochenbrecher fern zu halten. Ausgerechnet an diesem Abend jedoch entschloss sich Pwent, ihnen einen Besuch abzustatten. Er kam an ihr Feuer gestapft und ließ sich auf einem Stein daneben nieder.

Er schaute Catti-brie an und streckte sogar die Hand aus, um ihr langes, rötlich braunes Haar zu streicheln.

»Ah, du bist wirklich hübsch, Mädchen«, sagte er und warf ihr einen Sack mit einer schlammigen Masse vor die Füße. »Streich dir das jeden Abend, bevor du dich ins Bett legst, aufs Gesicht.«

Catti-brie starrte den Sack und seinen schleimigen Inhalt an, dann blickte sie zu Drizzt auf, der auf einem Holzklotz saß, mit dem Rücken gegen einen Felsen gelehnt, die Hände hinter dem Kopf verschränkte und sein dichtes weißes Haar so zurückstrich, dass es sein schwarzhäutiges Gesicht und die lila Augen umrahmte. Der Schlachtenwüter amüsierte ihn ganz offensichtlich.

»Aufs Gesicht?«, fragte Catti-brie, und Pwent nickte eifrig.

»Lass mich raten: Wenn ich das tue, wird mir bald ein Bart wachsen.«

»Ein richtig schöner, dichter«, sagte Pwent. »Und rot, passend zu deinem Haar, wie ich hoffe. Oh, wie feurig du aussehen wirst!«

Catti-brie kniff die Augen zusammen und schaute noch einmal Drizzt an, der sich gerade mit Mühe ein Lachen verbiss.

»Aber pass auf, dass du es nicht zu hoch auf die Wangen reibst«, fuhr der Schlachtenwüter nun ernsthaft fort, und jetzt musste Drizzt doch laut lachen. »Denn sonst wirst du aussehen wie dieser Werwolf Harpell!«

Beim Gedanken daran seufzte Pwent und verdrehte sehnsuchtsvoll die Augen. Es war überall bekannt, dass der Schlachtenwüter Bidderdoo Harpell, den Werwolf, gebeten hatte, ihn zu beißen, so dass auch er von dieser unheimlichen Krankheit angesteckt würde. Harpell war klug genug gewesen, sich zu weigern.

Bevor der wilde Zwerg fortfahren konnte, hörten die drei, dass sich jemand näherte, und eine hoch aufragende Gestalt betrat das Lager. Es war Wulfgar der Barbar, beinahe sieben Fuß groß, breitschultrig und muskelbepackt. Er hatte einen Bart, der ebenso blond war wie sein Haar, aber er trug ihn ordentlich geschnitten, und es war unter anderem dieses Bedachtsein auf sein Äußeres, das die Freunde hoffen ließ, dass Wulfgar seine inneren Dämonen endlich besiegt hatte. Er trug einen großen Sack über der Schulter, in dem etwas zappelte.

»Heh, was hast du denn da, Junge?«, rief Pwent und sprang neugierig auf.

»Abendessen«, erwiderte Wulfgar. Das Geschöpf im Sack stöhnte und wand sich noch heftiger.

Pwent rieb sich erfreut die Hände und leckte sich die Lippen.

»Es reicht nur für uns«, sagte Wulfgar. »Tut mir Leid.«

»Pah, einen Schenkel könnt ihr mir doch wohl abgeben!«

»Es reicht gerade so eben für uns«, sagte Wulfgar noch einmal, legte Pwent die Hand an die Stirn und drückte den Zwerg auf Armeslänge weg. »Und für meine Frau und das Kind. Ich fürchte, du wirst bei deinen Leuten essen müssen.«

»Pah!«, schnaubte der Schlachtenwüter. »Du hast es nicht mal richtig erlegt!«

Bei diesen Worten kam er näher, ballte die Faust und zog den Arm zu einem vernichtenden Schlag zurück.

»Nein!«, riefen Drizzt, Wulfgar und Catti-brie gleichzeitig.

Catti-brie und der Drow stürzten vorwärts, um den Zwerg abzufangen. Wulfgar drehte sich und schob sich zwischen den Schlachtenwüter und den Sack. Dabei schwang der Sack jedoch wild herum und schlug gegen die Felsen, was dem Inhalt ein weiteres Stöhnen entlockte.

»Wir wollen es ganz frisch«, erklärte Catti-brie dem verdutzten Pwent.

»Frisch? Es zappelt ja noch!«

Catti-brie rieb sich gierig die Hände und leckte sich die Lippen, genau wie Pwent es gerade getan hatte.

»In der Tat!«, verkündete sie vergnügt.

Pwent wich einen Schritt zurück, stemmte die Hände in die Hüften, starrte die Frau argwöhnisch an und brach dann in Gelächter aus.

»Du wirst wirklich einen guten Zwerg abgeben, Mädchen!«, röhrte er.

Er schlug sich auf die Oberschenkel, drehte sich um und stapfte den Abhang hinunter zum Hauptlager.

Sobald er weg war, nahm Wulfgar den Sack von der Schulter, bückte sich und kippte den Inhalt vorsichtig aus: einen sehr zornigen, leicht übergewichtigen Halbling in seiner besten Reisekleidung, einem roten Hemd, einer braunen Weste und Kniehosen.

Regis rollte auf den Boden, kam rasch wieder auf die Beine und begann hektisch, sich den Staub abzuwischen.

»Tut mir Leid«, murmelte Wulfgar so höflich er konnte, während er ein Lachen unterdrückte.

Regis starrte ihn wütend an, dann hüpfte er zu ihm und trat ihm fest gegen das Schienbein – was selbstverständlich Regis' nackten Zehen mehr wehtat als dem mächtigen Barbaren.

»Immer mit der Ruhe, mein Freund«, sagte Drizzt und legte dem Halbling den Arm um die Schultern. »Wir mussten einfach nur mit dir reden.«

»Und mich einfach zu bitten, war wohl nicht möglich, wie?«, fauchte Regis.

Drizzt zuckte die Achseln. »Es musste alles im Geheimen geschehen«, erklärte er. Noch während er das sagte, verstand Regis offenbar, um was es ging, und wich zurück.

»Du hast dich in der letzten Zeit oft mit Bruenor unterhalten«, begann Catti-brie, und Regis wich noch ein bisschen weiter zurück. »Wir glauben, du solltest vielleicht mit uns sprechen.«

»O nein«, erwiderte Regis und fuchtelte aufgeregt in der Luft herum. »Bruenor hat Pläne, und er wird sie euch schon mitteilen, wenn er glaubt, dass der geeignete Zeitpunkt gekommen ist.«

»Es ist also wirklich etwas im Gange?«, fragte Drizzt.

»Er kehrt nach Mithril-Halle zurück, um König zu werden«, erwiderte der Halbling. »Ich würde schon sagen, dass das etwas ist.«

»Aber es gibt noch mehr«, stellte Drizzt fest. »Das sehe ich doch an dem Glitzern in seinen Augen und seinem beschwingten Gang.«

Regis zuckte mit den Schultern. »Er freut sich, nach Hause zu kommen.«

»Oh, dorthin sind wir also unterwegs?«, fragte Catti-brie.

»Ihr schon. Ich ziehe noch weiter«, gab der Halbling zu.

»Zu Herolds Feste«, erklärte er – das war ein berühmter Bibliotheksturm östlich von Mithril-Halle und nordwestlich von Silbrigmond, ein Ort, den die Freunde Jahre zuvor besucht hatten, als sie Mithril-Halle finden wollten, damit Bruenor die alte Zwergenfestung wieder in Besitz nehmen konnte. »Bruenor hat mich gebeten, ihm ein paar Informationen zu beschaffen.«

»Worüber?«, fragte der Drow.

»Vor allem über Gandalug und seine Zeit«, antwortete Regis, und die anderen hatten den Eindruck, dass dies zwar die Wahrheit war, aber längst nicht die ganze Wahrheit.

»Und wozu sollte Bruenor das brauchen?«, fragte Catti-brie.

»Ich denke, diese Frage solltet ihr Bruenor selbst stellen«, erklang eine barsche, vertraute Stimme, und alle vier drehten sich um und sahen, wie Bruenor den Feuerkreis betrat. »Aber ihr schnappt euch lieber Knurrbauch hier, wo ihr mich doch nur hättet selbst fragen müssen.«

»Und du hättest es uns gesagt?«, fragte Catti-brie.

»Nein!«, antwortete der Zwerg, und drei Augenpaare wurden sofort zusammengekniffen. »Pah!«, schnaubte Bruenor. »Wenn man euch überraschen will, hat man wirklich keine Chance.«

»Uns mit was überraschen?«, fragte Wulfgar.

»Mit einem Abenteuer, Junge!«, rief der Zwerg. »Dem größten Abenteuer, das ihr je hattet.«

»Ich hatte schon ein paar«, warnte Drizzt, und Bruenor grölte vor Lachen.

»Setzt euch«, bat der Zwerg sie dann, deutete zum Feuer, und alle fünf ließen sich im Kreis nieder.

Bruenor nahm ein dickes Paket aus seinem Rucksack. Er warf es auf den Boden und holte Essen und Bier und Wein heraus.

»Mag ja sein, dass du frischeres Wild bevorzugst«, sagte er mit einem Zwinkern zu Catti-brie, »aber das hier wird es vielleicht auch tun.«

Sie verteilten das Essen, und Bruenor wartete kaum, bis sie die ersten Bissen hinter sich hatten, als er auch schon mit seiner Geschichte begann und ihnen gestand, wie froh er war, dass sie so neugierig gewesen waren, denn es war eine Geschichte um ein mögliches Abenteuer, die er unbedingt hatte erzählen wollen.

»Wir werden morgen den Anfang des Tals von Khedrun erreichen«, erklärte er. »Dann wenden wir uns nach Süden durch das Tal zum Fluss Mirabar und nach Mirabar selbst.«

»Mirabar?«, wiederholten Catti-brie und Drizzt wie aus einem Mund und mit dem gleichen Maß an Misstrauen.

Es war kaum ein Geheimnis, dass die Bergbaustadt Mirabar kein Freund von Mithril-Halle war, das ihre Geschäftsinteressen bedrohte.

»Ihr kennt doch Dagnabbit?«, fragte Bruenor, und alle nickten.

»Nun, er hat dort ein paar Freunde, die uns wichtige Informationen geliefert haben.«

Der Zwerg hielt inne und sah sich im Dunkeln um, als befürchtete er, dass sie belauscht wurden.

»Ist deine Katze hier, Elf?«, fragte er.

Drizzt schüttelte den Kopf.

»Dann hol sie her, wenn es geht«, bat ihn Bruenor. »Sie soll sich umsehen und jeden zu uns zerren, der uns belauscht.«

Drizzt schaute erst Catti-brie und dann Wulfgar an, dann griff er in den Beutel, den er am Gürtel trug, und holte die Onyxstatuette eines Panthers heraus.

»Guenhwyvar«, rief er leise. »Komm zu mir, meine Freundin.« Grauer Nebel wirbelte um die Statuette, wurde dichter und breitete sich aus, und dabei nahm er immer mehr die Gestalt eines Panthers an. Der Nebel wurde rasch fest, und schon bald wartete die riesige schwarze Katze geduldig auf Drizzts Befehle.

Der Drow beugte sich vor und flüsterte dem Panther etwas ins Ohr, und Guenhwyvar sprang davon.

Bruenor nickte. »Diese Jungs aus Mirabar sind wütend auf Mithril-Halle«, sagte er, was für die Anwesenden nichts Neues war. »Sie suchen nach einer Möglichkeit, einen Vorteil im Erzgeschäft zu erlangen.«

Der Zwerg sah sich abermals um, dann beugte er sich vor und winkte die anderen näher.

»Sie suchen nach Gauntlgrym«, flüsterte er.

»Was ist Gauntlgrym?«, fragte Wulfgar.

Catti-brie schien ebenso im Unklaren, aber Drizzt nickte, als wäre das alles vollkommen logisch.

»Die uralte Festung der Zwerge«, erklärte Bruenor. »Lange vor Mithril-Halle und den Zitadellen Felbarr und Adbar. Damals, als wir noch eine einzige Sippe waren und uns die Delzoun nannten.«

»Gauntlgrym ist schon seit Jahrhunderten verschollen«, warf Drizzt ein. »Seit vielen Jahrhunderten. Kein lebender Zwerg erinnert sich mehr daran.«

»Das stimmt«, sagte Bruenor mit einem Zwinkern. »Jedenfalls seit Gandalug zu den Hallen Moradins aufgebrochen ist.«

Drizzt riss die Augen auf – ebenso wie Catti-brie und Wulfgar.

»Gandalug wusste etwas über Gauntlgrym?«, fragte der Drow.

»Er hat es nie gesehen, denn es ist schon vor seiner Geburt gefallen«, erklärte Bruenor. »Aber«, fügte er rasch hinzu, als das hoffnungsvolle Strahlen der anderen verblasste, »als er ein Junge war, waren die Erinnerungen an Gauntlgrym bei den Zwergen noch frisch.« Er sah seine Freunde nacheinander an und nickte wissend. »Diese Jungs aus Mirabar suchen unter den Felsenklippen im Süden. Und das ist der falsche Ort.«

»Wie viel hat Gandalug gewusst?«, fragte Catti-brie.

»Nicht viel mehr, als wir über Mithril-Halle wussten, als wir uns auf die Suche gemacht haben«, gab Bruenor schnaubend zu. »Eher noch weniger. Aber es wird ein Abenteuer sein, das sich lohnen wird, wenn wir die Stadt finden. Oh, die Schätze, ich sage euch! Und besseres Metall, als ihr je gesehen habt!«

Er erzählte mehr und mehr über die legendären Arbeiten der Zwerge von Gauntlgrym, von Waffen von großer Macht, Rüstungen, die jede Klinge abwehren konnten, und Schilden, die sogar gegen Drachenfeuer Bestand hatten.

Drizzt hörte nicht wirklich zu, aber er beobachtete jede Bewegung des leidenschaftlichen Zwergs. Nach Einschätzung des Drow war das Abenteuer die Gefahren und Entbehrungen wert, ob sie Gauntlgrym nun fanden oder nicht. Er hatte Bruenor seit Jahren nicht mehr so lebhaft und aufgeregt gesehen, nicht seit ihrem ersten Versuch, Mithril-Halle zu finden.

Als er sich umsah und die anderen musterte, bemerkte er das helle Glitzern in Catti-bries grünen Augen und den Glanz in Wulfgars eisblauen – eine weitere Bestätigung, dass sein Barbarenfreund auf dem Weg der Besserung war, nachdem er sechs Jahre in den Klauen des Dämons Errtu verbracht hatte. Die Tatsache, dass Wulfgar die Verantwortung eines Ehemanns und Vaters übernommen hatte und Delly und das Baby in ihrem Lager nie fern von ihm waren, war noch beruhigender. Selbst Regis, der die Geschichte zweifellos unterwegs schon viele Male gehört hatte, beugte sich vor, in Bann geschlagen von der Begeisterung des Zwergs für tiefe Höhlen und magische Schätze. Dann fiel Drizzt ein, dass er Bruenor vielleicht fragen sollte, wieso sie alle nach Mirabar gehen mussten, wo man sie bestimmt nicht gerne sah. Wäre es nicht unauffälliger, Dagnabbit mit einer kleinen Gruppe dorthin zu schicken? Der Drow schwieg jedoch noch, denn er verstand die Gründe. Er war nicht bei Bruenor im Eiswindtal gewesen, als die ersten Berichte von König Gandalug über die Feindseligkeit Mirabars eingetroffen waren. Er und Catti-brie waren zu diesem Zeitpunkt an der Schwertküste entlanggesegelt, aber als sie Bruenor wieder im Eiswindtal angetroffen hatten, hatte der Zwerg mehrmals davon gesprochen – es war eine nie verlöschende Quelle des Zorns.

Nach außen hin sprach der Rat von Mirabar, der von Zwergen und Menschen beherrscht wurde, voller Wärme von Mithril-Halle und hatte die Brüder der Sippe Heldenhammer willkommen geheißen. Bruenor hatte jedoch im Lauf der Jahre viele Berichte über subtil abwertende Bemerkungen gehört, die von Personen ausgingen, die Mitgliedern des Rats der Funkelnden Steine und Elastul, dem Markgrafen von Mirabar, nahe standen. Einige der Intrigen, die Gandalug Kopfschmerzen bereitet hatten, hatte man nach Mirabar zurückverfolgen können.

Bruenor wollte nach Mirabar gehen, weil er einigen von diesen Leuten direkt in die Augen sehen und ihnen klar machen wollte, dass der Achte König von Mithril-Halle als Zehnter König zurückkehrte und dass er sich dieser Tage mit den Feinheiten der Politik im wilden Norden ein wenig besser auskannte.

Drizzt lehnte sich zurück und beobachtete, wie sich die Freunde weiter berieten. Es sah aus, als hätte das Abenteuer begonnen, und es war eins, das der Drow glaubte, wirklich genießen zu können.

Oder etwa nicht?

Denn nun kam ihm eine recht unerwartete Erinnerung. Er musste wieder an seinen ersten Besuch an der Oberfläche denken. Auch das hatte ein großes Abenteuer sein sollen, das er gemeinsam mit den anderen Dunkelelfen genoss. Bilder von dem Gemetzel an den Oberflächenelfen zuckten ihm durch den Kopf und kulminierten in der Erinnerung an ein kleines Elfenmädchen, das er mit dem Blut seiner eigenen Mutter beschmiert hatte, damit es so aussah, als wäre es ebenfalls tödlich verwundet. Er hatte die Kleine an diesem schrecklichen Tag gerettet, und das Massaker war der erste wichtige Schritt gewesen, der ihn von seinen abstoßenden Verwandten wegführte.

Aber viele Jahre später hatte er dieses Elfenkind dann umgebracht. Er verzog das Gesicht, als er Ellifain wieder vor sich sah, wie sie ihm in den Piratenhöhlen gegenübergestanden hatte, tödlich verwundet und voller Freude darüber, dass sie Drizzt mit in den Tod nehmen würde. Auf einer logischen Ebene konnte der Drow zweifellos verstehen, dass nichts, was an diesem Tag geschehen war, sein Fehler gewesen war und dass er nicht hatte voraussehen können, welche Qualen das gerettete Kind in den folgenden Jahrzehnten erleiden würde.

Aber auf einer anderen Ebene hatte der schicksalhafte Kampf mit der gequälten Ellifain eine tiefere Note in Drizzt Do'Urden angeschlagen. Er hatte das Eiswindtal voller Erwartung verlassen, und er war in der Tat froh, mit seinen Freunden zusammen zu sein und durch die Wildnis zu ziehen, die so voller Abenteuer und Aufregung steckte.

Aber inzwischen konnte er sich nicht mehr ganz so sehr für das Aufstöbern uralter Reiche und Schätze begeistern. Drizzt hatte sich nie für eine wichtige Figur in den Ereignissen der größeren Welt gehalten. Er war damit zufrieden gewesen, dass das, was er tat, denen in seiner Umgebung half. Von seinen frühesten Tagen in Menzoberranzan an hatte er die grundlegenden Unterschiede zwischen Gut und Böse verstanden, und er hatte immer geglaubt, dass er auf der Seite der Gerechtigkeit und des Guten stand.

Aber was war mit Ellifain?

Er lauschte weiter den aufgeregten Stimmen am Feuer und versicherte sich selbst, dass er dieses neueste Abenteuer genießen würde.

Das musste er einfach glauben.

Der oberirdische Teil der Stadt Mirabar hatte nichts Schönes an sich. Niedrige Steingebäude und ein paar Türme drängten sich hinter einer Steinmauer. Alles hier sprach von Effizienz und Kontrolle, von Sachlichkeit und Fleiß.

Auf einen Zwerg wie Bruenor wirkte das in gewisser Weise bewundernswert, aber für Drizzt und Catti-brie sah die Stadt, als sie sich dem Nordtor näherten, abweisend und uninteressant aus.

»Mir ist Silbrigmond lieber«, sagte Drizzt zu Catti-brie, als sie links von der Zwergenkarawane entlangeilten.

»Selbst Menzoberranzan ist hübscher«, erwiderte Catti-brie, und Drizzt konnte ihr nur zustimmen.

Die Wachen am Nordtor waren ein angemessener Spiegel von Mirabars strengem Erscheinungsbild. Vier Menschen standen in Paaren auf beiden Seiten eines stabilen metallenen Tors, die Hellebarden senkrecht vor sich und auf dem Boden aufgestützt, die Silberrüstungen in der Morgensonne glitzernd. Bruenor erkannte das Wappen auf den Turmschilden, das gräfliche Wappen von Mirabar, eine dunkelrote Doppelaxt auf schwarzem Grund. Dass sich hier eine riesige Karawane von Zwergen, eine regelrechte Armee, näherte, machte die Wachen sicher nervös, aber sie sahen den Zwergen mit scheinbar ruhiger Haltung und ungerührter Miene entgegen.

Bruenor setzte dazu an, seinen Wagen nach vorn zu lenken, und Pwents Knochenbrecher eilten sich, um seine Flanken zu schützen.

»Bring ihn direkt vor sie«, wies Bruenor seinen Kutscher Dagnabbit an.

Der jüngere Zwerg mit dem blonden Bart grinste zahnlückig und trieb sein Gespann weiter an, aber die Wachen von Mirabar zuckten nicht mit der Wimper.

Der Wagen kam nicht weit von dem geschlossenen Tor entfernt zum Stehen, und Bruenor richtete sich hoch auf (nun ja, relativ gesehen) und stemmte die Hände in die Hüften.

»Was wollt Ihr? Wer seid Ihr?«, fragte der Wachposten, der rechts dem Wagen am nächsten stand.

»Ich will mit eurem Rat der Funkelnden Steine sprechen«, antwortete Bruenor. »Und mehr werde ich nur denen persönlich sagen.«

»Ihr werdet der offiziellen Wache von Mirabar antworten, Besucher«, verlangte der innen stehende Mann links vom Tor.

»Ach ja?«, sagte Bruenor. »Ihr wollt also wissen, wer ich bin? Ich bin Bruenor Heldenhammer, du elender Dummkopf. *König* Bruenor Heldenhammer. Und jetzt lauf und erzähl das dem Rat, und wir werden schon sehen, ob sie mit mir reden oder nicht.«

Die Wachen versuchten, sich weiterhin ruhig und ungerührt zu geben, aber sie wechselten rasch einen Blick.

»Habt ihr von mir gehört?«, fragte Bruenor. »Und von Mithril-Halle?«

Einen Augenblick später wandte sich einer der Männer seinem Nachbarn zu und nickte, und der holte daraufhin ein kleines Horn vom Gürtel und blies eine Reihe kurzer, abgehackter Töne. Kurz darauf öffnete sich eine kleine Tür, die geschickt in eines der großen Tore geschnitten war, und ein zäh aussehender, narbengesichtiger Zwerg in voller und sichtlich häufig benutzter Rüstung kam heraus. Auch er trug das Wappen der Stadt auf dem Harnisch, aber keinen Schild.

»Ah, jetzt geht es weiter«, stellte Bruenor fest. »Und es freut mein altes Herz zu sehen, dass euer Vorgesetzter ein Zwerg ist. Könnte sein, dass ihr nicht so dumm seid, wie ihr ausseht.«

»Sei gegrüßt, König Bruenor«, sagte der Zwerg. »Torgar Delzoun Hammerschlag zu deinen Diensten.« Er verbeugte sich tief, und sein schwarzer Bart fegte über den Boden.

»Sei gegrüßt. Torgar«, erwiderte Bruenor und verbeugte sich selbst aufs Anmutigste, was man von ihm als Oberhaupt eines benachbarten Königreichs zweifellos nicht erwartete. »Deine Wachen hier dienen dir gut, wenn es darum geht, den Weg zu blockieren.«

»Hab sie selbst ausgebildet«, erklärte Torgar.

Bruenor verbeugte sich abermals. »Wir sind müde und verdreckt, obwohl das Letztere nicht so schlimm ist, und suchen Unterkunft für die Nacht. Könntet ihr uns vielleicht die Tore öffnen?«

Torgar lehnte sich nach einer Seite und nach der anderen, warf einen genauen Blick auf die Karawane, und dann schüttelte er zweifelnd den Kopf. Das Kopfschütteln wurde heftiger, als er nach rechts schaute und dort einen Drow stehen sah, zusammen mit einer Menschenfrau.

»Dem da ganz bestimmt nicht!«, rief der Zwerg und zeigte mit dem dicklichen Finger auf Drizzt.

»Pah, von dem da hast du schon gehört, und das weißt du auch«, schimpfte Bruenor. »Sagt dir vielleicht der Name Drizzt irgendwas? Na, rührt sich da was in deinem dicken Schädel?«

»Mag sein, mag nicht sein, aber das macht keinen Unterschied«, erklärte Torgar. »Kein verdammter Drow betritt meine Stadt. Nicht solange ich der Kommandant der Axt von Mirabar bin!«

Bruenor warf einen Blick zu Drizzt, der nur lächelte und sich ehrerbietig verbeugte.

»Das ist ungerecht, aber dann wird er eben draußen bleiben«, erklärte Bruenor. »Und was ist mit mir und meinen Verwandten?«

»Wo sollen wir fünfhundert von euch unterbringen?«, fragte Torgar und zeigte damit, dass er die Größe der Streitmacht genau richtig eingeschätzt hatte. Er streckte hilflos die großen Hände aus. »Wir könnten ein paar in die Minen schicken, wenn wir jemanden in die Minen ließen. Aber das tun wir nicht.«

»Also gut«, erwiderte Bruenor. »Wie viele könnt ihr aufnehmen?«

»Zwanzig, dich eingeschlossen«, antwortete Torgar.

»Dann eben zwanzig.« Bruenor warf Thibbledorf Pwent einen Blick zu und nickte. »Drei von deinen Leuten«, befahl er, »und ich und Dagnabbit, das sind fünf, und dann nehmen wir Knurrbauch …« Er hielt inne und wandte sich wieder an Torgar. »Du hast doch nichts dagegen, wenn ich einen Halbling mitbringe?«

Torgar zuckte die Achseln und schüttelte den Kopf.

»Also Knurrbauch, das sind dann sechs«, sagte Bruenor zu Dagnabbit und Pwent. »Sag den anderen, sie sollen vierzehn Kaufleute auswählen, die mit Waren in die Stadt wollen.«

»Nimm lieber meine ganze Brigade«, wandte Pwent ein, aber Bruenor winkte ab.

In einer ohnehin angespannten Situation eine Gruppe von Knochenbrechern auf Mirabar loszulassen, war wirklich das Letzte, was Bruenor wollte. In diesem Fall würde zwischen Mithril-Halle und Mirabar offener Krieg ausbrechen, noch bevor die Sonne untergegangen war.

»Geh und such die beiden aus, die dich begleiten sollen, falls du mitkommen willst«, sagte Bruenor zu Pwent, »und beeil dich gefälligst.«

Kurze Zeit später führte Torgar Delzoun Hammerschlag die zwanzig Zwerge durch Mirabars starkes Tor. Bruenor ging an der Spitze der Reihe, direkt neben Torgar, und sah ganz so aus, wie man sich den mit allen Wassern gewaschenen, durch Abenteuer gestählten König von Mithril-Halle vorstellte, von dem das ganze Land sprach. Er hatte seine mit vielen Kerben versehene einschneidige Axt auf den Rücken geschnallt, weithin sichtbar über dem Schild mit seinem Wappen, das einen schäumenden Bierkrug zeigte. Er trug seinen Helm, an dem ein Horn abgebrochen war, wie ein Ehrenzeichen. Ja, Bruenor war ein König, aber ein Zwergenkönig, ein pragmatischer Mann der Tat, kein hübsch gekleideter Adliger wie jene, die über die Menschen und Elfen herrschten.

»Wer ist dieser Tage euer Markgraf?«, fragte er Torgar, als sie in die Stadt kamen.

Torgars Augen wurden ein bisschen größer. »Elastul Raurym«, erwiderte er. »Aber das ist kein Name, den du dir merken musst.«

»Sag ihm, dass ich mit ihm reden will«, erklärte Bruenor, und Torgar riss die Augen noch ein bisschen weiter auf.

»Er hat seine Audienzen für den Frühling schon im Herbst vergeben, und die für den Sommer im Winter«, entgegnete Torgar. »Du kannst nicht einfach reinspazieren und hoffen, dass man dir eine Audienz gewährt …«

Bruenor warf dem Zwerg einen strengen Blick zu. »Man gewährt mir keine Audienzen«, verbesserte er. »*Ich* gewähre welche. Und jetzt geh und schick dem Markgrafen eine Botschaft, dass ich hier bin, um mit ihm zu sprechen, falls er etwas zu sagen hat, das hörenswert ist.«

Die plötzliche Veränderung in Bruenors Haltung, nun, da er das Tor hinter sich hatte, brachte Torgar sichtlich durcheinander. Er bedachte seinen Mitzwerg mit einem ausgesprochen grimmigen Blick.

Bruenor gab einen Blick zurück, der dem Torgars in nichts nachstand – ganz im Gegenteil.

»Geh und sag es ihm«, bat er dann ruhig. »Und sag eurem Rat und dieser dummen Sceptrana, dass ich dir gesagt habe, du sollst es ihm sagen.«

»Das Protokoll …«

»Ist für Menschen, Elfen und Gnome«, unterbrach ihn Bruenor mit strenger Stimme. »Ich bin kein Mensch, ich bin ganz bestimmt kein Elf, und ich bin auch kein Gnom mit Bart. Ich rede hier von Zwerg zu Zwerg. Wenn du zu mir nach Mithril-Halle kämst und sagtest, dass du mit mir sprechen müsstest, dann würdest du mit mir sprechen können, daran besteht kein Zweifel.«

Er schloss mit einem Nicken und legte die Hand fest auf Torgars Schulter. Diese kleine Geste schien den stämmigen alten Soldaten mehr als alles andere zu beruhigen. Er nickte, immer noch mit grimmiger Miene, aber auch so, als hätte man ihn gerade an etwas sehr Wichtiges erinnert.

»Ich werde es ihm ausrichten«, stimmte er zu, »oder ich werde zumindest seinen Hämmern sagen, dass sie es ihm ausrichten sollen.«

Bruenor lächelte höhnisch bei diesen Worten, und Torgar senkte kurz den Blick. Angesichts der offensichtlichen Verachtung des Zwergenkönigs von Mithril-Halle wirkte die Unzugänglichkeit des Markgrafen von Mirabar selbst gegenüber seinen verlässlichen Schildzwergkommandanten ein bisschen jämmerlich.

»Ich werde es ihm ausrichten«, erklärte Torgar noch einmal, diesmal ein wenig überzeugender.

Er führte die zwanzig Besucher zu einem Ort, an dem sie die Nacht verbringen konnten, ein großes und unauffälliges Steinhaus mit mehreren karg möblierten Zimmern.

»Ihr könnt eure Wagen mit den Waren draußen aufbauen«, erklärte Torgar. »Es werden viele vorbeikommen, um sie zu sehen, da bin ich sicher. Besonders diese kleinen weißen Schmuckstücke, die ihr da habt.«

Er zeigte auf einen der drei Wagen, an dessen Seiten viele kleine Gegenstände klimperten, wenn er über unebenen Boden fuhr.

»Geschnitzt aus den Knochen der Hartschädelforelle«, erklärte Bruenor. »Mein kleiner Freund hier kann das ziemlich gut.«

Er zeigte auf Regis, der errötete und nickte.

»Hast du diese Sachen dort am Wagen gemacht?«, fragte Torgar den Halbling, und er schien ernsthaft interessiert.

»Ein paar davon.«

»Zeig sie mir morgen früh«, bat Torgar. »Könnte sein, dass ich ein paar kaufe.«

Damit nickte er und verließ sie, um dem Markgrafen Bruenors Botschaft zu überbringen.

»Du hast ihn ziemlich von dir überzeugt«, stellte Regis fest.

Bruenor warf ihm einen Blick zu.

»Als wir eintrafen, war er bereit zu kämpfen«, erklärte der Halbling. »Jetzt denkt er, glaube ich, daran mitzukommen, wenn wir wieder aufbrechen.«

Das war übertrieben, aber nicht vollkommen absurd.

Bruenor lächelte nur. Dagnabbit hatte ihm von vielen Flüchen und Drohungen erzählt, die von Mirabar aus gegen Mithril-Halle geäußert worden waren, und überraschenderweise (oder auch nicht, wenn er genauer darüber nachdachte) schienen die meisten von den Zwergen von Mirabar zu kommen, nicht von den Menschen. Deshalb hatte Bruenor darauf bestanden, in diese Stadt zu kommen, wo so viele von seinem Volk unter Bedingungen und in einem Klima lebten, die viel besser für Menschen geeignet waren als für Zwerge. Sollten sie doch mal einen echten Zwergenkönig sehen, eine Fleisch gewordene Legende ihres Volkes. Sollten sie hören, wie man in Mithril-Halle sprach und handelte. Dann würden die Zwerge von Mirabar vielleicht aufhören, Mithril-Halle zu verfluchen, und möglicherweise damit anfangen, sich wieder an ihre Herkunft zu erinnern.

»Es beunruhigt dich, dass sie dich nicht reinlassen wollten«, sagte Catti-brie kurze Zeit später zu Drizzt, als die beiden auf einem hohen Felsvorsprung östlich des Zwergenlagers standen und auf die Stadt Mirabar hinabblickten.

Drizzt drehte sich um, sah sie neugierig an und erkannte, dass seine gute Freundin ihn voller Mitgefühl betrachtete.

»Nein«, versicherte er ihr. »Ich weiß, dass es Dinge gibt, die ich nie ändern kann, und daher akzeptiere ich sie so, wie sie sind.«

»Dein Gesicht sagt aber etwas anderes.«

Drizzt zwang sich zu einem Lächeln. »Das stimmt nicht«, sagte er und hielt sich für überzeugend.

Aber der Blick, mit dem Catti-brie ihn nun bedachte, zeigte ihm, dass sie ihn besser kannte. Sie machte einen Schritt zurück und nickte dann, weil sie begriffen hatte.

»Du hast an die Elfenfrau gedacht«, erklärte sie.

Drizzt wandte den Blick ab, schaute wieder nach Mirabar und sagte: »Ich wünschte, wir hätten sie retten können.«

»Das wünschen wir uns alle.«

»Ich wünschte, du hättest diesen Trank ihr und nicht mir gegeben.«

»Ja, und Bruenor hätte mich umgebracht«, sagte Catti-brie. Sie packte den Drow und zwang ihn, sie anzusehen, und ein

Lächeln breitete sich auf ihrem hübschen Gesicht aus. »Hattest du etwa darauf gehofft?«

Drizzt konnte ihrem Charme und der dringend benötigten Heiterkeit nicht widerstehen.

»Manchmal ist es schwierig«, erklärte er. »Es gibt Zeiten, in denen ich mich danach sehne, dass die Dinge anders wären, dass jede Geschichte ein ordentliches und akzeptables Ende finden könnte.«

»Und daher versuchst du, sie akzeptabel zu machen«, sagte Catti-brie. »Mehr kannst du nicht tun.«

Das stimmte wohl, musste Drizzt zugeben. Er seufzte, blickte wieder auf Mirabar hinab und dachte an Ellifain.

Dagnabbit schlich sich später an diesem Nachmittag, als die Sonne schon unterging und ein kalter Wind durch die Straßen der Stadt fegte, nach draußen. Er kam erst im Morgengrauen zurück und verbrachte den Tag im Haus mit Bruenor, wo sie die politischen Zusammenhänge und ihre Auswirkungen auf Mithril-Halle diskutierten, während die Kaufleute und Regis versuchten, ihre Waren zu verkaufen.

Es kamen nicht viele zu den Wagen, und die meisten feilschten so wild, dass die Heldenhammer-Zwerge sich schließlich weigerten, weiter zu verkaufen. Das änderte sich allerdings kurz nach Mittag, als Torgar Hammerschlag erschien.

»Nun, zeig mir deine Arbeit, Halbling«, bat er Regis.

Ein Dutzend Köpfe – die von Torgars Freunden – tauchte hinter ihm auf.

»Regis«, stellte sich der Halbling vor und streckte die Hand aus, die Torgar mit festem Griff packte.

»Zeig mir die schönsten Stücke, Regis«, sagte der Zwerg.

»Meine Freunde und ich brauchen vielleicht ein bisschen Überredung, wenn es darum geht, unsere Goldstücke für etwas auszugeben, das man nicht trinken kann.«

Das brachte alle Zwerge zum Lachen, die Heldenhammer-Leute ebenso wie die aus Mirabar, und Regis ebenfalls. Der Halbling fragte sich, ob er wohl seinen verzauberten Rubinanhänger mit den magischen Überredungskräften benutzen sollte, um die Zwerge zu »überzeugen«, dass sie einen guten Kauf machten. Aber diesen Gedanken gab er sofort wieder auf, denn er erinnerte sich daran, wie immun manche Zwerge gegen jegliche Art von Magie waren, und er durfte auch die möglichen Auswirkungen auf die Beziehungen zwischen Mithril-Halle und Mirabar, falls man ihn erwischen sollte, nicht vergessen.

Und bald schon wurde Regis klar, dass er den Einfluss des Anhängers nicht brauchen würde. Die Zwerge hatten eine Menge Geld mitgebracht, und viele ihrer Freunde folgten ihnen. Die Waren auf den Wagen, Regis' Arbeiten und viele andere Dinge, begannen zu verschwinden.

Aus dem Fenster des Hauses beobachteten Bruenor und Dagnabbit das Geschehen mit wachsender Zufriedenheit, als Dutzende und Aberdutzende neuer Kunden, beinahe alles Zwerge, Torgars Beispiel folgten. Sie bemerkten auch mit einer Mischung aus Besorgnis und Hoffnung die Gesichter von anderen in der Nähe, vor allem von Menschen, die den regen Handel mit offener Missbilligung betrachteten.

»Ich denke, du hast einen Keil in die Mitte von Mirabar getrieben, indem du hergekommen bist«, stellte Dagnabbit fest. »Es könnte jedoch sein, dass wir in Zukunft weniger Flüche von den Lippen der Zwerge aus Mirabar hören.«

»Und mehr als je zuvor von den Menschen«, fügte Bruenor hinzu, und diese Aussicht schien ihn zu freuen.

Sie schien ihn sogar ungemein zu freuen.

Kurze Zeit später klopfte Torgar, der einen Beutel voller Einkäufe trug, an die Tür.

»Du kommst, um mir zu sagen, dass der Markgraf zu beschäftigt ist«, sagte Bruenor, als er auf das Klopfen hin die Tür weit öffnete.

»Er scheint viel zu tun zu haben«, bestätigte Torgar.

»Ich wette, er hat nicht mal aufgemacht, als du geklopft hast«, stellte Dagnabbit hinter Bruenor fest.

Torgar zuckte hilflos mit den Schultern.

»Und was ist mit dir?«, fragte Bruenor. »Und deinen Jungs? Habt ihr auch zu tun, oder habt ihr Zeit, auf ein Bier reinzukommen?«

»Hab kein Geld mehr.«

»Ich will auch keins.«

Torgar kaute nervös auf der Unterlippe und erklärte: »Ich kann nicht als Vertreter von Mirabar sprechen.«

»Wer hat dich denn darum gebeten?«, erwiderte Bruenor barsch.

»Ein guter Zwerg gießt sich mehr in den Mund, als er ausspuckt. Du hast sicher ein paar Geschichten zu erzählen, die ich noch nicht gehört habe. Und das ist mehr wert als den Preis für ein paar Bier.«

Und so feierten sie an diesem Abend mit Torgars Zustimmung in dem schlichten Haus in der Oberstadt von Mirabar. Mehr als hundert Zwerge aus Mirabar erschienen, die meisten blieben einige Zeit, und nicht wenige übernachteten im Haus auf dem Boden.

Als es hell wurde, war Bruenor nicht überrascht, das Haus von bewaffneten, grimmigen Soldaten umstellt vorzufinden – alles Menschen, keine Zwerge.

Es war Zeit für ihn und seine Leute, sich zu verabschieden.

Torgar und seine Freunde würden wegen dieser Sache zweifellos Ärger bekommen, aber als Bruenor ihn besorgt ansah, zwinkerte der zähe alte Veteran nur und grinste.

»Komm mich in Mithril-Halle besuchen, Torgar Delzoun Hammerschlag!«, rief Bruenor ihm zu, als die Wagen wieder durchs Tor rollten. »Und bring all deine Freunde mit und alle Geschichten, die ihr erzählen könnt! Wir finden schon genug zu essen und zu trinken, um euch zum Rülpsen zu bringen, und ein weiches Bett, solange ihr eure Hintern wärmen wollt!«

Den Besuchern aus dem Eiswindtal entgingen keineswegs die mürrischen Mienen der menschlichen Wachen bei diesen gefährlichen Bemerkungen.

»Du stiftest gern Unruhe, wie?«, sagte Regis zu Bruenor.

»Der Markgraf hatte also zu viel zu tun, um mit mir zu reden«, erwiderte Bruenor mit einem höhnischen Grinsen. »Er wird sich noch wünschen, dass er es getan hätte, da bin ich mir sicher.«

Drizzt, Catti-brie und Wulfgar schlossen sich Bruenors Wagen an, als dieser sich vor dem Stadttor wieder in die Karawane einfügte.

»Was ist da drin passiert?«, fragte der Dunkelelf.

»Ein paar Intrigen, ein bisschen Spaß«, erwiderte Bruenor, »und ein bisschen Rückversicherung, dass in der Armee von Mirabar, falls es je zu einem Kampf gegen Mithril-Halle kommen sollte, ein paar hundert der kürzer gewachsenen Krieger fehlen werden.«

Rückzug in den Sieg

»Du musst weitergehen!«, schimpfte Nikwillig Tred.

Der verwundete Zwerg war gegen einen Felsen gesackt. Schweiß lief ihm über Stirn und Wangen, und er verzog schmerzerfüllt das Gesicht.

»Es hat mein Knie erwischt.« Tred war so erschöpft, dass er nach jedem Wort nach Luft schnappen musste. »Mein Bein trägt mich nicht mehr. Lauf du weiter und gib diesen Kötern was zu denken!«

Nikwillig nickte – nicht weil er mit dem Vorschlag einverstanden war, sondern wegen der Sache mit den »Kötern«. »Wenn du nicht laufen kannst, machen wir Halt und kämpfen«, antwortete er.

»Pah!«, schnaubte Tred. »Ein ganzes Rudel Worgs ist hinter uns her.«

»Das werden bald tote Worgs sein«, entgegnete Nikwillig mit mehr Entschlossenheit, als Tred je bei ihm erlebt hatte.

Nikwillig war eher ein Handwerker und Kaufmann als ein Krieger, aber nun »zeigte er den Zwerg«, wie man früher gesagt hatte. Und als Tred diese Verwandlung sah, musste er trotz ihrer verzweifelten Lage lächeln. Wäre die Situation umgekehrt gewesen und Nikwillig hätte ein gebrochenes Bein gehabt, dann hätte Tred nicht im Traum daran gedacht, ihn allein zu lassen.

»Wir brauchen einen Plan«, sagte Tred.

»Einen mit Feuer«, stimmte Nikwillig zu, und kaum hatte er den Satz beendet, erklang in nicht allzu weiter Ferne ein Heulen, das aus anderen Richtungen beantwortet wurde. Dennoch, die beiden Zwerge fanden auch so etwas wie Hoffnung in diesem Chor.

»Sie kommen nicht alle zusammen auf uns zu«, erklärte Tred.

»Haben sich geteilt«, stimmte Nikwillig zu.

Eine Stunde später, als das Heulen schon viel näher war, saß Tred hinter einem tosenden Feuer, die kräftigen Arme verschränkt, die Axt mit der spitzen Klinge auf dem Schoß. Sein Bein war dankbar für die Ruhe, und nur das leichte Tippen seines Fußes verriet, dass er nicht ganz so ruhig und entspannt war, wie er aussah, während er darauf wartete, dass die ersten Worgs auftauchten.

Seitlich von ihm, im Schatten hinter einem Haufen von Steinen, konnte man hin und wieder ein Knistern hören. Tred zuckte zusammen, biss sich auf die Unterlippe und hoffte, dass das Seil das Gewicht der noch nicht vollständig gefällten Kiefer aushalten würde.

Als die ersten roten Augen auftauchten, fing Tred an zu pfeifen. Er griff zur Seite, hob einen großen Kübel Wasser hoch und goss ihn über sich aus.

»Mögt ihr euer Fleisch gerne nass, ihr Welpen?«, rief er den Worgs zu.

Als die riesigen Wölfe in Sicht kamen, trat er nach dem Rand des Feuers und hielt sie einen Augenblick mit diesem Funkenregen auf. Der Tritt bewirkte auch, dass er einen Schmerzensschrei ausstieß. Sein gebrochenes Bein konnte ihn nicht halten, als er mit dem gesunden zutrat, und er fiel zur Seite.

Aber auch der tote Baum fiel, und genau so, wie die

schlauen Zwerge es geplant hatten. Die vertrocknete alte Kiefer krachte in das lodernde Feuer und wirbelte noch mehr Funken und brennende Nadeln auf. Mehr als eine davon traf den armen Tred, und sogar sein Bart fing leicht an zu brennen. Er schlug das Feuer aus, knurrte gegen die glühenden Schmerzen an und zwang sich in eine Verteidigungsstellung.

Auf der anderen Seite erfassten die Flammen die Hand voll Worgs, die auf die Lichtung gekommen waren, und die Wölfe sprangen winselnd und kläffend davon und bissen nach ihrem brennenden Fell. Mehr Worgs folgten, und einige wurden von ihren wütenden Genossen sogar gebissen.

Der trockene Baum ging zwischen Tred und den Wölfen in Flammen auf, aber nicht, bevor ein paar dunkle Gestalten darüber gesprungen waren oder ihn umgangen hatten.

Die Hände fest am Griff, schwang Tred die Axt und schlug den ersten springenden Wolf zur Seite, wo er zusammensackte. Der Zwerg drehte die Waffe schnell, ließ die Hand nach oben gleiten und stützte die Axt gegen den Gürtel. Als der zweite Wolf angriff, spießte er sich auf der Spitze der Klinge auf. Tred riss den Wolf nach oben und wirbelte ihn über sich hinweg. Er zog die Axt sofort zurück und vollführte eine wilde Hackbewegung, die den dritten Worg direkt in den Kopf traf und ihm den Schädel zerschmetterte.

Nikwillig war nun neben ihm, das Schwert in der Hand. Als die nächsten beiden Worgs angriffen, einer von jeder Seite, stellten sich die beiden Zwerge Rücken an Rücken und kämpften. Frustriert umkreisten die Wölfe die beiden Freunde. Nikwillig zog einen Dolch aus dem Gürtel und schleuderte ihn in die Flanke eines Worgs. Das Geschöpf jaulte und floh.

Sein Gefährte folgte ihm rasch.

»Die erste Runde geht an uns«, sagte Tred und wich ein wenig zurück, als die Hitze von dem brennenden Baum zu intensiv wurde.

»Dieses Rudel wird nicht mehr kämpfen wollen«, erklärte Nikwillig, »aber es kommen sicher noch mehr.«

Er machte sich auf den Weg und zerrte Tred mit sich. Als sie die Lichtung hinter sich gebracht hatten, blieb Tred jedoch stehen und hielt seinen Freund zurück.

»Es sei denn, wir erwischen sie zuerst«, sagte er zu dem verdutzten Schuhmacher, als der sich umdrehte, um ihn anzusehen. »Es sind Orks, die die Worgs anleiten«, erklärte Tred. »Keine Orks, keine Worgs.«

Nikwillig sah seinen Freund eine Weile an, besonders Treds verletztes Bein – es war klar, dass die beiden nicht hoffen konnten, ihren Verfolgern davonzulaufen. Damit blieben ihnen nur zwei Möglichkeiten.

Und die erste, nämlich Tred zurückzulassen, war undenkbar.

»Also gut, suchen wir uns ein paar Orks«, stimmte er zu.

Sein Lächeln war echt.

Ebenso wie das von Tred.

Sie bewegten sich so schnell weiter, wie sie konnten, folgten ihren eigenen Spuren durch den dunklen Wald und über Felsvorsprünge oder über unebenen Boden, wenn sie keine Spur finden konnten. Immer öfter musste Nikwillig Tred praktisch tragen, aber keiner von beiden beschwerte sich. Die Geräusche von Worgs waren von allen Seiten zu hören, aber die Ablenkung hatte anscheinend funktioniert, die Verfolger von ihrer Spur abgebracht und die Worgs gelehrt, es sich lieber noch einmal zu überlegen, bevor sie die Zwerge weiter verfolgten.

Kurze Zeit später entdeckten die beiden von einer Anhöhe aus ein paar kleine Lagerfeuer. Die Orks hatten demnach kein großes Lager aufgeschlagen, sondern übernachteten in kleinen Gruppen.

»Ihr Fehler«, stellte Tred fest, und Nikwillig stimmte ihm von ganzem Herzen zu.

Mit einem neuen Ziel in Sicht bewegten sich die Zwerge nun noch schneller. Wenn Treds Bein nachgab, hüpfte er weiter, und wenn er auf den steinigen Boden fiel, was häufig geschah, zog der zähe Zwerg sich einfach wieder hoch, spuckte in die Hände, um sich den neuen Kratzer sauber zu wischen, und stolperte weiter. Auf einem Stück freien Geländes begegneten sie einem weiteren Wolf, aber als der die Zähne fletschte und drohend die Haare sträubte, schleuderte Tred ihm die Axt in die Flanke, und das Tier fiel. Nikwillig eilte der Axt hinterher und erledigte den Worg, bevor sein Heulen die Orks im Lager alarmieren konnte, das nun nicht mehr weit entfernt war.

Kurz darauf, als sich am Osthimmel die ersten Spuren des Morgens zeigten, schlichen die beiden eine kleine Anhöhe hinauf und spähten zwischen einem Baumstamm und einem Felsen hindurch. Unter ihnen brannte ein kleines Lagerfeuer, um das drei Orks saßen. Mehrere andere schliefen in der Nähe. Ein einzelner verwundeter Worg saß neben den dreien, knurrte, fletschte die Zähne, leckte seine Wunden und warf einen hasserfüllten Blick auf einen der Orks, wann immer der darüber schimpfte, dass der Worg und seine Gefährten die fliehenden Zwerge nicht hatten erwischen können.

Nikwillig legte einen Finger an die Lippen und bedeutete Tred zu bleiben, wo er war. Er selbst schlich weiter und nutzte die offensichtliche Tatsache aus, dass die selbstsicheren Orks keine ungebetenen Besucher erwarteten.

Tred beobachtete seinen alten Freund mit einem Nicken und einem anerkennenden Grinsen, als Nikwillig auf dem Bauch ins Lager der Orks kroch und sein Messer rasch nutzte, um erst einen und dann einen zweiten schlafenden Feind zu töten. Aber dann sah er, wie der Worg den Kopf hob, und er wusste, dass es losging. Mit aller Kraft, die er aufbringen konnte, zog sich Tred zwischen dem Felsen und dem Baum hoch.

»Nun, ihr wolltet mich, und jetzt habt ihr mich gefunden!«, brüllte er.

Die drei Orks und der Worg sprangen unter großem Getöse auf. Der letzte schlafende Ork wollte ebenfalls aufstehen, aber Nikwillig befand sich bereits neben ihm und tötete ihn, bevor er etwas unternehmen konnte.

Der Ork, der Tred am nächsten war, schwang eine riesige Axt und stürzte sich auf den Zwerg. Er vollführte ein kunstvolles Manöver, das zeigte, dass er kein Neuling mit seiner Waffe war. Aber er war auch kein großer Denker, denn als Tred die Hand hob und den Stein warf, den er aufgehoben hatte, bevor er sich zeigte, war der Ork vollkommen überrascht und wurde mitten ins Gesicht getroffen. Er stolperte nach vorn, und Tred schlug ihn mit der Kampfaxt geschickt beiseite.

Die beiden anderen Orks sahen sich um, dann erkannten sie, was Nikwillig getan hatte und dass sie es mit einem zweiten Zwerg zu tun hatten.

»Zwei gegen zwei«, sagte Nikwillig in der grunzenden Ork-Sprache.

»Wir haben ein Wölfchen!«, erwiderte der erste Ork, aber der verletzte Worg war offenbar anderer Ansicht, denn er rannte aus dem Lager und eilte kläffend in den dunklen Wald.

Einer der Orks versuchte, es ihm gleichzutun, und sprang zur Seite. Tred zögerte nicht und warf dem Fliehenden seine Axt hinterher. Die Waffe ging nicht daneben, aber sie traf auch nicht wie geplant, sondern brachte den Ork nur ins Stolpern, und dann geriet ihm der Griff zwischen die Beine, ohne ihn zu verwunden.

Der zweite Ork, der diesen offensichtlich verwundeten Zwerg unbewaffnet vor sich stehen sah, stieß sein Kriegsgeheul aus, hob sein gezacktes Schwert und stürzte sich auf Tred.

Nikwillig wusste, er würde seinen Freund nicht rechtzeitig erreichen können, also kümmerte er sich als Erstes um den zu Boden gefallenen Ork. Er sprang ihn an, als er gerade wieder aufstehen wollte, und trat ihn mit seinen schweren Stiefeln nieder. Er stampfte und stach mit dem Schwert zu, musste aber einen Treffer vom Speer des Orks hinnehmen, um die Gelegenheit zu erhalten, die Brust des Geschöpfs zu erreichen. Nikwilligs Schulter brannte von der Wunde, aber er konnte den Ork mit dem Schwert von der Brust bis zum Bauch aufschlitzen.

Er hörte, wie Tred den Namen seines Bruders schrie, und auf jeden Schrei folgte ein Grunzen. Nikwillig drehte sich um und erwartete, seinen Freund in schrecklicher Gefahr zu sehen.

Dann ließ er die Waffe sinken, denn Tred hatte die Situation – und den Ork – vollkommen unter Kontrolle. Er hatte das Geschöpf an den Handgelenken gepackt, dessen Arme weit hochgezogen, und nach jedem Schrei nach seinem verlorenen Bruder riss Tred den Kopf vor und die Arme des Orks weiter auseinander, um seinem Gegner jedes Mal die Stirn ins Gesicht zu rammen.

Die ersten paar Schläge klangen laut und fest, Knochen gegen Knochen, aber danach wurde es immer knirschender, als triebe Tred die Stirn in einen Haufen trockener Zweige.

»Ich denke, du kannst ihn jetzt loslassen«, bemerkte Nikwillig, nachdem der Ork nach ein paar weiteren Schlägen vollkommen erschlafft war.

Tred packte das sterbende Geschöpf mit einer Hand am Kragen und drosch die andere Hand fest zwischen die Beine des Orks. Dann hob er ihn hoch über den Kopf. Er brüllte noch einmal den Namen seines toten Bruders und warf den Ork den Hang hinunter, wo er gegen einen Felsen prallte.

»Viele Vorräte«, stellte Nikwillig fest, der sich das Lager anschaute.

»Der verdammte Ork hat mich erwischt«, murmelte Tred.

Erst jetzt bemerkte sein Freund eine neue Wunde an dem untersetzten Zwerg, eine helle Linie von rotem Blut, das aus der Seite von Treds Oberkörper lief. Nikwillig ging besorgt auf ihn zu, aber Tred winkte ab.

»Such ein paar Vorräte zusammen«, sagte er. »Ich verbinde mich selbst.«

Das tat er, und dann machten sich die beiden wieder auf den Weg. Tred stöhnte bei jedem Schritt vor Schmerz, aber ansonsten beschwerte er sich mit keinem Wort.

Er hatte einen Eimer Blut oder mehr verloren, und jedes Mal, wenn er auf einem losen Stein ausrutschte, öffnete der Ruck seine neueste Wunde abermals, und wieder floss frisches Blut über seine Seite. Dennoch, Tred beschwerte sich nicht, und er bat Nikwillig auch nicht, langsamer zu gehen. Es sah aus, als hätte ihr Gegenangriff die Verfolger tatsächlich abgeschreckt, denn nun trug der Nachtwind nur noch selten Wolfsgeheul zu ihnen, und es kam stets aus weiter Ferne.

Als Tred und Nikwillig über eine Anhöhe marschierten und tief unten ein Dorf sahen – nicht mehr als ein paar Häuser –, schauten sie einander besorgt an.

»Wenn wir da runtergehen, bringen wir eine Horde von Orks und Wölfchen mit«, sagte Tred.

»Und wenn wir es nicht tun, wirst du langsamer und langsamer werden«, erwiderte Nikwillig. »Wir werden es nicht so schnell nach Mithril-Halle schaffen, falls wir überhaupt dorthin finden können.«

»Glaubst du, die da wissen, wie man kämpft?«, fragte Tred mit einem weiteren Blick auf das Dorf.

»Sie leben hier in den wilden Bergen, oder?«

Das war eine einfache und zutreffende Antwort, daher zuckte Tred nur die Achseln und folgte Nikwillig den Hügel hinunter. Eine mannshohe Steinmauer umgab die paar Häuser, aber erst, als die beiden näher herankamen, bemerkten sie die Wachen. Der Mann und die Frau, die schließlich über die Mauer schauten, schienen allerdings keine offiziellen Wachen zu sein; es sah eher so aus, als wären sie gerade zufällig vorbeigekommen und hätten die Zwerge bemerkt.

»Was ist denn mit euch los?«, rief die Frau.

»Ich glaube, wir fallen gleich um«, antwortete Nikwillig. Er schob Tred ein Stück vor, um seine Worte zu unterstreichen. »Habt ihr ein warmes Bett und ein bisschen heißen Eintopf für meinen verletzten Verwandten hier?«

Als hätte er all seine Energie ins Marschieren gesteckt und als gestattete sein störrischer Geist seinem Körper nun endlich, sich auszuruhen, sackte Tred zusammen. Nikwillig ließ ihn so sanft wie möglich auf den Boden sinken.

Auf dieser Seite des Dorfs gab es kein Tor, aber die Frau und der Mann kletterten einfach über die Mauer und eilten auf die Zwerge zu. Die beiden machten sich daran, den verletzten Zwerg zu untersuchen, aber sie spähten auch über die Besucher hinweg, als erwarteten sie eine Armee von Feinden, die die verwundeten Kämpfer verfolgten.

»Kommt ihr aus Mithril-Halle?«, fragte der Mann.

»Felbarr«, antwortete Nikwillig. »Wir waren auf dem Weg nach Senkendorf, als man uns überfallen hat.«

»Senkendorf?«, wiederholte die Frau. »Das ist weit von hier.«

»Sie haben uns weit gejagt.«

»Wer hat euch überfallen? Orks?«, fragte der Mann.

»Orks und Riesen.«

»Riesen? Hab hier schon lange keine Riesen mehr gesehen.«

»Keine Hügelriesen. Blauhäutige Hunde. Sehen hübsch aus und schlagen bösartig zu. Frostriesen.«

Sowohl der Mann als auch die Frau sahen ihn besorgt an. Die Bewohner dieser Gegend hatten schon einigen Ärger mit Frostriesen gehabt, obwohl die Vorstöße der Ungeheuer zum Glück nicht besonders zahlreich gewesen waren. Dennoch, jeder Kampf, in den Frostriesen – vielleicht die furchterregendsten Feinde in dieser Region, wenn man von den sehr seltenen Drachen einmal absah – verwickelt waren, war einen Bericht wert und wurde schnell zu Legenden und Albträumen.

»Bringen wir ihn nach drinnen«, bot die Frau an. »Er braucht ein Bett und warmes Essen. Ich kann kaum glauben, dass er noch lebt!«

»Pah, Tred ist viel zu hässlich zum Sterben«, erklärte Nikwillig.

Tred öffnete ein müdes Auge und hob langsam die Hand zum Gesicht seines Freundes, als wollte er ihn dankbar tätscheln.

Als Nikwillig nahe genug war, schob Tred den Zeigefinger unter den Daumen und schnippte seinem Freund fest gegen die Nase. Nikwillig fiel rückwärts und fasste sich an seinen Zinken, und Tred ließ sich wieder zurücksinken und schloss die Augen. Ein dünnes Lächeln breitete sich auf seinem blutverkrusteten, bleichen Gesicht aus.

Die Leute aus dem kleinen Dorf Hackenschlag verstärkten ihre Wachen um ein Vielfaches, so dass ein Drittel der zweihundert Grenzlandbewohner in Achtstundenschichten als Wachposten und Späher arbeitete. Nachdem er sich zwei Tage lang erholt hatte, schloss Nikwillig sich ihnen an und konnte sogar dabei helfen, die Verteidigungsanlagen zu verstärken.

Tred jedoch war nicht in der Lage mitzumachen. Der Zwerg schlief die ganze erste Nacht und den darauf folgenden Tag. Selbst nach mehreren Tagen wachte er immer nur lange genug auf, um die gewaltigen Mahlzeiten zu verschlingen, die die guten Leute von Hackenschlag freundlicherweise lieferten. Es gab auch einen Priester im Dorf, aber er kannte sich nicht besonders gut mit dem magischen Teil seiner Berufung aus, und die Hilfe, die er Tred im Überfluss zukommen ließ, half dem Zwerg auch nicht mehr als die Ruhe.

Am fünften Tag stand Tred auf, und so langsam fing er wieder an, auszusehen und zu klingen wie er selbst. Als sich nach fast einem Zehntag immer noch keine Verfolger hatten blicken lassen, wollte er aufbrechen.

»Wir ziehen weiter nach Mithril-Halle«, kündete Nikwillig am Morgen an, und die Menschen von Hackenschlag schienen ernsthaft zu bedauern, dass die Zwerge sie wieder verließen.

»Wir werden König Gandalug bitten, ein paar Krieger auszuschicken, die nach euch sehen.«

»König Bruenor meinst du wohl«, erwiderte einer der Dorfbewohner. »Falls er inzwischen aus dem Eiswindtal zu seinem Volk zurückgekehrt ist.«

»Tatsächlich?«

»Das haben wir gehört.«

Nikwillig nickte und trauerte einen kurzen Moment um Gandalug, bevor er wieder seine übliche entschlossene Miene aufsetzte.

»Also König Bruenor, der auch ein wirklich guter Zwerg ist.«

»Ich bin nicht sicher, ob er seine Soldaten schicken wird und ob wir sie brauchen werden«, fuhr der Mann fort.

»Nun, wir werden ihm sagen, was hier los war, und dann kann er selbst entscheiden«, warf Tred ein. »Immerhin ist er deshalb König.«

Am gleichen Morgen verließen Tred und Nikwillig Hackenschlag, nun wieder mit festem Schritt und bepackt mit Vorräten – guten und leckeren Sachen, nicht solchem Schweinefraß, wie sie ihn von den Orks gestohlen hatten. Die Leute hatten ihnen genau beschrieben, wie sie nach Mithril-Halle gelangen würden, und so hofften die Zwerge, dass dieser Teil ihrer Reise bald ein Ende finden würde. Sie hatten vor, nach Mithril-Halle zu gehen, König Bruenor zu warnen und sich dann eine Eskorte geben zu lassen, die sie durch die Verbindungsgänge des oberen Unterreichs zurück zur Zitadelle Felbarr führen würde.

Selbst das würde für Tred jedoch nicht das Ende des Weges sein, denn der zähe Zwerg hatte vor, einen Trupp Krieger zusammenzustellen, an den Schauplatz des Überfalls zurückzukehren und seinen Bruder und die anderen zu rächen. Aber erst einmal mussten sie nach Mithril-Halle gelangen. Trotz der Wegbeschreibung fiel es den Zwergen nicht leicht, sich auf den gewundenen und verwirrenden Bergpfaden zurechtzufinden. Wenn man in den engen Kanälen, die die Felsen durchzogen, nur ein einziges Mal falsch abbog, bedeutete das, den ganzen langen Weg zurückgehen zu müssen.

»Das hier ist der falsche Gang«, knurrte Tred eines Morgens, als ihr neuester Weg die beiden stetig nach Südosten führte, wo Mithril-Halle doch südwestlich von Hackenschlag lag.

»Es kommt bestimmt bald eine Kurve«, versicherte ihm Nikwillig.

»Pah!«, schnaubte Tred und drohte seinem Freund mit der Faust. Sie hatten sich verirrt, und er wusste es ebenso wie Nikwillig, ob er es nun zugab oder nicht. Sie hofften jedoch immer noch, dass sie nicht umkehren müssten. Der Weg den Bach entlang hatte sie ein paar schwierige Abhänge hinabgeführt, die versprachen, in der Gegenrichtung noch unangenehmer zu werden.

Also stapften sie weiter, und als der Bach ein weiteres Mal steil abwärts stürzte, brummte Tred nur und stieg über die Felsen an der Seite des Wasserfalls nach unten.

»Vielleicht sollten wir doch überlegen, ob wir nicht lieber umkehren«, schlug Nikwillig vor.

»Pah!«, war alles, was der störrische Tred antwortete, und auch das kam ziemlich verzerrt heraus, denn der Zwerg war auf einen besonders rutschigen Stein getreten, als er Nikwilligs Vorschlag mit einer Handbewegung abtat.

Er erreichte den Boden der Schlucht ein wenig schneller als erwartet.

Die beiden zogen schweigend weiter und waren auf der Suche nach einem Lagerplatz, als sie um einen besonders zerklüfteten Felsvorsprung bogen, hinter dem das Land sich weit und flach absenkte, ein riesiges Tal, das von Osten nach Westen verlief.

»Großer Pass«, stellte Nikwillig fest.

»Einer, durch den vielleicht Karawanen nach Mithril-Halle ziehen«, sagte Tred. »Also nach Westen!«

Nikwillig nickte und war ebenso froh wie sein Freund, dass sie am nächsten Tag viel besser vorankommen würden.

Selbstverständlich wussten sie beide nicht, dass sie sich an der Nordwand des Gräuelpasses befanden, dem Schauplatz einer gewaltigen Schlacht, an dem die sehr wirklichen und sehr gefährlichen Geister der Getöteten in großer Anzahl ihr Unwesen trieben.

Ein Loyalitätskonflikt

Der zwergische Ratsherr Agrathan Harthammer rutschte unbehaglich auf seinem Stuhl hin und her, während die Lautstärke ringsumher aufgrund der Erregung der anderen Anwesenden in der Ratskammer – allesamt Menschen – anstieg.

»Vielleicht hättet Ihr ihm eine Audienz gewähren sollen«, sagte Shoudra Sternenglanz, die Sceptrana der Stadt.

Shoudras leuchtend blaue Augen blitzten bei diesen Worten, und sie schüttelte den Kopf, was ihr langes dunkles Haar von einer Seite zur anderen fliegen ließ. Ihr Haar war häufig Gegenstand von Klatsch bei den Frauen der Stadt, denn obwohl Shoudra die dreißig bereits hinter sich gelassen und ihr ganzes Leben in dem harschen, windigen Klima von Mirabar verbracht hatte, glänzte es noch wie bei einem Mädchen von bestenfalls fünfzehn Jahren. Die Sceptrana war in jeder Hinsicht eine Schönheit, hoch gewachsen und anmutig, aber ihr Äußeres war irreführend, weil sie zwar vollkommen feminin aussah, aber über eine Entschlossenheit verfügte, die sich mit der der stärksten Männer in Mirabar messen konnte.

Der dicke Mann auf dem gepolsterten Thron, der Markgraf von Mirabar, grinste nur und winkte angewidert ab.

»Ich hatte und habe Wichtigeres zu tun, als mich um einen unangemeldeten Besucher zu kümmern«, erklärte er und starrte bei diesen Worten Agrathan an, »selbst wenn dieser Besucher der König von Mithril-Halle sein sollte. Und ist es nicht ohnehin Eure Pflicht – und nicht die meine –, Euch um Handelsverträge zu kümmern?«

»König Bruenor ist nicht zu diesem Zweck hergekommen; jedenfalls nicht, soweit wir wissen«, widersprach Shoudra, was den Markgrafen zu einer weiteren wegwerfenden Geste mit den dicklichen Händen veranlasste.

Elastul schüttelte den Kopf und schaute zu seinen Hämmern, seinen wichtigsten Gefolgsleuten, die alle erfahrene alte Krieger waren.

»Vielleicht hätte sie sich ja trotzdem mit Bruenor treffen sollen«, sagte Djaffar, der Anführer dieser Gruppe. Er versetzte der Schulter des Markgrafen einen vertraulichen kleinen Schubs. »Shoudra hat den einen oder anderen Trick drauf, der sogar einen Zwerg erweichen könnte!«

Die drei anderen Soldaten-Berater und Markgraf Elastul lachten bei dieser Bemerkung leise. Shoudra Sternenglanz kniff die blauen Augen zusammen und nahm eine trotzige Haltung an, die Arme vor der Brust verschränkt.

Agrathan, direkt neben ihr, wurde erneut unruhig. Er wusste, dass Shoudra mit solchen Bemerkungen zurechtkommen konnte und dass sie, wie alle in Mirabar, die mit Elastul zu tun hatten, an die Freiheiten gewöhnt war, die sich die vulgären Hämmer häufig herausnahmen, ebenso wie der Markgraf selbst. Position und Titel des Markgrafen wurden weitervererbt, anders als die Stellungen der gewählten Ratsherren und der Sceptrana.

»Er hat darum gebeten, Euch zu sehen, Markgraf, und nicht mich oder den Rat«, erinnerte ihn Shoudra nun schroff, was dem Lachen ein Ende machte.

»Und was soll ich mit Leuten wie Bruenor Heldenhammer anfangen?«, erwiderte Elastul. »Ihn zum Essen einladen? Ihn bewirten und ihm in aller Ruhe erklären, dass er demnächst irrelevant sein wird?«

Shoudra warf Agrathan einen flehentlichen Blick zu, und der Zwerg räusperte sich, um die Aufmerksamkeit des Markgrafen zu erlangen.

»Es ist keine gute Idee, Bruenor Heldenhammer zu unterschätzen«, sagte Agrathan. »Seine Jungs kennen sich mit dem, was sie tun, aus.«

»Irrelevant«, wiederholte Elastul und lehnte sich zurück. »Diese Kuriosität Gandalug ist tot, mögen die Steine seine Gebeine zu Pulver zerreiben, und Bruenor hat ein Reich geerbt, das im Abstieg begriffen ist.«

Wieder schaute Shoudra Agrathan an, diesmal mit einem zweifelnden Lächeln, denn sie und der Zwerg wussten, was nun kommen würde.

»Ich spreche hier von mehr als zwei Dutzend Metallurgen und Alchimisten«, prahlte Elastul. »Ich bezahle sie gut, und sie werden schon bald entsprechende Resultate vorzeigen können!«

Agrathan senkte den Blick, so dass Elastul nicht den Zweifel darin erkennen konnte, als der Markgraf fortfuhr, die neuesten Versprechen dieser Leute zu beschreiben, die er eingestellt hatte, um das Metall aus Mirabars Minen zu stärken. Die Metallurgen hatten seit dem Tag, an dem sie vor ein paar Jahren in der Stadt eingetroffen waren, versprochen, dass sie diesem Metall eine Kombination aus Kraft und Flexibilität verleihen könnten, die über alles andere, was auf der Welt hergestellt wurde, hinausging. Ziemlich großkotzig und, soweit Agrathan wusste, bisher vollkommen unbewiesen.

Agrathan hatte nicht mehr in den Minen gearbeitet, seit er vor über einem Jahrhundert begonnen hatte, das Wort von Dumathoin zu predigen, aber als Priester dieses Zwergengottes, der als Hüter der Geheimnisse unter dem Berg bekannt war, glaubte Agrathan fest daran, dass die Behauptungen der Alchimisten und Metallurgen nicht zu diesen Geheimnissen gehörten. Agrathan war der Ansicht, wenn ein magischer Weg, ein Metall zu verbessern, nicht zu den Geheimnissen von Dumathoin gehörte, dann existierte er einfach nicht.

Der alte Zwerg musste den Alchimisten und Metallurgen allerdings zugestehen, dass sie wirklich gut waren, wenn es darum ging, die Neugier des Markgrafen genügend zu reizen, damit das Gold weiter in ihre Taschen strömte – und das war auch schon alles, was hier floss. In Mirabar wohnten nicht einmal halb so viele Zwerge wie in Mithril-Halle, gerade mal zweitausend, und mehrere hundert von ihnen dienten der Axt und hielten die Minen frei von Ungeheuern. Die tausend, die in den Minen arbeiteten, konnten kaum die Quoten einhalten, die der Rat der Funkelnden Steine jedes Jahr setzte. Außerdem wurde nur wenig auf den tieferen Ebenen geforscht, wo die Gefahren größer waren, man aber gegebenenfalls auch bessere Qualität in Form von besserem Erz erwarten konnte.

Es war eine Tatsache, dass Mirabar es sich nicht leisten konnte, die Produktion lange genug zurückzustellen, um diese besseren Adern zu suchen, also war der Markgraf auf den Betrug dieser angeblichen Spezialisten hereingefallen – unter denen kein einziger Zwerg war –, die behaupteten, sich so gut mit Metallen auszukennen. Außerdem, dachte Agrathan, wenn es tatsächlich solche Verbesserungsprozesse gab, warum wurden sie dann nicht schon seit Jahrhunderten angewendet? Warum hatten diese Alchimisten und Metallurgen nicht schon lange dafür gesorgt, dass die Zwerge von Mithril-Halle, die Zwerge der ganzen Welt, nur noch Lieferanten von Ausgangsmaterial waren? Sie versprachen Waffen, Rüstungen und andere Metallwaren, die alles, was Bruenors Leute produzierten, in den Schatten stellen würden, und dennoch, wenn sie solche Geheimnisse kannten – falls es denn solche Geheimnisse gab –, warum hatten sie dann noch keine derartig legendären Waffen hergestellt?

»Selbst wenn Eure Spezialisten ihre Versprechen erfüllen, sind wir immer noch weit davon entfernt, König Bruenor und Mithril-Halle ›irrelevant‹ zu machen«, erwiderte Shoudra Sternenglanz, und Agrathan war froh, dass sie die Führung übernommen hatte. »Ihre Produktion ist immer noch anderthalbmal so hoch wie unsere.«

Der Markgraf fuchtelte mit den Händen. »Ich hatte Bruenor Heldenhammer ohnehin nichts zu sagen. Warum ist er überhaupt hergekommen? Wer hat ihn eingeladen? Wer hat darum gebeten ...« Er schloss mit einem verächtlichen Schnauben.

»Wir hätten ihn vielleicht nicht hereinlassen sollen«, bemerkte Shoudra.

Agrathan blickte zu Elastul auf und erriet, dass der Markgraf Shoudra nun einen drohenden Blick zuwerfen würde. Als er erfahren hatte, dass König Bruenor vor Mirabars Tor stand, hatte Elastul entschieden, den Zwergenkönig und die anderen hereinzulassen. Weder der Rat noch die Sceptrana waren darüber informiert worden.

»Ja, vielleicht war mein Vertrauen in die Loyalität unserer Bürger nicht gerechtfertigt«, entgegnete der Markgraf – harsche Worte, die mehr gegen Agrathan gerichtet waren als gegen Shoudra. »Ich hatte erwartet, dass König Bruenor hier nicht nur vom Herrscher der Stadt abgewiesen werden würde. Ich hatte erwartet, dass die Einwohner von Mirabar klug genug wären, sich mit solchen Gästen nicht abzugeben.«

Agrathan warf einen Blick zum Markgrafen, um herauszufinden, ob Elastul ihn bei diesen Worten tatsächlich direkt ansah. Immerhin waren es ausschließlich Zwerge gewesen, die mit der Heldenhammer-Sippe Handel getrieben hatten, keine Menschen, und Agrathan war der höchstrangige Zwerg in der Stadt, der inoffizielle Anführer und die Stimme der zweitausend von Mirabar.

»Habt Ihr schon mit Meister Hammerschlag gesprochen?«

»Was soll ich ihm denn sagen?«, fragte Agrathan.

Die menschlichen Anführer mochten Agrathan Harthammer zwar als Stimme der Zwerge anerkennen, aber die Zwerge von Mirabar waren da mitunter anderer Ansicht.

»Ich möchte, dass Ihr Meister Hammerschlag daran erinnert, wo seine Loyalitäten liegen«, erwiderte der Markgraf. »Oder wo sie liegen *sollten*.«

Agrathan musste sich anstrengen, eine friedliche Haltung beizubehalten und nicht den plötzlichen Sturm zu offenbaren, der sich in ihm zusammenbraute. Die Loyalität von Torgar Delzoun Hammerschlag konnte nicht in Frage gestellt werden. Der zähe alte Krieger hatte diesem Markgrafen gedient und dem Markgrafen vor ihm und dem davor und dem davor und dem davor und dem davor, länger als jeder Mensch in der Stadt sich erinnern konnte, länger als die längst verstorbenen Eltern der verstorbenen Eltern von jedem Menschen in der Stadt sich hätten erinnern können. Torgar hatte an vorderster Front gestanden, als es darum ging, die Gänge des oberen Unterreichs gegen Ungeheuer zu verteidigen, die schlimmer waren als alles, was die Hämmer des Markgrafen – diese Eliteberater, die angeblich wegen ihres ruhmreichen Veteranenstatus ausgewählt worden waren – je gesehen hatten. Als vor hundertsiebzig Jahren Ork-Horden Mirabar angegriffen hatten, hatte Torgar zusammen mit einer Hand voll anderer Zwerge die Ostmauer gegen den Angriff gehalten und die Hauptstreitmacht der Feinde abgewehrt, während der größte Teil der Krieger von Mirabar damit beschäftigt gewesen war, auf der Westmauer gegen etwas zu kämpfen, was sich lediglich als eine Finte des Feindes erwiesen hatte. Was Narben, Wunden und trickreiche Siege anging, hatte Torgar Delzoun Hammerschlag sich seine Stellung als Offizier der Axt wahrhaftig verdient.

Aber Agrathan musste zugeben, dass der Markgraf in gewisser Hinsicht nicht ganz Unrecht hatte. Es war keine Frage der Loyalität, wenn man Agrathan fragte, eher eine des Urteilsvermögens. Torgar und seine Freunde hatten nicht verstanden, was es bedeutete, mit ihren Rivalen aus Mithril-Halle Handel zu treiben und sich mit ihnen zum Bier zusammenzusetzen.

Als die Ratssitzung zu Ende war, verließen Agrathan und Shoudra den erzürnten Markgrafen und gingen Seite an Seite durch die äußeren Flure des Palastes und in das blasse Sonnenlicht des Spätnachmittags hinaus. Ein kalter Wind fegte durch die Straßen und erinnerte sie daran, dass der Winter in Mirabar niemals weit entfernt war.

»Wirst du Torgar etwas freundlicher ansprechen, als Markgraf Elastul es tun würde?«, fragte Shoudra den Zwerg mit einem amüsierten Lächeln.

Als Sceptrana hatte Shoudra mit der Unterzeichnung von Handelsverträgen zu tun. Mit dem Aufstieg von Mithril-Halle hatte auch sie gelitten, oder doch zumindest ihre Arbeit. Aber Shoudra Sternenglanz hatte das besser verkraftet als die meisten anderen in der Stadt, eingeschlossen viele Zwerge. Sie war der Ansicht, dass der beste Weg, mit dem lästigen Rivalen Mithril-Halle zurechtzukommen, darin bestand, die Produktion zu erhöhen und besseres Erz für bessere Produkte zu finden. Für sie bedeutete der Aufstieg eines Handelsrivalen nur einen Ansporn, Mirabar stärker zu machen.

»Ich werde Torgar und seinen Jungs sagen, was ich kann, aber du kennst ihn ja, und du weißt, dass es nicht viele gibt, von denen sich Torgar etwas sagen lässt.«

»Er steht treu zu Mirabar«, erklärte Shoudra, und obwohl Agrathan nickte, zeigte seine Miene, dass er sich dessen nicht mehr so sicher war.

Shoudra Sternenglanz bemerkte das, blieb stehen und legte die Hand auf Agrathans Schulter.

»Gilt seine Treue der Stadt oder dem Volk?«, fragte sie. »Hält er den Markgrafen für seinen wahren Führer oder König Bruenor von Mithril-Halle?«

»Torgar hat gut für jeden Markgrafen gekämpft, und das seit einer Zeit, in der deine Eltern noch nicht mal geboren waren, Mädchen«, erinnerte Agrathan sie.

Shoudra nickte, aber wie Agrathan einen Augenblick zuvor schien sie nicht sonderlich überzeugt.

»Sie hätten nicht mit den Besuchern trinken und Handel treiben sollen«, erklärte sie.

Dann zupfte sie ihren Umhang zurecht und ging weiter.

»Es war eine große Versuchung. Gute Waren, gutes Bier und gute Geschichten. Glaubst du denn, die von meinem Volk wollen nichts über die Schlacht im Tal der Hüter hören? Glaubst du, dass deine eigene Welt ein besserer Ort wäre, wenn die verfluchten Drow in Mithril-Halle gesiegt hätten?«

»Nun, wenn die Dunkelelfen vielleicht etwas größeren Schaden angerichtet hätten, bevor sie vertrieben wurden …«, erwiderte Shoudra.

Agrathan starrte sie zornig an, aber er gab sich geschlagen, als er an Shoudras boshaftem Grinsen erkannte, dass sie ihn nur aufziehen wollte.

»Pah!«, schnaubte Agrathan.

»Du denkst also, Mirabar sei Mithril-Halle etwas schuldig, weil sie die Dunkelelfen besiegt haben?«, fragte Shoudra.

Agrathan hielt einen Augenblick inne und dachte angestrengt nach. Am Ende zuckte er die Achseln und wollte sich nicht festlegen.

Shoudra lächelte und nickte, denn es war offensichtlich, dass das Herz des Zwergs eine Antwort gab, sein pragmatischer Kopf – der Teil, der sich Markgraf Elastul und Mirabar verpflichtet fühlte – aber eine andere. Allerdings war die Vorstellung, dass Agrathan, eine wichtige Person im Rat der Funkelnden Steine, offensichtlich gegenüber Mithril-Halle gemischte Gefühle hegte, sehr beunruhigend für die Sceptrana. Agrathan war stets eine der lautesten Stimmen der Opposition gegen Mithril-Halle gewesen und hatte häufig die Worte seiner Verwandten wiedergegeben, die wollten, dass man insgeheim gegen die Heldenhammer-Zwerge vorging. Tatsächlich hatte Agrathan sogar einmal einen Plan erarbeitet, das benachbarte Königreich zu infiltrieren und kälter brennende Holzkohle in ihre Vorratslager zu schmuggeln, um damit ihre Schmelz- und Schmiedearbeit zu sabotieren.

Häufig war Agrathan Harthammer bei Ratssitzungen in Tiraden gegen die Zwerge der Heldenhammer-Sippe ausgebrochen, aber nachdem er sie von Angesicht zu Angesicht gesehen hatte, hatte sich, wie Shoudra nun erkannte, einiges verändert.

»Sag mir, Agrathan, hat auch dieser berühmte Drow König Bruenors Karawane begleitet?«

»Drizzt Do'Urden? Ja, er war dabei, aber sie haben ihn nicht in die Stadt gelassen.«

Shoudra schaute ihn neugierig an. Drizzt war im Norden tatsächlich sehr bekannt, war es schon vor seinen Taten gegen sein Volk gewesen, als die Drow Mithril-Halle angegriffen hatten. Alle hielten ihn für einen Helden.

»Die Axt wollte keinen verfluchten Dunkelelfen in die Stadt lassen«, erklärte Agrathan mit fester Stimme, »aber er war bei der Karawane. Torgar und ein paar andere haben ihn und dieses Menschenmädchen gesehen, das Bruenor als seine Tochter bezeichnet, zusammen mit diesem Menschenjungen, den Bruenor als Sohn adoptiert hat.«

»Sieht dieser Drow tatsächlich so gut aus, wie alle behaupten?«, fragte Shoudra.

Agrathan betrachtete sie mit noch tieferem Stirnrunzeln und fügte mit skeptischem Blick hinzu: »Er ist ein Drow, du dumme Gans!«

Shoudra Sternenglanz lachte nur, und Agrathan schüttelte den haarigen Kopf.

Dann blieben sie stehen, denn sie hatten den Unterstadtplatz erreicht, einen offenen Bereich zwischen drei Gebäuden, eines von ihnen ein großes Haus mit mehreren Wohnungen, in dem Shoudra lebte. In der Mitte des dreieckigen Bereichs befand sich eine Treppe, die nach unten in den am schwersten bewachten Raum von ganz Mirabar führte, den Haupteingang zur Unterstadt – der wirklichen Stadt, wenn man Agrathan und die von seinem Volk fragte, in der die wirkliche Arbeit geleistet wurde.

Shoudra verabschiedete sich von dem Zwerg und ging in ihr Haus. Agrathan blieb noch lange oben an der Treppe stehen, denn er hatte die Domäne der zweitausend Zwerge von Mirabar noch nie zuvor mit solchem Unbehagen betreten. Es war seine ernste Pflicht, Torgar und den anderen die Botschaft des Markgrafen zu überbringen, aber Agrathan kannte seine Verwandten gut genug, um zu wissen, dass diese Worte erheblichen Zorn und Uneinigkeit zwischen den Zwergen hervorrufen würden. Die Emotionen waren aufgewühlt, wenn es um Mithril-Halle ging. Viele Zwerge aus Mirabar hatten gefordert, dass jede Karawane, die sich westlich der Domäne der Sippe Heldenhammer bewegte, konfisziert werden sollte, und sie wussten genau, dass so etwas zu offenem Krieg zwischen den beiden Städten führen würde. Andere hatten den Einwand vorgebracht, dass ihre Vorfahren zusammen mit König Bruenors Ahnen in Mithril-Halle gelebt hatten und dass das ein gutes Leben gewesen war, so gut, wie ein Zwerg es sich nur wünschen konnte.

Agrathan schnaubte – das Seufzen eines Zwergs nannte er das – und stapfte die Treppe hinunter, vorbei an den vielen menschlichen Wachen in der oberen Kammer bis zu einem Aufzug. Er bedeutete dem Aufseher, dass er ihn nicht brauchte, bediente selbst die schweren Seile und ließ sich Hunderte von Fuß hinab in einen zweiten, gut bewachten Raum, dessen Ausgänge allesamt von Fallgittern und eisenbeschlagenen Türen blockiert waren. Hier gab es als Wachen ausschließlich Zwerge, darunter einige der besten Kämpfer der Axt.

»Geht und sagt euren Verwandten hier unten Bescheid«, wies Agrathan sie an, »und denen, die oben arbeiten. Wir treffen uns nach Sonnenuntergang in der Halle der Feuer, und ich will all meine Jungs dort sehen. Alle!«

Die Wachen öffneten einen der Ausgänge für Agrathan, und er ging weiter, den Kopf gesenkt und leise vor sich hin murmelnd, weil er versuchte, den besten Weg zu finden, mit dieser prekären Situation zurechtzukommen.

Er war zwar taktvoller als die meisten seiner Art, wie auch sein Rang in einer Stadt zeigte, die überwiegend von Menschen beherrscht wurde, aber Agrathan war immer noch ein Zwerg, und Subtilität war nie seine starke Seite gewesen.

Es ging in der Halle der Feuer niemals ruhig zu, wenn sich ein größerer Teil der Zwerge von Mirabar dort versammelte, aber an diesem Abend, als beinahe alle zweitausend anwesend waren, um über ein so umstrittenes Thema zu reden, herrschte absolutes Chaos.

»Du willst mir jetzt also vorschreiben, mit wem ich trinken und reden darf und mit wem nicht?«, brüllte Torgar Hammerschlag Agrathan an. »Es gab gutes Bier und noch bessere Geschichten!«

Viele Zwerge, die Torgar zu dem Basar der Heldenhammer-Sippe begleitet und später Bruenors Einladung angenommen hatten, erklärten lauthals ihre Zustimmung. Zwei hielten sogar wunderschöne Handarbeiten hoch, die sie von den Kaufleuten aus Mithril-Halle zu einem guten Preis erworben hatten.

»Ich kann das hier in Nesmé für das Zehnfache dessen loswerden, was ich bezahlt habe«, erklärte ein rotbärtiger Bursche. Er sprang auf einen dunklen Ofen und hielt seine kleine Statue, die eine wohlgeformte Barbarenfrau zeigte, hoch, damit alle sie sehen konnten. »Willst du mir etwa verbieten, einen guten Handel abzuschließen, Priester?«

Agrathan wich ein wenig zurück, war von der Reaktion aber nicht wirklich überrascht.

»Ich bin gekommen, um euch auszurichten, was Markgraf Elastul gesagt hat, und euch daran zu erinnern, dass die Zwerge der Heldenhammer-Sippe keine Freunde von Mirabar sind. Sie nehmen unseren Handel ...«

»Gibt es hier wirklich jemanden, der ernsthaft behaupten kann, dass wir ein besseres Leben führen, seit diese Heldenhammers Mithril-Halle wieder besiedelt haben?«, schnitt ein anderer Zwerg dem Priester das Wort ab. »Selbst du mit deiner hübschen Statue da, fetter Bullbeißer, hattest finanziell gesehen nicht gerade ein besonders gutes Jahr, oder?«

Viele Zwerge nickten eifrig und jubelten dem aufgeregten Sprecher zu.

»Wir hatten ein besseres Leben und mehr Geld, bevor die verdammten Heldenhammer-Zwerge wieder aufgetaucht sind! Und wer hat sie in die Stadt gelassen?«

»Pah! Du redest wie ein Dummkopf!«, entgegnete Torgar erbost.

»Das sagt ein Zwerg, der sich bei anderen Zwergen Geld geliehen hat!«, schoss der Feurige zurück. »Brauchst du jetzt wieder welches, Torgar? Füllen König Bruenors Geschichten dir etwa nicht den Bauch?«

Torgar kletterte auf das Podium am Nordende der Halle, um sich neben Agrathan zu stellen. Er schwieg lange, sah sich um und hatte schließlich die allgemeine Aufmerksamkeit.

»Was ich hier höre, ist schlicht und ergreifend eifersüchtiges Geschwätz«, sagte er ruhig. »Ihr redet über die Heldenhammers, als hätten sie uns den Krieg erklärt, und dabei haben sie nur Minen wieder geöffnet, die schon da waren und ihren gehörten, noch bevor Mirabar Mirabar war. Sie haben ein Recht auf ihre Heimat und ein Recht, dort zu arbeiten. Wir sitzen hier und schmieden Pläne, wie wir ihnen schaden können, aber ich denke, wir sollten lieber darüber nachdenken, wie wir uns selbst nützen können!«

»Sie stehlen uns die Kunden!«, rief jemand aus der Menge. »Hast du das etwa vergessen?«

»Sie haben uns übertroffen«, verbesserte ihn Torgar scharf. »Sie haben bessere Minen und besseres Metall, und sie haben sich einen guten Ruf erworben. Ihr könnt König Bruenor und seinen Jungs nicht übel nehmen, dass sie sich wacker schlagen, sei es nun bei der Arbeit oder im Kampf!«

Die Rufe erklangen jetzt aus jeder Ecke, viele zustimmend, viele ablehnend. Ein paar Schlägereien brachen in der Halle aus.

Oben auf dem Podium sahen Torgar und Agrathan einander zornig an.

Dann erklang ein Ruf irgendwo aus der Menge: »He, Priesterchen, ziehst du die Menschen etwa deinen Leuten vor?«

Sowohl Torgar als auch Agrathan hielten nach dem Zwischenrufer Ausschau, und viele andere taten das ebenfalls. Es wurde still in der großen Versammlungshalle, und die

Schlägereien endeten abrupt, denn diese Bemerkung hatte das Problem auf den Punkt gebracht.

Für Torgar war es ein verwirrender Augenblick. Sollte es nun wirklich darum gehen, sich zwischen seinen Zwergenverwandten in Mithril-Halle und der gemischten Gemeinde von Mirabar zu entscheiden?

Für Agrathan, führendes Mitglied des Rats der Funkelnden Steine, war die Entscheidung weniger unklar, aber wenn einige seiner Verwandten die Dinge wirklich so sahen, dann war das ärgerlich. Agrathans Treue galt Mirabar, und Mirabar allein, aber wenn er sein Gegenüber ansah, wurde ihm klar, dass die Bemerkungen des Markgrafen über Torgar Delzoun Hammerschlag, die Agrathan für extrem beleidigend gehalten hatte, gar nicht so unzutreffend waren.

Agrathans Glaube an seine Gemeinschaft wurde einen Augenblick später noch mehr erschüttert, als die Tore der Halle der Feuer weit aufgingen, ein großes Kontingent der Axt von Mirabar hereinmarschierte, sich in Keilformation in die verwirrte Menge drängte und sie dann unter Anwendung von Gewalt zur Seite schob, so dass ein großer dreieckiger Bereich des Raums abgeriegelt war. In diesen Bereich stolzierte der Markgraf, begleitet von mehreren Ratsherren und der Sceptrana.

»Das hier ist nicht das Verhalten, das die Menschen von Mirabar von ihren Zwergenmitbürgern erwarten«, tadelte Elastul.

Er hätte es dabei belassen sollen, eine ruhige Erinnerung daran, dass es außerhalb von Mirabar genügend Feinde gab und die Stadt solche Auseinandersetzungen im Inneren nicht brauchen konnte.

»Akzeptiert, dass Torgar Hammerschlag und jene, die ihn zu den Wagen der Heldenhammer-Sippe und zu den Lügnern ... äh, den *Barden* derselben Sippe begleitet haben, einen schwerwiegenden Fehler gemacht haben«, warnte Elastul unverblümt. »Seid gewarnt, Meister Hammerschlag, denn Ihr könntet Eure Position in der Axt verlieren. Was euch andere angeht, die ihr euch vom Bier und von diesem Geschöpf, dieser falschen Legende Bruenor Heldenhammer, verlocken ließet, erinnert euch daran, wem eure Loyalität gebührt, und vergesst nicht, dass die Heldenhammer-Sippe unsere Stadt bedroht.«

Elastul drehte langsam den Kopf, sah alle Versammelten an und versuchte, sie mit seinem strengen Blick dazu zu bringen, sich zu unterwerfen. Aber er hatte es hier mit Zwergen zu tun, und nur wenige gaben nach und nickten.

Die anderen allerdings richteten sich stolz auf, und als Agrathan sein Gegenüber auf dem Podium ansah, befürchtete er ernsthaft, dass Torgar seine Axtabzeichen auf der Stelle abreißen und Elastul vor die Füße werfen würde.

»Löst die Versammlung auf! Das ist ein Befehl!«, brüllte Markgraf Elastul. »Zurück an die Arbeit und zu eurem Leben.«

Die Zwerge gingen tatsächlich, und dann verließen auch der Markgraf und seine Begleiter den Saal, und nur Shoudra Sternenglanz blieb, um mit Agrathan zu sprechen.

»Sind das nicht die Worte eines wahren Herrschers?«, murmelte Torgar, als er an Agrathan vorbeiging, und spuckte dem Priester vor die Füße.

»Der Markgraf war schlecht beraten, hier so hereinzustürmen«, sagte Agrathan zu Shoudra, als sie alleine waren.

»Viele Ratsherren haben ihn gedrängt, etwas zu unternehmen«, erklärte Shoudra. »Sie fürchteten, dass der Besuch von König Bruenor unangenehme Auswirkungen auf die Loyalität der zwergischen Bürger haben könnte.«

»Das haben sie ganz richtig gesehen«, sagte Agrathan düster.

»Aber nun haben sie alles noch schlimmer gemacht.«

Agrathan meinte das vollkommen ernst. Er beobachtete die Zwerge, die immer noch die Halle verließen oder an die Öfen zurückkehrten, um zu heizen. Er sah ihre Mienen, ihre gerunzelten Stirnen und zornigen Blicke. Torgars fehlgeleitete Gastfreundlichkeit hatte ihre Sippe gespalten, hatte einen Keil in diese Gemeinschaft getrieben.

Und Agrathan war nicht entgangen, dass der Markgraf gerade einen Schmiedehammer genommen und den Keil noch tiefer hineingeschlagen hatte.

Wo Geister wandeln

Die Karawane hatte die Brücke südlich von Mirabar überquert und war dann dem Fluss Mirar östlich der Stadt einen Zehntag lang gefolgt. Im Süden kamen die hohen Bäume des Lauerwalds in Sicht, eines Walds, in dem viele Ork-Stämme und andere unangenehme Nachbarn lauerten. Im Norden erhoben sich die Berge des Grats der Welt, deren Gipfel auch jetzt noch trotzig weiß waren, obwohl doch der Sommer schon vor der Tür stand. Das Gras ringsumher wurde höher und die Wiesen des Tals von Khedrun mit Löwenzahnblüten gesprenkelt, aber die stets wachsamen Zwerge ließen sich weder von der friedlichen Landschaft noch von der wärmeren Jahreszeit täuschen. So weit im Norden war jeder Bereich außerhalb einer Siedlung wildes Land, also verdoppelten sie nun die Wachen in der Nacht, stellten ihre Wagen im Kreis auf und schickten Drizzt, Catti-brie und Wulfgar an die Flanken. Guenhwyvar gesellte sich zu den dreien und half ihnen bei ihrer Späherarbeit, wann immer Drizzt in der Lage war, sie heraufzubeschwören.

Am Ostende des Tals, beinahe hundert Meilen von Mirabar entfernt, zog sich der Mirar nach Norden, wo er in den Ausläufern des Grats der Welt entsprang. Der Lauerwald verlief ebenfalls weiter nach Norden und folgte der Flusslinie mehrere Meilen nach Süden, als wollte er sie beschatten.

»Ab jetzt wird es rauer«, warnte Bruenor alle, als sie an diesem Abend ihr Lager aufschlugen. »Wir werden morgen gegen Mittag wieder in die Gebirgsausläufer kommen und uns direkt im Schatten des Waldes bewegen.«

Er sah sich bei den Angehörigen seiner Sippe um, wo alle stoisch nickten.

Sie lösten die Versammlung auf und kehrten auf ihre Posten zurück.

»Es ist gar nicht so schlecht, hier draußen unterwegs zu sein«, sagte Delly Curtie zu Wulfgar, als er zu ihr und Colson, ihrer kleinen Tochter, in die behelfsmäßige Hütte kam, die Delly neben einem Wagen errichtet hatte. »Nicht schlimmer als auf den Straßen von Luskan.«

»Wir hatten bisher Glück«, erwiderte Wulfgar und streckte die Arme nach Colson aus.

Wulfgar schaute auf das kleine Mädchen hinab, die Tochter von Meralda Feringal, der Lady von Auckney, einem kleinen Ort, der sich nicht weit westlich des Passes, der die Truppe aus dem Eiswindtal herausgebracht hatte, an den Grat der Welt schmiegte. Wulfgar hatte Colson vor Lord Feringal und seiner tyrannischen Schwester gerettet, die es Colson übel genommen hatten, dass sie nicht Feringals Tochter war. Der Lord von Auckney hatte Wulfgar für den Vater gehalten, denn Meralda hatte gelogen, um die Ehre des eigentlichen Vaters zu retten, und behauptet, sie sei auf der Straße vergewaltigt worden.

Aber Wulfgar war nicht der Vater und hatte mit Meralda nie etwas zu tun gehabt. Als er nun Colson ansah, dieses winzige Geschöpf, das für ihn so wichtig geworden war, wünschte er sich, sie wäre tatsächlich seine leibliche Tochter. Er blickte auf und sah, wie Delly ihn liebevoll anschaute, und er wusste, dass er wirklich ein glücklicher Mann war.

»Gehst du heute Abend mit Drizzt und Catti-brie?«, fragte Delly.

Wulfgar schüttelte den Kopf. »Wir sind zu dicht am Lauerwald. Drizzt und Catti-brie können gut ohne mich Wache halten.«

»Du bleibst, weil du Angst um mich und Colson hast«, schloss Delly, und Wulfgar widersprach nicht.

Die Frau streckte die Arme aus, um das Baby zu nehmen, aber Wulfgar zog die Schulter hoch, so dass sie die Kleine nicht erreichen konnte, und grinste sie dabei an.

»Du darfst wegen uns nicht deine Pflichten vernachlässigen«, beschwerte sich Delly, und Wulfgar lachte.

»Das hier«, sagte er und hob das Baby hoch, als Delly nach ihr greifen wollte, »ist meine allerwichtigste Pflicht. Drizzt und Catti-brie wissen das ebenfalls. Wir sind jetzt nahe am Lauerwald, und das bedeutet Orks. Du glaubst nur deshalb, dass die Straßen von Luskan gefährlicher sind als das wilde Land, weil du es noch nicht wirklich kennen gelernt hast. Wenn die Orks uns angreifen, wird Blut fließen. Überwiegend Ork-Blut, aber vielleicht auch Zwergenblut. Du hast noch nie eine Schlacht gesehen, meine Liebe, und ich hoffe, das bleibt auch so, aber hier draußen ...«

Er beließ es dabei und schüttelte den Kopf.

»Und wenn die Orks uns angreifen, willst du hier sein und mich und Colson verteidigen«, sagte Delly.

Wulfgar sah erst sie an und dann Colson, die wie ein kleiner Engel in seinen Armen schlief. Sein Lächeln wurde breiter.

»Kein Ork, kein Riese, kein Drache wird dir etwas tun können«, versprach er dem Kind und hob den Blick, um auch Delly in seine Worte einzuschließen.

Sie setzte zu einer Antwort an, und Wulfgar war sicher, dass sie sarkastisch ausfallen würde wie so oft, aber dann schwieg Delly. Sie blieb einfach stehen, starrte ihn an und nickte sogar leicht, um zu zeigen, dass sie nicht an seinen Worten zweifelte.

Wie Bruenor schon gesagt hatte, kamen sie am nächsten Tag erheblich langsamer voran, denn statt Wiesen hatten sie es nun mit steinigem Gelände zu tun, das sich in die Ausläufer des Gebirges zog. Der Boden im Süden war flacher, aber sich weiter nach Süden zu wenden hätte die Zwerge in das dichte Unterholz und den gefährlichen Schatten des Lauerwalds gebracht, wo all diese unfreundlichen Geschöpfe lebten. Da die Karawane aus so vielen kräftigen Zwergen bestand, beschloss Bruenor, dass sie lieber im offenen Land reisen sollten, um möglichen Feinden die Größe ihrer Streitmacht offen zu zeigen.

Die Zwerge beschwerten sich nicht, und wenn sie eine Rinne oder ein besonders unwirtliches Stück Land erreichten, auf dem die Wagen nicht rollen konnten, kam eine Gruppe Zwerge neben jeden Wagen, und sie hoben ihn hoch und trugen ihn über das Hindernis hinweg. Das war nun einmal ihre Art, eine Haltung, die von Logik, Gleichmut und Pragmatismus geprägt war und die ihnen geholfen hatte, lange Gänge in harten Fels zu schlagen, einen Zoll nach dem anderen.

Als er Bruenors Sippe auf ihrem Marsch beobachtete, verstand Drizzt, wie Entschlossenheit und langfristiges Denken solch bemerkenswerte, wunderschöne Orte wie Mithril-Halle hervorgebracht hatten. Es war die gleiche Geduld, die einem Mann wie Bruenor erlaubt hatte, Aegis-fang zu schaffen und in den Kopf des Hammers wunderbare Abbilder der drei Zwergengötter zu gravieren, obwohl ein einziger Kratzer an der falschen Stelle alles hätte verderben können.

Kurz nach dem zweiten Tag, nachdem sie den Khedrunpass hinter sich gelassen hatten und die Bäume des Lauerwalds so nah waren, dass sie die Vögel dort singen hören könnten, bestätigte ein Ruf von der Spitze Bruenors Bedenken.

»Orks aus dem Wald!«

»Formiert euch!«, rief Bruenor.

»Gruppe Eins Links, bildet einen Keil!«, befahl Dagnabbit. »Eins Rechts, Karree!«

Von der linken Flanke, die am weitesten vom Wald entfernt war, sahen Drizzt und Catti-brie zu, wie die erfahrenen Zwergenkrieger präzise ihre Positionen einnahmen, während eine kleine Gruppe von Orks aus dem Wald rannte und auf die ersten Wagen zustürmte.

Die Orks hatten ihr Ziel anscheinend nicht sonderlich gut ausgekundschaftet, denn sobald sie das Unterholz verlassen hatten und entdeckten, was für eine Streitmacht vor ihnen stand, kamen sie rasch zum Stehen und fielen beim Rückzug beinahe über ihre eigenen Füße.

Wie sehr sich ihre Bewegungen doch von denen der ruhigen, gut ausgebildeten Zwerge unterschieden – nun ja, von beinahe allen Zwergen. Thibbledorf Pwent und seine Knochenbrecher hatten Bruenors und Dagnabbits Befehle ignoriert und sich zu ihrer eigenen Formation aufgestellt, die ihrer Taktik angemessen war. Sie bezeichneten es als Angriff, aber Drizzt und Catti-brie hielten es mehr für eine Lawine. Pwent und seine Jungs johlten, brüllten und rasten auf den Wald zu, um die Orks zu verfolgen. Vergnügt und ohne zu zögern sprangen sie ins Unterholz.

»Die Orks haben uns vielleicht eine Falle gestellt«, warnte Catti-brie. »Sie haben uns möglicherweise nur einen kleinen Teil ihrer Streitmacht gezeigt, um uns in ihr Netz zu locken.«

Gebrüll erklang im Unterholz südlich der Karawane, und Zweige und Äste und ein paar Ork-Körperteile begannen, aus dem Waldstück herauszufliegen, wo die Knochenbrecher eingedrungen waren.

»Dumm von den Orks«, erwiderte Drizzt.

Zusammen mit Catti-brie ging er zu Bruenor. Als er den König erreichte, stand dieser auf dem Kutschbock seines Wagens, umgeben von Gruppen von Zwergen in ordentlicher Formation. Ein Keil von Kriegern bewegte sich geschickt an den Verteidigungskarrees vorbei, zu denen die anderen sich zusammengefunden hatten.

»Wollt ihr auch ein bisschen Spaß haben?«, fragte Bruenor.

Drizzt schaute zum Wald, wo der Tumult weiterging, als wäre ein Vulkan ausgebrochen, und schüttelte den Kopf.

»Zu gefährlich«, erklärte der Drow.

»Der verdammte Pwent macht es anderen schwer zu erkennen, dass Disziplin sinnvoll ist«, beschwerte sich Bruenor bei seinen Freunden.

Er zuckte zusammen, ebenso wie Drizzt, Catti-brie und Regis, der neben Bruenor stand, als ein Ork aus dem Unterholz geflogen kam und vor den Zwergen auf dem Boden landete. Bevor einer von Bruenors Leuten reagieren konnte, hörten sie ein wildes Gebrüll aus dem Wald und sahen vollkommen verdutzt zu, wie Thibbledorf Pwent hoch oben in einem Baum zum Ende eines Astes rannte und von dort absprang.

Der Ork hatte gerade angefangen, sich aufzuraffen, als Pwent auf seinem Rücken landete und ihn wieder auf den Boden schmetterte. Er war vermutlich schon tot, aber der Schlachtenwüter, aus dessen scharfkantiger Rüstung überall Zweige ragten, vollzog sein vernichtendes Wälzmanöver und verwandelte den Ork in einen blutigen Klumpen.

Pwent sprang auf, dann drehte er sich um.

»Du kannst ruhig schon mal weiterfahren, mein König!«, rief er Bruenor zu. »Wir sind hier bald fertig.«

»Und der Lauerwald wird nie wieder sein, was er einmal war«, murmelte Drizzt.

»Wenn ich ein Eichhörnchen in dieser Gegend wäre, würde ich mich schon mal auf die Suche nach einem neuen Zuhause machen«, stimmte Catti-brie ihm zu.

»Ich würde einen großen Vogel dafür bezahlen, mich wegzutransportieren«, fügte Regis hinzu.

»Sollen wir die Formationen halten?«, fragte Dagnabbit Bruenor.

»Nein, wir fahren weiter«, erwiderte der Zwergenkönig mit einem Winken. »Wenn wir hier bleiben, kriegen wir nur Blutspritzer ab.«

Pwent und seine Jungs, von denen einige leicht verwundet waren, schlossen sich ihnen eine Weile später wieder an und sangen Kampf- und Siegeslieder. Von dieser Gruppe war nie etwas Ernsthaftes zu hören; ihre Lieder klangen stets wie vergnügte Kinderreime.

»Pwent zu beobachten bewirkt immer, dass ich mich frage, ob meine Ausbildung nicht eine einzige Verschwendung meiner Jugend war«, sagte Drizzt später zu Catti-brie, als die beiden zusammen mit Guenhwyvar wieder durch die Gebirgsausläufer nördlich der Karawane zogen.

»Ja, du hättest diese Zeit auch damit zubringen können, einfach den Kopf gegen eine Steinmauer zu rammen, wie es Pwent und seine Jungs getan haben.«

»Ohne Helm?«

»Ja«, bestätigte sie, ohne die Miene zu verziehen. »Obwohl Bruenor, wenn ich mich recht erinnere, dafür gesorgt hat, dass die arme Wand eine Rüstung bekam. Er wollte die Bauten seines Reiches schützen.«

»Ah«, sagte Drizzt und nickte, dann schüttelte er hilflos den Kopf.

In den nächsten Tagen wurde die Karawane nicht mehr behelligt. Das Gelände war schwierig, und sie kamen nur langsam voran, aber kein einziger Zwerg beschwerte sich, auch dann nicht, als sie den größten Teil eines Regentages damit zubringen mussten, die Reste eines alten Steinschlags beiseite zu räumen. Im Lauf der Zeit jedoch wurde das Murren entlang der Wagenlinie lauter, denn inzwischen hatten alle begriffen, dass Bruenor so bald nicht vorhatte, sich nach Süden zu wenden.

»Orks«, stellte Catti-brie fest, als sie einen Fußabdruck auf einem Weg inspizierte. Sie blickte auf und sah sich um, als wollte sie Wind und Luft einschätzen. »Vor zwei Tagen, denke ich.«

»Mindestens zwei«, erwiderte Drizzt, der ein Stück entfernt stand, sich gegen einen Felsen lehnte, die Arme vor der Brust verschränkt, und Catti-brie beobachtete, als wüsste er etwas, das sie nicht wusste.

»Was ist denn?«, fragte sie schließlich, als sie seine Haltung bemerkte.

»Vielleicht habe ich von hier aus einen weiteren Blickwinkel«, antwortete Drizzt.

Catti-brie kniff die Augen zusammen und starrte den Drow forschend an. Sie erwiderte sein boshaftes Grinsen und setzte dazu an, etwas wenig Schmeichelhaftes zu sagen, aber dann begriff sie, dass der Drow seine Bemerkung wörtlich gemeint hatte. Sie richtete sich auf, trat ein paar Schritte zurück und betrachtete den Bereich mit dem Fußabdruck aus einer anderen Perspektive. Erst dann erkannte sie, dass sich der Ork-Abdruck neben dem eines größeren Stiefels befand.

Eines *erheblich* größeren.

»Der Ork war als Erster hier«, erklärte sie, ohne zu zögern.

»Woher weißt du das?« Drizzt spielte nicht den Lehrer; er war tatsächlich neugierig darauf, wie die junge Frau das herausgefunden hatte.

»Es ist möglich, dass der Riese den Ork gejagt hat, aber ich bezweifle, dass es umgekehrt gewesen sein kann.«

»Woher weißt du, dass sie nicht gemeinsam unterwegs waren?«

Catti-brie sah sich die Spuren noch einmal an. »Kein Hügelriese«, erklärte sie, denn es war wohl bekannt, dass sich Hügelriesen häufig mit Orks zusammentaten. »Zu groß.«

»Vielleicht ein Bergriese«, sagte Drizzt. »Größere Version der gleichen Art.«

Catti-brie schüttelte zweifelnd den Kopf. Die meisten Bergriesen kannten so etwas wie Schuhwerk nicht; bestenfalls umwickelten sie ihre Füße mit Lederlappen. Da sich der Absatz des Riesenstiefels so deutlich abzeichnete, konnten die beiden Späher erkennen, dass dieser Stiefel aus einer guten Werkstatt stammte. Und noch vielsagender war, dass der Fuß relativ schmal war, während Bergriesen dafür bekannt waren, riesige, breite Füße zu haben.

»Steinriesen tragen manchmal Stiefel«, erklärte sie, »und Frostriesen tragen immer welche.«

»Also glaubst du, der Riese hätte den Ork gejagt?«

Sie schaute Drizzt erneut an und zuckte die Achseln. Sie erkannte mittlerweile, wie wacklig ihre Theorie war.

»Könnte sein«, sagte sie. »Oder sie sind unabhängig voneinander hier vorbeigekommen. Oder sie arbeiten zusammen.«

»Ein Frostriese und ein Ork?«, kam die skeptische Frage.

»Eine Menschenfrau und ein Drow?«, antwortete sie schnippisch, und Drizzt lachte.

Sie gingen weiter, ohne sich allzu große Sorgen zu machen. Die Spuren waren nicht frisch, und selbst wenn es hier in der Nähe einen Ork oder eine Gruppe von Orks und dazu einen oder zwei Riesen gab, würden sie nicht so schnell daran denken, eine Armee von fünfhundert Zwergen anzugreifen.

Sie kamen langsam voran. Es war heiß und trocken, aber zumindest wurden die Zwerge nicht mehr angegriffen, während sie störrisch weiter nach Osten zogen. Sie stiegen einen staubigen Pfad hinauf, und die Sonne brannte ihnen heiß auf den Rücken, aber als sie den Kamm hinter sich hatten und sich an den Abstieg machten, schien sich die ganze Welt zu verändern.

Ein weites, felsiges Tal mit hoch aufragenden Bergen im Norden und Süden öffnete sich vor ihnen. Das Tal lag überwiegend im Schatten, und selbst dort, wo kein Hindernis das Sonnenlicht aufzuhalten schien, wirkte der Boden matt, unfruchtbar und irgendwie geheimnisvoll. Nebelschwaden wehten durch das Tal, obwohl es keine Quelle für diese Feuchtigkeit gab und kaum Gras zu sehen war, in dem sich Tau fangen konnte. Bruenor, Regis, Dagnabbit, Wulfgar und seine Familie führten die Karawane den Hang hinunter bis zu der Stelle, wo Drizzt und Catti-brie auf sie warteten.

»Dir gefällt nicht, was du siehst?«, fragte Bruenor Drizzt, denn ihm war aufgefallen, dass der sonst so ungerührte Drow eine beunruhigte Miene aufgesetzt hatte.

Drizzt schüttelte den Kopf, als könnte er es mit Worten nicht so recht ausdrücken.

»Ein seltsames Gefühl«, erklärte er, oder er versuchte es zumindest.

Er blickte wieder in dieses finstere Tal und schüttelte abermals den Kopf.

»Ich spüre es auch«, warf Catti-brie ein. »Als würden wir beobachtet.«

»Das werden wir wohl auch«, sagte Bruenor.

Er ließ die Peitsche knallen und lenkte sein Gespann, das mehr als unruhig war, den Weg entlang. Der Zwerg lachte, aber die anderen in seiner Umgebung schienen sich nicht so wohl zu fühlen, besonders Wulfgar, der immer wieder zu Delly und Colson schaute.

»Dein Wagen sollte nicht ganz vorn sein«, erinnerte Drizzt Bruenor.

»Das sage ich ihm auch dauernd«, stimmte Dagnabbit zu.

Bruenor schnaubte nur, trieb das Gespann weiter an und befahl den nächsten Wagen in der Reihe und den Soldaten, die sie flankierten, ihm zu folgen.

»Macht schon, seid nicht so zögerlich«, beschwerte sich Bruenor.

»Kannst du es denn nicht spüren?«, fragte Dagnabbit.

»Spüren? Ich schwimme darin, Kurzbart! Wir werden direkt dort unten anhalten«, gab er schließlich nach und zeigte auf einen flachen, offenen Bereich ein Stück hangabwärts. »Und dann versammeln wir sie alle, und ich werde ihnen die Geschichte erzählen.«

»Die Geschichte?«, fragte Catti-brie, und natürlich hatten alle anderen gerade das Gleiche fragen wollen.

»Die Geschichte dieses Passes«, erklärte Bruenor. »Es ist der Gräuelpass.«

Es war ein Name, der für die Nichtzwerge, die mit Bruenor aus dem Eiswindtal kamen, keine Bedeutung hatte, aber Dagnabbit wurde ein wenig blasser, als er ihn hörte. Dennoch, Dagnabbit tat, was man ihm gesagt hatte, und brachte mit seiner üblichen Tüchtigkeit den Wagen von der Kuppe bis zu dem Plateau, das Bruenor ihm gezeigt hatte. Als die Zwerge damit fertig waren, hin und her zu rennen, einander zu schubsen, ihre Gespanne an Ort und Stelle zu bringen und sich einen Platz zu suchen, um ihrem Anführer zuzuhören, stieg Bruenor auf einen Wagen.

»Ihr riecht Geister, und das ist es, was euch juckt«, erklärte er. »Und ihr solltet auch Geister riechen, denn hier im Tal wimmelt es nur so von ihnen. Es sind die Geister der Delzoun-Zwerge, die vor langer Zeit in diesem Pass von Orks umgebracht wurden.« Er machte eine weit ausholende Geste nach Osten, zu dem Pass, der sich vor ihnen öffnete. »Und was für eine Schlacht das war! Hunderte von euren Ahnen sind hier gestorben, Jungs, und Tausende und Abertausende ihrer Feinde. Aber schöpft wieder Mut! Wir haben die Schlacht am Gräuelpass gewonnen, und wenn ihr da unten auf dem Weg einen Geist seht, fordert ihn heraus, wenn es ein Ork ist, und verbeugt euch vor ihm, wenn es ein Zwerg sein sollte.«

Die anderen Freunde aus dem Eiswindtal betrachteten Bruenor mit echter Bewunderung und bemerkten anerkennend, wie er seine Worte genau richtig setzte und betonte, um seine Sippe zu tiefer Aufmerksamkeit zu veranlassen. Er gab zu, dass sie dort unten in dem angeblich von Geistern heimgesuchten Tal übernatürlichen Dingen begegnen konnten, aber er selbst ließ sich dabei keinerlei Gefühlsregung anmerken.

»Wir hätten natürlich weiter nach Süden ziehen können«, fuhr er fort. »Wir hätten uns am Nordrand der Trollmoore entlang bewegen und nach Nesmé gehen können.« Er hielt inne, dann schüttelte er den Kopf und rief laut: »Pah!«

Drizzt und die anderen beobachteten die Zuhörer und bemerkten, dass viele bärtige Köpfe zustimmend nickten, als Bruenor die Gefahr abtat.

»Ich wusste, dass es meinen Jungs nichts ausmachen würde, sich unter den toten Helden alter Zeiten zu bewegen«, schloss Bruenor. »Ihr werden die Heldenhammer-Sippe nicht blamieren. Und jetzt bringt eure Gespanne in Gang. Wir fahren die Wagen in einer engen Doppellinie durch den Pass, und wenn ihr einen Zwerg aus alter Zeit sehen solltet, vergesst eure gute Erziehung nicht!«

Die Armee setzte sich mit großer Präzision wieder in Bewegung, die Wagen nahmen ihre Position in der Karawane ein und rollten hinunter ins Tal des weiten Passes. Sie schlossen sich enger zusammen, genau wie Bruenor sie angewiesen hatte, und rollten in Zweierreihen einher. Bevor der letzte Wagen sich auch nur in Bewegung gesetzt hatte, hatte ein Zwerg schon mit einem Marschlied begonnen, einer heroischen Geschichte von einer Schlacht aus alter Zeit, nicht unähnlich jener, die im Gräuelpass stattgefunden hatte. Kurz darauf hatten sich alle dem Lied angeschlossen, und ihre Stimmen klangen trotz der unheimlichen Atmosphäre kräftig und fest.

»Selbst wenn es hier Geister geben sollte«, flüsterte Drizzt Catti-brie zu, »werden sie viel zu große Angst haben, um sich dieser Gruppe zu nähern.«

Direkt neben ihnen war Delly ähnlich unbeschwert.

»Und du sagst mir immer wieder, wie unangenehm es unterwegs sein kann«, tadelte sie Wulfgar. »Ich hatte sogar Angst.«

Wulfgar blickte sie besorgt an.

»Ich war noch nie an einem besseren Ort«, sagte Delly. »Und wie du dir je gewünscht haben kannst, dieses Leben für die elende Stadt aufzugeben, weiß ich wirklich nicht!«

»Wir haben es auch nie begriffen«, stimmte Catti-brie zu, was ihr einen überraschten Blick von dem Barbaren eintrug. Sie erwiderte Wulfgars Starren mit einem entwaffnenden Lächeln.

Der Wind stöhnte – wenn es denn der Wind war und nicht etwas anderes –, aber das Geräusch schien eine passende Begleitung zu dem weiter andauernden Lied zu bilden. Viele weiße Steine bedeckten den Boden – zumindest dachten die Zwerge zunächst, dass es sich um Steine handelte, bis einer näher hinsah und erkannte, dass es Knochen waren, Ork-Knochen und Zwergenknochen, Schädel und Beinknochen, einige, die ganz offen dalagen, andere halb vergraben. Um sie her verstreut lagen Stücke von rostigem Metall, zerbrochene Schwerter und verrottetes Leder. Es schien, als ob die ehemaligen Besitzer sowohl der Knochen als auch der Rüstungen ebenfalls noch immer anwesend wären, denn manchmal schienen die Nebelschwaden Gestalt anzunehmen – die eines Zwergs vielleicht oder die eines Orks.

Die Heldenhammer-Sippe, versunken in dem aufpeitschenden Lied und damit beschäftigt, ihrem unerschütterlichen Anführer zu folgen, grüßte die Ersteren und knurrte die Letzteren an und sang nur noch lauter.

Sie schlugen ihr Nachtlager auf, die Wagen im Kreis, die nervösen Pferde allesamt in der Mitte, umgeben von einem Ring von Fackeln. Immer noch sangen die Zwerge, um sich gegen die Geister zu wappnen, die vielleicht in der Nähe lauerten.

»Ihr geht heute Nacht nicht raus«, wies Bruenor Drizzt und Catti-brie an, »und hol auch deine dumme Katze nicht her, Elf.«

Das brachte ihm ein paar fragende Blicke ein.

»Kein Wechsel der Ebenen hier«, erklärte Bruenor. »Und genau das ist es, was deine Katze macht.«

»Du befürchtest, dass Guenhwyvar ein Portal öffnen könnte, das dann auch unwillkommene Besucher benutzen würden?«

»Ich hab mit einem Priester gesprochen, und wir waren beide der Ansicht, dass wir es lieber nicht herausfinden wollen.«

Drizzt nickte und lehnte sich zurück.

»Nur noch mehr Grund für Drizzt und mich, uns ein bisschen umzusehen«, warf Catti-brie ein.

»Davon würde ich abraten.«

»Warum?«

»Was weißt du, Bruenor, das wir nicht wissen?«, bohrte Drizzt nach.

Er trat näher zu dem Zwergenkönig, ebenso wie Catti-brie und Regis, der in der Nähe gestanden und gelauscht hatte.

»In diesem Pass spukt es tatsächlich«, gestand Bruenor, nachdem er sich kurz umgesehen hatte.

»Aber es sind deine Ahnen«, sagte Catti-brie.

»Und Schlimmeres«, erwiderte Bruenor. »Uns wird nichts passieren – wir sind so viele, dass selbst diese Geister sich nicht an uns heranwagen werden, nehme ich an.«

»Du nimmst es an?«, wiederholte Regis skeptisch.

Bruenor zuckte die Achseln und wandte sich wieder an Drizzt.

»Wir müssen uns eine Vorstellung von der Umgebung machen«, erklärte er.

»Du glaubst, dass Gauntlgrym in der Nähe ist?«

Wieder ein Schulterzucken. »Das bezweifle ich – es liegt näher an Mirabar –, aber wir werden hier wahrscheinlich ein paar Hinweise finden. Dieser Kampf vor vielen Jahrhunderten neigte sich zu Gunsten der Orks – eine schlimme Zeit für meine Ahnen –, aber dann haben die Zwerge sie überlistet … was nicht sonderlich schwer ist! Es gibt überall in diesem Pass unterirdische Gänge und tiefe Höhlen, ein paar natürlicher Art, andere von den Delzoun geschaffen. Meine Ahnen haben sie alle miteinander verbunden und sie benutzt, um sich Nachschub zu verschaffen, die Verwundeten zu verarzten, ihre Waffen zu reparieren – und um ihre Gegner zu überraschen, denn die Zwerge haben die dummen Orks verlockt, eine kleinere Gruppe anzugreifen, und als die hässlichen Kerle dann gierig angegriffen haben, tauchten die Delzoun aus Falltüren rings um sie her auf und direkt in ihrer Mitte. Es war dennoch ein heftiger Kampf. Diese Orks können zuschlagen, daran besteht kein Zweifel, und viele meiner Ahnen sind hier gestorben, aber sie haben gewonnen. Sie haben die meisten Orks getötet und die anderen wieder in ihre Löcher im Berg zurückgeschickt. Die Höhlen, die die Delzoun benutzt haben, sind wahrscheinlich immer noch da, und darin befinden sich Geheimnisse, die ich ergründen will.«

»Und Unannehmlichkeiten in allen Formen und Größen«, fügte Catti-brie hinzu.

»Jemand wird sich mit diesen Unannehmlichkeiten beschäftigen müssen«, stimmte Bruenor ihr zu. »Also kann ich das genauso gut auch selbst machen.«

»Du meinst wohl, *wir* können«, verbesserte ihn Regis.

Bruenor lächelte tückisch.

»Du hast vor, einen Weg nach unten zu finden und die Armee in die Höhlen zu führen?«, fragte Drizzt.

»Nein, ich habe vor, hier durchzuziehen, wie ich gesagt habe. Wir kehren zurück nach Mithril-Halle und bringen die Formalitäten hinter uns, dann entscheiden wir, wie viele Leute wir wieder hierher bringen sollen, wenn der nächste Winter erst vorüber ist.«

»Warum wolltest du dann jetzt hierher kommen?«

»Denk doch mal nach, Elf«, antwortete Bruenor und sah sich in dem Lager um, das trotz des Orts, an dem sie sich befanden, einen recht ruhigen Eindruck machte. »Du schaust der Gefahr direkt ins Gesicht, wenn sie am schlimmsten ist – oder was du für das Schlimmste hältst –, und dann wird dich keine Angst mehr überraschen.«

In der Tat, wenn Drizzt sich im Lager umsah, verstand er genau, was Bruenor meinte.

Die Nacht war nicht vollkommen ruhig, und mehr als einmal rief eine Wachengruppe »Geist!«, was alle schnell auf die Beine brachte.

Dazu gab es draußen im Dunkeln immer wieder Schreie aus unsichtbaren Mündern. Obwohl die Zwerge von dem langen Marsch müde waren, schliefen sie daher schlecht, aber am Morgen machten sie sich wieder auf den Weg, sangen ihre Lieder und leugneten die Gefahr, wie es nur ein Zwerg konnte.

»Schreckensberg und Himmelsfeuer«, erklärte Bruenor seinen Freunden am nächsten Tag und zeigte auf zwei Berge, einen im Süden und einen im Norden. »Sie begrenzen den Pass. Merk dir jeden Orientierungspunkt, Elf. Ich werde deine Waldläufernase brauchen, falls wir zu dem Schluss kommen, dass dieser Ort einen weiteren Besuch wert ist.«

Der Tag verging ereignislos, und die Truppe verbrachte eine weitere unruhige – aber immer noch erträgliche – Nacht und war noch vor dem Morgengrauen wieder unterwegs.

Am Vormittag rollten sie rasch einher, sangen ihre Lieder, und die Knochenbrecher und die anderen Soldaten trabten recht unbeschwert dahin.

Aber dann kam der Wagen neben dem von Bruenor plötzlich ruckartig zum Stehen, das rechte hintere Rad sackte ein, und das linke Vorderrad hob sich vom Boden. Die Pferde bäumten sich auf und wieherten, und die armen Kutscher mussten sich gewaltig anstrengen, um sie zu beruhigen. Zwerge eilten von den Seiten herbei, um die Ladung aufzufangen, die hinten herunterrutschte und in ein klaffendes Loch zu fallen drohte, das sich wie ein hungriges Maul im Boden geöffnet hatte.

Drizzt eilte direkt hinter die verschreckten, sich aufbäumenden Pferde, die mit dem Rest des Wagens nach hinten gezogen wurden. Seine Säbel blitzten mehrmals auf, und dann hatte er das Geschirr losgeschnitten und das Gespann gerettet.

Catti-brie rannte an dem Drow vorbei auf die Kutscher zu, und Wulfgar sprang von Bruenors Wagen, um ihr zu helfen.

Aber schon fiel der Wagen rückwärts in das Loch und riss die beiden um sich schlagenden Zwerge und die Frau, die ihnen hatte helfen wollen, mit ins Dunkel.

Ohne zu zögern warf sich Wulfgar halb über den Rand des Lochs und packte den Rest des Pferdegeschirrs mit seinen kräftigen Händen. Der Wagen fiel inzwischen nicht mehr ins Leere. Wenn das der Fall gewesen wäre, wäre Wulfgar mit ihm verschwunden. Nein, das Gefährt rutschte einen schrägen, felsigen Schacht entlang, und ein Teil seines Gewichts wurde von unten gestützt, so dass es Wulfgar irgendwie gelang, es halbwegs zu sichern.

Der vor Anstrengung ächzende Barbar hätte jedoch vor Schreck beinahe losgelassen, als ein kleines Geschöpf an ihm vorbeirannte und kopfüber in das Loch sprang und Drizzt hinter ihm erschrocken »Regis!« rief. Dann bemerkten beide, dass der Halbling angeseilt war und Bruenor, der sicher auf seinem Wagen stand, das andere Ende des Seils hielt.

»Hab sie!«, erklang ein Ruf von unten.

Dagnabbit und mehrere andere Zwerge gesellten sich zu ihrem König, packten das Seil und hielten es fest.

Catti-brie war die Erste, die am Seil entlang nach oben kletterte, kurz darauf gefolgt von zwei erschütterten, aber nur leicht verletzten Kutschern.

»Knurrbauch?«, rief Bruenor, als die anderen drei draußen waren, der Halbling sich aber nicht sehen ließ.

»Viele Gänge hier unten!«, erklang Regis' Stimme, dann ein Schrei.

Das war alles, was die Zwerge hören mussten, um die kräftigen Arme so schnell wie möglich zu bewegen und einen sehr erschrockenen Halbling aus dem Loch zu ziehen. Wulfgar konnte den Wagen nicht mehr halten. Das Gefährt rutschte nach unten und verschwand unter immer leiser werdendem Poltern.

»Was hast du gesehen?«, fragten Bruenor und viele andere Regis aufgeregt, der so weiß war wie eine Herbstwolke.

Regis schüttelte den Kopf. Er hatte die Augen weit aufgerissen. »Ich dachte, du wärst es«, sagte er zu einem der Kutscher. »Ich … ich wollte dir das Seil reichen. Es ging einfach durch … ich meine, es hat dich nicht berührt …«

»Immer mit der Ruhe, Knurrbauch«, sagte Bruenor und tätschelte die Schulter des Halblings. »Du bist hier in Sicherheit.«

Regis nickte, aber er schien nicht wirklich überzeugt zu sein. Neben Bruenors Wagen umarmte Delly Wulfgar und gab ihm einen Kuss.

»Das hast du gut gemacht«, flüsterte sie ihm zu. »Wenn du den Wagen nicht gefangen hättest, wären sie jetzt alle drei tot.«

Wulfgar schaute an ihr vorbei zu Catti-brie, die ihrerseits von Drizzt umarmt wurde, aber Wulfgar ansah und anerkennend nickte.

Bruenor Heldenhammer blickte sich um, erkannte, dass viele seiner Leute wirklich erschüttert waren, ging zum Rand des Lochs, stemmte die Hände in die Hüften und rief nach unten: »He, ihr verdammten Geister! Ist an euch nichts weiter dran als ein Nebelhauch?«

Ein lautes Stöhnen drang aus dem Loch, und viele Zwerge wichen entsetzt zurück.

Bruenor jedoch hielt die Stellung. »Oh, das macht mir jetzt aber wirklich Angst!«, höhnte er. »Also gut, wenn ihr was zu sagen habt, dann heraus damit. Ansonsten haltet die Klappe.«

Das Stöhnen verklang, und einen kurzen Augenblick regte sich kein einziger Zwerg. Niemand gab einen Laut von sich, und alle fragten sich, ob Bruenors Herausforderung einen Angriff der Geister auslösen würde.

Als die Sekunden vergingen und nichts Unheilvolles aus dem Loch kroch, beruhigten sich alle wieder.

»Bindet Pwent und seine Jungs an langen Seilen zusammen und lasst sie vorneweg marschieren und dabei fest auf den Boden stampfen«, wies Bruenor Dagnabbit an. »Ich will nicht noch mehr Wagen verlieren.«

Alle machten sich wieder an die Arbeit, und Drizzt ging zu seinem Zwergenfreund.

»Du forderst die Toten heraus?«, fragte er.

»Pah, die meinen all dieses Stöhnen und Herumschweben nicht wirklich ernst. Wahrscheinlich wissen sie nicht mal, dass sie tot sind.«

»Das ist wahr.«

»Merk dir diesen Ort, Elf«, wies Bruenor ihn an. »Ich denke, es könnte ein guter Platz sein, um mit unserer Suche nach Gauntlgrym zu beginnen.«

Damit kehrte der unerschütterliche Zwergenkönig zurück zu seinem Wagen, tätschelte Regis noch einmal die Schulter und führte die Sippe weiter, als wäre nichts geschehen.

»Marschiere weiter, Bruenor Heldenhammer«, flüsterte Drizzt.

»Tut er das nicht immer?«, sagte Catti-brie, die neben dem Drow herging und ihm den Arm um die Taille gelegt hatte.

Sie brauchten drei Tage, um den Gräuelpass zu überqueren. Die Geister umgaben sie bei jedem Schritt, und der Wind hörte mit seinem klagenden Lied nicht auf. An einigen Stellen war der Boden relativ frei, aber an anderen häuften sich die Überreste dieser längst vergangenen Schlacht. Die Zeichen waren nicht immer so deutlich wahrzunehmen, oft war es einfach nur ein allgemeines Gefühl von Trauer und Schmerz, eine beinahe greifbare Aura, die deutlich machte, dass diese Region von vielen verlorenen Seelen heimgesucht wurde.

Gegen Ende des dritten Tags entdeckte Catti-brie, die oben auf einem Hügelkamm stand, einen willkommeneren Anblick – einen silbrigen Fluss, der sich wie eine große Schlange durch das Land im Osten zog.

»Der Surbrin«, sagte Bruenor mit einem Lächeln, als sie ihm davon berichtete, und alle in der Nähe nickten zustimmend, denn der große Fluss Surbrin verlief nur ein paar Meilen östlich von Mithril-Halle, und die Zwerge hatten an seinem Ufer ein Tor errichtet. »Noch ein paar Tage, und dann sind wir daheim«, erklärte der Zwerg, und seine Leute jubelten laut ihrem König zu, der den Gräuelpass bezwungen hatte.

»Ich weiß immer noch nicht, wieso du uns hier entlang geführt hast, wenn wir sowieso nach Hause wollten«, gestand Catti-brie dem Zwerg, als die Aufregung sich wieder legte.

»Weil ich hierher zurückkommen werde, ebenso wie du, der Elf, Knurrbauch und Wulfgar, falls er Lust hat. Und Dagnabbit und ein paar von meinen besten Schildzwergen. Jetzt kennen wir die Gegend, und wir haben sie unter dem Schutz einer Armee kennen gelernt. Nun wird es uns leichter fallen, uns hier erneut umzusehen.«

»Du glaubst tatsächlich, die Anführer in Mithril-Halle lassen dich einfach wieder hier draußen umherstreifen?«, fragte Catti-brie. »Du bist ihr König, wenn ich dich erinnern darf.«

»Werden sie mich *lassen*? Nun, ich bin ihr König, wenn ich dich erinnern darf«, entgegnete Bruenor. »Ich denke nicht, dass ich jemanden um Erlaubnis bitten muss. Was bringt dich also auf die Idee, dass ich das tun werde?«

Dagegen konnte Catti-brie nicht viel einwenden.

»Solltest du nicht mit Drizzt auf der Jagd sein?«, fragte Bruenor.

»Er hat heute Regis mitgenommen«, antwortete Catti-brie, und sie blickte nach Norden, als erwartete sie, die beiden dort auf einer entfernten Anhöhe zu erspähen.

»Hat der Halbling nicht gejammert?«

»Nein. Er hat darum gebeten, dass Drizzt ihn mitnimmt.«

»Ich weiß immer noch nicht, was in Knurrbauch gefahren ist«, gab Bruenor zu und schüttelte den haarigen Kopf.

Regis, der einmal seine Bequemlichkeit so geliebt hatte, schien sich tatsächlich verändert zu haben. Er hatte den kalten Winter auf dem Grat der Welt ertragen, ohne sich zu beschweren, und hatte tatsächlich sogar ermutigende Worte für seine Freunde gefunden. Bei allem, was geschah, hatte der Halbling mit dabei sein wollen, helfen wollen, während der alte Regis stets erstaunlich gut gewesen war, wenn es darum ging, Ausreden zu finden.

Diese Veränderung war für Bruenor und die anderen ein wenig beunruhigend, als hätte sich die Welt, die ihnen so vertraut war, plötzlich direkt unter ihren Füßen bewegt. Aber zumindest schien die Bewegung in eine positive Richtung zu gehen.

Nicht weit entfernt entdeckte Wulfgar Delly, die Catti-brie und Bruenor bei ihrem Gespräch beobachtete. Der Barbar bemerkte, dass seine Frau Catti-brie abschätzend betrachtete.

Er stellte sich hinter Delly und schlang die starken Arme um ihre Taille.

»Sie ist eine gute Gefährtin«, sagte er.

»Ich kann sehen, wieso du sie geliebt hast.«

Wulfgar drehte Delly sanft zu sich herum. »Ich habe sie nicht …«

»Oh, sicher hast du das, und hör auf, meine Gefühle schonen zu wollen!«

Wulfgar geriet ins Stottern und wusste nicht, was er sagen sollte.

»Sie ist eine Gefährtin für mich, unterwegs, im Kampf …«

»Und für dein ganzes Leben«, schloss Delly.

»Nein«, erklärte Wulfgar beharrlich. »Ich dachte einmal, dass ich eine solche Verbindung wünschen würde, aber nun betrachte ich die Welt anders. Jetzt sehe ich dich und Colson, und ich weiß, dass mir nichts mehr fehlt.«

»Wer hat denn behauptet, dass das anders ist?«

»Du hast doch gerade gesagt …«

»Ich sagte, dass Catti-brie dein ganzes Leben lang deine Gefährtin war, und das ist sie immer noch, und das ist gut für dich«, erwiderte Delly. »Du brauchst sie nicht um meinetwillen fern zu halten!«

»Ich will dir nicht wehtun.«

Delly drehte sich um und schaute Catti-brie an.

»Sie will das auch nicht. Sie ist deine Freundin, und das gefällt mir.« Sie entzog sich Wulfgar, aber sie schaute ihn weiterhin an, ein offenes, ehrliches Lächeln auf dem hübschen Gesicht. »Sicher, ein Teil von mir fürchtet immer noch, dass du mehr von ihr willst als Freundschaft. Dagegen kann ich nichts machen, aber ich werde diesem Teil nicht nachgeben. Ich vertraue dir, und ich glaube an das, was du und ich hier angefangen haben, aber bitte halte dich nicht mehr von Catti-brie fern, weil du mich schützen willst. Sie gehört zu dir. Die meisten Leute wären froh, eine Freundin wie sie zu haben.«

»Das bin ich auch«, gab Wulfgar zu. Er sah Delly neugierig an.

»Warum sagst du das gerade jetzt?«

Delly konnte ein viel sagendes Grinsen nicht unterdrücken.

»Bruenor hat darüber gesprochen, wieder hierher zu kommen. Er hofft, dass du ihn dann begleitest.«

»Mein Platz ist bei dir und Colson.«

Delly schüttelte den Kopf. »Dein Platz ist bei mir und unserem Mädchen, wenn dein Leben es zulässt. Dein Platz ist hier draußen bei Bruenor, Drizzt, Catti-brie und Regis. Ich weiß das, und ich liebe dich dafür nur umso mehr.«

»Sie wandeln auf gefährlichen Wegen«, erinnerte Wulfgar sie.

»Dann hast du nur noch mehr Grund, ihnen zu helfen.«

»Es sind Zwerge!«, rief Nikwillig, und sein Stimme brach vor Aufregung und Erleichterung.

Tred, der den letzten Teil des hohen Steinhaufens nicht hinaufgeklettert war und daher die riesige Karawane nicht sehen konnte, die im Süden durch das Tal zog, lehnte sich gegen einen Felsen und schlug die Hände vors Gesicht. Sein linkes Bein war geschwollen und ließ sich nicht mehr beugen. Er hatte, als sie sich in dem kleinen Dorf ausgeruht hatten, nicht begriffen, wie schwer er verletzt war, und er wusste, er würde ohne einen guten Arzt nicht mehr lange weitermachen können und vielleicht sogar die Hilfe der Götter, vermittelt durch einen Priester, brauchen.

Selbstverständlich hatte er sich nicht beschwert und mit jeder Unze seiner Kraft weitergemacht, um mit Nikwillig Schritt zu halten. Es war ein langer und mühseliger Weg gewesen, und nun wussten beide Zwerge, dass sie am Ende ihrer Kraft waren. Sie brauchten Hilfe, und offensichtlich hatten sie sie gerade gefunden.

»Wir können sie einholen, wenn wir nach Südosten gehen«, erklärte Nikwillig. »Schaffst du noch eine Etappe?«

»Wenn es sein muss, muss es eben sein«, sagte Tred. »Ich bin nicht so weit gekommen, um mich jetzt hinzulegen und zu sterben.«

Nikwillig nickte und drehte sich um. Vorsichtig begann er mit dem steilen Abstieg. Dann blieb er jedoch stehen, erstarrt in der Bewegung, und schaute geradeaus. Tred bemerkte diesen Blick, und als er ihm folgte, sah er einen riesigen Panther, schwarz wie der Nachthimmel, der auf einem Sims nicht weit entfernt hockte – nicht einmal annähernd weit genug entfernt!

»Rühr dich nicht«, flüsterte Nikwillig.

Tred versuchte nicht einmal zu antworten. Er hatte ohnehin genau das Gleiche gedacht, obwohl er den Eindruck hatte, dass die große Katze sie bereits entdeckt hatte. Er dachte darüber nach, was er tun sollte, wenn sie sich auf ihn stürzte. Was würde er schon gegen diese Masse aus Muskeln und Klauen ausrichten können? Nun, dachte er, wenn sie angreift, wird sie sich eine blutige Schnauze holen.

Sekunden vergingen, ohne dass sich die Katze oder die beiden Zwerge auch nur einen Zoll bewegten.

Mit einem herausfordernden Knurren schob sich Tred schließlich von der Wand weg, richtete sich auf und hielt seine schwere Axt bereit.

Der große Panther schaute in seine Richtung, aber er wirkte irgendwie nicht bedrohlich. Tatsächlich schien er sich eher zu langweilen.

»Bitte wirf das nicht nach ihr«, erklang eine Stimme von unten, und die beiden Zwerge schauten in diese Richtung und sahen einen braunhaarigen Halbling, der hinter einem Felsen hervorkam. »Wenn jemand Guenhwyvar zum Spielen einlädt, ist sie schwer wieder zu bremsen.«

»Ist das deine Katze?«, fragte Tred.

»Nein, nicht meine«, antwortete der Halbling. »Aber sie ist eine Freundin, und sie gehört einem Freund, wenn du verstehst, was ich meine.«

Tred nickte. »Und wer bist du?«

»Ich könnte euch die gleiche Frage stellen«, erwiderte der Halbling. »Tatsächlich denke ich, dass ich genau das tun werde.«

»Und du wirst deine Antwort erhalten, wenn wir erst unsere haben.«

Der Halbling verbeugte sich tief. »Regis von Mithril-Halle«, sagte er. »Freund von König Bruenor Heldenhammer und Späher der Karawane, die dein Freund dort drunten sieht. Wir kehren aus dem Eiswindtal zurück.«

Tred entspannte sich, ebenso wie Nikwillig.

»Der König von Mithril-Halle umgibt sich mit seltsamen Freunden«, stellte Tred fest.

»Seltsamer, als du dir vorstellen kannst«, antwortete Regis bereitwillig.

Er warf einen Blick zur Seite, und die beiden Zwerge taten es ihm gleich. Sie sahen eine zweite dunkle Gestalt, wenn auch diesmal keine Katze, sondern einen Dunkelelfen.

»Ihr habt mir immer noch nicht eure Namen genannt«, erinnerte Regis sie, »und ich nehme an, dass ihr nicht aus dieser Gegend seid, wenn ihr noch nicht von Drizzt Do'Urden und seinem Panther Guenhwyvar gehört habt.«

»Warte, das habe ich tatsächlich!«, sagte Nikwillig zu Treds Erstaunen. »Bruenors Freund, der Drow. Ja, davon haben wir gehört!«

»Und sagt uns bitte, wo ihr wart, als ihr das gehört habt«, verlangte Drizzt.

Nikwillig stieg rasch herunter und sprang neben Tred. Nikwillig bürstete sich so gut er konnte den Staub von seinem fadenscheinigen Hemd.

»Tred McKnuckles ist mein Name«, verkündete Tred, »und das hier ist mein Freund Nikwillig. Wir kommen aus der Zitadelle Felbarr, aus dem Königreich von Emerus Kriegerkron.«

»Ihr seid weit von zu Hause entfernt«, stellte Drizzt fest.

»Weiter als ihr glaubt«, erwiderte Tred. »Es war ein Weg voller Orks und Riesen, und eine falsche Abzweigung hat zur nächsten falschen Abzweigung geführt.«

»Das ist sicher eine Geschichte, die ich hören möchte«, sagte Drizzt, »aber nicht hier und jetzt. Gehen wir runter zu Bruenor und den anderen.«

»Bruenor ist selbst bei dieser Karawane?«, fragte Nikwillig.

»Er kehrt aus dem Eiswindtal zurück, um den Thron von

Mithril-Halle zu besteigen, denn wir haben erfahren, dass Gandalug Heldenhammer tot ist.«

»Moradin lasse ihn an seinem Amboss arbeiten«, zitierte Tred einen weit verbreiteten zwergischen Segen.

Drizzt nickte. »In der Tat. Und möge Moradin Bruenor weise führen.«

»Und möge Moradin, oder welcher Gott auch immer gerade zuhört, uns sicher zur Karawane zurückbringen«, fügte Regis hinzu.

Als Drizzt und die anderen den Halbling anschauten, bemerkten sie, dass er sich nervös umsah, als erwartete er, dass Tred und Nikwillig ein Heer von Riesen zu ihnen geführt hatten – Riesen, die sich gleich mit einem Steinhagel bemerkbar machen würden.

»Such weiter, Guenhwyvar«, wies Drizzt den Panther an, und er ging auf die Zwerge zu.

Die beiden bärtigen Gesellen erstarrten instinktiv, und der sensible Drow blieb stehen.

»Regis, du begleitest sie zu Bruenor«, beschloss er. »Ich werde mit Guenhwyvar weitersuchen.« Er hob die Hand zum Gruß, dann machte er sich auf den Weg, und Tred und Nikwillig entspannten sich sichtlich.

»Wir sind in Sicherheit, wenn Drizzt und Guenhwyvar über uns wachen«, versicherte Regis den Zwergen. »Sicherer, als ihr euch vorstellen könnt.«

Tred und Nikwillig sahen einander an, dann nickten sie beide, obwohl sie Regis' Worte nicht so recht zu glauben schienen.

»Keine Sorge«, sagte der Halbling mit verständnisvollem Zwinkern. »Ihr werdet euch schon an ihn gewöhnen.«

Viel zu schlau für einen Ork

Das Eintreffen der beiden Zwerge hatte einige Aufregung in das Dorf Hackenschlag gebracht, und so tief im Wilden Land am Grat der Welt war Aufregung meist nicht willkommen. Nachdem die beiden Zwerge sich jedoch wieder auf den Weg gemacht hatten, verloren die Dorfbewohner langsam ihre Angst, dass sie angegriffen würden, und begannen, die Geschichte zu genießen. Aufregung innerhalb einer größeren Hülle von Sicherheit war immer etwas Angenehmes.

Dennoch, die Bewohner von Hackenschlag waren erfahren genug, sich nicht zu tief einlullen zu lassen. Sie achteten darauf, das Dorf in der nächsten Zeit nur noch zu verlassen, wenn es sich nicht vermeiden ließ, und verdoppelten die Tagwache. Die Nachtwache wurde verdreifacht.

Die ganze Nacht hindurch riefen die Wachtposten in regelmäßigen Abständen »Alles klar!« von einem Posten zum anderen. Alle richteten die Augen mit besonderer Wachsamkeit auf den gerodeten Bereich vor den Dorfmauern.

Selbst gegen Ende des ersten Zehntages, nachdem die Zwerge gegangen waren, wurden diese Wachen fortgesetzt, niemand ließ nach oder schlief auf der Mauer ein.

Karlmann Zweipfennig, eine der Wachen in dieser besonderen Nacht sieben Tage, nachdem Nikwillig und Tred sich wieder auf den Weg gemacht hatten, war müde, und daher wagte er nicht einmal, sich gegen einen Pfosten zu lehnen, weil er auf keinen Fall eindösen wollte. Jedes Mal, wenn er den Ruf von dem Mann zu seiner Rechten hörte, schüttelte er den Kopf, um wacher zu werden, und spähte noch einmal auf das dunkle Feld hinter seinem Teil der Mauer hinaus, bereit für seinen eigenen Ruf.

Kurz nach Mitternacht war es wieder so weit. Karlmann schaute aufs Feld, und als er in diese Leere starrte, war er ziemlich sicher, dass er auch diesmal seine Kameraden beruhigen konnte. Als er dran war, setzte er dazu an, »Alles klar« zu rufen.

Er hörte ein Rauschen in der Luft, gerade als er mit seinem Ruf begonnen hatte, und hatte einfach das Pech, im Weg eines von einem Riesen geschleuderten Steins zu stehen. Daher wurde aus seinem »Alles klar!« ein »Alles kl-*aaagh*!«

Er spürte die Explosion nur einen Augenblick, dann war er tot, lag am Boden neben den Trümmern der hölzernen Brustwehr und dem schweren Stein.

Karlmann Zweipfennig hörte die Schreie nicht mehr, die rings um ihn erklangen, oder die weiteren Explosionen, als schwere Steine durch die Mauern und in die Gebäude hineinkrachten und der Verteidigung des kleinen Dorfes bald ein Ende machten. Er hörte nicht die Alarmrufe danach, als sich eine Horde von Orks, viele von ihnen auf Worgs reitend, in das Dorf stürzte.

Er hörte nicht, wie seine Familie und seine Freunde starben.

Markgraf Elastul strich sich über den zerzausten roten Schnurrbart, eine Bewegung, von der viele Zwerge glaubten, sie diene der Hervorhebung dieses Barts, auf den der Markgraf offenbar stolz war. Selbstverständlich war Torgar nicht übermäßig beeindruckt von Elastuls rotem Bart, denn kein

Mensch konnte sich einen Bart wachsen lassen, der auch nur dem jämmerlichsten Zwergenbart gleichgekommen wäre.

»Was soll ich nur mit Euch machen, Torgar Hammerschlag?«, fragte Elastul.

Hinter ihm standen seine vier Getreuen, die Hämmer, und flüsterten miteinander.

»Ich dachte nicht, dass Ihr irgendwas mit mir machen wollt, Euer Ehren«, antwortete der Zwerg. »Ich leiste meinen Dienst für Mirabar, und das schon seit sehr langer Zeit. Ich brauche Euch nicht, um irgendwas zu tun.«

Der säuerliche Blick des Markgrafen zeigte, dass er von dieser nicht allzu subtilen Erinnerung daran, dass Torgar schon sehr, sehr lange für die Axt arbeitete, nicht besonders beeindruckt war.

»Es ist genau dieses Erbe, das mich in ein Dilemma bringt«, erklärte Elastul.

»Dilemma?«, fragte Torgar und kratzte sich am Bart. »Hat das irgendwas mit Schafen zu tun?«

Der Markgraf verzog verwirrt das Gesicht.

»Eine Zwickmühle«, erläuterte er dann.

»Was ist eine Zwickmühle?«, fragte der Zwerg.

Torgar musste sich anstrengen, um sein Grinsen zu verbergen. Wenn er eins über Menschen wusste, dann, dass sie sich stets für überlegen hielten. Also bestand die einfachste Möglichkeit für einen Zwerg, mit ihrem Zorn fertig zu werden, darin, sich dumm zu stellen.

»Was das ist?«, erwiderte der Markgraf.

»Ja, genau.«

»Das reicht jetzt!«, rief Elastul. Er zitterte sichtlich, wozu Torgar nur die Achseln zuckte, als könne er das überhaupt nicht verstehen. »Was Ihr getan habt, bringt mich in eine Zwickmühle.«

»Wie das?«

»Die Leute von Mirabar schauen zu Euch auf. Ihr seid einer der vertrauenswürdigsten Kommandanten in der Axt, ein Zwerg von hervorragendem Ruf.«

»Pah, Markgraf Elastul, Ihr schafft es noch, dass meine bärtigen Wangen rot anlaufen«, erwiderte Torgar und grinste unverschämt.

Elastul sah aus, als wollte er sich selbst die Faust ins Gesicht rammen, was Torgar ausgesprochen entzückt hätte.

Der Markgraf seufzte tief und setzte zu einer Antwort an, aber dann wurde die Tür des Audienzzimmers aufgerissen, und Sceptrana Shoudra Sternenglanz kam herein.

»Markgraf«, grüßte sie mit einer Verbeugung.

»Wir sprechen gerade darüber, ob ich Euch bitten soll, das Axtsymbol von Torgars Rüstung zu schmelzen«, erläuterte der Markgraf.

»Tun wir das?«, erwiderte der Zwerg unschuldig.

»Das reicht jetzt!«, schimpfte Elastul abermals. »Ihr wisst genau, dass wir das tun, und Ihr wisst auch, weshalb ich Euch hierher zitiert habe. Zu denken, dass ausgerechnet ein Zwerg wie Ihr sich mit unseren Feinden zusammentut!«

Torgar hob eine dickliche Hand, und seine Miene wurde plötzlich finster.

»Passt lieber auf, wen Ihr unsere Feinde nennt«, warnte er Elastul.

»Muss ich Euch daran erinnern, welchen Wohlstand Bruenor Heldenhammer und seine Zwerge von uns gestohlen haben?«

»Pah, sie haben überhaupt nichts gestohlen. Ich finde, dass ich bei meinem Einkauf ziemlich gut abgeschnitten habe.«

»Ich rede nicht von der Karawane, sondern von ihren Minen im Osten! Muss ich Euch daran erinnern, wie unsere Geschäfte sich verschlechtert haben, seit die Essen in Mithril-Halle wieder glühen? Fragt Shoudra. Sie kann Euch besser als alle anderen sagen, wie schwer es geworden ist, Verträge zu erneuern und neue Käufer zu finden.«

»Das stimmt«, sagte die Frau. »Seit Mithril-Halle wieder arbeitet, ist meine Aufgabe viel schwieriger geworden.«

»Das geht uns anderen genauso«, stimmte Torgar zu. »Und von meinem Standpunkt aus wird uns das nur besser machen.«

»Die Heldenhammer-Sippe ist kein Freund von Mirabar!«, erklärte Elastul.

»Aber sie sind auch nicht unsere Feinde«, erwiderte Torgar, »und Ihr solltet vorsichtig sein, sie so zu bezeichnen.«

Der Markgraf beugte sich so plötzlich auf seinem Stuhl vor, dass Torgar im Reflex die Hand zur rechten Schulter hob, in die Nähe des Griffs der großen Axt, die er immer über den Rücken geschnallt trug. Diese Bewegung bewirkte im Gegenzug, dass der Markgraf und seine vier Hämmer zusammenzuckten und die Augen aufrissen.

»König Bruenor ist als Freund gekommen«, sagte Torgar, als die Dinge sich wieder ein wenig beruhigt hatten. »Er kam auf der Durchreise hier vorbei, als ein Freund, und er wurde als Freund eingelassen.«

»Oder er kam, um sich seine größten Rivalen einmal anzusehen«, stellte Shoudra fest, aber Torgar wischte das mit einem Schulterzucken beiseite.

»Und wenn Ihr eine Zwergenlegende in Eure Stadt lasst, wie könnt Ihr dann verlangen, dass die Zwerge von Mirabar nicht zu ihm gehen und mit ihm reden?«

»Viele Zwerge in meiner Stadt sprechen sich lauthals für Spionage gegen König Bruenors Mithril-Halle aus«, erinnerte ihn Elastul. »Ihr habt selbst gehört, wie sie fordern, dass Spione nach Mithril-Halle geschickt werden und eine Möglichkeit finden sollen, die Schmieden dort zu schließen oder die besten Tunnel zu fluten oder billigere Waren zwischen die Rüstungen und Waffen zu schmuggeln, die die Heldenhammer-Sippe auf den Markt bringt.«

Torgar konnte nicht leugnen, dass der Markgraf diesmal die Wahrheit sagte, ebenso wenig, wie er abstreiten konnte, dass auch er in der Vergangenheit Mithril-Halle verflucht hatte, aber das war für ihn etwas anderes als dieser persönliche Besuch – es war eine Sache, eine Tirade gegen einen gesichtslosen Rivalen vom Stapel zu lassen; das Gleiche gegen einen Mann zu sagen, dem man gegenübergesessen hatte, war etwas anderes. Torgar wünschte der Heldenhammer-Sippe vielleicht kein Glück bei ihren Geschäften, aber wenn ein Feind Bruenor und seine Sippe bedrohte, würde Torgar mit Freuden einen Angriff führen, um ihm zu helfen.

»Habt Ihr je daran gedacht, dass wir auf die falsche Weise gegen die Heldenhammer-Zwerge vorgehen?«, fragte der Zwerg.

Der Markgraf und Shoudra wechselten einen neugierigen Blick.

»Habt Ihr je daran gedacht, dass wir ihre Stärken und unsere Stärken vielleicht auch auf eine Art nutzen könnten, von der wir alle profitieren?«

»Wie meint Ihr das?«, fragte Elastul.

»Sie haben das Erz – besseres Erz, als wir hier je finden werden, und wenn wir noch hundert Meilen tief graben – und sie haben zweifellos ein paar begnadete Handwerker, aber die haben wir auch. Vielleicht könnten ihre Besten und unsere Besten mit ihrem guten Erz arbeiten, um hervorragende Stücke herzustellen, während unsere Lehrlinge und ihre Lehrlinge oder ein paar, die zu alt sind, um noch richtig zu sehen oder den Hammer hoch genug zu heben, die geringeren Stücke herstellen könnten – Gitter und Wagenräder statt Schwerter und Harnische, wenn Ihr versteht, was ich meine.«

Nun riss der Markgraf die Augen noch weiter auf, aber nicht, weil er über diesen Vorschlag der Zusammenarbeit erfreut war. Torgar erkannte das sofort und wusste, dass er eine Grenze überschritten hatte.

Elastul zitterte so schrecklich, dass es aussah, als würde es ihn gleich aus seinem Stuhl werfen, und es kostete ihn gewaltige Anstrengung, sich wieder zurückzulehnen. Er schüttelte den Kopf, offensichtlich zu erzürnt, um auch nur zu widersprechen.

»War nur so eine Idee«, erklärte Torgar.

»Eine Idee? Hier ist noch eine Idee – warum lassen wir Shoudra nicht diese Axt von Eurem Harnisch brennen? Warum lasse ich Euch nicht nach draußen schleppen und öffentlich auspeitschen oder vielleicht sogar wegen Verrats vor Gericht stellen? Wie könnt Ihr es wagen, so viele in die Umarmung von König Bruenor Heldenhammer zu führen? Wie könnt Ihr es wagen, es unserem Hauptrivalen bequem zu machen, einem Zwerg, der eine Sippe anführt, die uns schon ganze Berge von Gold gekostet hat! Wie könnt Ihr es wagen, irgendwelche Ideen über Freundschaft zwischen Mithril-Halle und Mirabar zu hegen, und wie könnt Ihr es wagen, mir so etwas vorzuschlagen?«

Shoudra Sternenglanz trat neben den Thron des Markgrafen. Sie legte die Hand auf Elastuls Arm, um ihn zu beruhigen. Dabei warf sie Torgar einen Blick zu und bedeutete ihm mit einem knappen Nicken in Richtung Tür, schnell zu verschwinden.

Aber Torgar war noch nicht bereit zu gehen – nicht ehe er das letzte Wort gehabt hatte.

»Also gut, Ihr hasst Bruenor und seine Jungs, und Ihr habt vielleicht Grund dafür«, sagte er. »Aber ich denke, das ist eher unsere eigene Schwäche als etwas, was Bruenor und Mithril-Halle uns angetan haben.«

Markgraf Elastul setzte zu einem weiteren »Wie könnt Ihr es wagen« an, aber Torgar war nicht zu bremsen.

»So sehe ich das«, erklärte der Zwerg schlicht. »Ihr wollt mein Axtwappen nehmen? Dann nehmt es, aber wenn Ihr daran denkt, mich auszupeitschen, dann solltet Ihr vorher vielleicht noch einmal einen Blick auf meine Verwandten werfen.«

Mit dieser Drohung drehte sich Torgar Delzoun Hammerschlag um und stürmte aus dem Zimmer.

»Ich will seinen Kopf auf einem Speer!«

»Dann bekommt Ihr es mit zweitausend Schildzwergen zu tun, die in Mirabar wüten«, erklärte Shoudra. Sie hielt den Arm des Mannes immer noch fest. »Ich bin, was Mithril-Halle angeht, durchaus bis zu einem gewissen Punkt der gleichen Ansicht wie Ihr, guter Elastul, aber wenn man diese Reaktion von Torgar und vielen anderen bedenkt, weiß ich nicht, ob es klug wäre, Euren Kurs offener Feindseligkeit beizubehalten.«

Elastul warf ihr einen zornigen und drohenden Blick zu, und dieser Blick erinnerte Shoudra daran, dass sich nur wenige im Rat der Funkelnden Steine ihrer Argumentation anschließen würden.

Also ließ die Sceptrana den Markgrafen los und trat zurück, beugte ehrfürchtig den Kopf und fragte sich dabei im Stillen, wie sehr König Bruenors Besuch Mirabar wirklich aus dem Gleichgewicht gebracht hatte. Wenn der Markgraf weiter diesen harten Kurs verfolgte, könnte das Ergebnis für die alte Minenstadt katastrophal sein.

Sie konnte nicht umhin, König Bruenor einen gewissen Respekt zu zollen. Es war ein kluger Schachzug gewesen, in Mirabar aufzutauchen, einer Stadt, in der er nicht willkommen war, aber auch nicht offen abgewiesen werden würde. Ja, es war ein schlaues Manöver gewesen, und nun hatte die

Sceptrana von Mirabar den Eindruck, als spielte der Markgraf Bruenor direkt in die Hände.

»Gefangene?«, fragte Obould seinen Sohn, als sie sich die Ruinen von Hackenschlag ansahen.

»Noch ein paar«, sagte Urlgen mit boshaftem Grinsen.

»Ihr verhört sie noch?«

Urlgen blickte drein, als wäre ihm dieser Gedanke noch gar nicht gekommen.

Obould knurrte und schlug seinem Sohn auf den Hinterkopf.

»Was müssen wir wissen?«, fragte der verwirrte Urlgen.

»Alles, was irgendwie hilfreich sein könnte«, erklärte Obould.

Er sprach langsam und betonte jedes Wort, als hätte er es mit einem Kleinkind zu tun.

Urlgen fauchte, aber darüber hinaus äußerte er sein Missvergnügen nicht. Immerhin hatte er die Beleidigung verdient.

»Du weißt, wie man verhört?«, fragte Obould, und sein Sohn schaute ihn an, als wäre diese Frage vollkommen lächerlich.

»Es ist wie foltern«, erklärte der Ork-König trotzdem. »Nur dass du ihnen Fragen stellst, während du deinen Spaß hast.«

Urlgen verzog die Lippen zu einem widerwärtigen Lächeln, dann nickte er und eilte ins Dorf zurück, wo viele seiner Krieger bereits mit den wenigen Unglücklichen, die bei dem Angriff nicht umgekommen waren, ihren Spaß hatten.

Eine Stunde später kehrte er zu seinem Vater zurück, der gerade dabei war, mit den Riesen zu verhandeln, die bei dem Überfall geholfen hatten, und dabei wie immer die politischen Aspekte betonte.

»Nicht alle Zwerge wurden getötet, als wir sie überfallen haben«, erklärte Urlgen, sein Tonfall eine Mischung aus Erregung und Enttäuschung.

»Zwerge? Es gab Zwerge in diesem dummen kleinen Dorf?«

Urlgen schien verwirrt. »Nicht hier«, sagte er. »Keiner von denen hier war ein Zwerg.«

Jetzt waren Obould und die Riesen verwirrt.

»Keine Zwerge im Dorf«, erklärte Urlgen, um der Verwirrung ein Ende zu machen. »Als wir die Zwerge vor zehn Tagen angegriffen haben, sind zwei davongekommen.«

Das überraschte Obould nicht sonderlich, denn er wusste, dass sich zumindest ein paar Zwerge in der Gegend herumtrieben. Ein Trupp Orks war nicht weit von hier niedergemetzelt worden, und die dabei angewandte Taktik wies auf Zwerge hin.

»Sie waren hier im Dorf, und sie waren verwundet«, erklärte Urlgen.

»Und sie sind hier gestorben?«

»Nein, sie sind weitergezogen, weil sie nach Mithril-Halle wollten. Sie waren schon weg, als wir zugeschlagen haben.«

»Wie lange?«

»Nicht lange.«

Obould war nun selbst ziemlich erregt. »Wie wäre es mit einer Jagd?«, fragte er die Riesen, und die gewaltigen blauhäutigen Geschöpfe nickten.

Aber dann musste Obould wieder an Ad'non Kareeses Ratschläge denken. »Kleine Vorstöße, und zurückhaltend. Wir locken sie einen nach dem anderen heraus«, hatte der Drow gesagt. Diese Zwerge nach Süden zu verfolgen, würde seine Leute gefährlich nahe an Mithril-Halle heranbringen, und das könnte zu einem größeren Kampf führen, als Obould derzeit riskieren wollte.

»Nein, lasst sie gehen«, beschloss der König, und während die Riesen das bereitwillig akzeptierten, riss Urlgen die Augen so weit auf, dass es aussah, als würden sie gleich aus seinem hässlichen Kopf fallen.

»Du kannst doch nicht …«, setzte der jüngere, aufbrausendere Ork an.

»O doch«, unterbrach ihn Obould. »Sollen sie doch mit ihrer Geschichte von Tod und Zerstörung nach Mithril-Halle ziehen, und sollen doch die Zwerge dort Leute ausschicken, um nachzusehen. Dann werden wir einen größeren und besseren Kampf haben.«

Urlgens Lächeln wurde wieder breiter, und Obould erklärte ihm aus reiner Vorsicht noch den Rest seiner Argumentation. Immerhin bestand die Gefahr, dass jede Erwähnung von Mithril-Halle diese jungen Krieger Hals über Kopf nach Süden stürmen ließ.

»Wenn wir zu dicht an Mithril-Halle sind, wenn der Kampf beginnt, dann könnten ein paar Zwerge nach Hause entwischen, und ganz Mithril-Halle würde sich auf uns stürzen, und das wäre ein Kampf, den wir nicht wollen.«

Trotz des zustimmenden Nickens, selbst von dem missmutigen Urlgen, fühlte sich Obould verpflichtet hinzuzufügen: »Jedenfalls jetzt noch nicht!«

Die Kehrseite des Königseins

Bruenor schloss Thibbledorf Pwent bewusst von dem Gespräch mit den beiden Zwergen aus der Zitadelle Felbarr aus, denn er hatte schon von Regis erfahren, worum es ging, und er wusste, dass der Schlachtenwüter wahrscheinlich direkt in die Berge stürmen würde, weil er ihre gefallenen Verwandten aus Felbarr rächen wollte. Und so erzählten Nikwillig und Tred ihre Abenteuer einer Gruppe, die aus mehr Nicht-Zwergen bestand – Drizzt, Catti-brie, Wulfgar und Regis – als aus Zwergen.

»Eine gute Flucht«, gratulierte ihnen Bruenor, als sie fertig waren. »Emerus Kriegerkron kann stolz auf euch sein.«

Sowohl Tred als auch Nikwillig plusterten sich bei diesem Kompliment des Königs sichtlich auf.

»Was hältst du von der Sache?«, wandte sich Bruenor an Dagnabbit.

Der jüngere Zwerg dachte über die Frage sorgfältig nach, dann antwortete er: »Ich werde eine Gruppe von Kriegern, wenn möglich auch die Knochenbrecher-Brigade, mitnehmen und nach Norden bis zum Surbrin ziehen. Wenn wir die Schuldigen finden, werden wir sie erledigen und wieder nach Hause kommen. Wenn nicht, ziehen wir am Fluss entlang nach Süden, und wir treffen uns wieder in Mithril-Halle.«

Bruenor nickte, während ihm dieser Plan erläutert wurde,

denn er hatte jedes einzelne Wort erwartet. Dagnabbit war gut, aber er war auch berechenbar.

»Ich hätte gern eine Gelegenheit, es dieser Bande heimzuzahlen«, warf Tred ein.

Seine Worte bewirkten, dass sein Freund, der seine Ansicht offenbar nicht teilte, ziemlich unbehaglich dreinschaute.

»Du vergisst wohl dein verwundetes Bein«, sagte Nikwillig schließlich.

»Pah, Bruenors Priester haben mir mit ihren warmen Händen sehr gut getan«, erklärte Tred. Um das zu verdeutlichen, stand er auf und fing an herumzuhopsen, und tatsächlich schien er, von einem Zusammenzucken hier oder da einmal abgesehen, wieder bereit zu sein, sich in den Kampf zu stürzen.

Bruenor musterte die beiden einen Augenblick.

»Nun, wir können nicht zulassen, dass ihr beide umgebracht werdet, denn sonst wird niemand im Stande sein, König Emerus Kriegerkron eure Geschichte angemessen zu erzählen. Also kannst du, Tred, mit uns auf die Jagd kommen, aber du, Nikwillig, solltest mit den anderen nach Mithril-Halle zurückkehren.«

»König Bruenor, das klingt, als wolltest du selbst auf die Jagd gehen«, stellte Dagnabbit missbilligend fest, was ihm einen zornigen Blick von Bruenor einbrachte.

Der Zwergenkönig wusste, was seine Leute von ihm erwarteten, besonders Dagnabbit, der geschworen hatte, für seine Sicherheit zu sorgen. Er wusste, dass es für ihn als Herrscher von Mithril-Halle nur angemessen wäre, sich direkt mit dem größten Teil seiner Streitmacht nach Süden zu begeben, zurück in die Sicherheit seines Königreichs, von wo aus er weitere Schläge gegen diese Banditenbande aus Orks und Riesen planen könnte. Das erwartete man von ihm, aber schon der Gedanke daran ließ Bruenors Innereien glühen.

Er warf Drizzt einen flehentlichen Blick zu, und der Dunkelelf nickte wissend.

»Was denkst du, Elf?«, fragte Bruenor.

»Es würde mir leichter fallen, diese Ungeheuer zu finden, als Pwent und seinem wilden Haufen«, erwiderte Drizzt. »Und sogar leichter als dem guten Dagnabbit hier, obwohl ich seine Fähigkeiten als Ork-Jäger niemals anzweifeln würde.«

»Dann komm mit mir«, schlug Dagnabbit vor.

In seiner Stimme lag eine leichte Schärfe, denn er hatte erkannt, um was es ging, und es gefiel ihm überhaupt nicht.

»Ich werde gehen«, stimmte Drizzt zu, »aber nur mit meinen Freunden, mit den Leuten, denen ich am meisten vertraue. Mit Leuten, die jede meiner Bewegungen ergänzen.«

Er nickte nacheinander Catti-brie, Wulfgar und Regis zu, dann hielt er einen Moment lang inne und blickte Bruenor direkt an – und nickte ein weiteres Mal. Ein Lächeln breitete sich auf dem Gesicht des Zwergenkönigs aus.

»Nein, nein, nein!«, erklärte Dagnabbit sofort. »Du kannst meinen König nicht in die Wildnis mitnehmen.«

»Ich denke, diese Entscheidung steht Bruenor zu, mein Freund, und nicht dir oder mir«, entgegnete Drizzt. Er erwiderte Bruenors dankbares Lächeln und fragte den König: »Eine letzte Jagd?«

»Wer sagt denn, dass es die letzte sein wird?«, erwiderte Bruenor barsch.

Die Freunde lachten leise, und dann wurde das Lachen lauter, als Dagnabbit fest mit dem Stiefel aufstampfte und »Verdammich!« rief.

»Pah, du kannst doch auch mitkommen, du dummer Zwerg«, sagte Bruenor zu seinem jungen Kommandanten. »Und du auch«, fügte er mit einem Blick zu Tred hinzu, der grimmig nickte.

»Und ich nehme ein paar von meinen Leuten mit!«, betonte Dagnabbit.

»Pwent und seine Jungs«, sagte Bruenor.

»Nein!«, rief Dagnabbit nachdrücklich.

»Aber du hast doch gerade selbst gesagt …«

»Das war, bevor ich wusste, dass du mitkommst.«

Bruenor hob die Hände, um den aufgeregten Zwerg zu beruhigen.

»Also nicht Pwent«, sagte er, denn er verstand die Sorge seines jungen Befehlshabers. Pwent würde auch noch mit einem Stein einen Kampf anfangen, hieß es in Mithril-Halle, und sich selbst und alle anderen schwer verwunden, bevor er siegte.

»Such die Leute selbst aus. Zwanzig von deinen besten …«

»Fünfundzwanzig«, widersprach Dagnabbit.

»Nun, dann macht euch bereit«, sagte Bruenor zu Dagnabbit und den anderen. »Ich will noch heute aufbrechen. Es gilt, Orks und Riesen zu zerquetschen.«

Der Zwerg sah sich um und bemerkte, dass Wulfgars Grinsen nicht so breit war wie das von Drizzt, Catti-brie und sogar von Regis. Bruenor nickte seinem Adoptivsohn verständnisvoll zu und deutete damit an, dass er es durchaus verstehen würde, wenn Wulfgar, der nun Ehemann und Vater war, nicht bei der Jagd mitmachen wollte.

Wulfgar biss zur Antwort die Zähne zusammen, erwiderte das Nicken und ging davon.

»Du denkst hoffentlich nicht, was ich denke, dass du denkst!«, sagte Shingles McRuff.

Er gehörte zu den am wildesten aussehenden Bewohnern von Mirabar, ein kleiner und ausgesprochen kräftiger Zwerg, dessen allgemeine Widerborstigkeit sich beinahe immer auf dem roten, wettergegerbten Gesicht abzeichnete. Ihm fehlte ein Auge, und er hatte sich nie die Mühe gemacht, etwas anderes in die leere Höhle einzusetzen, sondern sich mit einer Augenklappe begnügt. Die Hälfte seines schwarzen Barts war ebenfalls verschwunden, denn die rechte Seite seines Gesichts wurde von einer einzigen großen Narbe bedeckt.

»Nun, ich denke, was ich denke«, erwiderte Torgar Hammerschlag, »und ich weiß nicht, was du denkst, dass ich denken soll.«

»Nun, ich denke, dass du daran denkst zu gehen«, erklärte Shingles schlicht, und dadurch gewann er die Aufmerksamkeit aller anderen Zwerge in der überfüllen Schänke in der höchsten unterirdischen Ebene der Stadt. »Ich weiß nicht, was der Markgraf zu dir gesagt hat, aber ich wette, es ist nichts gegen das, was dein Opa dir sagen würde, wenn dein Opa noch hier wäre, um dir was zu sagen.«

Torgar hob die Hände und wehrte die Worte ab, ebenso wie die Blicke der anderen.

Zumindest versuchte er das, denn nun kamen mehrere Zwerge näher, zogen ihre Stühle an den Tisch, und sie hatten alle die gleiche Frage: »Du willst Mirabar verlassen, Torgar?«

Torgar fuhr sich mit den Händen durch das dichte Haar. »Selbstverständlich nicht, ihr verdammten Dummköpfe!«, sagte er, aber es klang wenig überzeugend. »Schon der Vater meines Vaters hat sein Leben hier verbracht, und dessen Vater, und dessen Vater auch.«

Aber trotz dieser Worte konnte selbst Torgar einen Hauch von Zweifel hören, und das bewirkte, dass er sich selbst fragte, ob er vorhatte, Mirabar zu verlassen. Er war wütend auf Elastul, wütend wie ein Dämon, so viel war sicher, aber hatte er wirklich tief in seinem Kopf und tief in seinem Herzen das Gefühl, dass es an der Zeit war, die Hammerschlag-Dynastie in Mirabar zu beenden?

Wieder fuhr er sich mit den Händen durch das dichte Haar

und rief schließlich »Pah!« in die Gesichter aller, die um ihn herumsaßen und -standen.

Er erhob sich so schnell, dass sein Stuhl hinter ihm umkippte, und dann stapfte er davon, wobei er im Vorbeigehen eine Flasche Bier von der Theke mitnahm und dem offensichtlich amüsierten Wirt eine Münze zuwarf.

Draußen in der Höhle blickte Torgar sich um, sah die Gebäude und die Streifen des Gesteins – Gestein, das ihm so vertraut war, dass er es für einen Teil seiner selbst und seiner Herkunft hielt.

»Dummer Elastul«, murmelte er. »Ihr seid alle Dummköpfe, wenn ihr König Bruenor und seine Jungs nicht als die Freunde erkennt, die sie sind.«

Er ging davon, und er wusste nicht, dass seine letzten Worte von ein paar anderen belauscht worden waren, die sich alle nahe dem offenen Fenster der Schänke drängten.

»Er meint es ernst«, stellte ein Zwerg fest.

»Und ich denke, er wird es tun«, sagte ein anderer.

»Pah, ihr wisst doch bestenfalls, was ihr gerade trinkt«, schnaubte Shingles. »Falls ihr denn wisst, was ihr gerade trinkt!«

»Ich weiß es!«, schrie ein Zwerg von hinten aus dem Schankraum.

»Aber ich denke, ich trinke nicht genug von dem, was ich trinke!«

Das rief zustimmendes Gebrüll und den Wunsch nach neuen Runden hervor.

Shingles McRuff grinste nur und schaute weiter aus dem Fenster, obwohl Torgar, sein alter Kumpel und Waffengefährte, längst nicht mehr zu sehen war.

Trotz seiner gegenteiligen Behauptung und obwohl Torgar es abgestritten hatte, war auch Shingles der Ansicht, dass sein alter Freund es durchaus ernst meinte und sich tatsächlich mit dem Gedanken trug, Mirabar zu verlassen. Dieser Besuch von König Bruenor und den Jungs aus Mithril-Halle hatte einem zuvor gesichtslosen Feind ein Gesicht gegeben, ein Gesicht, das Torgar und viele andere nun für das eines Freundes hielten. Bruenor mochte ein Rivale sein, aber er war zweifellos kein Feind. Die Art, wie Elastul und die anderen überwiegend menschlichen Anführer sich gegenüber Torgar und den Zwergen aus Mirabar verhielten, die sich Bruenors Geschichten angehört und Waren aus dem Eiswindtal gekauft hatten, gefiel Shingles und vielen anderen ganz und gar nicht. Zum ersten Mal seit Bruenors Besuch dachte Shingles McRuff ernsthaft über die Ereignisse der letzten Zeit und ihre möglichen Folgen nach.

Und ihm gefiel noch weniger, wohin diese Gedanken ihn plötzlich führten.

»Schuldgefühle sind schon was Komisches, nicht wahr?«, fragte Delly Curtie Wulfgar spielerisch, als er zu ihr und Colson zurückkehrte.

»Schuldgefühle?«, war seine skeptische Antwort. »Oder ein Verständnis meiner Pflichten?«

»Schuldgefühle«, erwiderte Delly ohne das geringste Zögern.

»Als ich eine Familie gegründet habe, habe ich auch die Pflicht übernommen, diese Familie zu schützen.«

»Und was, glaubst du, könnte mir und Colson zustoßen, wenn wir von Hunderten von Zwergen umgeben sind, die alle unsere Freunde sind? Du lässt uns doch nicht schutzlos in der Wildnis zurück, Wulfgar! Du selbst bist es, der sich in Gefahr begibt!«

»Und indem ich das tue, vernachlässige ich meine …«

»Oh, fang bloß nicht wieder damit an!«, unterbrach ihn Delly. Sie hatte ein wenig lauter gesprochen, was bewirkte, dass sich mehrere Zwerge in der Nähe nach ihr umdrehten. »Du tust, was du tun musst. Du führst das Leben, das dir bestimmt war.«

»Du bist den ganzen Weg mit mir hierher gekommen …«

»Und ich führe das Leben, das ich will«, erklärte Delly. »Ich will dich nicht verlieren – nicht für einen einzigen Augenblick –, aber ich weiß, dass dein Herz bei deinen Gefährten ist, wenn du den ganzen Tag bei mir und Colson bleibst, und dann habe ich dich bereits verloren. Komm mit nach Mithril-Halle, wenn es wirklich das ist, was du dir tief im Herzen wünschst, Liebster, aber wenn nicht, dann zieh mit Bruenor und den anderen los.«

»Und was, wenn ich hier draußen sterbe, weit weg von dir?«

Diese Frage hatte nichts mit Angst zu tun, denn Wulfgar hatte keine Angst davor, in der Wildnis zu sterben. Er war ein Abenteurer, ein Krieger, und solange er daran glauben konnte, dass er der wahren Bestimmung seines Lebens folgte, war alles, was ihm zustieß, akzeptabel.

Selbstverständlich würde er nicht ohne Kampf sterben!

»Ich denke die ganze Zeit daran«, gab Delly zu, »weil ich weiß, dass du gehen wirst. Und wenn du auf der Straße stirbst, dann solltest du wissen, dass Colson auf ihren Papa stolz sein wird. Kurze Zeit habe ich daran gedacht, dich zu überreden, dass du bei mir bleibst, aber das passt nicht zu dir. Ich sehe es dir an – du lächelst viel strahlender, wenn dir der wilde Wind ins Gesicht weht. Colson und ich können jedes Schicksal akzeptieren, das wir am Ende deines Weges finden, Wulfgar, Sohn von Beornegar, solange du dem Weg deines Herzens folgst.«

Sie trat bei diesen Worten näher zu ihm, kniete sich schließlich vor den sitzenden Wulfgar und schlang die Arme um seine Schultern.

»Und verpass einem Ork ordentlich eins von mir, ja?«

Wulfgar lächelte, und dann sah er das Blitzen in ihren Augen – diese Augen strahlten viel intensiver als damals, als Delly noch in Arumns Kneipe im heruntergekommensten Viertel von Luskan gearbeitet hatte. Die frische Luft, das Abenteuer und das Kind hatten die Frau verändert, und Delly schien mit jedem Tag schöner, kräftiger und gesünder zu werden.

Wulfgar zog sie an sich und umarmte sie fest. In Gedanken wanderte er zurück zu dem Tag, als Robillard ihn mitten in Luskan abgesetzt und ihm zwei Möglichkeiten gelassen hatte: den Weg nach Süden und die Sicherheit mit Delly und Colson, oder die Straße nach Norden, wo er mit seinen Freunden Abenteuer erleben konnte. Als er Dellys Worte hörte, die Ehrlichkeit in ihrer Stimme wahrnahm, die Liebe und Bewunderung, freute sich Wulfgar mehr denn je, diesen Weg nach Norden eingeschlagen zu haben, und niemals war er seiner selbst sicherer gewesen.

Und niemals verliebter in diese Frau, die *seine* Frau geworden war.

»Ich werde ihm *zwei* verpassen«, erwiderte Wulfgar und setzte dazu an, seine Frau zu küssen.

»Nein«, sagte Delly und wich ein wenig zurück, um ihn zu necken. »Er wird beim ersten Schlag schon weit genug wegfliegen.«

Dann wich sie seinem Kuss nicht mehr aus, einem langen, verlockenden Kuss, zunächst sanft, aber dann immer drängender. Der Barbar stand auf und hob die schlanke Delly problemlos hoch, um sie in den geschlossenen Wagen zu tragen.

Colson wachte auf und fing an zu weinen.

Wulfgar und Delly lachten.

Thibbledorf Pwent sprang umher und gab eine Reihe von Geräuschen von sich, die seine Frustration und Enttäuschung mehr als deutlich machten. Er trat gegen jeden Stein, an dem er vorbeikam, auch gegen die, die viel zu groß waren, um sie wegzutreten. Dennoch, ihm war nicht anzumerken, ob es wehtat; er gab nur einen stetigen Strom von Flüchen und hin und wieder ein Grunzen von sich und baute nach einem besonders festen Tritt gegen einen besonders störrischen Stein hier und da einen zusätzlichen Hüpfer ein.

Nachdem er König Bruenor schließlich viele Minuten hüpfend verflucht hatte, kam er zum Stehen und stemmte die dicklichen Hände in die Hüften.

»Du ziehst in einen Kampf, und genau da gehören meine Jungs und ich auch hin!«

»Wir werden es einem kleinen Trupp von Orks und Riesen heimzahlen«, verbesserte ihn Bruenor. »Es wird kein großer Kampf sein – und sogar noch weniger als das, wenn Pwent und seine Jungs dabei sind.«

»Das ist es eben, was wir tun.«

»Und viel zu gut!«, rief Bruenor.

Pwent riss die Augen auf.

»Häh?«

»Du verdammter Narr!«, schimpfte Bruenor. »Siehst du denn nicht, dass es für mich das letzte Mal sein wird? Wenn wir erst wieder in Mithril-Halle sind, werde ich wieder König sein, und das wird verdammt langweilig werden!«

»Was redest du denn da? Du bist der beste König …«

Bruenor brachte ihn mit einer abwehrenden Bewegung und einem übertrieben angewiderten Blick zum Schweigen.

»Mit verlogenen Botschaftern verhandeln, mit dämlichen, hochnäsigen Adligen und noch dämlicheren und hochnäsigeren Damen Schmeicheleien austauschen … Glaubst du, dass ich in den nächsten hundert Jahren meine Axt oft verwenden werde? Nur wenn eine weitere Armee von verdammten Drow an unsere Türen klopft! Also habe ich jetzt eine letzte Chance, und du willst mir mit deiner Killertruppe den Spaß nehmen? Und ich dachte, du wärst mein Freund!«

Das machte Pwent stutzig und bewirkte, dass er die ganze Situation in vollkommen anderem Licht sah.

»Ich bin dein Freund, König Bruenor«, sagte Pwent feierlich und zurückhaltender, als Bruenor ihn je erlebt hatte. »Ich werde mit meinen Jungs nach Mithril-Halle ziehen, um dort alles für deine Ankunft vorzubereiten.«

Er hielt inne und zwinkerte Bruenor verstohlen zu – nun, zumindest sollte es verstohlen sein, aber bei Pwent kam es heraus wie ein übertriebenes Zucken.

»Und ich hoffe, du kommst nicht zu schnell zurück«, fuhr Pwent fort, verständnisvoller, als Bruenor erwartet hatte. »Es mag nur eine kleine Bande gewesen sein, die die Jungs aus Felbarr überfallen hat, aber vielleicht findest du unterwegs ja noch ein paar andere Orks. Ich wünsche dir viel Spaß, König Bruenor. Mögest du tausend mehr Kerben in deine Axt schlagen, bevor du deine schimmernden Hallen wiedersiehst!«

Mit großem Getöse und Fanfaren und dem Versprechen, viele Orks und Riesen zu töten, machten sich Bruenor und seine Freunde zusammen mit Dagnabbit, Tred und fünfundzwanzig kräftigen Kriegern auf in die Berge. Zwerge waren kein blutrünstiges Volk, aber sie wussten, wie man feierlich in den Krieg zog, wenn es gegen Orks und Riesen ging, ihre verhasstesten Feinde.

Was die Freunde anging, so waren sie alle begeistert, wieder auf dem Weg in ein Abenteuer zu sein (sogar Regis!), und daher waren die Einzigen, die an diesem schönen Morgen Bedauern verspürten, diejenigen, die nicht mitkommen durften.

Für den Dunkelelfen war es wie in alten Zeiten: die gleiche Kameradschaft, die sein Leben in den letzten Jahren so viel reicher gemacht hatte. Seine alte Truppe marschierte wieder ins Wilde Land, und nun verstanden sie sich besser als je zuvor und kannten ihren jeweiligen Platz in der Welt. Ein wahrhaft viel versprechender Tag!

Was Drizzt Do'Urden nicht wusste, war, dass er auf dem Weg in den traurigsten Tag seines Lebens war.

TEIL 2

Direkt ins Maul eines Riesen

Ich habe keine Angst zu sterben.

So, jetzt habe ich es ausgesprochen, ich habe es zugegeben … zumindest mir selbst gegenüber. Ich habe keine Angst vor dem Sterben, und ich hatte keine mehr seit dem Tag, an dem ich Menzoberranzan verließ. Nur dass ich das jetzt erst wirklich zu schätzen weiß, und nur dank meines guten Freundes Bruenor Heldenhammer.

Es ist keine künstliche Tapferkeit, die mich solche Worte aussprechen lässt. Ich brauche meinen Mut nicht zu beweisen, und ich habe es nicht nötig, mich über andere zu erheben. Es ist die schlichte Wahrheit. Ich habe keine Angst zu sterben.

Ich will nicht sterben, und ich bin vollkommen überzeugt, dass ich leidenschaftlich gegen jeden kämpfen werde, der vorhat, mich zu töten. Ich renne nicht wie ein Dummkopf in ein feindliches Lager, wenn ich keine Chance habe zu siegen (obwohl meine Freunde mir genau das häufig vorgeworfen haben, und selbst die offensichtliche Tatsache, dass wir noch nicht tot sind, konnte sie nicht davon abbringen). Nein, ich hoffe, noch viele Jahrhunderte zu leben. Ich hoffe, ewig zu leben und auf jedem Schritt dieser unendlichen Reise von meinen lieben Freunden umgeben zu sein.

Woher also dieser Mangel an Angst? Ich begreife durchaus, dass dieser Weg, den ich willig gehe, der Weg, für den ich mich entschieden habe, voller Gefahren ist und durchaus die Möglichkeit besteht, dass ich eines Tages, vielleicht sogar schon bald, getötet werde, oder dass es einen meiner Freunde trifft. Aber obwohl es mich umbringen würde, umgebracht zu werden – das ist wohl offensichtlich –, und es noch schlimmer wäre, erleben zu müssen, wie einer meiner Freunde Schaden nimmt, werde ich von diesem Weg nicht abweichen. Ebenso wenig wie sie.

Und jetzt verstehe ich, warum. Jetzt – dank Bruenor – verstehe ich, wieso ich keine Angst habe zu sterben.

Zuvor nahm ich an, dass mein Mangel an Angst mit so etwas wie dem Glauben an ein höheres Wesen zusammenhing, an eine Gottheit, ein Leben nach dem Tod. Aber das ist nur ein Teil der Gleichung, und der Teil, der auf Gebeten und blindem Glauben beruht und nicht auf dem sicheren Wissen dessen, was mich aufrechterhält, was mich leitet, was mir wirklich gestattet, jeden einzelnen Schritt dieses gefährlichen Weges mit einem tiefen Gefühl innerer Ruhe zurückzulegen.

Ich habe keine Angst zu sterben, weil ich weiß, dass ich Teil dieser Sache bin, einer Idee, eines Glaubens, der größer ist als ich selbst.

Als ich Bruenor fragte, wieso er diesen Weg beschreite, der von Mithril-Halle wegführt, habe ich die Frage ganz einfach gestellt: Was werden die Leute von Mithril-Halle tun, wenn du unterwegs getötet wirst?

Seine Antwort war noch schlichter und offensichtlicher: Es wird ihnen damit immer noch besser gehen, als wenn ich nach Hause gehen und mich verstecken würde.

So sind die Zwerge nun einmal – und solche Erwartungen richten sie an alle Anführer. Selbst jene, die ihren König stets beschützen wollen, wie der ergebene Leibwächter Pwent, verstehen eines ganz genau: Wenn sie Bruenor wirklich vor allem bewahren, haben sie den König von Mithril-Halle bereits getötet. Bruenor erkennt, dass die Idee von Mithril-Halle – einer Theokratie, die in Wahrheit eine subtile Demokratie ist – mehr ist als der einzelne Zwerg, der gerade auf dem Thron sitzt. Und Bruenor weiß, dass Könige vor ihm im Kampf gestorben sind, dass Könige nach ihm im Kampf sterben werden und die Zwerge, die sie zurücklassen, nicht auf einen solchen Abschied vorbereitet waren oder sein werden. Aber derart unvermeidlichen Tatsachen entgegenzutreten, das ist am Ende die Idee, die Mithril-Halle immer wieder aus der Asche des Scheiterhaufens aufsteigen lässt. Als die Drow nach Mithril-Halle kamen, stand der König wie jedes Mal in der Vergangenheit, wenn ein Feind diesen Ort bedrohte, stolz und aufrecht an der Spitze seiner Leute und führte den Angriff an. Tatsächlich war es Bruenor Heldenhammer und nicht irgendein Krieger, der in seinem Auftrag handelte, der Oberin Baenre tötete – die schönste Kerbe, die er je in diese unangenehme Axt geschlagen hat.

Und der Platz an der Spitze seiner Krieger ist der, der einem Zwergenkönig ansteht. Denn ein Zwergenkönig muss verstehen, dass das Königreich wichtiger ist als der König, dass die Sippe größer ist als der König, dass die Prinzipien, die die Existenz der Sippe sichern, die richtigen sind und über die Sterblichkeit von König oder Untertan hinausgehen.

Würde Bruenor das nicht glauben, könnte er seinen Feinden nicht kalt und ohne Angst um die eigene Sicherheit ins Auge schauen, dann sollte er nicht König von Mithril-Halle sein. Ein Anführer, der sich versteckt, wenn Gefahr droht, ist kein Anführer. Ein Anführer, der sich für unersetzlich hält, ist ein Dummkopf.

Aber ich bin kein Anführer, also wieso sollte dies auch auf mich und den Weg zutreffen, für den ich mich entschieden habe? Denn ich weiß im Herzen, dass ich einen Weg der Wahrheit gehe, einen Weg der besten Absichten (selbst wenn einige dieser Absichten fehlgeleitet sind), einen Weg, der für mich ein ehrlicher ist. Ich glaube, dass mein Weg der richtige ist (zumindest für mich) und dass ich mich, sollte ich das jemals nicht mehr bis tief ins Herz hinein glauben, anstrengen muss, meinen Kurs zu ändern.

Auf diesem Weg habe ich viele Prüfungen ablegen müssen. Fein-

de und andere physische Hindernisse gab es selbstverständlich mehr als genug, aber mit ihnen kamen auch die Prüfungen des Herzens. Als es notwendig war, kehrte ich zurück nach Menzoberranzan, um mich den Drow zu ergeben, damit sie meine Freunde in Ruhe ließen, und dieser schwerwiegende Fehler hätte die Frau, die ich sehr liebe, beinahe das Leben gekostet. Ich musste mit ansehen, wie ein verwirrter und erschöpfter Wulfgar sich von unserer Gruppe entfernte, und ich befürchtete, dass er sich in eine Gefahr begab, aus der er nie zurückkehren würde. Und dennoch, trotz dieses schrecklichen Abschiedsschmerzes, wusste ich, ich musste ihn gehen lassen.

Manchmal ist es schwer, weiterhin davon überzeugt zu sein, dass der Weg, den man eingeschlagen hat, der richtige ist. Das Bild der sterbenden Ellifain wird mich ewig heimsuchen, und dennoch, im Nachhinein verstehe ich, dass ich nicht anders hätte handeln können. Selbst jetzt, da ich die schrecklichen Folgen meiner Taten an jenem schicksalhaften Tag vor einem halben Jahrhundert kenne, glaube ich, dass ich dem gleichen Weg folgen würde, dem, den mein Herz und mein Gewissen mir aufgezwungen haben. Denn das ist alles, was ich tun kann – alles, was jeder tun kann. Die innere Anleitung durch das Gewissen ist der beste Maßstab auf diesem schwierigen Pfad, selbst wenn auch sie nicht unfehlbar ist.

Aber ich werde ihr folgen, obwohl ich inzwischen genau weiß, welch tiefe Wunden mir dabei zugefügt werden können. Denn solange ich glaube, dass ich auf dem richtigen Weg bin, werde ich, wenn man mich tötet, in dem Wissen sterben, dass ich zumindest für kurze Zeit Teil von etwas Größerem war, als Drizzt Do'Urden allein je sein könnte.

Kein Drow, kein Mensch, kein Zwerg könnte jemals mehr als das verlangen.

Ich habe keine Angst zu sterben.

Drizzt Do'Urden

Am Rand der Katastrophe

»Wir haben uns verirrt!«, brüllte der Zwerg mit dem gelbblonden Bart.

Er machte einen drohenden Schritt nach vorn und fiel dabei fast über seinen langen, wehenden Bart. Er war ein breitschultriger Bursche, beinahe ohne Hals und mit einem Gesicht, in dem so gut wie alles übertrieben wirkte: eine riesige Nase, lang und breit, ein großer Mund mit großen Zähnen, die unter dem blonden Schnurrbart vorstanden, und wilde dunkle Augen in weiten Höhlen, die nur noch wilder aussahen, wenn er, wie jetzt, aufgeregt war. Obwohl seine schwere Rüstung noch beim Schlafsack lag, trug er immer noch den großen Helm aus Metall mit dem hoch aufragenden Geweih eines Zehnenders.

»Wie konnte das passieren, du Idiot?«, sagte er. »Du hast doch all diese Vögel, die dich leiten, oder?«

Der andere Zwerg, sein älterer Bruder, zuckte die Achseln und gab ein klägliches »Oooh« von sich.

Er senkte den Blick auf seine Füße, die in Sandalen steckten und nicht in den üblichen schweren Zwergenstiefeln, und trat gegen einen Stein, was diesen ins Unterholz hüpfen ließ.

»Du hast gesagt, du könntest uns hinbringen!«, tobte Ivan Felsenschulter weiter. »Eine Abkürzung? Ja, eine verdammte Abkürzung, und wohin hat sie uns gebracht? Näher an

Mithril-Halle? Nein! Aber irgendwohin schon, und du hast Recht, du Blödmann, wir sind hier wirklich schnell hingekommen!«

Der zornige Zwerg richtete sich auf, zupfte sein Kettenhemd zurecht und schnallte sich einen Gurt mit winzigen Armbrustbolzen um, der sich von seiner linken Schulter zur rechten Hüfte zog.

»Tick, tick, tick: Bumm«, warnte ihn sein Bruder Pikel zum hundertsten Mal und zeigte dabei auf die Armbrustbolzen, die alle mit einer kleinen Wuchtöl-Phiole ausgerüstet waren.

Im Gegenzug zog der zornige Ivan eine Armbrust, ein genaues Abbild der Waffen, die die Dunkelelfen des Unterreichs bevorzugten, und fuchtelte damit vor Pikels Nase herum.

»Selber Bumm, du Blödmann!«

Pikel verdrehte die Augen und flüsterte einen kurzen Zauberspruch. Bevor Ivan ihm noch sagen konnte, er solle das sein lassen, bewegte sich ein Zweig nach unten, berührte den ausgestreckten Arm des gelbbärtigen Zwergs, schlang sich um sein Handgelenk und zog Ivan hoch, so dass er auf den Zehenspitzen stand.

»O nein, damit willst du bestimmt nicht anfangen«, warnte Ivan Pikel. »Nicht jetzt.«

»Nix Bumm«, erklärte Pikel mit fester Stimme und drohte mit dem Finger wie eine Mutter, die ihren Sprössling ausschimpft.

Selbstverständlich wirkte er dabei so lächerlich wie immer, mit seinem langen, grün gefärbten Bart, den er in der Mitte geteilt, hinter die großen Ohren gezogen und dann mit dem langen Haar verflochten hatte, das ihm bis auf den Rücken hing. Er trug ein hellgrünes Gewand aus mehreren Schichten, das er in der Taille mit einem dicken Seil gegürtet hatte, und mit weiten Ärmeln, die über seine Hände hingen, wenn er sie zur Seite ausstreckte.

Ivan lachte leise, ein Lachen, das seinem Bruder versprach, dass er bald einer Faust begegnen würde.

Pikel ignorierte ihn einfach und ging zur Seite des kleinen Lagers, wo ein Topf mit Gemüseeintopf über dem Feuer hing. Die beiden hatten die Erhebende Bibliothek in den Bergen oberhalb der kleinen Stadt Carradoon schon vor mehr als einem Zehntag verlassen, weil sie Cadderlys Bitte folgen wollten, ihn und seine Frau Danica und die ganze Kathedrale bei der feierlichen Krönung von König Bruenor Heldenhammer von Mithril-Halle zu vertreten. Ivan und Pikel hatten schon seit Jahren darüber gesprochen, dass sie nach Mithril-Halle gehen wollten, seit Drizzt Do'Urden und Catti-brie zur Erhebenden Bibliothek gekommen waren, weil sie nach einem Freund suchten, der verschwunden war. Nachdem nun im Schneeflockengebirge alles friedlich war und ein solch großes Ereignis bevorstand wie Bruenors Krönung, schien dies ein geeigneter Zeitpunkt für den Besuch zu sein.

Als sie gerade erst das Schneeflockengebirge hinter sich gelassen hatten, gleich zu Beginn ihrer Reise, hatte Pikel, der im Herzen und in seiner religiösen Praxis ein Druide war, seinen Bruder informiert, dass er sie viel schneller weiterbringen konnte. Immerhin konnte er mit den Tieren sprechen, obwohl er kaum im Stande zu sein schien, sich mit einer anderen Person als Ivan zu verständigen, der jedes Grunzen seines Bruders deuten konnte. Er konnte das Wetter ausgesprochen genau vorhersagen, und dann gab es noch ein weiteres kleines Ass in Pikels weitem Ärmel, eine Ferntransportmethode, mit der sich nur die Druiden auskannten. Sie bediente sich der inneren Verbindung zwischen Bäumen und befähigte ihn, in einen Baum hineinzugehen und viele Meilen entfernt in einem anderen wieder herauszukommen. Ivan und Pikel hatten genau das getan, aber bisher nur einmal und mit mehr als nur ein wenig Gemecker von Ivan, der das alles für vollkommen unnatürlich hielt. Sie hatten sich in einem tiefen, dunklen Wald wiedergefunden. Zuerst hatte Ivan angenommen, sie befänden sich in Shilmista, dem Elfenwald, der auf der anderen Seite des Schneeflockengebirges lag, aber nachdem sie einen Tag an diesem dunklen Ort umhergewandert waren, hatten sie begriffen, dass der seltsame Wald ganz anders war als das magische Land, das von Elbereth und seinem tanzenden Elfenvolk bewohnt wurde. Dieser Wald, was und wo immer er sein mochte, war erheblich dunkler und furchterregender als der luftige Forst von Shilmista. Der Wind hier hatte einen Biss, als wären sie erheblich weiter im Norden.

»Wirst du mich wohl endlich runterlassen?«, rief Ivan empört.

»Mhm-mhm.«

Ivan lachte leise, hielt die freie Hand unter den gefangenen Arm und ließ die Armbrust fallen. Er bewegte sich rasch, brachte die Waffe zum Gesicht hoch, hakte die Sehne unter die oberen Schneidezähne und zog sie fest, bis sie in Position klickte, dann biss er in den Griff der Waffe, hielt sie im Mund und griff nach unten, um einen kleinen Pfeil aus dem Waffengurt zu holen.

»Oh!«, protestierte Pikel, als er es bemerkte. Er nahm ein kleines Holzscheit aus dem Vorrat neben dem Feuer und begann, rasch zu rezitieren, erklärte das Ganze dann zu einem »Sha-la-la« und stürzte auf seinen Bruder zu.

Ivan legte ruhig und entschlossen den Bolzen ein, hob die Waffe und zielte auf den Ast, der ihn umschlungen hatte. Dann erkannte er jedoch, dass der heulende Pikel zu nahe war, senkte vollkommen ungerührt die Waffe in Richtung seines angreifenden Bruders und schoss.

Der Bolzen traf Pikels verzauberte Keule, blieb stecken und brach dann ab. Ein gleißender Blitz und ein Knall hielten

Pikels Angriff auf, und der verdutzte Zwerg blieb stehen, Bart und Haar auf einer Seite qualmend, den rechten Arm immer noch erhoben, aber statt einer verzauberten Keule nur noch einen geschwärzten Stumpf in der Hand haltend.

»Oh«, stöhnte der Druidenzwerg.

»Ja, und dein Baum wird der Nächste sein!«, versprach Ivan, steckte die Armbrust wieder in den Mund und tastete nach einem weiteren Bolzen.

Pikel warf sich auf ihn, und beide Zwerge fielen nach hinten, nur um von dem starken Ast aufgefangen und nach vorn geschleudert zu werden – und dann natürlich wieder nach hinten zu kippen.

Und so pendelten sie hin und her. Pikel versuchte, die Armbrust und Ivans zuschlagenden Arm zu packen, und Ivan drosch auf Pikel ein, aber sie waren zu dicht beieinander, als dass er ihm großen Schaden hätte zufügen können. Die ganze Zeit über hielt der Ast, und die beiden kämpfenden Zwerge schienen bei ihrem Hin und Her nur noch mehr Schwung zu gewinnen.

Doch irgendwann ließ Pikels Zauber nach, woraufhin die beiden mit einem gemeinsamen »Uff« landeten und über den Boden rollten.

Ihr Weg führte sie dicht am Feuer vorbei, und Ivan jaulte, als er sich die Nasenspitze verbrannte. Sie brachen durch die behelfsmäßige Hütte, die Pikel aus Zweigen gebaut hatte. Irgendwann gelang es Pikel, sich genügend zu befreien, um einen weiteren Zauber zu beginnen, aber Ivan drückte seinem Bruder die Hand auf den Mund und wurde prompt gebissen.

Es wäre so noch lange weitergegangen – das war meistens so, wenn sich die Felsenschulter-Brüder stritten –, aber ein leises Knurren aus Richtung der Feuergrube ließ beide innehalten, jeder mit erhobener Faust, die schon wieder auf das Gesicht des anderen zielte. Wie ein Mann drehten die Brüder sich um und sahen einen großen schwarzen Bären, der mit der Tatze nach ihrem Gemüseeintopf angelte.

Ivan schob Pikel von sich und sprang auf.

»Moradin sei gepriesen!«, rief er und sah sich nach seiner mächtigen Axt um. »Ein neuer Umhang für mich!«

Pikels Kreischen zerriss die Nachtluft und brachte alle Vögel im Umkreis von hundert Schritten zum Verstummen.

»Halt die Klappe!«, befahl Ivan.

Er eilte zu seiner Waffe und hörte seinen Bruder mit einer neuen Rezitation beginnen. Ivan erwartete einen weiteren relativ harmlosen, aber ärgerlichen Trick der Natur.

Als er sich jedoch mit der Axt in der Hand zum Feuer umdrehte, sah er Pikel vor dem zufriedenen Bären sitzen, gemütlich an das dichte Fell geschmiegt.

»O nein«, stöhnte Ivan.

»Hihihi.«

Knurrend hob Ivan den Arm und warf die Axt zu Boden, wo sie stecken blieb.

»Verfluchter Cadderly!«, schimpfte er, denn nach Ivans Ansicht war es Cadderly, der Pikel zu einem Monster gemacht hatte.

Cadderly war als Erster auf die Idee gekommen, ein wildes Tier zum Haustier zu machen: ein Eichhörnchen, das er ausgerechnet Percival genannt hatte. Pikel hatte diesem Vorbild nachgeeifert und sich schnell den Ruf erworben, beinahe jedes Tier zu seinem Freund machen zu können (Ivan, der die ganze Sache ziemlich peinlich fand, hielt ihn eher für berüchtigt als berühmt), was zu Hause in der Erhebenden Bibliothek besonders Cadderlys und Danicas Kinder entzückte. Inzwischen bestand diese Gruppe von Freunden aus dem Tierreich aus einem großen Adler, zwei Geiern, einer Wieselfamilie, drei Hühnern und einem störrischen Esel namens Bobo.

Und nun gehörte noch ein Bär dazu.

Ivan seufzte.

Der Bär seufzte ebenfalls, aber vor Wohlgefühl, ließ sich zur Seite sinken und rollte sich gemütlich auf dem Boden zusammen, wo er sofort zu schnarchen begann. Pikel tat es ihm gleich.

Ivan seufzte noch tiefer.

»Nein, ich verlange keinen Applaus«, erklärte der Gnom Nanfoodle und verschränkte die kleinen Arme vor der schmalen Brust, während er mit einem großen Fuß ungeduldig auf den Boden tippte, »aber ich würde ein wenig Anerkennung schon zu schätzen wissen.«

Nanfoodle war nicht größer als dreieinhalb Fuß, hatte eine lange, spitze, gebogene Nase und einen kahlen Kopf, wenn man einmal von einem halbrunden Kranz von zerzaustem weißen Haar absah, das hinter den Ohren abstand. Nein, Nanfoodle war keine sehr beeindruckende Gestalt, aber er war einer der gefeiertsten Alchemisten im Norden, eine Tatsache, die Elastul und Shoudra Sternenglanz nur zu bekannt war.

Der Markgraf von Mirabar klatschte nun tatsächlich und strahlte den Gnom begeistert an, denn Nanfoodle hatte ihm gerade ein Stück besonders behandelten Metalls gebracht, das aus Erz hergestellt war, das man erst vor einem Zehntag aus den Minen gefördert hatte. Diese Rüstungsplatte, die mit Hilfe der neuen Formel des erfinderischen Gnoms verstärkt war, war haltbarer und gleichzeitig biegsamer als die anderen, die aus dem gleichen, aber unbehandelten Material bestanden.

Die Sceptrana war zu sehr damit beschäftigt, sich die einzelnen Werkstücke anzusehen, um sich dem Applaus anzuschließen, aber sie nickte dem Gnom anerkennend zu, und Nanfoodle war auch damit zufrieden. Die beiden waren gute

Freunde, und das waren sie auch schon gewesen, bevor Elastul Nanfoodle auf Empfehlung von Shoudra eingestellt und ihn nach Mirabar geholt hatte.

»Und mit dieser neuen Behandlung des Metalls werden unsere Rüstungen die besten im Norden sein«, sagte Elastul.

»Nun …« Der Gnom zögerte. »Sie werden besser sein als zuvor, aber …«

»Aber? Es darf kein ›Aber‹ geben, mein lieber Nanfoodle. Sceptrana Shoudra muss Verträge erfüllen, und wir brauchen das *Beste,* um einen Teil des Handels zurückzuerobern, den wir in den letzten Jahren verloren haben.«

»Das Erz unserer Rivalen ist ergiebiger, und ihre Technik ist makellos«, erklärte Nanfoodle. »Meine Behandlung wird die Stärke und Haltbarkeit unserer Produkte erheblich vergrößern, aber ich bezweifle, dass wir damit das Erz von Mithril-Halle übertreffen können.«

Elastul schien auf seinem Stuhl zusammenzusacken und ballte die Hände zu Fäusten.

»Aber wir sind besser geworden!«, verkündete Nanfoodle mit großer Begeisterung und der Hoffnung, das könnte sich ansteckend auswirken.

So war es jedoch nicht.

»Es sieht so aus, als wäre es dir tatsächlich als Erstem gelungen, durch alchemistische Behandlungen eine messbare Verbesserung zu erreichen, die auch von unvoreingenommenen Zeugen bestätigt werden kann«, fügte Shoudra Sternenglanz hinzu und zwinkerte Nanfoodle unbemerkt vom Markgrafen zu. »Trotz der wildesten Behauptungen vieler Alchemisten hat es bisher nur wenige – nein, nicht wenige, sondern *gar keine* Verbesserungen gegeben. Wir haben viele ehemalige Kunden, die zweifellos zu uns zurückkehren würden, wenn wir unsere Qualität verbessern könnten, ohne die Preise zu erhöhen.«

Elastul schien von dieser Aussicht ein wenig ermutigt und begann sogar zu nicken, aber Nanfoodle warf nur ein »Nun ja« ein. »Die Adamantinflocken, die für die Lösung benötigt werden, sind nicht billig«, gestand er dann.

Elastul schlug die Hände vors Gesicht. Hinter ihm gaben die vier Hämmer kernige Flüche von sich.

»Du hast Adamantin benutzt?«, fragte Shoudra. »Ich dachte, du hättest mit Blei experimentiert.«

»Das habe ich auch«, antwortete der Gnom. »Und die gesamte Mischformel wurde auf der Basis von Blei entwickelt.« Er zuckte die Achseln. »Aber das hat das Endprodukt leider nur geschwächt.«

»Einen Augenblick«, unterbrach ihn Elastul mit beißendem Sarkasmus. Der Markgraf richtete sich auf und hob den Finger, als hätte er plötzlich etwas begriffen. »Ihr habt eine Möglichkeit gefunden, die Metalle miteinander zu verbinden? Und wenn Ihr das tut und ein stärkeres Metall verwendet, erhaltet Ihr ein besseres Produkt, aber wenn ein billigeres benutzt wird, ist das Endergebnis schwächer?«

»Ja, Markgraf«, gab Nanfoodle zu und ließ angesichts des beißenden Sarkasmus den Kopf hängen.

»Habt Ihr schon einmal von *Legierungen* gehört, lieber Nanfoodle?«

»Ja, Markgraf«, murmelte der Gnom kleinlaut.

»Ich glaube tatsächlich. Ihr habt sie gerade noch einmal erfunden.«

»Ja, Markgraf.«

»Erinnert mich noch einmal – wie viel zahle ich Euch?«

»Genug«, unterbrach Shoudra Sternenglanz die beiden, ging auf den Markgrafen zu und legte ihm die Hand auf den Unterarm, um ihn zu beruhigen. »Das hier könnte ein erster Schritt sein. Wenn Nanfoodles Technik diesen teuren Prozess erleichtert, dann hilft uns das weiter. In jedem Fall ist dies offenbar der erste Schritt auf einem möglicherweise profitablen Weg. Ein guter Anfang, würde ich sagen!«

Ihr Wortschwall bewirkte, dass sich der Gnom wieder ein wenig aufrichtete, aber Markgraf Elastul konnte nur höhnisch lächeln.

»Ja, auf jeden Fall, guter Nanfoodle«, sagte er. »Verschwendet nicht meine Zeit und mein Geld damit, mir das alles zu erläutern. Geht wieder an die Arbeit und kommt erst wieder, wenn Ihr sehr viel weiter fortgeschritten seid.«

Der Gnom verbeugte sich knapp und eilte aus dem Zimmer. Als er draußen war, stieß Markgraf Elastul ein gewaltiges, frustriertes Brüllen aus.

»Alchemie ist die Wissenschaft des Prahlens«, sagte Shoudra.

Darauf hatte sie den Markgrafen in der Vergangenheit schon öfter aufmerksam gemacht. Elastul gab gewaltige Summen für seine Alchemisten aus, und tatsächlich war dies der größte Fortschritt, von dem er bisher gehört hatte.

»Das reicht einfach nicht«, sagte er finster, als wäre er all seinen Zorn mit dem Brüllen losgeworden. »König Bruenor kommt in unsere Stadt marschiert und bringt alles durcheinander. Sie schlagen uns mit ihrem Erz und mit ihrem Benehmen. So geht es einfach nicht weiter.«

»Unsere Erze sind in Ordnung für alle Waren, für die man nicht das gute und teure Erz aus Mithril-Halle braucht«, erinnerte ihn Shoudra. »Waren wie Hacken und Pflüge, Scharniere und Metallbänder für Wagenräder werden bei weitem mehr verlangt als Schwerter und Harnische. Mithril-Halle hat nur einen Teil unseres Geschäfts getroffen.«

»Aber es ist der Teil, der eine Bergbaustadt ausmacht.«

»Das stimmt«, musste Shoudra einräumen.

Sie hatte sich nie besonders über die Rückkehr der benachbarten Zwergenfestung ins Metallgeschäft aufregen können und war immer davon ausgegangen, dass die Heldenhammer-Sippe den ehemaligen Bewohnern von Mithril-Halle, den bösen Grauzwergen, bei weitem vorzuziehen war.

»Und sie werden immer besser«, sagte Elastul, obwohl er mehr mit sich selbst zu reden schien als mit Shoudra. »König Bruenor, die Legende, kehrt nun zu ihnen zurück.«

»König Gandalug Heldenhammer war auch nicht gerade unbekannt«, erwiderte Shoudra sarkastisch. »Immerhin ist er nach einer Ewigkeit zurückgekehrt.«

Elastul schüttelte bei jedem Wort den Kopf. »Aber das ist nichts im Vergleich zu Bruenor, der die Halle zu unseren Lebzeiten zurückerobert hat. Mit seinen seltsamen Freunden und seiner Sippe hat Bruenor das Nordland neu erschaffen, und seine Rückkehr ist, fürchte ich, sehr bedeutsam. Wenn Bruenor wieder auf dem Thron sitzt, wird es Euch noch schwerer fallen, die Verträge abzuschließen, die wir brauchen, um unseren Wohlstand zu sichern.«

»Das stimmt nicht.«

»Ich möchte es lieber nicht darauf ankommen lassen«, fauchte Elastul. »Ihr seht doch, was schon sein Ruf allein getan hat, um unsere Stadt zu erschüttern. Er reist hier durch, und sofort singen die Zwerge von Mirabar sein Loblied. Nein, so kann es nicht weitergehen.«

Er lehnte sich zurück und legte einen Finger an die geschürzten Lippen. Dann bildete sich ein Lächeln heraus, als hecke er gerade einen teuflischen Plan aus.

Shoudra sah ihn neugierig an und sagte: »Ihr denkt doch nicht etwa daran …«

»Es gibt Möglichkeiten, den Ruf von Mithril-Halle ein wenig zu verschlechtern.«

»Möglichkeiten?«, fragte Shoudra ungläubig.

»Es gibt hier Zwerge, die sich mit König Bruenor angefreundet haben, nicht wahr? Es gibt hier Zwerge, die den König von Mithril-Halle jetzt ihren Freund nennen, und er betrachtet sie als Freunde.«

»Torgar wird Mithril-Halle keinen Schaden zufügen«, erklärte Shoudra, denn sie sah schon, wohin das alles führen sollte.

»Er wird es tun, solange er nicht weiß, dass er es tut«, verkündete Elastul geheimnisvoll, und zum ersten Mal, seit Nanfoodle mit der ursprünglichen guten Nachricht hereingekommen war, war das Lächeln des Markgrafen wieder breit und echt.

Shoudra Sternenglanz sah ihn zweifelnd an. Sie hatte schon häufig miterlebt, wie Elastul eine seiner tückischen Intrigen entwickelte, denn er verbrachte einen großen Teil seiner Zeit auf dem Thron genau damit. Aber die meiste Zeit handelte es sich um bloßes Wunschdenken. Trotz seiner eigenen Prahlerei und der noch größeren der vier Hämmer, die immer hinter ihm standen, war Elastul nicht wirklich ein Mann der Tat. Er wollte bewahren, was er hatte, und es sogar auf eine sichere und ungefährliche Weise verbessern, zum Beispiel indem er Alchemisten einstellte, aber einen weiteren Schritt zu vollziehen und tatsächlich Mithril-Halle zu sabotieren und damit einen Krieg zu riskieren, das war einfach nicht sein Stil.

Es war jedoch unterhaltsam zu beobachten, das musste Shoudra zugeben.

So machen wir es eben

Es war ein ungemein schmerzlicher Anblick für Tred McKnuckles. Die Menschen von Hackenschlag hatten ihn und Nikwillig freundlich und großzügig aufgenommen und ihre eigene Sicherheit aufs Spiel gesetzt, indem sie sich in einen Konflikt eingemischt hatten, mit dem sie nichts zu tun gehabt hatten. Nikwillig und er hatten sie in Gefahr gebracht, indem sie in ihr Dorf gekommen waren, und sie hatten mit mehr Freundlichkeit und Offenheit reagiert, als zwei verirrte Zwerge aus einer weit entfernten Zitadelle erwarten konnten.

Und nun hatten sie dafür bezahlen müssen.

Tred ging in den Ruinen des kleinen Dorfes umher, zwischen den eingerissenen und niedergebrannten Häusern und den Leichen. Er scheuchte die Aasvögel von einer Leiche weg, dann schloss er vor Schmerz die Augen, als er die Frau als eins der freundlichen Gesichter erkannte, die er gesehen hatte, als er zum ersten Mal wieder die Augen öffnete, nachdem er sich von seinen Verletzungen ein wenig erholt hatte.

Bruenor Heldenhammer beobachtete den Zwerg, bemerkte Treds Miene. Zuvor war es Tred vor allem um Rache gegangen – immerhin war seine Karawane überfallen worden, und er hatte Freunde und seinen Bruder verloren. Aber Zwerge konnten solche Tragödien als die unvermeidlichen Begleiterscheinungen ihrer Existenz akzeptieren. Für gewöhnlich lebten sie im Grenzland zur Wildnis, und dort waren sie beinahe ständig irgendeiner Gefahr ausgesetzt. Aber nun war der Ausdruck auf Treds verwittertem Gesicht ein wenig anders, irgendwie bedrückter und von mehr Schmerz erfüllt. Zu dem Rachedurst war ein gutes Maß an Schuldgefühlen hinzugekommen. Tred und Nikwillig waren auf ihrem verzweifelten Weg in dieses Dorf gestolpert, und als Ergebnis davon gab es das Dorf nicht mehr.

Es war auf brutalste Weise dem Erdboden gleichgemacht worden. Die Frustration und die Schuldgefühle über das, was in Hackenschlag geschehen war, zeigten sich deutlich, als Tred durch die qualmende Ruine ging, besonders wenn er auf eine der Ork-Leichen stieß, denen er stets einen heftigen Tritt ins Gesicht versetzte.

»Was meinst du, wie viele waren es?«, fragte Bruenor Drizzt, als der Drow aus dem Umland zurückkehrte, wo er Spuren verfolgt und versucht hatte, sich ein klareres Bild von dem zu verschaffen, was sich ereignet hatte.

»Eine Hand voll Riesen«, erklärte der Drow. Er zeigte auf einen Hügelkamm in der Ferne. »Zwischen drei und fünf, würde ich sagen, wenn man von den Spuren und den übrig gebliebenen Steinhaufen ausgeht.«

»Steinhaufen?«

»Sie waren gut auf den Angriff vorbereitet«, sagte Drizzt. »Ich nehme an, dass die Riesen mitten in der Nacht angefangen haben, große Steine auf das Dorf zu werfen, um die Verteidigungsanlagen zu beschädigen. Das muss lange so gegangen sein, zumindest ein paar Stunden.«

»Woher weißt du das?«

»Es gibt Stellen, an denen die Mauern eilig repariert wurden – bevor man sie wieder niedergerissen hat«, erklärte der Drow.

Er zeigte auf eine abgelegene Ecke des Dorfes. »Da drüben ist eine Frau von einem Stein erschlagen worden, aber die Leute hatten genug Zeit, den Stein zu entfernen und sie wegzuzerren. In ihrer Verzweiflung hat eine Gruppe sogar versucht, das Dorf zu verlassen und sich von hinten an die Riesen anzuschleichen.« Er zeigte auf die Kammlinie, wo er die Spuren der Riesen und die Steinhaufen gefunden hatte. »Sie sind niemals auch nur in die Nähe ihres Ziels gekommen, denn ein Ork-Heer erwartete sie bereits.«

»Wie viele?«, fragte ihn Bruenor. »Du sagst, eine Hand voll Riesen, aber wie viele Orks haben das Dorf angegriffen?«

Drizzt sah sich die Trümmer und die Leichen der Menschen und Orks noch einmal an.

»Etwa hundert«, schätzte er. »Ein paar weniger oder mehr, aber hundert dürfte es ungefähr treffen. Sie haben nur ein Dutzend tote Orks zurückgelassen, und das sagt mir, dass es für die Dorfbewohner ein verzweifelter Kampf war. Von Riesen geworfene Steine haben viele getötet und die Verteidigungsstellungen methodisch zerstört. Ein Drittel der kampffähigen Dorfbewohner wurde draußen an der Anhöhe umgebracht, und danach blieben nur noch zwanzig starke, kräftige Grenzleute, um die Frauen und Kinder zu verteidigen. Ich glaube nicht, dass die Riesen das Dorf auch nur betreten haben.« Er kniff die Augen zusammen, und seine Stimme wurde sehr ernst. »Ich glaube nicht, dass sie das mussten.«

»Wir werden es ihnen heimzahlen, das weißt du.«

Drizzt nickte.

»Hundert, sagst du?«, fuhr Bruenor fort und sah sich um. »Das heißt, wir sind zahlenmäßig vier zu eins unterlegen.«

Als der Zwerg den Drow wieder anschaute, sah er, dass Drizzt entspannt dastand, die Hände auf den Griffen seiner Krummsäbel, einen sowohl finsteren als auch begierigen Ausdruck im Gesicht.

»Vier zu eins?«, sagte Drizzt. »Du solltest die Hälfte der Leute zu Pwent und nach Mithril-Halle zurückschicken, nur um es interessant zu machen.«

Bruenor verzog das verwitterte Gesicht zu einem schiefen Grinsen. »Genau das dachte ich auch gerade.«

»Du bist der König, verdammt noch mal! Weißt du denn nicht, was das bedeutet?«

Dagnabbits alles andere als begeisterte Reaktion auf Bruenors Ankündigung, dass sie die Orks und Riesen verfolgen würden, um die Zerstörung des Dorfes und den Angriff auf Treds Karawane zu rächen, überraschte den Zwergenkönig nicht. Dagnabbit sah die Dinge aus dem Blickwinkel seiner Position als Bruenors Beschützer – und Bruenor musste zugeben, dass er manchmal vor seinen eigenen Entscheidungen beschützt werden musste.

Aber nicht in dieser Angelegenheit. Sein Königreich lag nur ein paar Tage von Hackenschlag entfernt, und es war seine Aufgabe, diese Gegend von Geschöpfen wie Orks und umherschweifenden Riesen zu säubern.

»Es bedeutet zum Beispiel, dass ich nicht zulassen darf, dass die verdammten Orks kommen und die Leute in meinem Königreich umbringen.«

»Orks *und* Riesen«, erinnerte ihn Dagnabbit. »Eine kleine Armee. Wir sind hier rausgekommen, um …«

»Wir sind hier rausgekommen, um die zu töten, die Treds Freunde umgebracht haben«, unterbrach ihn Bruenor. »Und das scheint die gleiche Bande zu sein.«

Tred, der in der Nähe stand, nickte zustimmend.

»Und eine größere Bande, als wir gedacht haben«, wandte der störrische Dagnabbit ein. »Tred sagte, es wären etwa zwanzig und zwei Riesen gewesen. Aber dieses kleine Dorf wurde von erheblich mehr Feinden zerstört! Lass mich zurückgehen und Pwent und seine Jungs holen und hundert mehr von den besten Kämpfern, und dann gehen wir los und zeigen es den verdammten Orks und Riesen.«

Bruenor warf Drizzt einen Blick zu. »Würde die Spur bis dahin nicht kalt sein?«, flehte er mehr, als er fragte.

Drizzt nickte und erklärte: »Und wir verlieren den Überraschungseffekt, wenn eine ganze Armee von Zwergen über die Hügel marschiert.«

»Eine Armee, die sehr gut mit den Orks und Riesen zurechtkommen würde«, sagte Dagnabbit.

»Aber auf einem Schlachtfeld, das sie für uns auswählen«, entgegnete Drizzt. Er schaute Bruenor an, obwohl es offensichtlich war, dass er den König nicht mehr zu überzeugen brauchte. »Wenn du eine Armee holst, können wir vielleicht eine neue Spur finden, die zu unseren Feinden führt. Ja, wir werden sie besiegen, aber sie werden uns kommen sehen. Wir werden durch einen Hagel riesiger Steine angreifen und gegen verstärkte Verteidigungsstellungen anrennen müssen. Wenn wir ihnen jetzt folgen und sie schnell und überraschend überfallen, dann werden wir das Schlachtfeld auswählen und vorbereiten. Es wird keine fliegenden Steine und keine verstärkten Stellungen geben, es sei denn, wir sind diejenigen, die sie verteidigen.«

»Sieht so aus, als wärst du ein bisschen auf Spaß aus«, stellte Catti-brie boshaft fest, und Drizzts Lächeln bestätigte, dass er das wirklich nicht abstreiten konnte. Dagnabbit setzte zum Widerspruch an, was ja auch seine Aufgabe in dieser Sache war, aber Bruenor hatte genug gehört. Der König hob die Hand, und sein Kommandant schwieg.

»Geh und finde die Spur, Elf«, befahl er Drizzt. »Unser Freund Tred hat vor, ein bisschen Ork-Blut zu vergießen. Und von Zwerg zu Zwerg bin ich ihm das schuldig.«

Treds Miene zeigte, wie froh er über den Ausgang der Debatte war. Selbst Dagnabbit schien die Entscheidung zu akzeptieren und sagte nichts mehr.

Drizzt wandte sich an Catti-brie: »Sollen wir?«

»Ich dachte schon, du würdest nie fragen. Nehmen wir deine Katze mit?«

»Schon bald«, versprach Drizzt.

»Regis und ich werden die Verbindung zwischen dir und Bruenor halten«, fügte Wulfgar hinzu.

Drizzt nickte, und die Harmonie der Gruppe, in der jeder seinen Platz genau kannte, erhöhte Bruenors Vertrauen in seine Entscheidung.

Und das brauchte der Zwergenkönig. Tief im Innern hatte er nämlich das unangenehme Gefühl, dass er aus eigensüchtigen Gründen handelte, dass er seine Freunde und die anderen Krieger vielleicht in eine verzweifelte Situation brachte, nur weil er das Leben eines Staatsmanns, das am Ende des Weges auf ihn wartete, fürchtete, ja sogar verabscheute.

Aber als er nun sah, wie seine fähigen und erfahrenen Freunde eifrig mit ihren Vorbereitungen begannen, schob Bruenor seine Zweifel beiseite. Wenn alle Orks und Riesen tot oder in ihre tiefen Löcher gescheucht waren, würde er seinen Platz in Mithril-Halle einnehmen, und er würde diesen Sieg benutzen, um sich daran zu erinnern, wer er war und wer er sein wollte. Ja, es würde Bürokratie geben, eine scheinbar endlose Reihe von Würdenträgern, die zu Besuch kamen und unterhalten werden wollten, aber es würde auch Abenteuer geben. Bruenor versprach sich das und musste wieder an die Geheimnisse von Gauntlgrym denken. Er würde in seinem Leben auch weiterhin Zeit für die offene Straße und den Wind in seinem wilden roten Bart haben.

»Es ist felsig, und die Spuren werden schlecht zu verfolgen sein, selbst wenn es so viele Orks sind«, stellte Drizzt fest, als er und Catti-brie den Hang nördlich des zerstörten Dorfes hinaufstiegen.

»Oder auch nicht«, erwiderte die Frau und bedeutete Drizzt, zu ihr zu kommen.

Als er neben ihr stand, zeigte sie auf einen dunkelgrauen Stein, auf dem ein roter Fleck zu sehen war. Drizzt ließ sich auf ein Knie nieder, zog seinen Lederhandschuh aus, tauchte den Finger in den Fleck und hob ihn dann vor sein lächelndes Gesicht.

»Sie haben Verwundete.«

»Und sie lassen sie am Leben«, stellte Catti-brie fest. »Es scheint sich um zivilisierte Orks zu handeln.«

»Das ist unser Vorteil«, stellte Drizzt fest. Dann drehte er sich abrupt um, als eine hoch gewachsene Gestalt auf sie zukam.

»Die Zwerge sind bereit zum Abmarsch«, verkündete Wulfgar.

»Und wir haben einen Weg gefunden«, erklärte Catti-brie und zeigte auf den Stein.

»Ork-Blut oder das eines Gefangenen?«, fragte Wulfgar.

Die Frage wischte das Lächeln von Drizzts und Catti-bries Gesichtern, denn an diese unangenehme Möglichkeit hatten sie noch gar nicht gedacht.

»Orks, nehme ich an«, sagte Drizzt. »Ich habe im Dorf keine Zeichen von Gnade gesehen, aber machen wir uns lieber schnell auf den Weg, falls sie doch Gefangene haben.«

Wulfgar nickte und eilte davon. Er gab Regis ein Zeichen, der es an Bruenor, Dagnabbit und die anderen weitergab.

»Er scheint zufrieden zu sein«, stellte Catti-brie fest, als Wulfgar sie verlassen hatte und sich wieder auf seine Position vor dem Zwergenkontingent begab.

»Er freut sich über seine neue Familie«, erwiderte Drizzt.

»Genug, um sich seine Dummheit zu verzeihen.«

Er wollte weitergehen, aber Catti-brie nahm ihn am Arm, und als er sie anschaute, sah er ihren ernsten Gesichtsausdruck.

»Seine neue Familie freut ihn genug, dass es ihn nicht quält, uns hier zusammen zu sehen, wie wir Seite an Seite jagen.«

»Dann können wir nur hoffen, dass wir eines Tages Wulfgars Schicksal teilen«, erwiderte Drizzt mit einem ironischen Lächeln. »Eines baldigen Tages.«

Dann ging er davon und sprang mit solcher Leichtigkeit und Anmut über die Felsen, dass Catti-brie nicht einmal versuchte, ihn einzuholen. Sie kannte sich mit seiner Art zu jagen aus. Drizzt bewegte sich von einem Aussichtspunkt zum anderen, während sie sorgfältig der Spur folgte. Der Drow diente ihr als Auge auf die Umgebung, während ihre eigenen auf die Steine vor ihren Füßen konzentriert waren.

»Lass dir nicht zu viel Zeit, bevor du die Katze holst!«, rief sie ihm zu, als er weiterging, und er antwortete mit einem Winken.

Sie zogen mehrere Stunden schnell weiter, denn die Blutspur war leicht zu verfolgen, und als sie schließlich auf die Ursache stießen – einen Ork, der tot am Wegesrand lag, was alle erleichterte –, zeichnete sich der weitere Weg deutlich genug vor ihnen ab. Es gab nicht viele Pfade durch die Berge, und das Gelände zu beiden Seiten des einzelnen Weges, der sich vor ihnen entlangzog, war beinahe unmöglich zu durchqueren, selbst für langbeinige Frostriesen.

Sie signalisierten den Zwergen, wohin sie marschieren sollten, und warteten auf sie, dann schlugen sie ihr Lager auf.

»Wenn der Weg sich nicht bald teilt, werden wir sie innerhalb von zwei Tagen einholen«, versprach Drizzt Bruenor beim Abendessen. »Der Ork ist seit drei Tagen tot, aber unsere Feinde bewegen sich nicht sonderlich schnell. Sie sind vielleicht näher, als wir denken; vielleicht sind sie sogar wieder umgekehrt, in der Hoffnung, auf tiefer gelegenem Gelände mehr Beute zu finden.«

»Deshalb habe ich die Wachen verdoppelt, Elf«, erwiderte Bruenor kauend. »Ich will schließlich nicht von hundert Orks und einer Hand voll Riesen im Schlaf überrascht werden.«

Drizzt hoffte jedoch, die hundert Orks und die Hand voll Riesen ihrerseits genau in diesem Zustand zu finden.

Sie beeilten sich am nächsten Tag. Drizzt und Catti-brie fanden viele Anzeichen, dass die Orks vor kurzem vorbeigekommen waren, wie eine Unzahl von Fußabdrücken in einer flachen, schlammigen Senke. Diese Spuren zeigten ihnen nicht nur den Weg, sondern sie bestätigten auch Drizzts Einschätzung der Anzahl der Feinde.

Der Drow und Catti-brie wussten, dass sie ihre Gegner schnell einholen würden und dass die Orks nicht versuchten, sich zu verbergen oder nach Verfolgern Ausschau zu halten.

Und warum sollten sie auch? Hackenschlag war wie alle anderen Dörfer an der Grenze ein abgeschiedener Ort, und unter normalen Umständen wäre die vollkommene Zerstörung des Dorfes den anderen Bewohnern der Region für Zehntage oder gar Monate nicht aufgefallen, selbst im Sommer, wenn das Reisen einfacher war. Das hier war keine Region, in der viel Handel getrieben wurde, es sei denn auf Märkten von Orten wie Mithril-Halle, und nicht viele wanderten die zerklüfteten Pfade entlang.

Das hier war wildes, ungezähmtes Land. Die Orks und Riesen wussten das selbstverständlich, ebenso wie Drizzt und Catti-brie, und so hielten die beiden es für unwahrscheinlich, dass ihre Feinde Wachen aufgestellt hatten.

Als die Späher sich an diesem zweiten Abend wieder zum Haupttrupp gesellten, fiel Drizzts Bericht für Bruenor entsprechend aus.

»Sag deinen Leuten, sie sollen sich gut ausschlafen«, erklärte er. »Bevor morgen die Sonne untergeht, werden wir in Sichtweite unserer Feinde sein.«

»Dann werden diese Feinde den übernächsten Sonnenaufgang nicht mehr erleben«, versprach Bruenor.

Während er das sagte, warf er einen Blick zu dem Zwerg, den er an diesem Abend eingeladen hatte, mit ihm zu essen. Tred reagierte mit einem grimmigen und anerkennenden Nicken, dann biss er genüsslich in seine Lammkeule.

Das Gelände war felsig und zerklüftet, mit einigen Baumgruppen, überwiegend Koniferen, in kleinen geschützten Senken, vor dem Hintergrund der immer höher aufragenden Berge.

Der Wind fegte von den Bergen herunter, und zahlreiche Bäche flossen an den Hängen entlang. Für Unerfahrene waren diese Bergpfade tückisch, denn häufig führten sie zu einem Steilhang, der fünfhundert Fuß tief abfiel.

Selbst für Drizzt und seine Freunde, die die Wildnis so gut kannten, stellten die Berge eine gewaltige Herausforderung dar. Sie konnten die Orks recht einfach verfolgen, denn der richtige Pfad war für die geübten Augen des Drow leicht zu erkennen, aber einen Weg zu finden, diese Streitmacht zu umgehen, wenn die Spur frischer wurde, würde nicht so einfach sein.

Auf einem Plateau an einem besonders breiten Hang, auf das mehrere Pfade mündeten, fand Drizzt eine viel sagende Spur. Er beugte sich über einen schlammigen Fleck, an dessen Rand sich ein frischer Stiefelabdruck abzeichnete.

»Diese Spur hier ist frisch«, erklärte er Catti-brie, Regis und Wulfgar. Er erhob sich wieder und rieb die schlammigen Finger.

»Nicht älter als eine Stunde.«

Die Freunde sahen sich um und konzentrierten sich dabei überwiegend auf einen Felsenkamm, der im Norden aufragte.

Catti-brie war die Erste, die dort oben eine Bewegung bemerkte, eine hoch aufragende Gestalt, die um eine Reihe von großen Felsen huschte.

»Zeit für Guenhwyvar«, stellte Wulfgar fest.

Drizzt nickte und holte die Statuette aus dem Beutel, dann stellte er sie auf den Boden und beschwor den magischen Panther an seine Seite.

»Wir sollten auch Bruenor Bescheid geben«, fügte der Barbar hinzu.

»Mach du das«, erwiderte Catti-brie. »Du kannst ihn schneller erreichen als der Kleine, weil du längere Beine hast.«

Wulfgar nickte zustimmend.

»Wir sollten den Feind lokalisieren und ausspionieren, während du die Zwerge holst.« Drizzt warf Regis einen Blick zu, der sich bereits bewegte – nach Westen und nicht nach Norden. »Wir umgehen sie?«

»Ich nehme diesen Weg, du gehst nach Norden und Catti-brie nach Osten«, erklärte der Halbling.

Seine drei Freunde lächelten und waren froh, ein wenig von dem alten Regis wiederzuentdecken, denn der Riese, den sie gesichtet hatten, hatte sich von Westen nach Osten bewegt, und wenn er selbst nach Westen ging, war Regis ziemlich sicher, dass seine beiden Jägerfreunde die Feinde vor ihm finden würden.

»Guenhwyvar kommt mit mir nach Norden«, erklärte Drizzt. »Sie allein kann sich ihnen nähern, ohne sie misstrauisch zu machen. Wir vier treffen uns hier unmittelbar vor Sonnenuntergang wieder.«

Mit einem Nicken und entschlossener Miene trennten sie sich.

Es war ein seltsames Gefühl für Regis, allein in der Wildnis zu sein, ohne dass Drizzt oder einer der anderen an seiner Seite war, um ihn zu schützen. Daheim in Zehn-Städte hatte sich der Halbling häufig allein aus dem Wald herausgewagt, aber er war beinahe immer vertrauten Wegen gefolgt, besonders dem, der ihn zum Ufer des Maer Dualdon und zu seinem bevorzugten Angelplatz brachte.

Allein in der Wildnis zu sein und zu wissen, dass gefährliche Feinde nicht allzu weit entfernt waren, fühlte sich seltsam erfrischend an. Trotz seiner sehr echten Angst konnte Regis nicht leugnen, dass neue Energie seinen kleinen Körper durchströmte. Zu wissen, dass hinter jedem Felsen ein Ork stecken könnte, dass ein Riese vielleicht gerade in diesem Augenblick mit einem tödlichen Steingeschoss auf ihn zielte …

In Wahrheit war dies keine Erfahrung, die er zum Alltag machen wollte, aber er verstand, dass er ein notwendiges Risiko einging, eines, das dem großen Ganzen diente, und eines, das er akzeptieren musste.

Dennoch, er wünschte sich, er wäre nicht der Erste gewesen, der den Orks begegnete, einer Gruppe von einem Dutzend Nachzüglern, die hinter der Hauptarmee zurückgeblieben waren. Versunken in seine eigenen Gedanken, wäre der abgelenkte Halbling beinahe direkt in ihre Mitte spaziert, bevor er sie auch nur bemerkte.

Drizzt gefiel überhaupt nicht, was er sah. Der Drow lag hoch auf einem Felssims flach auf dem Bauch und spähte auf ein Lager mit etwa hundert Orks hinab – das hatte er erwartet. Aber direkt hinter dem Lager waren vier Riesen zu sehen, und zwar gewaltige Frostriesen und nicht die schmutzigen Abtrünnigen, die man in der Gesellschaft von Orks erwarten würde. Das hier waren gut aussehende Geschöpfe, sauber und gepflegt gekleidet, und sie trugen Armreifen und Ringe und gute Pelze, die weder besonders neu noch besonders wetterzerzaust waren.

Diese Riesen gehörten eindeutig zu einer größeren, organisierten Sippe – offenbar Teil des Netzwerks, das Jarl Grauhand, der Drizzt und den Zwergen von Mithril-Halle nicht unbekannt war, in diesem Teil des Grats der Welt aufgebaut hatte.

Wenn der alte Grauhand seine mächtigen Krieger einer Ork-Sippe auslieh, dann ließ das Schlimmeres befürchten als ein dem Erdboden gleichgemachtes Dorf und einen Überfall auf ein paar Zwerge.

Drizzt sah sich um und fragte sich, ob es wohl eine Möglichkeit gab, in die Nähe der Riesen zu kommen und ihr Gespräch zu belauschen. Er konnte nur hoffen, dass sie sich in einer Sprache unterhielten, die er beherrschte.

Die Deckung zwischen ihm und dem Ork-Lager war jedoch alles andere als viel versprechend, ebenso wie der Abstieg über den extrem steilen Hang. Darüber hinaus stand die Sonne schon tief am Himmel, und er hatte nicht viel Zeit, wenn er sich zur verabredeten Stunde am verabredeten Ort mit seinen Freunden treffen wollte.

Er beobachtete die Feinde noch viele Minuten und bemerkte dabei, dass die Orks nicht viel mit den Riesen zu tun hatten. Seine Aufmerksamkeit wuchs, als ein großer, kräftiger Ork, der für diese schmutzige Bande relativ gut gekleidet war, auf die vier Riesen zuging. Der Ork bewegte sich nicht zögernd wie die anderen, die den Riesen Essen gebracht oder einfach nur versucht hatten, so unauffällig wie möglich an ihnen vorbeizukommen. Dieser Ork – Drizzt nahm an, dass es sich um den Anführer oder zumindest einen der Anführer handelte – ging zielsicher und ohne offensichtliches Zögern auf die Giganten zu und begann, sich mit ihnen scheinbar freundschaftlich zu unterhalten.

Drizzt war so darauf konzentriert, wenigstens einen Teil dieses Gesprächs zu belauschen, dass er den Ork-Wachtposten, der sich von hinten an ihn anschlich, erst bemerkte, als es zu spät war.

Von ihrem Aussichtspunkt sah Catti-brie zu, wie die Orks und Riesen ihr Lager aufschlugen, weit westlich von dem Punkt, an dem sie zu dem nördlicher gelegenen Felskamm aufgestiegen war. Ihr war klar, dass Drizzt das Lager schon beobachtete, aber sie wusste auch, dass sie erst dann einen günstigeren Beobachtungsposten erreichen würde, wenn es an der Zeit war, Drizzt zum ausgemachten Treffpunkt zu begleiten – immer vorausgesetzt, sie würde ihn finden. Also eilte sie am Ostrand des feindlichen Lagers vorbei und sah sich das Gelände an, durch das die Orks und Riesen wahrscheinlich am nächsten Morgen ziehen würden – es sei denn, sie beschlossen, das Lager früh wieder abzubrechen und die Nacht durchzumarschieren, was vielleicht den Orks gefallen würde, aber ganz bestimmt nicht den Riesen.

Mit dem Auge einer ausgebildeten Taktikerin, die sie als Adoptivtochter von Bruenor Heldenhammer zweifellos war, suchte sie nach aussichtsreichen Angriffspunkten: Engpässe im Weg, Positionen, von denen aus die Zwerge Steine und Hämmer auf ihre Feinde schleudern könnten …

Trotz ihrer vielen Pflichten war sie die Erste, die zum Treffpunkt zurückkehrte. Wulfgar traf bald nach ihr ein, zusammen mit Bruenor, Dagnabbit und Tred McKnuckles.

»Sie haben ihr Lager beinahe genau nördlich von dieser Stelle aufgeschlagen«, erklärte sie.

»Wie viel?«, fragte Bruenor.

Catti-brie zuckte die Achseln. »Drizzt wird es wissen. Ich habe den Weg untersucht, den sie morgen einschlagen werden, um zu sehen, wo und wie wir zuschlagen können.«

»Hast du ein paar gute Stellen gefunden?«

Catti-brie antwortete mit einem boshaften Lächeln, und Bruenor rieb sich begierig die Hände, dann warf er Tred einen Blick zu, zwinkerte und versetzte dem Zwerg einen Schubs.

»Morgen wirst du dich rächen können, mein Freund«, versprach der Zwergenkönig.

Wie so oft in der Vergangenheit war es allein Glück, das Regis rettete. Er schlüpfte hinter einen Felsen, ohne dass die Orks, die in einen hitzigen Streit um einen Teil der Beute aus dem geplünderten Dorf verstrickt waren, ihn bemerkten.

Sie schubsten einander, schrien sich an und beschlossen, die Sachen unter sich zu teilen und den anderen nichts abzugeben. Statt weiter den Weg entlangzuziehen, der sie zum Rest der Truppe führen würde, ließen sie sich an Ort und Stelle nieder, und einige brachen auf, um etwas zu essen zu organisieren.

Das lieferte Regis eine hervorragende Position, um ihre Gespräche zu belauschen, was dem Halbling viele Fragen beantwortete und zu noch mehr Fragen führte.

Drizzt hätte nicht mehr im Nachteil sein können, als er da auf dem Bauch zwischen einer Steinwand und einem Felsen lag, über ein Sims spähte und sich jemand – wahrscheinlich ein Ork – von hinten näherte. Er zog den Kopf ein und die Kapuze seines Umhangs ein wenig höher und hoffte, das Geschöpf würde ihn im trüben Abendlicht nicht bemerken, aber als die Schritte näher kamen, wusste der Drow, dass er seine Taktik ändern musste.

Er kam auf die Knie und sprang dann anmutig auf, fuhr herum, zog die Krummsäbel und brachte sie so schnell wie möglich in eine Verteidigungsposition, um den Angriff des anderen vorwegzunehmen. Wenn das Geschöpf direkt angegriffen hätte, wäre es von Anfang an im Vorteil gewesen.

Aber der Ork, und es war tatsächlich ein Ork, hatte nicht angegriffen und griff auch nicht an. Er hielt Abstand, hatte die Hände erhoben und fuchtelte heftig damit, nachdem er die Waffe hatte fallen lassen.

Er sagte etwas, das Drizzt aber nicht vollkommen verstand, obwohl die Ork-Sprache der der Goblins, die der Drow recht gut beherrschte, einigermaßen ähnlich war. Er konnte allerdings ein paar Begriffe aufschnappen, und der beinahe entschuldigende Tonfall des Ork sprach für sich. Es schien, als fürchtete das Geschöpf, ihn, einen Drow, zu stören.

Nun gut, Orks hatten im Allgemeinen Angst vor den Drow – wie die meisten vernunftbegabten Völker –, aber das hier ging darüber hinaus. Der Ork war nicht überrascht, als hätte er es beinahe erwartet, einen Drow in der Nähe des Lagers zu finden.

Drizzt wollte das Geschöpf gerade ausfragen, als er einen schwarzen Blitz seitlich des Ork bemerkte und wusste, dass er diese Gelegenheit nicht erhalten würde.

Guenhwyvar machte einen gewaltigen Sprung, der sie auf Brusthöhe des Ork brachte.

»Guen, nein!«, rief Drizzt, als die Katze vorbeischoss.

Aus der Kehle des Ork sprudelte Blut, und das Geschöpf fiel auf den steinigen Boden. Drizzt eilte zu ihm, drehte ihn um und wollte den Blutfluss aus der Kehle stillen.

Dann wurde ihm klar, dass dem Ork keine Kehle geblieben war.

Frustriert, weil er diese Gelegenheit verpasst hatte, aber dankbar, weil Guenhwyvar die Gefahr von weitem erkannt hatte und herbeigeeilt war, um ihn zu retten, konnte Drizzt nur den Kopf schütteln.

Er versteckte den toten Ork so gut er konnte in einer Felsspalte, und mit Guenhwyvar an der Seite machte er sich auf den Weg zum Treffpunkt, nachdem er mehr Fragen als Antworten erhalten hatte.

»Viel Boden, den wir ausnutzen können«, versicherte Catti-brie den anderen, als sie sich auf dem Plateau unterhalb des feindlichen Lagers versammelt hatten. »Wir werden den Kampf bekommen, den wir wollten.«

Niemand widersprach, aber Bruenor schien besorgt.

»Zu viele Riesen«, erklärte er, als die anderen sich ihm zuwandten. »Ich denke, wir sollten noch vor dem Morgen das erste Mal zuschlagen und ihre Anzahl verringern.«

»Das wird nicht einfach sein, wenn wir die Hauptstreitmacht morgen immer noch überraschen wollen«, wandte Catti-brie ein.

Sie besprachen ein paar Ideen, mögliche Pläne, die Riesen herauszulocken, und mögliche Bereiche, wo sie diese gewaltigen Feinde abseits der Hauptstreitmacht bekämpfen könnten. An Ideen und Orten schien es nicht zu fehlen, aber es würde schwierig sein, die Riesen zu veranlassen, sich ohne die anderen dorthin zu begeben.

»Es gibt vielleicht eine Möglichkeit ...«, begann Drizzt – die ersten Worte, die er zum Pläneschmieden beigetragen hatte.

Er berichtete über die Szene mit dem Ork und die Reaktion des Geschöpfs auf ihn, und er fragte sich, ob ihm seine Herkunft nicht dienlich sein könnte.

Sie machten einen Ort aus, und Tred, die Freunde und Guenhwyvar minus Drizzt machten sich dorthin auf, während der Drow sich wieder auf seine letzte Position oberhalb des Lagers begab. Er blieb allerdings nicht lange dort, denn seine scharfen Augen entdeckten eine Route, auf der er sich dem Riesenlager unbemerkt nähern konnte, und dann machte er sich lautlos wie ein Schatten auf den Weg.

»Er wird sie von rechts herbringen«, sagte Bruenor, als sie den Platz für den Hinterhalt erreicht hatten.

Der Zwerg stand vor einer hohen Steilwand, vor der ein felsiger, zerklüfteter Weg verlief.

»Kommst du da rauf, Knurrbauch?«

Regis, der am Fuß der Steilwand stand, hatte bereits darüber nachgedacht. Es gab für ihn selbst mehrere Möglichkeiten, das Sims zu erreichen, aber er hielt Ausschau nach einem einfacheren Weg für einen Begleiter, der nicht ganz so gelenkig war wie er.

»Willst du dabei sein?«, fragte er Tred McKnuckles, der neben ihm stand und von der hektischen Planung der erfahrenen Gefährten mehr als nur ein wenig überwältigt schien.

»Was glaubst du wohl?«, entgegnete der Zwerg.

»Dann solltest du dir die Waffe auf den Rücken schnallen und mir folgen«, erwiderte Regis grinsend und begann, die Wand hinaufzuklettern.

»Ich bin doch keine Spinne!«, schrie Tred ihm hinterher.

»Willst du dabei sein oder nicht?«

Tred gab ein tiefes Knurren von sich und begann mit dem Aufstieg. Er brauchte einige Zeit, um das Sims zu erreichen, und als er endlich oben war, hockte Regis schon bequem da, den Rücken an die Wand gelehnt, fünfundzwanzig Fuß über dem Boden.

»Sieh mal, ob du diesen großen Felsen da bewegen kannst«, sagte der Halbling mit einem Nicken zur Seite, wo ein recht großer Stein auf dem Sims lag.

Tred schaute den Stein – tausend Pfund Granit – zweifelnd an.

»Glaubt ihr, ihr könntet ihn runterwerfen?«, erklang ein Ruf von Catti-brie.

Regis beugte sich vor, um sie sehen zu können, und Tred betrachtete den Stein noch zweifelnder.

Catti-brie wartete nicht auf eine Antwort, sondern wandte sich an Wulfgar. Der Barbar eilte davon und kehrte einen Augenblick später mit einem langen, dicken Ast zurück. Er stellte sich unter das Sims, dann langte er so weit hinauf, wie er konnte, und als klar war, dass er seine Gefährten mit dem Ast noch immer nicht erreichen konnte, warf er ihn nach oben.

Regis fing den Ast auf und zog ihn neben sich. Lächelnd reichte er ihn dem verdutzten Tred.

»Du wirst schon sehen«, versprach der Halbling.

Seitlich von ihnen, auf einem anderen Sims, das sich etwa auf gleicher Höhe befand wie Regis und Tred, knurrte Guenhwyvar leise, und das machte den armen Tred noch unruhiger.

Regis grinste nur und begab sich wieder an eine Stelle, von der aus er den Weg im Auge hatte.

Als er die Riesen in einer Sprache reden hörte, die der Allgemeinen recht nahe kam, wuchs Drizzts Hoffnung für ihren Plan. Er befand sich am Rand des Lagers, im Schatten eines Felsens. Weder die Orks noch die Riesen hatten Wachen aufgestellt; sie waren sich offenbar ihres Sieges sehr sicher.

Die Riesen unterhielten sich nur beiläufig, was dem Drow keine Informationen lieferte. Aber das beunruhigte ihn nicht besonders. Er interessierte sich mehr für eine Gelegenheit, mit einem von ihnen alleine zu sprechen und seiner Ahnung zu folgen, dass diese Gruppe anscheinend mit Dunkelelfen vertraut war.

Er erhielt diese Gelegenheit beinahe eine Stunde später. Einer der Riesen schnarchte, was dem Geräusch einer niedergehenden Lawine nicht unähnlich war. Ein anderer, die einzige Frau unter den vieren, lag neben ihm und döste, schlief aber noch nicht. Die anderen beiden unterhielten sich weiter, aber mit langen Pausen, was für ihre Schläfrigkeit sprach. Schließlich stand einer der beiden auf und ging ein paar Schritte aus dem Lager.

Drizzt holte tief Luft – der Umgang mit so furchterregenden Geschöpfen wie Frostriesen war nie einfach. Sie waren nicht nur groß, stark und gute Kämpfer, Frostriesen waren auch keine Dummköpfe wie ihre Hügelriesen- und Oger-Vettern. Tatsächlich waren sie häufig recht intelligent und ließen sich nicht so leicht etwas vormachen. Drizzt musste sich auf seine Herkunft verlassen und auf den Ruf, der den Dunkelelfen vorauseilte.

Er schlich sich im Schatten bis auf ein paar Fuß an den sitzenden Riesen heran.

»Du hast dir einen Schatz entgehen lassen«, flüsterte er.

Der Riese, offensichtlich verschlafen, zuckte leicht zusammen und stützte sich dann auf den Ellbogen, drehte den Kopf, um Drizzt anzusehen, und fragte: »Was?«

Als er den Dunkelelf sah, bewegte er sich ein wenig heftiger und setzte sich aufrecht hin.

»Donnia?«, fragte er, ein Name, den Drizzt nicht erkannte, wenn man einmal davon absah, dass es sich tatsächlich um einen Drow-Namen handelte.

»Ein Freund von ihr«, erwiderte er leise. »Du hast einen großen Schatz verpasst.«

»Wo? Was?«

»Im Dorf. Eine große Truhe voller Edelsteine, die unter einem eingestürzten Haus verborgen liegt.«

Der Riese sah sich um und beugte sich dann näher.

»Und du verrätst mir das?«, fragte er misstrauisch und alles andere als überzeugt, dass ausgerechnet ein Drow, Verbündeter oder nicht, auf ihn zuspazieren und solche Informationen preisgeben würde.

»Ich kann nicht so viel tragen«, erklärte Drizzt. »Ich kann nicht mal ein Zehntel dessen tragen, was dort liegt. Ich könnte zwar eine Ladung nach der anderen wegbringen, aber ich nehme an, es gibt noch mehr, unter einer Steinplatte, die ich nicht von der Stelle bewegen kann.«

Der Riese sah sich erneut um, und seine Bewegungen zeigten, dass er durchaus interessiert war. Nicht weit entfernt schnarchte einer seiner Kameraden, hustete und drehte sich um.

»Ich werde mit dir und deinen Freunden teilen … vorausgesetzt du glaubst, dass wir sie brauchen«, sagte Drizzt, »aber nicht mit den Orks.«

Ein boshaftes Lächeln des Riesen zeigte dem Drow, dass sein Verständnis der Verhältnisse zwischen den beiden Völkern innerhalb der feindlichen Bande recht zutreffend gewesen war. »Reden wir weiter, aber nicht hier«, sagte Drizzt und zog sich tiefer in den Schatten zurück.

Der Riese sah sich noch einmal um, dann duckte er sich und schlich hinter ihm her, folgte ihm begierig in die Nacht, einen felsigen Pfad entlang zu einer kleinen Lichtung, die auf einer Seite durch einen Steilhang geschützt war.

Von einem Sims dieses Steilhangs aus, etwa zehn Fuß über dem Kopf des hoch aufragenden Riesen, betrachteten ihn zwei neugierige Augenpaare.

»Was wird Donnia Soldou davon halten?«, fragte der Riese.

»Donnia braucht das nicht zu wissen«, erwiderte Drizzt.

Das Schulterzucken des Riesen war viel sagend und machte Drizzt deutlich, dass Donnia, wer immer sie sein mochte, keine sonderlich beherrschende Kraft war, sondern nur eine Verbündete. Das war eine große Erleichterung. Der Gedanke, dass die Orks und Riesen im Auftrag einer Drow-Armee arbeiteten, war alles andere als beruhigend gewesen.

»Ich werde Geletha mitnehmen«, verkündete der Riese.

»Der Freund, mit dem du gerade gesprochen hast?«

Der Riese nickte. »Und wir nehmen zwei Teile und du einen.«

»Das ist ungerecht!«

»Du kannst die Steinplatte nicht bewegen.«

»Du kannst die Steinplatte nicht finden«, setzte Drizzt das Feilschen fort und versuchte angestrengt, sein Gegenüber nicht misstrauisch zu machen, während seine Freunde sich in Angriffsposition begaben.

Er nahm an, es würde nicht mehr lange dauern.

Als ein blauer Pfeil hinter ihm aufblitzte, vorbeiraste und sich in die Brust des Riesen bohrte, war der Drow nicht überrascht.

Der Riese stöhnte, aber er war nicht schwer verletzt. Drizzt zog die Krummsäbel, fuhr herum und sah sich Catti-brie gegenüber. Er tat immer noch so, als stünde er auf der Seite des Riesen.

»Wo kam der her?«, rief er. »Heb mich hoch, dann kann ich es vielleicht sehen.«

»Direkt geradeaus!«, brüllte der Riese.

Er setzte dazu an, sich zu bücken, um der Bitte des Drow nachzukommen, und Drizzt drehte sich rasch und rannte den baumgleichen Arm des Riesen hinauf. Er schlug ihm die Säbel fest ins Gesicht und riss rote Linien hinein.

Der Riese brüllte und wollte ihn packen, aber der Drow war bereits davongesprungen, und ein weiterer blauer Pfeil folgte und traf den Giganten.

Der schüttelte sich und eilte hinter Drizzt her, bis ein Geräusch erklang, als würde ein Baum gefällt. Bruenor Heldenhammers vielkerbige Axt hatte den Riesen in die Kniekehle getroffen.

Der Riese heulte auf, fuhr herum und fasste sich an die Wunde, und wieder traf Catti-brie ihn mit einem Pfeil, diesmal ins Gesicht.

Der Riese ignorierte das, so gut er konnte, und hob einen Fuß, offenbar, um Bruenor zu zertreten.

Sobald er nur noch auf einem Bein dastand, eilte Dagnabbit hervor und drosch seinen Kriegshammer direkt auf den Fuß des Riesen, der sich noch am Boden befand.

Mit dem Schrei »Tempus!« folgte ein weiterer Kriegshammer, aber dieser wirbelte durch die Luft.

Aegis-fang traf den Riesen in die Brust, direkt unterhalb des Halses und mit einer Wucht, die ihn rückwärts gegen die Wand taumeln ließ. Wulfgar folgte seinem Hammer, rief ihn magisch zu sich zurück, griff an, bevor der Riese sich erholt hatte, und versetzte ihm einen gewaltigen Schlag gegen das rechte Knie.

Der Riese heulte laut auf.

Catti-bries nächster Pfeil traf ihn mitten ins Gesicht.

Oben auf dem Sims hatte Tred die Schulter fest unter den Ast geklemmt, der als Hebel diente, und schaute verwirrt von dem Riesen zu Regis. Er hatte schon öfter gegen Riesen gekämpft, aber er hatte noch nie gesehen, wie einer so schnell besiegt wurde.

Dann blickte er an Regis vorbei zu Guenhwyvar. Der Panther duckte sich auf einem seitlichen Sims und beobachtete den Kampf, die Ohren wachsam gespitzt.

Regis hob die Hand und zeigte an, dass der Riese in Position war.

Tred grunzte zufrieden und drückte gegen den Stein, setzte den Hebel noch besser an und trieb ihn weiter. Der riesige Stein kippte und fiel, und der Riese darunter, der grade erst wieder zu Verstand kam und versuchte, sich gegen den Angriff des Drow, des Barbaren, der Frau und der beiden Zwerge zu verteidigen, wurde von tausend Pfund Granit direkt auf den Kopf getroffen. Das Knirschen seines Genicks hallte von der Steilwand wider, ebenso wie das Krachen, als der Stein davonhüpfte.

Regis nickte Tred zufrieden zu, aber die Erleichterung hielt nicht lange an, denn jetzt sahen der Halbling und der Zwerg, was Guenhwyvars Interesse erregt und verhindert hatte, dass sich die Katze dem Kampf anschloss. Ein weiterer Riese kam den Weg entlanggerannt, und dann folgte noch einer, ein weiblicher.

Regis warf Tred einen Blick zu. »Wir könnten noch einen Stein suchen«, schlug er vor, und nur ein Hauch von Angst schwang in seiner Stimme mit.

Hinter ihnen sprang Guenhwyvar auf die Schulter des angreifenden Riesen, und als der weiter den Weg entlangrannte, zuckte Tred die Achseln und tat das Gleiche. Er benutzte die Ablenkung durch die Katze, um mit seiner mächtigen Axt einen Schlag gegen den Kopf des Riesen zu führen. Kein Schlag von Stein gegen Stein hatte je lauter geklungen als dieser gewaltige Hieb von Treds Axt gegen den Riesenschädel.

Regis, der ihm hinterhergeschaut hatte, zuckte zusammen. »Oder wir könnten es damit versuchen«, sagte der Halbling, obwohl der Zwerg ihn nicht mehr hören konnte.

Mit großer Anstrengung klammerte sich Tred störrisch an den Axtgriff und blieb damit am Hinterkopf des Riesen hängen. Er ritt das gewaltige Geschöpf nieder, das erst in die Knie ging und dann zu Boden fiel.

Tred erhob sich vom Rücken des toten Riesen und fuhr herum, um sich in den Kampf gegen die angreifende Riesin zu werfen – oder er versuchte es, denn er wurde von seiner Axt zurückgerissen, die sich nicht aus dem Riesenschädel lösen wollte.

Er hörte seitlich unter sich ein Stöhnen, und erst jetzt erkannte er – und er war der Einzige aus der Gruppe, dem das auffiel –, dass Dagnabbit zu nahe an dem stürzenden Riesen gewesen und unter dem gewaltigen Gewicht begraben worden war.

Drizzt begann den Gegenangriff, indem er direkt auf die wütende Frostriesin zurannte. Er sah, wie sie den Arm hob, einen großen Stein in der Hand, und reagierte, indem er sich auf seine angeborenen Fähigkeiten verließ und eine Kugel aus Dunkelheit vor das Gesicht des Geschöpfs beschwor. Dann wich er seitlich aus, und der Stein streifte den Felsen, auf dem er gestanden hatte. Dort prallte er ab, streifte Wulfgar an der Schulter, was den Barbaren umwarf, und verfehlte Catti-brie nur knapp, riss ihr aber Taulmaril aus der Hand und ließ ihre Finger bluten. Sie fiel auf die Knie und umklammerte eine Hand mit der anderen, ihr Gesicht zu einer Grimasse des Schmerzes verzogen.

Drizzt griff an. Die Riesin trat nach ihm, und der Drow vollzog einen Salto direkt über den tretenden Fuß, landete anmutig und fuhr herum, und die tödlichen Krummsäbel bohrten sich in die riesige Wade.

Bruenor war der Nächste und traf das Schienbein der Riesin mit seiner Axt. Die Riesin schlug ihn brutal beiseite, aber der Zwerg kam ein Stück entfernt sofort wieder auf die Beine, rückte seinen Helm mit dem einen Horn zurecht und drohte ihr mit dem Finger.

»Jetzt machst du mich aber wütend, du überfütterter Ork!«

Die Riesin trat abermals nach Drizzt, aber er war zu schnell und wich wieder und wieder aus, wobei er jedes Mal herumfuhr und ihr eine weitere Wunde beibrachte, wenn sich die Gelegenheit ergab.

Die Riesin erkannte anscheinend, dass sie nicht siegen konnte, und trat ein letztes Mal zu, aber nur, um den Drow fern zu halten, nicht mehr, um ihn wirklich zu verletzen.

Dann wandte sie sich nach Süden und eilte dabei über das zerklüftete Gelände und nicht über den Weg, wo ihre langen Beine ihr einen Vorteil geboten hätten.

Jedenfalls versuchte sie es.

Aegis-fang raste auf sie zu und brach den Knöchel des schwebenden Fußes der Riesin, worauf dieser Fuß hinter den anderen geriet und sie zu Fall brachte.

Sie prallte so heftig auf, dass die Wucht ihr den Atem aus der Lunge trieb.

Sie versuchte, sich zu erheben, aber sie hatte keine Chance. Drizzt war schon da und rannte ihren Rücken entlang. Und Guenhwyvar war da, sprang ihr auf die Schultern und verbiss sich in ihrem Nacken. Dann kam Catti-brie mit Khazid'hea, ihrem teuflisch scharfen Schwert, das sie vorsichtig in der verletzten Hand hielt. Bruenor eilte mit seiner Axt herbei, gefolgt von Wulfgar, der den mächtigen Kriegshammer wieder in den Händen hielt.

Dann folgte Tred, der einen erschütterten, aber nicht schwer verletzten Dagnabbit mitbrachte. Vom Sims an der Steilwand aus sah Regis ihnen zu und jubelte. Er rief eine Warnung, als er bemerkte, dass sich der erste niedergeschlagene Riese wieder rührte, wenn auch halb betäubt. Wulfgar eilte zurück und machte sich mit Aegis-fang schnell und tödlich an die Arbeit.

»So etwas habe ich noch nie gesehen«, sagte Tred, als die Gruppe zurück zur Hauptstreitmacht der wartenden Zwerge marschierte.

»Das Wichtigste ist, das Schlachtfeld gut vorzubereiten«, erklärte Bruenor.

»Und das kann keiner besser als König Bruenor«, fügte Dagnabbit hinzu.

»Keiner, außer ihm vielleicht«, erwiderte Bruenor und

nickte Drizzt zu, der im Gehen Catti-bries verletzte Hand verarztete.

Zumindest einer ihrer Finger war gebrochen, aber sie wollte unbedingt weitermachen.

Sie würden in dieser Nacht keine Ruhe finden. Immerhin musste ein weiteres Schlachtfeld vorbereitet werden, für einen noch größeren Kampf.

Nicht willkommen

»Mhm-mhm«, sagte Pikel störrisch, stampfte fest mit dem Fuß auf und blieb vor der dicken Eiche stehen, womit er Ivan den Weg zu dem verzauberten Baum versperrte.

»Was sagst du da?«, schnaubte Ivan. »Du öffnest das Tor, nur um es dann zu blockieren, du Dummkopf?«

Pikel zeigte an seinem Bruder vorbei zu dem Bären, der dasaß und sie mit elender Miene beobachtete.

»Du nimmst auf keinen Fall den Bären mit!«, brüllte Ivan und machte einen Schritt vorwärts.

»Mhm-mhm«, sagte Pikel abermals, fuchtelte mit dem Finger und bewegte sich ein Stück zur Seite, um den Weg noch besser zu blockieren.

Nase an Nase mit seinem Bruder funkelte Ivan Pikel an, aber dann hörte er den Bären hinter sich brummen und erkannte, dass der nächste Kampf nicht ausgeglichen sein würde.

»Du nimmst ihn auf keinen Fall mit«, versuchte er es noch einmal. »Du reißt ihn vielleicht aus seiner Bärenfamilie heraus, und das willst du doch sicher nicht!«

»Oh«, sagte Pikel und schien einen Augenblick bestürzt, bis seine Miene sich aufhellte.

Er trat näher zu seinem Bruder und flüsterte ihm etwas ins Ohr.

»Woher weißt du, dass er keine Familie hat?«, tobte Ivan. Pikel flüsterte erneut.

»Er hat es dir gesagt?«, brüllte Ivan ungläubig. »Der dumme Bär hat es dir gesagt? Und du glaubst ihm? Hast du je daran gedacht, dass er vielleicht lügt? Dass er es dir bloß erzählt, weil er von seiner … Bärenfrau wegkommen will?«

»Hihihi«, sagte Pikel, und kichernd flüsterte er weiter. »Er ist eine Bärin?«, fragte Ivan.

»Woher weißt du, dass er … schon gut, sag es mir nicht. Es ist sowieso egal. Bär oder Bärin, er … sie … kommt nicht mit.«

Pikels Züge schienen zu erschlaffen, dann schob er schmollend die Unterlippe vor, aber Ivan gab nicht nach. Er würde sich nicht auf eine so seltsame, beunruhigende Weise durch die Bäume fortbewegen, wenn dieses wilde Tier dabei war.

»Nein, sie kommt nicht mit«, sagte er ruhig. »Und wenn wir Bruenors Krönung verpassen, kannst du Cadderly hinterher erzählen, warum. Und wenn der Winter hier über uns hereinbricht und deine Freundin sich schlafen gelegt hat, kannst du zusehen, wie ich ihr für eine warme Decke die Haut abziehe! Und wenn …«

Pikels leises Stöhnen beendete die Tirade seines Bruders, denn Ivan erkannte, dass Pikel nachgeben würde.

Der grünbärtige Felsenschulter-Bruder ging an Ivan vorbei zu seinem Bären. Er verbrachte lange Zeit damit, die Ohren des sanftmütigen Tieres zu streicheln, holte Zecken aus dem Fell und setzte die Insekten dann sanft am Boden ab.

Selbstverständlich hob Ivan, wann immer Pikel eine voll gesaugte Zecke absetzte, das Tier hoch und zerdrückte es zwischen seinen dicklichen Fingern.

Kurze Zeit später trabte Pikels Bärin davon. Pikel behauptete zwar, sie sei ziemlich traurig, weil sie nicht mitkommen durfte, aber Ivan konnte keinen Unterschied feststellen. Die Bärin machte sich auf den Weg, und für einen Bären war wahrscheinlich jeder Weg gut genug.

Pikel ging wieder an Ivan vorbei. Er griff nach seinem neuesten Wanderstock und schlug dreimal gegen den Eichenstamm, dann verbeugte er sich tief und ehrfürchtig und bat den Baum um Erlaubnis, eintreten zu dürfen.

Ivan hörte selbstverständlich nichts davon, aber offenbar hatte Pikel die richtigen Worte gefunden, denn nun drehte er sich halb um und bedeutete seinem Bruder voranzugehen.

Ivan weigerte sich und reagierte, indem er Pikel nach vorn winkte.

Pikel verbeugte sich abermals und bedeutete Ivan zu gehen.

Ivan weigerte sich abermals und winkte hektischer.

Pikel verbeugte sich wieder, immer noch vollkommen ruhig, und winkte Ivan zu voranzugehen.

Ivan setzte schon dazu an zurückzuwinken, aber dann überlegte er es sich mitten in der Bewegung anders und schob seinen Bruder stattdessen gewaltsam in den Baum, dann holte er tief Luft und sprang selbst auf die Eiche zu.

Und krachte fest gegen den Stamm.

Mit seiner blassen, beinahe durchscheinenden Haut und blauen Augen, die so reich an Schattierungen waren, dass sie die Farben ringsumher zu spiegeln schienen, wirkte der Elf Tarathiel zart und zerbrechlich. Er war nicht sehr groß, aber schlank, und seine kantigen Züge und die langen spitzen Ohren ließen ihn noch schlanker wirken. Aber das war alles reichlich irreführend, denn der Elfenkrieger war ein Furcht erregender Gegner, und kein Feind, der den Biss seines scharfen, schlanken Schwertes gespürt hatte, würde es wagen, ihn zu unterschätzen.

Nun hockte Tarathiel in einem hohen, vom Wind gepeitschten Pass, einen Tagesflug von seinem Zuhause im Mondwald entfernt, und er erkannte die Zeichen deutlich genug. Orks waren hier durchgekommen, viele Orks, und vor nicht allzu langer Zeit. Normalerweise hätte das Tarathiel nicht sonderlich beunruhigt – Orks waren in der Wildnis zwischen dem Grat der Welt und den Rauvin-Bergen eine verbreitete Plage –, aber Tarathiel war der Bande gefolgt, und er wusste, woher sie gekommen waren. Sie kamen aus dem Mondwald, direkt aus seiner geliebten Waldheimat, und schleppten viele gefällte Bäume mit.

Tarathiel knirschte mit den Zähnen. Er und seine Sippe hatten offensichtlich bei der Verteidigung ihrer Waldheimat jämmerlich versagt, denn sie hatten die Orks nicht schnell genug bemerkt, um sie davonjagen zu können. Tarathiel fürchtete, dass dies Folgen haben würde. Würde dieser Mangel an Wachsamkeit die hässlichen Geschöpfe veranlassen wiederzukommen?

»Wenn sie es tun, dann metzeln wir sie eben nieder«, sagte der Mondelf schließlich zu seinem Reittier, das in der Nähe graste.

Der Pegasus schnaubte zur Antwort, beinahe als hätte er Tarathiel verstanden. Er warf den Kopf zurück und faltete die weiß gefiederten Flügel fester über dem Rücken.

Tarathiel lächelte das wunderschöne Geschöpf an, einen von zwei Pegasi, die er vor ein paar Jahren in diesen Bergen gerettet hatte, nachdem ihre Eltern von Riesen getötet worden waren.

Tarathiel hatte das getötete Elternpaar gefunden, erschlagen von Steinen, die die Riesen in eine felsige Senke geworfen hatten. Er hatte am Euter der toten Stute erkannt, dass sie vor kurzem gefohlt hatte, und danach den größeren Teil eines Zehntages damit verbracht, die Umgebung zu durchsuchen, bis er die Fohlen gefunden hatte. Die beiden hatten sich im Mondwald wohl gefühlt und waren unter der Anleitung – nicht im Besitz! – von Tarathiels kleinem Clan zu großen, kräftigen Tieren herangewachsen. Dieser hier, den Tarathiel Mond genannt hatte, weil in der langen weißen Mähne ein bläulicher Schimmer zu erkennen war, hatte ihn als Reiter akzeptiert. Tarathiel hatte Monds Zwilling Sonne genannt, denn ihre schimmernde weiße Mähne hatte goldene Strähnen, die an Sonnenlicht erinnerten. Beide Pegasi waren gleich groß, und beide waren muskelbepackt und hatten starke Beine und breite, feste Hufe.

»Also los, suchen wir diese Orks und zeigen ihnen, was Regen ist«, sagte der Elf listig und zwinkerte seinem Reittier zu.

Mond scharrte mit dem Vorderhuf, als hätte er ihn verstanden.

Bald darauf waren sie wieder in der Luft, und Mond breitete die riesigen, kräftigen Flügel weit aus. Kurz darauf entdeckten sie die Ork-Bande, zwanzig dieser hässlichen Geschöpfe, die einen Weg entlangstapften, der höher in die Berge hinaufführte.

Pegasus und Reiter waren so aufeinander eingespielt, dass Tarathiel nur die Beine benötigte, um Mond zu lenken, und nun brachte er das Tier aus hohem Flug steil abwärts, bis sie nur noch fünfzig Fuß oberhalb der Orks waren. Der Elf ließ seinen Bogen arbeiten, und Pfeil um Pfeil regnete auf die Orks hinab.

Laut fluchend rannten sie auseinander und suchten Deckung. Er lenkte den Pegasus wieder nach oben und flog ein ganzes Stück von den Orks weg. Er wollte ihnen Zeit geben, sich wieder zu sammeln und zu hoffen, dass die Gefahr vorüber war. Und dann wollte er schneller auf sie herabstürzen. Viel schneller.

Der Pegasus stieg hoch in den Himmel, drehte sich und

stieß dann mit wild flatternden Flügeln abwärts. Der Elf und sein Reittier kamen hinter den Bäumen am Wegrand hervor, und trotz des Tempos fand Tarathiels Pfeil sein Ziel und bohrte sich einem unglücklichen Ork direkt in die Brust.

Mond raste weiter, und die Wurfgeschosse der Orks gingen hinter ihm ins Leere.

Tarathiel wollte das Schicksal nicht ein drittes Mal herausfordern. Er lenkte den Pegasus wieder höher in den Himmel und machte sich auf den Heimweg.

»Woher sollte ich denn wissen, dass dein dummer Zauber aufgebraucht war?«, brüllte Ivan seinen Bruder an, der seinerseits nicht aufhören konnte zu lachen. Der Zwerg mit dem gelbblonden Bart rieb sich Blut von der aufgeschürften Nase. »Ich habe auch keine dumme Tür gesehen, als du gesagt hast, es wäre eine Tür da; woher sollte ich also wissen, dass die Tür, die sowieso nie da war, nicht mehr da ist?«

Pikel brüllte vor Lachen.

Ivan stürzte vorwärts und schlug zu, aber Pikel war selbstverständlich auf diese Reaktion gefasst gewesen, hatte schon den Kopf nach vorn gerissen und seinen Kochtopfhelm in die wartende, abwehrende Hand fallen lassen.

Bong! Ivan hüpfte abermals vor Schmerzen auf und ab.

»Hihihi.«

Ivan erholte sich ziemlich rasch und stürzte sich noch wütender auf seinen Bruder, aber Pikel ging einfach in den Baum und verschwand.

Ivan hielt einen Moment inne, dann sprang er hinter seinem Bruder her. Die ganze Welt begann, sich zu drehen.

Diese Art, sich durch die Bäume zu bewegen, war nicht sonderlich gemütlich. Die Brüder wurden durch das Wurzelnetz geschleust, nachdem sie auf magische Weise mit den Bäumen verschmolzen waren; sie flossen durch die Wurzeln eines Baums in die angrenzenden Wurzeln des nächsten. Sie schossen nach oben und stürzten plötzlich wieder nach unten – Pikel heulte »Huuiiii!«, und Ivan hatte das Gefühl, dass ihm der Magen in die Kniekehlen sackte.

Sie wirbelten in Spiralen einen gewundenen Weg entlang, danach kamen ein paar scharfe Kurven, so heftig, dass sich Ivan erst auf die Innenseite einer Wange biss, dann auf die der anderen.

Das ging viele Minuten so, und schließlich kamen die Brüder wieder heraus. Ivan, der irgendwie aufgeholt hatte und sich nun vor Pikel befand, stolperte mit dem Gesicht voran in den Dreck. Pikel landete mit voller Wucht direkt auf seinem Bruder.

Aus irgendeinem Grund ging es immer so aus.

Ivan richtete sich ruckartig auf, so dass sein Bruder herunterfiel, aber selbst das schien nichts gegen Pikels ununterbrochenes Lachen ausrichten zu können.

Ivan sprang auf, um ihn zu erwürgen, oder jedenfalls versuchte er es, denn ihm war zu schwindlig. Sein Magen drehte sich zu schnell. Er taumelte einen Schritt vorwärts, zwei zur Seite, nach einer Pause noch einen dritten und vierten zur Seite und stieß dann gegen einen Baum. Er hätte sich beinahe wieder gefangen, aber dann stolperte er über eine Wurzel und fiel auf die Knie.

Ivan blickte auf und wollte wieder aufstehen, aber ein erneuter Schwindelanfall verhinderte das, und er blieb hocken und drückte die Hände auf den Magen.

Auch Pikel fühlte sich schwindlig, aber er kämpfte nicht dagegen an. Wie eines von Cadderlys Kindern stand er da und lachte, versuchte, geradeaus zu gehen und fiel unweigerlich wieder hin, und er genoss jede Sekunde.

»Blöder Möchtegerndruide«, murmelte Ivan, dann übergab er sich.

Tarathiel beobachtete, wie Sonne und Mond miteinander spielten, offenbar froh darüber, wieder zusammen zu sein. Sie trabten über die kleine Au, wieherten und schnappten spielerisch nach den Ohren des anderen.

»Du wirst nie müde, ihnen zuzusehen«, erklang eine helle, wunderbar klangvolle Stimme hinter ihm.

Er drehte sich um und sah, dass Innovindil, seine beste Freundin und Geliebte, auf die Au gekommen war. Sie war kleiner als er, ihr Haar so blond wie seines schwarz, und ihre Augen waren von strahlendem Blau. Sie hatte diesen Ausdruck im Gesicht, der Tarathiel stets bezauberte, ein Lächeln, das sich ein wenig nach links verzog, wo sich der Mundwinkel mehr nach oben bog als der rechte, und ihr ein geheimnisvolles, wissendes Aussehen verlieh.

Sie stellte sich neben ihn und griff nach seiner wartenden Hand.

»Du warst viel zu lange weg«, tadelte sie ihn.

Sie hob die freie Hand und streichelte Tarathiels Haar, dann senkte sie sie wieder und fuhr ihm zärtlich über die Brust.

Seine Miene, die so weich und strahlend gewesen war, als er die Pegasi beobachtet hatte und sich bei Innovindils Anblick noch mehr aufgehellt hatte, verfinsterte sich nun.

Sie fragte: »Hast du sie gefunden?«

Tarathiel nickte und sagte: »Eine Bande von Orks, wie wir befürchtet hatten. Mond und ich haben sie im Norden in den Bergen gefunden, wohin sie die Bäume zerrten, die sie im Mondwald gefällt haben.«

»Wie viele?«

»Zwanzig.«

Innovindil lächelte wieder auf diese Art. »Und wie viele sind jetzt noch am Leben?«

»Ich habe mindestens einen getötet«, erwiderte Tarathiel, »und die anderen aufgescheucht.«

»So, dass sie es sich noch einmal überlegen werden, bevor sie zurückkehren?«

Wieder nickte der Elf.

»Wir beide könnten sie noch einmal suchen«, schlug Tarathiel vor und lächelte nun ebenfalls. »Es wird mindestens einen Tag dauern, sie einzuholen, aber wenn wir sie alle umbringen, können wir vollkommen sicher sein, dass sie nicht zurückkehren.«

»Ich habe in den nächsten Tagen Besseres zu tun«, erwiderte Innovindil. Sie schmiegte sich an Tarathiel und küsste ihn sanft. »Ich bin froh, dass du wieder da bist«, sagte sie, und ihre Stimme wurde ernster.

»Ich ebenfalls«, stimmte er ihr aus ganzem Herzen zu.

Die beiden machten sich auf den Heimweg und überließen die Pegasi ihrem Spiel. Sie eilten auf das kleine Dorf Mondstrahl zu, ihr Zuhause und das ihres Clans.

Aber sie hatten die Weide kaum hinter sich gelassen, als sie in der Ferne ein Lagerfeuer entdeckten.

Ein Lagerfeuer im Mondwald!

Tarathiel reichte Innovindil den Bogen und zog das schlanke Schwert. Die beiden machten sich sofort auf den Weg, schlichen vollkommen lautlos durch den dunklen Wald. Bevor sie auch nur den halben Weg zu dem Feuer zurückgelegt hatten, waren sie schon von anderen aus ihrem Clan umringt, die ebenfalls bewaffnet und zum Kampf bereit waren.

»Schon wieder Eintopf!«, brüllte Ivan. »Kein Wunder, dass mein Magen in letzter Zeit dauernd knurrt! Du lässt mich kein Fleisch mehr essen!«

»Mhm-mhm«, sagte Pikel und fuchtelte mit dem Finger; eine Geste, die Ivan immer mehr ärgerte und ihn zu Fantasien darüber verleitete, diesen dicklichen, krummen Finger eines Tages abzubeißen. Zumindest hätte er dann ein bisschen Fleisch.

»Also gut, ich verschaffe mir jetzt etwas Richtiges zu essen!«, tobte Ivan, sprang auf und griff nach der schweren Axt. »Und es wäre erheblich einfacher für das Reh, oder was immer ich finde, wenn du einen deiner Zauber verwenden würdest, damit es stillhält und ich es besser töten kann.«

Pikel rümpfte angewidert die Nase, blieb mit verschränkten Armen stehen und tippte gereizt mit dem Fuß auf.

»Pah«, schnaubte Ivan und setzte dazu an zu gehen.

Aber dann hielt er inne, denn er entdeckte einen Elfen auf einem Ast über sich, der mit Pfeil und Bogen auf ihn zielte.

»Pikel«, sagte der Zwerg leise und ohne sich zu rühren – er versuchte sogar, seine Lippen nicht mehr zu bewegen als unbedingt nötig. »Glaubst du, du könntest mit diesem Baum da vor mir reden?«

»Mhm-mhm«, war die ablehnende Antwort.

Ivan schaute zurück und sah, dass auch sein Bruder reglos dastand, die Hände erhoben, umgeben von mehreren Elfen mit finsteren Mienen und schussbereiten Bögen.

Rings um die Brüder wurde der Wald nun lebendig; Elfen schlüpften aus jedem Schatten und hinter jedem Baum hervor. Schulterzuckend ließ Ivan die schwere Axt von der Schulter auf den Boden fallen.

Auf einem Feld ihrer Wahl

Als die Ork-Horde und der einzelne Riese weiterzogen, wirkten sie nervös, aber das war kein Wunder; immerhin waren die anderen drei Riesen unerklärlicherweise im Lauf der Nacht verschwunden.

Drizzt Do'Urden, der ihre Feinde vom Ast einer Kiefer aus beobachtete, erkannte deutlich, wie beunruhigt die Orks waren, und wusste, dass er und seine Freunde noch vorsichtiger sein mussten. Der Riese war der Schlüssel zu allem, erkannte der Drow, und er hatte das auch Dagnabbit und Bruenor erklärt, als sie ihre Leute aufteilten. Da er vollkommen von seiner Strategie überzeugt war, hatte Drizzt die Initiative ergriffen und war bereit, zusammen mit seiner Verbündeten den hoffentlich entscheidenden ersten Schlag zu führen.

Der Weg, den die Horde nahm, zeichnete sich in dem Hain in dieser kleinen, geschützten Senke klar ab. Drizzt hielt den Atem an und drückte sich gegen den Stamm der Kiefer, denn die Orks hatten klugerweise Späher ausgeschickt. Er war froh, dass er Bruenor und Dagnabbit überredet hatte, den Hinterhalt direkt hinter der Senke zu legen.

Die Ork-Späher schwärmten unter ihm aus, krochen in den Schatten, traten Laubhaufen auseinander. Dann nahmen zwei Verteidigungsstellung ein, während ein weiteres Paar zurück zur Haupttruppe eilte und ihr das Zeichen gab, dass sie sich nähern konnte.

Die ersten Orks stapften unterhalb von Drizzt vorbei. Er warf einen Blick über den Weg zu Guenhwyvar und bedeutete der Katze, ruhig zu bleiben, sich aber bereitzuhalten.

Mehr und mehr Orks kamen vorbei, dann folgte der Riese, ganz allein und mit äußerst mürrischer Miene.

Drizzt glitt auf den Ast, den er für diesen Zweck ausgewählt hatte, zog langsam seine Säbel, behielt sie aber unter dem Umhang, so dass ihr glitzerndes Metall und das magische Glühen ihn nicht verraten würden.

Der Riese marschierte vorbei, einen langen Schritt nach dem anderen, den Blick geradeaus gerichtet.

Drizzt sprang und landete auf der breiten Schulter des Riesen. Seine Säbel zuckten, dann sprang er weiter und in die zweite Kiefer, noch bevor der Riese nach ihm greifen konnte. Der Drow hatte nicht viel Schaden angerichtet – das hatte er auch nicht vorgehabt –, aber er hatte bewirkt, dass der Riese sich ein wenig zur Seite drehte und Arme, Augen und Kinn nach oben richtete.

Als Guenhwyvar absprang, war der Weg zur Kehle des Riesen frei, und dort klammerte sie sich fest und schlug Krallen und Zähne ins Fleisch.

Der Riese heulte oder versuchte es zumindest und umklammerte die Katze mit seinen großen Händen. Guenhwyvar gab nicht nach, schlug Krallen und Zähne tiefer ins Fleisch, zerdrückte die Luftröhre des Riesen und riss Arterien auf.

Unten versuchten die Orks, den stampfenden Stiefeln und brechenden Ästen aus dem Weg zu gehen.

»Was ist das?«, rief ein Ork.

»Eine verdammte Bergkatze!«, heulte ein anderer. »Eine große, schwarze!«

Der Riese hatte die störrische Guenhwyvar mittlerweile losgerissen und bemerkte nicht einmal, dass er damit auch einen guten Teil seiner Kehle wegriss. Mit einer weiteren gewaltigen Anstrengung brachte er die Katze näher zu sich, klemmte sie unter seine großen Arme und fing an, sie zu drücken. Guenhwyvar stieß ein lautes, jämmerliches Winseln aus.

Drizzt zuckte bei diesem Geräusch zusammen und schickte Guenhwyvar zurück in ihr astrales Heim. Der Riese drückte fester, und der Panther, den er gerade noch versucht hatte zu zerquetschen, verwandelte sich in Nebel.

Der Riese griff an seinen Hals und schlug wild auf das spritzende Blut ein. Er taumelte und scheuchte erschrockene Orks vor sich her, bevor er schließlich auf die Knie und dann vornüberfiel.

»Er hat die Katze umgebracht!«, rief ein Ork. »Er hat das verdammte Vieh unter sich begraben!«

Mehrere Orks eilten auf den Riesen zu, um ihm zu helfen, aber das verängstigte Geschöpf scheuchte sie zurück. Beinahe alle Orks konzentrierten sich vollkommen auf den gefallenen Riesen und fragten sich, ob er wohl wieder aufstehen würde.

Deshalb bemerkten sie den Dunkelelfen nicht, der sich heimlich aus dem Baum und in Position schlich.

Deshalb bemerkten sie nicht die Zwerge, die ein bisschen näher kamen, die Hämmer wurfbereit, die Nahkampfwaffen in Reichweite.

Es gab viel Geschrei, Gebrüll, Vorschläge und Bitten von den verwirrten Orks, bis sich schließlich einer umdrehte und sah, dass Feinde sich angeschlichen hatten. Er riss die Augen weit auf, hob den Finger, um auf sie zu zeigen, und öffnete den Mund, um zu schreien.

Seine Warnung ging im Kriegsgeschrei von mehr als zwanzig Zwergen unter, die plötzlich vorwärts stürmten, ihre Wurfgeschosse schleuderten und dann Äxte und Schwerter schnell und tödlich schwangen.

Weiter hinten versuchte ein Ork, seine Leute dazu zu bringen, sich zu formieren – bis ein Krummsäbel sich durch seinen Rücken in die Lunge bohrte. An der Seite übernahm ein anderer Ork die Führung – bis ein Pfeil an ihm vorbeiraste und sich neben seinem Kopf in einen Baum bohrte. Mehr besorgt um seine eigene Sicherheit als darum, den Widerstand gegen die Zwerge zu organisieren, duckte sich der Möchtegernanführer und rannte davon.

Gerade als die Orks, die den Zwergen am nächsten waren, so etwas wie eine Verteidigung aufgebaut hatten, griff Wulfgar an und schlug wild mit dem Kriegshammer zu, wobei er immer zwei Orks gleichzeitig erledigte. Er musste ein paar unangenehme Treffer einstecken, aber er wurde kein bisschen langsamer, und sein Lied an Tempus, seinen Kriegsgott, wurde kein bisschen leiser.

Ein wenig abseits der Schlacht war Catti-brie gleichzeitig frustriert und erfreut. Immer wieder hob sie den Bogen, nur um ihn mit schmerzverzerrtem Gesicht wieder zu senken. Ihre Finger gestatteten ihr einfach nicht genug Präzision, um mitten ins Getümmel zu schießen, in dem sich auch ihre Freunde befanden. Außerdem hatte sie keine Ahnung, wo sich Drizzt in dieser Masse von krabbelnden, kreischenden Orks aufhielt.

Es quälte sie, nicht mitkämpfen zu können, aber sie sah, dass es besser lief, als sie zu hoffen gewagt hatten. Sie hatten die Orks vollkommen überrascht, und diesen Vorteil würden die Zwerge zu nutzen wissen.

Noch brillanter und begeisternder fand Catti-brie die Bewegungen von Wulfgar. Er platzierte seine tödlichen Schläge ebenso wild wie zielsicher. Das war nicht mehr der Mann, mit dem sie verlobt gewesen war, der so unsicher, ängstlich und besitzergreifend gewesen war. Das war nicht mehr der Mann, der weggegangen war, als sie sich aufgemacht hatten, um den Gesprungenen Kristall zu zerstören.

Das hier war der Wulfgar, den sie im Eiswindtal gekannt hatte, der Mann, der sich zusammen mit Drizzt in die Höhle von Biggrin gestürzt hatte. Das hier war der Wulfgar, der den Gegenangriff der Barbaren gegen die Scharen von Akar Kessell angeführt hatte. Das hier war der Sohn von Beornegar, der nun vollständig aus Errtus Klauen zurückgekehrt war.

Catti-brie sah lächelnd zu, wie der Barbar durch die Horden von Feinden watete, denn sie wusste instinktiv, dass ihn heute kein Schwert und keine Keule wirklich treffen würde, dass er irgendwie über den anderen stand. Aegis-fang schleuderte Orks beiseite, als wären sie Kinder. Ein Ork rannte hinter einen kleinen Baum, aber Wulfgar knurrte nur, stieß dann einen lauteren Schrei aus und schwang den Hammer noch kräftiger, um den Baum zusammen mit dem Geschöpf zu treffen, das sich hinter ihm versteckte.

Als es Catti-brie gelungen war, ihren Blick von dem Barbaren loszureißen, war der Kampf vorbei, und die überlebenden Orks, die den Zwergen zahlenmäßig immer noch mindestens drei zu eins überlegen waren, flohen in alle Himmelsrichtungen, wobei viele sogar die Waffen wegwarfen.

Bruenor und Dagnabbit schnitten so vielen Gegnern wie möglich den Weg ab, und Wulfgar trat allen Fliehenden, die in seine Nähe kamen, in den Weg und mähte sie nieder.

Auf der anderen Seite sah Catti-brie, wie eine Dreiergruppe ins Gebüsch huschte, und sie hob den Bogen, aber es war zu spät, um die Orks noch mit einem Pfeil zu erwischen.

Der Schatten innerhalb des Gebüschs wurde tiefer, wurde verstärkt durch magische Dunkelheit, und die darauf folgenden Schreie sagten Catti-brie, dass Drizzt sich mitten in diesem Schatten befand und die Situation vollkommen unter Kontrolle hatte.

Ein Ork kam direkt auf sie zugerannt, und sie hob Taulmaril, um ihn zu töten.

Aber dann stolperte der Ork plötzlich über einen Buckel, der am Boden vor ihm erschienen war, und fiel vornüber. Catti-brie schüttelte grinsend den Kopf, als sie sah, wie der winzige Regis sich rasch wieder aufrichtete. Der Halbling schoss vorwärts und schwang seine Keule ein einziges Mal, dann wich er vor der aufspritzenden rötlichen Flüssigkeit zurück, einen angewiderten Ausdruck im Gesicht. Er blickte auf, bemerkte Catti-brie, zuckte die Achseln und verschwand wieder im Gras.

Catti-brie sah sich um, den Bogen mit dem angelegten Pfeil immer noch in der Hand, aber dann hängte sie ihn sich wieder über die Schulter und steckte den Pfeil zurück in den magischen, stets vollen Köcher.

Der kurze und brutale Kampf war zu Ende.

In ganz Faerûn gab es kein zäheres Volk als die Zwerge, und bei den Zwergen kamen an Zähigkeit nur wenige der Heldenhammer-Sippe gleich – besonders denen, die die Entbehrungen des Eiswindtals überstanden hatten – , und so war der Kampf lange vorbei, bevor mehrere von ihnen auch nur bemerkten, dass sie im Kampf verwundet worden waren.

Einige dieser Wunden waren tief und ernst; mindestens zwei hätten sich als tödlich erwiesen, wären nicht zwei Priester bei der Truppe gewesen, um mit ihrem Heilzauber, Salben und Verbänden einzugreifen.

Unter den Verwundeten war auch Wulfgar, der stolze und starke Barbar, der an vielen Stellen von Ork-Waffen getroffen worden war. Von einem gelegentlichen Knurren abgesehen beschwerte er sich nicht, als einer der Zwerge eine brennende Tinktur auf eine der Wunden strich, um sie zu säubern.

»Ist alles in Ordnung?«, fragte Catti-brie, als sie sah, wie Wulfgar stoisch auf einem Stein saß und darauf wartete, bei den überarbeiteten Priestern an die Reihe zu kommen.

»Sie haben mich ein paar Mal erwischt«, erwiderte er sachlich. »Nichts so Unangenehmes wie der Schlag, den Bruenor mir versetzt hat, als wir uns zum ersten Mal begegnet sind, aber …«

Er schloss mit einem breiten Grinsen, und Catti-brie glaubte, in ihrem Leben noch nie etwas Schöneres gesehen zu haben.

Drizzt kam zu ihnen und hielt sich eine verwundete Hand mit der anderen.

»Hab mich am Schwertgriff eines Orks geschnitten«, erklärte er und zuckte die Achseln.

»Wo ist Knurrbauch?«, fragte Catti-brie.

Der Drow nickte in Richtung der Stelle, wo Regis zuvor einen Ork zum Fallen gebracht und erschlagen hatte.

»Er beendet einen Kampf nie, ohne die Leichen zu durchsuchen«, erklärte Drizzt. »Er sagt, es sei eine Frage des Prinzips.«

Sie saßen noch eine Weile zusammen und unterhielten sich, bevor eine lautere Auseinandersetzung neben ihnen sie aufblicken ließ.

»Bruenor und Dagnabbit«, stellte Catti-brie fest. »Woher weiß ich so genau, um was es da geht?«

Sie und Drizzt standen auf. Wulfgar folgte ihnen nicht, und als sie sich umdrehten, um ihn zu fragen, winkte er ab.

»Er ist schwerer verwundet, als er uns wissen lässt«, sagte Catti-brie zu Drizzt.

»Aber er könnte hundert Mal so viele Wunden haben und würde immer noch aufrecht stehen«, versicherte der Drow.

Als sie die Streitenden erreichten, war der Grund der Auseinandersetzung bereits deutlich geworden, und es war genau das, was Catti-brie sich vorgestellt hatte.

»Ich ziehe nach Mithril-Halle, wenn ich dir sage, dass ich nach Mithril-Halle ziehe!«, tobte Bruenor und stieß Dagnabbit den Zeigefinger gegen die Brust.

»Wir haben Verwundete«, erwiderte Dagnabbit und blieb unbeugsam in seiner undankbaren Aufgabe, den störrischen König zu beschützen.

Bruenor wandte sich Drizzt zu. »Was meinst du?«, fragte er. »Ich sage, wir sollten noch bis zur nächsten Siedlung weiterziehen, bis nach Senkendorf. Ich will nicht, dass die Leute dort überrannt werden, ohne dass sie gewarnt wurden.«

»Die Orks sind tot oder haben sich zerstreut«, warf Dagnabbit ein. »Und all ihre Riesenfreunde sind ebenfalls tot.«

Drizzt war nicht sicher, ob er dieser Einschätzung zustimmte. Kleidung und Sauberkeit der Riesen hatten ihm deutlich mitgeteilt, dass es sich nicht um ein paar Abtrünnige handelte, sondern um Angehörige einer größeren Sippe. Er beschloss jedoch, diese möglicherweise vernichtenden Nachrichten für sich zu behalten, bis er weitere Informationen gesammelt hatte.

»*Diese* Orks und *diese* Riesen!«, brüllte Bruenor, bevor der Drow antworten konnte. »Es könnten noch mehr solche Banden unterwegs sein.«

»Dann haben wir nur umso mehr Grund, uns zurückzuziehen, neu zu formieren und Pwent und seine Jungs mitzunehmen«, erwiderte Dagnabbit.

»Wenn wir Pwent und seine Jungs mit nach Senkendorf nehmen, wird ein Haufen dummer Orks die letzte Sorge der Leute dort sein«, sagte Bruenor.

Mehrere, darunter Drizzt, lachten über diese Bemerkung und wussten zu schätzen, dass Bruenor die angespannte

Stimmung ein wenig aufgelockert hatte. Dagnabbit jedoch, der missmutiger denn je dreinschaute, schien es überhaupt nicht witzig zu finden.

»Nun ja, ich verstehe schon, was du meinst«, gab Bruenor schließlich zu. »Aber nach meiner Ansicht haben wir hier eine Reihe von Verantwortungen, und ich will keine von ihnen vernachlässigen. Wir müssen unsere Verwundeten zurückbringen. Wir müssen den Leuten in dieser Region von der Gefahr berichten und ihnen helfen, sich vorzubereiten, und wir müssen selbst auf Kämpfe näher an Mithril-Halle vorbereitet sein.« Dagnabbit setzte zu einer Erwiderung an, aber Bruenor hob die Hand und fuhr fort: »Also lasst uns eine Gruppe mit den Verwundeten zurückschicken und ihnen den Befehl mitgeben, dass Pwent und seine Jungs mit weiteren hundert Kriegern ein Lager nördlich vom Tal der Hüter errichten sollen. Sie können weitere zweihundert ausschicken, um das Tiefland nördlich von Mithril-Halle zu blockieren. Wir werden die Runde machen und von dort aus weiterarbeiten.«

»Ein guter Plan, dem ich zustimmen kann«, sagte Dagnabbit.

»Ein guter Plan, und du hast sowieso keine Wahl«, verbesserte ihn Bruenor.

»Aber …«, warf Dagnabbit ein, noch während Bruenor sich Drizzt und Catti-brie zuwandte.

Der Zwergenkönig drehte sich ruckartig wieder zu seinem Kommandanten um.

»Aber du bist bei denen, die die Verwundeten zurück nach Mithril-Halle bringen«, verlangte Dagnabbit.

Drizzt war sicher, dass er nach diesen Worten die nächsten Minuten damit verbringen würde, Bruenor aus Dagnabbits Bart zu zerren.

»Du sagst mir also, ich soll mich verstecken?«, fragte der

Zwergenkönig und ging auf den anderen Zwerg zu, bis seine Nase gegen die von Dagnabbit stieß.

»Ich sage dir, dass es meine Aufgabe ist, für deine Sicherheit zu sorgen.«

»Und wer hat dir diese Aufgabe zugeteilt?«

»Gandalug.«

»Und wo ist Gandalug jetzt?«

»Unter einem Grabhügel.«

»Und wer nimmt seine Stelle ein?«

»Das wirst wohl du sein.«

Bruenor stemmte die Hände in die Hüften und grinste Dagnabbit höhnisch an, als wäre die daraus folgende Logik vollkommen offensichtlich.

»Ja, und Gandalug hat mir auch gesagt, dass du das sagen würdest«, murmelte Dagnabbit entnervt.

»Und was solltest du mir ausrichten, wenn ich es tue?«

Der andere Zwerg zuckte mit den Schultern und sagte: »Er hat nur gelacht.«

Bruenor versetzte ihm einen Schlag auf die Schulter. »Geh und organisiere alles, wie ich dir gesagt habe«, befahl er. »Lass uns fünfzehn hier, dazu meinen Jungen und mein Mädchen, den Halbling und den Drow.«

»Wir müssen mindestens einen Priester mit den Verwundeten zurückschicken.«

Bruenor nickte. »Aber wir behalten den anderen.«

Nachdem das entschieden war, wandte sich Bruenor Catti-brie und Drizzt zu.

»Wulfgar ist verwundet«, informierte ihn Catti-brie.

Sie führte ihn zu der Stelle, wo Wulfgar immer noch auf dem Stein saß und sich den Oberschenkel verbinden ließ.

»Willst du mit der Gruppe gehen, die ich zurückschicke?«, fragte Bruenor und trat näher heran, um die vielen Wunden besser untersuchen zu können.

»Auf keinen Fall«, erwiderte Wulfgar.

Bruenor lächelte und betrachtete das Thema als erledigt.

Später machten sich elf Zwerge, sieben von ihnen verwundet und einer auf einer rasch zusammengezimmerten Bahre, auf den Weg nach Süden, zu den Wegen, die sie nach Hause bringen würden. Fünfzehn andere, angeführt von Bruenor, Tred und Dagnabbit, zogen weiter nach Nordosten.

Wendung

»Wenn sie nicht geflohen wären, hätte der Tag uns gehört«, erklärte Urlgen seinem vor Wut schäumenden Vater. »Gertis Riesen sind geflohen wie Goblins!«

König Obould runzelte die Stirn und trat gegen die Leiche eines Ork, drehte sie halb um und ließ sie mit verächtlicher Miene wieder in den Dreck sinken.

»Wie viele Zwerge?«, fragte er.

»Eine Armee!«, rief Urlgen und fuchtelte wild mit den Armen. »Hunderte und Aberhunderte!«

In der Nähe verzog ein junger Ork-Kommandant das Gesicht und setzte dazu an, etwas zu sagen, aber Urlgen bedachte ihn mit einem erbosten Blick, und der Krieger klappte den Mund wieder zu.

Obould beobachtete das mit wissender Miene und verstand, dass sein Sohn gewaltig übertrieben hatte. »Hunderte und Aberhunderte?«, wiederholte er. »Dann hätten die drei Riesen, die verschwunden sind, euch auch nicht mehr viel helfen können, oder?«

Urlgen entschloss sich zu der lächerlichen Erklärung, dass seine Streitkräfte erheblich überlegen waren, wie viele Zwerge auch angegriffen haben mochten, und dass drei zusätzliche Riesen in der Tat dieses taktische Ausweichmanöver in einen überwältigenden Sieg verwandelt hätten.

Obould fiel auf, dass sein Sohn nicht ein einziges Mal, sei es jetzt oder als Urlgen in den Höhlen eingetroffen war, die Worte »Niederlage« oder »Rückzug« benutzt hatte.

»Ich bin neugierig, wie du entkommen bist«, sagte der Ork-König. »Es war ein heftiger Kampf?«

»Er dauerte eine Ewigkeit«, erklärte Urlgen.

»Und die Zwerge haben euch trotzdem nicht umzingelt? Du bist davongekommen?«

»Wir haben uns durchgekämpft!«

Obould nickte wissend, denn ihm war vollkommen klar, dass Urlgen und seine Krieger den Schwanz eingezogen hatten und geflohen waren, und wahrscheinlich vor einer erheblich kleineren Truppe von Gegnern, als sein Sohn behauptete – wahrscheinlich waren die Zwerge ihnen sogar zahlenmäßig unterlegen gewesen. Der Ork-König bohrte allerdings nicht weiter nach. Er interessierte sich mehr dafür, wie er den Schaden abwenden konnte, den diese Niederlage seinem so wichtigen Bündnis mit den Riesen zugefügt hatte.

Trotz seines Respekts für seine eigenen Leute – Ork-Stämme, die ihm Treue geschworen hatten – verstand der schlaue Ork-Führer genau, dass sich ohne Gerti seine Erfolge in dieser Region auf die verlasseneren Bereiche des Grenzlands beschränken würden. Er wäre dazu verurteilt, das Fiasko der Zitadelle Todespfeil zu wiederholen.

Obould wusste auch, dass Gerti nicht erfreut sein würde, wenn sie erfuhr, dass einer ihrer Leute tot inmitten eines Felds niedergemetzelter Orks lag. Also machte sich Obould zunächst auf zu dem gefallenen Riesen, der kaum Wunden aufwies, wenn man einmal davon absah, dass ihm die Kehle teilweise herausgerissen worden war.

Obould warf Urlgen einen fragenden Blick zu, und als das nichts half, fügte er ein Schulterzucken hinzu.

»Meine Späher sagen, es war eine große Katze«, erklärte der Sohn des Ork-Königs. »Eine große schwarze Katze. Ist ihm aus dem Baum da an die Kehle gesprungen und hat ihn getötet. Der Riese hat die Katze getötet.«

»Und wo ist die Katze?«

Urlgen verzog den Mund, und die Furcht erregenden Reißzähne drückten sich in die Unterlippe. Er sah die anderen Orks an, die alle sofort begannen, ihrerseits ihren Kameraden fragende Blicke zuzuwerfen.

»Die Zwerge haben sie sicher mitgenommen. Wahrscheinlich wegen des Fells.«

Oboulds Miene sprach nicht dafür, dass er von dieser Theorie überzeugt war. Er stieß ein tiefes Knurren aus, trat gegen den toten Riesen und stürmte davon, wobei er die vorstehende Stirn heftig runzelte und angestrengt darüber nachdachte, wie er trotz dieser Katastrophe einen Vorteil gegenüber Gerti erringen könnte. Vielleicht könnte er den drei Deserteuren die Schuld geben und verlangen, dass die Riesen in Zukunft gegenüber den Orks kooperativer sein sollten.

Ja, das könnte funktionieren, dachte er, aber dann hörte er einen Ruf von einem der vielen Späher, die er in die Umgebung ausgeschickt hatte. Die Entdeckung, die dieser Späher gemacht hatte, war alles andere als erfreulich. Obould runzelte die Stirn nur noch tiefer, als er ein zweites Schlachtfeld vorfand, wo drei Riesen – die verschwundenen drei Riesen, darunter ein guter Freund von Gerti – tot am Boden lagen. Sie waren nicht weit von der Stelle entfernt, an der Urlgen am Abend vor der katastrophalen Niederlage sein Lager aufgeschlagen hatte, und Obould erkannte sofort, dass die drei deshalb am nächsten Tag nicht mitmarschiert waren, weil man sie schon in der Nacht zuvor umgebracht hatte. Er wusste, das würde auch Gerti bald erfahren, die zweifellos ihre eigenen Untersuchungen anstellen würde, wenn er behauptete, die Katastrophe sei mehr der Fehler der Riesen als der der Orks gewesen.

»Wie ist das passiert?«, fragte er Urlgen.

Als sein Sohn nicht sofort antwortete, fuhr der frustrierte Obould herum und versetzte ihm einen Hieb, der Urlgen zu Boden schmetterte.

»Obould hat Angst«, erklärte Ad'non Kareese seinen drei Mitverschwörern.

Ad'non war Oboulds Leuten zu beiden Schlachtfeldern gefolgt, hatte sich kurz darauf mit dem Ork-König getroffen und wie immer zu Geduld geraten.

»Kein Wunder.« Kaer'lic Suun Wett lachte leise. »Gerti wird ihn zu einer Kugel kneten und ihn über die Berge rollen.«

Tos'un schloss sich dem Lachen der Priesterin an, aber Ad'non und Donnia Soldou fanden das alles nicht sonderlich witzig.

»Das könnte das Bündnis brechen«, stellte Donnia fest.

Kaer'lic zuckte die Achseln, als wäre das ohne Bedeutung, und Donnia warf ihr einen zornigen Blick zu.

»Wärst du damit zufrieden, in langweiligem Luxus hier in unserer Höhle zu sitzen?«, fragte Donnia.

»Es gibt Schlimmeres.«

»Und Besseres«, erklärte Ad'non Kareese rasch. »Wir haben hier eine Gelegenheit, viel zu gewinnen, und das bei minimalem Risiko. Ich ziehe es vor, diesen Kurs und dieses Bündnis beizubehalten.«

»Ich ebenfalls«, fügte Donnia hinzu.

Kaer'lic zuckte erneut die Achseln und schien von allem gelangweilt.

»Und was ist mit dir?«, fragte Donnia Tos'un, der offensichtlich zuhörte und sich ebenso offensichtlich amüsierte, sich aber darüber hinaus nicht weiter äußerte.

»Ich denke, wir täten alle gut daran, die Zwerge nicht zu unterschätzen«, erklärte der Krieger aus Menzoberranzan. »Meine Stadt hat diesen Fehler einmal gemacht.«

»Das stimmt«, schloss sich Ad'non ihm sofort an. »Und ich muss sagen, dass mir Urlgens Berichte über die Größe der Zwergenstreitmacht gewaltig übertrieben vorkamen, was bestätigt wurde, als ich mir das Schlachtfeld angesehen habe. Wahrscheinlich waren die Zwerge zahlenmäßig weit unterlegen und haben die Orks dennoch besiegt – und außerdem vier Riesen getötet. Ihre Magie war vermutlich nicht weniger Furcht erregend.«

»Magie?«, fragte Kaer'lic. »Zwerge sind keine sonderlich guten Magier.«

»Aber es waren welche dort, soweit ich sehen konnte«, erklärte Ad'non. »Die Orks haben von einer großen Katze erzählt, die den Riesen getötet hat, und diese Katze ist offenbar verschwunden, nachdem sie mit ihm fertig war.«

Tos'un wurde plötzlich aufmerksam. »Eine *schwarze* Katze?«

Die anderen schauten den Flüchtling aus Menzoberranzan an.

»Ja«, bestätigte Ad'non, und Tos'un nickte wissend.

»Drizzt Do'Urdens Katze«, erklärte er.

»Der Abtrünnige?« Nun war Kaer'lic plötzlich doch interessiert.

»Ja. Er hat einen magischen Panther, den er aus Menzoberranzan gestohlen hat. Ziemlich furchteinflößend.«

»Der Panther?«

»Ja, und Drizzt Do'Urden ebenfalls«, erklärte Tos'un. »Er ist ein Feind, den man nicht unterschätzen sollte. Er stellt nicht nur eine Gefahr für die Orks und Riesen auf dem

Schlachtfeld dar, sondern auch für jene, die hinter den Orks und Riesen stehen.«

»Na wunderbar«, sagte Kaer'lic sarkastisch.

»Er war einer der besten Absolventen von Melee-Magthere«, erklärte Tos'un, »und wurde von Zaknafein ausgebildet, den man für den größten Waffenmeister der Stadt hielt. Wenn er an dieser Schlacht beteiligt war, ist es kein Wunder, dass die Orks so leicht besiegt werden konnten.«

»Ein einziger Drow, der eine Schlacht gegen ein Heer von Orks und vier Riesen entscheiden kann?«, fragte Ad'non zweifelnd.

»Nein«, gab Tos'un zu. »Aber wenn Drizzt dort war, dann wahrscheinlich auch …«

»König Bruenor«, schloss Donnia. »Der Abtrünnige ist Bruenors bester Freund und Berater, nicht wahr?«

»Ja«, bestätigte Tos'un. »Und wahrscheinlich hatten die beiden noch ein paar mächtige Freunde dabei.«

»Bruenor ist also nicht in Mithril-Halle, sondern streift mit einer kleinen Streitmacht im Grenzland umher?«, sagte Donnia, und ihr Lächeln wurde immer strahlender. »Was für eine wunderbare Gelegenheit!«

»Mithril-Halle einen vernichtenden Schlag zuzufügen?«, fragte Ad'non, der sofort begriffen hatte.

»Und Gerti weiterhin dafür zu interessieren, unserem derzeitigen Kurs zu folgen«, sagte Donnia.

»Oder unseren Einfluss zu deutlich zu zeigen und uns den Zorn mächtiger Feinde zuzuziehen«, wandte die stets zynische Kaer'lic ein.

»Nun, Priesterin, ich fürchte, du hast dich zu sehr an den Luxus gewöhnt und die Freuden des Chaos darüber vergessen«, sagte Ad'non, und sein Lächeln war nun fast so breit wie das von Donnia. »Willst du wirklich eine Gelegenheit für Spaß und Profit so einfach vorübergehen lassen?«

Kaer'lic setzte mehrmals zu einer Antwort an, die sie dann aber doch nicht aussprach. Was sie schließlich sagte, war: »Ich finde wenig Vergnügen daran, mich mit diesen stinkenden Orks abzugeben, oder mit Gerti und ihrer Bande, die sich selbst uns gegenüber für so absolut überlegen halten. Es wäre viel erfreulicher, Obould gegen Gerti aufzuhetzen und die Orks und die Riesen einander niedermetzeln zu lassen. Dann könnten wir vier in aller Ruhe die Überlebenden töten.«

»Und danach wären wir hier oben allein und würden uns zu Tode langweilen«, sagte Ad'non.

»Das stimmt«, musste Kaer'lic zugeben. »Also gut. Heizen wir diesen Krieg zwischen den Zwergen und unseren Verbündeten weiter an. Wenn König Bruenor tatsächlich mit dieser Truppe unterwegs ist, könnte es interessant werden, aber wir sollten vorsichtig sein! Ich habe das Unterreich nicht verlassen, um Opfer einer Zwergenaxt oder der Klinge eines verräterischen Drow zu werden.«

Die anderen nickten, denn sie waren ganz ihrer Meinung, besonders Tos'un, der gesehen hatte, wie viele seiner Kameraden von der Armee von Mithril-Halle getötet wurden.

»Ich werde zu Gerti gehen und dafür sorgen, dass sie die Katastrophe nicht zu schwer nimmt«, sagte Donnia.

»Und ich kehre zu Obould zurück«, erklärte Ad'non. »Ich werde auf dein Zeichen warten, Donnia, bevor ich den Ork-König ausschicke, um mit der Riesin zu reden.«

Eifrig machten sie sich auf den Weg und ließen Kaer'lic mit Tos'un allein.

»Wir sind auf dem Weg in eine tiefe Schlucht«, stellte die Priesterin fest. »Wenn unsere Verbündeten uns verraten, weil sie am falschen Ende eines Zwergenspeers gelandet sind, dann wird unsere Flucht lang und schnell sein müssen.«

Tos'un nickte. Damit kannte er sich aus.

Obould musste sich zu jedem Schritt zwingen, als er durch die Höhlen von Gertis Festung ging, und war sich der zornigen Mienen der Frostriesen sehr wohl bewusst. Ad'non hatte ihm versichert, er brauche sich keine Sorgen zu machen, aber Obould wusste, dass man den Riesen von ihren Verlusten berichtet hatte. Diese Geschöpfe waren nicht wie sein eigenes Volk, das war dem Ork-König bekannt. Sie schätzten jedes Mitglied ihrer Sippe, jeden Einzelnen ihrer Art. Die Frostriesen würden den Tod von vier Verwandten nicht so einfach hinnehmen.

Als der Ork-König in Gertis Thronsaal kam, saß die Riesin auf ihrem Steinthron, einen Ellbogen aufs Knie gestützt, das zarte Kinn in die Hand geschmiegt, die blauen Augen starr geradeaus gerichtet.

Der Ork ging auf sie zu, blieb aber außerhalb ihrer Reichweite stehen, denn er fürchtete, sie würde ihn packen und erwürgen. Er widerstand dem Bedürfnis, über die Katastrophe zu sprechen, und kam zu dem Schluss, dass er lieber warten sollte, bis Gerti das Gespräch begann.

Er musste ziemlich lange warten.

»Wo sind die Leichen?«, fragte die Riesin schließlich.

»Wo sie gefallen sind.«

Gerti blickte zu ihm auf, und ihre Augen wurden größer, als ob ihr Zorn dahinter überkochte.

»Meine Krieger können sie nicht tragen«, erklärte Obould. »Ich werde Grabhügel über ihnen errichten lassen, wenn du das wünschst. Ich dachte, du würdest sie vielleicht lieber hierher zurückbringen.«

Diese Erklärung schien Gerti beträchtlich zu beruhigen. Sie lehnte sich sogar auf dem Thron zurück und nickte, als er geendet hatte.

»Deine Krieger werden meine Auserwählten zu ihnen führen.«

»Selbstverständlich«, sagte Obould.

»Man hat mich darauf hingewiesen, dass die übereilten Taten deines Sohnes uns vielleicht mächtige Feinde gemacht haben«, erklärte Gerti.

Obould zuckte mit den Schultern. »Das ist möglich. Ich war nicht dabei.«

»Dein Sohn hat überlebt?«

Obould nickte.

»Er ist geflohen, zusammen mit vielen deiner Leute.«

Das war nicht nur eine Feststellung, es war eine Anklage.

»Sie hatten nur einen deiner Leute bei sich, als der Kampf begann, und der Riese ist früh gefallen«, erwiderte Obould rasch. »Die drei anderen sind am Abend zuvor weggegangen, ohne es jemandem zu sagen.«

An Gertis Miene erkannte der Ork, dass er die Worte gut gewählt hatte, um die Schuld für die Katastrophe umzuverteilen, ohne die Riesen offen anzuklagen. »Wissen wir, wohin sich die Zerge nach dem Kampf gewendet haben?«

»Wir wissen, dass sie nicht direkt nach Mithril-Halle gezogen sind«, erklärte Obould. »Meine Späher haben keine Anzeichen entdeckt, dass sie sich nach Süden oder Osten gewandt haben.«

»Sie sind also immer noch in unseren Bergen?«

»Das denke ich schon, ja«, erklärte der Ork.

»Dann finde sie«, verlangte Gerti. »Ich habe eine Rechnung zu begleichen, und ich lege Wert darauf, es meinen Feinden mit gleicher Münze heimzuzahlen.«

Obould kämpfte gegen das Bedürfnis an, breit zu grinsen, denn er verstand, dass Gerti nun feierlichen Ernst erwartete. Dennoch, es fiel ihm nicht leicht, seine freudige Erregung nicht zu zeigen. Er konnte Gerti deutlich ansehen, dass sie diese Niederlage nicht hinnehmen würde, dass sie und ihre Riesen sich nun wirklich verpflichtet fühlen würden zu kämpfen.

König Obould fragte sich, ob der Zwergenkönig auch nur die geringste Ahnung hatte, was für ein Desaster ihm bevorstand.

Da, jetzt habe ich es ausgesprochen

Torgar bewegte den Kopf leicht zur Seite, und die schwere Faust sauste vorbei. Er verschwendete keine Zeit, fuhr herum und biss den Angreifer fest in den Unterarm. Sein Gegner, ein anderer Zwerg, fuchtelte heftig mit dem gebissenen Arm und schlug mit dem anderen zu, aber Torgar biss nur noch fester zu und drängte sich näher heran, damit die Schläge nicht mehr so wuchtig ausfielen.

Er schob, drehte sich, drückte weiter mit seinen kräftigen Beinen und drängte seinen Gegner über einen Tisch und einen Stuhl. Dann krachten beide auf den Boden, und Holz splitterte. Sie waren nicht die einzigen Zwerge in der Schänke, die sich prügelten. Fäuste und Flaschen flogen wild, Stirnen schlugen gegen Stirnen, und mehr als ein Tisch flog hoch in die Luft und krachte dann auf den Kopf eines Gegners.

Die Schlägerei ging weiter und weiter, und Toivo Schaumbläser, der bedauernswerte Wirt, gab frustriert seine Versuche, Frieden zu stiften, auf, lehnte sich an die Wand und verschränkte die kräftigen Arme vor der Brust. Seine Miene wirkte resigniert, doch zumindest wegen des Schadens an seiner Schänke brauchte er sich keine Sorgen zu machen. Er wusste, die Zwerge würden ihm das alles schnell wieder ersetzen.

Das taten sie immer, wenn es um Schänken ging.

Einer nach dem anderen verließen die Kämpfer die Schänke, für gewöhnlich beschleunigt durch einen Tritt oder mit dem Kopf voran durch die schon lange eingeschlagenen Fenster.

Toivos Grinsen wurde breiter, als er sah, dass Torgar Hammerschlag, der alles ausgelöst hatte, immer noch mittendrin steckte. Das hatte Toivo von Anfang an angenommen. Torgar verlor bei einer Schlägerei so gut wie nie, auch wenn die Gegner gewaltig in der Überzahl waren, und mit Shingles an seiner Seite war er so gut wie unbesiegbar.

Der säuerliche alte Shingles war vielleicht nicht mehr so schnell mit den Fäusten, aber er wusste, wie man kämpft, wusste, wie man die Feinde immer wieder überrascht. Toivo lachte laut, als ein wütender Zwerg nun mit einer Flasche in der Hand gegen Shingles antrat.

Shingles hob den Finger und setzte eine ungläubige Miene auf, die den Angreifer innehalten ließ. Dann zeigte der alte Zwerg auf die erhobene Flasche und fuchtelte tadelnd mit dem Finger, um den Angreifer darauf aufmerksam zu machen, dass noch ein Rest Bier darin schwappte.

Shingles bedeutete seinem Gegner, erst mal auszutrinken. Als dieser das tat, hob Shingles seine eigene volle Flasche, als wollte er ihm zuprosten, schlug sie aber dem Angreifer ins Gesicht und schob gleich noch eine Faust nach, die den Zwerg zu Boden schmetterte.

»Na gut, schmeißt sie alle raus!«, rief Toivo Torgar, Shingles und zwei anderen zu, als die Schlägerei schließlich zu Ende ging.

Die vier hoben die halb bewusstlosen Zwerge auf, Verbündete wie Feinde, und warfen sie einfach durch die geborstene Tür. Die verbliebenen Kämpfer setzten dann ebenfalls dazu an zu gehen, aber Toivo rief Torgar und Shingles zu sich an die Theke, wo er ihnen schon ein Bier gezapft hatte.

»Eine Belohnung für die gute Unterhaltung?«, fragte Torgar mit geschwollenen Lippen.

»O nein, für das Bier werdet ihr zahlen, und noch für erheblich mehr«, versicherte ihm Toivo. »Torgar, du elender Dummkopf! Musst du denn überall in der Stadt Ärger machen?«

»Ich mache keinen Ärger. Ich teile nur den Ärger, den ich sehe, mit anderen.«

»Pah!«, schnaubte der Wirt und wischte einen Haufen Glassplitter von der Theke. »Was für eine Begrüßung hattest du denn für Bruenor in Mirabar erwartet? Er und seine Leute machen unser Geschäft zunichte.«

»Weil sie besser sind als wir!«, rief Torgar. Er hielt inne und hob die Hand an die brennenden Lippen. »Sie stellen bessere Rüstungen und bessere Waffen her«, sagte er nun beherrschter und mit einem leichten Lispeln. »Wir können sie nur schlagen, wenn wir unsere Arbeit verbessern oder wenn wir neue Märkte finden. Wir können sie nur schlagen, wenn ...«

»Ich widerspreche dir ja nicht, und ich stimme dir auch nicht zu«, unterbrach ihn Toivo, »aber du schreist deine Sorgen in der ganzen Stadt herum. Du verdammter Narr, was erwartest du denn? Willst du alle Zwerge gegen den Markgrafen und den Rat aufbringen? Willst du einen Krieg in Mirabar anfangen?«

»Selbstverständlich nicht.«

»Dann halt deinen verdammten Mund!«, rief Toivo. »Du kommst hier heute Abend rein und fängst an zu schimpfen. Du verdammter Dummkopf! Du weißt, dass die Hälfte der Zwerge hier drin mit ansehen muss, wie ihre Goldtruhen leerer werden, und du weißt genau, dass der Hauptgrund dafür die Wiedereröffnung von Mithril-Halle ist. Glaubst du denn wirklich, dass deine Worte auf offene Ohren stoßen?«

Torgar winkte ab und beugte sich über sein Bier, womit er

sich sogar körperlich gegen Toivos kluge Beobachtung sperrte, der er nichts entgegenzusetzen hatte.

»Er könnte Recht haben«, sagte Shingles neben ihm, und Torgar warf ihm einen wütenden Blick zu.

»Es ist nicht so, dass ich nicht mehr kämpfen will«, fügte Shingles rasch hinzu. »Aber wir haben heute Nacht eine Menge gutes Bier verschwendet, und das kann einfach nicht richtig sein.«

»Sie haben mich geärgert, das ist alles«, sagte Torgar, und nun klang er reuig und ein bisschen niedergeschlagen. »Bruenor ist kein Feind, und ihn zu einem zu machen, statt ehrlich zu versuchen, ihn und die Jungs aus Mithril-Halle zu schlagen, ist einfach dumm.«

»Und du hattest nie was für die da oben übrig. Jedenfalls nicht für den Markgrafen und diese vier Idioten, die ihm überallhin folgen und so tun, als wären sie große Krieger«, sagte Toivo nun ein wenig mitfühlender. »Stimmt das nicht?«

»Wenn Mithril-Halle eine Menschenstadt wäre, denkst du, der Markgraf und seine Jungs wären so verdammt versessen darauf, sie zu schlagen?«

»Ja«, antwortete Toivo, ohne zu zögern. »Ich denke nur, das würde Torgar Hammerschlag nicht so sehr interessieren.«

Torgar ließ den Kopf auf die Arme sinken, die er auf der Theke verschränkt hatte. An dieser Bemerkung war etwas Wahres, das musste er zugeben. Irgendwo tief drinnen wusste er, dass Bruenor und die Jungs aus Mithril-Halle seine Blutsverwandten waren. Sie stammten alle aus der Delzoun-Sippe, die weit hinter die Erinnerungen der ältesten Zwerge zurückreichte. Mithril-Halle, Mirabar, Felbarr … sie waren alle durch Geschichte und Blut miteinander verbunden, ein Zwerg mit dem anderen. Auf einer sehr grundlegenden Ebene ärgerte es Torgar, dass kleinliche Streitereien und Handel wichtiger sein sollten als eine solche Bindung.

Außerdem hatte Torgar die Besucher aus Mithril-Halle an diesem Abend, den er mit ihnen verbracht hatte, aufrichtig lieb gewonnen.

»Nun, ich hoffe, du wirst bald damit aufhören, damit wir uns nicht mehr prügeln müssen«, sagte Shingles schließlich. Er versetzte Torgar einen Schubs, damit er aufblickte, und zwinkerte ihm dann zu. »Oder wenigstens ein bisschen kürzer treten. Ich bin kein junger Mann mehr. Das hier wird morgen früh wehtun.«

Toivo tätschelte Torgar die Schulter und machte sich an die Aufräumarbeiten.

Torgar blieb sitzen, den Kopf auf die Theke gestützt; er blieb die ganze Nacht. Er dachte nach.

Und er fragte sich zu seiner eigenen Überraschung, ob für ihn der Zeitpunkt gekommen war, Mirabar zu verlassen.

»Ich hoffe, der Elf erwischt sie nicht heute Nacht und bringt sie alle um«, knurrte Bruenor. »Er nimmt uns allen Spaß.«

Dagnabbit bedachte seinen König mit einem neugierigen Blick und versuchte angestrengt, Bruenors unergründliche Miene zu deuten. Bisher hatten sie nur wenige Spuren gefunden, und die letzten Tage waren alle ähnlich verlaufen. Sie hatten kleine Gruppen verfolgt, oft nur ein oder zwei Orks, diesen oder jenen Bergpfad entlang. Und Bruenor beschwerte sich zu Recht: Häufig hatten Drizzt, Catti-brie, Wulfgar und Regis die Geschöpfe als Erste entdeckt und sich bereits ihrer angenommen, bevor der Haupttrupp die Späher einholte.

»Es sind einfach nicht viele übrig geblieben«, sagte Dagnabbit.

»Pah!«, schnaubte der Zwergenkönig und stellte die leere Eintopfschale neben sich auf den Boden. »Mehr als die Hälfte von den hundert sind weggerannt, und wir haben gerade mal ein Dutzend erwischt!«

»Aber die anderen flüchten jeden Tag tiefer in ihre Löcher. Wir werden sie nicht auch noch bis dorthin verfolgen können.«

»Warum denn nicht?«

Diese schlichte Frage war selbstverständlich ziemlich entlarvend, denn Bruenor sprach sie mit einem tosenden Feuer in den wilden Augen aus, einem Eifer, der sich nicht leugnen ließ.

»Warum bist du hier draußen, König?«, fragte Dagnabbit leise. »Dein Dunkelelfenfreund und seine kleine Bande können alles erledigen, was es noch zu tun gibt, und das weißt du auch!«

»Wir müssen nach Senkendorf und die Leute dort warnen, ebenso wie die anderen Siedlungen.«

»Auch das könnte Drizzt besser und schneller ohne uns tun.«

»Nein, die Leute würden den verdammten Elfen verscheuchen, wenn er auch nur versuchen würde, sich dem Dorf zu nähern.«

Dagnabbit schüttelte den Kopf. »Die meisten kennen Drizzt Do'Urden, und wenn nicht, kann er einfach Catti-brie, Wulfgar oder den Kleinen schicken, um sie zu warnen. Du weißt, dass die Bande, die den Überfall verübt hat, nicht mehr existiert. Du weißt, dass sie sich zerstreut haben, in tiefe Löcher flüchten und so bald keinen mehr bedrohen werden.«

»Du denkst also, diese Bande war alles«, sagte Bruenor.

»Wenn es mehr solcher Banden geben sollte, dann hast du nur noch mehr Grund, wieder nach Mithril-Halle zu gehen«, erwiderte Dagnabbit, »und das weißt du auch. Also, warum bist du hier, König? Warum bist du wirklich hier?«

Bruenor veränderte seine Position auf dem Baumstamm, auf dem er sich niedergelassen hatte, und beobachtete Dagnabbit mit einem ernsten und entschlossenen Blick.

»Wärst du lieber hier draußen, mit dem Wind in deinem Bart und der Axt in der Hand, mit einem Ork vor dir, dem du eine verpassen kannst, oder in Mithril-Halle, wo du dich mit den Botschaftern aus Silbrigmond und Sundabar unterhalten oder mit einem Kaufmann aus Mirabar über Handelsrechte streiten musst? Was wäre dir lieber, Dagnabbit?«

Der andere Zwerg schluckte angestrengt bei dieser unerwarteten und direkten Frage. Es gab darauf selbstverständlich eine politische Antwort, aber die würde am Ende eine Lüge sein, und das wusste Bruenor ebenso wie Dagnabbit.

»Ich möchte neben meinem König sein, denn das ist es, was meine ...«, setzte der junge Zwerg zu einer Ausflucht an, aber Bruenor wollte nichts davon hören.

»*Lieber*, habe ich dich gefragt. Was würdest du *lieber* tun? Hast du keine Vorlieben?«

»Meine Pflicht ...«

»Ich habe dich nicht nach deiner Pflicht gefragt!«, unterbrach ihn Bruenor. »Ich werde warten, bis du bereit bist, mir ehrlich zu antworten, dann kannst du wiederkommen und mit mir reden«, schnaubte er. »Bis dahin kannst du mir noch eine Schale mit frischerem Eintopf holen, denn der hier ist zu trocken. Tu deine Pflicht, du verdammter Golem!«

Bruenor hob die Schale hoch und reichte sie Dagnabbit. Er nahm sie entgegen, stand aber nicht sofort auf.

»Ich wäre lieber hier draußen«, gab er zu. »Und ich ziehe einen Kampf mit einem Ork einem Tag in der Schmiede jederzeit vor.«

Bruenors Lächeln war unter dem flammend roten Bart deutlich zu sehen.

»Warum erwartest du dann, dass es mir anders geht?«, fragte er. »Glaubst du, dass ich nicht genauso denke? Weil ich der König bin, sind meine Wünsche doch nicht anders als die von jedem anderen Zwerg der Sippe.«

»Du hast Angst davor, nach Hause zu kommen«, wagte Dagnabbit zu sagen. »Du glaubst, das sei das Ende deines Weges.«

Bruenor lehnte sich zurück und zuckte mit den Schultern, dann bemerkte er, dass ihn aus dem Unterholz ein lilafarbenes Augenpaar anstarrte.

»Ich glaube immer noch, dass ich mehr Eintopf will«, sagte er.

Dagnabbit starrte ihn einen Augenblick an, dann biss er sich auf die Unterlippe und nickte.

»Ich hoffe ja selbst, dass der verdammte Elf sie nicht schon alle umgebracht hat«, sagte er mit einem Grinsen, stand auf und ging.

Sobald Dagnabbit verschwunden war, kam Drizzt Do'Urden aus dem Gebüsch und setzte sich neben Bruenor.

»Sie sind schon tot, oder?«, fragte Bruenor.

»Catti-brie kann gut mit dem Bogen umgehen«, antwortete der Drow.

»Dann geh und finde noch ein paar.«

»Es wird immer irgendwo welche geben«, erwiderte der Drow. »Wir könnten unser ganzes Leben damit verbringen, hier in den Bergen Orks zu jagen.« Er warf Bruenor einen verschlagenen Blick zu, als der Zwerg ihn schließlich ansah. »Aber das weißt du selbstverständlich.«

»Erst Dagnabbit und nun du?«, fragte Bruenor. »Was meinst du, was soll ich sagen, Elf?«

»Was in deinem Herzen ist. Nichts weiter. Als wir das Eiswindtal verlassen haben, bist du mit großen Erwartungen aufgebrochen. Du sahst Gauntlgrym vor dir oder zumindest das Versprechen eines großen Abenteuers, des größten von allen.«

»So ist es immer noch.«

»Nein«, erwiderte Drizzt. »Diese Begegnung im Gräuelpass hat dir gezeigt, auf welche Probleme dein Plan schon bald stoßen würde. Du weißt, sobald du nach Mithril-Halle zurückkehrst, wird es schwierig sein, wieder wegzugehen. Du weißt, dass sie versuchen werden, dich dort zu behalten.«

»Hast du das alles erraten, Elf?«, fragte Bruenor abwinkend. »Oder glaubst du nur, dass du mehr weißt als ich?«

»Ich habe nicht geraten, sondern beobachtet«, erwiderte Drizzt. »Jeder einzelne Schritt dieses Weges ist für Bruenor Heldenhammer schwerer gewesen als der davor – jeder Schritt, mit Ausnahme derer, die uns kurzfristig von unserem Ziel wegführten, wie der Abstecher nach Mirabar und diese Jagd durch die Berge.«

Bruenor beugte sich vor und packte Dagnabbits Schale. Er kippte den Rest, der sich noch darin befand, auf den Boden, tauchte sie in den beinahe leeren Topf, holte sie dann wieder heraus und leckte sich die dicke Brühe von den Fingern.

»In Mithril-Halle würde man mir den Eintopf natürlich in feinen Schalen servieren, auf feinen Tellern und mit feinen Servietten.«

»Und du hast Servietten nie gemocht.«

Bruenor zuckte die Achseln, und seine Miene zeigte Drizzt, dass er anfing zu begreifen.

»Dann ernenne einen Verwalter, und zwar sofort, nachdem du zurückgekehrt bist«, schlug der Drow vor. »Sei ein König, der immer unterwegs ist, der den Einfluss seines Volkes ausweitet und der nach einem noch älteren und größeren Königreich sucht. Mithril-Halle kann sich selbst regieren. Wenn du das nicht glauben würdest, wärst du sowieso nie ins Eiswindtal gegangen.«

»So einfach ist das nicht.«

»Du bist der König. Du bestimmst, was ein König ist. Du hast Angst, dass deine Pflichten dich vollkommen vereinnahmen werden, aber das wird nur geschehen, wenn du es zulässt. Am Ende gibt es nur einen, der das Schicksal von Bruenor Heldenhammer bestimmt, und das ist Bruenor Heldenhammer selbst.«

»Ich glaube, du machst es dir ein bisschen zu einfach, Elf«, erwiderte der Zwerg, »aber ich sage nicht, dass du dich irrst.«

»Weißt du denn, was du willst?«, fragte Drizzt. »Oder bist du ein bisschen durcheinander, mein Freund?«

»Erinnerst du dich, als wir uns damals auf die Suche nach Mithril-Halle gemacht haben?«, fragte Bruenor. »Erinnerst du dich, wie ich dich hereingelegt habe, indem ich so getan habe, als läge ich auf dem Sterbebett?«

Drizzt musste lachen – das war eine Szene, die er nie vergessen würde. Sie hatten gerade zusammen mit den Leuten von Zehn-Städte die Schergen von Akar Kessell besiegt, der den Gebrochenen Kristall besessen hatte. Dann hatte man Drizzt zu Bruenor gebracht, der so tat, als läge er im Sterben, weil er den Drow dazu bringen wollte, mit ihm zusammen nach Mithril-Halle zu suchen.

»Ich musste eigentlich gar nicht überredet werden«, gab Drizzt zu.

»Weißt du, als wir Mithril-Halle wirklich gefunden haben, waren meine Gefühle ziemlich gespalten«, gestand Bruenor. »Oh, ich war begeistert, das kann ich dir sagen! Meine Heimat wieder zu sehen … meine Ahnen rächen zu können! Ich sage dir, Elf, diesen Drachen hinunter ins Dunkel zu reiten war der größte Augenblick meines Lebens, obwohl ich damals dachte, es wäre der letzte!«

»Und was hast du noch gedacht, als wir Mithril-Halle gefunden haben?«, fragte Drizzt, denn er wusste, dass Bruenor es laut aussprechen, es offen zugeben musste.

»Ich war vollkommen begeistert, das kannst du dir sicher vorstellen! Aber es gab auch noch etwas anderes …« Er schüttelte den Kopf und seufzte abermals. »Als wir aus dem Süden zurückkamen und meine Sippe unsere Heimat wieder übernahm, trug ich auch ein wenig Traurigkeit im Herzen.«

»Weil du begriffen hast, dass dir das Abenteuer und der Weg wichtiger sind als das Ziel.«

»Du kennst das doch auch!«, rief Bruenor.

»Warum glaubst du, dass Catti-brie und ich Mithril-Halle so schnell nach dem Drow-Krieg wieder verlassen haben? Ich fürchte, wir sind alle gleich, und das wird uns wahrscheinlich umbringen.«

»Aber was für eine Art zu gehen, wie?«

Drizzt lachte, und Bruenor lachte mit. Es kam dem Drow so vor, als wäre eine große Last von den Schultern seines Freundes genommen worden. Aber dann hörte Bruenor abrupt wieder auf zu lachen und wurde ernst.

»Was ist mit deinem Mädchen?«, fragte er. »Was wirst du machen, wenn sie unterwegs umkommt? Wie könntest du dir nicht ewig die Schuld daran geben?«

»Das ist etwas, worüber ich schon oft nachgedacht habe«, gab Drizzt zu.

»Du hast gesehen, was es aus Wulfgar gemacht hat«, sagte Bruenor. »Er hat vergessen, wo er hingehört, und all seine Zeit damit verbracht, nach ihr zu suchen.«

»Und das war sein Fehler.«

»Du willst also sagen, dass es dich nicht interessiert, ob ihr etwas zustößt?«

Drizzt lachte laut. »Selbstverständlich interessiert es mich, aber sag mir eins, Bruenor Heldenhammer, gibt es irgendwen auf der Welt, der Catti-brie oder Wulfgar mehr liebt als du? Wirst du sie deshalb nach Mithril-Halle bringen und dort einsperren, damit sie in Sicherheit sind? Selbstverständlich würdest du das nicht tun. Du vertraust Catti-brie und lässt sie gehen. Du lässt sie kämpfen und hast zugesehen, wie sie verwundet wurde – erst vor kurzem. Kein besonders guter Vater, wenn du mich fragst.«

»Wer hat dich denn gefragt?«

»Nun, falls du …«

»Falls ich dich fragen würde und du würdest mir das sagen, würde ich dir in deinen mickrigen Elfenarsch treten!«

»Falls du es tätest und ich es dir sagen würde, würdest du in die Luft treten und dich fragen, wieso hundert Schläge auf deinen dicken Kopf niederprasseln.«

Bruenor schnaubte und warf die Schale auf den Boden, dann zog er seinen Helm mit dem einen Horn ab und klopfte fest gegen seinen Kopf.

»Pah! Du brauchst mehr als hundert, um durch diesen Schädel zu kommen, Elf!«

Drizzt lächelte und widersprach nicht.

Als Dagnabbit zurückkehrte, war sein König bester Laune. Der jüngere Zwerg warf Drizzt einen Blick zu, aber der Drow nickte nur und grinste noch breiter.

»Wenn wir es in zwei Tagen nach Senkendorf schaffen wollen, dann sollten wir den schnellsten Weg nehmen«, stellte Dagnabbit fest. »Keine Ork-Jagden mehr, nachdem diese Gruppe erledigt ist.«

»Gut, danach keine Ork-Jagden mehr«, sagte Drizzt.

Dagnabbit nickte und schien weder überrascht noch verärgert zu sein.

»Du hetzt mich immer noch nach Hause«, sagte Bruenor kopfschüttelnd, und Brühe tropfte aus seinem Bart.

»Oder wir können Senkendorf als Stützpunkt benutzen«, schlug Dagnabbit vor. »Eine Verbindung zu Pwent und seinen Jungs in beiden Lagern vor Mithril-Halle herstellen und den Sommer damit verbringen, die Berge in der Nähe von Senkendorf zu durchkämmen. Den Leuten dort wird das gefallen, denke ich.«

»Und mir gefällt, wie du denkst!«, sagte Bruenor und hob die Schale für einen dritten Nachschlag. »Ich will nur dafür sorgen, dass nicht zu viel für Knurrbauch übrig bleibt, wenn er auftaucht«, erklärte Bruenor schmatzend. »Wir können schließlich nicht zulassen, dass er wieder fett wird, wenn wir auf Bergpfaden unterwegs sind.«

Drizzt lehnte sich bequem zurück und war recht zufrieden mit seinem Zwergenfreund. Es war eine Sache, sein Herz zu kennen, und eine andere, das auch zuzugeben.

Und etwas noch ganz anderes, sich zu erlauben, seinem Herzen zu folgen.

Torgar war auf Wache auf der Nordmauer von Mirabar, immer noch leicht hinkend von einer Schwellung am Knie, die er der Eskapade der vergangenen Nacht verdankte. Der Wind war stark und blies Sand über den Zwerg, aber es war einigermaßen warm, so dass Torgar den schweren Brustharnisch gelockert hatte.

Er war sich der Blicke wohl bewusst, die ihm die anderen Wachen zuwarfen – und es waren überwiegend finstere Blicke. Sein Verhalten gegenüber Bruenor hatte zu einer Abwärtsspirale geführt, die überall in der Stadt Streit und nicht wenige Schlägereien hervorgerufen hatte. Torgar hatte genug davon. Er wollte eigentlich nur in Ruhe und möglichst allein seiner Pflicht nachgehen, ohne sich unterhalten zu müssen und ohne Ärger zu bekommen.

Als er sah, dass ein gut gekleideter Zwerg in einem bunten Gewand näher kam, wusste er, dass sein Wunsch nicht erfüllt werden würde.

»Torgar Hammerschlag!«, rief Ratsherr Agrathan Harthammer.

Er ging zum Fuß der Leiter, die zum Wehrgang führte, zog sein Gewand hoch und stieg hinauf.

Torgar setzte dazu an, in die andere Richtung zu gehen, schaute über die Mauer und tat so, als hätte er nichts gehört, aber als Agrathan abermals rief und diesmal lauter, wurde ihm klar, dass er sich nur noch mehr Ärger einhandeln würde, wenn er die Begegnung hinauszögerte.

Also blieb er stehen, stützte die starken Hände auf die Mauer und starrte auf das leere, offene Land. Agrathan stellte sich neben ihn und stützte sich ebenfalls auf die Mauer.

»Wieder eine Schlägerei letzte Nacht«, begann der Ratsherr.

»Wer eine Faust verlangt, bekommt eine Faust«, erwiderte Torgar.

»Und wie viele hast du zu bekämpfen?«

»Wie viele brauchen einen guten Tritt?«

Er schaute Agrathan an und sah, dass der Ratsherr das überhaupt nicht komisch fand.

»Was du tust, treibt einen Keil in unsere Stadt. Ist es das, was du vorhast?«

»Ich habe gar nichts vor«, sagte Torgar. Er wandte sich Agrathan zu und kniff die Augen zusammen. »Wenn es einen Keil in die Stadt treibt, wenn ich meine Meinung sage, dann war das Problem schon vorhanden, bevor ich es angesprochen habe.«

Agrathan lehnte sich bequemer gegen die Mauer und schien sich zu entspannen, als sei er zumindest nicht vollkommen anderer Meinung.

»Viele von uns haben wegen des Problems mit Mithril-Halle den Kopf geschüttelt. Das weißt du. Wir wünschen uns alle, dass unsere größten Rivalen nicht die Heldenhammer-Zwerge wären! Aber sie sind es nun mal. So ist es, und das weißt du, und indem du es allen immer wieder unter die Nase reibst, verbiegst du die Nasen nur.«

»Die Rivalität und die Streitigkeiten sind ebenso unser

Fehler wie der der Heldenhammer-Leute«, erinnerte ihn Torgar. »Vielleicht könnten wir ein Übereinkommen zu Stande bringen, von dem wir beide profitieren, aber bevor es jemand versucht, können wir das nicht wissen.«

»Das ist ein durchaus bedenkenswerter Vorschlag«, stimmte der Ratsherr zu. »Tatsächlich hat man bei den Funkelnden Steinen schon über solche Dinge gesprochen.«

»Wo die meisten Ratsherren keine Zwerge sind«, stellte Torgar fest, und Agrathan bedachte ihn mit einem kalten Blick.

»Für die Zwerge wird gesprochen, und ihre Gedanken werden im Rat vernommen.«

Torgar erkannte in Agrathans Blick und seinem eisigen Tonfall, dass er den stolzen Ratsherren schwer gekränkt hatte. Er dachte einen Augenblick daran, seine dreiste und grausame Aussage zurückzunehmen, aber er tat es nicht. Er hatte das Gefühl, als triebe ihn eine innere Stimme an, die unabhängig von seiner Vernunft existierte.

»Als du dich der Axt von Mirabar angeschlossen hast, hast du einen Schwur abgelegt«, sagte Agrathan. »Erinnerst du dich an diesen Schwur, Torgar Hammerschlag?«

Nun war es an Torgar, den anderen Zwerg kalt anzustarren.

»Bei dem Schwur hast du dich verpflichtet, dem Markgrafen von Mirabar zu dienen, nicht dem König von Mithril-Halle. Es wäre weise, wenn du das nicht vergessen würdest.«

Der Ratsherr tätschelte Torgars Schulter – das schienen viele in der letzten Zeit zu tun – und ging.

Torgar blieb auf der Mauer stehen und erinnerte sich tatsächlich an seinen Schwur, aber dann wog er ihn gegen die Wirklichkeit des gegenwärtigen Mirabar ab.

Und sie glaubten, sie hätten schon alles gesehen

»Na, wenn das mal keine Riesenpatsche ist, in der wir hier stecken«, knurrte Ivan.

Er stapfte auf der kleinen Au herum, die die Elfen als vorläufiges Gefängnis für die beiden Eindringlinge benutzten. Mit einer Art von Magie, die Ivan nicht verstand, hatten die Mondelfen die Bäume ringsumher dazu gebracht, enger zusammenzurücken und alle Ausgänge mit einer beinahe undurchlässigen Wand aus Stämmen zu blockieren.

Ivan war selbstverständlich nicht besonders glücklich darüber. Pikel hingegen lag in der Mitte des Feldes, die Hände bequem hinter dem Kopf verschränkt, und blickte zu den Sternen auf. Er hatte seine Sandalen ausgezogen und wackelte zufrieden mit den Zehen.

»Wenn sie mir nicht die Axt abgenommen hätten, würde ich schnell ein paar Wege finden, die hier herausführen«, prahlte Ivan.

Pikel kicherte und wackelte mit den Zehen.

»Halt die Klappe!«, fauchte Ivan, der die Hände in die Hüften gestemmt hatte und trotzig die Mauer aus Bäumen anstarrte.

Einen Moment später blinzelte er und rieb sich ungläubig die Augen, denn einer der Bäume schwebte beiseite und gab einen Weg frei. Ivan wartete darauf, dass die Elfen hereinkamen, aber nichts geschah. Der Zwerg machte ein paar eilige Schritte auf den Weg zu, aber er blieb schnell wieder stehen und fuhr herum, als er seinen Bruder kichern hörte.

»Du warst das!«, bezichtigte ihn Ivan.

»Hihihi.«

»Wenn du das kannst, wieso sitzen wir denn schon seit zwei Tagen hier fest?«

Pikel stützte sich auf die Ellbogen und zuckte die Achseln.

»Also gehen wir!«

»Mhm-mhm«, sagte Pikel.

Ivan starrte ihn ungläubig an. »Warum nicht?«

Pikel kam auf die Beine und sprang umher, drückte sich einen Finger auf die Lippen und sagte: »*Schschscht*!«

»Was soll das?«, fragte Ivan, und sein Zorn schlug in Verwirrung um. »Du sprichst mit den verdammten Bäumen«, erkannte er dann.

Pikel sah ihn an und zuckte erneut die Achseln.

»Du meinst, die verdammten Bäume werden es den verdammten Elfen erzählen, wenn wir hier verschwinden?«

Pikel nickte nachdrücklich.

»Dann sag ihnen doch, sie sollen die Klappe halten.«

Pikel zuckte hilflos die Achseln.

»Du kannst sie dazu bewegen, uns Platz zu machen, aber du kannst ihnen nicht befehlen zu schweigen?«

Erneutes Achselzucken.

Ivan stampfte fest auf dem Boden auf. »Nun, dann sollen sie es den Elfen eben sagen! Die Elfen müssen mich schließlich erst mal erwischen.«

Pikel stützte die Hände auf die Hüften und neigte den Kopf mit zweifelnder Miene zur Seite.

»Ja, ja«, rief Ivan und machte eine abwehrende Geste, weil er es nicht hören wollte.

Selbstverständlich hatte er keine Waffe. Selbstverständlich hatte er keine Rüstung. Selbstverständlich hatte er keine Ahnung, wo er war und wie er von hier wegkommen sollte. Selbstverständlich würde er es keine fünfzig Fuß in den Wald hinein schaffen, bevor sie ihn wieder einfangen würden.

Aber nichts davon zählte für den empörten Zwerg. Er wollte etwas tun, irgendetwas, er wollte es diesen Elfen zeigen. So waren Zwerge nun mal, und Ivan war es mehr als die meisten von seinem reizbaren Volk. Es war immer noch besser, mit dem Kopf gegen den Kopf des Feindes zu rennen, selbst wenn der einen Helm trug, als hilflos vor ihm zu stehen.

Entschlossen ging Ivan durch die Lücke, um die Pikel die Bäume gebeten hatte, und den Waldweg entlang.

Pikel seufzte und setzte dazu an, seine Sandalen anzuziehen. Dann hörte er, wie hinter der Au Unruhe aufkam, zuckte die Achseln und ließ sich wieder ins Gras sinken, um die Sterne zu betrachten.

»Ich hätte nie gedacht, dass ein Zwerg einen Baum bewegen kann, ohne eine Axt zu benutzen«, sagte Innovindil. Sie stand an Tarathiels Seite auf einem niedrigen Ast, von dem aus man die Au überblicken konnte, und beobachtete die Brüder.

»Er verfügt tatsächlich über Druidenmagie«, stimmte Tarathiel zu. »Wie ist das möglich?«

Innovindil kicherte. »Vielleicht sind die Zwerge ja auf dem Weg zu einem höheren Bewusstseinszustand, obwohl man sich das schwer vorstellen kann, wenn dieser hier ein Beispiel dafür sein soll.«

Tarathiel, der noch einen Blick auf Pikel und seine wackelnden Zehen warf, konnte dem letzten Teil ihrer Aussage nicht widersprechen.

Die beiden sahen schweigend zu, wie Ivan von der Wiese

stürmte, und warteten dann geduldig die paar Minuten, die es brauchte, bis drei Elfen den sich heftig wehrenden Zwerg mit Gewalt wieder zu seinem Bruder zurückgeschleppt hatten.

»Das könnte gefährlich werden«, stellte Innovindil fest.

»Wir wissen immer noch nicht, was sie wollen«, erwiderte Tarathiel.

Innovindil hatte ihn den ganzen Tag gedrängt, bezüglich der Zwerge zu einem Entschluss zu kommen, und sie selbst neigte dazu, die Felsenschulters zum Rand des Mondwalds zu eskortieren und freizulassen.

»Dann prüfe ihn«, sagte Innovindil, und er sah ihr sofort an, dass sie eine Idee hatte. »Wenn er wirklich ein Druide ist, dann gibt es eine Möglichkeit, das herauszufinden. Soll Pikel Felsenschulter seinen Richter in Mooshies Hain finden.«

Tarathiel strich sich über das schmale Kinn und begann zu schmunzeln, als er über den Vorschlag nachdachte. Vielleicht hatte Innovindil ja Recht. Sie war immer diejenige gewesen, die über Weitsicht verfügte und auch noch aus dem finstersten Dilemma einen Ausweg fand.

Er sah sie anerkennend an, aber sie betrachtete das Feld mit besorgter Miene. Sie nickte ihm zu und bat ihn, ihm zu folgen, dann sprang sie vom Ast und ging auf das Feld hinaus, wo es aussah, als würde der Streit zwischen dem rabiateren Felsenschulter-Bruder und den drei Elfen gleich wieder handgreiflich werden.

»Halte ein, Ivan Felsenschulter!«, rief sie, und alle fünf wandten ihr ihre Aufmerksamkeit zu. »Dein Zorn ist nicht gerechtfertigt.«

»Pah!«, schnaubte der Zwerg. »Ihr sperrt mich ein, Elfen! Was glaubst ihr denn, wie ich reagieren würde?«

»Und ich bin sicher, wenn einer von uns plötzlich in eurer Heimat auftauchte, würde er dort mit offenen Armen empfangen werden«, lautete die sarkastische Antwort.

»Wahrscheinlich schon«, entgegnete Ivan und schnaubte dann Pikel an, der einfach nur kicherte. »Cadderly hatte immer schon ein weiches Herz, selbst für einen Menschen!«

»Deine *Zwergen*heimat«, erklärte die schnell reagierende Innovindil.

»Nein«, musste Ivan ihr zugestehen. »Aber warum sollte sich ein Elf auch dorthin verlaufen?«

»Warum sollten zwei Zwerge aus einem Baum herausspazieren?«, erwiderte sie.

Ivan setzte dazu an zu widersprechen, aber er erkannte, wie absurd das war.

»Also gut, der Punkt geht an dich«, stimmte er zu.

»Und wie kann ein Zwerg einen Baum veranlassen, sich zur Seite zu bewegen?«, fragte der Elf mit einem Blick zu Pikel.

»Ei, ei«, kam die kichernde Antwort, und Pikel richtete den Daumen auf seine Brust.

»Nun, das ist selbstverständlich eine vollkommen alltägliche Sache«, sagte Tarathiel sarkastisch.

»An dem da ist nichts Alltägliches«, stimmte Ivan ihm zu.

»Verzeiht uns also unsere Verwirrung«, sagte Innovindil. »Wir wollen dich nicht gefangen halten, Ivan Felsenschulter, aber wir können dich und deinen seltsamen Bruder auch nicht einfach wieder freilassen. Ihr müsst verstehen, dass ihr in unsere Heimat eingedrungen seid und dass die Sicherheit dieser Heimat uns über alles geht.«

»Na gut, der Punkt geht ebenfalls an dich«, erwiderte der Zwerg, »aber du musst auch anerkennen, dass ich Besseres zu tun habe, als hier rumzusitzen und die Sterne zu beobachten. Die verdammten Dinger bewegen sich nicht mal!«

»O doch, das tun sie!«, erwiderte Innovindil nachdrücklich, weil sie glaubte, eine Gemeinsamkeit gefunden zu haben, eine Möglichkeit, das Eis ein wenig auszudünnen, wenn schon nicht zu brechen.

Ihre Hoffnung wurde nur noch größer, als Pikel aufsprang und zustimmend quiekte.

»Zumindest einige«, erklärte die Elfenfrau.

Sie ging näher zu Ivan und zeigte auf einen besonders strahlenden Stern, der niedrig am Horizont stand, knapp über den Baumwipfeln. Sie verharrte einen Augenblick, dann schaute sie zu Ivan, der sie ungläubig anstarrte, die Hände an den Hüften.

»Ich denke, den Punkt hast du verpasst«, sagte er trocken.

»Kann schon sein«, gab sie zu.

»Es ist nicht so, als hätten wir nicht schon öfter Elfen kennen gelernt«, erklärte Ivan. »Tatsächlich haben wir an ihrer Seite in Shilmistra gekämpft und die Orks und Goblins von dort vertrieben. Sie waren froh, dass wir ihnen geholfen haben, ich und mein Bruder!«

»Bruder!«, stimmte Pikel zu.

»Vielleicht werden wir das ja auch sein«, sagte Innovindil. »Ja, ich denke wirklich, dass das geschehen wird, aber ich muss euch dennoch um ein wenig Geduld bitten. Diese Angelegenheit ist für uns zu wichtig, um übereilte Entscheidungen zu treffen.«

»Wenn das mal nicht typisch für Elfen ist«, erwiderte Ivan mit einem resignierten, aber auch anerkennenden Seufzer. »Ich habe eine in Carradoon gesehen, die auf den Markt gegangen war, um Wein zu kaufen. Und dabei hat sie sich wirklich Zeit gelassen, ist am Stand des Weinhändlers immer wieder von einer Seite zur anderen gegangen und hat dann am Ende doch die erste Flasche gekauft, die sie gesehen hat.«

»Und diese Elfe hat die Erfahrung ihres Einkaufs sicher sehr genossen, so wie wir die Erfahrung genießen wollen, Ivan und Pikel Felsenschulter kennen zu lernen«, erklärte Innovindil.

»Ihr würdet mehr über uns erfahren, wenn ihr uns von diesem dummen Feld runterlassen würdet.«

»Vielleicht passiert das ja schon bald.«

Bei diesen Worten warf Innovindil Tarathiel einen Blick zu, der ihre Großzügigkeit eindeutig nicht teilte. Sie versetzte ihm einen festen Stoß in die Rippen.

»Wir werden sehen«, war alles, was er sich entlocken ließ.

Thibbledorf Pwent trat gegen einen Stein, der wie ein Geschoss davonflog.

»Bruenor erwartet Besseres von dir«, schimpfte Cordio Semmelkopf, der Priester, der die Verwundeten zurück nach Mithril-Halle begleitet hatte.

Sie hatten Pwent und die Knochenbrecher-Brigade in ihrem Lager hoch oben im Norden des Tals der Hüter gefunden, denn der Schlachtenwüter war dorthin zurückgekehrt, nachdem er die Hauptstreitmacht nach Mithril-Halle eskortiert hatte.

Was für eine Begegnung war das gewesen! Cordio und die anderen hatten hektisch winken müssen, um Pwent und seine Leute davon abzuhalten, sich auf sie zu stürzen. Die Erleichterung war deutlich spürbar gewesen, als Cordio zumindest hatte erklären können, dass es Bruenor und den anderen gut ging und sie auf einem anderen und umständlicheren Weg nach Mithril-Halle zurückkehren würden, wobei sie die diversen Siedlungen aufsuchen würden, wie es ein guter König ohnehin hin und wieder tun sollte.

»Wenn er mich auch nur ein bisschen kennt, dann sollte er wissen, dass ich mich sofort aufmachen werde, um den Dummkopf zu suchen!«, erklärte Pwent erbost.

»Er weiß, dass du ein treuer Krieger bist, der tut, was man ihm befohlen hat!«, schrie Cordio zurück.

Pwent hüpfte seitwärts, machte drei Schritte zu einem weiteren Stein und trat ihn mit aller Kraft. Dieser Stein war viel größer und saß ziemlich fest im Boden, also bewegte er sich kaum. Es gelang Pwent recht gut, sein Hinken zu verbergen.

»Ihr müsst zwei Lager errichten«, sagte Cordio streng. »Also hör auf, dir die Zehen zu brechen, und schick Boten nach Mithril-Halle. Ihr sollt gleich hier ein Lager aufschlagen und eins am Surbrin nördlich der Minen.«

Pwent spuckte und knurrte, aber dann nickte er, machte sich an die Arbeit und brüllte Befehle, die die Knochenbrecher aufscheuchten. Noch am selben Tag wurde aus einem behelfsmäßigen Lager eine kleine Festung mit Steinwällen.

Am nächsten Morgen verließen zweihundert Krieger Mithril-Halle und marschierten nach Norden, um sich mit den Schlachtenwütern zu vereinen, während gleichzeitig hundertfünfzig Krieger Mithril-Halle durch das östliche Tor verließen und am Ufer des Surbrin nach Norden marschierten, beladen mit Material zum Bau des zweiten befestigten Außenpostens.

Thibbledorf Pwent machte sich daran, mit seinen Knochenbrechern eine Verbindungslinie aufzubauen, die sich über die direktesten Pfade zwischen den beiden Lagern zog.

Es quälte Pwent, so tief im Süden bleiben und warten zu müssen, aber er tat, was man ihm befohlen hatte, obwohl er ununterbrochen Spähtrupps nach Norden und Nordosten schickte und nach Anzeichen der Rückkehr seines geliebten Königs Ausschau halten ließ. Ihm war vollkommen klar, dass Bruenor die Einrichtung solcher Außenposten nicht befohlen hätte, wenn er nicht glaubte, sie könnten gebraucht werden.

Und das machte all dieses Warten nur noch beunruhigender.

»Er ist also wirklich ein Druide?«, fragte Tarathiel, der seinen Ohren kaum traute, als zwei Clanmitglieder ihm berichteten, dass Pikels Zauber nicht irgendwelche Tricks waren, sondern dass der Zwerg tatsächlich Druidenmagie beherrschte.

Innovindil, die neben ihrem Gefährten stand, konnte sich ein Grinsen kaum verkneifen. Sie freute sich über die unerwarteten Gäste und hatte tatsächlich einige Zeit mit Ivan verbracht, der wirklich ein vollendeter Vertreter des Zwergenvolks war. Sie und Ivan hatten sich in den vergangenen paar Tagen viele gute Geschichten erzählt, und obwohl er Gefangener blieb, war es offensichtlich, dass sein Kontakt mit Innovindil die Laune des Zwergs deutlich verbessert hatte.

Dennoch, Tarathiel hielt es für dumm, dass sie so viel Zeit für diese Zwerge verschwendete.

»Er betet ganz aufrichtig zu Mielikki«, stellte einer der Beobachter fest, »und er verfügt zweifellos über magische Fähigkeiten, von denen viele von keinem Priester oder Zwergengott stammen können.«

»Das ist ziemlich unbegreiflich«, stellte Tarathiel fest.

»Pikel Felsenschulter ist überhaupt unbegreiflich«, sagte der andere, »aber er ist das, wofür er sich ausgibt – jedenfalls soweit wir das feststellen können. Er ist tatsächlich ein Waldpriester.«

»Wie machtvoll ist seine Magie?«, fragte Tarathiel, der Druiden immer sehr geachtet hatte.

Die beiden Beobachter schauten einander an, und ihnen war deutlich anzusehen, dass sie diese Frage gefürchtet hatten.

»Das ist schwer zu sagen«, erklärte der Erste. »Pikels Magie ist … äh … sporadisch.«

Tarathiel sah ihn neugierig an.

»Sie scheint zu wirken, wenn er sie braucht«, versuchte der andere zu erklären. »Es sind überwiegend kleinere Zauber, obwohl er hin und wieder auch zu einem recht machtvollen Bann fähig ist, von der Art, wie man sie von einem Hohen

Druiden erwarten würde, einem Hohen Priester der Druiden.«

»Es scheint beinahe, als hätte die Göttin ihren Spaß an ihm«, sagte der Erste. »Als würde Mielikki, oder einer ihrer Diener, direkt Anteil an ihm nehmen und über ihn wachen.«

Tarathiel hielt einen Augenblick inne, um diese Informationen zu verdauen, dann sagte er: »Ihr habt meine Frage immer noch nicht beantwortet.«

»Er ist ganz gewiss nicht gefährlicher als sein Bruder«, erwiderte der erste Elf. »Er stellt keine Bedrohung für uns oder den Mondwald dar.«

»Seid ihr sicher?«

»Ganz sicher«, lautete die Antwort.

»Vielleicht ist es an der Zeit, dass du mit den Zwergen sprichst«, schlug Innovindil vor.

Tarathiel dachte nach. »Glaubst du, Mond würde ihn tragen?«

»Zu Mooshies Hain?«

Tarathiel nickte. »Sehen wir mal, ob das lebende Symbol der Göttin diesen angeblichen Druiden freundlich empfängt.«

TEIL 3

Wo ein Weg endet

Inzwischen gehe ich davon aus, dass mein Weg durchs Leben eigentlich aus drei Wegen besteht, die mehr oder weniger miteinander verflochten sind. Der Erste ist der schlichte körperliche Pfad, bestimmt durch meine Ausbildung im Haus Do'Urden, durch Melee-Magthere, die Kriegerschule der Drow, und meine weitere Ausbildung unter meinem Vater Zaknafein. Er war es, der mich auf kommende Herausforderungen vorbereitet hat, er hat mich die Bewegungen gelehrt, die die Grundlagen der Kampfkunst der Drow überschreiten, er hat mir beigebracht, jeden Kampf kreativ zu betrachten. Bei Zaknafeins Technik ging es vor allem darum, die Muskeln so auszubilden, dass sie schnell und in vollendeter Harmonie auf den Ruf des Geistes reagieren und noch wichtiger, den Ruf der Fantasie.

Improvisation – nicht automatische Wiederholung – ist es, was einen Waffenmeister von einem gewöhnlichen Krieger unterscheidet.

Dieser körperliche Weg, der mich schließlich hinaus aus Menzoberranzan, durch die Wildnis des Unterreichs und über die Bergpfade zu Montolio und von dort ins Eiswindtal und zu den Freunden führte, die ich nun habe, hat sich häufig mit dem zweiten Weg verbunden. Sie stehen unvermeidlich miteinander in Verbindung.

Denn der zweite Weg war der emotionale, der Weg des Wachstums, des Verständnisses und der Anerkennung nicht nur dessen, was ich sein und haben will, sondern auch der Bedürfnisse anderer. Ich habe gelernt zu akzeptieren, dass ihre Art, die Welt zu betrachten, nicht unbedingt mit meiner übereinstimmen muss. Dieser zweite Weg begann in Verwirrung, als ich mehr über die Welt von Menzoberranzan erfuhr und das nicht zu meinen Ansichten passen wollte. Wieder war es Zaknafein, der mir bei den ersten Schritten auf diesem Weg half, indem er mir zeigte, dass das, was ich in meinem tiefsten Herzen als Wahrheit spürte – wenn ich es auch noch nicht vollkommen in meinen Gedanken akzeptieren konnte –, tatsächlich die Wahrheit war. Danach hat mir Catti-brie mehr als alle anderen auf diesem Weg weitergeholfen. Von Anfang an hat sie über meinen Ruf und über meine Herkunft hinweggesehen und mich nach meinen Taten und nach meinem Herzen beurteilt, und das war ein solch befreiendes Erlebnis für mich, dass ich ihre Philosophie einfach übernehmen musste. Damit ist es mir gelungen, viele Angehörige unterschiedlicher Völker und Kulturen und Anhänger unterschiedlicher Ansichten schätzen zu lernen. Von jedem kann ich lernen, und wenn ich mit solcher Offenheit lerne, wachse ich.

Nun, nach all diesen Jahren der Abenteuer, habe ich begriffen, dass es noch einen dritten Weg gibt. Lange Zeit hielt ich ihn für einen Teil des zweiten, aber inzwischen gehe ich davon aus, dass es sich um einen unabhängigen Weg handelt. Es mag eine subtile Unterscheidung sein, aber sie ist dennoch wichtig.

Dieser dritte Weg begann an dem Tag, als ich zur Welt kam, wie es bei allen denkenden Wesen der Fall ist. Er lag schlafend viele Jahre in mir, begraben unter den Forderungen von Menzoberranzan und meiner eigenen Vorstellung, dass ich die beiden ersten Wege begreifen musste, bevor sich die Tür zu diesem dritten wirklich öffnen konnte.

Ich öffnete diese Tür im Heim von Montolio deBrouchee, in Mooshies Hain, wo ich Mielikki fand und entdeckte, was sich in meinem Herzen und meiner Seele befand. Dies war der erste Schritt auf meinem spirituellen Weg, einem Pfad eher der Mysterien als der Erfahrung, eher der Fragen als der Antworten, eher des Glaubens und der Hoffnung als der Erkenntnis. Es ist ein Weg, der sich nur öffnet, wenn man die nötigen Schritte auf den beiden anderen zurückgelegt hat. Es ist ein Weg, der vielleicht die kürzesten Schritte erfordert, aber er ist zweifellos der schwierigste der drei, zumindest am Anfang.

Dieser dritte Weg ist nicht so klar wie die anderen, und ich fürchte, für viele wird er es auch niemals werden.

Ich selbst weiß nun, dass ich auf dem richtigen Weg bin, aber nicht, weil ich Antworten gefunden hätte. Ich weiß, mein Weg ist der wahre, weil ich Fragen gefunden habe, besonders nach dem Wie, Warum und Wohin.

Wie bin ich, wie ist irgendwer überhaupt auf diesem Weg angelangt? War es ein ganz natürlicher Kurs oder die Absicht eines Schöpfers oder mehrerer Schöpfer?

Und wie immer es sich damit verhalten mag, warum bin ich hier? Gibt es tatsächlich irgendeinen Grund, oder ist es reiner Zufall?

Und vielleicht die wichtigste Frage für jedes vernunftbegabte Wesen, wohin wird mein Weg mich führen, wenn ich diese sterbliche Hülle abgeworfen habe?

Ich betrachte diesen letzten und wichtigsten Weg als etwas vollkommen Persönliches. Es gibt Fragen, die mir kein anderer beantworten kann als ich selbst. Ich sehe, dass viele – die meisten – ihre »Antworten« aus den Predigten anderer erhalten. Aus Worten, geheiligt vom Alter oder von der angeblichen Weisheit von Autoren, die ein bequemes Ende für diese spirituelle Reise liefern, Antworten auf beunruhigende Fragen. Nein, kein Ende, aber ein Innehalten, die Erwartung, dass es weitergeht, nachdem die Erfahrung des derzeitigen Lebens, wie wir es kennen, ein Ende gefunden hat.

Vielleicht bin ich den diversen Gemeinden gegenüber ungerecht. Vielleicht haben sich viele dort ihre Fragen selbst gestellt und ihre persönlichen Antworten gefunden und dann andere getroffen, mit denen sie ihre Offenbarungen und ihren Trost teilen konnten. Wenn das der Fall ist, dann handelt es sich nicht um schlichte Indoktrination, und dann beneide und bewundere ich alle, die auf ihrem spirituellen Weg weiter fortgeschritten sind als ich.

Ich selbst habe Mielikki gefunden, obwohl ich noch keine definitive Manifestation dieser Gottheit kennen gelernt habe. Und weit von einem Innehalten oder dem Ende meines Weges entfernt, hat meine Entdeckung von Mielikki mir nur den Anstoß gegeben, den ich brauchte, mir all diese Fragen selbst zu stellen. Mielikki gibt mir Trost, aber die Antworten kommen letztlich aus mir selbst, aus dem Teil von mir, der sich den Grundsätzen von Mielikki nahe fühlt, wie Montolio sie mir beschrieben hat.

Die größten Offenbarungen meines Lebens hatte ich auf diesem letzten und wichtigsten Weg: Ich habe begriffen, dass das Emotionale, das Körperliche und das Materielle nichts anderes als ein Fundament darstellen. All unsere äußeren Leistungen sind nur wenig wert, wenn sie nicht dazu dienen, uns nach innen zu wenden. Dort, und nur dort, liegt unser Sinn, und in Wahrheit besteht ein Teil der Antwort auf die drei Fragen darin zu begreifen, dass man sie überhaupt stellen und ihre Wichtigkeit im Rahmen des gesamten Denkens begreifen muss.

Die Wegweiser bei dieser spirituellen Reise sind, glaube ich, nicht besonders augenfällig, denn die einzelnen Fragen, die man am Weg findet, ändern sich oft, und manchmal kommt es einem so vor, als könnten sie nie beantwortet werden. Selbst jetzt, wenn alles in Ordnung zu sein scheint, stehe ich dem Rätsel um Ellifain und der Trauer um diesen Verlust gegenüber. Und obwohl ich das Gefühl habe, mich mit Catti-brie im größten Abenteuer meines Lebens zu befinden, bleiben, was diese Beziehung angeht, dennoch viele Fragen. Ich versuche, im Hier und Jetzt zu leben, und an einem gewissen Punkt werden sie und ich uns einen längeren Abschnitt unseres gemeinsamen Weges anschauen müssen. Und ich denke, wir fürchten beide, was wir dort sehen werden.

Ich muss den Glauben daran bewahren, dass sich alles klären wird, dass ich die Antworten finden werde, die ich brauche.

Ich habe das Morgengrauen immer geliebt. Wann immer die Situation es gestattet, beobachte ich es. Die Sonne brennt nun jeden Tag weniger in meinen Augen, und vielleicht ist das ein Zeichen, dass die Sonne als Symbol des Spirituellen begonnen hat, tiefer in mein Herz und meine Seele zu fließen.

Das ist es, was ich hoffe.

Drizzt Do'Urden

Intoleranz

»Du willst es also wirklich tun?«, fragte Shingles Torgar, als er seinen Freund in seinem bescheidenen Zuhause in der Unterstadt von Mirabar dabei antraf, wie er seine wichtigsten Besitztümer in einen großen Sack steckte.

»Das wusstest du doch.«

»Ich wusste, dass du darüber gesprochen hast«, verbesserte ihn Shingles. »Ich dachte aber nicht, dass du durcheinander genug bist, um es tatsächlich zu tun.«

»Pah!«, schnaubte Torgar und blickte von seiner Arbeit auf, um seinem Freund in die Augen zu sehen. »Welche Wahl lassen sie mir denn? Agrathan kommt zu mir auf die Mauer, nur um mir zu sagen, dass ich den Mund halten soll … den Mund halten! Ich habe seit dreihundert Jahren für den Markgrafen und für Mirabar gekämpft. Ich habe mehr Narben als Agrathan, Elastul und seine vier Leibwächter zusammen, und ich habe mir jede einzelne davon sauer verdient. Und jetzt soll ich den Mund halten und mich von Agrathan zurechtweisen lassen, und das auch noch während meiner Wache, wenn die anderen Wachposten alle dastehen und zuhören?«

»Und wo willst du hin?«, fragte Shingles. »Nach Mithril-Halle?«

»Ja.«

»Und da wird man dich mit einer Umarmung und einem Krug Bier willkommen heißen?«, fragte Shingles sarkastisch.

»König Bruenor ist nicht mein Feind.«

»Und nicht annähernd der Freund, für den du ihn hältst«, wandte Shingles ein. »Er wird sich fragen, was dich dorthin bringt, und er wird dich für einen Spion halten.«

Das war nur logisch, aber Torgar schüttelte bei jedem Wort den Kopf. Selbst wenn Shingles Recht haben sollte, war Torgar der Ansicht, dass selbst das seiner derzeitigen unerträglichen Situation vorzuziehen sei. Er wurde langsam älter und war der Letzte der Hammerschlags, etwas, was er schon bald zu verändern hoffte. Wenn er bedachte, was er in den letzten paar Zehntagen über König Bruenor gehört hatte, und wichtiger, was er über sein eigenes geliebtes Mirabar wusste, kam er zu dem Schluss, dass seine Kinder bei der Heldenhammer-Sippe besser aufwachsen würden.

Vielleicht würde Torgar Monate, ja sogar Jahre brauchen, um das Vertrauen von Bruenors Leuten zu gewinnen, aber das ließ sich dann eben nicht ändern.

Er steckte seine letzten Sachen in den Sack, hob ihn sich auf die Schulter und wollte zur Tür gehen. Zu seiner Überraschung reichte Shingles ihm einen Krug Bier und prostete ihm dann mit seinem eigenen Krug zu.

»Auf eine Straße voller Ungeheuer, die du umbringen kannst!«, sagte der ältere Zwerg.

Torgar stieß mit seinem Freund an.

»Ich werde diese Straße für dich frei machen«, erklärte er. Shingles lachte leise und trank einen großen Schluck.

Torgar wusste, dass diese Antwort auf den Trinkspruch reine Höflichkeit gewesen war. Shingles' Situation in Mirabar war ganz anders als seine eigene. Der alte Zwerg war der Patriarch einer großen Familie. Sie alle wegen eines Umzugs nach Mithril-Halle zu entwurzeln, würde nicht einfach sein.

»Du wirst uns fehlen, Torgar Hammerschlag«, erwiderte der alte Zwerg. »Und die Töpfer und Glasbläser werden erheblich weniger verdienen, wenn sie jetzt nicht mehr all die Gläser und Krüge ersetzen müssen, die du in jeder Schänke in der Stadt zerbrochen hast.«

Torgar trank noch einen Schluck, reichte Shingles den Krug und ging dann zur Tür. Er blieb noch einmal stehen, um sich umzusehen und seinem Freund einen dankbaren Blick zuzuwerfen und mit der freien Hand Shingles' Schulter zu tätscheln.

Er ging nach draußen und zog mehr als nur ein paar Blicke auf sich, als er über die Hauptstraße der Unterstadt stapfte, vorbei an Dutzenden und Aberdutzenden von Zwergen. Hämmer hörten auf zu klirren, wenn er an den Schmieden vorbeikam. Alle Zwerge in Mirabar wussten von Torgars Schwierigkeiten mit den Autoritäten, von den vielen Schlägereien, von seinem störrischen Zorn darüber, dass man die Besucher aus Mithril-Halle schlecht behandelt hatte.

Zu sehen, wie er entschlossen auf die Leitern zur Oberstadt zuging, mit einem großen Sack auf dem Rücken …

Torgar schaute keinen von ihnen an. Das hier war seine Entscheidung, sein Weg. Er hatte niemanden gebeten, sich ihm anzuschließen, wenn man von seiner Bemerkung gegenüber Shingles einen Augenblick zuvor einmal absah, und er erwartete nicht, offen unterstützt zu werden. Er verstand die Ausmaße dieser ganzen Sache durchaus. Hier war er, Angehöriger einer angesehenen Familie, die der Stadt seit Jahrhunderten gedient hatte, auf dem Weg, Mirabar für immer zu verlassen. Kein Zwerg würde so etwas leichten Herzens tun. Für das bärtige Volk waren Herd und Heim die Grundlage seiner Existenz.

Als er den Fahrstuhl erreichte, folgten ihm schon mehrere Zwerge, darunter auch Shingles. Er hörte ihr Flüstern – zum

Teil war es anerkennend, andere nannten ihn verrückt –, aber er reagierte nicht darauf.

Als er die Oberstadt erreichte, auf die die Spätnachmittagssonne bleich und schwach schien, stellte er fest, dass die Nachricht von seiner Abreise ihm offenbar vorausgeeilt war, denn eine beträchtliche Gruppe von Menschen und Zwergen hatte sich hier versammelt. Sie folgten ihm mit Blicken, wenn schon nicht leibhaftig, bis zum Osttor. Die Bemerkungen, mit denen der eigensinnige Zwerg hier an der Oberfläche bedacht wurde, waren meist weniger schmeichelhaft. Torgar hörte die Worte »Verräter« und »Narr« mehr als nur einmal.

Er reagierte nicht darauf. Er hatte das erwartet und war alles in Gedanken bereits durchgegangen, bevor er das erste Hemd in den Reisesack gesteckt hatte.

Es spielte keine Rolle, erinnerte er sich, denn sobald er das Osttor hinter sich hatte, würde er wahrscheinlich keinen von diesen Leuten je wieder sehen.

Der Gedanke ließ ihn beinahe innehalten.

Beinahe.

Der Zwerg dachte noch einmal an sein Gespräch mit Agrathan, um sich selbst zu bestätigen, dass er den richtigen Entschluss getroffen hatte, dass er weniger Mirabar verriet als dass Mirabar ihn verraten hatte, indem es König Bruenor so schlecht behandelt hatte und jeden tadelte, der es wagte, sich mit dem König anzufreunden. Das hier war nicht mehr die stolze Stadt seiner Ahnen, dachte Torgar. Das hier war keine Stadt, die durch gute Beispiele vorangehen wollte. Es war eine Stadt, die im Abstieg begriffen war. Eine, die Rivalen lieber durch Betrug und Sabotage besiegte, als sich durch gute Arbeit über jene zu erheben, mit denen sie auf dem Markt konkurrierte.

Kurz bevor er das Tor erreichte, wo zwei Zwergenwachen

standen und ihn ungläubig ansahen und zwei Menschenwachen wütend glotzten, hörte er eine vertraute Stimme.

»Tu das nicht«, bat Agrathan den entschlossenen Zwerg.

»Versuche nicht, mich aufzuhalten.«

»Hier steht mehr auf dem Spiel als nur ein Zwerg, der sich entschließt umzuziehen«, versuchte der Ratsherr zu erklären. »Das verstehst du doch, oder? Du verstehst, dass all unsere Leute zusehen und dass du gefährliches Geflüster bei unserem Volk auslöst?«

Torgar blieb abrupt stehen und wandte sich dem aufgeregten Agrathan zu. Er hätte gerne eine Bemerkung über den Akzent des Zwergs gemacht, der mehr dem der Menschen als dem der Zwerge ähnelte. Er fand es seltsam angemessen, dass Agrathan, der Fürsprecher, der Vermittler, mit zwei unterschiedlichen Stimmen sprach.

»Vielleicht wird es Zeit, dass die Zwerge von Mirabar anfangen, sich die Fragen zu stellen, die du so fürchtest.«

Agrathan schüttelte zweifelnd den Kopf und zuckte dann mit einem resignierten Seufzer die Achseln.

Torgar erwiderte seinen Blick noch einen Moment, dann drehte er sich um und stapfte wieder auf das Tor zu, wobei er nicht einmal innehielt, um den vier Wachen ins Gesicht zu sehen – oder irgendwem sonst in der Menge von Menschen und Zwergen, die ihm nun bis zum Tor folgten und dort abrupt stehen blieben.

Eine mutige Seele rief: »Moradins Segen für dich, Torgar Hammerschlag!«

Ein paar andere hatten weniger angenehme Wünsche.

Torgar ging weiter, die untergehende Sonne im Rücken.

»Das war vorauszusehen«, sagte Djaffar von den Hämmern zu den Männern neben ihm, die alle auf schwer gerüsteten Streitrossen saßen.

Sie verbargen sich hinter einem Steinhaufen auf einer hohen Klippe nordöstlich des Osttors von Mirabar, aus dem nun eine einzelne Gestalt auftauchte und stolz und entschlossen die Straße entlangging.

Djaffar und seine Leute waren nicht überrascht. Sie hatten von Torgars Plänen sofort gehört, als der Zwerg die Unterstadt verlassen hatte, aber sie waren ohnehin schon lange auf so etwas vorbereitet gewesen. Also hatte sie die Stadt unauffällig durchs Nordtor verlassen, während alle Augen auf dem Zwerg ruhten, der durch das Osttor marschierte. Dann waren sie ein Stück weit um die Stadt geritten und hatten sich hier auf die Lauer gelegt.

»Wenn ich das Sagen hätte, würde ich ihn gleich hier auf der Straße töten und den Geiern überlassen«, sagte Djaffar zu den anderen. »Das wäre genau das Richtige für diesen Verräter! Markgraf Elastul ist einfach zu großzügig – das ist seine einzige wahre Schwäche. Ihr versteht also, was zu tun ist?«

Zur Antwort schauten sie alle zu dem Reiter hin, der ein festes Netz in der Hand hielt.

»Ihr gebt ihm eine Chance, sich zu ergeben. Nur eine einzige«, erklärte Djaffar.

Die vier nickten.

»Wann, Hammer Djaffar?«, fragte einer von ihnen.

»Geduld«, riet der erfahrene Anführer. »Lasst ihn weit genug vom Tor entfernt sein, außer Sicht- und Hörweite der Stadt. Wir sind nicht hier, um einen Aufstand auszulösen, wir wollen nur verhindern, dass ein Verräter unseren Feinden all unsere Geheimnisse offenbart.«

Die grimmigen Mienen der Soldaten zeigten Djaffar, dass diese handverlesenen Krieger verstanden, wie wichtig die Aktion war und was sie tun sollten.

Sie holten Torgar ein, als sich die Abenddämmerung über das Land senkte. Der Zwerg saß auf einem Stein, rieb sich die wunden Füße und schüttelte die Steine aus seinen Stiefeln, während die vier Reiter rasch näher kamen. Torgar dachte daran aufzuspringen, griff sogar nach seiner großen Axt, aber als er die Reiter erkannte, lehnte er sich einfach zurück und nahm eine trotzige Haltung an.

Die vier Krieger ritten heran und umkreisten ihn langsam.

»Torgar Hammerschlag«, verkündete Djaffar. »Auf Befehl von Markgraf Elastul Raurym erkläre ich dich für aus Mirabar ausgebürgert.«

»Das habe ich schon selbst erledigt«, erwiderte der Zwerg.

»Hast du vor, nach Mithril-Halle und zum Hof von König Bruenor Heldenhammer zu ziehen?«

»Nun, ich glaube nicht, dass König Bruenor Zeit hat, mich zu sehen, aber wenn er mich bitten würde, würde ich zu ihm kommen, ja.«

Das alles sagte er derartig lässig, dass die Augen der Männer zornig blitzten, was Torgar aber nicht zu beeindrucken schien.

»In diesem Fall bist du des Verrats an der Krone schuldig.«

»Verrat?«, schnaubte Torgar. »Ihr habt Mithril-Halle den Krieg erklärt?«

»Sie sind wohlbekannte Rivalen von Mirabar.«

»Das macht meine Reise dorthin nicht zum Verrat.«

»Dann ist es eben Spionage!«, rief Djaffar. »Ergib dich!«

Torgar betrachtete ihn einen Augenblick forschend, ohne sich anmerken zu lassen, was er empfand und was er vorhatte. Dann warf er einen Blick zu der Axt, die neben ihm lag.

Das war alles, was die Soldaten brauchten. Die beiden links von Torgar breiteten das Netz aus und spornten ihre Pferde an. Sie trabten zu beiden Seiten des Zwergs vorbei, hoben ihn von dem Stein, auf dem er saß, und warfen ihn in dem starken Netz zu Boden.

Torgar fing an, um sich zu schlagen, riss an den Seilen und

versuchte, sich zu befreien, aber die beiden anderen Männer waren sofort über ihm, zogen Keulen und sprangen aus dem Sattel. Torgar trat und schlug um sich, und es gelang ihm sogar, einen seinen Gegner zu beißen, aber er konnte sich gegen diese Übermacht nicht durchsetzen.

Die Soldaten hatten den Zwerg bald halb bewusstlos geschlagen und konnten ihn kurz darauf aus dem Netz lösen und ihm seine Rüstung abnehmen.

»Warten wir, bis die Stadt schläft, bevor wir zurückkehren«, erklärte Djaffar. »Ich habe mit der Axt vereinbart, dass heute Nacht keine Zwerge auf der Mauer Wache stehen.«

Wenn Shoudra Sternenglanz es sich genauer überlegte, war sie nicht wirklich überrascht von dieser Sache, aber sie war an diesem Abend dennoch ziemlich erschrocken. Die Sceptrana hatte gerade auf ihrem Balkon gestanden, den Abend genossen und sich das lange schwarze Haar gebürstet, als sie am Osttor der Stadt, das sie von ihrem Balkon aus gut sehen konnte, etwas bemerkte.

Die Tore öffneten sich, und ein paar Reiter kamen herein. Shoudra erkannte Djaffar von den Hämmern an seinem angeberischen Helmbusch. Obwohl sie nur wenige Einzelheiten ausmachen konnte, fiel es ihr nicht schwer zu erraten, wer die kleine Gestalt war, die dort hinter den Reitern herstapfte, entkleidet bis auf Kniehosen und ein zerrissenes Hemd, die Hände vor sich gefesselt und an das hinterste Pferd gebunden.

Sie blieb ruhig, tat aber nichts, um sich zu verbergen, als die Reiter unter ihrem Balkon vorbeikamen. Dann erschien Torgar Hammerschlag, gefesselt und offensichtlich schwer misshandelt.

Sie hatten dem armen Kerl nicht einmal seine Stiefel gelassen. »O Elastul, was hast du getan?«, sagte Shoudra leise, und ihre Stimme bebte, denn sie wusste, dass der Markgraf einen schwerwiegenden Fehler gemacht hatte.

Das Klopfen an der Tür hörte sich an wie der Donnerschlag eines Zauberers und riss Shoudra aus ruhelosem Schlaf. Sie sprang aus dem Bett und eilte automatisch zur Tür, bevor sie noch so recht wusste, wo sie war.

Sie riss die Tür auf und erstarrte, denn vor ihr stand Djaffar, der sich lässig an die Wand des Flurs vor ihrer Wohnung lehnte. Sie bemerkte den abschätzenden Blick, mit dem er sie von oben bis unten betrachtete, und wurde sich plötzlich bewusst, dass sie in dieser warmen Sommernacht nicht mehr als ein dünnes, kurzes Seidenhemd trug.

Shoudra schob die Tür wieder ein wenig zu, stellte sich züchtig dahinter und schaute durch den Schlitz den anzüglich grinsenden Hammer an.

»Mylady«, sagte Djaffar und hob die Hand grüßend an den offenen Helm, der im Fackellicht glitzerte.

»Wie spät ist es?«, fragte sie.

»Es sind noch Stunden bis zur Dämmerung.«

»Was wollt Ihr denn hier?«, fragte Shoudra.

»Ich bin überrascht, dass Ihr Euch schon zurückgezogen habt, Mylady«, sagte Djaffar unschuldig. »Es ist nicht so lange her, dass ich Euch gesehen habe, wie Ihr draußen auf Eurem Balkon standet.«

Endlich begriff Shoudra, denn nun wurde sie endgültig wach und erinnerte sich an das, was sie an diesem alles andere als gewöhnlichen Abend beobachtet hatte.

»Ich habe mich bald darauf zurückgezogen.«

»Und Ihr habt Euch zweifellos den hübschen Kopf zerbrochen.«

»Das ist meine Sache, Djaffar.« Shoudra sorgte dafür, dass ihr Zorn deutlich in ihrem Tonfall mitschwang, denn sie wollte Djaffars Selbstsicherheit einen Dämpfer verpassen. »Habt Ihr einen Grund, mich aus dem Schlaf zu reißen? Gibt es einen Notfall, der den Markgrafen betrifft? Denn falls das nicht der Fall sein sollte …«

»Wir müssen über das sprechen, was Ihr vom Balkon aus gesehen habt, Mylady«, sagte Djaffar kühl, der sich von Shoudras Tonfall offenbar kein bisschen einschüchtern ließ.

»Wer sagt denn, dass ich überhaupt etwas gesehen habe?«

»Genau, und es wäre gut für Euch, das nicht zu vergessen.«

Shoudra riss die blauen Augen weit auf. »Mein lieber Djaffar, versucht Ihr etwa, der Sceptrana von Mirabar zu drohen?«

»Ich bitte Euch, das Richtige zu tun«, erwiderte der Hammer, ohne mit der Wimper zu zucken. »Der Verräter Torgar wurde auf persönlichen Befehl des Markgrafen verhaftet.«

»Auf brutalste Weise …«

»Nein. Er hat sich ohne Kampf der gesetzlichen Autorität ergeben«, erklärte Djaffar.

Shoudra glaubte ihm kein Wort. Sie kannte Djaffar und die anderen Hämmer gut genug, um zu wissen, dass sie sich keinen Kampf entgehen ließen, wenn sie im Vorteil waren.

»Er wurde aus einem bestimmten Grund im Schutz der Dunkelheit nach Mirabar zurückgebracht, Mylady. Ihr versteht doch sicher, dass es sich hier um eine heikle Angelegenheit handelt.«

»Weil die Zwerge von Mirabar, selbst jene, die nicht Torgars Meinung sind, nicht erfreut wären zu erfahren, dass man ihn in Ketten in die Stadt zurückgeschleppt hat«, erwiderte Shoudra.

Djaffar ignorierte den Sarkasmus in ihrer Stimme und erwiderte einfach nur: »Genau.«

Dann lächelte er ironisch.

»Wir hätten ihn auch da draußen töten und irgendwo verscharren können, wo ihn nie jemand gefunden hätte. Das versteht Ihr selbstverständlich, genau wie Ihr versteht, dass Euer Schweigen in dieser Angelegenheit von höchster Wichtigkeit ist.«

»Wärt Ihr dazu wirklich im Stande gewesen? Mit gutem Gewissen?«

»Ich bin ein Krieger, Mylady, und habe geschworen, den Markgrafen zu schützen«, antwortete Djaffar mit dem gleichen Grinsen wie zuvor. »Ich verlasse mich auf Euer Schweigen.«

Shoudra starrte ihn nur an. Als Djaffar schließlich erkannte, dass er keine Antwort erhalten würde, tippte er sich abermals zum Gruß an den Helm und ging.

Shoudra Sternenglanz schloss die Tür, dann drehte sie sich um und lehnte sich dagegen. Sie rieb sich die Augen und dachte über diese sehr ungewöhnliche Nacht nach.

»Was hast du nur getan, Elastul?«, sagte sie leise.

In der benachbarten Wohnung stellte sich jemand die gleiche Frage. Nanfoodle war seit ein paar Jahren in Mirabar, aber bisher hatte er sich ganz bewusst aus der Politik herausgehalten. Er war ein Alchimist, ein Gelehrter und ein Gnom, der eine gewisse Begabung für Illusionszauber hatte, aber das war alles. Dieses letzte Debakel um den Besuch des legendären Königs von Mithril-Halle, den Nanfoodle nur zu gerne kennen gelernt hätte, hatte ihn jedoch ein wenig beunruhigt.

Er hatte das laute Klopfen gehört, angenommen, jemand hätte an seine eigene Tür geklopft, war aus dem Bett gesprungen und hatte die Tür öffnen wollen. Aber noch bevor er sie erreichte, hatte er Shoudras und Djaffars Stimmen gehört und begriffen, dass der Mann gekommen war, um mit der Sceptrana zu sprechen und nicht mit ihm.

Nanfoodle hatte jedes Wort verstanden. Torgar Hammerschlag, einer der geachtetsten Zwerge in Mirabar, dessen Familie den diversen Markgrafen seit Jahrhunderten gedient hatte, war auf der Straße zusammengeschlagen und heimlich in Ketten zurückgebracht worden.

Nanfoodle schauderte. Diese ganze Sache hatte ihn schon, als er gehört hatte, dass Bruenor Heldenhammer vor dem Tor stand, ziemlich beunruhigt.

Er wusste, daraus konnte nichts Gutes erwachsen.

Und obwohl sich der Gnom schon vor langer Zeit vorgenommen hatte, in politischen Dingen neutral zu bleiben und ausschließlich seinen Experimenten nachzugehen und seine Belohnungen einzustreichen, fand er sich am nächsten Tag vor dem Haus eines Freundes wieder.

Ratsherr Agrathan Harthammer war alles andere als erfreut über das, was der Gnom ihm erzählte.

»Ich weiß es«, sagte Agrathan zu Shoudra, als sie am nächsten Morgen die Tür öffnete. Er war direkt nach Nanfoodles Besuch zur Wohnung der Sceptrana geeilt.

»Du weißt was?«

»Was du weißt. Wie ein gewisser unzufriedener Zwerg behandelt wurde. Torgar wurde letzte Nacht von den Hämmern in Ketten in die Stadt zurückgebracht.«

»Zumindest von einem Hammer, ja.«

»Djaffar. Fluch über seinen Namen!«, sagte Agrathan.

Es überraschte Shoudra, dass der Zwerg so zornig auf Djaffar war, denn bisher hatte sie Agrathan nie zuvor so über die Hämmer sprechen hören.

»Es ist Elastul Raurym, der hinter dieser Entscheidung steht, nicht Djaffar oder die anderen Hämmer«, erinnerte sie ihn. Agrathan rammte den Kopf gegen den Türrahmen.

»Er bläst in einem Zimmer voller Rauchpulver auf glühende Kohlen«, sagte der Zwerg.

Shoudra verstand Agrathans Frustration und seine Angst, aber sie musste auch zugeben, dass sie begriff, wieso Elastul den Zwerg nicht gehen lassen wollte. Torgar kannte Mirabars Verteidigungsanlagen besser als die meisten, er kannte sich mit den Produktionskapazitäten und mit dem Zustand der Erzadern aus. Die Sceptrana glaubte nicht wirklich, dass es zu einem Krieg zwischen Mithril-Halle und Mirabar kommen würde, aber nur für den Fall …

»Ich fürchte, Elastul hatte keine andere Wahl«, erwiderte sie. »Zumindest hat er den störrischen Zwerg nicht einfach umbringen lassen.«

Diese Aussage hatte nicht die Wirkung, die sie sich erhofft hatte. Statt Agrathan zu beruhigen, brachte schon die Erwähnung einer solch teuflischen Möglichkeit den Zwerg dazu, die Augen weit aufzureißen und mit den Zähnen zu knirschen. Er beruhigte sich jedoch schnell wieder und holte tief Luft.

»Das wäre vielleicht klüger gewesen«, sagte er leise, und nun war es an Shoudra, die Augen aufzureißen. »Wenn die Zwerge von Mirabar erfahren, dass Torgar in seiner eigenen Stadt gefangen gehalten wird, werden sie alles andere als glücklich sein – und sie werden es früher oder später erfahren, daran besteht kein Zweifel.«

»Weißt du, wo sie ihn gefangen halten?«

»Ich hatte gehofft, dass du mir das sagen könntest.«

Shoudra zuckte die Achseln.

»Es ist vielleicht an der Zeit, dass wir mit Elastul sprechen.«

Dagegen konnte Shoudra Sternenglanz nichts einwenden, obwohl sie besser als Agrathan verstand, dass ein Gespräch kaum helfen würde, das Problem zu lösen. Elastul betrachtete Torgar Hammerschlag als Verräter, und Shoudra bezweifelte, dass der unglückliche Zwerg in nächster Zeit etwas anderes als seine Gefängniszelle sehen würde.

Sie ging jedoch mit Agrathan zum Palast des Markgrafen, und man ließ die beiden sofort in Elastuls Audienzzimmer. Shoudra bemerkte, dass alle Wachen und Diener, die sich normalerweise hier aufhielten, abwesend waren; nur die vier Hämmer standen in ihren üblichen Posen hinter dem Markgrafen. Sie bemerkte auch, dass Djaffar sie auf sehr zweideutige und unangenehme Weise ansah, was bewirkte, dass sie ihren Umhang am liebsten fester um sich gezogen hätte.

»Was gibt es denn so Dringendes?«, fragte der Markgraf sofort. »Ich habe heute viel zu tun.«

»Es ist ja wohl dringend genug, dass Ihr Torgar Hammerschlag ins Gefängnis gesteckt habt, Markgraf«, erwiderte Agrathan barsch, und dann fügte er betont hinzu: »Torgar *Delzoun* Hammerschlag.«

»Er wird nicht schlecht behandelt«, erklärte Elastul, und als er Shoudras zweifelnden Blick bemerkte, murmelte er: »Solange er sich nicht widersetzt … Ich habe Euch in dieser Sache um Diskretion gebeten und erwartet, dass Ihr dieser Bitte Folge leistet«, fuhr er dann, offensichtlich an Shoudra gerichtet, fort.

»Es war nicht sie, die es mir erzählt hat«, erwiderte Agrathan.

»Wer dann?«

»Das ist unwichtig«, antwortete der Zwerg. »Falls Ihr vorhabt, alle zu jagen, die darüber sprechen, dann wäre es erfolgversprechender, Wasser festzuhalten, das Euch durch die Finger rinnt.«

Elastul war nicht erfreut über diese Bemerkung, und er warf Djaffar einen eisigen Blick zu, der seinerseits nur die Schultern zuckte.

»Das hier ist wichtig, Markgraf«, sagte Agrathan. »Torgar ist nicht einfach nur irgendein Bürger.«

»Torgar ist überhaupt kein Bürger mehr«, verbesserte ihn

Elastul. »Und das aus eigenem Entschluss. Er ist im Gefängnis, und da wird er bleiben, bis er öffentlich seine Aussagen zu dieser Sache zurückgenommen hat und diese lächerliche Idee aufgibt, nach Mithril-Halle zu gehen.«

Agrathan setzte zu einer Erwiderung an, aber Elastul schnitt ihm das Wort ab.

»Darüber gibt es keine Diskussion, Ratsherr.«

Agrathan warf Shoudra einen Hilfe suchenden Blick zu, aber sie zuckte nur die Achseln und schüttelte den Kopf.

Es ließ sich nicht ändern. Markgraf Elastul betrachtete Mithril-Halle offensichtlich als Feind, und jeder Schritt, den er unternahm, schien dafür zu sorgen, dass diese Wahrnehmung mehr und mehr zur Wirklichkeit wurde.

Sowohl Agrathan als auch Shoudra hofften, dass Elastul vollständig verstand, was er da getan hatte, denn beide fürchteten die Reaktion der Zwerge, falls Torgars Gefangenschaft bekannt würde.

Die Bemerkung des Zwergs über glühende Kohlen in einem Raum mit Rauchpulver kam Shoudra Sternenglanz in diesem Augenblick recht zutreffend vor.

Der Held

Catti-brie kroch leise zum Rand des Felsenkraters und spähte hinüber. Wie sie erwartet hatte, hatte der Ork sein Lager unter ihr auf einem flachen Felsen aufgeschlagen, um den größere Blöcke verstreut lagen. Es gab kein großes Feuer, nur eine Grube mit glühender Holzkohle. Der Ork hockte so dicht daran, dass selbst dieses Glühen kaum zu sehen war.

Catti-brie war froh, dass sie ihren magischen Reif bei sich hatte, denn so wurde sie auf das schwache Glühen eines zweiten Orks ganz in der Nähe aufmerksam, der an einem abgebrochenen Ast schnitzte. Ihr Reif war wirklich ein wunderbarer Gegenstand, der ihr gestattete, im Dunkeln zu sehen, aber es funktionierte erheblich besser unter der Erde, wo sie ohne ihn überhaupt nichts sehen konnte, als unter dem Nachthimmel. Wenn die Sterne leuchteten, war die Wärmesicht häufig verwirrend und verzerrte Entfernungen, besonders auf hitzeneutralen Oberflächen wie geborstenem Stein.

Catti-brie regte sich nicht, während sich ihre Augen wieder an das trübe Licht anpassten. Sie hatte schon eine Route ausgewählt, die sie zu dem Ork bringen würde, hatte vorgehabt, in die Senke zu schleichen und das Geschöpf zu fangen oder zu töten.

Aber nun waren es zwei.

Sie griff instinktiv nach Taulmaril, als sie die neue Situation bedachte, aber dann hielt sie inne und nahm den Bogen nicht vom Rücken. Ihre Finger waren immer noch geschwollen und taten weh, und mindestens einer war gebrochen. Sie hatte zuvor an diesem Tag geübt und wusste, sie konnte kaum hoffen, die Orks aus dieser Entfernung zu treffen.

Also griff sie stattdessen nach Khazid'hea. Ihr berühmtes Schwert, das auch Schnitter genannt wurde, weil es eine so feine und tödliche Klinge hatte, drang durch Rüstung so leicht wie durch Tuch. Sie spürte die Energie, sobald sie die Hand um den Griff schloss. Khazid'hea wollte diesen Kampf, wie es jeden Kampf wollte.

Das Gefühl wurde nur noch intensiver, als sie das Schwert nun beinahe lautlos aus der Scheide zog. Sie achtete darauf, es weiterhin hinter dem Felsen zu halten, denn die hervorragend geschliffene Klinge würde den kleinsten Lichtschimmer auffangen und ihn deutlich widerspiegeln.

Das hungrige Schwert rief nach ihr, flehte sie an, hinunter zu dem ersten Ork zu eilen.

Catti-brie hätte es beinahe getan, aber dann warf sie einen Blick über die Schulter. Sie wusste, es wäre besser zurückzukehren und ein paar von den anderen zu holen. Drizzt war vor einiger Zeit losgezogen, aber ihre anderen Freunde konnten nicht weit entfernt sein.

Unsinn, dachte sie dann. Es sind nur zwei Orks, und wenn du schnell zuschlägst, ist es nur noch einer – oder vielleicht war es das Schwert, das ihr diesen Gedanken zusandte.

Wie auch immer, es kam Catti-brie recht logisch vor. Sie war noch nie einem Ork begegnet, der ein besserer Schwertkämpfer gewesen war als sie.

Um weitere Unschlüssigkeit zu unterbinden, schlüpfte sie hinter den Felsvorsprung und begann, langsam den Pfad entlangzuschleichen, der sie zu dem Plateau und dem Lager bringen würde.

Schon bald war sie auf der Höhe des Ork und nur noch zehn Fuß entfernt. Das Geschöpf beugte sich über die Kohlen und schürte das Feuer, während sein ebenfalls ahnungsloser Gefährte drüben an der Seite weiterschnitzte.

Sie schlich einen halben Schritt näher, dann noch einen. Kaum fünf Fuß trennten sie noch von dem Ork. Das Geschöpf spürte sie offenbar, blickte auf, schrie – und fiel nach hinten, als Catti-brie einmal zuschlug und dann noch einmal, bevor sie sich umdrehen und dem angreifenden zweiten Ork stellen musste.

Der kam abrupt zum Stehen, als Khazid'hea vor ihm aufblitzte. Der Ork stach hektisch mit seinem primitiven Speer zu, aber Catti-brie drehte sich geschickt zur Seite und wich aus. Wieder stach ihr Gegner zu, abermals wirkungslos, dann stürzte er vorwärts, zog sich plötzlich zurück und stieß erneut zu.

Catti-brie wich dem zweiten Stich aus, dann setzte sie dazu an, dem dritten auszuweichen, aber sie hielt inne, als der Ork sich zurückzog, und täuschte ein Ausweichen in die andere Richtung vor, als der Speer kam.

Sie hatte ihre Gelegenheit, und sie würde sie sich nicht entgehen lassen. Khazid'hea schoss vor, und die wunderbare Klinge schnitt sauber die Spitze vom Speer des Ork ab. Das Geschöpf heulte und sprang rückwärts, wobei es den Rest des Schafts nach Catti-brie warf, aber ein Schnipsen ihres Handgelenks ließ das Holz ins Dunkel fliegen.

Sie eilte weiter, das Schwert vor sich, bereit, es in die Brust des Ork zu stoßen …

Sie blieb abrupt stehen, als ein Stein direkt vor ihr vorbeipfiff.

Als sie sich diesem neuesten Angreifer stellen wollte, wurde sie von einem zweiten Stein hart am Rücken getroffen.

Ein drittes Wurfgeschoss ging vorbei, ein viertes traf sie an der Schulter, und sie konnte ihren plötzlich taub gewordenen Arm nicht mehr hochhalten.

Orks kletterten rings um das Lager über Felsblöcke, fuchtelten mit den Waffen und warfen mehr Steine nach ihr, damit sie weiter abgelenkt blieb.

Catti-bries Gedanken überschlugen sich. Sie konnte kaum glauben, dass sie so dumm gewesen war, in diese Falle zu gehen. Sie spürte, wie Khazid'hea sie weiter bedrängte zu kämpfen, die Orks alle zu töten, und sie fragte sich einen Augenblick, wie gut sie dieses stets hungrige Schwert wirklich beherrschte.

Aber nein, erkannte sie, das hier war ihr eigener Fehler gewesen und nicht der der Waffe. Normalerweise hätte sie sich in dieser Situation defensiv verhalten und den Feind zu sich kommen lassen, aber die Orks taten ihr den Gefallen nicht. Stattdessen hoben sie noch mehr Steine auf und warfen sie nach ihr. Catti-brie wich geschickt aus, wurde aber dennoch ein paar Mal getroffen. Dann wählte sie die Stelle in dem Ring aus Feinden aus, die sie für die verwundbarste hielt, und griff mit blitzendem Schwert an.

Sie folgte ihrem Instinkt, und ihre Muskeln arbeiteten schneller, als ihre bewussten Gedanken folgen konnten. Brillant wehrte sie ein Schwert, eine Axt und einen weiteren Speer ab – eins, zwei, drei –, und es gelang ihr, plötzlich einen Schritt zur Seite zu machen und einen Ork zu treffen, der eine Vorwärtsbewegung erwartet hatte. Er presste die Hände auf den Bauch und fiel nach vorn.

Dann kam ein zweiter hinzu, der über einen Felsen sackte und sich heftig wand, während er versuchte, den Blutfluss aus seiner Halswunde zu stoppen.

Catti-brie drehte das Handgelenk und riss die Waffe eines dritten Ork nach unten, was ihr die Möglichkeit zu einem tödlichen Schlag gab, aber als Khazid'hea vorwärts zuckte, traf ein weiterer Stein ihren bereits verwundeten Arm und verursachte glühende Schmerzen. Zu ihrem Entsetzen hörte sie, bevor ihr noch recht klar war, was geschah, wie Khazid'hea klirrend über die Steine rutschte.

Ein Speer wurde auf sie zugestoßen, aber sie wich geschickt aus, dann packte sie ihn. Ein Schritt nach vorn, ein hochgerissener Ellbogen, und der Ork taumelte, und Catti-brie machte sich daran, ihm die Waffe zu entreißen.

Aber ein Keulenschlag traf sie zwischen den Schulterblättern, ihre Arme wurden schwach, und der Ork mit dem Speer riss seine Waffe zurück, stieß wieder zu und verwundete Catti-brie an der Hüfte. Sie taumelte vorwärts und zur Seite, und es gelang ihr irgendwie, mit der Hand ein Schwert wegzuschlagen, obwohl die weiche Haut ihrer Handfläche weit aufgerissen wurde.

Jede Bewegung vollzog sie verzweifelt – verzweifelter, als sie je gewesen war. Irgendwo tief in ihren sich überschlagenden Gedanken fiel ihr auf, wie dicht an einer Katastrophe sie und ihre Freunde nun schon so lange gelebt hatten. Sie versuchte noch einmal zu fliehen, aber dann traf sie die Keule abermals, und während sie in die Knie ging, erkannte sie in einem Aufflackern von Klarheit, wie schnell sich ein einziger Fehler als tödlich erweisen konnte.

Sie fiel vornüber und bemerkte, dass Khazid'hea ganz in der Nähe lag. Es befand sich allerdings immer noch außerhalb ihrer Reichweite, hätte ebenso gut in einer anderen Welt sein können, denn nun kamen die Orks näher. Catti-brie drehte sich verzweifelt auf den Rücken und fing an, um sich zu treten, um die Waffen von sich fern zu halten.

»Was ist denn, Guen?«, fragte Drizzt leise.

Er kniete sich neben den Panther, der die Ohren angelegt hatte und nun vollkommen reglos dastand und in die dunkle Nacht hinausspähte. Der Drow sah sich ebenfalls um, aber er erwartete nicht, irgendwelche Feinde zu sehen, denn er hatte den ganzen Tag keinen einzigen Ork entdecken können.

Aber irgendetwas stimmte nicht. Der Panther wusste es, und Drizzt wusste es ebenfalls. Etwas war nicht in Ordnung. Er schaute zurück zum Berg, zu dem weit entfernten Leuchten der Lagerfeuer in Bruenors Lager, wo alles ruhig zu sein schien.

»Was hast du gespürt?«, fragte der Drow den Panther.

Guen gab ein leises, beinahe flehendes Knurren von sich. Drizzt spürte, wie sein Herz zu rasen begann, und er sah sich verzweifelt um und tadelte sich, weil er an diesem Nachmittag allein losgezogen und tiefer in die Berge eingedrungen war, um nach dem Turm Ausschau zu halten, der das Wahrzeichen von Senkendorf war, und dabei seine Freunde so weit hinter sich zurückgelassen hatte.

Sie konnte die Orks lange Zeit fern halten, aber die Anstrengung war zu groß, und nach und nach wurden Catti-bries Tritte so langsam, dass sie keine Wirkung mehr hatten. Schließlich trafen sie ein paar Tritte der Orks so fest in die Rippen, dass sie nicht anders konnte als sich zusammenzurollen und die schmerzende Stelle zu umklammern. Tränen flossen, als sie ihren Irrtum und die Konsequenzen erkannte.

Sie würde ihre Freunde niemals wieder sehen. Sie würde nie wieder mit Drizzt lachen, Regis necken oder sehen, wie ihr Vater seinen Thron als König von Mithril-Halle bestieg.

Sie würde niemals Kinder haben. Sie würde nie sehen, wie ihre Tochter zur Frau oder ihr Sohn zum Mann heranwuchs. Sie würde niemals wieder Colson im Arm halten oder sich an dem Lächeln erfreuen, das vor kurzem auf Wulfgars Züge zurückgekehrt war.

Alles um sie herum schien für einen Augenblick still zu

stehen, und sie blickte auf und sah, dass der größte Ork direkt vor ihr stand, eine schwere Axt hoch über den Kopf erhoben, und die anderen jubelten ihm zu.

Sie konnte sich nicht mehr verteidigen. Sie betete, dass es nicht zu wehtun würde.

Hoch schwang die Axt, und der Kopf des Ork sackte ruckartig nach unten.

Direkt zwischen seinen Schultern wurde der schimmernde Mithril-Kopf eines Kriegshammers sichtbar. Der Ork schwankte ein wenig, aber er fiel nicht nach hinten, denn Wulfgar rammte seine breite Schulter gegen ihn und warf ihn direkt auf Catti-brie.

Mit einem Brüllen stürzte Beornegars Sohn vorwärts, stellte sich mit gespreizten Beinen über Catti-brie, und seine mächtigen Arme wirbelten Aegis-fang vorwärts und rückwärts und rundherum und trieben die überraschten Orks zurück. Er traf einen Feind, zerschmetterte ihm die Hüfte, dann machte er einen Schritt nach vorn, um einem zweiten gegen die Beine zu schlagen, was den Ork heulend gegen die Felsen fallen ließ. Mit einem Zorn, wie Catti-brie es noch nie gesehen hatte, einer Kampfeswut, die über alles hinausging, was die Orks je erlebt hatten, duckte sich der Barbar, drehte sich um und schleuderte Aegis-fang auf die Brust des nächsten Ork. Anders als bei Catti-brie einen Augenblick zuvor glaubte jedoch nicht ein einziger Ork, dass dieser riesige Mensch jetzt unbewaffnet war. Wulfgar stürzte sich direkt auf sie, ignorierte ihre halbherzigen Angriffe und konterte mit Fausthieben, die die Orks in alle Richtungen fliegen ließen.

Catti-brie schaffte es, sich auf die Seite und zu ihrem verlorenen Schwert zu rollen. Sie packte es und wollte aufstehen, aber sie hatte nicht mehr die Kraft dazu. Sie schwankte und befürchtete, dass der Versuch sie das Leben kosten und

Wulfgars verzweifelte Rettung zu einem Hohn machen würde, als ein Ork neben ihr auftauchte. Einen Sekundenbruchteil später erkannte sie, dass das Geschöpf nicht versuchte, sie anzugreifen, sondern auf der Flucht war.

Und warum auch nicht? Ein weiterer Ork segelte in die Nacht, und dann wurde der Nächste hoch in die Luft gerissen, und eine starke Hand umklammerte seinen Hals. Dieser Ork war groß und beinahe so breit wie Wulfgar, aber der Barbar stemmte ihn ohne Schwierigkeiten hoch. Das um sich schlagende Geschöpf konnte seinen eisernen Griff nicht brechen.

Wulfgar wehrte einen weiteren lästigen Ork mit der freien Hand ab. Aegis-fang kehrte zu ihm zurück, und er schlug einmal rund um sich, dann wandte er die Aufmerksamkeit wieder dem Ork zu, den er hochhielt. Mit einem urtümlichen Grollen spannte er die mächtigen Muskeln an.

Das Genick des Ork brach, und das Geschöpf erschlaffte. Wulfgar warf es beiseite.

Wieder griff er an, sein Zorn immer noch nicht gestillt. Aegis-fang mähte Orks nieder und zerstreute sie in die Nacht. Knochen brachen unter den mächtigen Schlägen, als er durch die fliehenden Massen watete wie ein Schnitter durch ein Weizenfeld.

Und dann war es plötzlich vorbei, und Wulfgar senkte den Arm. Zitternd und mit bleichem Gesicht kam er zu Catti-brie und beugte sich zu ihr hinunter. Sie nahm seine Hand, und ein rasches Ziehen brachte sie auf die Beine, die sie allerdings kaum tragen wollten.

Aber das zählte nicht, denn sie fiel einfach in Wulfgars wartende Arme. Er hob sie hoch und umarmte sie fest. Catti-brie schmiegte schluchzend das Gesicht an die starke Schulter des Mannes, und Wulfgar drückte sie an sich und flüsterte ihr beruhigende Worte ins Ohr, das eigene Gesicht tief in ihrem dichten, rötlich braunen Haar vergraben.

Rings um sie her wurden die Nachttiere, die von dem Kampflärm aufgeschreckt worden waren, wieder leiser, und die Orks flohen in die Dunkelheit.

Mielikkis Billigung

Zuerst ging Pikel Felsenschulters ununterbrochenes »Huuuiiii« Tarathiel auf die Nerven, aber als er Mond im Bergwald landen ließ und dem Zwerg vom Rücken des Pegasus half, stellte er fest, dass er den grünbärtigen Burschen irgendwie lieb gewonnen hatte.

»Hihihi«, sagte Pikel und warf mehrfach Blicke zurück zu dem Pegasus, während er Tarathiel folgte.

Sie waren den größten Teil des Tages unterwegs gewesen, und das Nachmittagslicht begann zu schwinden.

»Du magst Mond?«, fragte Tarathiel.

»Ei, ei«, antwortete Pikel.

»Nun, dann habe ich hier noch etwas, wovon ich hoffe, dass es dich ebenfalls erfreut«, erklärte der Elf.

Pikel sah ihn neugierig an.

»Wir sind hier nahe dem ehemaligen Zuhause eines großen Waldläufers, der inzwischen verstorben ist«, sagte Tarathiel. »Ein verzauberter und heiliger Ort, der als Mooshies Hain bekannt ist.«

Pikel riss die Augen so weit auf, dass es aussah, als würden sie ihm gleich aus dem Kopf kullern.

»Du hast davon gehört?«

»Mhm.«

Tarathiel lächelte und führte ihn den gewundenen Bergpfad entlang, der von hohen Kiefern gesäumt war. Der Wind fegte um sie herum. Sie kamen zu dem rautenförmigen Hain aus Bäumen und Steinwällen, der so aussah, als wäre Montolio immer noch am Leben und würde sich darum kümmern. Eine Aura mächtiger Magie umgab die ganze Anlage.

Tarathiel konnte nur hoffen, dass der letzte Bewohner dieses Hains, den er gesehen hatte, sich noch in der Nähe aufhielt. Er hatte Drizzt Do'Urden vor ein paar Jahren hierher gebracht, um den ungewöhnlichen Dunkelelfen einschätzen zu können, und er und Innovindil waren zu dem Schluss gekommen, dass eine ähnliche Prüfung für Pikel Felsenschulter vollkommen angemessen wäre.

Die beiden gingen in den Hain und wanderten umher, bewunderten die erhöhten Pfade und die schlichten, aber schönen Hütten.

»Du und dein Bruder, ihr seid also unterwegs zur Krönung von König Bruenor Heldenhammer?«, fragte der Elf, um sich die Zeit zu vertreiben, denn er wusste, dass Innovindil den älteren Bruder, der im Mondwald zurückgeblieben war, ebenfalls ausfragen würde.

»Ei, ei«, sagte Pikel, aber er war offensichtlich abgelenkt, hüpfte umher, kratzte sich am Kopf und nickte vergnügt vor sich hin.

»Du kennst König Bruenor gut?«

»Ei, ei«, antwortete Pikel.

Aber dann hielt er plötzlich inne, schaute den Elfen an und blinzelte ein paar Mal.

»Mhm-mhm«, verbesserte er sich und zuckte die Achseln.

»Du kennst Bruenor nicht gut?«

»Nö.«

»Aber gut genug, um – wie heißt er noch? – Cadderly zu vertreten?«

»Ei, ei.«

»Ich verstehe. Und sag mir, Pikel«, bat Tarathiel, »wie kommt es, dass du druidische ...«

Er hielt inne, denn er bemerkte, dass Pikel plötzlich vollkommen abgelenkt war und die Augen weit aufgerissen hatte. Tarathiel folgte dem Blick des Zwergs und verstand sofort, wieso seine Frage auf taube Ohren gestoßen war, denn dort, direkt vor dem Hain, stand das wunderbarste Geschöpf der Welt. Das Einhorn war groß und kräftig, mit Beinen, die einen Riesenschädel zerschmettern konnten, und einem einzelnen geraden Horn, das zwei Männer aufzuspießen vermochte. Nun scharrte es unruhig am Boden und beobachtete Pikel ebenso angespannt, wie der Zwerg zurückschaute.

Dann hob Pikel den Arm über den Kopf, den Finger nach oben, als hätte er selbst ein Einhorn-Horn, und fing an umherzuhüpfen.

»Sei vorsichtig, Zwerg«, warnte Tarathiel, unsicher, wie dieses hinreißende, aber gefährliche Geschöpf reagieren würde. Aber Pikel war offenbar alles andere als nervös. Mit einem Schrei des Entzückens sprang der Zwerg über den Weg, kletterte über die Steinmauer, die den Rand des Hains markierte, und lief auf das Tier zu.

Das Einhorn scharrte abermals und wieherte laut, aber Pikel schien das kaum zu bemerken und rannte weiter.

Tarathiel verzog das Gesicht und tadelte sich innerlich, weil er den Zwerg in den Hain gebracht hatte. Er lief hinter Pikel her und rief ihm zu, er solle stehen bleiben.

Aber es war Tarathiel, der schließlich stehen blieb, gerade als er über den Steinwall steigen wollte. Auf dem kleinen Feld stand Pikel neben dem Einhorn und streichelte mit ehrfürchtiger Miene seinen muskulösen Hals. Das Einhorn schien ein wenig unsicher und scharrte weiter, aber es vertrieb Pikel nicht und machte auch keine Anstalten davonzurennen.

Tarathiel setzte sich auf den Wall und lächelte, denn er war sehr froh darüber.

Pikel blieb einige Zeit bei dem wunderbaren Geschöpf, bevor das Einhorn sich schließlich umdrehte und davongaloppierte. Der vollkommen bezauberte Zwerg schwebte beinahe über die Wiese zurück, hüpfte so leichtfüßig, dass er kaum den Boden zu berühren schien.

»Bist du zufrieden?«

»Ei, ei.«

»Ich glaube, es mochte dich.«

»Ei!«

»Du weißt also von Mielikki?«

Pikel griff unter sein Hemd und holte einen Anhänger heraus, der einen geschnitzten Einhornkopf zeigte, das Zeichen der Naturgöttin.

Tarathiel hatte einen anderen mit einem ganz ähnlichen Anhänger gesehen, wenn der von Pikel auch aus Holz geschnitzt war und der andere aus den Knochen der Hartschädelforelle aus dem Eiswindtal bestanden hatte.

»Wird es König Bruenor denn nicht stören, wenn sich ein Anhänger der Göttin an seinem Hof aufhält?«, fragte Tarathiel und lenkte das Gespräch damit in eine Richtung, die ihm vielleicht mehr verraten würde.

Pikel sah ihn neugierig an.

»Immerhin ist er ein Zwerg, und die meisten Zwerge haben nicht viel für die Göttin Mielikki übrig.«

»Pfft«, schnaubte Pikel und machte eine wegwerfende Handbewegung.

»Du glaubst, dass ich mich irre?«

»Ei, ei.«

»Ich habe gehört, dass noch ein anderer an König Bruenors Hof in der Gunst von Mielikki steht«, sagte Tarathiel. »Einer, der hier von Montolio dem Waldläufer ausgebildet wurde.

Ein sehr ungewöhnliches Geschöpf, ganz ähnlich wie Pikel Felsenschulter.«

»Drizzit Dudden!«, rief Pikel, und Tarathiel brauchte einen Augenblick, um den Namen in Pikels Aussprache zu erkennen, aber als er es tat, nickte er zustimmend.

Wenn das Einhorn nicht Beweis genug gewesen war, dann war es die Tatsache, dass Pikel von Drizzt wusste.

»Drizzt, ja«, sagte der Elf. »Er war es, den ich hierher brachte, als ich das Einhorn zum ersten Mal gesehen habe. Das Einhorn mochte ihn ebenfalls.«

»Hihihi.«

»Lass uns hier übernachten«, erklärte der Elf. »Wir werden morgen gleich bei Sonnenaufgang aufbrechen und zu deinem Bruder zurückkehren.«

Dieser Vorschlag schien Pikel Felsenschulter zuzusagen. Er lief davon, suchte überall im Hain und fand tatsächlich bald zwei Hängematten, die er vergnügt für sie aufhängte.

Sie verbrachten eine angenehme Nacht in der magischen Atmosphäre von Mooshies Hain.

»Er kennt Drizzt Do'Urden«, sagte Tarathiel zu Innovindil, als sie am folgenden Abend zusammensaßen, um über ihre Begegnungen mit den ungewöhnlichen Zwergenbrüdern zu sprechen.

»Ebenso wie Ivan«, erklärte Innovindil. »Tatsächlich stellen Drizzt Do'Urden und Bruenors Adoptivtochter Catti-brie die Verbindung zwischen dem Priester Cadderly und Mithril-Halle dar. Alles, was Ivan, Pikel und Cadderly von Bruenor wissen, haben sie von diesen beiden erfahren.«

»Pikel glaubt, dass Drizzt bei Bruenor ist«, sagte Tarathiel ernst.

»Wenn er in diese Region zurückkehrt, werden wir die Wahrheit über Ellifains derzeitigen Zustand erfahren.«

Tarathiels Blick verdüsterte sich, und er schlug die Augen nieder. Das Leben und das Schicksal von Ellifain Tuuserail gehörten zu den traurigsten und finstersten Geschichten im Mondwald. Ellifain war in jener schicksalhaften Nacht vor einem halben Jahrhundert noch ein kleines Kind gewesen, als die Dunkelelfen aus ihren Höhlen kamen und eine Versammlung von Mondelfen angriffen, die den Vollmond feierten. Alle wurden niedergemetzelt, bis auf Ellifain, und es wäre dem Mädchen nicht besser ergangen, wäre da nicht ein ungewöhnlich großzügiger Drow namens Drizzt Do'Urden gewesen. Er hatte das Kind unter der toten Mutter begraben, beschmiert mit ihrem Blut, so dass es ausgesehen hatte, als wäre auch Ellifain tödlich verwundet.

Während Tarathiel, Innovindil und die anderen Mondelfen verstanden, wie barmherzig Drizzt gewesen war, und den Bericht des bemerkenswerten Dunkelelfen über die schreckliche Nacht akzeptiert hatten, war Ellifain nie über diesen schrecklichen Moment hinweggekommen. Das Massaker hatte sie über alle Maßen gezeichnet, trotz der Anstrengungen von Priestern und Zauberern, und hatte ihr für ihr Erwachsenenleben nur ein einziges Ziel gegeben: Drow-Elfen zu töten, und ganz besonders Drizzt Do'Urden.

Die beiden waren einander begegnet, als Drizzt sich einmal durch den Mondwald gewagt hatte, und es hatte Tarathiel und die anderen gewaltige Anstrengung gekostet, Ellifain von Drizzts Kehle fern zu halten.

»Glaubst du, sie wird sich zeigen, um ihn zu töten?«, fragte Innovindil. »In diesem Fall müssen wir Drizzt Do'Urden und König Bruenor davor warnen, dass sie unter den Elfen sein könnte, die nach Mithril-Halle kommen.«

Tarathiel zuckte mit den Schultern. Vor ein paar Jahren war Ellifain ohne weitere Erklärung aus dem Mondwald verschwunden. Sie hatten sie nach Silbrigmond verfolgt, wo sie versucht hatte, einen Schwertkämpfer als Partner anzuheuern, unter der Bedingung, dass er sich mit dem Kampfstil der Drow auskannte, die zwei lange Krummsäbel bevorzugten.

Die beiden hatten Ellifain bei zahllosen Gelegenheiten beinahe erwischt, aber sie war ihnen immer wieder entkommen. Und dann war sie einfach verschwunden, und die Spur war schnell kalt geworden. Die Elfen vermuteten die Einmischung eines Zauberers, der wahrscheinlich einen Transportzauber angewandt hatte, aber sie hatten trotz aller Anstrengungen niemanden finden können, der auch nur gestanden hätte, Ellifain begegnet zu sein.

Die Spur führte ins Leere, und die Elfen hatten gehofft – sie hofften immer noch –, dass Ellifain aufgegeben hatte, Drizzt finden und töten zu wollen. Inzwischen bezweifelten Tarathiel und Innovindil allerdings stark, dass das wirklich der Fall war. Ellifains Waffenhand wurde nicht von Vernunft gelenkt, sondern von unnachgiebigem Zorn und einem Rachedurst, der über alles hinausging, was die Elfen je zuvor erlebt hatten.

»Es ist unsere Verantwortung als Nachbarn, König Bruenor zu warnen«, erklärte Tarathiel.

»Wir sind Zwergen gegenüber verantwortlich?«

»In diesem Fall schon.«

Innovindil dachte einen Augenblick nach, dann nickte sie zustimmend. »Sie glaubt, wenn sie Drizzt töten kann, werden diese Bilder verschwinden, die sie immer wieder heimsuchen. Wenn sie Drizzt tötet, wird sie damit alle Drow treffen und ihre Familie rächen.«

»Aber wenn er gewarnt wird und sie sich und ihre Absicht enthüllt, wird er sie wahrscheinlich umbringen«, sagte Tarathiel, und Innovindil zuckte bei dem Gedanken zusammen.

»Vielleicht wäre das die gnädigste Lösung«, sagte sie

schließlich und blickte zu Tarathiel auf, dessen Miene angespannt war und der die Augen zusammengekniffen hatte.

Aber er konnte Innovindils schlichter Logik und seinem eigenen Wissen, dass Ellifain, die wahre Ellifain, in jener Nacht vor langer Zeit auf diesem vom Vollmond beleuchteten Feld gestorben war, nichts entgegensetzen. Danach war sie ein vollkommen gebrochenes Geschöpf gewesen.

»Ich glaube nicht, dass Ival und Pikel Felsenschulter geeignet sind, König Bruenor eine solche Botschaft zu überbringen«, stellte Innovindil fest, und Tarathiels finstere Miene hellte sich ein wenig auf. Ein Lächeln umspielte seine Mundwinkel.

»Wahrscheinlich werden sie alles durcheinander bringen und einen Krieg zwischen Mithril-Halle und dem Mondwald auslösen«, sagte er mit einem etwas gezwungenen Lachen.

»Bumm!«, versuchte Innovindil, Pikel zu imitieren, und beide Elfen lachten laut.

Dann jedoch richtete Tarathiel den Blick zum westlichen Himmel, wo die untergehende Sonne eine Wolkenbank in ihr Feuer hüllte, und seine Heiterkeit verging. Ellifain war irgendwo dort draußen, oder sie war tot, und er konnte nichts tun, um sie zu retten.

Ein angesehener Bürger

Es hatte nie viel gebraucht, um den Gnom nervös zu machen, aber das hier war wirklich mehr, als Nanfoodle verkraften konnte. Rasch ging er durch die Straßen von Mirabar auf die Verbindungen zur Unterstadt zu, aber er nahm nicht den direktesten Weg. Er versuchte angestrengt – zu angestrengt –, sich nichts anmerken zu lassen.

Das war ihm bewusst, und daher zwang er sich nun, einen direkteren Weg zu nehmen. Wieso sollte er denn nicht in die Unterstadt gehen? Er war der Erste Alchemist des Markgrafen; er arbeitete häufig mit frischem Erz und besuchte die Zwerge, also wieso versuchte er nun, sein Ziel zu verheimlichen?

Nanfoodle schüttelte den Kopf und tadelte sich für seine Nervosität, dann blieb er stehen, holte tief Luft und fing mit ruhigerem Schritt und einer gezwungen ungezwungenen Miene noch einmal von vorne an.

Das funktionierte allerdings nur so lange, bis er wieder daran denken musste, was er vorhatte. Er hatte dem Ratsherrn Agrathan erzählt, dass Torgar gefangen genommen worden war, und er hatte angenommen, er könnte es damit auf sich beruhen lassen, denn immerhin hatte er seine Pflicht als ein Freund – und er fühlte sich wirklich als ein Freund – der Zwerge erfüllt. Aber nachdem nun einige Zeit vergangen war und offensichtlich nichts für Torgar getan wurde, hatte Nanfoodle begriffen, dass Agrathan die Sache nicht weiter als bis zum Markgrafen getragen hatte. Und was für den Gnom noch schlimmer war, die Zwerge von Mirabar glaubten immer noch, dass Torgar nach Mithril-Halle unterwegs oder vielleicht sogar schon dort eingetroffen war. Mehrere Tage lang hatte der Gnom wegen dieser Sache mit seinem Gewissen gerungen. Hatte er genug getan? War es seine Pflicht als Freund, es den Zwergen oder doch zumindest Shingles McRuff zu sagen, von dem er wusste, dass er der beste Freund von Torgar Hammerschlag war? Oder war es seine Pflicht gegenüber dem Markgrafen, seinem Arbeitgeber, der ihn überhaupt erst nach Mirabar gebracht hatte, den Mund zu halten und sich um seine eigenen Angelegenheiten zu kümmern?

Als diese Fragen nun wieder in Nanfoodles Gedanken auftauchten, wurden die Schritte des Gnoms weniger entschlossen und begannen, einem Schlendern zu ähneln, und er verschränkte die Hände vor dem Bauch und drehte Däumchen. Er hatte die Augen nur halb offen und erforschte Herz und Seele so intensiv, dass er kaum mehr auf seine Umgebung achtete, und daher war er überrascht, als plötzlich, nachdem er in eine schmale Gasse eingebogen war, eine hoch gewachsene und beeindruckende Gestalt vor ihm stand.

Nanfoodle blieb abrupt stehen und ließ den Blick an der wohlgeformten Gestalt emporgleiten, bis er zu den ausdrucksvollen Augen von Shoudra Sternenglanz kam.

»Oh, hallo, Sceptrana«, grüßte der Gnom nervös. »Ein schöner Tag für einen Spaziergang, nicht wahr?«

»Ein schöner Tag *über* der Erde, ja«, erwiderte Shoudra. »Bist du so sicher, dass es in der Unterstadt ebenfalls angenehm ist?«

»Die Unterstadt? Was weiß ich denn schon über die Unterstadt? Ich war seit Zehntagen nicht mehr dort unten!«

»Eine Situation, gegen die du zweifellos noch heute etwas unternehmen wirst.«

»Äh, nein«, stotterte der Gnom. »Ich habe nur einen Spaziergang gemacht. Ja, ja … ich versuche, eine Formel in meinem Kopf zurechtzurücken, verstehst du. Muss das Metall härten …«

»Erspar mir die Ausflüchte«, bat ihn Shoudra. »Jetzt weiß ich zumindest, wer Agrathan etwas ins Ohr geflüstert hat.«

»Agrathan? Sprichst du vom Ratsherrn Harthammer?«

Nanfoodle bemerkte, wie wenig überzeugend er klang, und das machte ihn nur noch nervöser.

»Djaffar war in jener Nacht, als Torgar Hammerschlag nach Mirabar zurückgebracht wurde, im Flur ein bisschen laut«, bemerkte Shoudra.

»Djaffar? Laut? Nun, ich denke, das ist er immer«, bluffte Nanfoodle und hielt sich für ziemlich schlau. »In jedem Flur, würde ich annehmen, obwohl ich mich nicht erinnern kann, ihn jemals in einem gesehen zu haben.«

»Tatsächlich?«, sagte Shoudra in ironischem Ton. »Und dennoch warst du kein bisschen überrascht zu hören, dass man Torgar Hammerschlag wieder nach Mirabar zurückgeschleppt hat? Wie kommt es, dass dir das nicht neu ist?«

»Nun, ich … nun …«

Der kleine Gnom hob die Hände und gab sich geschlagen.

»Du hast ihn in jener Nacht vor meiner Tür gehört.«

»Ja.«

»Und du hast es Agrathan erzählt.«

Nanfoodle seufzte tief und sagte: »Sollte er es denn nicht wissen? Sollten die Zwerge denn nicht wissen, was ihr Markgraf tut?«

»Und steht es dir zu, es ihnen zu sagen?«

»Nun …« Nanfoodle schnaubte und stampfte mit dem Fuß auf. »Ich weiß es nicht!«

Er knirschte mit den Zähnen, dann blickte er zu Shoudra auf und erkannte zu seiner Überraschung so etwas wie Verständnis in ihrer Miene.

»Du fühlst dich ebenso verraten wie ich«, stellte er fest.

»Der Markgraf schuldet mir und dir gar nichts«, erwiderte die Frau rasch. »Nicht einmal eine Erklärung.«

»Und dennoch scheinst du der Ansicht zu sein, dass *wir* ihm etwas schulden.«

Shoudras Augen wurden größer, und sie kam dem kleinen Gnom plötzlich sehr groß und Furcht erregend vor.

»Du schuldest ihm etwas, weil er Mirabar ist«, schimpfte sie. »Es ist nicht unbedingt der Mann, der deinen Respekt verdient, aber seine Stellung, du dummer Nanfoodle.«

»Ich stamme nicht einmal aus Mirabar!«, erwiderte der Gnom mit unerwartetem Zorn. »Ich wurde wegen meiner Erfahrung hierher geholt, und ich werde gut bezahlt, weil ich auf meinem Feld der Beste bin.«

»Dein Feld? Du bist ein Meister der Illusionen und gleichzeitig ein Meister des Offensichtlichen«, entgegnete Shoudra. »Du bist ein Jahrmarktausrufer, ein Betrüger und ein …«

»Wie kannst du es wagen?«, schrie Nanfoodle zurück. »Die Alchemie ist die größte aller Künste, die Kunst, deren Wahrheiten wir noch nicht entdeckt haben. Sie allein verspricht, *allen* Macht zu geben, nicht nur Shoudra und denen von ihrer Art, die mächtige Geheimnisse zum persönlichen Vorteil wahren.«

»Alchemie ist ein Mittel, um ein paar unwichtigere Zaubertränke herzustellen und ein bisschen Pulver, das häufiger den Hersteller explodieren lässt als das beabsichtigte Ziel. Und darüber hinaus ist sie Betrug, eine Lüge, die von der Schlauheit der Gierigen weiter aufrechterhalten wird. Du bist ebenso wenig in der Lage, das Metall aus den Minen von Mirabar zu stärken, wie du aus Blei Gold machen kannst.«

»Was? Ich kann aus festem Boden gierigen Schlamm machen, der dich auf der Stelle verschlingt!«, brüllte Nanfoodle.

»Mit Hilfe von Wasser?«, fragte Shoudra ruhig, und diese schlichte Erwiderung nahm dem aufgeregten Gnom irgendwie den Schwung und ließ ihn sichtlich schrumpfen.

Er setzte zu einer Antwort an, stotterte unverständlich, dann schnaubte er und stellte fest: »Nicht alle sind der gleichen Meinung wie du, was den Wert der Alchemie angeht.«

»In der Tat, und einige bezahlen gut für die unbegründeten Versprechen, die sie bietet.«

Wieder schnaubte Nanfoodle. »Der Punkt bleibt bestehen, dass ich eurem Markgrafen über meine Stellung als sein Angestellter hinweg nichts schulde«, erklärte er. »Und als sein *derzeitiger* Angestellter, denn ich bin ein selbstständiger Alchemist, der im weiten Land des Nordens schon vielen gegen gute Bezahlung gedient hat. Ich könnte morgen nach Tiefwasser gehen und dort für beinahe den gleichen Lohn arbeiten.«

»Das stimmt«, erwiderte Shoudra. »Aber ich habe dich auch nicht um Loyalität gegenüber Elastul gebeten, sondern gegenüber Mirabar, der Stadt, die du derzeit als dein Zuhause betrachtest. Ich habe dich genau beobachtet, Nanfoodle, seit Ratsherr Agrathan zu mir kam und mir erzählte, dass er von Torgars Gefangenschaft wüsste. Ich habe mein Gespräch mit Djaffar viele Male durchgespielt, und ich weiß, wessen Wohnungstür neben meiner eigenen liegt. Du bist heute hier draußen, huschst nervös umher, machst Umwege und bist doch offensichtlich zu den Minen und den Zwergen unterwegs. Ich bin ebenso frustriert wie du und verstehe genau, was dein Herz beschwert. Weil Ratsherr Agrathan offenbar nichts unternommen hat, hast du beschlossen, es anderen zu erzählen, wahrscheinlich Freunden von Torgar, in dem Versuch, eine Petition gegen die Tat des Markgrafen in Gang zu bringen und Torgar aus seiner Zelle herauszuholen, wo immer die sich befinden mag.«

»Ich habe beschlossen, es den Freunden von Torgar zu sagen, damit sie die Wahrheit kennen«, erwiderte Nanfoodle. »Was sie danach tun, ist ihre eigene Entscheidung.«

»Wie demokratisch«, erwiderte sie sarkastisch.

»Aber hast du nicht gerade gesagt, dass dich die ganze Sache ebenso frustriert wie mich?«, erwiderte Nanfoodle.

»Aber ich bin nicht so dumm wie du«, fauchte Shoudra. »Verstehst du wirklich, was das alles bedeutet? Verstehst du die Bruderschaft zwischen Zwerg und Zwerg? Du riskierst, dass die Stadt auf den Kopf gestellt wird, dass ein Bürgerkrieg zwischen Menschen und Zwergen ausbricht. Was bist du Mirabar schuldig, Nanfoodle? Und was schuldest du Markgraf Elastul, deinem Arbeitgeber?«

»Und was schulde ich den Zwergen, die ich meine Freunde genannt habe?«, fragte der kleine Gnom unschuldig, und seine Worte ließen Shoudra einen Schritt zurückweichen.

»Ich weiß es nicht«, gab sie seufzend zu, und dieser Seufzer zeigte deutlich die Frustration, von der sie gesprochen hatte.

»Ich auch nicht«, stimmte Nanfoodle zu.

Shoudra richtete sich auf, aber nun kam sie Nanfoodle nicht mehr so groß und schrecklich vor, mehr wie eine verwandte Seele, die ebenso verwirrt und unglücklich über den Gang der Ereignisse war.

Sie legte ihm die Hand auf die Schulter, eine Geste des Mitgefühls und der Freundschaft, und sagte leise: »Sei einfach vorsichtig, mein Freund. Begreife die Bedeutung dessen, was du hier tust. Die Zwerge von Mirabar sind diejenigen in der Stadt, die dem derzeitigen Markgrafen die geringste Loyalität und Liebe entgegenbringen. Was werden sie mit deinen Enthüllungen anfangen?«

Nanfoodle nickte, denn er konnte ihrer Argumentation nur

zustimmen, aber er fügte hinzu: »Dennoch, wenn diese Stadt all das ist, was du behauptest, wenn diese wunderbare Freude der Koexistenz, die es hier angeblich gibt, solcher Loyalität würdig ist, kann sie dann eine solche Ungerechtigkeit ertragen wie die Gefangennahme von Torgar Hammerschlag?«

»Also gut, tu, was du willst, Nanfoodle, ohne dass Shoudra Sternenglanz sich einmischt. Ich werde die Entscheidung deinem Herzen überlassen. Niemand wird von diesem Gespräch erfahren.«

Sie lächelte den kleinen Gnom freundlich an, tätschelte ihm noch einmal die Schulter und drehte sich dann um und ging.

Nanfoodle blieb stehen, sah ihr hinterher und fragte sich, was wohl die beste Vorgehensweise wäre. Sollte er in seine Wohnung und an seine Arbeit zurückkehren und Torgar und die wachsenden Probleme zwischen den Zwergen und dem Markgrafen vergessen? Oder sollte er tun, was er vorgehabt hatte, und den Zwergen die Wahrheit über den Gefangenen im Kerker des Markgrafen sagen, obwohl er wusste, wie explosiv diese Informationen waren?

Keine Frage aus der Alchemie, dieser so schwer zu begreifenden Kunst, hatte den Gnom je mehr verwirrt als diese Angelegenheit. Stand es ihm zu, einen Aufruhr auszulösen, vielleicht sogar einen Bürgerkrieg? Durfte er als Freund untätig dastehen und eine solche Ungerechtigkeit zulassen? Und was war mit Agrathan? Wenn der Markgraf den zwergischen Ratsherrn dazu überredet hatte zu schweigen, wie es offensichtlich geschehen war, spielte Nanfoodle hier die Rolle eines rechtschaffenen Narren? Agrathan musste mehr wissen als er selbst. An Agrathans Loyalität gegenüber seinem Volk bestanden keinerlei Zweifel, und der Ratsherr hatte den anderen Zwergen gegenüber offenbar nichts über Torgars Schicksal verlauten lassen.

Was sollte er nur tun?

Mit einem tiefen Seufzer drehte der kleine Gnom sich um und machte sich auf den Heimweg. Er hielt sich für sehr dumm und sehr anmaßend, weil er diesen Weg auch nur eingeschlagen hatte. Aber er hatte kaum zehn Schritte zurückgelegt, als eine vertraute Gestalt an ihm vorbeikam und stehen blieb, um Guten Tag zu sagen.

»Sei gegrüßt, Shingles McRuff«, erwiderte Nanfoodle, und dann spürte er, wie sich sein Magen umdrehte und seine Knie weich wurden.

Aufgeregt stürzte Ratsherr Agrathan in Markgraf Elastuls Audienzzimmer, vollkommen unangekündigt und dicht gefolgt von mehreren Torwächtern.

»Sie wissen es!«, rief der Zwerg, bevor der überraschte Markgraf auch nur fragen konnte, um was es ging, und bevor einer der vier Hämmer, die hinter Elastul standen, ihn dafür tadeln konnte, ohne Einladung hier hereinzukommen.

»Sie?«, erwiderte Elastul, obwohl allen klar war, dass er genau wusste, von wem Agrathan sprach.

»Sie wissen von Torgar«, erklärte Agrathan. »Die Zwerge wissen, was Ihr getan habt, und sie sind alles andere als glücklich darüber!«

»Tatsächlich?«, erwiderte Elastul und lehnte sich auf dem Thron zurück. »Und wie kommt es, dass Eure Leute das wissen, Ratsherr?«

Sein anklagender Tonfall war unmissverständlich.

»Nicht von mir«, widersprach der Zwerg. »Glaubt Ihr denn, dass mich diese Entwicklung freut? Denkt Ihr, es würde meinem alten Herzen gut tun zu sehen, wie die Zwerge von Mirabar einander anschreien und sich miteinander prügeln? Aber Ihr wusstet, dass sie davon erfahren würden. Ihr könnt kein solches Geheimnis wahren, Markgraf, nicht über jemand so wichtigen wie Torgar *Delzoun* Hammerschlag.«

Seine Betonung des viel sagenden zweiten Namens, eines Titels, der bei den Zwergen von Mirabar eine hohe Auszeichnung darstellte, bewirkte, dass Elastul gefährlich die Augen zusammenkniff. Elastuls zweiter Name lautete immerhin nicht Delzoun, und das war auch nicht möglich. Für die Markgrafen von Mirabar, die allesamt Menschen gewesen waren, war das Delzoun-Erbe sowohl ein Segen als auch ein Fluch. Das Delzoun-Erbe band die Zwerge an dieses Land, und dieses Land band sie an den Markgrafen. Aber das Delzoun-Erbe band sie auch an die Gemeinschaft ihres eigenen Volkes, eines Volkes, dem der Markgraf nicht angehörte. Wie kam es, dass Agrathan jedes Mal, wenn er von den möglichen Folgen der Haft des Verräters Torgar sprach, diesen zweiten Namen benutzte und betonte?

»Sie wissen es also«, sagte Elastul. »Vielleicht ist das ganz richtig so. Sicher erkennen die meisten Zwerge von Mirabar Torgar Hammerschlag als den Verräter, der er ist, und sicher verstehen viele dieser Zwerge, zumindest die Kaufleute und Handwerker unter ihnen, welchen Schaden ein solcher Verräter uns allen zufügen könnte, wenn man ihm erlauben würde, zu unseren verhassten Feinden zu reisen.«

»Feinde?«

»Dann eben Rivalen«, gab der Markgraf nach. »Glaubt Ihr etwa, dass Mithril-Halle die Informationen nicht willkommen heißen würde, die dieser Verräterzwerg ihnen bieten könnte?«

»Ich bin nicht sicher, ob Torgar König Bruenor etwas anderes als Freundschaft anbieten würde«, erwiderte Agrathan.

»Und das allein wäre schon genug, um ihn zu hängen«, erklärte Elastul.

Die Hämmer lachten und stimmten zu, und Agrathan wurde bleich. »Ihr denkt doch nicht daran …«

»Nein, Ratsherr«, versicherte ihm Elastul. »Ich habe noch

keinen Galgen für den Verräterzwerg aufgestellt. Und ich habe es auch nicht vor. Es ist, wie ich Euch schon sagte. Torgar Hammerschlag wird im Gefängnis bleiben, in sicherer Verwahrung, bis er erkennt, um was es hier wirklich geht, und wieder zur Vernunft kommt. Ich werde nicht den Wohlstand von Mirabar aufs Spiel setzen, nur weil es ihm an Urteilsvermögen mangelt.«

Agrathan schien sich ein wenig zu beruhigen, aber die Wolke hing weiter über seinen (für einen Zwerg) weichen Zügen. Er strich sich über den langen weißen Bart und hielt inne, um tief nachzudenken.

»Alles, was Ihr sagt, stimmt«, gab er schließlich zu, und sein Akzent wurde dem der Menschen wieder ähnlicher. »Ich leugne das nicht, Markgraf, aber Eure Argumentation richtet nichts gegen die Feuer aus, die direkt unter diesem Raum lodern. Die Feuer in den Herzen Eurer zwergischen Untertanen – zumindest in den vielen, die Torgar Delzoun Hammerschlag als Freund betrachtet haben.«

»Auch sie werden sich wieder beruhigen«, erwiderte Elastul. »Ich verlasse mich darauf, dass Agrathan, ihr geliebter Ratsherr, sie alle davon überzeugen wird, dass ich nur getan habe, was nötig war.«

Agrathan starrte Elastul lange Zeit an, und nun kündete seine Miene von schlichter Resignation. Er verstand Elastuls Gründe. Er verstand, wieso man Torgar gefangen genommen hatte. Er verstand, wieso Elastul glaubte, es sei seine, Agrathans, Aufgabe, die Zwerge zu beruhigen.

Aber das bedeutet nicht, dass Agrathan glaubte, auch nur die geringste Aussicht auf Erfolg zu haben.

»Das geschieht ihm ganz recht«, rief ein Zwerg und schlug mit der Faust gegen die Wand. »Der Dummkopf hätte ihnen all unsere Tricks verraten. Wenn er so ein guter Freund von

Mithril-Halle ist, dann hat der Markgraf gut daran getan, ihn ins Loch zu werfen und dort zu behalten!«

»Etwas Dümmeres habe ich in meinem ganzen Leben noch nicht gehört«, rief ein anderer.

»Wen nennst du hier dumm?«

»Dich, du Dummkopf!«

Der erste Zwerg stürmte vorwärts, die Fäuste erhoben. Seine Freunde versuchten nicht, ihn aufzuhalten, sondern folgten ihm in den Kampf. Sie stürzten sich auf den, der ihn beschimpft hatte, und dessen Freunde.

Toivo Schaumbläser lehnte sich gegen die Wand, als rings um ihn herum Schlägereien ausbrachen, zum fünften Mal an diesem Tag, und diese hier sah aus, als würde sie die längste und blutigste von allen werden.

»Torgar, du Idiot«, murmelte Toivo leise vor sich hin. »Und du, Elastul, bist noch schlimmer!«, fügte er hinzu, während er einem lebenden Wurfgeschoss auswich, das über ihn hinwegsauste, gegen die Wand krachte und erheblichen Schaden anrichtete, bevor es stöhnend und schimpfend auf dem Boden landete.

Es würde eine lange Nacht in der Unterstadt werden. Eine wirklich lange Nacht.

Diese Szene wiederholte sich in jeder Schänke in der Unterstadt und in den Minen, wo Bergmann gegen Bergmann stand, manchmal mit erhobenen Pickeln, als sich die Nachricht von der Gefangennahme Torgar Hammerschlags wie ein Lauffeuer unter den Zwergen von Mirabar ausbreitete.

»Gut gemacht, Elastul!«, erklang es in allen Zwergenvierteln, aber dann folgte unweigerlich aus einer anderen Ecke ein »Der Markgraf soll verdammt sein!«.

Und ebenso unweigerlich führten erhobene Stimmen zu erhobenen Fäusten.

Vor Toivos Schänke standen Shingles McRuff und eine

Gruppe von Freunden einem Heer von Zwergen gegenüber, die anderer Ansicht waren als sie und die den Mann lobten, der »den Verräter aufgehalten hat, bevor er Mirabar an Mithril-Halle verraten konnte«.

»Es kommt mir so vor, als wärt ihr ein bisschen zu glücklich darüber, dass Elastul einen von uns in den Kerker gesteckt hat«, erklärte Shingles. »Haltet ihr es wirklich für eine gute Idee, wenn ein Zwerg in einem Menschengefängnis sitzt?«

»Es kommt mir ganz richtig vor, dass ein Verräter an Mirabar in einem Gefängnis von Mirabar sitzt!«, erwiderte der andere Zwerg, ein rau aussehender Bursche mit einem schwarzen Bart und so buschigen Brauen, dass sie beinahe seine Augen verdeckten. »Zumindest bis wir einen Galgen für den Hund gebaut haben!«

Das brachte ihm Applaus von den Zwergen ein, die hinter ihm standen, zorniges Brüllen von denen hinter Shingles und erheblich direkteren Widerspruch von Shingles selbst in Gestalt eines gut gezielten Faustschlags.

Der schwarzbärtige Zwerg fiel unter der Wucht des Schlags nach hinten, aber dank der Arme seiner Kameraden, die ihn packten, stürzte er nicht zu Boden, sondern kam sofort wieder auf Shingles zugerast.

Der alte Zwerg war gut darauf vorbereitet, hob die Fäuste, als wollte er den Angriff abwehren, dann sank er in letzter Sekunde auf die Knie und rammte dem schwarzbärtigen Zwerg die Schulter in die Taille. Er kam sofort wieder auf die Beine, hob seinen erbosten Gegner hoch und warf ihn auf seine Kameraden, dann sprang er direkt hinterher, mit wirbelnden Fäusten und Füßen.

Sich prügelnde Zwerge rollten überall auf der Straße herum, und die Unruhe bewirkte, dass viele Türen aufgerissen wurden. Jene Zwerge, die neugierig nach draußen geschaut hatten, verschwendeten keine Zeit, sondern machten mit, obwohl sie in Wahrheit oft keine Ahnung hatten, welcher Seite sie sich anschlossen. Der Aufruhr ging von einer Straße zur anderen, drängte sich in viele Häuser, und in mehr als einem wurde der Ofen umgekippt, und Flammen sprangen auf Möbel und Wandbehänge über.

Über all diesen Lärm hinweg erklang schon bald das Schmettern von hundert Hörnern, als die Axt von Mirabar aus der Oberstadt heranstürmte und versuchte, den Aufruhr zu ersticken, bevor er die gesamte Unterstadt erfasste.

Angesichts der Tatsache, dass sich nun auch Menschen in die Schlacht stürzten, einige von ihnen mit gezogener Waffe, wechselten viele Zwerge, die zunächst gegen Shingles und seine Gefährten gestanden hatten, die Seiten. Für die, die noch unentschieden waren, wurde die Angelegenheit in diesem Augenblick zu einer Frage der Loyalität – ihrem Blut oder ihrer Stadt gegenüber.

Beinahe die Hälfte der Zwerge kämpfte gegen die Männer der Axt, und obwohl viele Soldaten nach unten kamen, um den Aufruhr zu unterdrücken, dauerte es Stunden, um die Anhänger von Torgar unter Kontrolle zu bekommen. Und dann standen die Soldaten des Markgrafen der undankbaren Aufgabe gegenüber, mehr als hundert Gefangene abzuführen.

Hunderte mehr beobachteten sie dabei, wie sie sehr genau wussten, und das erste Anzeichen von Misshandlung würde noch größere Unruhen auslösen.

Für Agrathan, der erst spät eintraf, waren die Zerstörungen in den Straßen und die blutigen, zornigen Gesichter ein deutliches Zeichen für Gefahr, vor der er den Markgrafen gewarnt hatte. Er ging nacheinander zu jedem Kommandanten der Axt und bat um Nachsicht und weise Zurückhaltung gegenüber den Gefangenen, stets mit der grimmigen Warnung, dass nun zwar ein Deckel auf den Topf mit dem kochenden Wasser war, das Feuer darunter aber immer noch brannte.

»Wahrt den Frieden, so gut ihr könnt«, erklärte Agrathan jedem Kommandanten.

Nachdem er diese kleine Ansprache wieder und wieder gehalten hatte, nachdem er einen zornigen Soldaten nach dem anderen von den Gefangenen weggezogen hatte, ging der erschöpfte Ratsherr an den Rand einer Straße und ließ sich auf eine Steinbank sinken.

»Sie haben Torgar!«, erklang eine Stimme, die er nicht ignorieren konnte.

Er blickte auf und sah den arg mitgenommenen Shingles, der mehr als bereit zu sein schien, sich von den beiden Männern, die ihn hielten, noch einmal loszureißen und mit dem Aufruhr von vorne zu beginnen.

»Sie haben ihn von der Straße weggezerrt und zusammengeschlagen!«

Agrathan warf dem alten Zwerg einen wütenden Blick zu und hob gleichzeitig beschwichtigend die Hände, um Shingles zu beruhigen.

»Und du hast es gewusst!«, brüllte Shingles. »Du hast es die ganze Zeit gewusst, und es hat dich nicht interessiert!«

»Es hat mich sehr wohl interessiert«, entgegnete Agrathan und sprang von der Bank auf.

»Pah! Du bist gar kein echter Zwerg, sondern nur ein zu klein geratener Mensch!«

Während er diese Beleidigung herausbrüllte, rissen die Wachen, die Shingles hielten, den Zwerg zurück, und einer ließ ihn mit einer Hand los, um ihm ins Gesicht zu schlagen.

Das war alles, was Shingles brauchte. Er nahm den Schlag mit breitem Grinsen entgegen, dann warf er sich herum und riss sich von dem Mann los, der ihn nur noch mit einer Hand gepackt hatte. Ohne Zögern stieß er die freie Faust fest in den

Bauch des Soldaten, der ihn noch hielt, woraufhin dieser vornüberfiel und seinen Griff lockerte. Shingles drehte sich und schlug zu, um den ersten Mann abzuwehren.

Der Soldat wich zurück und rief nach Hilfe, aber Shingles war zu schnell, trat ihm gegen das Schienbein und stieß die Stirn nach vorn, wo sie fest – zu fest – in das Suspensorium des Mannes krachte. Der Soldat sackte vornüber, fiel auf die Knie und verdrehte die Augen. Shingles fuhr herum und griff den zweiten Mann an. Aber als der auswich, ließ der Zwerg ihn gehen. Stattdessen stürmte er weiter auf sein wahres Ziel zu: den armen Ratsherrn Agrathan.

Agrathan war nie ein Kämpfer von Shingles' Kaliber gewesen, und es mangelte ihm an praktischer Erfahrung. Noch schlimmer für Agrathan war jedoch, dass er sich nicht wirklich mit ganzem Herzen in seine Verteidigung stürzte, so wie Shingles in seinen Zorn.

Der Ratsherr spürte die ersten Schläge, einen linken Haken, eine Rechte und einen wilden Schwinger, der ihn in die Knie gehen ließ. Er spürte Shingles' Stiefel, als der Zwerg von zwei weiteren Wachen weggerissen wurde und noch einen letzten Tritt landete. Agrathan spürte, wie ein Mensch ihn unter dem Arm packte und ihn hochzog, eine Hilfe, die der Zwerg grob zurückwies.

Er biss die Zähne zusammen. Schwerer innerlich verwundet, als er es jemals äußerlich hätte sein können, stürmte Ratsherr Agrathan zurück zu den Fahrstühlen.

Er wusste, er musste mit dem Markgrafen reden. Er hatte keine Ahnung, was er sagen sollte, aber er wusste, dass der Zeitpunkt gekommen war, dem Mann mit aller Kraft entgegenzutreten.

Der Wind der Sterblichkeit

»Ich habe mich in meinem ganzen Leben noch nie so sterblich gefühlt«, sagte Catti-brie zu dem flüsternden Wind.

Hinter ihr waren die Zwerge, Regis und Wulfgar, damit beschäftigt, das Abendessen vorzubereiten und das Lager zu errichten, aber man hatte Catti-brie von ihren Pflichten entbunden, damit sie allein sein und sich über ihre Gefühle klar werden konnte.

Und es war tatsächlich ein Tumult von Gefühlen, wie ihn Catti-brie noch nie erlebt hatte. Ihr letzter Kampf war wahrhaftig nicht das erste Mal gewesen, dass sie in Todesgefahr geschwebt hatte, und nicht das erste Mal, dass sie einem verhassten Feind gegenüber hilflos gewesen war. Einmal war sie von dem Meuchelmörder Artemis Entreri entführt worden, der sie mitgeschleppt hatte, als er Regis verfolgte, aber so hilflos sich Catti-brie in dieser Situation auch gefühlt hatte, sie hatte nie wirklich erwartet, sterben zu müssen.

Noch nie hatte sie sich so gefühlt wie in dem Augenblick, als sie wehrlos am Boden gelegen hatte, zu Füßen der Orks, die sie eingekreist hatten. In diesem schrecklichen Moment hatte Catti-brie ihren eigenen Tod vor Augen gehabt, lebhaft und unvermeidlich.

Sie hatte zweifellos ein erfüllteres Leben geführt als viele andere, war durchs Land gestreift und hatte zahlreiche

Abenteuer erlebt, hatte dabei geholfen, gegen Drachen und Dämonen zu kämpfen, hatte mitgeholfen, Mithril-Halle für ihren Adoptivvater und seine Sippe zurückzuerobern, hatte auf dem offenen Meer Piraten gejagt. Und sie hatte die Liebe kennen gelernt.

Sie warf einen Blick über die Schulter zu Wulfgar, als sie daran dachte.

Sie hatte auch Kummer kennen gelernt, und vielleicht hatte sie jetzt eine neue Liebe gefunden. Oder machte sie sich nur etwas vor? Sie war umgeben von den besten Freunden, die man sich vorstellen konnte, von einer unwahrscheinlichen Truppe, die sie so liebte, wie Catti-brie sie ihrerseits liebte. Gefährten, Freunde. Mit Wulfgar war es mehr als das gewesen, hatte sie geglaubt, und nun mit Drizzt ...

Was?

Sie wusste es nicht. Sie liebte ihn sehr und fühlte sich stets besser, wenn er in ihrer Nähe war, aber wo sollten sie als Mann und Frau leben? Würde er der Vater ihrer Kinder sein? War das überhaupt möglich?

Bei dem Gedanken verzog sie das Gesicht. Ein Teil von ihr freute sich darauf und glaubte, dass es etwas wirklich Wunderbares und Schönes sein würde. Ein anderer Teil von ihr, der pragmatischer war, schreckte vor dem Gedanken zurück und wusste, dass solche Kinder schon durch ihre Herkunft Ausgestoßene sein würden, für alle bis auf die wenigen, die die Wahrheit über Drizzt Do'Urden kannten.

Catti-brie schloss die Augen und legte den Kopf auf die Knie. Sie stellte sich vor, wie es sein würde, eine ältere Frau zu sein, viel weniger beweglich und zweifellos nicht mehr im Stande, neben Drizzt Do'Urden, der mit der ewigen Jugend seines Volkes gesegnet war, das Gebirge zu durchstreifen. Sie sah ihn jeden Tag, sah sein strahlendes Lächeln, wenn er sich an seinen Abenteuern erfreute. Das war sein Wesen, genau wie es das ihre war. Aber es würde für sie nur noch ein paar Jahre so weitergehen, das wusste sie tief im Herzen, vor allem wenn sie Kinder bekommen würde.

Es war alles viel zu verwirrend und zu schmerzlich. Diese Orks, die sie eingekreist hatten, hatten ihr etwas über sich selbst gezeigt, das sie bisher nie begriffen hatte; sie hatten ihr deutlich gemacht, dass ihr derzeitiges Leben, sosehr sie es auch genoss, so wild und voller Abenteuer es auch war, nur ein Vorspiel zu etwas anderem darstellte, das vollkommen anders sein würde. Würde sie Mutter sein? Oder eine Botschafterin, die dem Hof ihres Vaters König Bruenor diente? Würde das hier ihr letztes großes Abenteuer in der Wildnis sein?

»Nach einer solchen Niederlage sind Zweifel nur natürlich«, sagte eine vertraute Stimme hinter ihr leise.

Sie öffnete die Augen, drehte sich um und sah Wulfgar vor sich, nur ein Stück unterhalb von ihr, die Arme über dem Knie seines höher aufgestützten Beins verschränkt.

Catti-brie sah ihn neugierig an.

»Ich weiß, wie du dich fühlst«, sagte der Barbar leise und mit aufrichtigem Mitgefühl. »Du hast dem Tod gegenübergestanden, und dieses äußerst bedrohliche Erlebnis hat dir deine eigene Sterblichkeit vor Augen geführt.«

Catti-brie sah ihn ungläubig an. War das denn nicht offensichtlich?

»Als ich unter die Yochlol fiel …«, begann der Barbar und kniff die Augen bei dem offensichtlichen Schmerz der Erinnerung ein wenig zusammen. Er hielt inne und fasste sich, dann öffnete er die Augen wieder und sprach weiter: »In Errtus Höhle habe ich erfahren, was Verzweiflung bedeutet. Ich habe gelernt, was es bedeutet, besiegt zu sein – mehr, als ich mir je hätte vorstellen können, und ich habe Zweifel und Bedauern kennen gelernt. Trotz allem, was ich in meiner Zeit geleistet hatte, indem ich meine Leute zusammenbrachte und zu einem Frieden mit den Bewohnern von Zehn-Städte beitrug, indem ich mit euch, meinen Freunden, gekämpft hatte, um Regis zu retten, um Mithril-Halle wiederzugewinnen, um …«

»Mich vor der Yochlol zu retten«, fügte Catti-brie hinzu, und Wulfgar lächelte und nahm das Kompliment mit einem Nicken entgegen.

»Trotz allem erfuhr ich in der Höhle von Errtu eine Leere, von der ich bis zu diesem Augenblick nicht gewusst hatte, dass sie überhaupt existiert«, erklärte der Barbar. »Als ich mich dem gegenübersah, was ich für die letzten Momente meiner Existenz hielt, war ich seltsam unzufrieden mit meinen Leistungen.«

»Nach allem, was du getan hast?«, fragte sie skeptisch. Wulfgar nickte. »Weil ich in so vielen anderen Dingen versagt hatte«, antwortete Wulfgar und blickte zu ihr auf. »Bei meiner Liebe zu dir habe ich versagt. Und als es darum ging zu verstehen, wer ich war, wer ich sein wollte und was für ein Leben ich führen wollte, wenn die Bergpfade nicht mehr mein Zuhause waren … hatte ich versagt.«

Catti-brie konnte kaum glauben, was sie da hörte. Es war, als hätte Wulfgar direkt in sie hineingesehen und würde nun ihre eigenen Worte aus ihr herausholen.

»Aber du hast Colson und Delly gefunden«, sagte sie.

»Ein guter Anfang«, erwiderte Wulfgar.

Sein Lächeln war offen und ehrlich. Catti-brie erwiderte es, und dann schwiegen sie eine Weile.

»Liebst du ihn?«, fragte Wulfgar plötzlich und unerwartet.

Catti-brie setzte dazu an, mit einer eigenen Frage zu antworten, aber die Antwort war offensichtlich, sobald sie seine Worte bedachte.

»Und du?«, fragte sie stattdessen.

»Er ist mein Bruder, wie nur irgendwer mein Bruder sein

kann«, antwortete Wulfgar ohne das geringste Zögern. »Wenn ein Speer auf Drizzts Brust zielte, würde ich mich ohne zu zögern vor ihn werfen, selbst wenn es mich das Leben kostete, und ich würde zufrieden sterben. Ja, ich liebe ihn, so wie ich Bruenor liebe, und Regis, so wie …«

Er hielt inne und zuckte die Achseln.

»So, wie ich sie ebenfalls liebe«, antwortete Catti-brie.

»Das hatte ich nicht gemeint.« Wulfgar ließ ihr das Ausweichmanöver nicht durchgehen. »Liebst du ihn? Siehst du ihn als deinen Partner, unterwegs und zu Hause?«

Catti-brie warf Wulfgar einen forschenden Blick zu und versuchte herauszufinden, was er vorhatte. Sie sah keine Eifersucht, keinen Zorn und kein Anzeichen irgendwelcher Hoffnungen. Was sie sah, war Wulfgar, der wahre Wulfgar, Sohn von Beornegar, ein besorgter und liebevoller Freund.

»Ich weiß es nicht«, hörte sie sich sagen, bevor sie auch nur über die Frage nachgedacht hatte.

Die Worte überraschten sie, hingen in der Luft und in ihren Gedanken, und sie wusste, dass sie die Wahrheit gesagt hatte.

»Ich habe deinen Schmerz und deine Zweifel gespürt«, erklärte Wulfgar. Seine Stimme wurde noch weicher, und er ging zu ihr, fasste sie an den Schultern und legte seine Stirn an ihre. »Wir sind alle auf jede erdenkliche Weise für dich da. Wir alle, Drizzt eingeschlossen, sind in erster Linie deine Freunde.«

Catti-brie schloss die Augen und ließ sich in diesen tröstlichen Augenblick sinken, verlor sich in der Festigkeit von Wulfgar, in dem Wissen, dass er ihren Schmerz kannte, dass er selbst aus Tiefen wieder hervorgekommen war, die sie sich kaum vorstellen konnte. Sie fand Trost in dem Wissen, dass Wulfgar aus der Hölle zurückgekehrt war und dass er seinen Weg gefunden hatte. Auch sie würde diesen Weg finden, wohin er auch führen mochte.

»Bruenor hat es mir erzählt«, sagte Drizzt zu Wulfgar, als er von seiner ausgedehnten Erforschung der Berge im Nordosten zurückkehrte.

Der Drow legte seinem Freund eine Hand auf die Schulter und nickte ernst.

»Es war eine Rettung ganz ähnlich denen, wie sie Drizzt Do'Urden so oft und so perfekt vollzogen hat«, erwiderte Wulfgar und wandte sich ab.

»Ich danke dir.«

»Ich habe es nicht für dich getan.«

Diese schlichte Aussage, ohne Bosheit oder Zorn vorgebracht, bewirkte, dass Drizzt die lila Augen aufriss.

»Selbstverständlich nicht«, stimmte er zu.

Der Dunkelelf trat einen Schritt zurück und sah Wulfgar forschend an, um einen Hinweis darauf zu finden, was der Barbar dachte.

Wulfgar wirkte vollkommen gelassen.

»Wenn wir einander jedes Mal danken würden, wenn einer von uns die Waffe aufhält, die ein Feind auf einen anderen gerichtet hat, dann würden wir kaum noch zu etwas anderem kommen«, erklärte Wulfgar. »Catti-brie steckte in der Patsche, und ich hatte das Glück, rechtzeitig vorbeizukommen – genauer gesagt war es ein Glück für uns alle. Habe ich mehr oder weniger getan, als Drizzt Do'Urden tun würde?«

Der verwirrte Drizzt antwortete: »Nein.«

»Habe ich mehr getan, als Bruenor Heldenhammer tun würde, wenn er seine Tochter in Lebensgefahr sähe?«

»Nein.«

»Habe ich mehr getan, als Regis getan hätte oder zumindest versucht hätte zu tun?«

»Ich verstehe, was du meinst«, sagte Drizzt.

»Das hoffe ich«, erwiderte Wulfgar und wandte sich wieder ab.

Drizzt brauchte noch einen Augenblick, bis er schließlich begriff, was geschehen war. Wulfgar hatte den Dank des Drow als herablassend empfunden, als hätte er mehr getan als das, was die Gefährten ohnehin voneinander erwarteten. Dieser Gedanke hatte dem Barbaren nicht gefallen.

»Ich nehme meinen Dank zurück«, sagte Drizzt.

Wulfgar lachte leise.

»Vielleicht biete ich dir als Ersatz ein ›Willkommen zurück‹ an«, fügte Drizzt hinzu.

Wulfgar sah ihn verwirrt an.

Drizzt nickte, ging davon und überließ es dem Barbaren, über die Worte nachzudenken. Er selbst wandte sich dem Felsvorsprung im Süden des Lagers zu, wo eine einsame Gestalt reglos dasaß.

»Sie war den ganzen Tag da oben«, sagte Bruenor und stellte sich neben den Drow. »Seit er sie zurückgebracht hat.«

»Zu Füßen von wütenden Orks zu liegen, kann eine beunruhigende Erfahrung sein.«

»Meinst du?«

Drizzt schaute seinen bärtigen Freund an.

»Wirst du zu ihr gehen, Elf?«, fragte Bruenor.

Drizzt war nicht sicher, und seine Verwirrung zeichnete sich deutlich auf seinen Zügen ab.

»Ja, sie will vielleicht ein bisschen allein sein«, nahm Bruenor ihm die Antwort ab. Er warf einen Blick zu Wulfgar und lenkte auch die Aufmerksamkeit des Drow auf den Barbaren. »Nicht genau der Held, den sie erwartet hatte, denke ich mal.«

Die Worte trafen Drizzt, besonders weil ihre logischen Folgen ihn an emotionale Orte zwangen, die er nicht aufzusuchen wünschte. Um was ging es hier eigentlich? Ging es darum, dass Wulfgar seine ehemalige und Drizzts derzeitige Geliebte gerettet hatte, oder hatte einfach einer der Gefährten einen anderen gerettet, wie es schon so viele Male auf ihrem langen und schweren Weg geschehen war?

Das Letztere, entschied Drizzt. Es musste das Letztere sein, und alles andere war emotionaler Ballast, der bei ihnen keinen Platz hatte. Nicht hier, wo hinter jedem Felsen ein Ork oder ein Riese lauern konnte, der sie umbringen wollte. Nicht hier, wo solche Ablenkungen zu einer Katastrophe führen konnten. Drizzt hätte beinahe gelacht, als er daran dachte, welche Gedanken in ihm herumgewirbelt waren, darunter die gleichen fürsorglichen Gefühle für Catti-brie, für die er den jüngeren Wulfgar einmal getadelt hatte.

Er konzentrierte sich auf das Positive, auf die Tatsache, dass Catti-brie ohne ernste Verletzungen davongekommen war und dass der Weg, den Wulfgar mit solch mutigen und heldenhaften Taten einschlug, ihn noch weiter von dem Pfad zu Errtus Hölle wegführen würde. Als er nun den Barbaren ansah, der sich selbstsicher und vollkommen ruhig unter den Zwergen bewegte, kam es Drizzt so vor, als hätte Wulfgar auch die letzten Reste des Rauchs aus dem Abgrund von seinen Zügen gewaschen.

Ja, entschied Drizzt, es war ein guter Tag gewesen.

»Gegen Mittag habe ich den Turm von Senkendorf gesehen«, sagte er zu Bruenor, »aber obwohl ich nahe genug war, ihn klar zu erkennen, sogar die einzelnen Soldaten sehen konnte, die dort Wache hielten, denke ich, wir haben noch mindestens zwei Tagesmärsche vor uns, denn zwischen uns und Senkendorf liegt eine lang gezogene Schlucht, die wir umgehen müssen, und das wird dauern.«

»Aber die Stadt stand noch?«, fragte der Zwerg.

»Sie wirkte vollkommen friedlich. Fahnen wehten im Sommerwind.«

»So sollte es auch sein, Elf, so sollte es sein«, erwiderte Bruenor. »Wir gehen hin und sagen ihnen, was los ist, und ich werde vielleicht ein paar Zwerge bei ihnen lassen, falls sie Hilfe brauchen, und ...«

»Und dann gehen wir nach Hause«, sagte Drizzt. Er beobachtete Bruenor bei diesen Worten scharf, und es wurde deutlich, dass der Zwerg diese Aussicht nicht für wünschenswert hielt.

»Könnte sein, dass andere Siedlungen uns brauchen«, schnaubte Bruenor.

»Ich bin sicher, wir können ein paar finden, wenn wir nur lange genug suchen.«

Entweder war Bruenor das sarkastische Grinsen des Drow tatsächlich entgangen, oder er ignorierte es einfach.

Der Zwergenkönig sagte nur: »Ja«, und ging davon.

Drizzt sah ihm nach, aber dann wurde sein Blick unvermeidlich wieder von dem hohen Felsenvorsprung angezogen, von der einsamen Gestalt, die dort hockte.

Er wollte zu ihr gehen – er wollte unbedingt zu ihr gehen, sie in den Arm nehmen und ihr sagen, dass alles in Ordnung war.

Aber aus irgendeinem Grund dachte Drizzt, dass das vollkommen ungerecht wäre. Er spürte, dass Catti-brie ein wenig Abstand von ihm und allen anderen brauchte, dass sie all ihre Gefühle überdenken musste, die diese Begegnung mit ihrer eigenen Sterblichkeit in ihr hervorgerufen hatte.

Wulfgar blieb am nächsten Tag beim Haupttrupp der Zwerge und half beim Transport der Vorräte, aber Regis zog mit Drizzt und Catti-brie über die höher gelegenen Pfade. Er verbrachte jedoch wenig Zeit damit, nach Feinden Ausschau zu halten, denn er war zu sehr damit beschäftigt, seine beiden Freunde aufmerksam zu beobachten.

Drizzt war sachlich wie immer, übermittelte dem Haupttrupp immer wieder Wegbeschreibungen und bewegte sich mit einer Sicherheit und einem Tempo, mit dem niemand außer Guenhwyvar, die heute nicht mit dabei war, Schritt halten konnte. Der Drow tat einfach so, als wäre nichts geschehen, das erkannte Regis deutlich, und er bemerkte auch, dass Drizzts Zickzackroute den Drow immer wieder nahe zu Catti-brie führte; der Späher erreichte immer wieder Punkte, von denen aus er sie im Auge behalten konnte. Und das überraschte Regis, denn er hatte Drizzt nie zuvor so fürsorglich erlebt.

Aber war es wirklich der Wunsch zu beschützen, fragte sich der Halbling, oder war es etwas anderes?

Die Veränderung in Catti-brie war sogar noch offensichtlicher. Sie verhielt sich irgendwie abweisend, besonders gegenüber Drizzt. Sie war nicht offen unhöflich, aber sie sprach an diesem Tag erheblich weniger als sonst und quittierte die Anweisungen, die der Drow gab, nur mit einem schlichten Nicken oder Schulterzucken. Der Vorfall mit den Orks hatte sie offenbar sehr verstört.

Er warf einen Blick zurück zur Zwergenkarawane und sah sich dann um, um sich zu überzeugen, dass sie im Augenblick sicher waren – die Späher hatten an diesem Tag keine Spur von Orks oder Riesen gefunden –, dann eilte er vorwärts über den Pfad und holte Catti-brie ein.

»Der Wind ist heute früh ziemlich frisch«, sagte er.

Sie nickte und starrte weiter geradeaus. Ihre Gedanken waren nach innen gerichtet, nicht auf den Weg vor ihr.

»Sieht so aus, als würde die Kälte dir zu schaffen machen«, wagte Regis festzustellen.

Wieder nickte Catti-brie nur, aber dann hielt sie inne und drehte sich zu ihm um. Sie konnte gegenüber dem engelhaften Gesicht des Halblings ihre strenge Miene nicht aufrechterhalten, denn Regis schaute vollkommen unschuldig drein.

»Tut mir Leid«, sagte sie schließlich. »Mir geht einfach nur so vieles durch den Kopf.«

»Als wir am Fluss waren, auf unserem Weg zu Cadderly, und der Goblin meine Schulter mit dem Speer traf, habe ich mich auch so gefühlt«, erwiderte Regis. »Hilflos, und als wäre das Ende meines Wegs gekommen.«

»Und keinem von uns ist die Veränderung entgangen, die Regis seit diesem Tag durchgemacht hat.«

Nun war es an dem Halbling, die Achseln zu zucken.

»Wir denken in solchen Augenblicken oft, dass alles verloren ist«, sagte er. »Und manchmal macht uns das unsere Prioritäten klarer. Dann braucht es nach dem Vorfall eine Weile, bis wir das alles neu durchdacht haben.«

Catti-bries Lächeln sagte ihm, dass er Recht hatte.

»Wir haben uns ein seltsames Leben ausgesucht«, meinte Regis nachdenklich. »Wir wissen, es besteht durchaus die Möglichkeit, dass wir eines Tages hier in der Wildnis umkommen, aber wir sagen uns immer wieder, dass es zumindest nicht heute sein wird, und so gehen wir weiter unseren Weg.«

»Und warum hat Regis, der kein Freund der Wildnis und der Abenteuer war, diesen Weg dennoch eingeschlagen?«, fragte Catti-brie.

»Weil ich bei meinen Freunden sein will«, sagte der Halbling. »Weil wir eins sind, und ich würde lieber hier draußen bei euch sterben, als von eurem Tod erfahren, wenn ich in einem bequemen Sessel sitze – vor allem wenn ich bei einer solchen Nachricht daran denken müsste, dass ihr vielleicht noch am Leben wärt, wenn ich bei euch gewesen wäre.«

»Dann sind es also Schuldgefühle, die dich antreiben?«

»Das, und der Wunsch, den Spaß nicht zu verpassen«, antwortete Regis lachend. »Dabei sind die Geschichten immer sehr viel besser als die eigentlichen Erfahrungen. Ich weiß das, weil ich oft genug gehört habe, wie Bruenor und die anderen Zwerge jeden Faustschlag zu einer Ramme aufblasen, die die Mauern einer Burg niederreißen könnte, aber obwohl ich das weiß, empfinde ich stets Bedauern, wenn ich eine Geschichte über Vorfälle höre, an denen ich nicht beteiligt war.«

»Also hast du gelernt, deine Abenteurerseite zu akzeptieren?«

»Mag sein.«

»Und du glaubst nicht, dass du mehr als das brauchst?«

Regis' Blick gab ihr klar zu verstehen, dass er nicht so recht wusste, was dieses »Mehr« sein sollte.

»Denkst du nicht manchmal daran, wie es wäre, bei deinem Volk zu leben? Vielleicht eine Frau zu haben, und …«

»Kinder?«, schloss der Halbling, nachdem Catti-brie innegehalten hatte, als könnte sie das Wort nicht aussprechen.

»Ja.«

»Es ist so lange her, seit ich unter anderen Halblingen gelebt habe«, sagte Regis, »und … na ja, es endete nicht gerade freundlich.«

»Das ist eine Geschichte, die du noch nie erzählt hast.«

»Und sie ist zu lang für diesen Weg«, erwiderte Regis. »Ich weiß nicht, was ich dir sagen soll. Wirklich nicht. Im Augenblick habe ich meine Freunde, und das scheint genug zu sein.«

»Im Augenblick?«

Regis zuckte die Achseln und fragte: »Ist es das, was dich beunruhigt? Als die Orks dich eingekreist hatten und du glaubtest, dein Leben wäre zu Ende, gab es da Dinge, die du mehr bedauert hast, als du zuvor gedacht hättest?«

Catti-brie wandte den Blick ab, und das genügte dem Halbling. Der sensible Regis sah mehr als die direkte Antwort auf diese Frage. Er verstand, woher ein Teil dieses Bedauerns kam. Er hatte Catti-bries Beziehung zu Drizzt im Lauf der letzten Monate wachsen sehen, und obwohl der Anblick der beiden seinem romantischen Herzen gut tat, wusste er doch, dass eine solche Vereinigung nicht ohne Probleme wäre. Er wusste, was Catti-brie gedacht hatte, als sich die

Orks um sie scharten. Sie hatte an Kinder gedacht, ihre Kinder, und es war für Regis offensichtlich, dass Drizzt Do'Urden ihr wohl keine schenken würde. Konnten ein Drow und eine Menschenfrau überhaupt Kinder haben?

Vielleicht, denn Elfen und Menschen konnten es, und es war schon geschehen, aber was für einem Schicksal würde sich ein solches Kind gegenübersehen? Würde sich Catti-brie so etwas für ihr Kind wünschen?

»Was wirst du tun?«, fragte der Halbling und erntete einen neugierigen Blick.

Regis nickte nach vorn, wo Drizzt auf sie zukam. Catti-brie schaute ihn an und holte tief Luft.

»Ich werde als Späher für unsere Gruppe arbeiten«, antwortete sie kühl. »Ich werde Taulmaril spannen und schießen, und wenn es zu einem Nahkampf kommt, werde ich mich hineinstürzen und unsere Feinde mit meinem Schwert niedermähen.«

»Du weißt, was ich meine.«

»Nein, das tue ich nicht«, entgegnete Catti-brie.

Regis wollte widersprechen, aber Drizzt war schon zu nahe, also verkniff er sich die Antwort.

»Es gibt keine Spuren von Orks entlang unserem Weg«, sagte der Drow zögernd und blickte forschend von Regis zu Catti-brie.

»Dann werden wir die Schlucht noch vor dem Abend erreichen«, erwiderte Catti-brie.

»Lange zuvor, und wir werden noch ein gutes Stück weiter nach Norden ziehen können.«

Sie nickte, und Regis räusperte sich frustriert und ging weiter.

»Was beunruhigt unseren kleinen Freund denn?«, fragte Drizzt.

»Der Weg, der vor uns liegt«, antwortete Catti-brie.

»Ah, vielleicht ist doch noch etwas von dem alten Regis übrig geblieben«, sagte Drizzt mit einem Lächeln. Die wahre Bedeutung ihrer Worte war ihm entgangen.

Catti-brie lächelte ebenfalls und ging weiter.

Kurz danach erreichten sie die Schlucht und sahen den strahlend weißen Turm von Senkendorf – den Turm von Withegroo Seian'doo, einem Zauberer von eher geringem Ruf. Die Gruppe hielt nicht lange inne, sondern zog noch bis lange nach Sonnenuntergang am Westrand der Schlucht weiter. Sie hörten in dieser Nacht das Heulen von Wölfen, aber die Tiere waren weit entfernt, und man hätte nicht sagen können, ob sie in irgendeiner Weise mit den Orks zu tun hatten.

Sie umrundeten die Schlucht am nächsten Tag, wandten sich nach Osten und dann wieder nach Süden, und sie waren zuversichtlich, weil immer noch keine Ork-Spuren zu finden waren. Es sah inzwischen wirklich so aus, als wäre die Bande, die Hackenschlag überfallen hatte, ein vereinzeltes Phänomen gewesen und als hätten sich alle, die nicht der Rache der Zwerge anheim gefallen waren, in dunkle Berghöhlen zurückgezogen.

Wieder marschierten sie noch lange nach Sonnenuntergang weiter, und als sie ihr Lager aufschlugen, waren die Wachfeuer von Senkendorf schon in Sicht, und sie wussten genau, dass auch ihre eigenen Feuer von der Siedlung aus zu sehen waren.

Es überraschte Drizzt daher nur wenig, dass zwei Späher sich im Schutz der Dunkelheit zu ihnen aufmachten. Sie versuchten offensichtlich, leise zu sein, aber dabei hatten sie wenig Glück, denn sie stolperten ununterbrochen über Wurzeln und Steine.

Der Drow versteckte sich hinter einem Baum und rief: »Wer da?«

So wurden diese Dinge hier im wilden Land für gewöhnlich gehandhabt. Die beiden Menschen stolperten abermals, duckten sich dann und sahen sich nervös um.

»Wer nähert sich dem Lager von König Bruenor Heldenhammer, ohne sich angemessen anzukündigen?«, rief Drizzt.

»König Bruenor!«, riefen die beiden und sahen einander dabei an.

»Ja. Der Herr von Mithril-Halle, der dorthin zurückkehrt, nachdem er vom Tod des ehemaligen Königs Gandalug erfahren hat.«

»Er ist ein bisschen weit nach Norden geraten, würde ich sagen«, wagte sich einer der Männer vor.

Die beiden schauten sich nach allen Seiten um, weil sie sehen wollten, wer da mit ihnen sprach.

»Wir sind auf der Jagd nach einer Bande von Orks und Riesen, die eine Siedlung im Südwesten überfallen haben«, erklärte Drizzt. »Wir sind nach Senkendorf gekommen, weil wir uns überzeugen wollten, dass dort alles in Ordnung ist und die Bewohner sich angemessen verteidigen können, falls die Ungeheuer die Siedlung angreifen.«

Ein Mann schnaubte, und der andere rief zurück: »Pah! Kein Ork wird die Mauern von Senkendorf erklettern, und kein Riese kann sie je zerstören!«

»Gut gesprochen«, sagte Drizzt, und der Mann nahm eine trotzige Haltung ein und verschränkte die Arme vor der Brust. »Ihr seid also Späher aus Senkendorf?«

»Wir wollten wissen, wer in Sichtweite unserer Mauern sein Lager aufschlägt«, erwiderte der Mann.

»Nun, es ist, wie ich euch gesagt habe, aber bitte geht weiter. Man wird euch König Bruenor melden. Ich bin sicher, er wird heute Abend gern das Feuer mit euch teilen.«

Der Mann gab die trotzige Pose auf und sah seinen Freund an. Die beiden schienen unsicher zu sein, was sie tun sollten.

»Geht schon!«, rief Drizzt.

Und dann war er verschwunden, verschmolz mit der Nacht und hatte rasch einen Vorsprung vor den Männern, so dass Bruenor und die anderen, als die beiden schließlich das Lager erreichten, schon auf sie warteten und zwei weitere Platten mit Essen bereitgestellt hatten.

»Mein Freund hier hat mir bereits angekündigt, dass ihr vorbeikommen würdet«, sagte Bruenor zu den beiden.

Er lenkte den Blick der Späher zur Seite, und Drizzt zog die Kapuze zurück und enthüllte seine dunkle Herkunft.

Beide Männer rissen bei dem Anblick die Augen auf, aber dann rief einer unerwarteterweise: »Drizzt Do'Urden! Bei den Göttern, ich habe mich schon lange gefragt, ob ich Euch einmal persönlich begegnen würde!«

Drizzt lächelte – er konnte nicht anders; es war so ungewohnt, von Oberflächenbewohnern so freundlich begrüßt zu werden. Er warf Bruenor einen Blick zu und bemerkte, dass Catti-brie neben dem Zwerg stand und ihn ansah, ihre Miene neugierig und ein wenig verwirrt.

Drizzt hatte nicht die geringste Ahnung, welches Durcheinander von Emotionen hinter diesem Blick lag.

Eine scharfe Biegung des Weges

Sie kamen auf den Pfaden durch den Mondwald leicht voran. Tarathiel ritt auf Mond, an dessen Zaumzeug die Glöckchen hell klingelten, an der Spitze, und Innovindil folgte mit den Zwergenbrüdern zu Fuß. Der Himmel war grau, die Luft ein wenig drückend und zu warm, aber die Elfen waren guter Dinge, ebenso wie Pikel, der über den gewundenen Weg staunte. Mehrere Male erreichten sie eine Stelle, an der es scheinbar nicht weiterging, aber Tarathiel, der diesen Teil des Mondwalds besser kannte als jedes andere lebende Wesen, machte eine unauffällige Geste, und ein neuer Weg erstreckte sich vor ihnen, klar und einladend. Es schien beinahe, als würde Tarathiel die Bäume einfach bitten, sie durchzulassen, und sie würden ihm den Gefallen tun.

Pikel war vollkommen begeistert.

Von den vieren war nur Ivan schlechter Laune. Der Zwerg hatte in der vorherigen Nacht nicht gut geschlafen, weil ihn immer wieder elfischer Gesang geweckt hatte, und obwohl Ivan gern mitsang, wenn es um ein gutes Trinklied ging, eines der Lieder, die den Zwergengöttern gewidmet waren, hielt er die Elfenlieder für winselndes Gejammer.

Nein, Ivan hatte inzwischen wirklich genug von den Elfen und wollte einfach nur so schnell wie möglich nach Mithril-Halle gelangen. Und da er ohnehin nichts für Subtilität übrig hatte, hatte er dies Tarathiel und Innovindil inzwischen auch häufig genug mitgeteilt.

Die vier hatten sich von der Hauptsiedlung der Elfen im Mondwald nach Nordwesten gewandt, wo die Hänge sich höher hinaufzogen, denn von dort aus würden sie schließlich den Surbrin sehen können. Dann könnten die Zwerge den Fluss als Wegweiser auf ihrer Reise nach Süden benutzen und so nach Mithril-Halle gelangen. Tarathiel hatte erklärt, dass sie etwa einen Zehntag brauchen würden – weniger, wenn es den Zwergen gelang, eine Art Floß auf den Fluss zu bringen und über Nacht weiterzufahren.

Pikel und Innovindil unterhielten sich unterwegs beinahe ununterbrochen und tauschten Informationen und Einsichten über die diversen Pflanzen und Tiere aus, an denen sie vorbeikamen. Einmal rief Pikel einen Vogel zu sich und flüsterte ihm etwas zu. Der Vogel schien das zu verstehen, flog davon und kehrte mit vielen anderen zurück, die sich auf den Zweigen rund um die vier niederließen und die Luft mit ihrem Zwitschern erfüllten. Innovindil klatschte in die Hände und lächelte Pikel entzückt an. Selbst Tarathiel, der viel ernster war, schien sich darüber zu freuen. Ivan jedoch hatte für solche Dinge nichts übrig. Er stapfte unbeirrt weiter und knurrte etwas über »dumme Feen«.

Das entzückte die Elfen selbstverständlich nur umso mehr – besonders als Pikel die Vögel dazu überredete, einen erstaunlich exakten Bombenflug auf seinen Bruder zu unternehmen.

»Könntest du mir vielleicht deinen schönen Bogen leihen?«, fragte der erboste Ivan Tarathiel. Der Zwerg warf einen Blick nach oben in die Baumwipfel und fügte hinzu: »Ich könnte uns ein Abendessen besorgen.«

Tarathiels Antwort bestand aus einem Grinsen, das noch breiter wurde, als Pikel sein »Hihihi« hinzufügte.

»Wir werden euch beide nicht nach Mithril-Halle begleiten«, erklärte Tarathiel einige Zeit später.

»Hat euch etwa jemand darum gebeten?«, knurrte Ivan, aber als die beiden Elfen ihn überrascht und ein wenig gekränkt ansahen, wurde der Zwerg ein bisschen freundlicher. »Pah, warum solltet ihr auch einen Haufen Zwerge besuchen wollen? Wenn ihr es unbedingt wolltet, wäre das selbstverständlich möglich, und ich und mein Bruder würden dafür sorgen, dass man euch so gut behandelt, wie ihr uns in eurem stinkenden ... in eurem hübschen Wald behandelt habt.«

»Deine Komplimente fließen so frei dahin wie ein vereister Fluss, Ivan Felsenschulter«, sagte Innovindil in täuschend freundlichem Ton.

Sie zwinkerte Tarathiel und Pikel zu. Pikel kicherte.

»Ja«, sagte Ivan, der das offensichtlich nicht begriff.

Er grinste, dann schaute er die Elfen fragend an.

»Wir haben jedoch viel mit König Bruenor zu besprechen«, brachte Tarathiel das Gespräch wieder zum wichtigsten Thema. »Vielleicht könntet ihr ihn bitten, einen Boten zum Mondwald zu schicken. Drizzt Do'Urden wäre uns willkommen.«

»Der Dunkelelf?«, fragte Ivan erstaunt. »Ihr als Mondelfen bittet mich, einen Drow zu euch nach Hause zu schicken? Du solltest vorsichtig sein, Tarathiel. Deine Gastfreundlichkeit gegenüber Zwergen und Dunkelelfen könnte deinen Leuten missfallen.«

»Ich kann dir versichern, dass ich im Allgemeinen nichts für Dunkelelfen übrig habe«, erklärte Tarathiel. »Aber dieser eine ist eine Ausnahme. Wir werden Drizzt Do'Urden willkommen heißen, obwohl wir ihn nicht als Freund bezeichnen. Wir haben Informationen, die ihn betreffen – Informationen, die für ihn ebenso wichtig sein könnten wie für uns.«

»Und die wären?«

»Es steht mir nicht zu, im Augenblick mehr zu sagen«, erwiderte Tarathiel. »Ich will dich nicht damit belasten, König Bruenor eine lange und detaillierte Geschichte erzählen zu müssen. Ohne zu wissen, was zuvor geschehen ist, würdest du nicht genug verstehen, um die Informationen angemessen weitergeben zu können.«

»Es ist nicht so, dass wir euch beiden misstrauen würden«, fügte Innovindil rasch hinzu, denn Ivan hatte missbilligend das Gesicht verzogen. »Es gibt allerdings ein Protokoll, dem wir folgen müssen. Die Botschaft, die wir euch zu übermitteln bitten, ist von großer Wichtigkeit, und wir verlassen uns darauf, dass ihr unsere Worte König Bruenor nicht nur ausrichten werdet, sondern ihm auch erläutert, wie dringend die Sache ist.«

»Ei, ei!«, stimmte Pikel zu und hob die Faust.

Tarathiel wollte sich dem gerne anschließen, aber plötzlich wurde seine Miene sehr ernst. Er sah sich um, dann warf er Innovindil einen Blick zu und glitt von seinem geflügelten Reittier.

»Was sieht er denn?«, wollte Ivan wissen.

Innovindil hatte Tarathiels Blick erwidert, und auch sie sah plötzlich sehr ernst aus.

Tarathiel bedeutete Ivan, still zu sein, dann schlich er an den Rand des Wegs und beugte sich tief zum Boden, den Kopf leicht zur Seite geneigt, als würde er lauschen. Ivan setzte dazu an, etwas zu sagen, aber Tarathiel hob die Hand und bedeutete ihm zu schweigen.

»Oh«, sagte Pikel und sah sich beunruhigt um.

Ivan sprang umher, konnte aber nichts sehen als seine drei besorgten Gefährten.

»Was hast du herausgefunden?«, fragte er Tarathiel, aber der Elf antwortete nicht.

Ivan eilte zu Pikel und fragte: »Was hast du herausgefunden?«

Pikel verzog das Gesicht und hielt sich die Nase zu.

»Orks?«, rief Ivan.

»Ei, ei.«

Mit einer einzigen Bewegung zog Ivan die Axt von seinem Rücken und fuhr herum, die Beine leicht gespreizt, die Axt vor sich, die Augen zusammengekniffen. Er spähte in die Schatten.

»Also gut, sollen sie ruhig kommen. Ich habe Lust auf ein kleines Scharmützel, bevor ich mich auf diesen langweiligen Weg mache!«

»Ich spüre sie auch«, sagte Innovindil einen Augenblick später.

»Da«, fügte Pikel hinzu und zeigte nach Norden.

Die beiden Elfen folgten mit dem Blick seinem Finger, dann schauten sie ihn an und nickten.

»Unsere Grenzen wurden in der letzten Zeit häufiger von Orks verletzt«, erklärte Innovindil. »Auch diese werden, wie all die anderen, zurückgeschlagen werden. Macht euch keine Gedanken. Euer Weg führt euch nach Südwesten, und dorthin solltet ihr euch wenden, und zwar schnell. Wir werden uns um die Ungeheuer kümmern, die es wagen, den Mondwald zu besudeln.«

»Mhm-mhm«, widersprach Pikel und verschränkte die kräftigen, haarigen Arme vor der Brust.

»Pah«, schnaubte Ivan. »Ihr wollt uns doch nicht etwa rauswerfen, wenn der Spaß gerade erst anfängt? Ihr wollt gute Gastgeber sein, aber sobald Orks auftauchen, wollt ihr uns einfach wegscheuchen?«

Die beiden Elfen sahen einander überrascht an.

»Ja, ich weiß, und nein, ich mag euch nicht«, erklärte Ivan, »aber ich hasse eure Feinde, und das ist eine gute Sache. Und vielleicht wollt ihr euch ja einen Zwerg zum Freund machen und ihn einen Ork oder fünfzig erledigen lassen? Oder schickt ihr uns weg und hofft, dass wir uns an die Worte erinnern, die wir König Bruenor ausrichten sollen?«

Die Elfen sahen einander immer noch fragend an, dann zuckte Innovindil mit den Schultern und überließ Tarathiel die Entscheidung.

»Also kommt mit«, sagte der Elf zu den Brüdern. »Sehen wir, was wir herausfinden können, bevor wir meine Leute ins Feld schicken. Und versucht, leise zu sein.«

»Pah, wenn wir zu leise sind, verschwinden die Orks einfach wieder, und wozu sollte das gut sein?«

Sie legten nur einen kurzen Weg zurück, dann bedeutete Tarathiel ihnen, stehen zu bleiben und zu warten. Er stieg auf den Pegasus, fand einen Bereich, wo das Tier Anlauf nehmen konnte, erhob sich vorsichtig in die Luft und flog nach Norden.

Er kehrte beinahe sofort zurück, landete vor den dreien und bedeutete ihnen, still zu sein und ihm zu folgen. Ein Stück weiter nördlich führte der Elf sie zu einer Anhöhe. Von dort aus konnte Ivan erkennen, dass die geheimnisvollen, auf die Bäume abgestimmten Sinne seiner Begleiter sie nicht getäuscht hatten.

Auf einer felsigen Lichtung befand sich eine Bande von Orks. Es waren mindestens zwölf, vielleicht sogar zwanzig, die sich im Schatten der Bäume bewegten. Sie hatten schwere Äxte dabei, die hervorragend geeignet waren, die hohen Bäume am Rand der Lichtung zu fällen, und was noch wichtiger und recht ungewöhnlich war (und erklärte, wieso Tarathiel mit Mond so schnell zurückgekehrt war): Jeder Ork hatte auch einen langen, starken Bogen.

»Ich habe sie von weitem gesehen«, erklärte Tarathiel leise den drei anderen, die sich hinter Felsen duckten. »Ich glaube nicht, dass sie mich bemerkt haben.«

»Wir müssen den Clan unterrichten«, sagte Innovindil.

Tarathiel sah sich zweifelnd um. Sie waren schon ein paar Tage unterwegs. Ihm war zwar klar, dass seine Leute die Strecke schneller zurücklegen würden, wenn sie diese schlechten Nachrichten hörten und keine Zwerge dabeihatten, die ihr Tempo verlangsamten, aber er nahm nicht an, dass sie rechtzeitig eintreffen würden, um die Orks noch im Mondwald zu erwischen.

»Sie dürfen nicht entkommen«, sagte der Elf grimmig. Seine Erinnerung an die letzte Bande, die sich in die Berge zurückgezogen hatte, war noch sehr frisch.

»Dann bringen wir sie eben um«, erwiderte Ivan.

»Drei gegen einen«, erklärte Innovindil. »Vielleicht sogar fünf gegen einen.«

»Also wird es schnell gehen«, erwiderte Ivan.

Er griff nach der schweren Axt. Neben ihm holte Pikel seinen Kochtopf aus dem Sack, stülpte ihn sich über den Kopf und stimmte zu: »Ui!«

Die Elfen blickten einander verwirrt und überrascht an.

»Ui!«, wiederholte Pikel.

Tarathiel sah Innovindil an, als erwartete er eine Antwort.

»Unser letzter guter Kampf ist ziemlich lange her«, sagte sie grinsend.

»Es ist wahrscheinlich nur ein Dutzend – du wirst noch länger auf einen guten Kampf warten müssen«, meinte Ivan trocken, aber die Elfen achteten nicht sonderlich auf seine Bemerkung.

Tarathiel schaute Ivan an und fragte: »Welche Position wirst du einnehmen?«

»Ich hoffe, ich werde direkt mittendrin sein«, antwortete der Zwerg und zeigte auf die Orks. »Und ich denke, meine Axt wird hervorragend zwischen die Augen dieser Orks passen.«

Tarathiel und Innovindil blickten zu Pikel, der einfach nur leise lachte. »Hi hi hi.«

»Macht euch um meinen Bruder keine Sorgen«, erklärte Ivan. »Er wird schon eine Möglichkeit finden, seinen Teil zu erledigen. Ich weiß nicht wie – ich weiß es meistens nicht mal, wenn der Kampf vorbei ist –, aber er tut es, und es wird funktionieren.«

»Also gut«, sagte Tarathiel. »Dann lasst uns den besten Angriffspunkt suchen.«

Er ging zu Mond und flüsterte dem Pegasus etwas ins Ohr, dann marschierte er davon, während sich Mond in die Gegenrichtung aufmachte. Innovindil folgte ihrem Partner lautlos. Dann kamen Ivan und Pikel, die auf jedes vertrocknete Blatt und auf jeden abgebrochenen Zweig traten.

»Angriffspunkt«, schnaubte Ivan. »Wir gehen einfach hin, sagen Hallo und fangen an, sie umzubringen.«

»Hihihi«, erwiderte Pikel.

Auch Innovindil lächelte über diese Bemerkung, aber sie verspürte auch eine gewisse Furcht. Selbstsicherheit war eine Sache, Leichtsinn eine andere.

Unter Führung der Elfen erreichten die vier bald unbemerkt den Rand einer felsigen Lichtung. Auf der gegenüberliegenden Seite waren die Orks an der Arbeit. Einige hackten auf einen Baum ein, die anderen hielten Seile, die an die höheren Äste gebunden waren.

»Wir werden angreifen, nachdem sie sich hingelegt haben«, erklärte Tarathiel leise. »Die Sonne steht nicht mehr sonderlich hoch; sie werden also nicht mehr allzu lange weiterarbeiten.«

Pikel verzog ablehnend das Gesicht und schüttelte den Kopf.

»Er hat was dagegen zuzusehen, wie sie einen Baum fällen«, erklärte Ivan, und die Elfen sahen einander zweifelnd an.

Pikel öffnete seinen Beutel und holte ein paar rote Beeren

heraus. Seine Miene wurde sehr ernst. Er nickte den anderen noch einmal grimmig zu, dann ging er zu einer nahen Eiche und legte die Stirn an den dicken Stamm. Er schloss die Augen und fing an, leise vor sich hin zu murmeln.

Immer noch murmelnd ging er in den Baum hinein und verschwand.

»Ja, ich weiß, wie euch zumute ist«, flüsterte Ivan den beiden Elfen zu, die völlig verblüfft den Baum anstarrten, die Münder weit aufgerissen. »So was macht er dauernd.« Ivan ließ den Blick an dem Baum emporwandern, zeigte nach oben und sagte: »Da.«

Pikel verließ den Stamm etwa zwanzig Fuß über dem Boden, wo er auf einen Ast hinauskroch, der über die felsige Lichtung ragte.

»Dein Bruder ist ein seltsamer Bursche«, flüsterte Innovindil.

»Er hat ein paar interessante Fähigkeiten.«

»Die werden wir gut brauchen können«, fügte Tarathiel hinzu.

Der Elf betrachtete zweifelnd die Orks, alle mit Bögen auf dem Rücken oder in Reichweite abgelegt. Aber als er wieder zu Pikel schaute, wurde ihm klar, dass die Zwerge nicht warten würden, was immer er vorschlug. Also duckte er sich und begann, sich das Schlachtfeld näher anzusehen, dann bedeutete er Innovindil, sich seitlich von ihm zu halten.

Ivan ging zwischen den beiden hindurch, drängte sich durchs Unterholz und betrat die Lichtung.

»Ziele, die sich bewegen, trefft ihr wohl nicht, wie?«, verhöhnte er die Orks.

Das Hacken hörte sofort auf. Jegliches Geräusch von der anderen Seite der Lichtung verstummte, und die Orks drehten sich wie ein einziges Wesen um, die gelblichen, blutunterlaufenen Augen weit aufgerissen.

»Na?«, rief Ivan ihnen zu. »Habt ihr noch nie zuvor dem Tod gegenübergestanden?«

Die Orks griffen nicht sofort an. Sie begannen, sich sehr langsam und entschlossen zu bewegen, und zwei von ihnen brüllten Befehle.

»Das da sind die Anführer«, flüsterte Ivan den verborgenen Elfen zu. »Wählt euch euer Ziel.«

Die Orks wandten den Blick nicht von dem einzelnen Zwerg ab, der kaum zwanzig Fuß von ihnen entfernt aufgetaucht war, während sie langsam die Bögen aufhoben und Pfeile anlegten.

Die Anführer schrien weiterhin auf die anderen ein, und es wurde klar, dass sie einen koordinierten Angriff organisieren wollten und jene, die die Pfeile bereits angelegt hatten, anwiesen, noch nicht zu schießen.

Die Elfen schossen als Erste, zwei Pfeile, die aus dem Unterholz kamen: Tarathiels Pfeil traf die Kehle des einen Anführers, Innovindils bohrte sich in den Bauch des anderen.

Im gleichen Augenblick schien die Luft vor Ivan sich zu bewegen wie Wellen auf einem Teich, und diese Wellen rasten über die Lichtung, als die Orks zurückschossen.

Ork-Pfeile verbogen sich, sobald sie den Bogen verließen, krümmten sich wie Zweige eines Weidenbaums und flogen in alle Richtungen, nur nicht geradeaus.

Bis auf einen, der aus dem Unterholz an der Seite auf Ivan zuschoss.

Der Zwerg sah ihn jedoch rechtzeitig, duckte sich und riss die Axt hoch. Der Pfeil streifte erst die Klinge, dann die Rüstung an Ivans Schulter und riss den Zwerg ein wenig zur Seite, aber er fügte ihm dank der Rüstung keinen Schaden zu.

»Sorg gefälligst dafür, dass du sie alle erwischst, du Idiot!«, beschimpfte Ivan seinen Bruder, der aus den Zweigen über ihm herunterkicherte.

Die Orks am anderen Ende der Lichtung starrten ihre Bögen an, als hätten sie sie verraten, und mussten feststellen, dass auch die Bögen sich unter dem Einfluss der Druidenmagie verzogen hatten. Sie warfen sie weg, zogen die Schwerter, packten ihre Speere und stürmten los.

Zwei von ihnen hatten kaum zum Angriff angesetzt, als Elfenpfeile sie niederstreckten.

Ivan Felsenschulter widerstand der Versuchung, selbst anzugreifen, und er verkniff es sich auch, nach oben zu schauen und sich zu überzeugen, ob sein zerstreuter Bruder noch aufpasste.

Erneut zischten zwei Elfenpfeile durch die Luft und fanden ihre Ziele, und dann sprangen Tarathiel und Innovindil neben Ivan und zogen jeweils ein schlankes Schwert und einen langen Dolch.

Die Orks stießen ihre gutturalen Kriegsschreie aus, sprangen über Steine und kletterten über Felsen auf die drei Herausforderer zu.

Viele rote Beeren prasselten vor Ivan und den Elfen nieder, verzauberte Wurfgeschosse, die laut knallten und schmerzhafte Funken versprühten, wenn sie die Feinde trafen. Dutzende kleinerer Explosionen ereigneten sich auf den Orks und um sie herum. Die verzauberten Bomben richteten wenig Schaden an, riefen aber gewaltige Verwirrung hervor – eine Gelegenheit, die sich weder Ivan noch die Elfen entgehen ließen.

Ivan riss ein Beil aus seinem Gürtel und warf es ins Gesicht des nächsten Ork, dann zog er ein weiteres und mähte einen Ork nieder, der ihn von der Seite angriff. Er stieß ein Brüllen aus, richtete die große Axt sofort auf den nächsten heranstolpernden Gegner und bremste dessen Angriff mit einem Schlag in die Brust, raste an ihm vorbei und schlug noch einmal fest von hinten zu.

Aber es waren die Bewegungen der Elfen und nicht die des wilden Ivan, die Pikel oben im Baum ein beeindrucktes »Oh« entlockten.

Tarathiel und Innovindil standen Seite an Seite und brachten ihre Waffen in einer fließenden Bewegung vor die Brust, hoch vor ihre Gesichter und dann zur Seite, so dass Tarathiels rechter Arm sich mit Innovindils linkem kreuzte, Unterarm an Unterarm. Sie hielten diese Berührung aufrecht, während sie sich dem Angriff stellten; sie bewegten sich wie ein einziges Wesen, zuckten vor und zurück und drehten sich dabei; Tarathiel huschte hinter Innovindil vorbei, kam zu ihrer rechten Seite, so dass nun der rechte Unterarm den rechten Unterarm berührte, der rechte Fuß den rechten Fuß, Ferse gegen Zehen.

Ein Ork begriff nicht, wie gut sie aufeinander eingespielt waren, und griff Tarathiels scheinbar ungeschützten Rücken an, aber Innovindils Klinge wartete schon und wehrte den Speer mit Leichtigkeit ab. Innovindil beendete die Bewegung jedoch nicht, sondern wandte sich wieder einem Ork zu, der immer noch von Pikels Bomben aus dem Gleichgewicht gebracht war. Sie stach dem Ork die Klinge mit Leichtigkeit zwischen die Rippen, als dieser vorbeitaumelte, und sie brauchte sich auch nicht mehr um den Ork mit dem Speer zu kümmern, denn Tarathiel hatte begriffen, was sie getan hatte, als hätte er den Speer selbst abgewehrt. Während er die Klinge eines anderen Gegners vor sich mit dem Schwert abwehrte, stieß er den Dolch fest nach hinten und traf den speerschwingenden Ork in die Brust.

In einer fließenden Bewegung zog Tarathiel den Dolch wieder heraus und warf ihn in die Luft, fing ihn an der Spitze auf und brachte den Arm nach vorn, als wollte er den Dolch auf den Ork direkt vor ihm schleudern.

Der Ork zuckte zurück, und Tarathiel drehte sich.

Innovindil beugte sich zur Seite und schnitt dem verwirrten Ork mit dem langen Schwert die Kehle durch.

Tarathiel brach die Drehbewegung ab, ließ den Schwertarm sinken und fasste seine immer noch in Bewegung begriffene Partnerin um die Taille. Er zog fest, hob Innovindil vom Boden, zog sie über seine Hüfte und riss sie vor sich, wobei sie die Beine ausstreckte und nach dem Ork trat, der Tarathiel angriff.

Sie traf den Ork nicht – sie versuchte es auch nicht wirklich –, aber ihre zuckenden Füße bewirkten, dass das Geschöpf wiederholt und vergeblich mit der kurzen, krummen Klinge nach ihr stach.

Während Innovindil über seinen Oberkörper abrollte, streckte Tarathiel den linken Arm aus, sie hakte den rechten Ellbogen darüber, und er beendete die Drehbewegung, mit der Ausnahme dieses Arms, und nutzte Innovindils Schwung, um sie nach links zu drehen.

Zur selben Zeit schlug er mit dem rechten Arm, dem Schwertarm, zu, sobald sie aus dem Weg war. Der glücklose Ork, der immer noch versuchte, Innovindil zu erwischen, sah die Klinge nicht einmal kommen.

Innovindil landete leichtfüßig. Ihr Schwung und die Drehung brachten sie direkt in den Weg eines weiteren Ork, und sie riss die Klingen hoch und stach nach unten.

Mit diesem einzigen Angriff hatten die Elfen fünf Orks getötet oder schwer verwundet.

»Oooh«, sagte Pikel und warf einen unschlüssigen Blick auf die Beeren in seiner Hand. Dann bemerkte er eine Bewegung seitlich im Unterholz und entdeckte zwei Orks, die ihre Bögen hoben.

Er warf die Beeren, bevor sie schießen konnten, und die zwei Dutzend kleinen Explosionen ließen die Orks zusammenzucken und blendeten sie.

Pikel streckte die Arme in ihre Richtung aus, fuchtelte mit den Fingern und sprach die Büsche rings um die Orks an. Ranken und Zweige packten die zwei Geschöpfe und, wie Pikel kichernd erkannte, noch einen dritten Ork, denn er konnte hören, wie dieser wütend hinter seinen festsitzenden Kameraden brüllte.

Ivan hatte nicht die Anmut der Elfenkrieger, und tatsächlich war auch er von ihrem tödlichen Tanz beeindruckt. Amüsiert, aber auch beeindruckt.

Was ihm an Anmut fehlte, machte der Zwerg durch seine Wildheit mehr als wett. Er raste an dem Ork vorbei, den er niedergemäht hatte, und trat dem Angriff eines anderen entgegen, der sich schreiend auf ihn stürzte. Ivan blieb einfach stehen, die kräftigen Beine gespreizt. Der Ork prallte ab.

Ivan schlug nach dem Schildarm des Angreifers: Seine Axt durchdrang den Schild und grub sich in den Arm dahinter. Er zog die Waffe sofort wieder zurück, riss den Ork damit in eine knappe Drehung, nach der er gezwungen war, sein Gleichgewicht wiederzufinden. Erneut schlug der Zwerg zu, und diesmal brachte er die Axt hinter den abwehrenden Schild und traf die Schulter des Ork.

Das verwundete Geschöpf taumelte zurück, aber ein anderer Ork eilte an ihm vorbei, gefolgt von einem dritten.

Ivan war bereits in Bewegung, trat einen Schritt zurück und duckte sich. Er griff nach einem Stein, warf ihn, als er wieder hochkam, traf damit den Ork, der ihm am nächsten war, an der Brust und brachte ihn ins Stolpern. Als der andere seinen Kameraden links überholte, stürzte sich Ivan rechts von ihm vorbei. Seine Axt traf den verdutzten Ork in den Bauch, riss ihn in die Luft und schleuderte ihn auf den Rücken.

Der zweite Ork kam abrupt zum Stehen, setzte dazu an,

sich umzudrehen – und Ivans Axt traf ihn direkt in die Brust und riss ihn um.

Ivan sprang über den fallenden Ork und zog dabei seine Axt wieder heraus. Weitere Orks kamen auf ihn zu, also sprang er auf einen nahen Felsblock, überschlug sich, landete auf den Füßen und ließ sich mit dem Rücken gegen den Felsen sacken.

Die Orks rannten um den Felsen herum und erwarteten, dass Ivan auf der anderen Seite weitergerannt war.

Seine Axt traf den Ersten, der links vorbeilief, dann riss er sie nach rechts und erschlug auch den ersten Ork, der von dieser Seite kam.

Ivan sprang vor, bereit, sich weiteren Feinden zu stellen, aber er stellte fest, dass es nichts mehr zu tun gab, denn die Elfenklingen, die bereits vor Ork-Blut trieften, hatten mit den anderen Verfolgern kurzen Prozess gemacht.

Von beiden Seiten kamen Tarathiel und Innovindil nun um den Felsblock zu Ivan. Sie zollten einander schweigend einen Respekt, den keiner von ihnen erwartet hatte.

Ivan brach den Blickkontakt als Erster und sah sich direkt um, aber alle Orks auf der Lichtung waren inzwischen entweder tot oder schwer verwundet. Der Zwerg hörte das entfernte Rascheln von ein paar, die geflohen waren.

»Ich habe acht erwischt«, verkündete er stolz.

Er starrte den Ork an, den er mit einem Rückhandschlag mit der stumpfen Seite seiner Axt erwischt hatte. Das Geschöpf war verwundet und halb betäubt und versuchte aufzustehen, aber Tarathiel hatte ihm bereits die Kehle durchgeschnitten, bevor Ivan sich rühren konnte.

Der Zwerg zuckte mit den Schultern. »Na gut, siebeneinhalb«, sagte er.

»Und dennoch, es gibt einen unter uns, der nicht getötet hat, aber für unseren leichten Sieg am wichtigsten war«, stellte Innovindil fest.

Sie blickte in den Baum hinauf, in dem Pikel gesessen hatte. Dann bemerkte sie eine Bewegung an der Seite, und sie schaute ebenso wie Ivan und Tarathiel zu einem dichten Gebüsch, aus dem Pikel gerade herauskam, die blutige Keule in der Hand und ein breites Grinsen auf den Lippen.

»Sha-la-la«, erklärte der Zwerg und hob die verzauberte Keule. Dann hielt er drei dickliche Finger hoch. »Dei!«, verkündete er.

Etwas rührte sich hinter ihm. Pikels Grinsen verschwand, und er fuhr herum und schlug zu.

Die drei anderen zuckten bei dem Geräusch berstender Knochen zusammen, aber dann kam Pikel zurück, das Grinsen wieder an Ort und Stelle.

»Bist du endlich fertig?«, fragte Ivan trocken.

»Dei!«, wiederholte Pikel begeistert und reckte abermals drei Finger hoch.

Es war ein warmer, sonniger Tag, als die vier den Nordwestrand des Mondwalds erreichten. Von einem Aussichtspunkt hoch oben auf einem Felskamm zeigte Tarathiel auf den glitzernden Surbrin, der sich von Norden nach Süden durch die Ausläufer des Grats der Welt schlängelte.

»Dieser Fluss wird euch zum Osttor von Mithril-Halle bringen«, erklärte Tarathiel. »Ich nehme an, ihr werdet euren Weg zu den Hallen der Zwerge leicht genug finden.«

»Und wir verlassen uns darauf, dass ihr König Bruenor und dem Dunkelelfen Drizzt Do'Urden unsere Botschaft überbringt«, fügte Innovindil hinzu.

»Ei, ei«, sagte Pikel.

»Wir werden es ihnen sagen«, erklärte Ivan.

Die Elfen schauten einander an, und in ihren Blicken war kein Zweifel mehr zu sehen. Die vier trennten sich als Freunde und empfanden nun tiefen Respekt voreinander.

TEIL 4

Erneute Wendung

Wir müssen unser Leben in der Gegenwart leben und betrachten unsere Beziehungen in der Gegenwart. Das trifft jedenfalls auf mein Leben mit Catti-brie zu, und es ist auch meine größte Befürchtung, was dieses Leben angeht. Wir leben im Hier und Jetzt, wandern über die vom Wind gepeitschten Bergpfade und kämpfen gegen jeden Feind, der sich uns entgegenstellt. Wir versuchen, unser Ziel und unseren Sinn im Leben zu bestimmen, selbst wenn dieser Sinn in nichts anderem als in Abenteuern liegt, und darin, das Ziel mit ganzem Herzen und ganzer Seele zu verfolgen. Wenn wir das tun, sind Cattie-brie und ich frei von den Zwängen unserer jeweiligen Herkunft, die uns das Leben ansonsten schwer machen. Solange wir das tun, können wir in wahrer Freundschaft und Liebe zusammenleben, so nahe, wie zwei vernunftbegabte Wesen einander sein können.

Aber wenn wir weiter den Weg entlang in die Zukunft schauen, wird es schwierig.

Auf den Bergpfaden nördlich von Mithril-Halle ist Catti-brie vor kurzem dem Tod begegnet, und, was wichtiger ist, ihrer Sterblichkeit. Sie sah sich einem plötzlichen und brutalen Ende ihres Lebens gegenüber. Sie hielt sich für so gut wie tot und glaubte in diesem schrecklichen Augenblick, dass sie niemals Mutter sein, niemals Kinder haben und ihnen niemals die Werte beibringen würde, die ihr Leben und ihren Weg bestimmt haben. Sie sah Sterblichkeit, wahre Sterblichkeit, und niemand würde da sein, um ihr Erbe weiterzutragen.

Und das hat ihr ganz und gar nicht gefallen.

Sie entkam dem Tod, wie schon so oft. Wulfgar war für sie da, wie er es für jeden von uns gewesen wäre, wie jeder von uns für ihn da gewesen wäre, um die Orks zu vertreiben. Und so wurde ihr Tod verhindert.

Aber der Gedanke blieb.

Und dort, in diesem klareren Verständnis ihrer Zukunftsaussichten, in dem klareren Verständnis unserer *Zukunftsaussichten, liegt das Problem, diese scharfe Wendung auf unserem abenteuerlichen Weg.*

Welche Zukunft haben wir zusammen? Wenn wir unsere Beziehung Tag um Tag betrachten, gibt es da nur Freude und Abenteuer und Aufregung, aber wenn wir ein Stück weiter den Weg entlang spähen, sehen wir Grenzen, die wir, besonders Catti-brie, nicht ignorieren können. Wird sie jemals Kinder haben? Könnte sie meine überhaupt bekommen? Es gibt viele Halbelfen auf der Welt, das Ergebnis von Verbindungen zwischen Menschen und Elfen, aber Halb-Drow? Ich habe nie von so etwas gehört. Es gab Gerüchte, dass das Haus Barrison Del'Armgo solche Verbindungen erzwungen hat, um seinen Kriegern mehr Kraft und Größe zu verleihen, aber ich weiß nicht, ob das jemals mehr als ein Gerücht war. Selbst wenn es wahr sein sollte, waren die Ergebnisse sicher alles andere als vielversprechend.

Ich weiß also nicht, ob ich der Vater von Catti-bries Kindern sein könnte, und selbst wenn es möglich wäre, ist das nicht unbedingt eine angenehme Aussicht, und zweifellos hat es gewaltige Nachteile. Ich würde mir wünschen, dass meine Kinder viele von Catti-bries wunderbaren Eigenschaften hätten: ihren Mut, ihr Mitgefühl, ihre Fähigkeit, einen Weg zu verfolgen, von dem sie weiß, dass er richtig ist, und selbstverständlich ihre Schönheit. Jeder Vater müsste stolz auf ein Kind sein, das Catti-bries Eigenschaften hat.

Aber dieses Kind würde ein Halb-Drow sein, in einer Welt, die Drow-Elfen nicht akzeptiert. Man bringt mir nun an Orten, an die mir mein Ruf vorausgeeilt ist, ein gewisses Maß an Respekt entgegen, aber welche Chance würde ein Kind haben, das sein Leben in diesem Teil der Welt beginnen muss? Bis das Kind alt genug wäre, sich selbst einen Ruf zu erwerben, wäre es schon gekennzeichnet mit den Narben eines einzigartigen Erbes. Vielleicht könnten wir ein Kind haben, das in Mithril-Halle aufwächst.

Aber auch das ist eine Einschränkung, und eine, die Catti-brie nur zu gut kennt.

Es ist alles zu verwirrend und zu beunruhigend. Ich liebe Catti-brie – das weiß ich nun –, und ich weiß auch, dass sie mich liebt. Wir sind Freunde, und das ist das Schöne an unserer Beziehung. Im Hier und Jetzt, mit dem Wind im Rücken und unseren Feinden vor uns, könnte ich mir keine bessere Gefährtin wünschen, keine bessere Ergänzung zu dem, was ich bin.

Aber wenn ich weiter diesen Weg entlang spähe, ein Jahrzehnt, zwei Jahrzehnte, sehe ich schärfere Wendungen und tiefere Schluchten. Ich würde Catti-brie bis zu ihrem Todestag lieben, selbst wenn sie dann alt und gebrechlich wäre und ich immer noch in der Blüte meiner Jugend. Für mich wäre das keine Last; ich hätte nicht das Bedürfnis nach einer Gefährtin, die körperlich mehr zu mir passt, eine Elfenfrau vielleicht, oder sogar eine Drow.

Catti-brie hat mich einmal gefragt, ob meine größte Einschränkung innerlicher oder äußerlicher Art sei – fühlte ich mich mehr eingeschränkt davon, wie andere mich als Dunkelelfen betrachten, oder davon, wie ich jene betrachte, die mich betrachten? Ich denke, diese Frage könnte man nun auch ihr stellen. Denn während ich die Wendungen verstehe, die unser Weg unvermeidlich nehmen wird, und sie vollkommen akzeptiere, fürchtet sie sie, und das wohl mehr um meinet- als um ihretwillen. In drei Jahrzehnten, wenn sie beinahe sechzig sein wird, wird sie nach menschlichen Maßstäben alt sein. Ich werde um die hundert sein, mein erstes Jahrhundert, und nach Drow-Maßstäben immer noch ein sehr junger Erwachsener, kaum mehr als ein Kind. Ich glaube, ihre Begegnung mit der Sterblichkeit hat ihre Aufmerksamkeit für diese Dinge geschärft, und die Aussichten gefallen ihr überhaupt nicht – wie schon gesagt, mehr um meinet- als um ihretwillen.

Und es bleibt immer noch diese andere Frage, die der Kinder. Wenn wir beide eine Familie gründeten, wären unsere Kinder schrecklichem Druck und Vorurteilen ausgesetzt und würden noch jung sein, sehr jung, wenn ihre Mutter stürbe.

Es ist alles so verwirrend.

Im Augenblick ziehe ich es vor, mich in der Gegenwart zu bewegen.

Und ja, ich tue es aus Angst.

Drizzt Do' Urden.

Die Aura des Königseins

Selbst nach der freundlichen Begrüßung durch die Späher, die Senkendorf ausgesandt hatte, war die Gruppe am folgenden Morgen, als der König von Mithril-Halle und sein Gefolge das Haupttor des kleinen ummauerten Ortes erreichten, über die Reaktion der Bürger vollkommend verblüfft.

Trompeten erklangen vom Wehrgang und von dem einzelnen Turm, der an der Nordmauer stand. Obwohl keiner dieser Trompeter besonders gut war und sie nicht die schimmernden Rüstungen trugen, wie man sie in einer größeren Stadt wie Silbrigmond erwarten würde, hatte Bruenor nie zuvor Trompetengeschmetter gehört, in dem Gefühl lag.

Die mehr als hundert Einwohner von Senkendorf standen hinter dem Tor, klatschten und winkten und warfen Blütenblätter. Es gab hier mehr Frauen, als Bruenor von einer Grenzstadt erwartet hätte, und sogar recht viele Kinder, darunter ein paar Babys. Vielleicht sollte er wirklich einige Zeit außerhalb von Mithril-Halle verbringen und über diese sich entwickelnden Siedlungen wachen, dachte Bruenor. Es war kein unangenehmer Gedanke. Wenn er sich diesen Ort ansah, kam es ihm so vor, als versuchte Senkendorf angestrengt, eine echte kleine Stadt zu werden, nicht nur eine Ansammlung von Schurken und Gesetzlosen wie so viele dieser kleinen Orte an der wilden Grenze. Er musste an seine ehemalige Heimat Zehn-Städte denken und erinnerte sich daran, dass auch diese zehn Städtchen sich im Laufe der Zeit zu etwas erheblich Größerem entwickelt hatten, als sie es bei seiner Ankunft im Eiswindtal vor so vielen Jahrhunderten gewesen waren.

Der Zwergenkönig, der an der Spitze seiner Truppe marschierte, hielt inne und sah sich um. Die meisten Gebäude bestanden aus Stein mit hölzernen Stützbalken, und alle waren stabil gebaut, als hätten die Bewohner vor, eine Weile hier zu bleiben. Bruenor nickte anerkennend und ließ den Blick langsam zu dem Turm wandern, der das Wahrzeichen der Siedlung war. Es war ein grauer Zylinder von dreißig Fuß Höhe, auf dem eine Flagge wehte, die auf rotem Hintergrund zwei Hände zeigte, die von goldenen Sternen umgeben waren. Dabei handelte es sich offensichtlich um das Wappen eines Zauberers, und als sich die Menge vor ihm teilte und ein weißbärtiger alter Mann auf die Zwerge zukam, der einen hohen, spitzen Hut und ein hellrotes Gewand mit goldenen Sternen trug, fiel es Bruenor nicht schwer zu erraten, wen er vor sich hatte.

»Willkommen in meiner bescheidenen Siedlung, König Bruenor von Mithril-Halle«, sagte der Mann. Er nahm den Hut ab und verbeugte sich. »Ich bin Withegroo Seian'Doo, Gründer und derzeitiger Lehensherr von Senkendorf. Euer Besuch ist eine unerwartete, aber zweifellos nicht unwillkommende Ehre.«

»Ich grüße Euch, Withe …«

»Withe*groo*.«

»Withegroo«, wiederholte Bruenor. »Und ich bin noch nicht König Bruenor – nun, noch nicht wieder, wenn Ihr versteht, was ich meine.«

»Meine Mitbürger und ich haben die Nachricht vom Dahinscheiden Eures Ahnen Gandalug mit großer Trauer vernommen.«

»Ja, aber der Alte hatte ein paar gute Jahrhunderte, und ich denke nicht, dass einer von uns mehr erwarten sollte«, erwiderte Bruenor.

Er sah sich um, sah das freundliche und ehrliche Lächeln der Bürger und wusste, dass er sich hier entspannen konnte, dass er und seine Freunde, selbst Drizzt, der direkt hinter ihm stand, in Senkendorf tatsächlich willkommene Gäste waren.

»Ich habe es im Westen erfahren«, erklärte der Zwerg. »Im Eiswindtal, wo wir – ich und ein paar meiner Freunde – die letzte Zeit gelebt haben.«

»Habt Ihr Euch auf dem Heimweg verirrt?«

Bruenor schüttelte den Kopf.

»Ich habe Freunde aus Felbarr getroffen«, erklärte er und drehte sich um, um auf Tred zu zeigen, der sich ungern, aber dennoch geschickt verbeugte. »Sie hatten ein paar Probleme mit Orks.«

Er bemerkte, wie ein Schatten über Withegroos faltiges Gesicht mit der langen Hakennase fiel. Die großen Ohren des Mannes zuckten unter Büscheln von wirrem weißen Haar, das unter der gebogenen Krempe seines roten Huts zum Vorschein kam.

Bruenor begegnete diesem Blick mit ernster Miene.

»Ihr kennt die Siedlung Hackenschlag?«, fragte er.

Withegroo schaute sich um und sah mehrere Bürger nicken.

»Nun, es gibt sie nicht mehr«, sagte Bruenor geradeheraus. »Orks und Riesen haben sie dem Erdboden gleichgemacht und alle Bewohner getötet.«

Stöhnen, entsetztes Keuchen und Flüstern erklangen von allen Seiten.

»Wir haben diese Hunde gejagt und mehr als ein paar von ihnen erledigt«, fuhr Bruenor rasch fort, um den Leuten ein wenig die Angst zu nehmen. »Nun liegen eine Hand voll Riesen und beinahe hundert Orks tot in den Bergen, aber wir dachten, es wäre eine gute Idee, hier vorbeizukommen und uns zu überzeugen, dass in Senkendorf alles in Ordnung ist.«

»Besser, als Ihr Euch vorstellen könnt«, antwortete Withegroo.

Er richtete sich auf – und er war tatsächlich groß, gut über sechs Fuß, groß genug, um Wulfgar in die Augen sehen zu können, ohne den Kopf zurücklegen zu müssen. Anders als Wulfgar jedoch war dieser Mann dünn wie ein Stock und wog nicht einmal die Hälfte der dreihundert Pfund, die der Barbar auf die Waage brachte.

»Wir haben viele Angriffe von Riesen und Orks überstanden«, fuhr der Zauberer fort, »aber es ist ihnen nicht ein einziges Mal gelungen, über unsere starken Mauern zu kommen.«

»Der alte Withegroo erledigt sie mit seinen Blitzen!«, rief einer der Bürger, und andere begannen, dem Zauberer zuzujubeln.

Withegroo lächelte mit einer Mischung aus Verlegenheit und Stolz und wandte sich den Bewohnern der Siedlung mit erhobenen Händen zu, um um Ruhe zu bitten.

»Ich tue, was ich kann«, wandte sich der Zauberer nun wieder an Bruenor. »Ich bin kein Neuling, wenn es ums Kämpfen geht, und ich habe mir einen Namen und ein Vermögen erworben, indem ich in die dunklen Höhlen zog und alle Arten von Ungeheuern bekämpfte.«

»Und Ihr habt Euch eine kleine Stadt gekauft«, bemerkte Bruenor ohne jeden Sarkasmus.

»Ich habe mir einen Turm gebaut«, verbesserte ihn der Zauberer. »Ich hielt das hier für einen guten Platz, um meine alten Tage mit Studien und Erinnerungen an vergangene Abenteuer zu verbringen. Diese guten Leute hier« – er drehte sich um und umfasste die Menge mit einer weit ausholenden Geste – »sind einer nach dem anderen, Familie um Familie, zu mir gekommen. Ich denke, sie hielten es für eine gute Idee, ein so eindrucksvolles Wahrzeichen wie meinen Turm in der Nähe der Siedlung zu haben – das lockt die Zwergenhändler an, versteht Ihr?«

Er schloss mit einem übertriebenen Zwinkern, was Bruenor lächeln ließ.

»Ich wette, sie hatten auch nichts dagegen, wenn ein Zauberer über sie wachte und hin und wieder ein paar Blitze auf Ungeheuer schleuderte, die zu nahe kamen«, sagte der Zwerg zu dem alten Zauberer, der das Kompliment gerne annahm.

»Ich tue, was ich kann.«

»Jede Wette.«

»Nun«, sagte Withegroo mit einem tiefen Seufzer und wechselte abrupt das Thema. »Ihr seid gekommen, um nach uns zu sehen, und das ist eine Ehre, König – oder baldiger König – Bruenor Heldenhammer. Ihr seht, dass wir in Sicherheit sind, aber ich bitte Euch, nicht so schnell wieder zu gehen. Die Mauern von Senkendorf und die Häuser sind alle aus Stein und wirken vielleicht kalt – wenn auch nicht auf einen Zwerg! –, aber sie haben warme Feuerstellen, an denen man Abenteuergeschichten erzählen kann.« Er trat zurück und blickte auf, um nun Bruenors Truppe anzusprechen. »Ihr seid allesamt willkommen. Willkommen in Senkendorf!«

Daraufhin erklang gewaltiger Jubel von den Bürgern, und Bruenor bedeutete seinen müden Leuten, sich zu verteilen und zu entspannen.

»Ein schönerer Empfang, als wir ihn in Mirabar erhalten haben!«, sagte Drizzt zu Bruenor, Catti-brie, Regis und Wulfgar, nachdem der Zwergenkönig wieder zu seinen Freunden zurückgekehrt war.

»Ja, Mirabar!«, knurrte Bruenor. »Erinnert mich daran, diese Stadt niederzureißen!«

»Es gibt keine Spuren von Orks in der Nähe«, sagte Catti-brie, »und diese Siedlung hat starke Mauern und einen Zauberer, der ihnen hilft …«

»Und eine Straße nach Süden, die uns erwartet«, fügte Wulfgar hinzu.

»Aber noch nicht gleich«, erwiderte Catti-brie. »Ich denke, wir sollten eine Weile bleiben, um uns zu überzeugen, dass sie wirklich in Sicherheit sind.«

»Du hast eine Vorahnung, nicht wahr?«, sagte Bruenor.

Catti-brie sah sich um, und trotz der Freude, des Lachens und der allgemeinen Feststimmung senkte sich ein Schatten auf ihr Gesicht.

»Ja, mir geht es genauso«, sagte Bruenor. »Aber mach dir keine Sorgen. Wir werden alles überprüfen, dann marschieren wir in östlicher Richtung zum Surbrin. Tred hat mir erzählt, dass in dieser Richtung noch ein paar Siedlungen liegen. Sehen wir mal, ob die Leute dort auch so freundlich zu König Bruenor und seinen Freunden sind.« Er sah Drizzt an und fügte hinzu: »Zu all seinen Freunden.«

Der Drow zuckte die Achseln, als zählte das nicht, und wenn er genauer darüber nachdachte, war es auch tatsächlich unwichtig.

»Es gibt noch zehntausend mehr, die ihre dunklen Löcher verlassen und sich uns anschließen werden, wenn sie glauben, dass sie an unserer Seite größeren Ruhm finden können«, sagte Ad'non Kareese zu seinen drei Gefährten.

Er war gerade von einer Erkundung der Region zwischen dem Versteck der Dunkelelfen und Gertis Höhlen zurückgekehrt, eingeschlossen einige Besuche bei anderen geringeren Königen: einem Ork, der Obould kannte, und einem besonders ekelhaften Goblin.

»Zwanzigtausend«, verbesserte Donnia. »Mindestens. In

den Berghöhlen wimmelt es nur so von den kleinen Monstern, und das Einzige, was sie dort hält, ist ihre eigene Dummheit – und ihre Angst. Wenn Obould und Gerti wirklich den Kopf des Königs der Zwergenfestung nehmen, dann werden wir noch mehr herauslocken können, da bin ich sicher.«

»Zu welchem Zweck?«, warf Kaer'lic zweifelnd ein. »Dann werden wir uns nur um diese Ungeheuer kümmern müssen, die auf der Oberfläche herumhuschen.«

»Im Chaos finden wir Trost«, verkündete Tos'un mit ironischem Grinsen.

»Das klingt wirklich nach Menzoberranzan«, sagte Kaer'lic, was Tos'uns Grinsen nur breiter werden ließ.

»Nun, dann wenden wir eben unsere eigenen Maßstäbe an«, erwiderte Tos'un. »Im Chaos finden wir Reichtum. Im Chaos finden wir Vergnügen.«

Kaer'lic zuckte die Achseln und widersprach nicht.

»Ich habe schon einige Verbindungen zu den Anführern der diversen Goblin- und Ork-Stämme geschmiedet und von einem gehört, der Beziehungen zu den Furcht erregenden Ungeheuern der Trollmoore im Süden hat«, erklärte Ad'non.

»Hüte dich vor den Prahlereien von Goblins«, sagte Donnia. »Die würden dir erzählen, dass selbst die Bergriesen sich vor ihnen verbeugen, wenn sie dich beeindrucken wollen.«

»Ihre Tunnel reichen weit«, erwiderte Ad'non.

»Ich glaube, dass wir es wirklich schaffen können«, sagte Tos'un, »und ich denke, dass es uns viel Spaß bringen wird. Ich hatte die größten Zweifel, als wir begonnen haben, Obould und Gerti zu Verbündeten zu machen, und ich war sicher, die Riesin würde den elenden Ork erwürgen, als sie erfahren hat, dass vier ihrer Leute umgekommen sind, aber seht nur, was wir erreicht haben! Oboulds Späher sind überall und erkunden die Berge, verfolgen diese Gruppe von

Zwergen, in der sich, wie wir glauben, König Bruenor selbst befindet. Und sobald wir ihn gefunden haben und Gerti Rache nimmt …«

»Können wir Tausende von Orks auf unsere Seite ziehen«, sagte Ad'non. »Wir können einen dunklen Schwarm erschaffen, der das Land meilenweit bedecken wird.«

»Und?«, erwiderte Kaer'lic trocken.

»Und wir lassen sie die Zwerge, die Menschen und einander umbringen«, erwiderte Ad'non. »Und wir werden da sein, immer einen Schritt hinter ihnen und dennoch immer einen Schritt voraus, um jedes Mal unsere Ernte einzufahren.«

»Und das ganz Spektakel zu genießen«, fügte Donnia mit einem boshaften Grinsen hinzu.

Kaer'lic akzeptierte dieses Argument und nickte zustimmend. »Aber sorgt dafür, dass unsere Verbündeten erfahren, dass es einen Drow gibt, der nicht unser Freund ist«, riet die Priesterin.

Sie lehnte sich zurück, als die anderen begannen, neue Pläne zu schmieden. Kaer'lic mochte die Aufregung, aber es gab andere Dinge, die sie beunruhigten. Sie dachte an einige Erfahrungen, die sie gemacht hatte, bevor sie ihre Gefährten gefunden hatte, als sie auf einer Mission für die herrschende Priesterin ihre Stadt im Unterreich verlassen hatte.

Und das wiederum erinnerte sie an Drizzt Do'Urden, denn er war nicht der erste Verräter an Lolth und der Art der Drow, dem Kaer'lic die Schreckliche gegenübergestanden hatte.

Es war nicht so, dass sie einen besonderen Hass gegen Drizzt hegte – solche Gefühle waren eher von Tos'un zu erwarten –, aber die stets intrigante Priesterin musste sich fragen, wie das alles ausgehen würde. Würde sie unerwartet Gelegenheit erhalten, alte Schulden zu begleichen? Würde der Ruf eines abtrünnigen Drow vielleicht der Spinnenkönigin nutzen, und, was noch wichtiger war, einer Priesterin, die die Gunst der Göttin verloren hatte?

Sie lächelte die anderen drei an, die alle so viel begieriger schienen, dieses Spiel zu spielen.

Kaer'lic die Schreckliche war stets geduldig.

Sie hörten die Trompeten, und obwohl sie nicht die Intelligentesten waren, kam einer der Orks auf die Idee, eine Verbindung zwischen den Zwergen, die sie verfolgt hatten, und diesem Begrüßungsgeräusch herzustellen.

Von der anderen Seite der Schlucht hatten die Orks den gleichen Blick auf Withegroos Turm wie Drizzt und seine Freunde nur einen Tag zuvor.

Ein boshaftes Grinsen ließ sie die reißzahnbewehrten Münder verziehen, und die Ork-Patrouille machte sich davon, um in die Bergausläufer zurückzukehren, wo Urlgen, Sohn von Obould, wartete.

»Bruenor ist in Senkendorf«, informierte der Patrouillenführer seinen hoch gewachsenen, grausamen Vorgesetzten.

Urlgen verzog bei dieser Information ebenfalls die aufgerissenen Lippen. Der Ork musste dringend sein Versagen wieder gutmachen, und nur der Tod von Bruenor Heldenhammer würde genügen. Obould und Gerti gaben ihm die Schuld an ihrem bisherigen Misserfolg, und niemand, der in den kalten Bergen am Ende des Grats der Welt lebte, wollte diese beiden gegen sich haben.

Aber nun war König Bruenor ganz in ihrer Nähe und ruhte sich in einer abgelegenen, kleinen Siedlung aus. Er hatte keine Ahnung, was bald über ihn hereinbrechen würde.

Urlgen schickte seine Boten so schnell wie möglich los und drängte Obould, ebenso schnell zu handeln. Die Ratte saß in der Falle, und Urlgen wollte nicht, dass sie ihm wieder entwischte.

Der Ork-König war erschöpft, nachdem er den ganzen Tag damit zugebracht hatte, andere von seiner Sache zu überzeugen. Dennoch, Obould wusste, er hatte diese Reise persönlich unternehmen müssen und die Nachricht, dass sie Bruenor gefunden hatten, nicht irgendeinem Boten anvertrauen dürfen.

Gerti saß angespannt auf der Kante ihres Throns, die blauen Augen gefährlich zusammengekniffen, in der Haltung eines Raubtiers vor dem Sprung.

»Du hast König Bruenor und die anderen, die meine Leute ermordet haben, gefunden?«, fragte sie, bevor der König sie auch nur begrüßen konnte.

»In einer kleinen Stadt«, erwiderte Obould. »Der mit dem einzelnen Turm.«

Gerti nickte. Senkendorf war dank seines Turms in dieser Region voller abgelegener Dörfer und unterirdischer Zwergen- und Goblin-Festungen einzigartig.

»Und du hast die Streitmacht vorbereitet?«

»Eine Armee ist bereits auf dem Weg«, antwortete Obould.

Gertis Augen wurden größer, und sie schien kurz vor einem Wutanfall zu stehen.

»Selbstverständlich nur, um nach Süden auszuschwärmen«, erklärte der Ork schnell. »Der Boden dort ist eben, und man kommt schnell voran, und König Bruenor muss in der Stadt festgehalten werden.«

»Du hast sie also nur ausgeschickt, um ihm den Weg zu versperren?«

»Ja.«

Gerti nickte einem ihrer Leute zu, einem muskulösen Frostriesen in schimmernder Metallrüstung, der den größten Speer trug, den Obould je gesehen hatte. Der Krieger erwiderte das Nicken, verbeugte sich und verließ den Saal.

»Yerki wird meine Streitkräfte anführen«, erklärte Gerti. »Sie sind bereit, sofort loszumarschieren.«

»Wie viele?«, fragte der Ork.

»Zehn«, erwiderte Gerti.

»Und tausend Orks«, fügte Obould hinzu.

»Dann sind unsere Beiträge zum Untergang von König Bruenor Heldenhammer in etwa die gleichen«, stellte die Riesin fest – wieder einmal ein Beweis, für wie unendlich überlegen sie sich hielt.

Obould wäre beinahe mit einer sarkastischen Bemerkung herausgeplatzt, aber er erinnerte sich, wo er war und wie leicht es für einen von Gertis Leuten sein würde, ihn zu zerquetschen. Also beschränkte er sich auf ein leises Lachen.

Gerti hatte die Augen weiterhin zusammengekniffen, starrte Obould mit tödlichem Ernst an und schloss sich seiner Heiterkeit nicht an.

»Wir müssen sofort aufbrechen.« Obould hielt es für besser, das Thema zu wechseln. »Es sind drei Tage bis zur Siedlung.«

»Mach es in zweien«, sagte Gerti.

Obould nickte, verbeugte sich, drehte sich um und wollte gehen, wollte so schnell wie möglich verschwinden, aber als er die Höhle gerade verlassen wollte, sprach sie ihn noch einmal an.

Der Ork drehte sich zur Riesin um.

»Versage nicht noch einmal«, warnte ihn Gerti und betonte die beiden letzten Worte unheilvoll.

Aber Obould stand hoch aufgerichtet und stolz da und wich nicht vor Gertis herrischem Blick zurück. Er hatte zehn Riesen zur Verfügung. Zehn Riesen!

Und tausend Orks!

Eine zu eindeutige Warnung

Ivan hatte zuerst über Pikels Vorschlag, sie sollten auf den Fluten des Surbrin bis zum Osttor von Mithril-Halle reisen, verächtlich geschnaubt, aber als sie ihr drittes Nachtlager aufgeschlagen hatten, nachdem sie den Mondwald verlassen hatten, und der Fluss direkt neben ihnen verlief, überraschte Pikel seinen Bruder, indem er sich im Dunkeln davonschlich und abgebrochene Äste sammelte. Während Ivans Schnarchen in das nicht weniger laute Gähnen des Morgens überging, hatte sein grünbärtiger Bruder ein relativ großes Floß aus stabilen Ästen gebaut, die er mit Ranken und Seilen zusammengebunden hatte.

Ivans erste Reaktion war selbstverständlich negativ.

»Du Dummkopf, wir werden noch ersaufen!«, sagte er, die Hände auf den Hüften, die Beine leicht gespreizt, als erwartete er, dass Pikel diese Beleidigung so aufnahm wie immer und versuchen würde, ihn anzuspringen.

Pikel jedoch lachte nur und ließ das Floß zu Wasser. Es trieb in einer seichten kleinen Bucht, und es war so gut ausbalanciert, dass es kaum wackelte, als Pikel an Bord sprang.

Mit viel Überredung und indem er ihn daran erinnerte, wie wund seine Füße vom Laufen waren, brachte Pikel Ivan schließlich dazu, sich zu ihm auf das Floß zu gesellen, »nur um es einmal auszuprobieren«. Bevor Ivan das auch nur ausgesprochen hatte, hatte Pikel das Floß allerdings schon in die Strömung hinausgepaddelt, wo es rasch weitertrieb.

Ivans Proteste verloren sich in der schieren Bequemlichkeit der Reise. Pikel hatte das Floß wunderbar zusammengefügt und zwei erstaunlich bequeme Sitzplätze gebaut, und am Ende des Floßes konnte man sogar eine kleine Hängematte anbringen.

Ivan brauchte nicht zu fragen, wo sein Bruder gelernt hatte, solche Dinge herzustellen. Er wusste, dass Pikels seltsame Druidenmagie dabei geholfen hatte – ganz offensichtlich war einiges von dem Holz, wie zum Beispiel der Sessel, den er sich ausgesucht hatte, magisch geformt und nicht geschnitzt worden, und das Ruder, das Pikel benutzte, hatte ein so kunstvolles Blättermuster, dass ein geschickter Holzschnitzer einen Zehntag dafür gebraucht hätte. Pikel hatte es in einer einzigen Nacht geschafft.

Sie kamen an diesem ersten Tag auf dem Surbrin gut voran, und auf Pikels Vorschlag hin fuhren sie in der Nacht weiter. Was für ein angenehmes Erlebnis das war, besonders für Pikel, in der sanften Strömung unter der Kuppel glitzernder Sterne dahinzutreiben.

Am zweiten Tag kam der Fluss näher zu den hoch aufragenden Bergen und verlief direkt am Ostrand des Grats der Welt. Glänzende Wände aus grauem Stein, überzogen mit grünem Gebüsch und weißen Streifen, bildeten das rechte Ufer, und manchmal, wenn der Fluss durch felsiges Terrain floss, befanden sie sich auch auf beiden Seiten. Pikel schien sich nicht im Geringsten daran zu stören, aber es machte Ivan wachsamer. Immerhin hatten sie erst vor kurzem gegen Orks gekämpft, und war diese Landschaft nicht wunderbar für einen Hinterhalt geeignet?

Weil Ivan darauf bestand, gingen sie an diesem zweiten Abend an Land, und tatsächlich war der Fluss ein wenig zu unberechenbar geworden, um im Dunkeln weiterzureisen. Außerdem brauchten die Zwerge neue Vorräte.

Am nächsten Tag regnete es, aber es war überwiegend sanfter Regen, obwohl er sie vollkommen durchnässte und bewirkte, dass sie sich ziemlich jämmerlich fühlten. Das Flusstal war allerdings wieder ein wenig weiter geworden, das Ufer im Osten fiel sachte ab, und die Berghänge im Westen wirkten sanfter.

»Glaubst du, wir werden sie heute finden?«, fragte Ivan früh am Morgen.

»Ei, ei«, erwiderte Pikel.

Beide Zwerge versanken in Gedanken über den wahren Grund ihrer Reise von der Erhebenden Bibliothek nach Mithril-Halle. Sie wollten König Bruenors Krönung sehen. Die Aussicht, diese großen Zwergenhallen zu besuchen – etwas, was die Brüder seit ihrer Jugend vor mehr als einem Jahrhundert nicht mehr getan hatten –, begeisterte vor allem Ivan. Er dachte an seine frühesten Erinnerungen, das Geräusch von Hämmern auf Metall, den Geruch von Kohle und Schwefel und vor allem von Met. Er sah wieder die mächtigen hohen Säulen vor sich, die die großen Kammern seines eigenen Heims stützten, und er nahm an, dass die Säulen von Mithril-Halle vermutlich sogar diese großartige Arbeit übertreffen würden.

Ja, sosehr Ivan Cadderly, Danica und die Kinder auch mochte, er freute sich doch darauf, einmal wieder unter seinen Verwandten zu sein und an einem Ort, der nach seinem Geschmack von Zwergen gebaut war.

Er blickte zu Pikel hinüber, während er über seine Vorfreude nachdachte, und er hoffte, dass das Leben an einem Ort wie Mithril-Halle vielleicht helfen würde, seinen Bruder zu seinem wahren Erbe zurückzuführen. Wenn Pikel so etwas wie dieses Floß aus Holz herstellen konnte, wie großartig würden seine Arbeiten dann erst sein, wenn er mit den wahren Zwergenmaterialien wie Stein und Metall arbeitete?

Selbstverständlich wären solche Fragen für Ivan weniger theoretisch gewesen, wenn Pikel nicht gerade, als sein Bruder diesen Fantasien nachhing, einen großen und unglaublich hässlichen Vogel auf seinen Unterarm gerufen und sich dann lange und anscheinend ausführlich mit dem Vieh unterhalten hätte.

»Ein Gespräch unter Gleichen?«, fragte Ivan trocken, als der Geier davonflog.

Pikel wandte sich zu seinem Bruder mit überraschend ernster Miene zu, dann zeigte er auf das westliche Ufer und begann, das Floß dorthin zu steuern.

Ivan versuchte erst gar nicht zu widersprechen. Sein häufig alberner Bruder hatte schon so oft von Vögeln Informationen erhalten, die sich als lebenswichtig erwiesen hatten. Außerdem wurde die Strömung ohnehin ein wenig zu heftig, und Ivan sehnte sich danach, wieder auf festem Boden zu stehen.

Sobald das Floß das Ufer erreichte, griff Pikel nach seinem Gepäck, stülpte sich den Kochtopf über den Kopf und sprang davon, weg vom Ufer. Ivan holte ihn kurze Zeit später auf einem felsigen Hügel ein.

Pikel zeigte nach Südwesten, zu einem hektischen Gewimmel vor grauen Bergen.

»Zwerge«, stellte Ivan fest.

Er kniff die Augen zusammen und schirmte sie mit der Hand gegen das helle Licht ab. Er nickte zur Bestätigung seiner eigenen Beobachtung. Das da waren tatsächlich Zwerge, und sie mussten aus Mithril-Halle kommen. Alle waren eifrig damit beschäftigt, Verteidigungsanlagen zu errichten.

Er schaute zu seinem Bruder zurück, aber Pikel war schon wieder in Bewegung und eilte direkt auf die anderen Zwerge zu. Also schloss er zu ihm auf, und Seite an Seite rannten sie weiter, erst einen sanften Hang hinab, dann einen steileren Weg hinauf.

Kurze Zeit später brüllte jemand: »Wer da? Freund oder Feind?«

Die Brüder blieben abrupt vor den geschlossenen Eisentoren stehen, die in eine Steinmauer eingelassen waren.

Ein untersetzter rotbärtiger Zwerg in voller Kampfrüstung kam aus einem dieser Tore.

»Nun, ihr seht nicht wie Orks aus, und ihr riecht auch nicht wie welche«, sagte er. Dann warf er einen kritischen Blick auf Pikel und fügte hinzu: »Ich bin allerdings nicht sicher, wie du aussiehst und riechst.«

»Hi, hi, hi«, war Pikels einziger Kommentar.

»Ivan Felsenschulter, zu deinen Diensten, und ich denke, du stehst wohl im Dienst von König Bruenor. Das hier ist mein Bruder Pikel. Wir kommen aus Carradoon im Schneeflockengebirge und sind Gesandte des Hohen Priesters Cadderly Bonaduce, um Zeugen der Krönung des neuen Königs zu werden.«

Der Soldat nickte, und ihm war anzusehen, dass er vielleicht nicht alles von Ivans Wortschwall verstanden hatte, aber das Wichtigste begriff und es für akzeptabel hielt.

»Cadderly ist ein Freund von diesem Drow-Elfen, der sich mit eurem künftigen König rumtreibt«, erklärte Ivan, was dem Soldaten ein wissendes Nicken entlockte. »Er ist doch immer noch künftig, oder?«

Die Miene des Soldaten spiegelte einen Augenblick lang Misstrauen wider, seine rauen Züge spannten sich an, dann wurden seine Augen größer, als er verstand, was Ivan meinte.

»Wir haben ihn noch nicht gekrönt, weil er noch nicht aus dem Eiswindtal zurück ist.«

»Wir hatten schon befürchtet, dass wir die Krönung verpassen würden«, sagte Ivan.

»Ihr hättet sie auch verpasst, wenn er gleich heimgekommen wäre«, erklärte der Soldat, »aber er und seine Leute haben auf dem Weg Orks gefunden und jagen sie jetzt und treiben sie in ihre Drecklöcher zurück.«

Ivan nickte mit ehrlicher Bewunderung.

»Guter König«, sagte er, und der Soldat strahlte.

»Es war nur ein kleiner Trupp Orks, nichts weiter, also wird es nicht mehr lange dauern«, erklärte der Soldat. Er wandte sich dem Tor zu und bedeutete den Brüdern mitzukommen. »Wir haben hier draußen nicht besonders viel Bier«, sagte er. »Sind schnell aus den Hallen gekommen, um das Lager aufzuschlagen, während unsere Brüder im Westen noch eins bauen.«

»Alles wegen einer kleinen Ork-Bande?«, fragte Ivan.

»Wir wollen kein Risiko eingehen, Ivan Felsenschulter«, erklärte der Soldat. »Wir hatten in der letzten Zeit viel zu kämpfen, und vor nicht allzu langer Zeit kamen die verdammten Orks aus ihren tiefen Löchern. Ich kenne dieses Carradoon und dieses Schneeflockengebirge nicht, von dem du redest, aber das hier ist wildes Land.«

»Wir haben gerade selbst gegen ein paar Orks gekämpft«, erwiderte Ivan. Er drehte sich zum Fluss und nickte nach Osten. »Draußen im Mondwald. Mein Bruder hat dafür gesorgt, dass wir uns ein bisschen verlaufen haben.«

»Nö, nö«, sagte Pikel, der sich das nicht gefallen lassen wollte.

»Ja, ja, du hast uns schnell genug hergebracht, obwohl du uns erst mal mitten in ein Nest von Elfen geführt hast«, gab Ivan zu und wandte sich wieder an den Soldaten. »Diese Orks sind überall, wie? Nun, dann sind wir hier wohl am richtigen Ort!«

So sprach ein wahrer Zwerg, und das wusste der Soldat genügend zu schätzen, um Ivan auf die Schulter zu schlagen.

»Lasst mich mal sehen, was ihr da baut«, schlug Ivan vor. »Vielleicht kenne ich ja den einen oder anderen Trick aus dem Süden, von dem ihr hier noch nichts gehört habt.«

»Du gehst?«, erklang eine leise Stimme, eine, die Drizzt Do'Urden nur zu gern hörte.

Er blickte von dem kleinen Beutel auf, den er für unterwegs vorbereitete, und sah, dass Catti-brie auf ihn zukam. Die beiden hatten in den letzten Tagen nur wenig miteinander gesprochen.

»Ich will mich nur überzeugen, dass wir die Orks tatsächlich verscheucht haben«, antwortete der Drow.

»Withegroo hat Patrouillen draußen.«

Drizzt grinste zweifelnd.

»Ja, ich dachte das Gleiche. Aber zumindest kennen sie die Umgebung.«

»Das werde ich auch bald.«

»Ich hole meinen Bogen und bleibe an deiner Seite«, schlug sie vor.

Drizzt blickte auf. »Es ist eine dunkle Nacht«, sagte er.

Cattie-brie sah aus, als hätte er sie gerade geschlagen. Sie ließ ihren Blick eine Weile schweifen, bevor sie Drizzt wieder anschaute.

»Für solche Gelegenheiten habe ich meinen kleinen Kopfschmuck«, stellte sie fest.

Aus dem Beutel an ihrem Gürtel holte sie ihren Katzenaugenreif, der die Sehkraft bei sehr schlechtem Licht magisch verstärkte.

»Nicht so scharf wie das Auge eines Drow«, erwiderte Drizzt. »Der Boden ist steinig und kann täuschen.«

Catti-brie setzte an, ihm zu widersprechen und ihn daran zu erinnern, dass der Reif ihr sogar im Unterreich geholfen hatte und dass so etwas bisher nie ein Thema gewesen war, aber Drizzt unterbrach sie, bevor sie auch nur beginnen konnte.

»Erinnerst du dich an den felsigen Aufstieg vor dem Haus von Deudermont?«, fragte er. »Du hättest es beinahe nicht geschafft. Nach dem Regen werden die Felsen hier genauso glatt sein.«

Wieder sah Catti-brie aus, als hätte er sie gerade geschlagen. Was er sagte, stimmte. Sie konnte nicht einmal bei Tageslicht mit ihm Schritt halten, von der Dunkelheit gar nicht zu reden, aber wollte er damit wirklich sagen, dass sie ihn verlangsamte? Lehnte er zum ersten Mal seit seiner dummen Entscheidung, allein nach Menzoberranzan zu gehen, die Hilfe seiner Freunde ab?

Er nickte, lächelte dünn, schlang sich seinen Beutel über die Schulter, stand auf und wandte sich ab.

Catti-brie packte ihn am Arm und zwang ihn, sich wieder zu ihr umzudrehen.

»Du weißt, dass ich es kann«, sagte sie.

Drizzt schaute sie lange und forschend an. Seine strenge Miene wurde nach und nach weicher, und schließlich nickte er.

»Es gibt keine bessere Partnerin auf der Welt«, gab er zu.

»Aber du willst heute Nacht allein losziehen.« Das war eine Feststellung und keine Frage.

Wieder nickte der Drow.

Catti-brie umarmte ihn, die Umarmung war voller Wärme und Liebe, mit nur einer Spur von Traurigkeit.

Drizzt verließ Senkendorf kurz danach. Er hatte Guenhwyvar nicht bei sich, aber die Statuette war in seinem Beutel, und er wusste, dass die Katze seinem Ruf folgen würde, falls er sie brauchte. Kaum fünfzig Fuß von dem mit Fackeln beleuchteten Tor verschwand er im Schatten und wurde eins mit der Dunkelheit.

Er sah die Patrouillen aus Senkendorf mehrmals in dieser Nacht, und er hörte sie schon lange, bevor sie in Sichtweite kamen. Er konnte ihnen jedes Mal problemlos aus dem Weg gehen. Er wollte keine Gesellschaft, aber sein innerer Aufruhr trübte seine Konzentration nicht. Hier draußen im Dunkeln jagte er, wie es wohl nur ein ausgebildeter Drow konnte, streifte lautlos wie ein Schatten über die Bergpfade und durch die Wälder. Er erwartete nicht, etwas zu finden, aber er hatte genug Erfahrung, um zu verstehen, dass solche Erwartungen ihn an den Rand der Katastrophe führen würden, wenn er ihnen zu sehr verfiel.

Daher war er nicht überrascht, als er auf Spuren von Orks stieß. Seine scharfen Drow-Augen erspähten die Fußabdrücke inmitten eines Kreises stehender Steine. Sie waren frisch, sehr frisch, aber es gab kein Zeichen von einem Lagerfeuer oder Überreste einer Fackel. Es war schon seit einiger Zeit dunkel, und alle Patrouillen aus Senkendorf hatten Fackeln dabei.

Aber jemand war hier gewesen, jemand von annähernd Menschengröße, der sich ohne eine Lichtquelle im Schutz der Nacht bewegte. Wenn man die kürzlich zurückliegenden Ereignisse bedachte, konnte man wohl davon ausgehen, dass es sich um Orks handelte – in diesem Fall um zwei.

Danach war die Spur leicht zu verfolgen. Die Geschöpfe bewegten sich schnell und ohne besonders darauf zu achten, ob sie Spuren hinterließen. Innerhalb einer halben Stunde wusste Drizzt, dass er sich ihnen ein gutes Stück genähert hatte.

Nicht einen Augenblick lang wünschte er sich, dass Catti-brie oder einer der anderen an seiner Seite wäre. Er wandte seine Gedanken keinen Moment von dem ab, was er zu tun hatte, von den Gefahren und den Erfordernissen genau dieser Sekunde.

Dann entdeckte er sie unter einem niedrig hängenden Ast. Zwei Orks, die sich an einen nahen Felskamm kauerten, spähten um ein paar Fliederbüsche zu der entfernten und gut beleuchteten Siedlung Senkendorf.

Schritt um Schritt, jeden Fuß vorsichtig vor den anderen setzend, näherte sich der Drow.

Die Krummsäbel kamen zum Vorschein, und die Orks fuhren beinahe aus der Haut vor Schreck, als sie die gebogenen Klingen so nahe an ihren Kehlen sahen. Einer riss die Hände hoch, aber der andere zog dummerweise die Waffe, ein kurzes, dickes Schwert.

Er bekam es noch aus der Scheide, konnte sogar einmal zustoßen, aber Drizzts linke Hand hatte sich im Kreis um die Waffe bewegt und wehrte sie nach unten und außen ab, während die rechte Hand den anderen Säbel hoch an die Kehle des zweiten Orks hielt.

Er hätte den angreifenden Ork in diesem Augenblick leicht umbringen können, aber Informationen waren für ihn interessanter als Leichen, also hob er den Säbel nur an die Rippen seines Gegners und hoffte, dass die Drohung den Kampf beenden würde.

Der Ork jedoch blieb störrisch bis zum Ende und machte einen Sprung nach hinten – direkt über die Nordseite des Kamms, die dreißig Fuß tief abfiel.

Drizzt hielt den zweiten Ork weiterhin in Schach und kletterte zum Rand des Steilhangs. Er sah, wie der erste Ork von einem Felsvorsprung abprallte, sich überschlug und mit voller Wucht auf den Steinen darunter aufkam.

Der zweite Ork nutzte die Gelegenheit und floh.

Drizzt hätte ihn auch töten können, aber er hielt sich zurück und verfolgte ihn nur.

Der Ork rannte auf die Bäume zu, eilte um Felsen herum, rollte einen Hang hinunter und kletterte auf der anderen Seite der Senke wieder nach oben. Er schaute während seiner Flucht oft zurück und hoffte, dass er den Dunkelelfen weit hinter sich zurückgelassen hatte.

Aber Drizzt war seitlich von ihm und hielt mühelos mit dem Geschöpf Schritt, und als es einem Baum auswich – demselben Baum, von dem aus Drizzt ihn einen Moment zuvor beobachtet hatte –, nahm der Drow den direkteren Weg. Er sprang auf einen tief hängenden Ast und balancierte auf ihm bis zum Stamm, stieg um ihn herum zu einem anderen Ast, der in die Gegenrichtung wuchs, lief auch über diesen und sprang am Ende mit einem Salto hinab. Am Boden angekommen, ließ er sich auf ein Knie nieder und hob dem Ork beide Klingen entgegen, der nun direkt auf ihn zurannte.

Der Ork kreischte und versuchte auszuweichen, und Drizzt täuschte einen doppelten Stoß an, was das Geschöpf aus dem Gleichgewicht brachte.

Der Drow zog die Klingen sofort zurück, trat heftig gegen das Schienbein des Ork, was diesen mit dem Gesicht voran auf den felsigen Boden fallen ließ.

Der Ork brauchte einen Moment, um sich zu erholen, dann drückte er die Hände flach auf den Boden und wollte sich wieder hochstemmen, aber zwei Klingen, die seinen Nacken berührten, überzeugten ihn, dass es besser wäre, sich nicht mehr zu rühren.

Fackellicht und Geräusche in der Ferne sagten Drizzt, dass die Unruhe eine Patrouille aus Senkendorf alarmiert hatte. Er rief sie zu sich, dann bat er sie, den Gefangenen zu König Bruenor und Withegroo zu bringen, während er sich den Rest der Umgebung ansehen würde.

Als Drizzt ein paar Stunden später nach Senkendorf zurückkehrte, hatte Bruenor eine Miene aufgesetzt, die den Drow verwunderte. Drizzt hatte bei dem Zwerg entweder Frustration erwartet, weil der Ork nicht reden wollte, oder weiterhin Zorn wegen der Tragödie in Hackenschlag.

Was er auf dem rotbärtigen Gesicht seines Freundes sah, war keins von beiden. Bruenor wirkte nervös, und er war ungewöhnlich blass.

»Was hast du erfahren?«, fragte der Drow seinen Freund und ließ sich neben Bruenor vor dem flackernden Feuer in dem Haus nieder, das die Leute von Senkendorf ihnen überlassen hatten.

»Er sagt, da draußen seien tausend Orks«, erklärte Bruenor ernst. »Er sagt, die Orks und Riesen machten sich bereit, uns zu erledigen.«

»Ein Trick, damit du ihn gut behandelst«, erwiderte Drizzt.

Bruenor schien das nicht zu überzeugen.

»Bist du weit von der Siedlung entfernt gewesen, Elf?«

»Nicht sonderlich weit«, gab Drizzt zu. »Ich bin nur einmal um den Ort gezogen und habe nach kleinen Trupps Ausschau gehalten, die Ärger machen könnten.«

»Der Ork sagt, im Süden wimmle es nur so von seinen schmutzigen Verwandten.«

»Das könnte selbstverständlich auch eine schlaue Lüge sein.«

»Nein«, sagte Bruenor. »Dann würde der Ork behaupten, dass sie im Norden sind. Das ist glaubwürdiger und schwieriger zu überprüfen. Aber zu behaupten, dass sie im Flachland im Süden sind – das bedeutet, dass die Wahrheit nur eine Patrouille entfernt ist. Außerdem war das quiekende Schwein nicht in der Verfassung zu denken, bevor er redete, wenn du verstehst, was ich meine.«

Drizzt schauderte, da er sofort verstand.

»Er hat ziemlich schnell angefangen zu reden«, erklärte Bruenor.

Der Zwerg griff über die niedrige Armlehne des Sessels, nahm einen Krug Bier vom Boden und hob ihn an die Lippen. »Sieht so aus, als bekämen wir noch mehr Gelegenheit zum Kämpfen, bevor wir wieder in Mithril-Halle sind.«

»Und das stört dich?«

»Natürlich nicht!«, erwiderte Bruenor rasch. »Aber tausend Orks sind ziemlich viel!«

Drizzt lachte und tätschelte Bruenors Arm.

»Mein lieber Zwerg«, sagte er, »wir wissen beide, dass Orks nicht zählen können.«

Der Drow lehnte sich zurück und dachte über die möglicherweise vernichtenden Nachrichten nach.

»Vielleicht sollte ich sofort wieder losziehen«, sagte er.

»Knurrbauch, Wulfgar und Catti-brie sind schon auf dem Weg«, erklärte Bruenor. »Die Stadt hat ihre eigenen Späher ausgeschickt, und der alte Withegroo hat versprochen, magische Augen einzusetzen. Wir werden noch bevor es dunkel wird erfahren, ob der Ork die Wahrheit gequiekt hat oder nicht.«

Drizzt erkannte, dass alle Vorkehrungen getroffen waren, also lehnte er sich wieder zurück. Er schloss die lavendelfarbenen Augen, froh darüber, dass er solch fähige Freunde hatte, besonders wenn an der schmutzigen Geschichte des Orks ein Stück Wahrheit sein sollte.

»Und ich habe Dagnabbit aufgetragen, Pläne zu schmieden, um uns alle hier rauszuschaffen, wenn es zu viele sind, um sie in Senkendorf bekämpfen zu können«, fuhr Bruenor fort, denn er hatte nicht bemerkt, dass sein Freund inzwischen döste. »Könnte sein, dass wir ein bisschen Spaß bekommen! Du hast keine Ahnung, wie froh ich bin, dass ich mich nicht habe überreden lassen, sofort nach Hause zu gehen, Elf! Ja, das ist das richtige Leben für einen Zwerg – eine Gelegenheit, einen Ork-Schädel einzuschlagen! Und bezweifle nicht, dass ich genau das tun werde! Bezweifle das keine Minute! Ich werde mehr erwischen als du und mein Mädchen und mein Junge zusammen.«

Er hob den Krug und prostete sich selbst zu.

»Ich habe auf meiner Axt noch Platz für hundert Kerben, Elf! Und das ist nur die geschliffene Seite!«

Schwert gegen Schwert

Sie waren Grenzbewohner, Jäger und dank brutaler Erfahrungen auch Krieger. Alle Männer und Frauen in Senkendorf wussten, wie man mit einer Klinge umging, und alle hatten Erfahrung im Töten. Orks und Goblins waren hier im wilden Land nur allzu verbreitet.

Die Bewohner von Senkendorf kannten sich mit den Gewohnheiten der Geschöpfe aus den dunklen Berghöhlen aus, kannten die Vorlieben und Tricks der Orks.

Die Späher aus Senkendorf waren in dieser Nacht trotz der Warnungen von König Bruenor und seinen Freunden und dem Bericht über die Katastrophe von Hackenschlag nicht allzu beunruhigt. Nachdem Drizzt den gefangenen Ork zurückgeschickt hatte, machte sich ein Dutzend starker Krieger aus dem Südtor von Senkendorf auf und kam auf dem vertrauten Gelände schnell voran.

Sie entdeckten schon bald die ersten Ork-Spuren und kamen zu dem Schluss, dass es bestenfalls zwei oder drei Orks waren. Begierig, sie zu entdecken, wichen sie von ihrer Spähmission ab, machten sich stattdessen auf die Jagd und gingen dabei einen recht steilen Weg in eine mit Felsen gefüllte Senke hinab. Sie wussten bereits, dass sie den Orks recht nahe waren. Jedes Schwert, jede Axt und jeder Speer waren bereit.

Die Frau an der Spitze winkte der Hauptgruppe zu zurückzubleiben, dann legte sie sich auf den Bauch und bewegte sich kriechend weiter. Sie grinste, denn sie erwartete, auf der anderen Seite der Felsen zwei oder drei Orks zu sehen, die nicht wussten, dass sie gleich sterben würden.

Ihr Grinsen verschwand, als sie die andere Seite erreichte und dort nicht zwei oder drei, sondern zwanzig dieser Geschöpfe entdeckte, die alle mit gezogenen Waffen bereitstanden.

Sie verließ sich darauf, dass man sie nicht gesehen hatte, auch wenn ihre Gruppe schon lange entdeckt worden war – vermutlich als sie in die Senke hinabgestiegen waren –, rutschte über die Felsen zurück und setzte sich aufrecht hin.

Sie wollte ihre Freunde warnen, hob den Arm, um ihnen zuzuwinken und auf den Felsenkamm hinter ihnen zu zeigen.

Und erstarrte. Ihr Gesicht, das nach dem Grinsen streng geworden war, nahm nun einen Ausdruck purer Angst an. Dort auf dem Kamm hinter ihren Freunden sah die Frau die unverwechselbaren Umrisse vieler, vieler Orks.

Ein Schrei von dort, von dem Späher, der ein wenig hinter den anderen zurückgeblieben war, bestätigte diese entsetzliche Tatsache, und die anderen in der Gruppe fuhren herum.

Eine Horde von Orks stürzte sich kreischend und johlend auf sie.

Die Frau setzte dazu an, zu ihren Gefährten zu eilen, aber sie hielt in der Bewegung inne, als sie Schritte auf den Felsen hörte. Die zwanzig Orks rannten an ihr vorbei und stürzten sich ebenfalls in den Kampf. Die Frau wusste, dass ihre Freunde dem Untergang geweiht waren.

Zu viele Feinde. Zu viele.

Sie kroch nun rückwärts, wich unwillkürlich vor den schrecklichen Schmerzensschreien zurück, die überall auf dem blutigen Schlachtfeld erklangen. Sie sah, wie ein Mann am Ende von drei Ork-Speeren mehrere Fuß in die Luft gehoben wurde.

Heulend und um sich tretend, gelang es ihm irgendwie, wieder auf die Beine zu kommen und das Gleichgewicht zu halten, obwohl er eindeutig tödlich verwundet war.

Er blieb entschlossen stehen – bis eine Gruppe von Orks sich auf ihn stürzte und ihn niederschlug.

Die Frau wich wieder zurück, kroch zwischen zwei Felsen, drückte sich in den Schatten unter die Vorsprünge. Sie versuchte, sich zu beruhigen, versuchte, die Schreie zu unterdrücken, die in ihr aufstiegen. Da sie jetzt unter den Steinen kauerte, konnte sie die Schlacht nicht mehr sehen, aber sie konnte sie hören. Viel zu gut.

Sie blieb lange Zeit vollkommen verängstigt dort im Dunkeln, bis die Schreie schließlich verklungen waren. Sie wusste, dass man einen letzten Mann als Gefangenen weggeschleppt hatte.

Aber sie konnte nichts tun.

Sie blieb liegen und betete ununterbrochen darum, dass kein Ork vorbeikommen und sie bemerken möge, und sie drängte die Tränen zurück und schlief schließlich vor Erschöpfung ein.

Am nächsten Morgen weckte sie das Zwitschern der Vögel. Immer noch verängstigt, brauchte sie ihre ganze Willenskraft, um aus dem kleinen Loch zu kriechen.

Sie fühlte sich extrem verwundbar, und sie erwartete jeden Augenblick, dass ihr ein Speer in den Bauch gestoßen würde.

Während sie gegen die Sonne anblinzeln musste, gelang es ihr nach und nach, sich aufrecht hinzusetzen.

Dann sah sie die Leichen ihre Kameraden, in Stücke gehackt – ein Arm hier, ein Kopf dort. Die Orks hatten den Spähtrupp niedergemetzelt und zerstückelt.

Keuchend versuchte die Frau, sich zur Seite zu drehen und aufzustehen, aber sie hielt auf halbem Weg inne und fiel auf die Knie, blieb auf allen vieren und übergab sich.

Sie brauchte lange, bis sie aufstehen konnte, und noch länger, um an den Überresten derer vorbeizugehen, die einmal ihre Gefährten gewesen waren, ihre Freunde. Sie versuchte nicht, die Leichen zusammenzusetzen, um sie zu zählen und herauszufinden, wie viele ihrer Freunde von den Orks als Gefangene weggeschleppt worden waren.

Es schien irgendwie nicht mehr wichtig zu sein, denn sie wusste genau, dass auch diese Menschen inzwischen tot waren.

Oder sich wünschten, es zu sein.

Sie kroch langsam und vorsichtig aus der Senke heraus, aber von den Orks war nichts mehr zu sehen. Der erste Schritt über den Rand fiel ihr schwer, ebenso wie der zweite, aber mit jedem Schritt bewegte sie sich schneller und entschlossener, bis sie schließlich die Meile, die sie von ihrer Heimat trennte, im Laufschritt zurücklegte.

»Es ist einfach nicht richtig, sage ich euch!«, rief ein Zwerg, der ein wenig zu viel Met getrunken hatte. Er stellte sich auf seinen Stuhl und drosch frustriert mit der Faust auf den Tisch ein. »Ihr könnt nicht einfach all die Jahre vergessen! All die verdammten Jahre! Mehr, als ihr euch überhaupt vorstellen könnt!«

Er schloss damit, anklagend auf die Menschen zu zeigen, die in der überfüllten Schänke an einem Tisch saßen.

Shingles, der an der Theke stand, beobachtete das Spektakel resigniert und nickte wissend, denn er wusste, was geschehen würde, als einer der Menschen seinerseits auf den betrunkenen Zwerg zeigte und ihm zubrüllte, er solle sich »hinsetzen und das haarige Maul halten«.

Gab es irgendjemanden in Mirabar, dessen Knöchel nicht blau und grün von den letzten Schlägereien waren?

»Bitte nicht schon wieder!«, erklang eine leise Stimme an seiner Seite.

Shingles drehte sich um und sah den Zwerg an, der sich neben ihn gesetzt hatte. Er nickte und wollte den Krug heben, um sich der Bemerkung anzuschließen, aber er hielt inne, noch bevor der Krug die Theke verlassen hatte.

»Agrathan?«, fragte Shingles überrascht.

Ratsherr Agrathan, schmuddelig und verkleidet, legte einen Finger auf die Lippen und bedeutete Shingles, ihn nicht zu verraten.

»Ah«, sagte er leise und sah sich um, um sich zu überzeugen, dass niemand ihn beobachtete. »Ich hatte schon gehört, dass es überall Ärger gibt.«

»Es hat Ärger gegeben, seit dein dummer Markgraf Torgar Hammerschlag ins Gefängnis geworfen hat«, erklärte Shingles. »Seitdem gab es jeden Tag ein Dutzend Schlägereien, und jetzt kommen die dummen Menschen hier runter und machen noch mehr Ärger.«

»Die in der Oberstadt halten das für eine Prüfung ihrer Loyalität«, erklärte der Ratsherr.

»Zum Blut oder zur Stadt?«

»Zur Stadt, was für sie wichtiger ist.«

»Du redest schon wieder wie ein Mensch«, warnte Shingles.

»Ich sage dir nur die Wahrheit«, widersprach Agrathan. »Wenn du diese Wahrheit nicht hören willst, dann frag nicht.«

»Pah!«, schnaubte Shingles. Er verbarg sein Gesicht hinter dem Krug und trank ihn in einem einzigen Zug halb leer. »Was ist denn mit der Loyalität des Markgrafen gegenüber den Leuten von Mirabar? Zählt das gar nicht?«

»Elastul denkt, dass er das Richtige für das Volk von Mirabar getan hat, indem er Torgar davon abgehalten hat, nach Mithril-Halle zu gehen und dort all unsere Geheimnisse zu verraten«, erwiderte Agrathan – ein Argument, das Shingles und die anderen ununterbrochen gehört hatten, seit man Torgar gefangen genommen hatte.

»Torgar hat Mirabar länger gedient, als ihr an Jahren haben werdet, wenn man euch in die Erde legt!«, schrie der betrunkene Zwerg gerade den Menschen zu.

Er fuchtelte nun mit der Faust, nicht mehr nur mit dem Finger. Er warf seinen Stuhl beiseite und taumelte auf die Männer zu, die sich sofort erhoben, ebenso wie viele andere Menschen in der Schänke – und wie viele, viele Zwerge, darunter die Freunde des Betrunkenen, die sich beeilten, ihn zurückzuhalten.

»Und mehr Jahre, als der Markgraf herrschen und leben wird, und mehr als die zehn Markgrafen vor ihm und viele, die noch nach ihm kommen«, fügte Shingles leise an Agrathan gewandt hinzu. »Torgar und seine Familie haben gedient, seit Mirabar Mirabar ist. Man kann einen solchen Mann nicht einfach ins Gefängnis werfen und erwarten, dass es den Leuten nichts ausmacht.«

»Elastul ist weiterhin überzeugt, dass er das Richtige getan hat«, erwiderte Agrathan.

Einen Augenblick lang glaubte Shingles, bei dem Ratsherren so etwas wie Bedauern zu erkennen.

»Ich hoffe, du sagst ihm, was er für ein Dummkopf ist«, entgegnete er barsch.

Agrathan bedachte ihn mit einem strengen Blick.

»Du solltest aufpassen, was du über unsere Anführer sagst«, warnte der Ratsherr. »Ich habe geschworen, treu zu Mirabar und zu Elastul zu stehen, als ich meinen Platz im Rat der Funkelnden Steine eingenommen habe.«

»Willst du mir etwa drohen, Agrathan?«, fragte Shingles leise.

»Ich gebe dir einen Rat«, verbesserte Agrathan. »Es gibt hier sicherlich viele Ohren. Markgraf Elastul weiß genau, dass es Ärger geben könnte.«

»Mehr Ärger, als es gegeben hätte, wenn er Torgar einfach in Ruhe gelassen hätte«, knurrte Shingles.

Agrathan seufzte tief. »Ich bin hierher gekommen, weil ich dich bitten wollte, mir dabei zu helfen, die Leute ein wenig zu beruhigen. Wir stehen kurz vor einer Katastrophe. Ich kann es riechen.«

Er hatte den Satz noch nicht beendet, als der betrunkene Zwerg sich auch schon von seinen Freunden losriss und auf die Menschen zustürmte. Eine Schlägerei begann und eskalierte schnell.

»Nun?«, rief Agrathan über den Lärm hinweg. »Bist du für mich oder gegen mich?«

Shingles blieb ruhig sitzen, trotz des Wirbelsturmes der Wut, der rings um ihn tobte. Nun war sie also fällig, die Entscheidung, über die er seit einem Monat nachgedacht hatte. Er sah sich um, sah die heftiger werdende Schlägerei, Menschen gegen Zwerge und Zwerge gegen Zwerge. In letzter Zeit hatte Shingles bei diesen nächtlichen Scharmützeln versucht, die anderen zu beruhigen, hatte einen diplomatischeren Weg eingeschlagen, weil er hoffte, dass Elastur Torgar nicht lange im Gefängnis behalten und vielleicht sogar einsehen würde, dass es ein Fehler gewesen war, den Zwerg überhaupt gefangen nehmen zu lassen.

»Ich bin auf deiner Seite, wenn du mir zusichern kannst, dass Elastul Torgar freilassen wird«, antwortete er.

»Die Situation hat sich nicht geändert«, erwiderte Agrathan. »Torgar wird freigelassen, wenn er seine Position widerruft.«

»Das wird nicht passieren.«

»Dann wird er nicht rauskommen. Elastul lässt sich in dieser Sache nicht erweichen.«

Jemand flog vorbei und fiel so schnell zwischen den beiden über die Theke, dass sie nicht einmal sicher sein konnten, ob es ein Mensch oder ein Zwerg gewesen war.

»Bist du nun für mich oder gegen mich?«, fragte Agrathan, denn der Kampf hatte offensichtlich einen kritischen Moment erreicht und stand kurz davor, vollkommen außer Kontrolle zu geraten.

»Ich dachte, ich hätte dir meine Antwort schon vor drei Tagen gegeben«, antwortete Shingles.

Und um ihn noch einmal daran zu erinnern, ballte er die Faust und fällte den Ratsherrn mit einem einzigen Schlag.

Für alle Zwerge, die an diesem Abend in der Schänke waren und ähnlich wie Shingles mit ihren geteilten Loyalitäten kämpften, war der Faustschlag des alten Zwerges ein Zeichen, sich ins Getümmel zu stürzen. Für alle, Menschen und Zwerge, die anderer Meinung waren, war der Faustschlag dieses Anführers von Torgars Anhängern ein Ruf zu den Waffen.

Innerhalb von Sekunden waren alle in der Schänke in die Schlägerei verwickelt, und sie fing an, sich auf die Straße auszubreiten. Dort draußen wurden natürlich noch mehr Leute hineingezogen, überwiegend Zwerge, und mehr auf Shingles Seite als auf der gegnerischen.

Als es gerade so aussah, als würde der Kampf zu Shingles' Gunsten ausgehen, marschierte die Axt von Mirabar auf, zückte die Waffen und befahl den Zwergen, nach Hause zu gehen. Diesmal jedoch waren die Anhänger von Torgar Hammerschlag entschlossen, ihre Sache einer höheren Autorität vorzutragen.

Viele rannten beim ersten Anblick der Axt davon, aber nur, um in voller Kampfmontur und mit gezogenen Waffen wieder zu erscheinen, und in viel größerer Anzahl als die Männer der Axt. Als diese daraufhin nicht so recht wussten, wie sie reagieren sollten, rannten mehr von Shingles' Freunden los, um ihre Waffen zu holen. Und viele Zwerge, die auf der anderen Seite standen, beschimpften ihre Verwandten oder warnten sie davor, die Axt anzugreifen.

Aber nur überraschend wenige wollten so weit gehen, die Waffen gegen ihre eigene Sippe zu erheben.

Diese Pattsituation hielt einige Zeit an, aber als immer mehr Zwerge kamen – erst hundert, dann zweihundert und schließlich vierhundert –, begannen die überwiegend menschlichen Soldaten der Axt, zu den Fahrstühlen zurückzuweichen, die sie in die Oberstadt bringen würden.

»Ihr wollt diesen Kampf nicht«, rief Shingles ihnen zu. »Nicht wegen eines einzelnen Zwergs, den ihr eingesperrt habt.«

»Der Befehl des Markgrafen …«, rief der Kommandant der Axt zurück.

»Wird nicht viel nützen, wenn ihr alle tot seid, oder?«, unterbrach ihn Shingles.

Er konnte kaum glauben, dass er diese Worte laut aussprach, konnte kaum glauben, dass er und jene, die hinter ihm standen, tatsächlich diesen Weg eingeschlagen hatten. Es war ein Weg, der zweifellos in die Oberstadt führen würde und wahrscheinlich aus der Stadt hinaus. Das hier war nicht mehr der ursprüngliche Aufruhr, der nur auf Schock und aufgewühlten Emotionen beruht hatte. Das hier war etwas anderes. Das hier war eine ausgewachsene Revolte.

»Sieht so aus, als hättet ihr eine Wahl, Jungs«, brüllte Shingles. »Wenn ihr gegen uns kämpfen wollt, dann tut das, aber so oder so werden wir Torgar wieder zu den Leuten bringen, zu denen er gehört!«

Shingles bemerkte den blutigen Agrathan, der an der Seite

stand und ihn mit verzweifelter Miene anflehte, diesen gefährlichen Kurs aufzugeben.

Aber Hunderte von Zwergen hinter Shingles brachen in lauten Jubel aus und fingen an, sich vorwärts zu bewegen, so unerbittlich wie eine große, nicht aufzuhaltende Welle.

Der Zweifel stand den Soldaten von Mirabar deutlich ins Gesicht geschrieben, so deutlich, wie die Entschlossenheit im grimmigen Gesicht eines jeden Zwergs stand, der hinter Shingles marschierte.

Was sich dann abspielte, war nicht wirklich eine Schlacht. Ein paar Schläge wurden ausgetauscht, aber die Axt wich zurück, eilte zu den Räumen mit den beweglichen Plattformen und verriegelte die Türen. Shingles' Zwerge schlugen dagegen, aber dann folgten sie ihrem Anführer einen Seitenweg entlang, der sie in einem gewundenen Tunnel an die Oberfläche bringen würde.

Der Einzige, der ihnen hier entgegentrat, war Agrathan.

»Tu das nicht«, flehte der Ratsherr.

»Geh aus dem Weg, Agrathan«, sagte Shingles mit fester Stimme, aber einem gewissen Maß an Respekt. »Du hast versucht, Torgar auf deine Weise rauszukriegen – ich weiß, dass du das getan hast –, aber Elastul hört nicht auf dich. Auf uns wird er hören müssen!«

Der Jubel, der hinter Shingles erklang, übertönte Agrathans Antwort und sagte dem Ratsherrn deutlich, dass sich die Zwerge nicht mehr zurückhalten ließen. Er drehte sich um und rannte vor ihnen den Gang entlang, und die Zwerge stimmten ein altes Marschlied an, eines, das im Lauf der Jahrtausende viele Male auf den Mauern von Mirabar erklungen war.

Es brach Agrathan beinahe das Herz, dieses Lied zu hören.

Der Ratsherr rannte an den Axtposten am Ausgang vorbei und bat die Befehlshaber, maßvoll zu sein.

Dann eilte er weiter zu Elastuls Palast.

»Was ist denn los?«, erklang ein Ruf hinter ihm.

Der Zwerg wurde nicht langsamer, aber er drehte sich um und sah Sceptrana Shoudra Sternenglanz aus einer Seitenstraße kommen. Sie bedeutete ihm, auf sie zu warten. Agrathan rannte weiter und winkte ihr stattdessen, ihm zu folgen.

»Sie befinden sich im Aufstand!«, rief der Ratsherr.

Shoudras Miene zeigte, dass diese Nachricht sie nicht sonderlich überraschte.

»Wie ernst meinen sie es?«, fragte sie, als sie Agrathan erreicht hatte.

»Wenn Elastul Torgar Hammerschlag nicht freilässt, gibt es Krieg in Mirabar!«, versicherte ihr der Zwerg.

Djaffar wartete schon auf die beiden, als sie in Elastuls Palast eintrafen. Er lehnte in lässig gelangweilter Pose am Türrahmen.

»Die Nachricht hat euch überholt«, erklärte er.

»Wir müssen handeln, und zwar schnell!«, rief Agrathan aufgeregt. »Beruft den Rat ein! Wir haben keine Zeit zu verlieren.«

»Der Rat braucht damit nichts zu tun zu haben«, begann Djaffar.

»Hat der Markgraf zugestimmt, Torgar freizulassen?«, warf Shoudra ein.

»Das hier ist Sache der Axt, nicht des Rats«, fuhr Djaffar voller Selbstvertrauen fort. »Sie werden die Zwerge in die Knie zwingen.«

Agrathan zitterte und sah aus, als würde er gleich explodieren – und dann tat er genau das, stürzte sich auf Djaffar, packte den Mann und riss ihn zu Boden.

Ein heller Lichtblitz beendete die Rangelei, indem er beide Kämpfer erschreckte und blendete, und dank der Überraschung gelang es dem Hammer, sich dem Griff des alten

Zwergs zu entziehen. Beide blickten Shoudra Sternenglanz an, von der die Magie ausgegangen war.

»Die ganze Stadt wird sich so verhalten«, sagte die Frau verärgert.

Sie hatte die Worte noch nicht zu Ende gesprochen, als von draußen auch schon Kampfgeräusche zu hören waren.

»Das ist doch Wahnsinn!«, rief Agrathan. »Die ganze Stadt wird zerrissen, und nur wegen …«

»Der Taten eines einzigen Zwergs!«, unterbrach ihn Djaffar.

»Wegen Elastuls Starrsinn!«, entgegnete Agrathan. »Bringt uns zu ihm! Will er wirklich ruhig dasitzen und warten, während Mirabar rings um ihn her in Flammen aufgeht?«

Djaffar setzte mit säuerlicher Miene zu einer Antwort an, aber Shoudra ging auf ihn zu und bedachte ihn mit einem wütenden Blick. Dann eilte sie an ihm vorbei und betrat den Palast.

»Elastul!«, rief sie laut. »Markgraf!«

Eine Tür an der Seite wurde aufgerissen, und der Markgraf, flankiert von den anderen drei Hämmern, kam in die Halle gerauscht.

»Ich habe Euch doch gesagt, Ihr sollt sie unter Kontrolle bringen!«, schrie Elastul Agrathan an.

»Nichts kann sie jetzt mehr unter Kontrolle bringen«, erwiderte der Zwerg.

»Nichts außer der Axt«, verbesserte Djaffar.

»Nicht einmal die Axt!«, rief Agrathan, und nun fiel er eindeutig in den Zwergenakzent zurück. »Torgar gehört zu dieser Axt, oder hast du das schon vergessen? Und von den zweitausend Angehörigen der Axt sind fünfhundert von meinem Volk. Ein Viertel wird nicht mit euch kämpfen, wenn ihr Glück habt, und sich dem Feind anschließen, falls ihr Pech haben solltet.«

»Geht nach draußen«, befahl Elastul Agrathan, »und

sprecht mit ihnen. Eure Leute sind hier zahlenmäßig vollkommen unterlegen, guter Zwerg. Wollt Ihr denn, dass sie niedergemetzelt werden?«

Agrathan zitterte sichtlich, und seine Lippen mühten sich um Worte, die nicht herauskommen wollten. Schließlich drehte er sich um, rannte aus dem Haus und folgte dem Schlachtenlärm, der ihn zum Gefängnis der Stadt führte.

»Die Zwerge sind bessere Kämpfer, als Ihr denkt«, sagte Shoudra Sternenglanz zu Elastul.

»Wir werden sie besiegen.«

»Und was bringt uns das ein?«, fragte die Sceptrana. Es war schwer, Elastul in dieser Sache zu etwas zu bewegen, wenn man sich nur auf mögliche Verluste bei seinen Soldaten berief, da Elastul seine eigene Sicherheit nicht für gefährdet hielt, aber als Shoudra das Thema wechselte und die Frage der Profite ansprach, erregte sie rasch die Aufmerksamkeit des Markgrafen.

»Die Zwerge sind unsere Bergleute, die Einzigen, die wir haben, die anständiges Erz fördern.«

»Wir werden andere finden«, entgegnete der Markgraf.

Shoudra warf ihm einen zweifelnden Blick zu.

»Was soll ich Eurer Ansicht nach denn tun?«

»Lasst Torgar Hammerschlag frei«, erwiderte die Sceptrana.

Elastul verzog das Gesicht.

»Ihr habt keine andere Wahl. Lasst ihn frei und schickt ihn weg. Ich fürchte, er wird nicht der Einzige sein, der geht, und die Verluste für Mirabar werden schwer sein, aber nicht alle Zwerge werden ihn begleiten. Es gibt vielleicht andere Zwerge, die Euer Ruf nicht davon abhalten wird, in die Stadt zu kommen. Die Alternative wäre ein blutiger Kampf, bei dem es keine Sieger geben und Mirabar zerstört werden wird.«

»Ihr überschätzt die Loyalität von Zwerg zu Zwerg.«

»Ihr unterschätzt sie. Für einen Zwerg, für *jeden* Zwerg, sind die von seinem Volk das Einzige, was wertvoller ist als Gold und Edelsteine. Und sie sind alle miteinander verwandt, Elastul, tief im Herzen gehören sie alle der Familie der Delzoun an. Ich sage das als Eure Beraterin und als Eure Freundin. Lasst Torgar gehen, und zwar schnell, bevor es zum offenen Krieg kommt …«

Elastul senkte nachdenklich den Blick, und eine ganze Reihe von Empfindungen zeichneten sich auf seinem Gesicht ab. Er sah erst Shoudra an, dann Djaffar.

»Tu es«, befahl er.

»Markgraf …«, begann Djaffar, aber angsichts von Elastuls unnachgiebiger Haltung brach er ab.

»Geh und tu es!«, befahl Elastul. »Geh und lass Torgar Hammerschlag frei und sag ihm, er soll die Stadt für immer verlassen.«

»Er könnte Eure Nachgiebigkeit als Grund zum Bleiben betrachten«, versuchte Shoudra zu argumentieren und fragte sich, ob die Freilassung Torgars nicht sogar zu einer besseren und verständnisvolleren Beziehung zwischen Elastul und den Zwergen führen könnte.

»Er darf nicht bleiben und wird mit dem Tod bestraft werden, wenn er zurückkehrt.«

»Das könnte für viele Zwerge inakzeptabel sein«, erklärte Shoudra.

»Dann sollen die, die mit dem Verräter einer Meinung sind, ebenfalls gehen«, fauchte Elastul. »Sollen sie doch gehen und auf dem Weg nach Mithril-Halle sterben, oder sollen sie nach Mithril-Halle gehen und es mit der gleichen Neigung zum Verrat anstecken, die Mirabar schon so lange plagt! Geh!«, schrie er Djaffar an. »Geh, damit wir sie endlich loswerden!«

Djaffar verzog das Gesicht, aber dann winkte er einem der anderen Hämmer, ihn zu begleiten, und eilte hinaus.

Mit einem Blick zu Elastul folgte Shoudra Sternenglanz den Hämmern.

Was sich außerhalb des Gefängnisses ereignete, war eher eine Reihe von Schlägereien als ein echter Kampf, als die drei eintrafen, aber die Situation schien sich trotz Agrathans Anstrengungen, die Zwerge zu beruhigen, rasch zu verschlechtern.

Mehrere hundert unterstützten Shingles und Torgar und standen vielleicht doppelt so vielen Soldaten gegenüber. Es war auffällig, dass keine Zwerge unter den Männern der Garnison von Mirabar zu sehen waren, obwohl viele zwergische Axtsoldaten am Straßenrand standen, die Arme verschränkt, die Mienen grimmig.

Shoudra warf einen Blick zu Djaffar, der diese Zwerge mit offener Verachtung betrachtete.

»Denkt nicht mal im Traum daran, den Befehl des Markgrafen zu missachten«, warnte die Sceptrana den störrischen Hammer, »und versucht nicht, die Freilassung von Torgar hinauszuzögern, weil Ihr hofft, dass der Kampf dann offen ausbricht.«

Djaffar sah sie an und grinste boshaft.

»Ich habe einen Zauber vorbereitet!«, warnte Shoudra.

Es war ein Bluff, aber sie wich keinen Zoll zurück.

Als das nicht funktionierte, erinnerte sie ihn: »Es ist ein Kampf, den niemand in Mirabar gewinnen kann. Seht sie Euch doch an, Djaffar. Angehörige der Axt stehen an der Seite und fühlen sich hin- und hergerissen zwischen ihrer Loyalität zur Stadt und der zu ihren Verwandten.«

Ratsherr Agrathan kam zu ihnen, rot im Gesicht, das Gewand zerknittert, als hätte ihn jemand an dem schönen Stoff gepackt und ordentlich durchgeschüttelt (was auch tatsächlich geschehen war).

»Die lassen nicht mit sich reden«, erklärte Shoudra, »denn

er hat die Nachricht, die sie hören wollen.« Sie schaute den Hammer an, der die Augen zusammengekniffen hatte. »Torgar wird auf Befehl des Markgrafen sofort freigelassen. Er wird Mirabar auf der Stelle verlassen können, und zwar mit all seiner Habe.«

»Dumathoin sei gelobt!«, sagte Agrathan mit einem erleichterten Seufzer.

Er eilte davon, um die Nachricht zu verbreiten, und schließlich gelang es ihm, mit seinen Worten die Schlägereien zu beenden.

»Dann macht schon und lasst diesen dreckigen Torgar raus!«, fauchte Djaffar Shoudra an – ein Eingeständnis seiner Niederlage. »Und danach soll er uns in Ruhe lassen. Sollen doch all seine stinkenden Verwandten mit ihm gehen!«

Shoudra nahm diesen Ausbruch gelassen hin, denn von Djaffar von den Hämmern hätte sie ohnehin nichts anderes erwartet.

Sie stellte sich dorthin, wo alle sie sehen konnten, und erregte allgemeine Aufmerksamkeit, indem sie einen magischen Lichtblitz über sich erscheinen ließ. Als alle Augen auf ihr ruhten, machte sie die Ankündigung, die so viele Zwerge in Mirabar so verzweifelt hören wollten.

Als Torgar Hammerschlag kurz darauf das Gefängnis von Mirabar verließ, tat er das unter dem donnernden Applaus von Shingles und seinen Anhängern, durchmischt mit den Flüchen und dem höhnischen Johlen vieler Menschen – und ein paar Seufzern von den Zwergen der Axt, die immer noch an der Seite standen. Shoudra ging zu Torgar und fand an seiner Seite auch Agrathan vor.

»Es steht Euch nicht vollkommen frei, zu tun, was Ihr wollt«, erklärte die Sceptrana dem Zwerg, aber ihre Haltung und ihr Tonfall machten ihm klar, dass sie kein Feind war. »Man befiehlt Euch, die Stadt sofort zu verlassen.«

»Das hatte ich ohnehin bereits beschlossen«, sagte Torgar.

»Gebt ihm wenigstens die Nacht«, bat Agrathan Shoudra. »Gestattet ihm, sich von denen, die er zurücklassen wird, zu verabschieden.«

»Ich glaube nicht, dass er viele zurücklässt, die einen Abschied wert sind«, erklang eine grimmige Stimme, und die drei drehten sich um und sahen den alten Shingles vor sich stehen, in Reisekleidung und mit einem riesigen Rucksack auf dem Rücken.

Und als sie an dem alten Zwerg vorbeischauten, sahen sie andere, die ähnlich vorbereitet waren, und weitere, die über den Platz rannten und Freunden entgegeneilten, die ihnen Vorräte und Reisekleidung brachten.

»Das könnt ihr doch nicht tun!«, protestierte Ratsherr Agrathan, aber das war der einzige Widerspruch, der erklang, denn als er Shoudra ansah, nickte sie nur resigniert.

Kurz darauf verließ Torgar Hammerschlag Mirabar zum letzten Mal, zusammen mit fast vierhundert anderen, beinahe einem Fünftel der Zwerge von Mirabar, von denen viele länger als ein Jahrhundert in der Stadt gelebt hatten und viele aus Familien stammten, die Mirabar seit seiner Gründung gedient hatten. Sie alle hielten die Köpfe hoch erhoben und waren überzeugt, dass der König von Mithril-Halle sie gut behandeln und nicht wieder wegschicken würde.

»Das hätte ich nicht für möglich gehalten«, sagte Agrathan zu Shoudra, als die beiden zusammen mit Djaffar dem Auszug zusahen.

»Die Ratten verlassen das sinkende Schiff«, zitierte Djaffar das alte Sprichwort. »Diese gierigen Hunde erhoffen sich in Mithril-Halle größeren Reichtum.«

»Nein, sie hoffen nur, bei ihrem eigenen Volk einen besseren Platz zu haben, als wir ihn ihnen in der Stadt von Markgraf Elastul zugestehen«, verbesserte Shoudra. »Das größte

Gut ist Respekt, Djaffar, und nur wenige in Faerûn haben so viel Respekt verdient wie die Zwerge von Mirabar.«

Agrathan hätte beinahe zynisch hinzugefügt: »Du meinst wohl die Zwerge von Mithril-Halle«, aber er verkniff sich diese Worte und erinnerte sich daran, dass er immer noch sechzehnhundert Zwerge zu vertreten hatte, die in diesen verwirrenden Zeiten einen Anführer brauchten.

Agrathan wusste, dass es lange dauern würde, bis Mirabar den Gestank dieser Ereignisse loswerden würde.

Sehr lange.

Überraschend geschickt

Drizzt, Catti-brie, Wulfgar und Regis saßen um eine Landkarte der Siedlung und der Umgebung herum, der Drizzt noch ein paar Einzelheiten hinzugefügt hatte. Die Stimmung war düster. Zuerst hatte der Ork-Gefangene eine riesige Armee erwähnt, dann war eine Frau, die auf Patrouille gewesen war, vollkommen verängstigt zurückgekehrt und hatte berichtet, dass all ihre Kameraden tot waren, ausgelöscht von einer großen Truppe von Orks.

Sie war offensichtlich am Ende ihrer Kraft gewesen, aber sie hatte dennoch klar und deutlich von einer gut geführten Truppe berichtet, einem Feind, der gefährlicher war, als man üblicherweise erwarten konnte.

Keiner der Freunde erwähnte an diesem Morgen Hackenschlag, aber die Bilder der dem Erdboden gleichgemachten Siedlung lauerten in ihren Köpfen. Senkendorf war größer als Hackenschlag, und es hatte einen Zauberer, der helfen konnte, aber die Vorzeichen waren finster. Als Bruenor kurz darauf zu seinen Freunden stieß, hatte er mürrisch das Gesicht verzogen.

»Störrisches Volk«, sagte der Zwerg, drängte sich zwischen Wulfgar und Regis und betrachtete die Landkarte mit anerkennendem Knurren.

»Withegroo kann doch wohl nicht behaupten, dass die einzige Überlebende der Patrouille lügt«, erwiderte Drizzt. »Sie haben in dieser Nacht beinahe ein Zehntel ihrer Leute verloren.«

»Oh, er glaubt ihr schon«, erklärte Bruenor. »Aber er und die anderen denken, sie können sich an denen rächen, die ihre Verwandten getötet haben. Die Einwohner von Senkendorf wollen kämpfen.«

»Selbst wenn es gegen einen Feind geht, gegen den sie keine Chance haben?«, fragte Catti-brie.

»Ich fürchte, sie glauben nicht, dass es einen solchen Feind gibt«, antwortete Bruenor.

Er hatte die Worte kaum ausgesprochen, als Drizzt und Catti-brie aufstanden. Sie griff nach ihrem Bogen, Drizzt nach seinem Umhang.

»Ich komme mit«, bot Regis an.

Wulfgar stand auf und griff nach Aegis-fang.

»Ihr beiden umkreist die Stadt in kurzem Abstand«, sagte Catti-brie. »Ich mache weiter entfernt meine Runde, und Drizzt nimmt den äußeren Perimeter.«

»Sollten wir nicht warten, bis es dunkel wird?«, fragte Regis.

»Orks sind nachts besser als am Tag«, stellte Catti-brie fest.

»Und wir haben vielleicht nicht viel Zeit«, fügte Drizzt hinzu. Er schaute Bruenor an und sagte: »Die Leute hier müssen doch zumindest damit einverstanden sein, dass die Alten und Kranken gehen.«

»Ich habe Dagnabbit Pläne für einen Durchbruch machen lassen«, sagte der Zwerg, »aber ich glaube nicht, dass viele gehen wollen. Das hier ist ihre Siedlung, Elf, ihr Zuhause, und der sicherste Platz, den sie seit vielen Jahren kannten. Sie verlassen sich auf Withegroo, und ich denke, man kann sich auf ihn verlassen.«

»Ich fürchte nur, diesmal könnte er sich überschätzen«, erwiderte Drizzt. »Jede neue Spur lässt alles noch schlimmer aussehen. Wenn die Armee, die sich gegen Senkendorf sammelt, so stark ist, wie es aussieht, werden diese Leute sich schon bald wünschen, dass sie die Siedlung verlassen hätten.«

»Geh und schau dich um«, bat ihn Bruenor. »Ich werde sie schon dazu bringen, mich anzuhören, während du unterwegs bist. Ich mache die Pferde bereit und lasse die Wagen packen. Ich werde meine Zwerge darauf einstimmen durchzubrechen. Und dann werde ich versuchen, noch einmal mit Withegroo zu sprechen, und zwar allein und wenn er nicht von seinen Leuten umgeben ist, die nach Rache schreien.«

»Glaubst du, er wird dich anhören?«, fragte Catti-brie.

Bruenor zuckte mit den Schultern, zwinkerte übertrieben und sagte: »Ich bin der König, oder?«

Im Anschluss an Bruenors Worte eilten die vier Späher nach draußen und verließen die Stadt. Wulfgar und Regis trennten sich nahe der Stadtmauer von den beiden anderen. Catti-brie bog hundert Schritt weiter zu ihrer Runde ab, und Drizzt eilte davon.

Noch andere Spähergruppen brachen von Senkendorf aus auf, aber keine so organisiert und so heimlich.

Eine dieser Gruppen kam direkt vor dem Südtor an Wulfgar und Regis vorbei.

»Seid gegrüßt«, sagten die Leute aus Senkendorf und blieben einen Moment stehen.

»Es wäre besser – besser für eure Siedlung –, wenn ihr innerhalb der Mauern bleiben und die Verteidigung vorbereiten würdet, falls die Orks angreifen«, sagte Wulfgar zu dem Anführer, einem kräftigen jungen Mann mit finsterer Miene und dunklen, ausgeprägten Zügen.

Der Mann blieb stehen, und seine sechs Kameraden hinter ihm taten es ihm gleich. Er warf dem Barbaren einen neugierigen, aber auch leicht verärgerten Blick zu.

»Wir werden feststellen, wie stark unser gemeinsamer Feind ist«, erklärte Wulfgar, »und es dem Oberhaupt eurer Siedlung berichten. Niemand ist ein besserer Späher als Drizzt Do'Urden.«

Der Blick des Mannes wurde nicht freundlicher. Es war beinahe, als würde er Wulfgars Bemerkung als persönliche Beleidigung auffassen.

»Jeder hier draußen ist in Gefahr.« Wulfgar gab keinen Zoll nach. »Es wäre nicht gut, wenn Senkendorf jetzt sieben weitere fähige Kämpfer verlieren würde.«

Die Augen des Mannes wurden ein wenig größer, seine Miene zorniger.

Regis winkte ihn zu sich und bat ihn, beiseite zu treten.

»Es gibt noch andere Bedenken«, bemerkte der Halbling, und er warf Wulfgar bei diesen Worten einen Seitenblick zu. Es gelang ihm sogar, seinem großen Freund viel sagend zuzublinzeln.

Der Späher beäugte den Halbling misstrauisch, aber Regis lächelte nur unschuldig und nickte dem Mann zu, ihm zu folgen. Sie unterhielten sich kurz, ein Stück von der Gruppe entfernt, und als der Mann aus Senkendorf zu den anderen zurückkehrte, lächelte und nickte er.

»Zurück in die Stadt«, befahl er seinen Kameraden, ging an ihnen vorbei und forderte sie auf mitzukommen. »Unsere Freunde hier haben Recht. Wir sollten unsere Kräfte nicht aufspalten, solange wir noch nicht wissen, wie bald wir kämpfen müssen.«

Die anderen schienen ein wenig verwirrt zu sein, aber der Sprecher war offensichtlich der allgemein akzeptierte Anführer, und daher kehrten sie wieder nach Senkendorf zurück.

»Tut es dir eigentlich nie ein wenig Leid, wenn du den magischen Rubin benutzt?«, fragte Wulfgar Regis, als die anderen außer Hörweite waren.

»Nicht wenn es nur zu ihrem eigenen Wohl ist«, erwiderte Regis und grinste von einem Ohr zum anderen. »Wir haben sie beide aus fünfzig Fuß Entfernung kommen hören. Ich denke, die Orks hätten sie ebenfalls gehört.« Er drehte sich um und schaute nach Süden. »Und wenn es auch nur annähernd so viele sind, wie wir glauben, habe ich diese sieben wahrscheinlich gerade davor bewahrt, heute schon zu sterben.«

»Ein Aufschub?«, fragte Wulfgar. Diese zynische Frage ließ Regis zusammenzucken und wischte das engelhafte Lächeln von seinem Gesicht.

Er und der Barbar schauten einander an, aber dann blickte Wulfgar an Regis vorbei, und seine blauen Augen wurden größer. Der Halbling fuhr herum, schaute noch einmal nach Süden und sah, wie Catti-brie auf sie zugerannt kam, mit den Armen fuchtelnd, den Bogen hoch erhoben.

Regis verzog das Gesicht. Wulfgar rannte auf Catti-brie zu, als sie sich plötzlich an die Schulter fasste. Erst jetzt verstanden die beiden Freunde, dass sie von Bogenschützen verfolgt wurde.

Regis fuhr herum und sah, wie die sieben aus Senkendorf zurückgerannt kamen.

»Zurück in die Stadt!«, schrie er ihnen zu. »In die Stadt und auf die Mauern! Haltet das Tor für uns offen!«

Als der Halbling sich umsah, hatte Catti-brie zu Wulfgar aufgeschlossen, und beide rannten auf Regis zu. Wulfgar stützte die verwundete Frau.

Hinter ihnen brach eine Horde von Orks aus dem Unterholz und verfolgte sie johlend.

Regis blieb stehen und sah einen Augenblick zu. Dann drehte er sich um, rannte ebenfalls los und erreichte das Tor etwa zur gleichen Zeit wie seine beiden Freunde. Sie eilten nach drinnen, das Tor wurde geschlossen und hinter ihnen gesichert, und nach einem kurzen Blick auf Catti-bries Wunde, die nur oberflächlich war, eilten sie zu den Leitern und auf den Wehrgang.

Die Orks stürmten auf die Siedlung zu, eine wirklich große Anzahl, und überall in Senkendorf erklangen die Hörner, und Leute begannen umherzurennen.

Aber die Orks kamen nicht noch näher, sondern bogen unter lautem Gbrüll wieder nach Süden ab.

»Das war dann wohl Drizzt«, stellte Regis fest.

»Er will uns Zeit verschaffen«, stimmte Catti-brie zu.

Sie blickte zu Wulfgar auf, und er schaute sie besorgt an.

Der erste große Stein hüpfte ein paar Minuten nach Sonnenuntergang über den steinigen Boden und traf die Mauer. Zur allgemeinen Überraschung kam er aus dem Norden, von der anderen Seite der schmalen Schlucht.

Hörner erklangen, und die Miliz von Senkendorf eilte auf die Mauern, ebenso wie Dagnabbits Zwerge und König Bruenor und seine Freunde.

Ein zweiter Stein kam angeflogen und krachte gegen die Mauer.

»Ich kann sie nicht mal sehen«, knurrte Bruenor, als er mit seinen drei Freunden auf der Nordmauer stand und ins Dunkel hinausspähte.

»Dort!«, rief Regis und zeigte auf einen Haufen großer Steine auf der anderen Seite der Schlucht.

Die anderen blinzelten und konnten jetzt die Umrisse von mehreren Riesen ausmachen.

Catti-brie hob sofort den Bogen, zielte und veränderte dann den Winkel, um die große Entfernung auszugleichen. Sie schoss, und ihr Pfeil zog eine blitzähnliche Linie durch den dunkler werdenden Himmel.

Sie traf keinen der Riesen, aber im Licht des Aufpralls erkannte sie zumindest, dass sie die Richtung richtig eingeschätzt hatte. Abermals hob sie den Bogen und biss gegen die Schmerzen in den Fingern und der Schulter die Zähne zusammen. Bevor sie jedoch schießen konnte, musste sie innehalten und sich an Wulfgar festhalten, denn die Mauer erbebte, weil erneut eins der Wurfgeschosse getroffen hatte.

»In Deckung!«, rief der Wachhauptmann.

Cattie-brie hob den Bogen wieder und schoss ein zweites Mal, aber dann mussten sie und ihre Freunde beiseite springen, als ein Stein in den Hof hinter ihnen fiel und ein anderer kurz vor der Mauer aufprallte und dann fest dagegenkrachte. Ein weiterer traf die Mauer direkt und verletzte mehrere Angehörige der Miliz.

»Wie viele verdammte Riesen sind das denn?«, fragte Bruenor, als er und die anderen in Deckung gingen.

»Zu viele«, antwortete Regis.

»Wir müssen eine Möglichkeit finden, uns gegen sie zu wehren«, begann der König, aber bevor er weiter darüber nachdenken konnte, teilte ihm ein Ruf von der Südmauer mit, dass er und seine Freunde andere, dringlichere Probleme hatten.

Als Bruenor, Wulfgar, Regis und Catti-brie die Südmauer erreicht hatten, wo Dagnabbit und die anderen Zwerge warteten, war der Angriff der Orks bereits in vollem Gang. Das Gelände vor ihnen war schwarz von der angreifenden Horde, und die Luft vibrierte von ihrem schrillen Kreischen. Hunderte und Aberhunderte griffen an und wurden beim ersten Pfeilhagel, der ihnen von den starken Mauern von Senkendorf entgegenflog, nicht einmal langsamer.

»Das hier wird wehtun«, stellte Bruenor fest und sah seinen Freund Dagnabbit an.

»Den Orks«, verbesserte Dagnabbit ihn mit grimmigem Nicken.

»Wir nehmen die Mitte!«, rief er den verbliebenen fünfzehn Zwergenkriegern zu. »Keiner kommt durch dieses Tor! Keiner kommt über die Mauer!«

Mit den Schreien »Mithril-Halle!« und »König Bruenor!« drängten sich Dagnabbits Krieger in den bezeichneten Bereich, auf den verwundbarsten Teil von Senkendorfs Südmauer. Wie ein einziger Mann griffen sie nach den gut ausbalancierten Wurfhämmern und duckten sich. Die Orks warfen Speere und schossen Pfeile ab. Die Zwerge blieben geduckt bis zur letzten Sekunde, dann sprangen sie auf und schleuderten die Hämmer auf die vordersten Angreifer.

Senkendorfs Bogenschützen schossen eine weitere Salve ab, und Catti-brie ließ den Herzsucher seine vernichtende Arbeit tun und eine Reihe von Blitzpfeilen durch die Ränge der Feinde zucken.

Ein gequälter Schrei von hinten sagte ihnen, dass einer der Bewohner von Senkendorf von einem Stein getroffen worden war, und die fortlaufenden Explosionen und das Beben des Bodens machten deutlich, dass die Riesen mit ihrem Angriff nicht nachgelassen hatten.

Dagnabbits Zwerge ließen erneut ihre Wurfhämmer fliegen, bevor sie von der Mauer in den Hof sprangen, um die Verteidiger des Tors zu unterstützen. König Bruenor schloss sich ihnen an. Die Bogenschützen und Catti-brie schossen weiter auf die Orks, während es langsam immer dunkler wurde.

Seile mit Greifhaken kamen über die Mauern geflogen und verhakten sich. Die Orks kümmerten sich nicht um den tödlichen Pfeilregen, sprangen an die Seile und begannen, nach oben zu klettern, während andere sich unten gegen das Tor warfen und die schiere Wucht ihres Angriffs die schweren Verschlussbalken verbog.

»Ich wünschte, Drizzt wäre hier!«, rief der verängstigte Regis.

»Ist er aber nicht!«, entgegnete Wulfgar, und die beiden wechselten einen Blick.

Mit entschlossenem Knurren nickte Wulfgar dem Halbling zu, ihm zu folgen, und dann eilten sie über den Wehrgang. Der riesige Barbar griff nach Greifhaken und Seilen und setzte seine gewaltige Kraft ein, um sie von der Mauer loszureißen, selbst wenn die Seile schon von dem Gewicht der kletternden Orks gespannt waren.

An einer Stelle kletterte ein Ork auf die Mauerkrone, gerade als Wulfgar nach dem Greifhaken griff. Der Barbar brüllte und fuhr herum. Der Ork stieß sein Kriegsgeheul aus und setzte dazu an, seine schwere Keule zu heben.

Und ein silbern blitzender Pfeil traf ihn in die Achselhöhle und riss ihn zur Seite.

Wulfgar warf Catti-brie einen kurzen Blick zu, dann löste er den Haken von der Mauer.

Ein weiterer Ork erreichte die Mauerkrone. Regis' Keule traf ihn zweimal mit voller Wucht im Gesicht.

»Nach Osten!«, rief Wulfgar.

Er rannte weiter, um eine Bresche zu sichern, an der mehrere Orks über die Mauer kamen und bereits in einen Nahkampf mit den Bogenschützen aus Senkendorf verstrickt waren.

Regis setzte dazu an, ihm zu folgen, aber er blieb abrupt stehen, als er die Hände eines weiteren Ork direkt vor sich sah, die sich an die Mauer klammerten. Er hob die Keule, aber dann überlegte er es sich anders und begegnete dem Ork stattdessen mit einem glitzernden, sich drehenden Rubin.

Der Ork blieb wie gebannt an Ort und Stelle, fasziniert von dem sich drehenden Edelstein, dessen Magie ihm unzählige Versprechen machte. Einen Sekundenbruchteil später hatte das Geschöpf keinen Zweifel daran, dass der Halbling, der diesen erstaunlichen Edelstein in der Hand hielt, sein bester Freund war.

»Wie stark bist du?«, fragte Regis, aber der Ork schien ihn nicht zu verstehen. »Stark?«, sagte der Halbling nachdrücklicher, und er hob einen Arm und ließ die Muskeln spielen – nicht viele Muskeln, aber immerhin.

Der Ork lächelte und grunzte zustimmend.

Regis bedeutete ihm, nur ein klein wenig nach unten zu rutschen und das Seil wieder zu packen. Das Geschöpf machte mit.

Dann tätschelte der Halbling beide Ork-Hände und bedeutete dem Geschöpf, sich genau an dieser Stelle festzuhalten. Wieder gehorchte der Ork, und zumindest dieses eine Seil war einige Zeit blockiert.

Regis warf einen Blick zur Seite und sah, wie Catti-brie ihn ungläubig anstarrte. Er zuckte die Achseln, dann wandte er sich nach links, nur um zu sehen, wie Wulfgar einen Ork hoch über den Kopf hob und ihn auf zwei andere warf, als sie versuchten, über die Mauer zu klettern. Alle drei fielen wieder nach unten.

An anderen Stellen war die Verteidigung nicht so stark, und Orks drangen ein und sprangen hinter die Mauer.

Dort allerdings standen siebzehn kampfbereite Zwerge, angeführt von Bruenor und Dagnabbit. Als die Orks nach unten sprangen, stürzten sich die Zwerge auf sie, mit zuckenden Äxten und Hämmern.

Bruenor führte den Angriff an und traf den ersten Ork, noch bevor er den Sprung nach unten beendet hatte. Er schlug ihm gegen die Beine, was den Ork vornüberfallen ließ. Der Zwerg machte sich nicht die Mühe, die Sache zu Ende zu bringen, sondern pflügte weiter und stieß einem zweiten Ork den Schild vor den Leib, als der am Boden landete. Die beiden prallten mit solcher Wucht aufeinander, dass Bruenors Zähne klapperten.

Der Zwerg wich zurück und schüttelte heftig den Kopf. Er schwang die Axt reflexartig vor sich, weil er davon ausging, dass der Ork ihn angreifen würde.

Aber er traf nur Luft, und als er wieder bei Sinnen war, sah er sich um und entdeckte, dass der Ork den Aufprall nicht so gut überstanden hatte. Er saß da, lehnte sich zurück auf die Arme, die er hinter sich abgestützt hatte, und sein Kopf schwankte vor einer Seite zur anderen.

Es kam Bruenor irgendwie unfair vor, aber Krieg war nun einmal nicht fair. Er stürzte vorwärts, vorbei an dem Ork, aber langsam genug, um ihm dabei mit der schweren Axt den Schädel einzuschlagen.

Die schiere Wildheit des Angriffs hatte Drizzt überrascht. Er hatte sich gerade erst von den anderen getrennt und war dabei gewesen, einen Abhang hinunterzurutschen, als er die angreifenden Orks gesehen hatte. Es war nicht schwer gewesen, ihnen aus dem Weg zu gehen, aber bis er es geschafft hatte, aus der Senke zu kriechen und sich wieder nach Senkendorf zu wenden, war die Spitze der Ork-Streitmacht schon weit vor ihm. Er sah seine drei Freunde in der Ferne, wie sie auf die Siedlung zurannten. Er sah, wie Catti-brie von einem Pfeil gestreift wurde, und seufzte erleichtert, als sie begleitet von Wulfgar und Regis hinter die Mauern gelangte.

Aus dem Schatten eines Baums beobachtete der Drow, wie die Horde vorbeirannte. Er wusste, er konnte nicht in die Siedlung zurückgelangen, um dort zusammen mit seinen Freunden zu kämpfen.

Eine Gruppe von Orks kam unter ihm durch, und er dachte daran, vom Baum zu springen und sie niederzumähen.

Aber er blieb auf seinem Ast, dicht am Stamm. Er dachte

daran, dass genau die Orks, die er nicht angegriffen hatte, vielleicht diejenigen sein würden, die einen seiner Freunde töteten, aber er wischte diesen entsetzlichen Gedanken sofort beiseite, weil er keine Zeit für solche Ablenkungen hatte. Die Entscheidung lag klar vor ihm – er konnte sich entweder dem Kampf dort draußen gegen die Horde anschließen oder die Ablenkung der Schlacht nutzen, um herauszufinden, was es mit seinen Feinden auf sich hatte.

Der Drow betrachtete die weiten Linien der Orks, die sich Hals über Kopf aus Senkendorf stürzten. Wie viel würde er dort wirklich erreichen können? Wie viele würde er töten können, und welche Auswirkung würden ein paar Orks weniger auf diese Schlacht haben?

Nein, Drizzt musste sich darauf verlassen, dass seine Freunde und die Leute von Senkendorf die Stellung hielten. Er musste sich darauf verlassen, dass es sich nur um einen ersten Angriff handelte, eine Prüfung der Verteidiger.

Senkendorf wäre nach diesem ersten Kampf besser dran, wenn er genauer wüsste, wie stark ihr Feind war, wo die Ork-Lager sich befanden und wie gut sie gesichert waren.

Als die Letzten der Horde unter ihm vorbeigerannt waren, ließ sich Drizzt vom Baum fallen und eilte weiter, nicht wieder nach Norden und zur Siedlung, sondern nach Osten, wo er sich hinter dem größten Teil der feindlichen Armee bewegte.

Er konnte kaum mehr die Arme heben, so viele Schläge hatte er geführt, so viele Orks hatte er über die Mauer geworfen, aber Wulfgar machte mit aller Kraft, die er aufbringen konnte, weiter und stürzte sich auf jeden, der die Südmauer überquerte.

Blut lief aus den mehr als zehn Wunden, die die Feinde ihm zugefügt hatten, und Regis, der mit Keule und Edelstein tapfer, wenn auch weniger wirkungsvoll neben ihm gekämpft hatte, ging es nicht besser. Als eine Gruppe von vier Orks gleichzeitig über die Mauer kam, schaute Wulfgar nach rechts, ein lautloses Flehen zu Catti-brie, aber sie war nicht mehr da.

Erschrocken sah sich der Barbar auf der Mauer um, und diese Ablenkung wäre ihn beinahe teuer zu stehen gekommen.

Beinahe – aber dann schoss ein Pfeil an ihm vorbei, traf einen Ork und schleuderte ihn mit einem blausilbernen Blitz gegen den Stein. Wulfgar warf einen Blick zurück über die Schulter und war erleichtert, als er Catti-brie oben auf dem einzelnen Turm sah, dem Wahrzeichen von Senkendorf.

Sie schoss einen weiteren Pfeil ab und nickte Wulfgar grimmig zu.

Er machte sich wieder an die Arbeit, schlug einen Ork von der Mauer, dann setzte er dazu an, Regis zu helfen, als ein weiterer Feind den Halbling angriff. Der Ork hielt jedoch plötzlich inne und starrte den sich drehenden Rubin fasziniert an.

Wulfgar pflügte weiter, drängte den nächsten Ork über die Mauer und musste dann einen Schlag von der Keule eines weiteren Feindes hinnehmen. Er knurrte, als er den Schmerz spürte, und wurde abermals getroffen – ein fester Schlag auf den Unterarm –, aber er legte den Arm um die Keule und zog sie näher, klemmte sie sich unter den Arm und kam auf diese Weise dicht an den Ork heran.

Das Geschöpf setzte dazu an, ihn zu beißen, aber Wulfgar rammte ihm die Stirn ins Gesicht. Es brauchte nur noch eine rasche Drehung, und der Ork flog über die Mauer.

Dann wandte sich Wulfgar dem Ork zu, den Regis in Bann geschlagen hatte, und dabei warf er einen kurzen Blick zu dem Turm, auf dem Catti-brie und ein paar andere Bogenschützen einen Pfeil nach dem anderen in das Getümmel hinter der Mauer abschossen.

Wulfgar hielt inne, als er dort oben eine weitere Person bemerkte. Es war der alte Zauberer Withegroo, der offenbar einen Bannspruch rezitierte und dazu mit den Armen fuchtelte.

»Das Tor bricht!«, erklang der Schrei eines Zwergs aus dem Hof.

Wulfgar fuhr herum und sah, wie Bruenor und seine Leute gerade über die Orks im Hof hinwegtrampelten, um das Tor zu verstärken.

Aus dem Augenwinkel konnte er jedoch ein Aufflackern auf dem Turm sehen, und dann flog eine kleine Feuerkugel anmutig über die Mauer.

Er spürte die Hitze, als das Ding explodierte.

Der Schock riss den Ork, der vor Regis stand, aus seinem Bann, und bevor der Halbling reagieren konnte, stach das Geschöpf nach ihm.

Mit einem Schrei fiel Regis rückwärts von der Mauer und in den Hof.

Wulfgar sprang den Ork an und begrub ihn unter sich. Der Ork lag mit dem Gesicht nach unten, und es gelang ihm, sich auf die Ellbogen hochzustemmen, aber dann hatte Wulfgar ihn mit beiden Händen am Kopf gepackt. Mit einem zornigen Brüllen drosch der Barbar den Kopf des Geschöpfs auf den steinernen Wehrgang, wieder und wieder, selbst nachdem der Ork sich schon lange nicht mehr wehrte, selbst nachdem der einstmals feste Schädel sich in eine blutige Masse verwandelt hatte.

Wulfgar schlug den Ork immer noch auf den Boden, als ihn eine starke Hand an der Schulter packte.

Der Barbar fuhr hektisch herum, aber er hielt inne, als er sah, dass es Bruenor war, der auf ihn hinabstarrte.

»Sie haben sich zurückgezogen, Junge«, erklärte der Zwerg, »und ich glaube nicht, dass der da uns noch Ärger machen wird.«

Wulfgar stand auf und schüttelte den Ork dabei ein letztes Mal.

»Regis?«, fragte er atemlos.

Bruenor nickte zum Hof hin. Der Halbling saß aufrecht da, obwohl er die Ereignisse rings um ihn her kaum wahrzunehmen schien. Blut floss an seiner Seite herab, und mehrere Zwerge kümmerten sich um ihn.

»Ich wette, das hat wehgetan«, sagte Bruenor grimmig.

Der verhätschelte Halbling

Er fühlte sich, als erwache er aus einem Traum – einem sehr schlechten Traum. Er spürte ein Ziehen an der Seite, aber als er sich wieder daran erinnerte, was geschehen war, war Regis überrascht, dass es nicht noch viel mehr wehtat.

Der Halbling öffnete weit die Augen, als sich die letzten Szenen der Schlacht – der Ork, der ihm das Schwert in den Bauch stieß – noch einmal deutlich vor seinem geistigen Auge abspielten. Er hatte versucht, nach hinten auszuweichen, hatte beinahe sofort den Halt verloren und war von der Mauer gefallen.

Regis rieb sich vorsichtig den Hinterkopf – das hatte wehgetan! Aber im Nachhinein hatte der Sturz ihm vermutlich auch das Leben gerettet. Wenn er mit dem Rücken zur Mauer gestanden hätte, wäre er zweifellos durchbohrt worden. Er stützte sich auf die Ellbogen und erkannte, dass er sich in dem kleinen Nebenzimmer des Häuschens in Senkendorf befand. Das Licht war trüb; draußen war es wahrscheinlich vollkommen dunkel.

Er war noch am Leben und lag in einem bequemen Bett, und man hatte sich um seine Wunden gekümmert. Sie hatten die Ork-Flut abgewehrt.

Regis' Hoffnung wurde jedoch plötzlich wieder erschüttert, ebenso wie sein Körper, als ein von einem Riesen geschleuderter Felsblock irgendwo in der Nähe in ein Gebäude krachte.

»Überleben, um am nächsten Tag weiterzukämpfen«, murmelte der Halbling leise.

Er setzte dazu an, aus dem Bett zu steigen, und zuckte bei jeder Bewegung zusammen, aber er hielt inne, als er vor seinem kleinen Zimmer vertraute Stimmen hörte.

»Es sind mindestens tausend«, sagte Drizzt düster.

Ein weiteres Wurfgeschoss erschütterte die Siedlung.

»Wir könnten durchbrechen«, erwiderte Bruenor.

Regis konnte sich vorstellen, wie Drizzt in der darauf folgenden Stille den Kopf schüttelte. Der Halbling schlich aus dem Bett und zur Tür, die nur einen Spaltbreit offen stand. Er spähte in das andere Zimmer, wo seine vier Freunde an dem kleinen Tisch saßen, auf dem eine einzelne Kerze stand. Was den Halbling am meisten erschreckte, waren die vielen Verbände, die er an Wulfgar sah. Der Barbar hatte wirklich einiges einstecken müssen, als er die Mauer verteidigt hatte.

»Wir können nicht nach Norden, denn dort ist die Schlucht«, erklärte Drizzt schließlich.

»Und auf der anderen Seite der Schlucht sind Riesen«, fügte Catti-brie hinzu.

»Mindestens eine Hand voll«, stimmte der Drow zu. »Mehr, würde ich annehmen, da sie uns nun schon seit vielen Stunden ununterbrochen mit Steinen bewerfen. Selbst Riesen werden müde, und ein paar müssen losgezogen sein, um neue Steine zu holen.«

»Pah, sie haben keinen großen Schaden angerichtet«, knurrte Bruenor.

»Es war schlimmer, als du denkst«, erwiderte Catti-brie. »Jetzt zielen sie besonders auf Withegroos Turm. Sie haben ihn in der letzten Stunde, soweit ich gehört habe, mindestens ein Dutzend Mal getroffen.«

»Der Zauberer hat sich in der letzten Schlacht mit dem Feuerball deutlich gezeigt«, stellte Drizzt fest. »Sie werden sich jetzt auf ihn konzentrieren.«

»Nun, hoffen wir, dass er noch mehr zu werfen hat als einen einzelnen Feuerball«, sagte Catti-brie.

Sie saßen alle einen Augenblick schweigend und grimmig da.

Regis drehte sich um und lehnte sich seufzend gegen die Wand. Er war wirklich erleichtert, dass Wulfgar noch am Leben und nicht zu schwer verwundet war. Er hatte befürchtet, der Barbar wäre bei dem Versuch, ihn zu verteidigen, getötet worden.

Selbstverständlich hatte es so weit kommen müssen, erkannte der Halbling. Seit sie damals im Eiswindtal gegen Banditen gekämpft hatten, hatte Regis versucht dazuzugehören, hatte versucht, einen Weg zu finden, sich nicht nur von seinen Freunden beschützen und verhätscheln zu lassen, sondern ihnen auch zu helfen.

Er hatte erheblich mehr Erfolg damit gehabt, als jeder von ihnen erwartet hätte, besonders bei dem Kampf im Wachtturm auf dem Grat der Welt, als sie entdeckt hatten, dass der Ort von Ogern überschwemmt war.

Tatsächlich war Regis ziemlich stolz auf seine letzten Erfolge. Seit er am Fluss den Speer in die Schulter bekommen hatte, als die Freunde unterwegs gewesen waren, um den Gesprungenen Kristall zu Cadderly zu bringen, hatte Regis gelernt, die Welt ein wenig anders zu betrachten. Zuvor hatte der Halbling immer nach dem leichtesten Weg gesucht, und tatsächlich hätte er das immer noch am liebsten getan, aber seine Schuldgefühle ließen so etwas nun nicht mehr zu. Er war an diesem Tag am Fluss von seinen Freunden gerettet worden, von denselben Freunden, die um die halbe Welt gereist waren, um ihn aus den Klauen von Pascha Pook zu retten, denselben Freunden, die ihn oft buchstäblich mitgeschleppt hatten, und das schon so viele Jahre.

Und daher hatte er in der letzten Zeit mit aller Kraft versucht, einen Weg zu finden, ihnen besser zu helfen und all das zurückzugeben, was sie für ihn getan hatten.

Selbst Regis hatte nicht geglaubt, dass er so viel Glück haben würde. Er hätte eigentlich auf diesem Oger-Turm auf dem Grat der Welt sterben müssen, oder hier auf der Mauer von Senkendorf.

Während er darüber nachdachte, betastete er die Wunde an seinem Bauch.

Er drehte sich um und spähte wieder zu seinen Freunden hinaus, zu den echten Helden. Ja, er war derjenige, den die Leute von Zehn-Städte nach dem Sieg über Akar Kessell auf den Schultern getragen hatten. Ja, er war derjenige, der nach dem Fall von Pook zu wahrer Macht aufgestiegen war, obwohl er die Gelegenheit so schnell wieder vergeudet hatte. Ja, die Leute im Norden hielten ihn für einen der Gefährten, aber als er nun die Gruppe beobachtete, wusste er, dass dem in Wahrheit nicht so war.

In seinem Herzen konnte er das nicht mehr leugnen.

Sie waren die Helden, nicht er. Er zog nur den Nutzen aus diesen wunderbaren Freunden.

Als er sich wieder dem Gespräch zuwandte, erkannte der Halbling, dass seine Freunde über alternative Pläne sprachen, über Möglichkeiten, die Dorfleute hinauszuschmuggeln oder nach Süden zu gehen, um Hilfe zu holen.

Der Halbling holte tief Luft, um sich zu beruhigen, dann betrat er das Zimmer, gerade als Bruenor zu Drizzt sagte: »Wir brauchen deine Schwerter hier, Elf. Und deine Katze. Pwent ist viel zu weit entfernt. Selbst wenn du dich bis zu ihm durchschlagen könntest, würdet ihr nur noch rechtzeitig kommen, um die Toten zu begraben.«

»Aber ich sehe auch keine Möglichkeit für uns, hundert Dorfbewohner aus Senkendorf herauszubringen und nach Süden zu fliehen«, erwiderte der Drow.

Dann hielt er inne, denn er hatte Regis entdeckt, und auch die anderen drehten sich jetzt zu dem Halbling um.

»Du bist aufgestanden!«, rief Bruenor.

Catti-brie erhob sich und wollte Regis ihren Stuhl anbieten. Aber der Halbling, dessen Seite sich immer noch steif anfühlte, wollte sich lieber nicht hinsetzen. Stehen schien sich besser anzufühlen.

»Na ja, zumindest halbwegs«, sagte er zu Bruenor.

Er zuckte beim Sprechen zusammen, aber er bedeutete Catti-brie, sich wieder hinzusetzen.

»Du bist aus zäherem Stoff gemacht, als es aussieht, Regis«, erklärte Wulfgar.

Er hob einen Krug zum Gruß.

»Und ich bin schneller«, erwiderte Regis mit wissendem Grinsen. »Du glaubst doch nicht etwa, ich hätte diesen Abstieg von der Mauer unabsichtlich vollzogen, oder?«

»Ein schlaues Manöver!«, stimmte Wulfgar zu, und die Freunde lachten.

Aber die Heiterkeit hielt nicht lange an, denn die unangenehme Wirklichkeit der Situation blieb bestehen.

»Wir würden die Leute von Senkendorf ohnehin nicht dazu bringen können, mit uns nach Süden zu fliehen«, warf Catti-brie ein, als sich das Gespräch wieder der Gegenwart zuwandte.

»Sie wollen die Siedlung gegen jeden verteidigen, der sie angreift. Sie glauben wirklich an sich und ihr Städtchen und noch mehr an ihren Magier.«

»Ich fürchte, sie überschätzen sich«, sagte Drizzt. »Wir haben es hier mit einer beträchtlichen Streitmacht zu tun, und die Bombardierung durch die Riesen könnte noch tagelang andauern – es gibt in den Bergen nördlich von Senkendorf wahrhaftig genug Steine zum Werfen.«

»Pah, sie richten keinen großen Schaden an«, widersprach Bruenor. »Nichts, was nicht wieder repariert werden könnte.«

»Eine Frau wurde heute von einem Stein getroffen und getötet«, antwortete Drizzt. »Zwei weitere wurden verletzt. Wir können nicht viele entbehren.«

Regis trat ein wenig zurück und ließ die vier weiter über ihre Verteidigungsmöglichkeiten reden. »Den Kopf einziehen und die Axt heben«, wie Bruenor es ausgedrückt hatte, würde wohl die Parole des Tages werden, aber nach der Wucht des ersten Angriffs war der Halbling nicht sicher, ob er dem Zwerg zustimmen konnte.

Die Riesen hatten die Schlucht noch nicht überquert, und dennoch hätten die Orks die Mauer beinahe überwunden, und das Südtor war vom Ansturm der Feinde gewaltig geschwächt worden. Senkendorf würde immer weniger Kämpfer zur Verfügung haben, wenn weiterhin Menschen und Zwerge verwundet wurden, aber die Orks würden nur noch mehr werden. Regis kannte sich mit diesen Geschöpfen aus und wusste, dass der Sieg kurz bevorstand und es reiche Beute geben würde.

Er hätte in diesem Augenblick beinahe verkündet, dass er die Initiative ergreifen und nach Süden gehen würde, um einen Weg zu Pwent und den anderen zu finden und mit einer Zwergenarmee zurückzukehren. Er glaubte einfach, es seinen Freunden schuldig zu sein.

Dann jedoch hielt er sich zurück, denn wenn er ehrlich war, erschreckte ihn der Gedanke, durch eine Armee blutrünstiger Orks schlüpfen zu müssen, zutiefst. Er würde lieber neben seinen Freunden sterben als da draußen, und wenn ihn die Orks gefangen nähmen, wäre das noch schlimmer als der

Tod. Er wollte sich lieber nicht ausmalen, welche Foltermethoden diese Geschöpfe anwandten.

Regis schauderte sichtlich, und Catti-brie bemerkte es und sah ihn fragend an.

»Mir ist ein bisschen kalt«, erklärte Regis.

»Wahrscheinlich hast du zu viel Blut verloren«, sagte Drizzt.

»Mach, dass du wieder ins Bett kommst, Knurrbauch«, befahl Bruenor. »Wir sorgen schon dafür, dass du in Sicherheit bist.«

Ja, dachte Regis, und der Gedanke bewirkte, dass er innerlich zusammenzuckte. Sie sorgten für seine Sicherheit. Sie sorgten immer für seine Sicherheit.

Sie wussten, dass der zweite Angriff nach Sonnenuntergang erfolgen würde.

»Sie sind viel zu ruhig«, sagte Bruenor zu Drizzt. Die beiden standen auf der Nordmauer und spähten über die Schlucht, wo die Riesen gewesen waren. »Sie ruhen sich wahrscheinlich für den nächsten Angriff aus.«

»Die Riesen werden nicht näher kommen«, erklärte Drizzt. »Nicht, solange die Verteidigung noch funktioniert. Warum sollten sie sich den Blitzen eines Zauberers aussetzen, wenn sie auch aus der Ferne zuschlagen können, wo sie vollkommen sicher sind?«

»Vollkommen?«, fragte Bruenor tückisch, denn er und Drizzt hatten zuvor genau über dieses Thema gesprochen, und sie waren gerade zu dem Schluss gekommen, dass Drizzt losziehen und den Kampf zu den Riesen tragen oder sie zumindest von ihrem Bombardement ablenken sollte.

Nun zögerte der Drow, und Bruenor wusste, warum.

»Wir könnten deine Schwerter auf jeden Fall auch hier gebrauchen«, sagte der Zwerg.

Drizzt sah ihn eindringlich an.

»Aber wir werden auch ohne dich standhalten«, fügte Bruenor hinzu. »Da kannst du sicher sein. Geh und schnapp sie dir, Elf. Sorg dafür, dass sie ihre verdammten Steine nicht mehr nach uns schmeißen, und überlass uns die kleinen Orks.«

Drizzt blickte nach Norden und holte tief Luft.

»Und jetzt stellst du dir im Kopf wieder all diese Fragen«, bemerkte Bruenor. »Du denkst, dass es vielleicht ein Fehler war, Catti-brie zu sagen, dass sie nicht gehen sollte. Du denkst, dass es vielleicht falsch war, überhaupt daran zu denken zu gehen. Du denkst, dass alles, was du tust, falsch ist. Aber du weißt es besser, Elf. Du weißt, dass wir hier im Schatten der fliegenden Steine stehen. So ungern du dich von deinen Freunden trennen willst, so sehr wünschen sich deine Freunde, dass du bleiben könntest.«

Drizzt lächelte.

»Aber du glaubst, dass ich gehen muss, wie wir es besprochen haben«, schloss er für den Zwerg.

»Wenn wir diese Riesen nicht aufhalten oder zumindest einen Teil von ihnen ablenken, wird es bald kein Senkendorf mehr geben, das wir verteidigen können«, erwiderte der Zwerg. »Also ist die Sache von meinem Standpunkt aus ziemlich einfach. Du bist der Einzige, der schnell genug über die Schlucht kommen kann, um etwas zu erreichen, trotz allem, was mein Mädchen gesagt hat, als wir beschlossen haben, dass du gehen sollst.«

Als Bruenor Catti-brie erwähnte, warf Drizzt einen Blick über die Schulter zur Spitze von Withegroos' schwer angeschlagenem Turm, wo Catti-brie nun stand, den Bogen in der Hand, und über die Brüstung schaute. Sie blickte hinunter zu Drizzt und bemerkte, dass er sie ansah. Sie winkte ihm zu.

»Ich werde nicht lange wegbleiben«, versprach der Drow Bruenor und erwiderte Catti-bries Winken.

»Du wirst so lange wegbleiben, wie es nötig ist«, verbesserte Bruenor. »Ich denke, wenn du es schaffst, uns beim nächsten Angriff die Riesen vom Leib zu halten, können wir standhalten, und wenn wir standhalten, dann könnte es sein, dass die Orks aufgeben oder sich weit genug zerstreuen, damit wir nach Süden durchbrechen können.«

»Oder zumindest ein paar Boten zu Thibbledorf Pwent schicken«, fügte Drizzt hinzu.

»Daran arbeitet Dagnabbit gerade«, versicherte ihm Bruenor mit einem Nicken.

Der Zwerg brauchte nicht mehr zu sagen. Sie kannten beide die Wahrheit. Senkendorf musste die nächsten Angriffe aushalten, entweder um die Orks genügend zu schwächen, dass die Eingeschlossenen nach Süden durchbrechen konnten, oder um die Feinde sogar zum Aufgeben zu bringen.

Als der untere Rand der Sonne begann, mit dem westlichen Horizont zu spielen, kletterte Drizzt über die Mauer von Senkendorf. Er mied das Nordtor, denn er ging davon aus, dass es beobachtet würde. Er ließ sich neben dem breiteren Wachturm an der Nordwestecke der Mauer herab und schlich so heimlich davon wie möglich, von Felsen zu Felsen, von Busch zu Busch, und auf offenen Flächen kroch er auf dem Bauch. Er erreichte den Rand der Schlucht und wartete.

Rings um ihn her wurde es dunkler. Er konnte hören, wie sich die Orks im Süden rührten, und er hörte auch das Knirschen von großen Steinen, als sich die Riesen auf der anderen Seite der Schlucht, nur ein paar hundert Schritt von seiner Position entfernt, ihre Munition auf einem Haufen bereitlegten. Der Drow zog den Umhang fest um sich und schloss die Augen, fiel in eine Art Meditation, zwang sich, zu einem reinen Krieger zu werden. Er hatte keine Ahnung, wie er die Riesen ablenken sollte, aber genau das war das Ziel, das er unbedingt erreichen musste, wenn er seinen Freunden wirklich helfen wollte.

Schon der Gedanke an die zurückgelassenen Gefährten jedoch störte die meditative Konzentration, und Drizzt blickte über die Schulter hinweg zu dem heftig bedrängten kleinen Ort. Er hatte wieder Catti-brie vor Augen, wie er sie zum letzten Mal gesehen hatte, mit grimmiger Miene, in der sich auch eine Spur von Resignation abzeichnete.

»Geh«, hatte sie ihn früher an diesem Tag gebeten, als er sich aus vollkommen selbstsüchtigen Gründen gegen diesen Kurs ausgesprochen hatte.

Mehr hatte sie nicht gesagt, aber Drizzt wusste, dass andere, dunklere Gedanken dabei mitspielten, ebenso wie bei ihm. Sie würden versuchen, die Stadt zu halten, wie gering die Aussichten auch sein mochten. Und Drizzt war gezwungen, sich von seinen Freunden zu trennen.

Er fragte sich, ob er sie je lebend wieder sehen würde.

Der Drow drückte die Stirn auf die Erde und schloss abermals die Augen. Er hatte keine Angst – jedenfalls nicht um sich selbst –, aber er hatte die Armee der Orks gesehen, und er wusste, dass auf der anderen Seite der Schlucht mehrere Riesen warteten. Diese Truppe war organisiert, entschlossen und zahlenmäßig weit überlegen. War das das Ende seiner geliebten kleinen Bande?

Drizzt hob den Kopf, schüttelte ihn energisch und tat die Frage mit einem Wirbel von Erinnerungen an andere Feinde ab, die sie ebenfalls überwältigt hatten. Er dachte an den Kampf zur Rückeroberung von Mithril-Halle, an die wilde Jagd in den Straßen von Calimhafen, um Regis zu retten, und vor allem an den Kampf gegen die Armee von Menzoberranzan, die Verteidigung von Mithril-Halle gegen einen schrecklichen Feind.

Dann konnte er sich nicht mehr mit alten Siegen aufhalten;

ihm blieb keine Zeit mehr. Er wandte die Konzentration seiner Aufgabe zu, zwang sich, in Geist und Körper zu einem einzigartigen Kriegerwesen zu werden.

Die Sonne sank hinter den Horizont.

Der Jäger bewegte sich über den Rand der Schlucht, glitt über die Felsen wie der Schatten des Todes.

Es fing beinahe genauso an wie der Angriff am vergangenen Abend, mit großen Steinen, die auf die Stadt hinabregneten, und einer wilden Horde von Orks, die von Süden her angriffen. Auch die Verteidigung folgte überwiegend dem gleichen Muster, mit Wulfgar, der die Arbeit auf den Wehrgängen anführte, und Bruenors Zwergen hinter dem Tor.

Diesmal jedoch war Bruenor selbst oben bei seinem Barbarenfreund – und bei Regis, der trotz des Rats seiner Freunde, sich noch auszuruhen, unbedingt mit dabei sein wollte.

Auf dem Turm hinter der Mauer schoss Catti-brie die ersten Pfeile ab – eine Reihe von Blitzen, die über die Felder im Süden zuckten –, und das ebenso sehr, um es dort ein wenig heller zu machen und die Marschordnung der Feinde deutlich werden zu lassen, wie auch, um tatsächlich jemanden zu treffen.

Als die Orks nur noch fünfzig Fuß von der Mauer entfernt waren, begannen auch die anderen Bogenschützen zu schießen. Es war ein vernichtender Gegenangriff, der durch einen von Withegroos Feuerbällen nur noch machtvoller wurde.

Viele Orks starben in diesem Augenblick, aber der Rest drängte weiter, eilte zum Fuß der Mauer, wo sie ihre Greifhaken warfen und die Leitern aufstellen. Eine Gruppe hatte eine Ramme, die von zwei Reihen von Orks auf das Tor zugetragen wurde. Schon der erste Aufprall hätte das Tor beinahe zum Einsturz gebracht.

Bruenor, Regis und Wulfgar stürmten den ersten Feinden

entgegen, die die Mauerkrone erreichten. Ein paar Orks kletterten auf den Wehrgang, und Wulfgar packte einen, als er sich über die Brüstung zog, hob ihn hoch und warf ihn wieder nach unten, wobei der Ork einen seiner Kameraden mitriss. Bruenor wandte eine andere Taktik an und griff einen Ork an, als der sich nach dem Klettern wieder aufrichtete. Der Zwerg duckte sich, rammte dem Ork die Schultern gegen die Beine und hob ihn hoch. Eine Drehbewegung, ein Schieben, und der Ork fiel nicht nach draußen, wie der, der Wulfgar geworfen hatte, sondern nach drinnen in den Hof, wo Dagnabbit und die anderen Zwerge warteten.

Sobald er mit diesem Gegner fertig war, richtete Bruenor sich wieder auf. Regis eilte an ihm vorbei, oder er versuchte es zumindest, als ein weiterer Ork über die Mauer kletterte, aber der Zwerg packte den Halbling an der Schulter, zog ihn zurück und trat vor ihn. Ein Axthieb erledigte diesen zweiten Ork, und mit seinem Schild mit dem schäumenden Bierkrug traf Bruenor einen dritten direkt am Kopf, als dieser ebenfalls versuchte, auf den Wehrgang zu klettern.

Regis versuchte zu helfen, aber tatsächlich musste der Halbling häufiger Bruenors ununterbrochen zuckender Axt ausweichen als einer Ork-Waffe. Er wandte sich also stattdessen Wulfgar zu und sah, dass der Barbar in schrecklicher Kampfeswut Aegis-fang hin und her wirbelte und einen Ork nach dem anderen über die Mauer schlug.

Regis hüpfte hin und her, als mehr und mehr Orks versuchten, über die Mauer zu steigen, aber er fand einfach keinen Platz zwischen seinen wütend kämpfenden Freunden.

Ein Ork kam sehr schnell über die Mauer. Wulfgar hatte gerade einen anderen mit dem Hammer an der rechten Seite getroffen, ließ dann mit der linken Hand los und stieß das Geschöpf an sich vorbei. Der Ork taumelte, aber er fing sich wieder, drehte sich um und wollte den Barbaren angreifen.

Regis war jedoch schneller, duckte sich, warf sich vor die Füße des Feindes und brachte ihn ins Stolpern.

Aber diesmal hatte der schlaue Halbling sich verschätzt, denn der Ork verhakte sich mit seinen Füßen und riss ihn mit. Regis wollte nicht noch einmal von der Mauer fallen – besonders da er hören konnte, wie die Tore unter einem weiteren dröhnenden Schlag der Ramme ächzten –, also ließ er seine kleine Keule los und packte verzweifelt den Rand der Mauer.

»Knurrbauch!«, hörte er Bruenor schreien, und seine schlimmsten Ängste wurden wahr: Er wusste, dass er eine Ablenkung – eine wahrscheinlich tödliche Ablenkung – für seine Freunde war.

»Kämpft weiter!«, schrie der Halbling zurück.

Er ließ los und fiel zehn Fuß nach unten. Er landete mit einem Salto, um den Aufprall ein wenig zu dämpfen, aber er hätte dennoch beinahe das Bewusstsein verloren, als er auf seine verwundete Seite rollte. Als er aufblickte, erkannte er, dass er ganz in der Nähe des Südtors aufgekommen war und dass dieses Tor bald nachgeben würde. Er packte die Keule, die ganz in seiner Nähe gelandet war, und schaute zu den Zwergen.

Er wusste, er würde ihnen nicht wirklich helfen können.

Nun war vollkommen klar, was er zu tun hatte. Er hatte es gewusst, seit er die Bemerkungen seiner Freunde darüber gehört hatte, dass sie auf Drizzt bei der Verteidigung der Stadt eigentlich nicht verzichten konnten.

Regis drehte sich um und rannte zur Westmauer. Er hörte, wie Dagnabbit ihm etwas zurief, aber er ignorierte den Zwerg, stieg auf die Mauer und wandte sich nach Norden.

Bald schon war er auf dem Wehrgang in der Nordwestecke, an der gleichen Stelle, wo Drizzt vor ihm nach unten geklettert war. Regis holte tief Luft, schaute nach hinten und oben und sah, wie Catti-brie ihn ungläubig anstarrte.

Er winkte ihr zu, dann zwang er seine Beine, ihn über die Mauer zu tragen.

»Ich bin kein besonders guter Beschwörer«, klagte Withegroo, nachdem er die Feuerkugel geworfen hatte.

Ein paar Orks waren getötet worden, aber leider hatte der alte Zauberer die Kugel nicht dorthin geschleudert, wo er es geplant hatte, und deshalb nicht viel mehr erreicht, als den Angriff einen Augenblick aufzuhalten.

Er lehnte sich an den Südrand der Turmmauer, neben Catti-brie und drei andere Bogenschützen, und beobachtete die Schlacht. Er kannte nicht viele wirkungsvolle Zauber, also wusste er, dass er mit den wenigen sparsam umgehen musste.

Er sah eine Bresche an der Südostecke – Orks kamen in Massen über die Mauer und sprangen in den Hof dahinter – und hätte beinahe einen der Blitze geschleudert, die er vorbereitet hatte. Aber er hielt inne, als er sah, wie die Zwerge aus Mithril-Halle zu der betreffenden Stelle eilten und die Orks überwältigten.

Kaum hatte der alte Zauberer erleichtert Luft geholt, sah er zwei Orks, die in der Südwestecke auf die Mauer geklettert waren. Sie sprangen nicht sofort nach unten, sondern hoben ihre schweren Bögen.

Withegroo war schneller als einer der beiden, fuchtelte mit den Fingern und schoss einen seiner magischen Blitze auf das Geschöpf, der es in Brand setzte, zum Taumeln brachte und schließlich herunterfallen ließ.

Der andere Ork reagierte, indem er den Bogen hochriss und blind auf die Turmspitze schoss.

Bevor Withegroo sich seiner annehmen konnte, reagierte Catti-brie, und ihr magischer Pfeil schleuderte den Feind gegen den Stein.

Der Zauberer tätschelte ihr die Schulter, aber sie konnte nicht einmal lange genug innehalten, um ihm zuzunicken. Zu viele andere Ziele präsentierten sich entlang der Südmauer.

Dann erklang ein lautes Heulen im Osten und im Westen, als die zweite Angriffswelle heranrollte: Unmengen von Orks, die auf Worgs saßen.

Es folgte ein schwerer Hagel von Steinen, offenbar immer zehn auf einmal, der sich auf die Stadt ergoss.

Senkendorf erbebte unter einem weiteren Schlag der Ramme gegen das Südtor. Eine Türangel brach, und eins der doppelten Tore drehte sich nach innen.

Er überquerte die steile und felsige Schlucht so schnell wie möglich, sprang von einem Stein zum anderen oder kletterte auf allen vieren. Kurz bevor er die Nordwand hinter sich gebracht hatte, hielte er einen Moment inne und warf einen Blick nach Senkendorf, und er wusste, dass seine Annahme bezüglich der Riesen korrekt gewesen war. Es waren mehr als fünf – wahrscheinlich mindestens doppelt so viele. Seit dem Beginn des ersten Angriffs hatten sie sich abgewechselt und in Schichten von zweien oder dreien gearbeitet.

Aber nun waren sie alle mit Werfen beschäftigt. Das Bombardement, das hinter Drizzt widerhallte, musste grauenvoll sein.

Es quälte Drizzt zutiefst, daran zu denken, dass seine Freunde hinter diesen Mauern waren.

Er schüttelte den verstörenden Gedanken ab und kletterte weiter, bewegte sich mit derselben sicheren Gelenkigkeit die Steilwand hinauf, die ihn in all diesen Jahren durchs Unterreich geleitet hatte.

In seinem Kopf überschlugen sich die Gedanken, aber dann fand er seine Mitte, den meditativen Zustand, den er gesucht hatte. Wenn da oben ein Dutzend Riesen waren, wie sollte er gegen sie ankommen können? Wie konnte er sie auf eine Weise in den Kampf verwickeln, die sie zumindest genügend ablenkte, um seinen Freunden und den anderen mutigen Verteidigern von Senkendorf ein wenig Ruhe vor dem Steinhagel zu verschaffen, während sie die Siedlung gegen die Ork-Horden verteidigten?

Sobald Drizzt den Rand der Schlucht erreicht hatte, entdeckte er die Steine und die Riesen – neun, wenn er richtig zählte. Der Drow holte die magische Statuette aus dem Beutel und beschwor seine nachtschwarze Freundin herauf. Er sandte Guenhwyvar nach Norden, wo sie auf sein Zeichen warten sollte. Drizzt griff nach seinen Krummsäbeln, dann warf er einen Blick zurück nach Senkendorf. Er fragte sich, ob es eine Möglichkeit gab, seine Freunde dort herauszuholen, aber ihm wurde rasch klar, dass er selbst zusammen mit Bruenor, Wulfgar, Catti-brie und Regis nicht viel gegen diesen Feind ausrichten könnte. Neun Riesen, und nicht die verbreiteteren und weniger furchterregenden Hügelriesen, sondern neun tückische, mächtige Frostriesen.

Drizzt korrigierte die Zählung, als er noch einen Giganten sah, der mit einem vollen Sack auf dem Rücken, der vermutlich weitere Steine enthielt, zu seinen Kameraden stieß.

Würde es helfen, wenn er außer den Gefährten auch noch die anderen Zwerge hier heraufbringen könnte, um gegen die Riesen anzutreten? Zusammen mit Dagnabbit und Tred und den anderen würden sie vielleicht zumindest eine Chance gegen die blauhäutigen Giganten haben.

Aber dann musste er sich eingestehen, dass das eine dumme Idee war. Es wäre unmöglich, eine so große Gruppe von Kriegern so schnell und unentdeckt durch die Schlucht zu bringen – und wie verwundbar würden sie dort unten zwischen den steilen, spitzen Felsen sein, mit zehn Riesen über ihnen, die Steine auf sie hinabprasseln ließen!

Drizzt holte tief Luft und versuchte, sich auf die bevorstehende Aufgabe zu konzentrieren. Er griff instinktiv nach seinen Schwertern, aber dann zwang er sich, die Hände wieder von den Griffen zu nehmen. Ihm war eingefallen, dass er die Frostriesen schon einmal genarrt hatte.

»Wartet!«, rief er und ging auf sie zu. »Im Norden ist ein weiterer Feind aufgetaucht, nicht weit von hier!«

Die Riesen starrten ihn ungläubig an. Einige wechselten Blicke miteinander, und Drizzt erkannte deutlich, wie sehr sie an seinen Worten zweifelten.

»Eine weitere Gruppe von Zwergen!«, rief Drizzt und zeigte nach Nordwesten. »Eine größere Truppe, die direkt auf Senkendorf zumarschiert, und ich bin sicher, sie wissen noch nichts von eurer Anwesenheit hier.«

»Wie viele?«, fragte eine Riesin.

Drizzt bemerkte, dass ein paar andere nach Steinen griffen.

»Vierzig«, improvisierte der Drow und bemühte sich, dringlich zu klingen, um die zögernden Riesen zum Handeln zu bewegen.

»Vierzig«, wiederholte ein anderer Riese, und Drizzt erkannte deutlich den ironischen Unterton.

Nun wusste er ohne jeden Zweifel, dass dieser Trick nicht funktionieren würde. Nicht diesmal, nicht bei dieser Gruppe.

Drizzt war bereits in Bewegung, bevor die ersten Steine flogen, und dieser Kriegerreflex allein rettete ihn davor, in eine blutige Masse verwandelt zu werden. Er beschwor eine Kugel aus Dunkelheit zwischen sich und seine Feinde, als er über den steinigen, zerklüfteten Boden hinweg floh.

Die Hälfte der Riesen jagte hinter ihm her.

Bei diesen ersten Schritten, nachdem alle Hoffnung auf Täuschung sich als vergeblich erwiesen hatte, wurde Drizzt wieder er selbst – der Krieger, der Jäger. Er war reiner Instinkt, spürte die Bewegungen der Riesen, bevor er sie sah, fühlte seinen Feind und nahm sein Handeln vorweg.

Er wich nach links aus, und ein Stein sauste vorbei – einer, der ihn erschlagen hätte, wenn er nicht ausgewichen wäre.

Dann wandte er sich wieder nach rechts und schlüpfte in einen schmalen Spalt zwischen zwei Felswänden, beschwor eine weitere Kugel aus Dunkelheit herauf, sprang und kletterte die Wand zu seiner Rechten hinauf und rollte sich hinter einen Felsvorsprung.

Er wusste, er durfte nicht hier sitzen bleiben und warten. Es ging nicht nur darum, den Verfolgern zu entkommen und sich selbst zu retten. Er wollte so viele Riesen wie möglich davon ablenken, Senkendorf weiter zu bombardieren, und daher sprang Drizzt, nachdem der letzte der fünf Verfolger vorbeigerannt war, in die andere Richtung und fügte dabei dem letzten Riesen eine Schwertwunde am Rücken zu.

Der Riese heulte auf, und seine Kameraden drehten sich um, um Drizzt zu folgen.

Drizzt rief nach Guenhwyvar.

Und nun begann eine wilde Verfolgungsjagd über die felsigen Berghänge, die die ganze Nacht andauern würde.

Die Orks strömten durch das zerbrochene Tor wie Wasser und füllten in ihrer Gier, sich in den Kampf zu stürzen, bald jedes Stück freien Bodens.

Oder zumindest setzten sie dazu an.

Von oben kam die erste und vernichtendste Reaktion, ein gleißender Blitz, der an der verdutzten Catti-brie vorbeiraste und dann an den ebenso verblüfften Zwergen aus Mithril-Halle, um in einer Vielzahl von bläulichen Bögen am Tor zu explodieren.

Viele Orks fielen dank Withegroos Blitz. Viele wurden getötet, andere waren betäubt und geblendet, und als Dagnabbit und Tred zum Angriff übergingen, erwiesen sich die verwirrten und beinahe wehrlosen Orks als leichte Beute.

Hämmer schlugen und Äxte hackten. Orks kreischten und Knochen brachen.

Aber das Tor stand immer noch offen, und mehr Orks drängten hinein, schoben ihre taumelnden Kameraden beiseite und kletterten über die Toten, um zu den Zwergen zu gelangen.

Vom Turm aus sandte Catti-brie eine Reihe von Pfeilen auf die hereinstürmenden Orks, aber sie konzentrierte sich nur einen Moment auf diese Ziele. Die Mauer blieb wichtiger. Hier waren Wulfgar, Bruenor und eine Hand voll Leute aus Senkendorf damit beschäftigt, einen Schwarm gieriger Angreifer zurückzuschlagen.

Der Zwerg und der Barbar arbeiteten sich Rücken an Rücken über das zerbrochene Tor. Sie drehten sich um, so dass Wulfgar über die Mauer hinausschaute und Bruenor den Kampf hinter dem Tor im Auge hatte.

Catti-brie beobachtete sie neugierig, aber was sie vorhatten, verstand sie erst, als Bruenor Wulfgar noch einmal den breiten Rücken tätschelte. Dann stieß der künftige zehnte König von Mithril-Halle den Kriegsschrei der Heldenhammer-Sippe aus und sprang direkt in die Flut von hereindrängenden Orks.

»Bruenor«, flüsterte Catti-brie lautlos und verzweifelt, denn er verschwand sofort in dem Gewühl von Feinden, beinahe als wäre er direkt in einen Strudel gesprungen.

Die Frau schüttelte dieses schreckliche Bild sofort ab und wandte ihre Aufmerksamkeit wieder der Mauer zu, wo Wulfgar beinahe der einzige Verteidiger war.

Catti-brie schoss links von ihm vorbei, dann rechts, und jeder Pfeil traf einen Ork, der versuchte, über die Mauer zu kommen. Ihre Hand tat so weh, dass sie die Sehne kaum mehr spannen konnte, aber sie musste weitermachen, genau wie Wulfgar mit all seinen Wunden und seiner Müdigkeit auf der Mauer stehen und sie halten musste.

Sie schoss noch einmal, verzog schmerzerfüllt das Gesicht, aber es war abermals ein Treffer. Das war jedoch kaum ein Grund, sich zu beglückwünschen, denn wenn Catti-brie über die Mauer auf diese Unmengen von Orks blickte, fragte sie sich, ob es überhaupt möglich war, daneben zu schießen.

Er duckte sich hinter einen Felsen und betete, dass die Orks so sehr mit der Siedlung beschäftigt waren, dass sie ihn nicht gesehen hatten, als er über die Mauer stieg. Er machte sich noch kleiner und zitterte vor Angst, als Orks auf Worgs links und rechts an ihm vorbeieilten, während andere ihre Wölfe direkt über den Stein springen ließen, hinter dem er lag.

Er konnte nur hoffen, dass er weit genug von der Mauer entfernt war, damit er sich davonstehlen konnte, wenn sie gezwungen waren innezuhalten.

Und nun sah es ganz danach aus, denn die Worg-Reiter teilten sich, als sie sich der Mauer näherten, griffen nach ihren Bögen und schossen ihre Pfeile über die Mauer.

Regis kam langsam auf die Beine.

Er hörte ein Knurren und erstarrte. Als er sich langsam umdrehte, sah er die gefletschten Zähne eines Worg keine drei Fuß von seinem Gesicht entfernt. Der Ork auf dem Rücken des Tieres hatte den Bogen gespannt und zielte mit dem Pfeil auf Regis' Kopf.

»Ich habe das hier mitgebracht!«, rief Regis atemlos und verzweifelt, hielt seinen Rubin hoch und drehte ihn.

Dann hob er abwehrend den linken Arm, als der Worg nach seinem Gesicht schnappte.

»Ich werde sie von der Mauer fegen!«, erklärte Withegroo aufgebracht, als ein weiterer Mann aus Senkendorf links von Wulfgar fiel.

Der Zauberer fuchtelte mit den Händen und bereitete sich darauf vor, einen zweiten vernichtenden Blitz zu schleudern. In diesem verzweifelten Augenblick brauchte Senkendorf Withegroos Hilfe mehr als je zuvor.

Ein Stein traf den Turm, prallte ab, traf die Beine des alten Mannes von hinten und schleuderte ihn gegen die Turmbrüstung.

Catti-brie und die anderen Bogenschützen eilten zu dem Zauberer, als er nach unten sackte, gequält das Gesicht verzog und die Augen verdrehte.

Weitere Steine trafen den Turm. Offensichtlich hatten die Riesen sich nun auf diese Entfernung eingeschossen, und der Turm zitterte und bebte. Noch ein Stein streifte die Spitze und krachte neben dem am Boden liegenden Zauberer gegen die Brüstung.

»Wir können den Turm nicht mehr halten«, rief einer der Bogenschützen.

Er und seine Freunde wälzten den Stein von den Beinen ihres Zauberers und hoben den alten Mann sanft hoch.

»Komm mit!«, rief einer von ihnen Catti-brie zu.

Sie ignorierte ihn und blieb auf dem Turm, konzentrierte sich weiter auf die Mauer und auf Wulfgar, der sie so dringend brauchte. Sie konnte nur hoffen, dass kein Stein hinter ihr abprallen und sie auf die gleiche Weise außer Gefecht setzen würde wie Withegroo.

Mit Kampfschreien für Mithril-Halle und die Sippe Heldenhammer – und einer einzelnen lauten Stimme, die den Namen eines gefallenen Bruders und der Zitadelle Felbarr schrie – stürzten sich die Zwerge auf die Orks, die durch das

Tor stürmten und über die Mauern sprangen. Es schien, als wären sie vollkommen außer Rand und Band, aber tatsächlich hielten sie ihre Formation selbst inmitten dieses Tumults.

Sie sahen, wie Bruenor vom Tor sprang, Dagnabbit, an der Spitze der Keilformation, schwenkte die Truppe herum, um zu ihrem kämpfenden König zu gelangen.

Bruenor schwang die Axt mit den vielen Kerben nach links und rechts. Er musste in den ersten Augenblicken nach dem Sprung ein Dutzend Schläge einstecken, aber er teilte mindestens doppelt so viele aus. Während die Schläge der Orks ohne jede Wirkung von ihm abzuprallen schienen, schlug er selbst Arme, Köpfe und Beine ab.

Die Orks stürzten sich auf ihn, und er drängte sie wieder und wieder zurück, schrie den Namen seiner Sippe, spuckte Blut, steckte Schläge mit einem Lächeln weg und zahlte es beinahe jedes Mal dem Ork, der ihn getroffen hatte, tödlich heim. Bald schon häuften sich rings um ihn so viele tote Orks, dass nur noch wenige angriffen und Bruenor sich weiterbewegen musste, um einen Gegner zu finden. Selbst dann wichen die Orks vor ihm zurück, weil sie sich vor diesem bluttriefenden, wahnsinnigen Zwerg fürchteten.

Die anderen Zwerge waren nun neben ihm, und Bruenors Erfolge inspirierten sie zu noch größerer Wildheit. Kein Schwert, keine Keule konnte sie aufhalten, kein Ork bestand gegen sie. Die Flut, die durch die eingeschlagenen, schief in den Angeln hängenden Tore geströmt war, kam zum Stillstand. In einem blutroten Nebel und unter schmerzvollen Schreien begann sie, sich zurückzuziehen.

Nichts von dem, was unten hinter dem Tor geschah, hätte jedoch gezählt, wenn Wulfgar nicht die Mauer gehalten hätte. Wie eine unermüdliche gnomische Maschine schwang der

Barbar Aegis-fang nach allen Seiten. Orks sprangen über die Mauer und wurden wieder hinuntergefegt.

Ein Ork versuchte, Wulfgar mit der Schulter zu rammen, aber der Angriff fand ein plötzliches Ende – er hätte ebenso gut versuchen können, durch die Steinmauer von Senkendorf zu brechen.

Der Ork prallte einen Schritt weit zurück, und Wulfgar traf ihn mit einer rechten Geraden und brachte ihn ins Taumeln. Dann befand sich der Ork plötzlich hoch in der Luft, obwohl ihn Wulfgar nur mit einer Hand hielt. Scheinbar ohne jede Anstrengung warf der Barbar seinen Gegner über die Mauer.

Hinter diesem Wurfgeschoss jedoch sah er einen weiteren Ork, der mit Pfeil und Bogen auf ihn zielte.

Wulfgar brüllte und versuchte, sich zu drehen, denn er wusste, gegen diesen Angreifer konnte er sich nicht mehr verteidigen. Der Bogenschütze wurde weggerissen, als ein blitzender Pfeil an Wulfgar vorbeischoss und sich in die Brust des Ork bohrte. Wulfgar konnte sich nicht einmal die Sekunde Zeit nehmen, die es gebraucht hätte, um sich umzudrehen und dankbar zu nicken. Getröstet von dem Wissen, dass Catti-brie immer noch da war und ihm mit ihrem tödlichen Bogen beistand, kämpfte der Barbar weiter, fegte einen weiteren Ork von der Mauer und dann noch einen.

Das plötzliche Geräusch von vielen, vielen Hörnern, die über dem Schlachtfeld erklangen, hatte keinen Einfluss auf den fanatischen Zorn der Zwerge. Sie wussten nicht, ob die Hörner die Ankunft von weiteren Feinden oder von Verbündeten signalisierten, und es war ihnen auch gleich.

Tatsächlich brauchten die Zwerge, die für ihre Sippe und für das Überleben ihres Königs kämpften, der hoch aufgerichtet in ihre Mitte stand, keinen weiteren Anreiz, und für Furcht hatten sie ohnehin keine Zeit.

Erst nach langen Minuten, als der Andrang der Orks erheblich nachgelassen hatte, begriffen sie, dass ihr Feind sich zurückzog und die kleine Siedlung auch den zweiten Angriff überstanden hatte.

Bruenor stand in der Mitte ihrer Linie, direkt hinter dem zerstörten Tor, und alle atmeten schwer, waren blutüberströmt und sahen sich neugierig um.

Sie hatten Senkendorf gehalten, und Unmengen Orks lagen tot oder sterbend im Hof hinter dem Tor, aber kein Zwerg und keiner der Verteidiger aus Senkendorf hätte das für einen Sieg gehalten. Nicht nur das Tor war zerstört, auch die Mauern waren schwer beschädigt. An vielen Stellen lagen zwischen den toten Orks die Leichen von Menschen, von Kriegern, die Senkendorf schwer entbehren konnte.

»Sie werden wiederkommen«, sagte Tred grimmig.

»Und wir werden ihnen wieder eins verpassen!«, versicherte ihm Dagnabbit und sah seinen König eindringlich an.

Als Bruenor den Kommandanten seiner Wache anschaute, zeichnete sich in dem ausdrucksvollen Gesicht eine recht uncharakteristische Verwirrung ab. Der Zwergenkönig setzte zu einer Bewegung an – vielleicht zu einem Achselzucken – und fiel vornüber.

Nachdem der Kampf zu Ende war, konnte König Bruenor die Wunden, die die Feinde ihm zugefügt hatten, nicht mehr leugnen, darunter eine Stichwunde von einem Schwert, das durch eine Naht in seiner Rüstung in seine Lunge gedrungen war.

Oben auf der Mauer sackte Wulfgar ebenfalls vollkommen erschöpft zusammen, denn auch er hatte mehrere Wunden davongetragen, und er hätte nicht einmal bemerkt, dass sein Freund im Hof zusammengebrochen war, wenn Catti-brie nicht aufgeschrien hätte. Wulfgar schaute nach oben, sah, wie sie vom Turm aus nach unten starrte, und folgte ihrem Blick.

»Zu viele Tote!«, tadelte König Obould seinen Sohn, wenn auch nicht laut, als er im Süden von Senkendorf eintraf und das mit Leichen bedeckte Schlachtfeld inspizierte.

Punkt und Kontrapunkt

Obould mochte den bisherigen Verlauf der Schlacht und den Trotz der Verteidiger von Senkendorf ärgerlich finden, aber zumindest hatte er mehrere hundert Orks mitgebracht. Als er mit der Nachricht, dass man den Zwergenkönig von Mithril-Halle festgesetzt hatte, durch die Höhlen des Grats der Welt gezogen war, hatten sich ihm viele Stämme angeschlossen, die darauf aus waren, am Gemetzel und am Ruhm teilzuhaben.

»Die Siedlung ist reif, und ihre Toten häufen sich zwischen den unseren«, erklärte Urlgen mit erhobener Stimme.

Obould warf Urlgen einen drohenden Blick zu, dann lenkte er die Aufmerksamkeit seines Sohns auf die drei großen Orks, die mit ihm gekommen waren, jeder von ihnen Häuptling eines Stammes.

»Wir denken, dass der Zauberer tot ist«, fuhr Urlgen fort. »Ein Stein hat die Spitze seines Turms getroffen, und danach hat er nichts mehr unternommen.«

»Warum seid ihr dann davongelaufen?«

»Zu viele Tote«, zitierte Urlgen sarkastisch.

Obould kniff die Augen auf eine Weise zusammen, die allen in der Nähe riet, in Deckung zu gehen. Urlgen tat das allerdings nicht. Der junge, starke Emporkömmling plusterte sich auf. »Die Stadt wird nicht gegen den nächsten Angriff bestehen«, verkündete er überzeugt. »Und da wir jetzt noch mehr Krieger haben, können wir noch schneller mit ihnen fertig werden.«

Obould nickte bei jedem Wort dieser Verkündung des Offensichtlichen, aber er antwortete: »Noch nicht.«

»Sie sind reif.«

»Zu viele Tote«, sagte Obould. »Setz die Riesen ein, um ihre Mauern zum Einsturz zu bringen und den Turm umzuwerfen. Wir treiben sie raus, oder wir lassen ihnen nichts, hinter dem sie sich verstecken können. Dann bringen wir einen nach dem anderen um.«

»Die Hälfte der Riesen ist weg«, informierte Urlgen seinen Vater.

Obould riss die blutunterlaufenen Augen auf und biss zitternd vor Wut die Zähne zusammen.

»Sie sind einem Späher aus der Stadt hinterhergejagt«, fügte Urlgen rasch hinzu.

»Die Hälfte!«

»Er war ein gefährlicher Späher«, sagte Urlgen. »Einer, der von einem schwarzen Panther begleitet wird.«

Oboulds Gesichtszüge entspannten sich. Ad'non hatte sie vor Drizzt Do'Urden gewarnt, wie Donnia die Riesen gewarnt hatte. Nach allem, was der Drow dem Ork-König von diesem ungewöhnlichen Dunkelelfen erzählt hatte, schien es, als wäre es gar kein so schlechter Handel, wenn die Hälfte der Riesen ihn scheuchte.

»Sag den Riesen, die geblieben sind, sie sollen ihre Steine werfen«, wies Obould ihn an. »Große Steine. Und schießt Brandpfeile in die Siedlung. Brennt sie nieder und zerschlagt sie! Trampelt alles platt! Und schließt die Reihen um den Feind. Keiner darf entkommen!«

Urlgens breites Grinsen zeigte, dass er vollkommen einverstanden war. Die beiden Orks schauten auf die schon halb zerstörte Siedlung zurück, und beide waren davon überzeugt, dass Senkendorf fallen würde und alle hinter seinen Mauern schon bald tot sein würden.

Ein Stein streifte den Felsen über ihm, prallte ab und überschüttete Drizzt mit Steinsplittern.

Er zog den Kopf gegen diesen schmerzhaften Regen ein und machte sich wieder daran, sich den Gürtel fest um seinen verstauchten Knöchel zu ziehen. Nachdem er das erledigt hatte, stand er vorsichtig auf und verlagerte das Gewicht auf den verletzten Fuß. Er nickte grimmig, als er feststellte, dass der Knöchel es aushielt.

Aber wo sollte er hin?

Die fünf Riesen hatten ihn die ganze Nacht hindurch verfolgt. Er hatte jeden Trick anwenden müssen, den er kannte – seine eigenen Spuren zurückverfolgen und strategische Kugeln aus Dunkelheit platzieren, auf einen Baum klettern und über die Äste zu einem anderen und wieder einem anderen balancieren, auf der anderen Seite herunterspringen und in eine vollkommen andere Richtung rennen –, und immer noch jagten ihn die Riesen.

Ihm kam der Gedanke, dass sie vielleicht von jemandem angeleitet wurden. Wenn er an seinen Empfang im ersten Riesenlager dachte, wo sie ihn für den Verbündeten irgendwelcher ihnen bekannten Drow gehalten hatten, konnte er sich denken, wer – oder zumindest was – dieser jemand sein mochte.

Als sich die Morgendämmerung am Horizont zeigte und er immer noch verfolgt wurde, wurde ihm klar, dass sein größter Vorteil schnell dahinschwand. Er wusste auch, dass er seine Begleiterin wegschicken musste, damit sie sich ausruhen konnte.

»Guen«, rief er leise.

Einen Augenblick später sprang der große Panther über den schmalen Spalt oberhalb von Drizzt und ließ sich auf einem Felsen in Schulterhöhe ein paar Fuß entfernt nieder.

»Ruh dich gut und schnell aus«, bat Drizzt den Panther. »Ich werde dich wieder brauchen, und ich fürchte, das wird schon bald der Fall sein.«

Das leise Knurren der Katze verwehte im Wind, als Guenhwyvar sich scheinbar in grauen Nebel verwandelte und dann überhapt nicht mehr zu sehen war.

Laute Stimmen nicht allzu weit hinter Drizzt sagten ihm, dass er sich lieber wieder auf den Weg machen sollte. Er fand gewissen Trost in der Tatsache, dass es ihm gelungen war, so viele Riesen von dem Kampf um Senkendorf wegzulocken, und tatsächlich hatte er sie weit nach Nordwesten geführt, auf raueres und höheres Gelände. Hin und wieder war der Drow auf eine Anhöhe gekommen, die ihm einen Blick auf die weit entfernte Siedlung bot, und jedes Mal konnte er sich nur an die Hoffnung klammern, dass es seinen Freunden gut ging, dass sie standgehalten hatten oder vielleicht sogar einen Weg gefunden hatten, zu entkommen und nach Süden zu fliehen.

Ein Stein krachte in den schmalen Spalt, dann war das Brüllen der Riesen zu hören, und Drizzt hatte keine Zeit mehr, weiter nachzudenken. Er schoss so schnell davon, wie sein verrenkter Knöchel es zuließ, und bewegte sich auf besonders steilen Abhängen sogar auf allen vieren.

Aber er wurde müde, und er wusste, dass Riesen ein größeres Durchhaltevermögen hatten als die kleinwüchsigen Völker. Er konnte die Jagd nicht viel länger aufrechterhalten, wenn sie ihm so störrisch folgten.

All seine Fähigkeiten als Krieger würden ihm gegen eine Hand voll Frostriesen nicht viel nützen.

Er brauchte eine andere Lösung, eine andere Fluchtroute,

und er fand sie in Gestalt einer dunklen Öffnung in einem Haufen von Felsblöcken, die vor einer Steilwand aufgetürmt waren. Zuerst hielt er die Höhle darin für nichts weiter als einen geschützten dunklen Bereich, der durch die Steine gebildet wurde, aber dann sah er an der Rückseite der Nische eine tiefere Öffnung, einen Spalt im Boden, der kaum breit genug war, um hindurchzuschlüpfen. Er legte sich auf den Bauch, spähte in die Öffnung und schnupperte. Seine Unterreich-Sinne sagten ihm, dass das hier kein kleines Loch im Boden war, sondern etwas Größeres und Tieferes.

Drizzt kroch wieder hinaus und sah sich um. Wollte er die Jagd hier und jetzt beenden? Konnten seine Freunde es sich leisten, dass er die Riesen von der Verfolgungsjagd entließ? Sie würden sich dann sicher wieder zur Schlucht begeben, um weiter Steine zu werfen.

Aber hatte er noch eine Wahl? Diese Jagd würde auf jeden Fall bald zu Ende gehen, das wusste er.

Widerstrebend ließ sich der Drow in die Höhle gleiten und kroch ein bisschen tiefer ins Dunkel, dann blieb er sitzen, lauschte und wartete, bis sich seine Augen dem veränderten Licht angepasst hatten.

Innerhalb von Minuten hörte er die Riesen, die draußen nach ihm suchten, und ihr Knurren sagte ihm bald, dass sie genau wussten, wohin er verschwunden war. Das Licht in der Höhle wurde ein wenig heller, als ein Felsblock draußen weggeschoben wurde. Nach weiterem zornigem Knurren und dem Vorschlag, ein paar Orks und jemanden namens Donnia zu holen – was Drizzt als Drow-Name erkannte –, die dann dem Drow in die Höhle folgen könnten, erschien ein Riesengesicht im Höhleneingang. Wie sehr sich Drizzt jetzt wünschte, Catti-bries Bogen in der Hand zu haben!

Mehr protestierendes Gebrüll und Knurren waren zu hören, aber nur kurz, und dann wurde die Höhle vollkommen dunkel. Der Boden unter Drizzt bebte, als die Riesen Steine über die Öffnung häuften und ihn einschlossen.

»Na wunderbar«, flüsterte er.

Er machte sich allerdings nicht wirklich Sorgen, denn er war sich ziemlich sicher, dass er einen anderen Weg aus der Höhle finden würde. Wie lange das dauern würde, wusste er allerdings nicht. Und er fürchtete, dass Senkendorf vielleicht nicht mehr existieren würde, wenn er hier herauskam.

Sein linker Arm war so gut wie nutzlos. Der Biss des Worg hatte den Knochen gebrochen, und die aufgerissene Haut hatte eine unangenehme Farbe angenommen, aber er konnte sich damit nicht aufhalten.

Regis drängte den Ork, der im Bann des Rubins stand, das erschöpfte Reittier weiter voranzutreiben, obwohl er fürchtete, dass er damit sein eigenes Glück sogar noch mehr beanspruchte als den offensichtlich erbosten Worg. Es war dem Halbling trotz der engen Grenzen ihres gemeinsamen Vokabulars gelungen, den Ork davon zu überzeugen, dass er das Versteck eines großen Schatzes kannte, und daher hatte das dumme Geschöpf seinen Worg so lange geprügelt, bis dieser gehorchte und Regis' zerbissenen Arm losließ. Dann hatte er das zähnefletschende und um sich beißende Geschöpf gezwungen, einen zweiten Reiter auf den breiten Rücken zu nehmen.

Es war kein bequemer oder angenehmer Ritt für Regis gewesen. Vor dem großen, stinkenden Ork zu sitzen, brachte die baumelnden Füße des Halblings auf die Seiten des Worg-Halses – in Schnappnähe, wie er feststellte, als der große Wolf langsamer wurde.

Sie hatten in dieser Nacht das Schlachtfeld weit hinter sich gelassen und waren den ganzen Morgen weitergeeilt. Nun musste der Halbling feststellen, dass der Widerstand des

Orks größer wurde. Regis benutzte seinen verzauberten, hypnotisierenden Rubin ununterbrochen, und er erteilte dem Ork weniger Befehle, als dass er ihn immer wieder mit Hilfe von Techniken verlockte, die der hinterlistige Halbling vor Jahren auf den Straßen von Calimhafen vervollkommnet hatte.

Aber Regis wusste genau, dass er sich selbst mit dem Edelstein am Rand einer Katastrophe befand. Der Worg konnte nicht auf diese Weise verleitet werden – oder zumindest war der Geschmack von Halbling-Fleisch für das wilde Geschöpf offenbar verlockender als alle anderen Versprechen –, und der Ork war nicht sonderlich geduldig. Was noch schlimmer war: Der Halbling befürchtete, irgendwann einfach ohnmächtig zu werden und herunterzufallen, denn sein verletzter Arm schickte Ströme von brennenden Schmerzen in seinen Körper, die ihn schwindlig machten.

Er dachte an seine Freunde, und er wusste, dass er einfach nicht versagen durfte. Er konnte nur noch daran denken, den Worg weiter schnell rennen zu lassen, so weit nach Süden wie möglich, und zu hoffen, dass sich eine Gelegenheit ergeben würde, Ork und Wolf umzubringen oder sich zumindest davonzuschleichen. Trotz seiner Befürchtungen war dem Halbling allerdings vollkommen klar, dass er zu Fuß niemals so schnell so weit gekommen wäre wie auf dem Worg. Als es am nächsten Morgen hell wurde, waren sie den Bergen im Süden, auf der anderen Seite des Ostteils des Gräuelpasses, viel näher als zuvor.

Der Ork wollte schlafen, aber Regis wusste, dass er ihm das nicht erlauben konnte. Der Halbling war sicher, sobald der Reiter die Augen schloss, würde der Worg ihn verschlingen.

»Wir müssen in die Berge«, befahl er, so gut er es in der Ork-Sprache eben konnte. »Wenn wir hier lagern, werden die Zwerge uns finden.«

Knurrend drängte der Ork den erschöpften Worg weiter.

Als sie in die Ausläufer der Berge kamen, fing Regis an, nach einem Ort Ausschau zu halten, an dem er fliehen konnte. Eine kleine Steilwand vielleicht, die er leise hinunterrutschen konnte, um dann im Unterholz zu verschwinden, oder ein Fluss, der ihn weit genug wegtragen würde, damit ihn seine beiden unfreundlichen Begleiter nicht mehr erwischten.

Er sah ein paar halbwegs brauchbare Stellen, aber er nutzte sie nicht, weil er zu große Angst hatte. Er versuchte, seine Entschlossenheit zu stärken, indem er sich daran erinnerte, wie nötig seine Freunde im Norden Hilfe brauchten, aber noch immer sah er nichts, was mehr als flüchtige Hoffnung bot.

Der Ork wurde jedoch immer mürrischer, und Regis wusste, dass er bald etwas unternehmen musste.

»Wir schlagen ein Lager auf«, informierte ihn der Ork schließlich.

Regis riss die Augen weit auf und hielt verzweifelt nach einem Ausweg Ausschau. Sein Blick fiel auf die kleine Keule, die in seinem Gürtel steckte.

Er dachte daran, sie zu zücken und dem Worg auf den Kopf zu schlagen, aber er konnte seine Hand nicht dazu bringen, sich zu bewegen, denn er wusste, dass der Schlag unbedingt perfekt sein und das Geschöpf gleich beim ersten Mal niederstrecken musste, und er bezweifelte ernsthaft, das erreichen zu können. Selbst mit einem gesunden Arm wäre Regis kein Gegner für einen Worg gewesen, und das war ihm vollkommen klar. Bevor er diesem Vieh auch nur eine einzige Wunde zugefügt hatte, würden die schnappenden Kiefer längst seine Kehle gefunden haben.

Das Einzige, was ihn am Leben erhielt, war der Ork, der Herr des Worg.

Der Halbling wäre beinahe vornübergefallen, als der Ork auf einem kleinen Absatz des Berghangs seinen Wolf plötzlich zügelte. Regis dachte erst daran, vom Rücken des Worg zu springen, als sich das Geschöpf zu ihm umdrehte und nach seinem Fuß schnappte. Er eilte zur Seite, und der Worg drehte sich um und schnappte noch einmal nach ihm, aber der Ork mischte sich ein, beschimpfte das Tier und versetzte ihm einen Tritt.

Der Worg zog sich zurück und starrte Regis weiterhin hasserfüllt an; ein Blick, der dem Halbling unmissverständlich klar machte, dass der große Wolf ihn töten würde, sobald der Ork eingeschlafen war.

Er fand vorläufige Hilfe, als ihm auffiel, dass ihr Lagerplatz von Bäumen umgeben war. Zu Tode erschöpft, verängstigt und schrecklich wund von dem Ritt, ging Regis zu einem passenden Baum und fing an zu klettern.

»Wo gehst du hin?«, wollte der Ork wissen.

»Ich übernehme die erste Wache«, erwiderte Regis.

»Der Hund wird wachen.« Der Ork zeigte auf den Worg, der seinerseits Regis anstarrte und die gelben Zähne fletschte.

»Ich auch«, erklärte der Halbling unnachgiebig.

Er kletterte so schnell auf den Baum, wie sein verletzter Arm es zuließ, bis er außer Reichweite seiner beiden Begleiter war.

Er fand eine geeignete Stelle und lehnte sich mit dem Rücken gegen den Stamm, die Beine auf einem Ast ausgestreckt, und versuchte, sich so gut wie möglich zu sichern. Einen Augenblick lang dachte er daran, wieder herunterzuklettern und den Ork zu veranlassen weiterzuziehen, aber in Wahrheit wusste er, dass sie alle Ruhe brauchten, besonders der Worg – obwohl er dem Vieh keine Träne nachgeweint hätte, wenn es vor Erschöpfung tot umgefallen wäre.

Alle paar Sekunden schaute Regis wieder nach Norden, wo Senkendorf lag, und dachte an seine Freunde.

Er konnte nur hoffen, dass sie noch am Leben waren.

»Drei Häuser brennen lichterloh«, informierte Dagnabbit Catti-brie und Wulfgar, die an Bruenors Bett Wache hielten.

Sie hatten das Hospital in den niedrigen Arbeitstunneln unter Withegroos Turm eingerichtet, einer Reihe von Verbindungsgängen, die es erlaubten, die Schlüsselpunkte der Fundamente des Turms zu inspizieren. Das war tatsächlich der stärkste Bereich der Siedlung, viel unerschütterlicher als der Turm darüber, denn die Zwerge, die Withegroo dafür bezahlt hatte, seinen Turm zu bauen, hatten als Erstes die Gänge gegraben und sie sowohl gegen das Wetter als auch gegen Feinde verstärkt, denn solange die Bauarbeiten andauerten, war hier ihre einzige Zuflucht gewesen.

Dennoch, diese engen Gänge waren kaum für ihren derzeitigen Zweck als behelfsmäßige Bunker geeignet. Die Freunde befanden sich im größten Raum – an dem einzigen Ort, den man tatsächlich als »Raum« bezeichnen konnte –, und selbst hier konnte Wulfgar nicht aufrecht stehen. Er hatte auf dem Bauch durch einen zehn Fuß langen Gang kriechen müssen, um hereinzukommen.

»Die Häuser bestehen doch aus Stein«, sagte Catti-brie verwundert.

»Aber sie haben Holzbalken«, erwiderte der Zwerg. Er ging zu Bruenor und setzte sich auf die Kante seines Lagers. »Die Riesen haben ein paar Feuertöpfe geworfen, und die Steine kommen jetzt schnell.«

»Es ist vollkommen klar, dass wir es mit einer gut organisierten Truppe zu tun haben«, stellte Wulfgar fest.

»Ja«, stimmte Dagnabbit ihm zu, »und sie blockieren den gesamten Süden. Wir kommen hier nicht raus.« Er blickte

Bruenor an, der extrem schwach und blass war und dessen breite Brust sich bei seinen Atemzügen kaum hob. »Außer auf diese Weise.«

Bruenor überraschte sie alle, indem er ein Auge öffnete und es sogar schaffte, den Kopf ein wenig zu heben und Dagnabbit anzusehen.

»Dann nehmt gefälligst einen Haufen stinkender Orks mit«, sagte der Zwerg und sank wieder zurück.

Catti-brie war einen Augenblick später bei ihm und beugte sich über ihn, aber nach einer raschen Untersuchung erkannte sie, dass er wieder in den vorherigen halb bewusstlosen Zustand gefallen war.

»Wo ist Felsenfuß?«, fragte sie und bezog sich auf den einzigen Priester, der bei ihnen geblieben war, als ihre Truppe sich geteilt hatte.

»Er kümmert sich um Withegroo, obwohl ich glaube, dass der alte Magier so gut wie hinüber ist«, antwortete Dagnabbit.

»Felsenfuß sagt, er habe alles für Bruenor getan, was er kann, und er glaubt ebenso wie ich, dass wir diesen Zauberer brauchen werden, falls wie hier irgendwie herauskommen wollen.«

Catti-brie kämpfte gegen das Bedürfnis an, den armen Dagnabbit anzuschreien, denn sie erkannte, dass er trotz seiner scheinbar abgebrühten Haltung gegenüber Bruenor ebenso hin und her gerissen war wie sie, was die Lage des Zwergenkönigs anging. Aber Dagnabbit war vor allem pragmatisch. Er war der Kommandant der Streitkräfte von Mithril-Halle, und er folgte immer dem Weg, der die besten Chancen auf ein positives Ergebnis bot, wie groß die emotionale Last auch sein mochte. Catti-brie verstand, dass er ebenso zornig und frustriert war wie sie selbst, weil sie hier hilflos zusehen mussten, wie die Lebenskraft aus Bruenor wich.

Dagnabbit trat an Bruenors Bett, nahm sanft den Helm mit dem einen Horn vom Kopf des Zwergenkönigs und drehte ihn in der Hand hin und her.

»Selbst wenn wir einen Weg hier heraus finden, weiß ich nicht, ob wir ihn mitnehmen können«, sagte der Zwerg leise.

Wulfgar war sofort aufgesprungen und beugte sich drohend über Dagnabbit.

»Du würdest ihn zurücklassen?«, brüllte er ungläubig.

Dagnabbit schreckte nicht vor dem wilden Blick des Barbaren zurück. Er schaute von Bruenor zu Wulfgar, dann sah er wieder seinen geliebten König an.

»Wenn es uns alle Chancen zu einer Flucht kosten würde, ihn mitzunehmen, dann ja«, gab er zu. »Bruenor würde nicht gehen wollen, wenn das bedeutete, dass die, die er liebt, niedergemetzelt werden, und das weißt du ebenso gut wie ich.«

»Bring Felsenfuß wieder her, damit er sich um ihn kümmern kann.«

»Felsenfuß kann nichts für ihn tun; das hast du selbst gehört, als er das letzte Mal hier war«, sagte Dagnabbit. »Der verdammte Ork hat ihn bös erwischt. Bruenor wird einen besseren Priester als Felsenfuß brauchen, vielleicht sogar einen ganzen Haufen von ihnen.«

Wulfgar setzte dazu an, sich wieder vor Dagnabbit aufzubauen, aber Catti-brie packte ihn am Arm und zwang ihn, innezuhalten und sie anzusehen. Er sah nur Mitgefühl in ihren Augen, ein vollkommenes Verständnis für seine Frustration.

»Wir werden uns entscheiden, wenn es so weit ist«, sagte die Frau leise.

»Wenn wir nach Süden ausbrechen, werde ich Bruenor den ganzen Weg nach Mithril-Halle tragen«, erklärte Wulfgar mit einem strengen Blick zu Dagnabbit.

Der Kommandant wich nicht zurück, aber schließlich nickte er.

»Nun, wenn du das tust, dann werden meine Jungs und ich alles tun, was wir können, um dir den Rücken frei zu halten.«

Das beruhigte Wulfgar, obwohl er, Catti-brie und Dagnabbit genau wussten, dass diese Worte aus dem Herzen kamen, nicht aus dem Kopf. Tatsächlich hätten sie gar nicht darüber zu sprechen brauchen. Nach dem Ende der zweiten Schlacht hatten sich ein paar Späher aus Senkendorf herausgewagt, und ihre Berichte darüber, dass die Orks den Kreis enger schlossen, ließen keine Hoffnung auf eine Flucht.

Sie saßen in der Falle. Bruenor lag im Sterben. Drizzt und Regis waren verschwunden, und es gab nichts, was sie dagegen tun konnten.

Wie zur Betonung dieser verstörenden Gedanken krachte ein weiterer Stein gegen den Turm, und das Wort »Feuer!« hallte durch die engen Gänge und drang bis in den kleinen, rauchigen Raum.

»Die Siedlung hat bereits dreißig Leute verloren«, informierte Dagnabbit sie. »Wenn man die zwölf aus dem Spähtrupp mitzählt, die vor dem ersten Kampf umgekommen sind.«

»Das ist beinahe ein Drittel«, sagte Catti-brie.

»Und die meisten waren Männer, darunter einige ihrer besten Kämpfer«, erklärte der Zwerg. »Zwei von meinen Jungs sind tot und fünf andere zu verwundet, um noch kämpfen zu können. Wenn die Orks wiederkommen, werden wir kaum standhalten können.«

»Wir werden es schaffen«, sagte Wulfgar grimmig.

»Nachdem ich dich auf der Mauer gesehen habe, glaube ich dir das beinahe«, erwiderte der Zwerg.

»Beinahe?«, fragte Catti-brie.

Dagnabbit, der gesehen hatte, wie zerstört die Verteidigungsanlagen über der Erde waren, konnte zur Antwort nur mit den Schultern zucken.

»Wir halten stand oder wir sterben«, sagte Catti-brie.

»Wir müssen hier raus«, stellte Dagnabbit fest.

»Oder Hilfe holen«, sagte Catti-brie. »Regis ist über die Mauer geklettert, aber es kann gut sein, dass er tot draußen auf dem Feld liegt. Ich weiß nicht mal, ob er überhaupt vorhatte, Hilfe zu holen.« Sie warf Wulfgar einen Blick zu.

»Direkt nachdem er über die Mauer gestiegen ist, haben die Orks auf Worgs angegriffen.«

Nach dem Kampf hatten sie und Wulfgar das Feld westlich von Senkendorf so gut wie möglich abgesucht, aber sie hatten keine Spur von Regis gefunden. Das hatte ihnen zumindest ein wenig Hoffnung gegeben, aber in Wahrheit fürchteten beide, dass der Halbling in den Händen der Orks oder tot war.

»Selbst wenn er entkommen ist, glaube ich nicht, dass das irgendwem außer ihm nutzen wird«, sagte Dagnabbit. »Wie lange wird es dauern, bis er Pwent gefunden hat? Es wird eine ganze Armee brauchen, um zu uns durchzudringen, und nicht nur die Knochenbrecher. Und wie lange wird es dauern, bis sie uns eine Armee schicken können!«

»So lange es eben dauert«, sagte Wulfgar. »Und bis dahin müssen wir standhalten.«

Dagnabbit setzte zu einer Antwort an, schien widersprechen zu wollen, aber stattdessen seufzte er nur.

»Bleib bei König Bruenor«, bat er Catti-brie. »Wenn irgendwer dafür sorgen kann, dass sein Herz weiter schlägt, dann bist du es. Halte ihn warm und wünsch ihm von mir und den Jungs das Allerbeste, wenn er seinen Weg zur anderen Seite antritt.«

Er schaute Wulfgar an.

»Hilfst du mir und den Jungs, die Verteidigungsanlagen so gut wie möglich zu reparieren?«, fragte er den Barbaren.

Mit einem Nicken und einem entschlossenen Blick zu Catti-brie stand der Barbar mühsam auf und kroch in den engen Gang, um mit Dagnabbit an den Mauern zu arbeiten.

So gut es eben ging.

Er konnte sich gerade noch fangen, als er beinahe vom Ast gefallen wäre, und als er begriff, wo er war, brauchte der Halbling einige Zeit, um sein Herz zu beruhigen. Der Sturz an sich wäre vermutlich gar nicht so schlimm gewesen und hätte nur zu ein paar blauen Flecken und Kratzern geführt, aber Regis wusste nur zu gut, was ihn da unten erwartete: ein zähnefletschender, bösartiger Worg.

Er setzte sich schnell wieder in eine sichere Position und blickte auf das provisorische Lager hinab. Der Ork schnarchte zufrieden zwischen zwei Steinen, die ihm Schatten spendeten, während der Worg sich direkt am Fuß von Regis' Baum zusammengerollt hatte.

Wunderbar, dachte der Halbling.

Die Sonne stand hoch am Himmel, der Tag war hell und warm, und Regis' Herz sagte ihm, dass dies seine letzte und einzige Chance war, dass er jetzt einen Ausweg finden musste. Würde der Ork ihn immer noch für einen Freund halten, wenn er erwachte? Würde sich das dumme Geschöpf an die durch den Edelstein verstärkten Versprechen des Halblings erinnern? Wenn nicht, würde er dann seinen Rubin noch einmal mit Erfolg einsetzen können? Wie sollte er auch nur nahe genug an einen feindseligen Ork herankommen, wenn dieser hungrige Worg nichts lieber wollte, als ihn zum Frühstück zu verspeisen?

Regis senkte den Kopf und strengte sich an, sein Schluchzen herunterzuschlucken, denn es kam ihm so vor, als wäre alles umsonst gewesen. Er wünschte sich, er wäre wieder in Senkendorf bei seinen Freunden, denn wenn er schon sterben musste – und davon war er überzeugt –, dann wollte er lieber bei Bruenor und den anderen sein, bei Freunden, die diesen Weg gemeinsam mit ihm zurücklegten.

Nicht so. Er wollte nicht auf einem einsamen Bergpass von einem grausamen Worg zerrissen werden.

»Hör auf!«, tadelte er sich, und das kam lauter heraus, als er vorgehabt hatte.

Unter ihm blickte der Worg auf, stieß ein langes, tiefes Heulen aus und legte dann den Kopf wieder auf die Pfoten.

»Keine Zeit für Selbstmitleid«, flüsterte der Halbling. »Deine Freunde brauchen dich, Regis, also was wirst du für sie tun? Hier sitzen bleiben und heulen?«

Nein, beschloss er, und er richtete sich auf und schüttelte energisch den Kopf. Selbst diese Bewegung bewirkte, dass sein gebrochener Arm heftiger pochte. Es war Zeit, den Ork zu wecken und zu hoffen, dass er sich immer noch im Bann des verzauberten Rubins befand. Falls er gegen beide kämpfen musste, Ork und Worg, dann würde er es eben tun. Seine Freundschaft zu denen, die so oft für ihn ihr Leben aufs Spiel gesetzt hatten, verlangte das einfach.

Regis fühlte sich ein bisschen größer und stärker. Er rollte sich über den Ast und fand weiter unten Halt für seine Füße, was ihn in eine Position brachte, aus der er den Ork besser wecken und sein Verhalten einschätzen konnte.

Aber dann fuhr er plötzlich herum, als etwas ins Lager polterte.

Ein alter Stiefel.

Der Worg sprang darauf zu und verbiss sich darin – und dann verzog sich sein Maul gewaltig, als sich in dem Stiefel mehrere kleine Explosionen ereigneten.

Der Worg heulte und wimmerte und sprang hoch in die Luft, wo er einen vollständigen Salto schlug.

Das seltsamste Geschöpf, das Regis je gesehen hatte, eilte ins Lager, um sich dem Tanz anzuschließen: ein Zwerg mit einem grünen Bart und einem hellgrünen Gewand, offenen Sandalen an den schmutzigen Füßen und einem Kochtopf auf dem Kopf. Der Zwerg rannte direkt zu dem Worg und begann, die Finger und die Lippen zu bewegen. Der große Wolf hörte auf zu winseln und zu hopsen und erstarrte. Er legte die Ohren zurück und riss die Augen auf.

Mit einem Laut, der nur als Kreischen beschrieben werden konnte, klemmte der Worg den Schwanz zwischen die Beine und rannte davon.

»Hihihi«, sagte der Zwerg.

»Was ist los«, wollte der erwachende Ork brüllen, aber sein Protestgeschrei kam nicht mehr heraus, wie es passieren kann, wenn einem der Schädel von einer Streitaxt gespalten wird.

Hinter dem zusammensackenden Ork kam ein zweiter Zwerg hervor, der einen gelbblonden Bart hatte und konventioneller gekleidet war als der andere – wenn man einmal von einem riesigen Helm mit dem Geweih eines ausgewachsenen Hirschs absah.

»Du hättest den verdammten Köter auch umbringen sollen«, brüllte der blondbärtige Zwerg. »Ich habe Hunger!«

Während das grünbärtige Wesen dem anderen tadelnd mit dem Finger drohte, rutschte Regis so schnell es ging vom Baum herunter.

»Wer seid ihr?«, fragte er.

Beide Zwerge fuhren herum – und der Gelbbärtige hätte beinahe auch Regis mit seiner tödlichen Axt erschlagen.

»Kein Freund von Orks wie du!«, brüllte der gelbbärtige Zwerg.

»Nein, nein, nein!«, rief Regis, der den Boden erreicht hatte, und hob die Hand zum Zeichen, dass er sich ergab. »Ich komme aus Senkendorf.«

»Kenne ich nicht«, sagte der gelbbärtige Zwerg.

Er sah den anderen an, der mit einem »Nö, nö« zustimmte.

»Und von König Bruenor Heldenhammer«, fuhr Regis fort.

»Ah, das ist schon besser!«, sagte der Zwerg mit dem gelben Bart. »Ivan Felsenschulter, zu deinen Diensten, Kleiner. Und das hier ist mein Bruder ...«

»Pikel!«, rief Regis.

Er hatte von Drizzt und Catti-brie einiges über diese beiden gehört, obwohl er, wenn er ehrlich war, zugeben musste, dass er sich Pikel Felschenschulter ein wenig anders vorgestellt hatte.

»Ja«, sagte Ivan, »aber sag mir, Kleiner, woher weißt du das, und was hast du bei diesen beiden hier gemacht?«

»Wir müssen uns beeilen«, erwiderte Regis, dem plötzlich wieder einfiel, weshalb er hier war. »Bruenor braucht uns – uns alle! –, und ich muss nach Mithril-Halle ... nein, in das Lager, das Thibbledorf Pwent bauen sollte, nördlich von der Halle.«

»Ja, dahin sind wir auch unterwegs«, sagte Ivan. »Zu Pwent. Wir haben einen kleinen Umweg gemacht, aber ein Vogel hat meinem Bruder erzählt, wo wir sie finden können. Wir wollten gerade hingehen, als ein anderer Vogel meinem Bruder von diesem Ork und seinem Hündchen erzählt hat.«

»Er spricht oft mit Vögeln, wie?«, fragte Regis trocken.

»Ja, und mit den Bäumen. Komm mit. Er wird uns zu Pwent bringen, bevor du mich noch fragen kannst, wie er das macht.«

»Wir haben keine Zeit zu verlieren«, sagte Regis zu den Felsenschulters, zu Thibbledorf Pwent und den übrigen Anführern im zweiten Außenposten der Zwerge. »Bruenor und die anderen haben nicht die vier Tage, die es brauchen wird, um Läufer auszuschicken, die Armee zu holen und hierher zurückzukehren.«

»Pah, sie schaffen es auch in drei«, sagte einer der Anführer, ein barscher kleiner Kerl namens Trittstein Hinundher. »Hast du noch nie einen wütenden Zwerg rennen sehen?«

»Das sind drei zu viel!«, brüllte Pwent, der sich nach Norden gelehnt hatte, seit Regis und die Felsenschulters die schlechten Nachrichten aus Senkendorf überbracht hatten.

Tatsächlich hatte sich Thibbledorf Pwent nach Norden gelehnt, seit Bruenor ihn nach Süden geschickt hatte.

»Wir haben nur hundert Männer hier!«, rief Trittstein. »Und nach dem, was der Kleine sagt, werden hundert nicht viel ausrichten!«

»Ihr habt die Knochenbrecher!«, brüllte Pwent zurück. »Diese Orks werden denken, dass wir in der Überzahl sind!«

»Und ihr habt Priester«, fügte Regis hinzu, der annahm, dass inzwischen einige seiner Freunde unbedingt Heilmagie brauchen würden.

Trittstein seufzte und sah sich um. Er stemmte die Hände in die Hüften. »Wir können vielleicht etwas erreichen, wenn wir zur Siedlung gelangen«, gab er zu. »Die Verteidigungsanlagen reparieren und die Verwundeten heilen und all das. Es klingt aber nicht so, als könnten wir leicht hineinkommen.«

Nun hüpfte Pikel zu Ivan und fing an, aufgeregt auf seinen Bruder einzureden. Alle anderen drehten sich um, sahen die beiden an und lauschten, aber sie konnten nicht verstehen, was der grünbärtige Zwerg sagte.

»Mein Bruder hat ein paar Beeren, die euch helfen können, länger und schneller zu marschieren«, erklärte Ivan. »Mit denen braucht ihr keine Rast mehr zu machen, nicht zu essen und zu trinken. Das wird uns deutlich schneller hinbringen.«

»Hinkommen ist der leichtere Teil«, erwiderte der stets skeptische Trittstein, aber noch bevor er geendet hatte, beugte sich Pikel wieder zu Ivan und brachte die Lippen ans Ohr seines Bruders.

Ivans Miene wurde finster. Seine Zweifel waren ihm deutlich anzusehen, und er setzte zu einem Kopfschütteln an, aber als Pikel noch aufgeregter fortfuhr, wurde sein Bruder langsam ruhiger und begann, angestrengt zuzuhören.

Schließlich lehnte sich Pikel zurück, und Ivan warf ihm einen ungläubigen Blick zu und fragte: »Glaubst du wirklich?«

»Hihihi.«

»Was ist?«, fragten Thibbledorf Pwent, Regis und Trittstein gleichzeitig.

»Nun, mein Bruder hat einen Plan«, erwiderte Ivan zögernd. »Einen verrückten Plan.«

»Ja!«, sagte Pwent und stieß die Faust in die Luft.

»Aber ein Plan ist immerhin ein Plan«, fuhr Ivan fort. Wieder sah er Pikel an und fragte: »Glaubst du wirklich?«

»Hihihi.«

»Nun?«, fragte Trittstein.

»Nun was? Bleiben wir hier stehen und reden oder machen wir uns auf den Weg?«, fauchte Ivan. »Habt ihr einen großen starken Wagen?«

»Ja«, antwortete Trittstein.

»Habt ihr auch viel Holz? Besonders diese großen Balken, die man braucht, um Steinmauern zu stützen?«

Trittstein sah sich um und nickte bedächtig.

»Dann bringt all euer Holz und holt eure größten und stärksten Wagen und all eure Jungs, und wir ziehen nach Norden«, sagte Ivan.

»Was ist mit dem Plan deines Bruders?«, fragte Trittstein.

»Ich denke, es ist besser, wenn ich es euch unterwegs erkläre«, antwortete Ivan. »Einmal, weil wir hier nicht herumstehen sollten, während euer König Ärger hat, und auch weil …« Er hielt inne und starrte den kichernden Pikel an, dann gab er zu: »Weil ihr, wenn ihr es hört, wahrscheinlich glauben werdet, es wäre besser, auf die Armee zu warten.«

»Hihihi«, sagte Pikel.

Innerhalb einer Stunde machten sich die hundert Zwerge und Regis auf den Weg und nahmen riesige Wagen mit, die mit Tonnen von Holz beladen waren. Pikel eilte von Wagen zu Wagen, betrachtete jedes einzelne Stück im Hinblick darauf, wie es in seinen Plan passen würde, bearbeitete das Holz mit seiner Druidenmagie und kicherte. Obwohl die Situation so ernst war, obwohl sie auf dem Weg in einen verzweifelten Kampf waren – Pikel hörte nicht auf zu kichern.

Wenn die Hoffnung schwindet

Catti-brie saß im trüben Licht einer einzelnen Kerze da und starrte Bruenor an, ihren geliebten Vater, der auf seiner Pritsche lag. Das Gesicht des Zwergenkönigs war gräulich bleich, und das lag, wie sie sehr genau wusste, nicht an der Beleuchtung. Seine Brust bewegte sich kaum, und die Verbände, die sie erst vor kurzem gewechselt hatte, waren schon wieder blutbefleckt.

Ein weiterer Stein schlug ganz in der Nähe ein und ließ den Boden erbeben, aber Catti-brie rührte sich nicht einmal, denn das Bombardement war in der letzten Zeit noch intensiver geworden. Etwa jedes zwanzigste Geschoss war kein Stein, sondern ein brennender Feuertopf, was in der Siedlung zu weiteren Bränden führte. Drei Feuer im Turm des Zauberers waren bereits gelöscht worden, und Dagnabbit hatte alle gewarnt, dass das Gebäude vermutlich bald einstürzen würde.

Tatsächlich warteten sie darauf, dass Bruenor starb, denn wenn er seinen letzten Atemzug getan hatte, würden sie – all die Verbliebenen – aus ihren Löchern kriechen, sich über die eingestürzten Mauern schleichen und irgendwie versuchen, nach Süden durchzubrechen. Das war ihre einzige Hoffnung, so vage sie auch sein mochte.

Catti-brie konnte kaum glauben, dass sie hier saß und

darauf wartete, dass Bruenor starb. Es fiel ihr schwer zu akzeptieren, dass die Brust des zähen alten Zwergs sich irgendwann gar nicht mehr bewegen würde. Sie hatte immer gedacht, er würde länger leben als sie.

Sie war schon einmal Zeugin gewesen, wie er gestürzt war, und hatte ihn für tot gehalten, als er auf dem Schattendrachen in die enge Felsschlucht in Mithril-Halle hinabgeritten war. Sie erinnerte sich an diese unglaubliche Leere, die sie in ihrem Herzen gespürt hatte, das Gefühl von Hilflosigkeit, und daran, wie unwirklich ihr das alles vorgekommen war.

Genau das empfand sie jetzt wieder, nur dass Bruenor diesmal direkt vor ihren Augen sterben würde, unbestreitbar und ohne Raum für Hoffnung.

Sie spürte eine starke Hand auf ihrer Schulter, und als sie sich umdrehte, sah sie, dass Wulfgar neben ihr stand. Er legte ihr den Arm um die Schultern, und sie lehnte den Kopf an seine starke Brust.

»Ich wünschte, Drizzt käme zurück«, sagte Wulfgar leise, und Catti-brie sah ihn an. »Wir sollten jetzt alle zusammen sein.«

»Am Ende von Bruenors Leben?«

»Wir sollten zusammen sein, um gemeinsam nach Süden durchzubrechen oder hier unseren letzten Kampf zu kämpfen. Es wäre angemessen.«

Danach sagten sie nichts mehr. Das war auch nicht nötig. Sie wussten, sie empfanden das Gleiche, sie hatten dieselben Erinnerungen.

Über ihnen ging der Steinhagel weiter.

»Wie viele Orks sind es?«, fragte Innovindil Tarathiel.

Die beiden Elfen waren weit vom Mondwald entfernt, flogen auf ihren geflügelten Pferden durch die Nacht. Innovindil musste schreien, damit Tarathiel sie verstand.

»Genug, dass auch die Sicherheit unseres Heims bald gefährdet sein wird«, antwortete der Elf überzeugt.

Sie befanden sich in den Bergausläufern nördlich von Senkendorf und sahen die Hunderte von Feuern im Lager der Orks und die brennenden Häuser in der Siedlung und besonders den brennenden Turm, der einmal das Wahrzeichen dieses kleinen Orts gewesen war.

Sie ließen ihre Reittiere auf einem Bergkamm landen, um sich besser unterhalten zu können.

»Wir können ihnen nicht helfen«, sagte Tarathiel zu seiner Begleiterin, als sie gelandet waren und er ihr betrübtes Gesicht besser sehen konnte. »Selbst wenn wir jetzt in den Mondwald zurückkehren und den ganzen Clan herbringen würden, würden wir nicht rechtzeitig hier sein, um das Schlachtenglück zu wenden. Und das sollten wir auch nicht versuchen«, fügte er hinzu, als er ihre zweifelnde Miene sah. »Wir sind in erster Linie für den Wald verantwortlich, den wir unser Zuhause nennen, und wenn diese schwarze Flut sich nach Osten wendet und den Surbrin überquert, werden wir schon bald genug kämpfen müssen.«

»Du hast ja Recht«, gab Innovindil zu. »Aber ich frage mich, ob wir nicht trotzdem hinreiten und einige vor der Katastrophe retten sollten, bevor sich die Dunkelheit über ihnen schließt.«

Tarathiel schüttelte den Kopf in einer Weise, die deutlich machte, dass es keine weitere Diskussion mehr geben würde.

»Ork-Pfeile würden uns jeden Zoll des Weges folgen«, sagte er. »Und wenn sie Sonne und Mond töten würden, was könnten wir dann noch für die Leute hier tun? Wer würde nach Osten fliegen und unsere Leute warnen?«

Er argumentierte weiter, obwohl das eigentlich gar nicht nötig war. Innovindil verstand ihre Verantwortung und, was ebenso wichtig war, ihre Grenzen. Sie wusste, dass die Katastrophe im Süden nichts war, was sie, ihr Freund und ihr Clan verhindern konnten.

Es quälte sie dennoch, es quälte beide zu sehen, wie Senkendorf starb, denn obwohl die Elfen des Mondwalds keine Freunde der Menschen in dieser Region waren, so waren sie doch auch nicht ihre Feinde.

Sie konnten nur zusehen.

Es war ein schwieriger Aufstieg, und er wurde noch schwieriger durch die Schwellung und den Schmerz in seinem verstauchten Knöchel. Eine Hand über der anderen, zog Drizzt sich in dem langen natürlichen Kamin nach oben, den letzten Spuren des schwächer werdenden Tageslichts entgegen.

Der Drow hielt inne, nachdem er mehr als die Hälfte des Aufstiegs von dreihundert Fuß zurückgelegt hatte. Das Schlimmste an dem schwindenden Nachmittagslicht dort oben war, dass Drizzt wusste, dies war nicht der Abend des Tags, nachdem er in die Höhle gekrochen war, sondern der des Tags danach. Die Größe des Höhlensystems hatte ihn wirklich überrascht. Es war ein weit verzweigtes, unterirdisches Netz, und er hatte beinahe zwei Tage gebraucht, um es zu durchwandern und einen Weg zurück an die Oberfläche zu finden. Er war der frischeren Luft gefolgt, dabei aber häufig auf Sackgassen und auf Öffnungen gestoßen, die zu klein für ihn waren.

Nun befürchtete er, dass auch dieses Loch zu eng sein würde, aber er stieg weiter. Dennoch, jeder weitere Fuß, den er zurücklegte, machte ihm klarer, dass er abermals in einer Sackgasse steckte. Das Licht oben hatte hell geleuchtet, als er es zum ersten Mal gesehen hatte, ein willkommener Kontrast zur Dunkelheit der Höhlen, aber nun erkannte der Drow, dass das eher dem Winkel der Sonne zu verdanken gewesen war als der Größe der Öffnung.

Er stieg noch weitere hundert Fuß nach oben, bevor er vollkommen sicher war, dass er zurückkehren musste, dass die Öffnung höchstens groß genug für einen Arm oder vielleicht für seinen Kopf war.

Drizzt ermahnte sich, dass seine Freunde ihn brauchten, und machte sich auf den Rückweg.

Eine Stunde später erforschte er die Höhlen weiter. Er dachte daran zurückzugehen, den ganzen Weg bis zu der Stelle, an der er in dieses System eingedrungen war, in der Hoffnung, die Steine bewegen zu können, die die Riesen dort aufgehäuft hatten, aber dann gab er diesen Gedanken wieder auf.

Die Sonne war längst aufgegangen, als der Drow die nächste Öffnung fand, und diesmal war der Ausgang groß genug. Drizzt kam ins Tageslicht hinaus, blinzelte gegen die blendende Helligkeit an und wartete, bis seine Augen sich angepasst hatten. Dann verbrachte er lange Zeit damit, die Berge zu betrachten, die ihn umgaben, in dem Versuch, etwas wiederzuerkennen, das ihn nach Senkendorf zurückführen würde. Da ihm dies nicht gelang, richtete er sich nach der Sonne und wandte sich nach Süden. Er hoffte, in den Gräuelpass zu gelangen und sich dort besser orientieren zu können, sobald das Gelände flacher wurde.

Er riss den Ärmel von seinem Hemd ab und verband seinen Knöchel fester, dann trabte er weiter und ignorierte die Schmerzen. Er sah, wie die Sonne über ihm ihren Höchststand erreichte und zum Horizont im Westen weiterzog und schließlich dahinter versank.

Stunden später fand er den Gräuelpass und konnte sich nun besser orientieren.

Er eilte nach Osten, und mit jedem Schritt wurde ihm banger ums Herz. Kurze Zeit später sah er ein Glühen in der Ferne, das sich vor dem heller werdenden Himmel im Südosten abzeichnete. Er eilte über einen Felskamm hinweg, um besser sehen zu können, und erspähte in der Ferne Flammen, die sich in den Himmel erhoben.

Withegroos Turm.

Sein Herz raste mehr vor Angst als vor Anstrengung. Drizzt rannte weiter. Er sah einen glühenden Ball über den Himmel segeln, von Norden nach Süden. Als er aufprallte, brachen in der Siedlung neue Brände aus.

Drizzt eilte nicht weiter nach Süden. Stattdessen machte er sich wieder auf den Weg zur Stellung der Riesen, entschlossen, sie abermals abzulenken. Er legte die Hand an die Onyxstatuette, aber er holte den Panther noch nicht zu sich.

»Sei bereit, Guenhwyvar«, sagte er leise. »Bald werden wir kämpfen.«

Drizzt wusste, dass Feuer in der Nacht die Entfernungen gewaltig verzerrte, und so überraschte es ihn nicht, wie lange er brauchte, um in die Nähe der Stadt und der angreifenden Riesen zu gelangen.

Auf dem Weg zum Nordrand der Schlucht hatte er Senkendorf klar im Blick. Er konnte sehen, wie die Verteidiger umhereilten. Der Turm brannte immer noch, wenn auch nicht mehr so hell wie zuvor.

Die Riesen schienen sich vor allem auf dieses Ziel zu konzentrieren.

Drizzt holte die Statuette heraus und stellte sie auf den Boden, entschlossen, Guenhwyvar zu sich zu holen und das Lager der Riesen direkt anzugreifen. Er hielt jedoch inne, als er einen vertrauten Umriss auf dem brennenden Turm erkannte: einen Helm mit einem einzelnen Horn.

»Halte stand, Bruenor«, flüsterte der Drow.

Beinahe wie zur Antwort krachte eine Reihe von Wurfgeschossen gegen den Turm, und ein Stein schlug direkt neben dem am hellsten brennenden Feuer ein und schickte einen Schauer von Funken in den Nachthimmel.

Der Zwerg blieb oben auf dem Turm und befehligte weiter die Streitkräfte am Boden.

Drizzt grinste, doch dann erklang ein lautes Ächzen und Knarren aus dem Süden. Mit vor Entsetzen weit aufgerissenen Augen sah Drizzt, wie der Turm zur Seite sackte, sah, wie der Zwerg dort oben zum Rand rutschte und verzweifelt versuchte, sich festzuhalten.

Der Turm lehnte sich nach Süden und stürzte dann in sich zusammen, so dass der arme Zwerg unter Tonnen herabfallender Steine begraben wurde.

Drizzt bemerkte nicht einmal seine eigenen Bewegungen, spürte nicht einmal, dass seine Beine während dieser schrecklichen Sekunden nachgegeben hatten, dass er zu Boden gesunken war. Er wusste, dass niemand auf der Welt diese Katastrophe überlebt haben konnte.

Ihm wurde eiskalt. Seine Hände zitterten, und Tränen traten ihm in die violetten Augen.

»Bruenor«, flüsterte er wieder und wieder.

Er streckte die Hände nach Süden aus, aber dort gab es nichts, woran er sich festhalten konnte.

Der falsche Gott

Sie konnte nichts sehen, spürte nur den Schmerz offener Schürfwunden an ihren Armen und Schultern und das Brennen von Steinstaub in ihrer Lunge. Sie tastete im Dunkeln des zum Teil eingestürzten Tunnels um sich, suchte verzweifelt nach ihrem Vater.

Sie hatte Glück, denn der Bereich, in dem Bruenor lag, hatte den Einsturz beinahe vollkommen unbeschadet überstanden. Catti-brie stand auf und streichelte sanft über Bruenors Gesicht, dann legte sie das Ohr an seinen Mund und stellte fest, dass der Zwerg immer noch atmete, wenn auch sehr flach.

Sie drehte sich um, versuchte, sich zu orientieren, versuchte festzustellen, welcher Weg sie am schnellsten an die Oberfläche bringen würde, obwohl sie sich auch fragte, ob sie überhaupt nach oben gehen sollte. Hatten die Orks die Siedlung nach dem Fall von Withegroos Turm gestürmt? Wenn dem so war, wäre sie hier im Dunkeln vielleicht besser dran, bis die Überlebenden versuchen würden, einen Weg aus Senkendorf heraus und nach Süden zu finden.

Andererseits, Wulfgar war dort oben, und Dagnabbit und die anderen waren dort oben, und die Leute aus Senkendorf waren dort oben, und wenn die Orks tatsächlich gekommen waren, würde eine verzweifelte Schlacht toben.

Catti-brie kroch zum Ausgang der kleinen Kammer und

fing an, sich durch den Stein zu wühlen, schaufelte mehrere Brocken und einen Haufen Dreck und Steinstaub weg. Ihre Finger bluteten, aber sie machte weiter. Der Boden über ihr ächzte Unheil verkündend, aber sie grub weiter und ignorierte ihre Erschöpfung, die mit jeder Minute größer wurde.

Sie stieß auf einen Stein, der so groß war, dass sie ihn nicht bewegen konnte. Ungerührt begann sie, daneben weiterzuwühlen, und sie zuckte zusammen, als der Stein sich plötzlich bewegte.

Morgenlicht fiel herein, als der Stein von Wulfgars starken Armen weggeschoben wurde.

Der Barbar hielt Catti-brie die Hand entgegen, und sie ließ sich von ihm sanft aus dem engen Gang ziehen.

»Bruenor?«, fragte Wulfgar verzweifelt.

»Wie zuvor«, erwiderte Catti-brie. »Der Einsturz hat seine Kammer nicht berührt. Die Zwerge haben sie gut gebaut.«

Dann sah sie sich um. Der Turm war halb umgekippt, halb eingestürzt, und er hatte dabei mehrere andere Gebäude umgerissen und eine lange Reihe von Trümmern hinterlassen. Catti-brie hatte so viele Fragen, wer überlebt hatte und wer gefallen war, aber sie fand keine Worte.

»Dagnabbit ist tot«, informierte Wulfgar sie. »Drei andere Zwerge wurden mit ihm begraben, und mindestens fünf Leute aus Senkendorf.«

Catti-brie sah sich weiter um und konnte kaum glauben, wie verwüstet der kleine Ort war. Die meisten Häuser waren eingestürzt oder schwer beschädigt, und von der Mauer war nur wenig geblieben. Wenn die Orks kommen würden – und sie wusste, das würde bald geschehen, denn sie konnte die Hörner und die Trommeln hören –, würde es keine organisierte Verteidigung mehr geben, sondern nur Kämpfe von einer Straße zur anderen und, vor dem bitteren Ende, von Tunnel zu Tunnel.

Sie schaute Wulfgar an und fühlte sich von seiner stoischen Miene und seinen breiten Schultern ein wenig ermutigt. Er würde mehr als nur ein paar Feinde töten, bevor die Orks mit ihm fertig waren, das wusste Catti-brie, und sie beschloss, das Gleiche zu tun. Sie grinste schief, und Wulfgar blickte sie neugierig an.

»Nun, wenn es zu Ende geht, dann im Feuer des Kampfes!« Sie nickte grinsend.

Es war alles, was sie tun konnte, um nicht zusammenzubrechen und zu weinen.

Sie legte Wulfgar die Hand auf die Schulter, und er berührte ihre.

»Sie kommen!«, erklang hinter ihnen eine Stimme.

Sie drehten sich um und sahen Tred, zerschlagen und blutig, aber mehr als bereit zum Kampf. Der Zwerg stand seitlich da, eine Hand hinter dem Rücken, in der anderen die Doppelaxt.

Wulfgar zeigte auf mehrere Positionen in einem Kreis um den Eingang der Höhle, die zu Bruenor führte.

»Wir werden diese vier Stellungen halten«, erklärte er, »und uns hinter einen Trümmerhaufen nach dem anderen zurückziehen, um uns hier zu treffen.«

»Und dann?«, fragte Tred.

»Dann ziehen wir uns in die Gänge zurück«, sagte der Barbar. »Sollen die Orks doch hineinkriechen und sich umbringen lassen, bis wir zu erschöpft sind, um zuzuschlagen.«

Tred sah sich um, dann nickte er zustimmend, obwohl er wie sie alle verstand, wie sinnlos dieser Kampf sein würde. Sicher würden ein paar Orks dumm genug sein, ihnen in die Höhlen zu folgen, aber schon bald würden sie erkennen, dass die Zeit auf ihrer Seite war, dass sie einfach abwarten konnten, bis die Verteidiger wieder herauskamen – oder noch schlimmer, sie könnten Feuer anzünden und sie ausräuchern.

»Es wird mir eine Ehre sein, neben König Bruenor und seinen Kindern zu sterben. Und dieser Dagnabbit war ein guter und tapferer Zwerg«, sagte Tred ernst und warf einen Blick auf die Trümmer des Turms. »Die Zitadelle Felbarr wäre stolz, einen solchen Mann zu haben. Ich wünschte nur, wir hätten Zeit, die Toten auszugraben.«

»Es ist ein angemessenes Grab«, erwiderte Wulfgar. »Dagnabbit war stolz und hat sich dem Feind entgegengestellt, und im Augenblick seines Sturzes hat er die Zwergengötter angerufen. Er wusste, dass er gute Arbeit geleistet hatte. Er wusste, er hat seinem Volk Ehre gemacht.«

Ein Augenblick feierlichen Schweigens verging, und alle drei senkten den Kopf, um den gefallenen Dagnabbit zu ehren.

»Ich hab noch ein paar Orks zu zerhacken«, verkündete Tred.

Er salutierte, dann ging er und organisierte die wenigen Verbliebenen in Kampfgruppen, um drei der vier Stellungen zu verteidigen.

Bald schon wurde das Bombardement wieder stärker, aber bei so vielen Trümmerhaufen gab es genügend Deckung, und es war nicht mehr viel da, was zerstört werden konnte. Die Riesen schienen mehr aus Verärgerung als aus irgendeinem anderen Grund weiterzumachen. Der Steinregen ging zu Ende, als die Orks, viele davon auf Worgs, unter lautem Gebrüll angriffen.

Catti-brie eröffnete den Kampf, indem sie hinter einem Trümmerhaufen aufstand und einen blitzenden Pfeil abschoss, der einen Worg direkt in den Kopf traf. Das Tier brach auf der Stelle zusammen, und sein Reiter wurde hoch in die Luft geschleudert. Catti-brie schoss abermals, diesmal nach links, denn es gab genügend Ziele, nachdem die Orks nun in Massen über die beinahe vollkommen eingestürzten Mauern stürmten. Sie jagte ihre Pfeile in die feindlichen Reihen und schien mit jedem Schuss einen Ork zu fällen, manchmal sogar zwei.

Aber es kamen immer mehr.

»Benutze weiterhin den Bogen«, wies Wulfgar sie an.

Er erhob sich und trat dem Feind entgegen. Aegis-fang fegte die Orks an der Spitze weg und ließ sie durch die Luft segeln.

Rings um die beiden widersetzten sich nun auch die anderen dem Angriff, Menschen und Zwerge kämpften verzweifelt Seite an Seite. Eine Weile sah es so aus, als könnte kein Ork-Schlag sie treffen, als wäre jede Wunde eine Kleinigkeit, die sie vergessen und sofort und brutal zurückgeben konnten. Ork-Leichen häuften sich um die vier Verteidigungsstellungen.

Aber dieser Schwung konnte nicht ewig anhalten. Das wussten die Verteidiger selbst in ihrer größten Kampfeswut.

Wulfgar schwang seinen Kriegshammer unermüdlich, drosch auf jeden Ork ein, der ihm zu nahe kam. Hin und wieder gelang es einem der Geschöpfe, unter einem Schlag durchzuschlüpfen oder davor zurückzuweichen, aber bevor dieser Ork weiter angreifen konnte, riss ein silberner Pfeil ihn zu Boden.

Catti-brie hob Taulmaril wieder und wieder, und ihr verzauberter Köcher war stets voll. Wann immer sie konnte, zielte sie auf einen Worg statt auf den Reiter, denn sie hielt die zähnefletschenden Wölfe für die schlimmeren Feinde. Die meiste Zeit jedoch zielte sie nicht einmal, und sie brauchte es auch nicht.

Trotz dieses vernichtenden Feuers und obwohl Wulfgar brillanter und brutaler kämpfte, als sie es je gesehen hatte, kamen die Orks wie eine Flut immer näher, schwärmten durch alle Lücken.

Catti-brie schoss einen Pfeil ab, legte den nächsten an und

fuhr herum, um einen Ork zu erledigen, der direkt vor ihr stand. Aber dann war schon wieder einer da, und sie musste den Bogen wie einen Stab benutzen und das Geschöpf damit abwehren.

Ein zweiter Ork kam hinzu, und sie hätte beinahe nach Wulfgar gerufen. Beinahe, aber sie tat es dann doch nicht, denn sie erkannte, dass eine solche Ablenkung wahrscheinlich dazu führen würde, dass er niedergestreckt wurde. Sie schwang Taulmaril vor sich hin und her und zwang die beiden Orks zurück. Dann ließ sie den Bogen fallen und zog Khazid'hea, ihr scharfes Schwert.

Die Orks bedrängten sie weiter, und einer stieß einen Speer nach Catti-bries rechter Seite. Ein Schwertschlag nach unten schnitt die Spitze des Speers glatt ab, und der Ork, überrascht, dass es zu keinem Aufprall kam, geriet ein wenig aus dem Gleichgewicht.

Genug für Catti-brie, schnell zuzustechen und das Geschöpf in die Brust zu treffen.

Wieder zuckte Khazid'hea auf, gerade noch rechtzeitig, um die schwere Klinge des zweiten Ork abzufangen. In direktem Zweikampf konnte dieses Geschöpf es nicht mit Catti-brie aufnehmen.

Aber dann kamen noch zwei andere, einer auf jeder Seite, und Catti-brie musste wild um sich schlagen, um die drei in Schach zu halten. Hinter sich hörte sie einen Aufprall, gefolgt von Wulfgars Stöhnen.

Aber sie konnte ihm nicht helfen, und er konnte nichts für sie tun.

Catti-brie kämpfte nur noch heftiger und wehrte einen Angriff nach dem anderen ab. Ihre Frustration wuchs, denn sie schien nur wenig zu erreichen, und sie musste sich viel zu sehr anstrengen, um dieses Tempo aufrechterhalten zu können.

Der Ork rechts vor ihr bewegte sich plötzlich, und auf eine Weise, die sie nicht vorhergesehen hatte. Zuerst dachte sie, er würde sie angreifen, aber dann erkannte sie, dass er einfach an ihr vorbeiflog, in die Höhe gehoben vom Ende einer schweren Zwergenaxt. Tred stapfte weiter und brachte den Zweiten der drei, den Ork, der direkt vor Catti-brie gestanden hatte, mit einem Rückhandschlag zu Fall. Catti-brie reagierte schnell und wandte ihre ganze Aufmerksamkeit dem Ork links von ihr zu. Sie sprang plötzlich vor und drehte Khazid'hea über das Schwert des Ork und nach unten. Der Ork drängte weiter nach vorn und wollte sie umstoßen, aber sie wich geschickt aus und war dann an ihm vorbei. Als die Klingen sich voneinander lösten, veränderte sie den Griff am Schwert, stach nach hinten und durchtrennte damit die Wirbelsäule des Geschöpfs.

»Wir müssen zurückweichen!«, rief Tred, eilte zu dem schwer bedrängten Wulfgar und wäre beinahe von einem der wilden Schläge von Aegis-fang am Kopf getroffen worden. »Wir ziehen uns zum Tunnel zurück!«

Wulfgar nickte zustimmend und schlug einen weiteren Ork beiseite, dann wich er hinter die Trümmerbarrikade zurück.

Ein Worg sprang darüber hinweg und schnappte nach der Kehle des Barbaren.

Catti-brie, die ihren Bogen wieder aufgehoben hatte, traf den Wolf in die Flanke, und der mächtige, verzauberte Pfeil riss ihn zur Seite.

Sie blickte auf, sah beinahe nur noch angreifende Orks vor sich und erwartete, dass sie bald überwältigt würden. Sie hörte ein Geräusch hinter sich, und als sie sich umdrehte, sah sie den alten Withegroo. Er konnte kaum aufrecht stehen, er zitterte am ganzen Körper von der Anstrengung, die es ihn kostete, sich auch nur zu bewegen, aber sein Blick war alles andere als matt, und seine Augen glühten vor Zorn.

Sein Feuerball hielt den Angriff von Worgs und Orks auf und verhalf den Verteidigern zu ein wenig mehr Zeit, aber die Anstrengung kam Withegroo teuer zu stehen. Es gelang ihm ein Lächeln, als er seine vernichtende Bombe warf, dann schaute er Catti-brie an und zwinkerte.

Er sackte zusammen, und noch bevor Catti-brie ihn erreicht hatte, wusste sie, dass er tot war.

Withegroos Feuer hatte den Angriff an einer Flanke zum Stehen gebracht, aber die Orks wichen nicht wegen der Magie zurück. Als die Verteidiger die Hörner aus dem Süden hörten, wussten sie, dass weitere Orks zu der bereits unendlich überlegenen feindlichen Armee gestoßen waren.

Oder war das ein anderes Signal?, fragten sie sich, als der Andrang von Feinden plötzlich nachließ. Die Verteidiger waren inzwischen praktisch so weit zurückgewichen, wie es möglich war, und einige befanden sich bereits in den engen Tunneln.

Die anderen stellten sich in einem engen Kreis auf und kämpften weiter. Es dauerte nicht lange, da hatten Catti-brie und Wulfgar ihre ursprünglichen Stellungen wieder erreicht, und schließlich verebbte die Flut der Angreifer völlig.

Immer noch erklangen im Süden die Hörner. Wulfgar wagte es, auf den höchsten Trümmerhaufen zu klettern, und schaute in die Richtung, aus der der Lärm kam.

»Was in den Neun Höllen ist das?«, rief er.

Tred, Catti-brie und ein paar andere gesellten sich zu ihm und starrten ebenso ungläubig das Bild an, das sich ihnen bot. Von Süden nach Norden, gezogen von einem seltsamen Gespann von mehr als zwanzig widerspenstigen Maultieren, rollte ein Wagen mit einem riesigen hölzernen Götzenbild heran. Es handelte sich um das Abbild eines großen Ork-Gesichts, mit nur einem einzigen grotesken Auge.

»Gruumsh«, sagte Tred McKnuckles. Er spuckte auf den

Boden, als hätte er schon deshalb einen schlechten Geschmack im Mund, weil er den Namen des Ork-Gottes ausgesprochen hatte. »Sie haben ihre Priester hergeholt«, erklärte er. »Eine Zeremonie für ihren Sieg, nehme ich an.«

Die Orks, die noch einen Augenblick zuvor gekämpft hatten, standen nun auf dem Feld südlich der Stadt. Alle jubelten und zeigten auf den Wagen, und viele fielen auf die Knie und warfen sich vor dem Bild ihres verehrten und gefürchteten Gottes nieder.

Auf der anderen Seite der Schlucht hörte Drizzt die Hörner ebenfalls, aber er befand sich am Boden der Schlucht, weil er sich an die Riesen anschleichen wollte, und konnte nicht sehen, was los war. Selbst die Riesen, die oberhalb von ihm standen, schienen verwirrt, unterhielten sich aufgeregt miteinander und zeigten nach Süden.

Drizzt entdeckte Guenhwyvar auf der anderen Seite, wie sie sich zum Angriff duckte. Mit einer Handbewegung zog er die Aufmerksamkeit der Katze auf sich und bedeutete ihr, in Position zu bleiben. Er sah sich um und fragte sich, wie er einen besseren Aussichtspunkt finden konnte, ohne dass man ihn bemerkte. Er fing an, sich zu bewegen, hielt aber sofort wieder inne. Die Riesen waren nun nicht mehr so verblüfft und schienen zornig zu werden. Er konnte nicht verstehen, was sie sagten, aber sie mussten sich irgendwie über die Orks geärgert haben – er hörte etwas darüber, dass die Ork-Priester all ihren Ruhm stehlen würden.

So etwas wie Hoffnung flackerte in Drizzt auf – vielleicht würden ihre Feinde sich ja zerstreiten. Aber er wusste auch, dass es vermutlich bereits zu spät war …

Der Kutscher, verborgen unter weiten, schweren Gewändern, ließ die Peitsche über die lange Reihe von Zugtieren knallen, und die schmutzigen, zottigen Geschöpfe zogen fester und zerrten den riesigen Wagen mit der Statue von Gruumsh Einauge, Gott der Orks, über abschüssigen und felsigen Boden.

Alle Orks hatten sich nun von Senkendorf und den wenigen verbliebenen Verteidigern abgewandt und starrten den Wagen an. Sie verbeugten sich und fielen in Massen auf die Knie, wo immer der Wagen in Sicht kam.

»Was soll das?«, fragte ein Kommandant den Anführer der Armee, Urlgen, Sohn des Obould.

Urlgen betrachtete die seltsame Szene vollkommen verwirrt und kaute mit den Reißzähnen auf der Unterlippe.

»Obould hat viele neue Verbündete gebracht«, war alles, was ihm einfiel.

Wollte sein Vater größeren Ruhm einheimsen, indem er den Kampf zu etwas Heiligem deklarierte? Versuchte er, es so darzustellen, als erfolgte der Angriff direkt auf Befehl des Ork-Gottes?

Urlgen wusste es nicht, und er näherte sich ebenso wie der Rest seiner Armee neugierig der großen rollenden Statue. Anders als die Übrigen konzentrierte sich Urlgen allerdings nicht vollkommen auf das Götterbild. Er betrachtete die seltsamen Zugtiere, das wohl ungepflegteste und zerzausteste Gespann von … von was? Urlgen wusste nicht wirklich, was das für Geschöpfe waren. Maultiere? Kleine Ochsen? Vielleicht Rothé, die aus den Gängen des Unterreichs hier heraufgebracht worden waren?

Nun wandte der ungewöhnlich kluge Ork seine Aufmerksamkeit den Kutschern zu. Einer war größer und breiter als der andere, obwohl beide nach Ork-Maßstäben recht klein gewachsen waren. Vielleicht war der zweite ein Kind, aber Urlgen hätte es nicht wirklich sagen können, da sie beide schwere Umhänge mit weiten Kapuzen trugen, die ihre Köpfe beinahe vollkommen verbargen.

Der Wagen kam etwa hundert Fuß vor der Siedlung zum Stehen, was Urlgen für ziemlich dumm hielt, denn damit waren sie in Schussweite dieser schrecklichen Menschenfrau und ihres unangenehmen Bogens. Der Ork-Anführer warf einen Blick in diese Richtung, und er sah, dass mehrere Verteidiger das seltsame Spektakel beobachteten, ebenso wie seine eigenen Leute.

Der größere der beiden Kutscher stand auf und hob die Arme über den Kopf. Seine Ärmel rutschten herunter und enthüllten knotige Hände und einen haarigen Unterarm, der nicht besonders orkisch wirkte.

Bevor irgendwer das jedoch wirklich bemerken konnte, griff der Kutscher zu einer Art von Hebel, der sich vorn an der Statue befand, direkt unterhalb des hässlichen Mauls.

Er sagte etwas, das sich wie »Hihihi« anhörte, und riss den Hebel nach unten.

»Na gut, gleich wird es einen Priester des verdammten Gruumsh weniger geben«, erklärte Catti-brie bitter entschlossen.

Sie hob Taulmaril und zielte auf den Kutscher, aber Tred packte sie am Arm und hielt sie zurück.

»Einer wird keinen Unterschied machen«, sagte er, »und irgendwas stimmt an der Sache nicht.«

Catti-brie wollte gerade fragen, was er meinte, aber wenn sie ehrlich war, konnte sie es ebenfalls spüren. Etwas an dem Gespann und den Kutschern war merkwürdig, selbst aus der Ferne.

Sie riss die Augen auf, als sie das knirschende Geräusch hörte, das der Bewegung des Kutschers am Hebel folgte, und ihr Staunen wurde noch größer, als die gewaltige Statue zu wachsen schien und sich dann teilte, woraufhin sich aus der Mitte breite Rampen herabsenkten.

Hinaus auf diese Rampen rannten Zwerge – viele Zwerge –

in der vollen Kampfmontur der unverwechselbaren Knochenbrecher.

Einer führte sie an, in schwarzer Rüstung mit scharfen Kanten und einem Helm mit einem Stachel, der halb so groß war wie der Zwerg selbst.

»Das ist Pwent!«, schrie Catti-brie.

Sie hatte die Worte kaum ausgesprochen, da sprang Thibbledorf Pwent auch schon vorwärts, brüllte und fuchtelte mit der Axt. Er senkte den Kopf gerade rechtzeitig, um einen Ork aufzuspießen, während er auf einem anderen landete und ihn zu Boden riss. Catti-brie verlor ihn in dem Getümmel aus den Augen, aber sie verzog dennoch das Gesicht, denn sie kannte seine Technik. Sie wusste, dass er sich nun wild auf dem Ork herumwälzte und seine Rüstung das Geschöpf zerriss.

Seine Jungs folgten ihm mit gleicher Hemmungslosigkeit, rannten ans Ende einer Rampe und stürzten sich auf die verwirrten Orks. Einer nach dem anderen griffen sie an, tödliche Geschosse, die von den Rampen prasselten. Einen Augenblick später tauchten noch weitere Zwerge auf, nachdem sie Decken abgeworfen hatten, die irgendwie verzaubert gewesen sein mussten, denn sie hatten sie aussehen lassen wie ein Gespann von Maultieren. Sie warfen das Zaumzeug ab und fanden in diesen ersten verwirrenden Sekunden viele wunderbare Ziele in den Orks, die sich ehrfürchtig niedergekniet hatten.

Das Massaker wurde bald darauf zum Kampf, aber selbst dann waren die Orks schnell überwältigt. Viele ergriffen vollkommen überrascht die Flucht, und wie es für jede Art von Goblin typisch war, brach die Disziplin rasch zusammen.

Die Zwerge blieben fest in Formation und eilten auf die Siedlung zu, und beim kleinsten Anzeichen, dass die Orks sie angriffen, löste sich eine Gruppe aus der Hauptstreitmacht und verscheuchte sie.

»Ihr Heldenhammers hattet immer ein Gefühl für große Auftritte!«, rief Tred McKnuckles, dann schnappte er nach Luft und sprang beiseite, als ein großer Stein niederkrachte und an ihm vorbeihüpfte. »Diese verdammten Riesen!«, rief der Zwerg.

Catti-brie rannte zu den Überresten der Nordmauer und hob den Bogen.

»Bleib nicht an einer Stelle!«, warnte Wulfgar, und tatsächlich, sobald der erste Pfeil über die Schlucht flog, sausten mehrere Steine auf den Punkt zu, von dem aus der Pfeil abgeschossen worden war.

Es tat Drizzt Do'Urden gut zu sehen, wie die deutlich zu erkennenden Pfeile über die Schlucht flogen, aber selbst diese gute Nachricht – dass Catti-brie offensichtlich immer noch kämpfte – lenkte ihn nicht lange ab. Die Riesen hatten ihr Bombardement wieder mit voller Kraft begonnen, und das konnte er nicht zulassen. Er rief Guenhwyvar herbei, dann kletterte er zu der Seite der Schlucht, wo die Riesen standen, und stieg auf einen Steinhaufen, den sie nicht beachteten.

Der Drow näherte sich lautlos, sprang von den Steinen und hinter einem Riesen vorbei, wobei er fest mit den Krummsäbeln zuschlug. Er kam im Laufen auf dem Boden auf, vollführte einen perfekten Doppelstich in die Kniekehle eines anderen Riesen und rannte sofort weiter und um den Steinhaufen auf der anderen Seite herum.

Die Riesen drehten sich um, um ihm zu folgen, und einer hob die Arme, um einen Stein nach dem fliehenden Drow zu werfen.

Aber noch bevor er werfen konnte, flog dem Riesen ein Panther ins Gesicht – sechshundert Pfund reißende Krallen. Guenhwyvar konzentrierte sich auf die Augen und blendete den Riesen, bevor er davonsprang.

Alle Riesen verfolgten die beiden nun, aber Drizzt bildete sich nicht ein, dass er und Guenhwyvar sie lange ablenken konnten. Er glaubte auch nicht, dass er wirklich viele umbringen könnte, wahrscheinlich nicht einmal einen, aber vielleicht konnten er und der Panther ein paar von ihnen blenden oder dafür sorgen, dass sie ihnen folgten.

Er kam auf demselben Weg wie zuvor hinter den Steinen hervor und konnte tatsächlich dem Riesen, der ihm am nächsten war, ein paar unangenehme Stiche versetzen, bevor er in die andere Richtung rannte. Die Riesen schwärmten nach beiden Seiten aus, und ein weiteres Paar folgte dem Drow direkt.

Drizzt drückte sich mit dem Rücken an eine Felswand, bereit, seinen letzten verzweifelten Kampf auszufechten.

Der erste Riese griff an.

Aber bevor er Drizzt erreichte, zuckte der Riese zusammen und griff sich an den Nacken. Als er herumfuhr, konnte der Dunkelelf die Fiederung zweier Pfeile sehen, die im Nacken seines Gegners steckten. Drizzt riss den Mund auf, als der Riese ein wenig zur Seite taumelte.

Dort, nördlich oberhalb von ihm, saßen zwei Elfen auf geflügelten Pferden.

Die Riesen rannten los. Drizzt huschte zur Seite, verwundete einen weiteren und eilte dann davon. Nur wenige Riesen achteten noch auf ihn. Zwei an der Seite versuchten immer noch vergeblich, Guenhwyvar einzuholen, während der Panther um sie herumsprang. Mehrere andere hoben rasch weitere Steine auf – offensichtlich, um sie nach den Elfen zu werfen.

Drizzt konnte nicht zulassen, dass sie sich organisierten. Er ging zu dem Steinhaufen im Westen. Als ein Riese sich bückte und nach einem Stein griff, sprang er hervor und schlug ihm fest mit dem Schwert auf die Finger. Der Riese zog die verletzte Hand zurück, und zusammen mit einem anderen machte er sich an die Verfolgung des Drow.

Diesmal drehte sich Drizzt nicht um und wurde auch nicht langsamer; er führte die Riesen davon und schrie dabei Guenhwyvar zu, das Gleiche zu tun. Der Drow sah, wie ein Stein durch die Luft flog, und hörte dann den Schrei eines Pegasus, aber als er nach Norden blickte, waren beide Elfen immer noch da, flogen weiter und schossen ihre Pfeile ab.

Drizzt rannte über offenes Gelände, wobei er häufig zu der zerstörten Siedlung zurückschaute und hoffte, einen Blick auf seine Freunde zu erhaschen.

Er sah aber nur einen Schwarm von Orks, die auf die Stadt zustürmten. Dann musste er sich abwenden und rannte weiter nach Norden, verfolgt von zwei Riesen.

»Wir haben keine Zeit!«, schrie Thibbledorf Pwent und rannte in die Siedlung. »Holt eure Sachen und die Verwundeten und folgt mir zu den Wagen!«

»Wir brauchen einen Priester!«, rief Wulfgar ihm zu. »Sofort! Wir haben Verwundete, die zu schlimm dran sind, als dass wir sie ohne weiteres bewegen könnten.«

»Dann müsst ihr sie vielleicht hier lassen!«, rief Pwent zurück.

»Einer von ihnen ist Bruenor Heldenhammer!«, erwiderte Wulfgar zornig.

»*Priester!*«, schrie Pwent. »Und holt auch den auf dem Wagen mit dem grünen Bart«, rief der Schlachtenwüter einem anderen Zwerg zu. »Er kennt mehr Tricks als eine Höhle voll besoffener Zauberer.«

»Macht schon!«, rief ein anderer Zwerg. »Bringt die Verwundeten auf den Wagen und schafft alle toten Zwerge, die ihr finden könnt, ebenfalls dorthin. Wir lassen keinen Heldenhammer für die Aasvögel oder die Orks zurück!«

»Wie habt ihr uns so schnell gefunden?«, wollte Catti-brie Pwent fragen, aber dann hielt sie inne und lächelte, als sie den offensichtlichen Grund dieser unerwarteten Rettung erspähte: den zweiten Kutscher, den kleineren, den sie sofort erkannte, als er die Kapuze zurückzog. »Regis!«, rief sie.

Mit übervollem Herzen setzte sie dazu an, ihn zu umarmen, aber sie hielt sich zurück, als sie sah, wie der Halbling zusammenzuckte, als sie gegen seinen Arm drückte.

»Jemand musste schließlich den Wolf füttern«, sagte er mit verlegenem Schulterzucken.

Catti-brie bückte sich und drückte ihm einen Kuss auf den Kopf, und Regis errötete tief.

Und dann waren sie auf dem Weg, ein Wirbelwind von umherhuschenden Zwergenkriegern, die wie ein Schwarm zorniger Bienen um die erschöpften Verteidiger von Senkendorf schwirrten. Von den hundert Menschen und den sechsundzwanzig Zwergen, die zur Verteidigung der Siedlung angetreten waren, konnten weniger als zwanzig die Stadt aus eigener Kraft verlassen, und nur weitere zehn Verwundete, darunter Bruenor Heldenhammer, waren noch am Leben.

Kreuzwege

Sie rannten links und rechts neben den Wagen her. Andere zogen fest an dem größten Wagen, von dem sie die Ork-Gottstatue heruntergeworfen hatten. Auf diesem Wagen lagen nun die Verwundeten, darunter König Bruenor Heldenhammer. Neben ihm saßen Regis, der selbst zu verwundet war, um noch viel ausrichten zu können, und Pikel Felsenschulter, der Druidenzwerg, der seine verzauberten Beeren und Wurzeln auf Bruenors Wunde legte.

»Er wird die Krankheit herausziehen«, versicherte Ivan Wulfgar und Tred, als sie hinter dem Wagen herrannten. »Mein Bruder kennt sich aus.«

Wulfgar nickte grimmig. Er glaubte diesem gelbbärtigen Zwerg, denn Catti-brie hatte ihm vor kurzem gesagt, dass Bruenor sich offenbar ein wenig besser fühlte.

»Deshalb mache ich mir auch keine Gedanken«, warf Tred ein. »Aber wir haben überall Anzeichen von Orks gesehen, und wenn sie jetzt angreifen …«

»Dann werden ihnen ihre Riesenfreunde, die auf der anderen Seite der Schlucht geblieben sind, nicht helfen können«, erwiderte Wulfgar.

»Das stimmt«, gab Tred zu, aber seine grimmige Miene hellte sich nicht auf. »Ich fürchte jedoch, wir werden ziemlichen Ärger bekommen, sobald diese Orks sich von dem

Schock erholt haben. Selbst mit den Jungs aus Mithril-Halle an unserer Seite.«

Dagegen konnte Wulfgar nicht viel einwenden. Er hatte die Streitmacht der Orks gesehen, und er wusste, dass diese Legionen im Augenblick zwar zerstreut und durch die Schlacht um Senkendorf dezimiert waren, aber sie würden die relativ kleine Zwergentruppe immer noch überwältigen können. Selbst als sie den Ausbruch am Tag zuvor unternommen hatten, war ihnen klar gewesen, dass ihre einzige wirkliche Hoffnung darin bestand, dass die Orks zu durcheinander waren, um sich wieder sammeln zu können, bevor sie Mithril-Halle erreichten oder zumindest auf die Zwergenarmee stießen, die aus dieser Festung auf sie zueilte.

Aber es gab bereits Anzeichen dafür, dass ihre Hoffnung vergeblich war. Die ganze Nacht über – in der die Zwerge nach dem Genuss von Pikels wunderbaren Beeren weitermarschiert waren – hatten sie das Heulen der Worgs gehört, die ihnen auf beiden Seiten folgten. Und zu Beginn des zweiten Tages hatten sie eine Staubwolke im Norden entdeckt, nicht allzu weit entfernt, und gewusst, dass sie verfolgt wurden.

Pwent hatte ihnen am Morgen ausgemalt, wie es sich abspielen könnte. Der Schlachtenwüter nahm an, dass die Worg-Reiter sie umgangen hatten und von vorn angreifen würden, um sie zu verlangsamen, damit die Hauptstreitmacht Gelegenheit hatte, sie einzuholen und zu überwältigen. Die Zwerge hatten beschlossen, im Fall einer solchen Blockade durch Orks auf Worgs die Köpfe zu senken und durchzubrechen.

Wulfgar konnte nur hoffen, dass es nicht so weit kommen würde. Sie hatten kaum genug Leute, um sich beim Ziehen des Wagens abzuwechseln, und Pwent und seine Jungs waren beinahe am Ende ihrer Kraft. Pikels Beeren waren wahrhaftig wunderbar, aber sie verliehen keine magische Kraft, sondern gestatteten dem Körper nur, seine tieferen Ressourcen anzuzapfen. Nach dem verzweifelten Kampf und dem Beginn des Marsches nach Süden konnte Wulfgar deutlich erkennen, dass diese Reserven beinahe aufgebraucht waren. Und noch schlimmer, alle, die die lange Verteidigung von Senkendorf hinter sich hatten, er selbst eingeschlossen, waren mehr oder weniger schwer verwundet.

Ein weiterer Kampf würde wahrscheinlich ihr Ende bedeuten, und Wulfgar hatte nur noch wenig Hoffnung, seinen geliebten Vater lebend nach Mithril-Halle zurückzubringen.

Daher ging der Barbar an diesem Nachmittag, als die Späher berichteten, dass im Westen eine näher kommende Staubwolke zu sehen war, zu dem Wagen mit Catti-brie, Regis und Bruenor.

»Das ist das Ende«, sagte Catti-brie und starrte die Staubwolke an.

Ihre Haltung, so anders als der stetige Optimismus, den Wulfgar bei ihr gewohnt war, überraschte ihn ebenso wie Regis.

»Wir werden gegen sie kämpfen und sie besiegen!«, erklärte der Halbling. »Und wenn uns die anderen einholen, bekämpfen wir sie auch.«

»In der Tat«, stimmte Wulfgar zu. »Ich werde nicht zulassen, dass Aegis-fang in die Hände eines Ork gerät, selbst wenn das bedeutet, dass ich alle Orks im Norden töten muss. Und ich werde Bruenor nach Mithril-Halle bringen, wo er neue Kraft schöpfen und den Thron besteigen wird, der ihm rechtmäßig zusteht.«

Die Worte ermutigten Regis und Catti-brie, und ihre anerkennenden Blicke wurden zu einem Grinsen, als sich Pikel Felsenschulter mit einem begeisterten »Ei, ei!« meldete.

Die Zwerge schlossen die Reihen rings um die Wagen, behielten aber ihr rasches Tempo bei. Pwent begann, seine Leute umzugruppieren, schickte seine erfahrensten Kämpfer zu den verwundbarsten Stellen und erklärte ihnen, sie sollten sich bereithalten. Dann kam er zum Wagen.

»Nach dem, was meine Späher sehen konnten, sind es mehrere hundert«, erklärte der Schlachtenwüter. Er fügte mit übertriebenem Zwinkern hinzu: »Nichts, womit meine Jungs und ich nicht fertig würden.«

Wulfgar nickte, ebenso wie die anderen, aber sie kannten die Wahrheit. Von mehreren hundert Orks abgefangen zu werden, würde schlimm genug sein, aber selbst wenn sie gegen eine solche Übermacht bestehen konnten, würden sie bald von einer mindestens ebenso großen Streitmacht eingeholt werden, weil der Kampf sie unvermeidlich aufhalten würde.

»Nimm deinen Bogen«, bat Wulfgar und reichte Catti-brie Taulmaril. »Viel Glück.«

»Vielleicht sollte ich unter einer Waffenstillstandsfahne zu ihnen gehen und mit ihnen reden«, bot Regis an und zog den verzauberten Rubin aus dem Hemdkragen.

Wulfgar schüttelte den Kopf.

»Sie würden dich töten, selbst wenn es dir gelingen sollte, ein paar von ihnen mit deinen Lügen einzuwickeln«, sagte Catti-brie.

»Versprechen, nicht Lügen«, verbesserte Regis.

Dann zuckte er hilflos die Achseln, schaute den Rubin noch einmal an und steckte ihn wieder weg.

Die Zwerge umstellten die Wagen noch dichter. Es war offensichtlich, dass die Abfangtruppe sie entdeckt hatte, und ihnen blieben nicht viele Möglichkeiten. Sich nach Osten zu wenden, würde sie zweifellos auf eine andere Gruppe von Orks zuführen, und wenn sie stehen blieben und versuchten, sich zu verteidigen, würde das nur bewirken, dass auch die sie verfolgenden Orks sie einholten.

Also stapften sie weiter, die Waffen in einer Hand, das Wagengeschirr in der anderen.

»Wir müssen diese Anhöhe vor ihnen erreichen!«, rief Thibbledorf Pwent seinen Kameraden zu und zeigte auf das höher gelegene Gelände.

Die Zwerge reagierten, indem sie die schmerzenden Schultern noch fester ins Geschirr drückten und weiterzogen. Sie erreichten den Fuß der Anhöhe und machten sich auf den Weg den Abhang hinauf, ohne wesentlich langsamer zu werden.

Aber sie erreichten die Kuppe nicht als Erste.

»Der Flügel ist nicht gebrochen, aber er ist böse geprellt und wird Mond nicht mehr weit tragen«, sagte Innovindil zu Tarathiel, als er und Sonne zu ihr in die Berghöhle zurückkehrten, ein paar Meilen nordöstlich der Stelle, wo sie gegen die Riesen gekämpft hatten.

Obwohl der Pegasus von dem Stein gestreift worden war, war es ihnen gelungen, die Riesen hinter sich zu lassen, und sie hatten das Glück gehabt, diese Höhle zu finden, wo sie sich eine Weile aufhalten konnten.

»Ich denke, die Riesen haben die Jagd aufgegeben«, erwiderte Tarathiel. »Und hier werden sie uns nicht finden.«

»Aber wir werden auch einige Zeit nicht in den Mondwald zurückkehren können«, sagte Innovindil. »Zumindest nicht wir beide.«

Innovindil wollte, dass er auf Sonne stieg und nach Hause flog – das sah Tarathiel ihr an; sie brauchte es gar nicht auszusprechen.

»Ich bin nicht sicher, ob unser Bericht vollständig genug sein würde, um unsere Leute angemessen darauf vorzubereiten, was geschehen wird«, erwiderte er ernst.

»Was hast du gesehen?«

Tarathiels Blick war düster.

»Sie kriechen überall aus ihren Löchern«, sagte er. »Die Orks und Goblins erheben sich, und wir haben gesehen, dass auch die Frostriesen mit ihnen verbündet sind. Ich fürchte, dass die Streitmacht, die die Siedlung Senkendorf geschleift hat, nur ein kleiner Teil dessen ist, was wir noch entdecken werden.«

»Umso wichtiger, dass du zu unseren Leuten fliegst.«

Tarathiel schaute zu den Pegasi und schien einen Augenblick geneigt, diesem Vorschlag zuzustimmen, aber dann sah er seine Gefährtin an und traf seinen Entschluss.

»Ich werde dich nicht verlassen«, sagte er. »Die Elfen im Mondwald werden nicht überrascht werden, ob ich nun hinfliege oder nicht.«

Innovindil setzte dazu an zu widersprechen, aber sie überlegte es sich sofort anders. Sie wollte hier nicht allein gelassen werden, so tapfer sie auch geklungen hatte. Sie kannte die Gegend nicht so gut wie Tarathiel, und sie fürchtete ernsthaft um Mond. Ja, der Pegasus würde die Verletzung wohl überleben, aber er hatte sich derart verausgabt, um seine Position oberhalb der Riesen zu halten, dass die Elfenfrau nicht wagte, ihm noch mehr zuzumuten, bevor er vollkommen geheilt war. Sie wusste, dass Tarathiel genauso empfand.

»Wir müssen auch noch etwas anderes herausfinden, und das hier ist vielleicht die beste Gelegenheit dazu«, fügte Tarathiel nach kurzem Schweigen hinzu.

»Du glaubst, dass der Dunkelelf dem Kampf mit den Riesen entfliehen konnte?«, fragte Innovindil.

»Es ist auch möglich, dass Ellifain irgendwo da draußen ist.«

»Es ist möglich, dass Ellifain tot ist«, sagte Innovindil, und Tarathiel konnte nur nicken.

Der ursprüngliche Schreck, der Adrenalinrausch bei der Aussicht, in einen verzweifelten Kampf zu marschieren, wich in den Reihen der Schlachtenwüter und der anderen in der fliehenden Karawane rasch der Verwirrung, denn dort auf der Anhöhe vor ihnen standen Zwerge – ein Heer von Zwergen –, und sie trugen nicht die Farben von Mithril-Halle, sondern das Axtzeichen von Mirabar.

»Wer seid ihr und was wollt ihr?«, rief der Anführer und nahm den Helm ab.

»Torgar!«, schrie Regis, der den Zwerg erkannte.

Torgar schaute verdutzt drein, und er bedeutete seinen Gefährten, sich nach links und rechts zu verteilen. Zusammen mit mehreren anderen ging er auf die Gruppe aus Mithril-Halle zu.

»Nun, wir stellen unsere Waffen eurem König Bruenor und damit auch Mithril-Halle zur Verfügung, was immer auch geschehen mag«, erklärte Torgar, nachdem Wulfgar und die anderen ihm von der Schlacht um Senkendorf und ihrem Rückzug erzählt hatten. »Wir sind gekommen, um König Bruenor um seine Freundschaft zu bitten, und nun, glaube ich, können wir ihm und den Seinen unsere Freundschaft beweisen. Ihr zieht einfach weiter, und ich und die Meinen werden euch folgen.«

»Lasst mich und meine Leute mit dir kommen, Torgar aus Mirabar«, warf Thibbledorf Pwent ein, trat vor und zeigte seine blutige, scharfkantige Rüstung in all ihrer grausigen Schönheit. »Wir werden diesen Orks Grund geben zu laufen!«

»Was für ein unglaubliches Glück für uns«, flüsterte Wulfgar Catti-brie einen Augenblick später zu, als sich die fünfhundert Zwerge aus Mirabar der Karawane anschlossen.

Sie schauten beide zu Bruenor und Pikel, der sich immer noch unermüdlich um den Zwergenkönig und die anderen Verwundeten kümmerte. Offensichtlich spürte er ihre Blicke, drehte sich um und bedachte sie mit einem Zwinkern und einem ermutigenden Nicken.

Catti-brie musste gegen ihren Willen lächeln, aber dann schaute sie wieder nach Norden.

»Du denkst an Drizzt«, stellte Wulfgar fest.

»Sobald wir Bruenor nach Mithril-Halle zurückgebracht haben, machen wir uns auf die Suche nach ihm«, erklärte Regis entschlossen.

Catti-brie schüttelte noch entschlossener den Kopf. »Er wird auf sich selbst aufpassen und sich darauf verlassen, dass wir sicher nach Mithril-Halle zurückkehren. Wenn er da draußen getan hat, was er tun muss, wird er nach Hause kommen.«

Sowohl Wulfgar als auch Regis sahen sie überrascht an, aber sie konnten ihr nur zustimmen. Solange sie nichts Gegenteiliges wussten, mussten sie sich darauf verlassen, dass Drizzt noch lebte, und tatsächlich, wer wäre besser geeignet gewesen, in der feindseligen Umgebung des von Orks nur so wimmelnden Nordens zu überleben? Außerdem war keiner von ihnen wirklich gesund genug, um sofort zurückzukehren. Regis zumindest würde sich so bald auf keinen gefährlichen Weg mehr begeben können.

Catti-brie starrte weiterhin nach Norden, und ohne es auch nur zu bemerken, fing sie an, nervös auf ihrer Unterlippe zu kauen.

Wulfgar packte sie am Unterarm und drückte ihn tröstend.

»Elastul hat das gesagt?«, fragte Nanfoodle Shoudra, als die beiden sich ein paar Abende später im Flur ihres Hauses begegneten.

»Er hat mich angewiesen, mit dir zu gehen«, erwiderte Shoudra, und ihr Tonfall machte deutlich, dass sie über diesen Befehl alles andere als glücklich war.

»Er hat sich geirrt, und er irrt sich weiterhin«, sagte der kleine Gnom. »Erst jagt er Bruenor davon, dann wirft er Torgar ins Gefängnis, und nun …«

»Das ist ja wohl kaum das Gleiche!«, entgegnete Shoudra.

»Wo ist der Unterschied? Werden die Zwerge, die in Mirabar geblieben sind, einverstanden sein, wenn sie erfahren, was wir in Mithril-Halle tun? Haben wir überhaupt Hoffnung, dort Erfolg zu haben, wenn man bedenkt, dass mehr als vierhundert Zwerge aus Mirabar vor uns eintreffen?«

»Elastul zählt darauf, dass wir genau durch diese Zwerge das Vertrauen von Bruenor und seinen Leuten gewinnen.«

»Zu welchem Zweck? Verrat?«, fragte der Gnom verdrossen.

Shoudra setzte zu einer Antwort an, aber dann zuckte sie nur die Achseln. »Wir werden sehen, was wir in Mithril-Halle vorfinden«, sagte sie, nachdem sie einen Augenblick nachgedacht hatte.

Nanfoodle betrachtete sie forschend, dann hellte sich seine Miene auf.

»Nun, ich werde mich in den Höhlen der Heldenhammer-Sippe an dein Beispiel halten«, sagte er, »selbst wenn es von den Befehlen von Markgraf Elastul abweichen sollte.«

Shoudra sah sich vorsichtig um und bat den Gnom dann mit einem eindringlichen Blick, nicht mehr von solchen Dingen zu sprechen.

In ihrem Herzen jedoch war die Sceptrana durchaus der gleichen Ansicht wie Nanfoodle. Elastuls Befehl war direkt und einfach gewesen: Sie sollten nach Mithril-Halle gehen und die verräterischen Zwerge überprüfen und währenddessen den Geschäften ihrer Feinde möglichst viel Schaden zufügen.

Es war besser, dachte Shoudra, nach Mithril-Halle zu gehen und durch Torgar Hammerschlag und die anderen zu

König Bruenor zu gelangen. Nach dem Desaster, das Mirabar zugestoßen war, würden sie vielleicht ein neues und besseres Bündnis mit der anderen Bergbaustadt aushandeln können, eines, das ihnen allen nützen würde.

Sie konnte nur seufzen und sich wünschen, dass die Dinge anders wären, denn sie kannte Elastul gut genug, um zu wissen, wie absurd es war, auf ein solches Ergebnis zu hoffen.

Epilog

Bei jedem Stein, den er umdrehte, hielt Drizzt Do'Urden den Atem an und erwartete, einen seiner Freunde darunter zu finden. Soweit er sehen konnte, war Senkendorf vollkommen zerstört. Er hatte keine Ahnung, was der Haufen von bearbeitetem Holz auf dem Feld südlich der Stadt zu bedeuten hatte, aber er vermutete, dass es sich um die Überreste großer Belagerungsgeräte handelte.

Nicht dass sie welche gebraucht hätten, wenn man bedachte, welchen Schaden die Riesen angerichtet hatten.

Er fasste wieder Hoffnung, als er die Unmengen toter Orks und Worgs sah, die auf dem Feld lagen, aber die Tatsache, dass sich viele direkt am Eingang zu den Tunneln unter dem Turm häuften, an der logischerweise letzten Verteidigungslinie, sagte ihm, dass das Ende bitter gewesen sein musste.

Er fand keine Leichen von Verteidigern in diesen Tunneln, und das gab ihm immerhin eine gewisse Hoffnung, dass seine Freunde gefangen genommen und nicht getötet worden waren.

Und er fand einen vertrauten Helm mit nur einem Horn.

Er hatte kaum die Kraft, sich zu bücken, ohne vornüberzufallen, als er die Krone von Bruenor Heldenhammer berührte, vorsichtig aufhob und in den Händen hin und her drehte. Er hatte gehofft, dass er sich getäuscht hatte, als er an diesem schrecklichen Abend über die Schlucht hinweg gesehen hatte, wie der brennende Turm einstürzte. Er hatte gehofft, dass Bruenor irgendwie weggesprungen und der Katastrophe entkommen war.

Der Drow zwang sich, sich umzusehen und in den Trümmern nahe dem Helm herumzustochern. Dort, unter Tonnen von Stein, entdeckte er eine zerdrückte Hand, eine knorrige Zwergenhand.

Er ging davon aus, Bruenors Grab gefunden zu haben.

Waren Wulfgar und Regis hier ebenfalls begraben? Und was war mit Cattie-brie?

Die Bilder, die vor seinem geistigen Auge aufblitzten, lasteten schwer auf Drizzt Do'Urden. Er erinnerte sich daran, wie er gedacht hatte, dass es besser war, draußen Abenteuer zu erleben – selbst wenn es ihn das Leben kostete, selbst wenn es Catti-brie das Leben kostete –, als an einem sicheren Ort zu leben.

Wie hohl ihm diese Gedanken in diesem schrecklichen Augenblick vorkamen!

Seltsamerweise musste er an Zaknafein denken, an seine Familie und seine Zeit in Menzoberranzan, an all die Tragödien seiner Kinder- und Jugendjahre. Er dachte auch an Ellifain, an all das, was er versucht hatte, in jener schicksalhaften Nacht unter den Sternen für sie zu tun. Und er dachte an ihr Ende.

Er dachte an seine Freunde, von denen einige ganz sicher verloren waren, vielleicht sogar alle, und es bestürzte ihn, wie vergeblich das alles gewesen war. Sein ganzes Leben lang, seit seinen Tagen mit Zaknafein, seinem Abschied von Menzoberranzan, seinen Tagen mit Montolio und den Freunden, die er im Eiswindtal über alles lieben gelernt hatte, war Drizzt Do'Urden einer Reihe von Regeln gefolgt, die auf Disziplin und Optimismus beruhten. Er kämpfte für eine bessere Welt, weil er glaubte, dass eine bessere Welt geschaffen werden konnte und würde. Er hatte nie die Illusion gehabt, die ganze Welt verändern zu können, aber er hatte immer geglaubt, dass sein Kampf darum, zumindest seinen eigenen kleinen Teil der Welt zu verbessern, der Mühe wert war.

Und es hatte Ellifain gegeben. Und Bruenor.

Er schaute den Helm an und drehte ihn in den Händen.

Er musste davon ausgehen, dass er alle engen Freunde verloren hatte, die er je gehabt hatte.

Alle bis auf eine, erkannte der Drow, als sich Guenhwyvar neben ihm rührte.

Drei Tage später saß Drizzt Do'Urden auf dem felsigen Hang eines Berges, lauschte der Kakophonie von Hörnern ringsumher und beobachtete, wie Fackelreihen über beinahe jeden Bergpfad vordrangen. Er begriff, dass alles, was bisher geschehen war, nur ein Vorspiel gewesen war. Die Orks sammelten sich und brachten eine große Anzahl von Goblins mit, und was noch schlimmer war, sie hatten sich mit Frostriesen verbündet, von denen mehr mit ihnen zusammenarbeiteten, als er sich je hätte vorstellen können.

Was mit dem Überfall auf eine Karawane aus der Zitadelle Felbarr begonnen hatte, stellte nun eine Bedrohung für alles Leben im Norden dar. Drizzt wusste, dass auch Mithril-Halle bald in Gefahr sein würde.

Und er musste befürchten, dass Mithril-Halle keinen Anführer mehr hatte.

Tatsächlich aber sank nichts von diesen Erkenntnissen sonderlich tief in die Gedanken und das Herz von Drizzt Do'Urden, als er in dieser dunklen Nacht dort am Berghang kauerte, und als er nicht weit entfernt das Lagerfeuer einer kleinen Gruppe von Orks brennen sah, vergaß er alles bis auf die Situation, die direkt vor ihm lag.

Der Drow holte seine Onyxstatuette heraus und rief Guenhwyvar, dann zückte er seine Krummsäbel und näherte sich langsam dem Lager der Orks. Er blinzelte nicht; sein Gesicht war vollkommen ausdruckslos.

Es war Zeit, mit der Arbeit zu beginnen.